HEYNE <

Das Buch

Vier Jahre ist es her, dass Julies Mann auf tragische Weise ums Leben gekommen ist. Hinterlassen hat er ihr einen jungen Hund und das Versprechen, immer über sie zu wachen. Nun fühlt sich Julie langsam wieder bereit, eine neue Beziehung einzugehen. Sie freut sich, als der charmante und gutaussehende Richard um sie zu werben beginnt. Daneben gibt es auch noch den zurückhaltenden Mike, der seit Jahren ihr bester Freund ist. Aber während Richard sie auf Händen trägt, schafft Mike es nicht, ihr seine Gefühle zu offenbaren. Erst die Angst, sie an den Konkurrenten zu verlieren, lässt ihn seine Schüchternheit überwinden. Schließlich trifft Julie ihre Wahl, doch das ersehnte Glück stellt sich nicht ein, denn die Eifersucht des Verschmähten verwandelt ihr Leben in einen Alptraum.

Der Autor

Nicholas Sparks, 1965 in Nebraska geboren, lebt in North Carolina. Mit seinen Romanen, die ausnahmslos die Bestsellerlisten eroberten und weltweit in über 50 Sprachen erscheinen, gilt Sparks als einer der meistgelesenen Autoren der Welt. Mehrere seiner Bestseller wurden erfolgreich verfilmt. Alle seine Bücher sind bei Heyne erschienen, zuletzt: »Wo wir uns finden«.

Ein ausführliches Werkverzeichnis finden Sie am Ende dieses Buches.

Große Autorenwebsite unter www.nicholas-sparks.de.

NICHOLAS

SPARKS

DU BIST NIE ALLEIN

ROMAN

Aus dem Amerikanischen
von Ulrike Thiesmeyer

WILHELM HEYNE VERLAG
MÜNCHEN

Die Originalausgabe erschien unter dem Titel
THE GUARDIAN bei Warner Books, Inc., New York

FSC
www.fsc.org
MIX
Papier aus verantwortungsvollen Quellen
FSC® C014496

Verlagsgruppe Random House FSC® N001967

Vollständige deutsche Taschenbuchausgabe 03/2020

Neumarkter Str. 28, 81673 München
Printed in Germany
Umschlaggestaltung: zero-media.net, München,
unter Verwendung von GettyImages/
Colin & Linda Mckie/EyeEm; FinePic®, München
Satz: Franzis print & media, München
Druck und Bindung: GGP Media GmbH, Pößneck
ISBN 978-3-453-42394-7

www.heyne.de
www.nicholas-sparks.de

Für Larry Kirshbaum und Maureen Egen,
wunderbare Menschen, wunderbare Freunde

Prolog

Heiligabend 1998

Genau vierzig Tage nachdem sie das letzte Mal die Hand ihres Mannes gehalten hatte, saß Julie Barenson am Fenster und sah hinaus auf die stillen Straßen von Swansboro. Es war kalt. Seit einer Woche war der Himmel düster verhangen, und der Regen klopfte sacht gegen das Fenster. Die kahlen Bäume reckten ihre knorrigen Äste wie verkrümmte Finger in die frostige Luft.

Jim, das wusste Julie, hätte gewollt, dass sie an diesem Abend Musik hörte. Im Hintergrund sang Bing Crosby leise »White Christmas«. Jim zu Ehren hatte sie auch den Baum aufgestellt. Dabei hatte es, als sie sich endlich dazu durchrang, einen zu besorgen, vor dem Supermarkt nur noch verdorrte, kümmerliche Exemplare gratis zum Mitnehmen gegeben. Doch das spielte keine Rolle. Es fiel ihr schwer, überhaupt etwas zu fühlen, seit Jim an dem Tumor im Kopf gestorben war.

Nun war sie mit fünfundzwanzig Jahren schon Witwe, und sie hasste alles an dem Wort: wie es klang, was es bedeutete, wie ihr Mund sich anfühlte, wenn sie es aussprach. Also nahm sie es gar nicht erst in den Mund. Wenn sich andere nach ihrem Befinden erkundigten, zuckte sie nur die Achseln. Aber manchmal spürte sie den Drang, zu antworten. *Du willst wissen, wie es war, meinen Mann zu verlieren?*, hätte sie dann gern gefragt. *Ich werd's dir sagen.*

Jim ist tot, und jetzt, da er fort ist, fühle ich mich ich auch wie tot.

Ob die Leute das hören wollten?, fragte sich Julie. Oder lieber doch nur irgendwelche oberflächlichen Sätze? *Ich komme schon klar. Es ist schwer, aber das stehe ich schon durch. Dan-*

ke der Nachfrage. Sie hätte natürlich die Tapfere spielen können, aber das wollte sie nicht. Es war einfacher und ehrlicher, bloß die Achseln zu zucken und nichts zu sagen.

Schließlich hatte sie keineswegs das Gefühl, klarzukommen. Die meiste Zeit über fürchtete sie eher, den Tag nicht zu überstehen, ohne zusammenzubrechen. Abende wie diese waren am schlimmsten.

Im Widerschein der Christbaumkerzen legte Julie die Hand ans Fenster und spürte das kalte Glas an ihrer Haut.

Mabel hatte sie gefragt, ob sie zum Abendessen kommen wollte, aber Julie hatte abgelehnt. Mike, Henry und Emma hatte sie ebenfalls einen Korb gegeben. Sie alle hatten zumindest so getan, als hätten sie Verständnis dafür, obwohl sie es im Grunde wohl nicht gut fanden, dass Julie an diesem Abend allein war. Und vielleicht hatten sie Recht. Alles im Haus, alles, was sie sah und roch und berührte, erinnerte sie an Jim. Seine Sachen nahmen die Hälfte des Kleiderschranks ein, sein Rasierer lag immer noch neben der Seifenschale im Bad, und am Vortag war per Post die neueste Ausgabe von *Sports Illustrated* gekommen. Im Kühlschrank lagen noch zwei Flaschen Heineken, sein Lieblingsbier. Früher am Abend hatte Julie bei ihrem Anblick vor sich hin geflüstert: »Die wird Jim nie mehr trinken«, hatte die Kühlschranktür zugemacht, sich dagegen gelehnt und eine Stunde lang in der Küche geweint.

Julie nahm nur verschwommen wahr, was jenseits der Fensterscheibe geschah. Ganz in Gedanken versunken, kam ihr erst nach und nach zu Bewusstsein, dass ein Ast gegen die Hauswand schlug. Er pochte hartnäckig, und es dauerte eine Weile, bis sie merkte, dass das Geräusch, das sie hörte, gar nicht von diesem Ast herrührte.

Jemand klopfte an die Tür.

Benommen stand Julie auf. An der Tür blieb sie kurz stehen und fuhr sich mit den Händen durchs Haar, in der Hoffnung, dadurch einen halbwegs akzeptablen Anblick zu bieten. Falls es ihre Freunde waren, wollte sie nicht den Eindruck vermitteln, dass es besser wäre, ihr Gesellschaft zu leisten. Als sie jedoch die Tür öffnete, sah sie zu ihrer Verwunderung einen jungen Mann in einer gelben Regenjacke vor sich stehen. In den Händen hielt er einen großen Karton.

»Mrs Barenson?«, fragte er.

»Ja?«

Der Fremde machte einen zögerlichen Schritt auf Julie zu. »Ich soll das persönlich bei Ihnen abgeben. Mein Dad hat gesagt, es wäre wichtig.«

»Ihr Dad?«

»Er wollte sichergehen, dass Sie es heute Abend bekommen.«

»Kenne ich ihn?«

»Keine Ahnung. Aber er hat wirklich viel Wert darauf gelegt. Es ist ein Geschenk.«

»Von wem denn?«

»Mein Vater meinte, das würden Sie verstehen, sobald Sie es aufmachen. Aber nicht schütteln – und diese Seite hier ist oben.«

Bevor Julie etwas dagegen unternehmen konnte, drückte der junge Mann ihr den Karton in die Arme und wandte sich dann zum Gehen.

»Moment mal«, sagte sie. »Ich verstehe nicht …«

Der junge Mann schaute sich noch mal um. »Frohe Weihnachten«, sagte er.

Julie sah von der offenen Tür aus zu, wie er in seinen Lieferwagen stieg. Kurz darauf stellte sie den Karton vor dem Weihnachtsbaum auf den Boden und kniete sich daneben. Ein kurzer Blick bestätigte, dass nirgendwo eine Karte steckte, und auch sonst deutete nichts auf den Absender hin. Julie löste das Band, hob den separat mit Papier umwickelten Deckel ab – und starrte sprachlos ihr Geschenk an.

Ein verfilztes, winziges Fellknäuel, kaum mehr als ein paar Pfund schwer, kauerte in einer Kartonecke – der hässlichste Welpe, der Julie je untergekommen war. Sein Kopf war groß und stand in deutlichem Missverhältnis zum übrigen Körper. Winselnd sah er zu ihr hoch, die Augen mit Schleimpfropfen verklebt.

Jemand hatte ihr einen Welpen gekauft. Einen hässlichen Welpen.

Innen an der Kartonwand war mit Klebeband ein Briefumschlag befestigt. Während sie danach griff, erkannte sie die Handschrift darauf und hielt inne. Nein, dachte sie, das kann nicht sein …

Die Liebesbriefe, die er ihr an ihren Hochzeitstagen schrieb, trugen diese Handschrift, und auch die hastig gekritzelten Nachrichten neben dem Telefon, die Unterlagen, die sich auf seinem Schreibtisch türmten. Julie hielt den Umschlag vor sich und las immer wieder ihren Namen darauf. Dann zog sie mit zittrigen Händen den Brief heraus.

Liebe Jules,

Es war Jims Spitzname für sie, und Julie schloss die Augen. Ihr war, als schrumpfe ihr Körper plötzlich. Sie zwang sich, tief durchzuatmen, und fing noch einmal an zu lesen.

Liebe Jules,

wenn du diesen Brief liest, werde ich schon dahingegangen sein. Ich weiß nicht, wie lange ich dann schon fort bin, aber ich hoffe, du hast langsam begonnen, es zu verschmerzen. Wenn ich an deiner Stelle wäre, würde es mir schwerfallen, aber du weißt, dass ich dich immer schon für die Stärkere von uns beiden gehalten habe.

Ich habe dir, wie du siehst, einen Hund gekauft. Harold Kuphaldt war mit meinem Vater befreundet, und er züchtet Dänische Doggen, so lange ich denken kann. Als Junge habe ich mir immer eine gewünscht, aber da unser Haus so klein war, hat Mom es nicht erlaubt. Es sind große Tiere, zugegeben, aber Harold zufolge sind sie auch die liebsten Hunde der Welt. Ich hoffe, du hast viel Freude mit ihm (oder ihr).

Insgeheim habe ich wohl immer gewusst, dass ich es nicht schaffen werde. Darüber wollte ich aber nicht nachdenken, weil ich wusste, dass du niemanden hast, der dir hilft, solch eine Situation durchzustehen. Jedenfalls keine Eltern oder Geschwister. Der Gedanke, dass du dann ganz allein bist, hat mir das Herz gebrochen. Weil ich keine bessere Idee hatte, habe ich wenigstens dafür gesorgt, dass du diesen Hund bekommst.

Falls er dir nicht gefällt, musst du ihn natürlich nicht behalten. Harold meinte, er würde ihn ohne Probleme zurücknehmen. (Seine Telefonnummer müsste beiliegen.)

Ich hoffe, es geht dir ganz gut. Seit ich krank wurde, war ich in ständiger Sorge um dich. Ich liebe dich, Jules, wirklich. Als du in mein Leben getreten bist, hast du mich zum glücklichsten Mann der Welt gemacht. Die Vorstellung, dass du nie wieder glücklich wirst, bricht mir schier das Herz. Tu es also für mich, werde wieder glücklich. Finde jemanden, der dich glücklich macht. Mag sein, dass du es für unmöglich hältst, und dass es tatsächlich schwer ist, aber ich möchte gern, dass du es versuchst. Die Welt ist so viel schöner, wenn du lächelst.

Und mach dir keine Sorgen. Wo ich auch sein mag, ich werde auf dich aufpassen. Ich werde dein Schutzengel sein, Sweetheart. Verlass dich darauf, ich beschütze dich.

Ich liebe dich,

Jim

Mit Tränen in den Augen spähte Julie über den Rand des Kartons und griff hinein. Der Welpe schmiegte sich an ihre Hand. Sie hob ihn heraus und hielt ihn sich dicht vors Gesicht. Er war winzig und zitterte, und sie konnte seine Rippen fühlen.

Wirklich ein hässliches Kerlchen, dachte Julie. Und ausgewachsen war er sicher so groß wie ein Kalb. Was um alles in der Welt sollte sie mit solch einem Hund?

Warum hatte Jim ihr nicht einen Zwergschnauzer mit grauem Backenbärtchen schenken können, oder einen Cockerspaniel mit traurigen Kulleraugen? Etwas Handlicheres? Etwas Süßes, das sich ab und zu auf ihrem Schoß zusammenrollte?

Der Welpe, ein Rüde, begann zu winseln, ein hoher Laut, der an- und abschwoll wie der Widerhall von fernen Lokpfeifen.

»Schscht… dir passiert nichts«, flüsterte Julie. »Ich tu dir nichts …«

Leise redete sie mit dem Welpen, damit er sich an sie

gewöhnte, während sie immer noch kaum glauben konnte, dass dieses Geschenk von Jim kam. Der Welpe winselte weiter, fast, als wolle er die Musik aus der Anlage begleiten, und Julie kraulte ihn unterm Kinn.

»Singst du für mich?«, fragte sie, zum ersten Mal sanft lächelnd. »So hört es sich nämlich an, weißt du.«

Ganz kurz hörte der kleine Hund mit seinem Gewinsel auf und sah zu ihr hoch, genau in ihre Augen. Dann begann er erneut zu winseln, aber es klang schon viel weniger verängstigt.

»Singer«, flüsterte sie. »Ich glaube, ich werde dich Singer nennen.«

– 1 –

Vier Jahre später

In den Jahren, die seit Jims Tod vergangen waren, hatte Julie Barenson es irgendwie geschafft, ein neues Leben zu beginnen. Aber es hatte seine Zeit gedauert. Die ersten Monate nach seinem Tod waren schwierig und einsam gewesen, aber schließlich hatte die Zeit Wunder gewirkt und Julies Trauer gemildert. Obwohl sie Jim geliebt hatte und wusste, dass ein Teil von ihr Jim *immer* lieben würde, war der Schmerz nicht mehr so stark wie zu Anfang. Sie erinnerte sich ihrer Tränen und daran, wie ihr Leben nach seinem Tod zu einem völligen Vakuum geworden war, aber der brennende Kummer jener Tage war überwunden. Wenn sie jetzt an Jim dachte, lächelte sie bei der Erinnerung an ihn und war dankbar, dass er Teil ihres Lebens gewesen war.

Auch für Singer war sie dankbar. Jim hatte genau das Richtige getan, als er ihr den Hund schicken ließ. Singer hatte Julie in gewisser Weise zum Weiterleben gezwungen.

In diesem Moment aber, an einem kühlen Frühlingsmorgen in Swansboro, North Carolina, lag Julie im Bett und dachte nicht daran, welch wunderbare Stütze Singer ihr in den letzten vier Jahren gewesen war. Vielmehr verwünschte sie im Stillen seine bloße Existenz, während sie nach Luft rang und ihr durch den Kopf schoss: Ich fasse es nicht, dass ich so sterben soll!

Im Bett von meinem eigenen Hund erdrückt.

Singer lag mitten auf ihr, presste sie regelrecht auf die Matratze, und sie stellte sich vor, wie ihre Lippen gerade vor Sauerstoffmangel blau anliefen.

»Hoch mit dir, du fauler Hund«, keuchte sie. »Du bringst mich noch um!«

Singer schnarchte vernehmlich und reagierte nicht. Julie begann zu zappeln, um ihn so aus dem Schlummer zu reißen.

»Im Ernst«, presste sie zwischen den Zähnen hindurch. »... krieg keine Luft!«

Endlich hob Singer seinen riesigen Kopf und blinzelte Julie schlaftrunken an. *Was soll der Wirbel?,* schien er zu fragen. *Siehst du nicht, dass ich schlafe?*

»Runter mit dir!«, schnaufte Julie.

Singer gähnte und stieß ihr die kalte Nase an die Wange.

»Ja, ja, guten Morgen«, japste sie. »Jetzt hau ab!«

Darauf schnaubte Singer und richtete sich auf. Julie hatte das Gefühl, als würden ihr dabei weitere Körperteile platt gedrückt. Wie er so mitsamt dem Geifer an der Schnauze über ihr aufragte, sah er aus wie eine Kreatur aus einem billigen Horrorfilm. Lieber Gott, dachte Julie, wie *riesig* er ist! Dabei müsste ich mich doch inzwischen dran gewöhnt haben! Sie holte tief Luft und sah böse zu ihm hoch.

»Hab ich dir erlaubt, zu mir ins Bett zu kommen?«, fragte sie.

Normalerweise schlief Singer nachts in der Ecke ihres Zimmers. Die letzten beiden Nächte aber war er zu ihr ins Bett gekrochen. Oder, genauer gesagt, er hatte sich auf sie gelegt. Verrückter Hund.

Singer senkte den Kopf und leckte ihr übers Gesicht.

»Nein, dir ist nicht verziehen«, sagte sie und stieß ihn weg. »Versuch's erst gar nicht. Du hättest mich umbringen können! Du bist fast doppelt so schwer wie ich! Und jetzt runter vom Bett.«

Singer quengelte wie ein trotziges Kind und sprang dann zu Boden. Julie richtete sich mit schmerzendem Brustkorb auf, sah auf den Wecker und dachte: Schon so spät? Sie und Singer räkelten sich gleichzeitig, dann schlug Julie die Bettdecke zurück.

»Na los«, sagte sie, »ich lass dich raus, bevor ich unter die Dusche gehe. Aber schnüffel nicht wieder an den Mülltonnen der Nachbarn herum. Die haben mir eine bitterböse Nachricht auf Band gesprochen.«

Singer sah sie an.

»Ich weiß, ich weiß«, sagte sie, »es ist nur Müll. Aber manche Leute sind in der Beziehung komisch.«

Singer lief aus dem Schlafzimmer Richtung Haustür. Julie lockerte ihre Schultern, während sie ihm folgte, und schloss ganz kurz die Augen. Großer Fehler. Mit voller Wucht knallte sie mit dem Zeh gegen die Kommode. Der Schmerz schoss vom Zeh hoch durch den Unterschenkel. Nach dem ersten Schrei verlegte Julie sich aufs Fluchen, stieß Kraftausdrücke in allen nur denkbaren Variationen aus. Wie sie so in ihrem rosa Pyjama auf einem Fuß umherhopste, war sie sich sicher, dass sie einer Art durchgedrehtem Duracell-Hasen glich. Singer warf ihr nur einen Blick zu, der zu besagen schien, *Warum dauert das so lange? Denk dran,* du *hast* mich *hochgescheucht, also mach voran. Ich hab draußen was zu tun.*

Sie stöhnte. »Siehst du nicht, dass ich verwundet bin?«

Singer gähnte noch einmal. Julie rieb sich den Zeh und humpelte dann hinter ihm her.

»Danke, dass du so mitfühlend bist. Im Notfall ist wirklich kein bisschen Verlass auf dich.«

Gleich darauf, nachdem Singer Julie kurz auf den wehen Zeh getreten war – mit Absicht natürlich –, war er draußen. Statt die Mülltonnen anzusteuern, wanderte er hinüber zu dem bewaldeten Grundstück auf der einen Seite ihres Hauses. Sie beobachtete, wie er den riesigen Kopf von einer Seite zur anderen schwang, als wolle er sich vergewissern, dass niemand am Tag zuvor neue Bäume oder Sträucher angepflanzt hatte. Alle Hunde markierten gern ihr Revier, aber Singer schien zu glauben, wenn er sich nur an genügend Orten erleichterte, würde er zum Hundekönig der ganzen Welt gekrönt.

Wenigstens hatte Julie ihn so für eine Weile vom Hals. Dem Himmel sei Dank dafür, dachte Julie. Die letzten paar Tage über hatte Singer sie schier wahnsinnig gemacht. Er war ihr überallhin gefolgt, wollte sie nicht einmal ein paar Minuten aus den Augen lassen, außer, wenn sie ihn nach draußen schickte. Nicht mal das Geschirr konnte sie wegräumen, ohne ein Dutzend Mal mit ihm zusammenzustoßen. Nachts war es noch schlimmer. In der letzten Nacht hatte er einen einstündigen Knurranfall, den er freundlicherweise mit einem gelegentlichen Bellen auflockerte, was sie zunehmend mit dem Gedanken spielen ließ, sich entweder einen schalldichten Zwinger oder eine Elefantenbüchse zuzulegen.

Nicht, dass Singers Verhalten je … na ja, normal gewesen wäre. Abgesehen von seinem Pinkelritual hatte der Hund sich immer aufgeführt, als hielte er sich für einen Menschen. Er weigerte sich, aus einem Hundenapf zu fressen, er hatte nie eine Leine gebraucht, und wenn Julie fernsah, sprang er zu ihr aufs Sofa und starrte auf den Bildschirm. Wenn sie mit ihm redete – oder wenn sonst jemand mit ihm sprach –, legte er den Kopf schräg und sah sein Gegenüber aufmerksam an, als könne er dem Gesagten folgen. Und die meiste Zeit über schien es tatsächlich so, als verstünde er, was sie zu ihm sagte. Was auch immer sie ihm auftrug, egal, wie unglaublich der Befehl auch war, Singer führte das Gewünschte stets aus. *Könntest du mir meine Tasche aus dem Bad holen?* Im nächsten Moment kam Singer damit angetrottet. *Machst du das Schlafzimmerlicht aus?* Er betätigte den Schalter mit der Nase. *Bring die Suppendose in die Speisekammer, ja?* Im Maul trug er sie hin und stellte sie aufs Regal. Gewiss, auch andere Hunde waren gut abgerichtet, aber nicht so. Außerdem hatte es bei Singer keiner Abrichtung bedurft. Jedenfalls nicht im eigentlichen Sinne. Julie brauchte ihm etwas bloß ein Mal zu zeigen, das genügte. Anderen Leuten kam das geradezu unheimlich vor, aber da sich Julie durch Singers Verhalten wie ein moderner Dr. Dolittle vorkam, gefiel es ihr im Grunde.

Selbst wenn es bedeutete, dass sie mit ihrem Hund in vollständigen Sätzen redete, sich mit ihm wie mit einem Menschen stritt und ihn dann und wann sogar um Rat bat.

Aber was war daran schon seltsam?, fragte sie sich. Sie lebten zusammen, seit Jim gestorben war, nur sie beide, und im Großen und Ganzen war Singer ein ganz guter Partner.

Doch seit Julie wieder begonnen hatte, mit Männern auszugehen, führte sich Singer komisch auf, und er hatte nicht einen der Männer gemocht, die in den letzten Monaten vor ihrer Tür aufgetaucht waren. Julie hatte damit gerechnet. Schon als Welpe hatte Singer dazu geneigt, Männer bei der ersten Begegnung anzuknurren. Sie führte das immer auf einen sechsten Sinn zurück, der Singer befähigte, die guten Männer von denen zu unterscheiden, um die sie einen Bogen machen sollte. Doch in letzter Zeit hatte sie ihre Meinung geändert. Nun sah sie sich immer mehr dazu genötigt, in Singer nur die große, mit Fell versehene Version eines eifersüchtigen Geliebten zu sehen.

Langsam würden sie sich einmal ernsthaft unterhalten müssen, entschied sie. Singer wollte doch sicher nicht, dass sie allein blieb, oder? Nein, natürlich nicht. Möglicherweise würde es etwas dauern, bis er sich an jemand anderen gewöhnt hatte, aber letzten Endes würde er es schon verstehen. Und mit der Zeit würde er sich wahrscheinlich sogar für sie freuen. Wie aber sollte sie ihm das alles am besten erklären?

Sie hielt kurz inne, um diese Frage zu überdenken, als ihr jäh bewusst wurde, was sie da gerade dachte.

Ihm das alles erklären? Gütiger Gott, dachte sie, ich werde langsam verrückt.

Julie humpelte in Richtung Bad, um sich für die Arbeit zurechtzumachen, und zog schon auf dem Weg den Pyjama aus. Kurz darauf blickte sie in den Spiegel. Sieh dich an, dachte sie, du bist neunundzwanzig und gehst langsam in die Breite. Beim Luftholen taten ihr die Rippen weh, ihr großer Zeh pochte, und der Spiegel machte die Sache auch nicht besser. Tagsüber war ihr langes braunes Haar ganz glatt, aber frühmorgens sah es aus, als sei es von Kissengnomen mit Toupierkämmen attackiert worden. Es hing wild und strähnig um ihr Gesicht herum, »unter Belagerung«, wie Jim es immer so liebenswürdig genannt hatte. Wimperntusche war auf der Wange verschmiert. Die Nasenspitze war gerötet, und ihre grünen Augen waren von Frühlingspollen geschwollen. Aber eine Dusche würde da sicher Abhilfe schaffen, nicht?

Nun, was die Allergie betraf, vielleicht nicht. Julie öffnete das Arzneischränkchen und nahm eine Claritin.

Vielleicht musste sie am Ende gar nicht so viel tun, um Bob abzuwehren. Seit einem Jahr schnitt sie Bob nun die Haare – oder vielmehr das, was davon übrig war. Und zwei Monate zuvor hatte Bob endlich den Mut aufgebracht, sie um eine Verabredung zu bitten. Ein Adonis war er nicht gerade – Halbglatze, Mondgesicht, zu eng stehende Augen und deutlicher Bauchansatz –, aber er war Single und erfolgreich, und Julie war seit Jims Tod nicht mehr mit einem Mann ausgegangen. Bob war eine gute Gelegenheit, erste neue Gehversuche in der Welt des Dating zu unternehmen. Fehler. Denn er war nicht ohne Grund Single. Nicht nur mit seinem Aussehen haperte es gewaltig, bei ihrem Rendezvous in einem Restaurant war er dermaßen langweilig gewesen, dass selbst Leute an benachbarten Tischen mitleidig in ihre Richtung geschaut hatten. Sein Lieblingsthema war die Buchhaltung. An nichts anderem hatte er Interesse gezeigt: nicht an ihr, nicht am Essen, nicht am Wetter, nicht an Sport, nicht an dem kleinen Schwarzen, das sie trug. Nur an Buchhaltung. Drei Stunden lang hatte Julie Bob gelauscht, während er sich in monotonem Singsang über spezifierte Abzüge und Streuung von Kapitalerträgen, Abschreibungen und Umschuldungen verbreitete. Gegen Ende des Abendessens, als er sich über den Tisch gebeugt und ihr anvertraut hatte, er kenne »wichtige Leute bei der Finanzbehörde«, hatte Julie bereits buchstäblich glasige Augen.

Bob dagegen hatte sich offenbar prächtig amüsiert. Er hatte seither dreimal angerufen und gefragt, ob sie sich nicht »zu einer zweiten Beratung treffen könnten, hihihi«. Hartnäckig war er, so viel stand fest. Lästig wie sonst was, aber hartnäckig.

Dann war da Ross, der zweite Mann, mit dem sie sich getroffen hatte. Ross, der Arzt. Ross, der Schönling. Ross, der Perversling. Ein Treffen mit ihm reichte völlig, vielen Dank.

Und nicht zu vergessen der gute alte Adam. Er arbeite im Staatsdienst, sagte er. Seine Arbeit mache ihm Spaß, sagte er. Er sei ein ganz normaler Typ, sagte er.

Adam, stellte Julie fest, arbeitete in der Kläranlage.

Er müffelte nicht, ihm wucherten keine unbekannten Substanzen unter den Fingernägeln, sein Haar wies keinen öligen Glanz auf, aber Julie wusste, sie würde sich nie im Leben an die Vorstellung gewöhnen, dass er eines Tages in genau dem Zustand an der Haustür auftauchen könnte. *Hatte 'n Unfall im Werk, Liebes. Tut mir Leid, so nach Hause zu kommen*. Schon bei dem Gedanken überlief es sie. Die Beziehung stand von Anfang an unter keinem guten Stern.

Als sie schon zu grübeln anfing, ob es überhaupt noch normale Menschen wie Jim gab, als sie sich zu fragen begann, was sie wohl an sich hatte, das offenbar Sonderlinge anlockte wie ein Neonschriftzug, der blinkend verhieß, *Bin zu haben – Normalität keine Vorbedingung*, war Richard auf der Bildfläche erschienen.

Und, o Wunder, selbst nach ihrem ersten Date letzten Samstag wirkte er immer noch ... *normal*. Er war als Gutachter für J. D. Blanchard Engineering aus Cleveland tätig – das Ingenieurbüro, das die Brücke über den Intracoastal Waterway sanierte. Julie hatte ihn kennen gelernt, als er in den Salon kam, um sich die Haare schneiden zu lassen. Bei ihrem Treffen hatte er ihr die Tür aufgehalten, an den richtigen Stellen im Gespräch gelächelt, für sie beim Kellner ihre Bestellung aufgegeben, und als er Julie später zu Hause absetzte, hatte er nicht einmal den Versuch unternommen, sie zu küssen. Zudem sah er auch noch gut aus, mit wie gemeißelten Wangenknochen, smaragdgrünen Augen, schwarzem Haar und Schnauzer. Julie hätte am liebsten gejauchzt: *Halleluja! Ich habe das Licht gesehen!*

Singer schien nicht ganz so beeindruckt. Nachdem sie Richard eine gute Nacht gewünscht hatte, war Singer in eine seiner »Ich bin hier der Boss«-Nummern verfallen. Er hatte geknurrt, bis Julie die Haustür öffnete.

»Oh, hör auf«, sagte sie. »Sei nicht so hart gegen ihn.«

Singer leistete zwar Folge, aber er hatte sich ins Schlafzimmer verzogen, wo er die restliche Nacht über schmollte.

Wenn mein Hund noch ein wenig wunderlicher wäre, dachte Julie nun, könnte ich mit ihm im Panoptikum auftreten, gleich nach dem Mann, der Glühbirnen verspeist.

Aber schließlich ist mein Leben ja auch nicht unbedingt normal verlaufen.

Julie drehte den Wasserhahn auf und trat in die Dusche, gegen den Sog der Erinnerung ankämpfend. Was hatte es für einen Sinn, schwere Zeiten Revue passieren zu lassen? Ihre Mutter hatte zwei fatale Schwächen gehabt: Alkohol und die falschen Männer. Jedes für sich wäre schon schlimm genug gewesen, aber die Kombination war für Julie unerträglich. Ihre Mutter verbrauchte Liebhaber wie Kleinkinder Papiertaschentücher, und bei manchen hatte sich Julie, als sie heranwuchs, äußerst unwohl gefühlt. Der Letzte hatte sich sogar an ihr zu vergreifen versucht, doch als Julie ihrer Mutter davon erzählte, hatte diese – angetrunken, in Tränen aufgelöst und rasend vor Zorn – ihr vorgeworfen, *ihm* Avancen gemacht zu haben. Schon bald darauf hatte Julie kein Zuhause mehr.

Das Leben auf der Straße, die sechs Monate, bevor Jim auftauchte, waren fürchterlich gewesen. Fast alle Leute, die sie kennen lernte, nahmen Drogen und schnorrten oder stahlen … oder Schlimmeres. Voller Furcht, so zu werden wie die gehetzten Ausreißer, die Julie jeden Abend im Asyl und in den Hauseingängen sah, bemühte sie sich wie verrückt um Aushilfsarbeit, um nicht hungern und herumstreunen zu müssen. Sie nahm jeden Hilfsjob an, der sich ihr bot, und verhielt sich so unauffällig wie möglich. In dem Diner in Daytona, wo sie Jim zum ersten Mal begegnete, trank sie gerade eine Tasse Kaffee von ihrem letzten Kleingeld. Jim lud sie zum Frühstück ein und sagte auf dem Weg nach draußen, er würde sie auch am nächsten Tag einladen, wenn sie wiederkäme. Von Hunger getrieben kam sie tatsächlich wieder, doch als sie ihn wegen seiner Beweggründe zur Rede stellte und schon eine unangenehme Tirade über Notzucht mit Minderjährigen und Gefängnis parat hatte, bestritt Jim jedes unziemliche Interesse an ihr. Und am Ende der Woche, kurz vor seiner Heimreise, machte er ihr einen Vorschlag: Wenn sie nach Swansboro, North Carolina, zöge, würde er ihr helfen, eine richtige Arbeit und ein Dach über dem Kopf zu finden.

Sie erinnerte sich, ihn angestarrt zu haben, als kämen ihm Käfer aus den Ohren gekrochen.

Einen Monat darauf aber, in Ermangelung sonstiger fester Pläne, trudelte sie in Swansboro ein. Doch schon als sie aus dem Bus stieg, schoss ihr durch den Kopf: *Was habe ich in diesem Nest verloren?* Dessen ungeachtet suchte sie Jim auf, der mit ihr – trotz ihrer beharrlichen Skepsis – in den Salon hinüberging, um sie seiner Tante Mabel vorzustellen. Und siehe da, am Ende fegte Julie Böden, wohnte im Zimmer über dem Salon und bekam einen ordentlichen Stundenlohn.

Zunächst war Julie erleichtert darüber, dass Jim offenbar nicht an ihr interessiert war. Dann war sie erstaunt. Dann verärgert. Endlich, nachdem sie Jim gegenüber mehrfach, wie sie fand, ziemlich unverhohlene Andeutungen gemacht hatte, verlor sie die Geduld und fragte Mabel, ob sie glaubte, Jim fände sie unattraktiv. Mabel erzählte es weiter. Erst daraufhin schien Jim ein Licht aufzugehen. Er und Julie gingen miteinander aus, einmal und dann noch einmal, und nach einem Monat waren sie heftig verliebt – woraus sich schon bald echte Liebe entwickelte. Jim machte Julie einen Heiratsantrag, sie schritten in jener Kirche zum Altar, in der Jim getauft worden war, und in den ersten Jahren ihrer Ehe malte Julie, wenn sie mit Jim telefonierte, immer Smileys. Was konnte man mehr verlangen, fragte sie sich, wenn sie über ihr Leben nachdachte.

Viel, wie sie bald feststellte. Wenige Wochen nach ihrem vierten Hochzeitstag erlitt Jim auf dem Heimweg von der Kirche einen Anfall und wurde mit Blaulicht ins Krankenhaus gebracht. Zwei Jahre später starb er an dem Hirntumor, und Julie musste mit fünfundzwanzig noch einmal ganz von vorn anfangen. Als dann auch noch Singer auftauchte, war sie an einem Punkt in ihrem Leben angekommen, wo nichts mehr sie überraschen konnte.

Heute, so dachte sie, waren es die kleinen Dinge im Leben, auf die es ankam. Hatten früher die Höhepunkte den Takt angegeben, war es nun der Alltag, der ihre Existenz bestimmte. Mabel, Gott segne sie, ist ein Engel gewesen. Sie hatte

Julie geholfen, ihre Ausbildung zu beenden, sodass sie nun als Friseurin ein anständiges Auskommen hatte. Henry und Emma, zwei gute Freunde von Jim, hatten ihr nicht nur von Anfang an geholfen, sich in der Stadt einzuleben, sondern standen ihr auch nach Jims Ableben treu zur Seite. Und dann war da noch Mike, Henrys jüngerer Bruder und Jims bester Jugendfreund.

Julie stand immer noch unter der Dusche. Sie lächelte. Mike war ein Kerl, der eines Tages eine Frau glücklich machen würde, wenn er auch bisweilen ein wenig konfus war.

Wenig später, als sich Julie abgetrocknet hatte, putzte sie sich die Zähne, bürstete ihr Haar, schminkte sich und kleidete sich an. Da ihr Wagen in der Werkstatt war, musste sie zu Fuß zur Arbeit gehen – ungefähr eine Meile die Straße hoch –, also zog sie ein Paar bequeme Schuhe an. Als sie von außen die Haustür abschloss, rief sie nach Singer.

Aus dem Augenwinkel erspähte sie eine Karte, die aus dem Briefkasten herausragte.

Julie öffnete sie neugierig und überflog sie, während Singer aus dem Gehölz hervorsprang und zu ihr auf die Veranda getrottet kam.

Liebe Julie,

es war ein wunderbarer Samstagabend. Du gehst mir nicht mehr aus dem Kopf.

Richard

Deswegen hatte Singer also letzte Nacht solch einen Zirkus veranstaltet.

»Siehst du«, sagte sie und hielt die Karte vor Singers Gesicht, damit er sie sehen konnte, »ich hab dir doch gesagt, er ist ein netter Kerl.«

Singer wandte sich ab.

»Nicht diese Nummer. Du kannst ruhig zugeben, dass du dich geirrt hast, weißt du. Ich glaube, du bist nur eifersüchtig.«

Singer schnüffelte an ihr herum.

»Ist es das? Bist du eifersüchtig?« Julie brauchte sich nicht zu bücken, um ihm über den Rücken zu streicheln.

»Sei nicht eifersüchtig, okay? Freu dich für mich.«

Singer tapste auf die andere Seite und sah zu ihr hoch.

»Jetzt komm. Wir müssen laufen, weil Mike den Jeep noch nicht repariert hat.«

Bei dem Namen Mike fing Singer an, mit dem Schwanz zu wedeln.

— 2 —

Mike Harris' Songtexte ließen ziemlich zu wünschen übrig, und auch seine Stimme war nicht eben danach, dass Vertreter von Plattenfirmen ihm die Tür einrannten. Dafür spielte er Gitarre und übte jeden Tag, in der Hoffnung, dass sein Durchbruch nicht mehr lange auf sich warten ließ. In den letzten zehn Jahren hatte er in einem Dutzend verschiedener Bands gespielt, von lärmigem Rock der Achtziger bis hin zu betulich-erdverbundenem Country. Und obwohl er mit offenkundiger Begeisterung spielte und die anderen Bandmitglieder ihn einfach gern haben mussten, nahm man ihn nach ein paar Wochen gewöhnlich beiseite und teilte ihm mit, dass es aus welchen Gründen auch immer einfach nicht mit ihm klappte. Nachdem sich diese Erfahrungen häuften, musste selbst Mike den Schluss ziehen, dass es nicht an persönlichen Unverträglichkeiten liegen konnte – obgleich er sich immer noch nicht eingestehen mochte, dass er womöglich einfach nicht besonders gut war.

Mike führte ein Notizbuch, in dem er in der Freizeit seine Gedanken festhielt, mit dem Plan, diese Eindrücke in einem künftigen Roman zu verarbeiten. Doch auch das Schreiben gestaltete sich schwieriger, als er zunächst angenommen hatte. Es lag nicht daran, dass er keine Ideen hatte, vielmehr hatte er viel zu viele und konnte sich nicht entscheiden, welche in die Geschichte einfließen sollten und welche nicht. Im Jahr zuvor hatte er versucht, einen auf einem Kreuzfahrtschiff spielenden Kriminalroman zu schreiben, à la Agatha Christie, mit dem üblichen Dutzend Verdächtiger. Aber der Plot, fand er, war nicht aufregend genug, also bemühte er sich, ihn mit all den angesammelten Ideen aufzupeppen. Unter anderem ging es auch um einen in San Francisco verborgenen Atomsprengkopf, einen korrupten Cop, der Zeuge des Attentats auf JFK gewesen war, einen irischen Terroristen, die Mafia, einen Jungen und seinen Hund, einen bösen Geldverleiher und einen Wissenschaftler auf Zeitreise, der im Heiligen Römischen Reich knapp der Verfolgung entronnen war. Am Ende hatte schon der Prolog einen Umfang von hundert Seiten, dabei waren die Hauptverdächtigen noch nicht einmal auf der Bildfläche erschienen. Natürlich setzte Mike die Arbeit schließlich nicht fort.

Er hatte in seinem Leben schon vieles ausprobiert, Zeichnen, Malen, Hinterglasmalerei, Töpfern, Schnitzerei und Makramee, und einmal hatte er, einer Eingebung folgend, die ihn eine Woche von der Arbeit fern hielt, sogar ein paar Kunstwerke erschaffen. Er schweißte und drahtete Autowrackteile zu drei turmhohen, fragilen Exponaten zusammen, und als er fertig war, bewunderte er von der Vordertreppe seines Hauses aus stolz sein Werk, aus tiefstem Herzen überzeugt, endlich seine Berufung gefunden zu haben. Dieses Gefühl hielt eine Woche lang an, bis der Stadtrat bei einer hastig einberufenen Sitzung eine Verordnung gegen das Lagern von Unrat im Vorgarten erließ.

Wie so viele Menschen hegte Mike Harris den Traum, Künstler zu sein – nur fehlte es ihm an Talent.

Dafür konnte Mike praktisch alles reparieren. Er war der geborene Handwerker, ein wahrer Ritter in schimmernder Rüstung, wenn sich unter Küchenspülen Pfützen bildeten oder Müllschlucker plötzlich ihren Geist aufgaben. So geschickt er aber generell als Handwerker war: Bei allem, was vier Räder und einen Motor hatte, grenzte sein Können an Zauberei. Er und Henry waren Inhaber der lukrativsten Werkstatt in der Stadt, wobei Henry sich um den Papierkram kümmerte und Mike die eigentlichen Arbeiten ausführte. Ausländische oder einheimische Modelle, ein vierzylindriger Ford Escort oder ein Porsche 911 Turbo – er konnte alles reparieren. Er war imstande, einen Motor abzuhorchen, kleinste Fehlgeräusche herauszuhören, die anderen entgingen, und so festzustellen, was im Argen lag, meist innerhalb weniger Minuten. Er kannte sich mit Einlasskrümmern und -ventilen aus, mit Streben und Kolben, Stoßdämpfern, Kühlern und Radstandanpassung, und er konnte aus dem Gedächtnis die Einstellung von nahezu jedem Auto wiedergeben, das je in die Werkstatt gerollt war. Er vermochte Motoren wieder zusammenzusetzen, ohne in eine Anleitung zu schauen. Doch seine Fingerspitzen waren permanent schwarz, und obwohl er wusste, dass das Ganze ein redlicher Broterwerb war, hätte er manchmal zu gern einen Bruchteil dieses Talents auch in anderen Bereichen seines Lebens verwendet.

Mechanikern und Musikern eilt traditionell der Ruf voraus, Frauenhelden zu sein, aber Mike bildete eine Ausnahme. Er hatte bisher zwei feste Freundinnen gehabt, und da eine dieser Beziehungen in seine Highschool-Zeit fiel und die andere mit Sarah vor drei Jahren zu Ende gegangen war, lag die Vermutung nahe, dass Mike nicht eben auf der Suche nach einer dauerhaften Bindung war, oder auch nur nach einer, die einen Sommer lang hielt. Selbst Mike geriet darüber manchmal ins Grübeln, doch zurzeit endete die Mehrzahl seiner Dates, so sehr er auch anderes ersehnte, mit einem Küsschen auf die Wange, verbunden mit dem Dank der jeweiligen Frauen dafür, dass er ein so guter Freund war. Mit vierunddreißig war Mike Harris folglich bemerkenswert bewandert in der hohen Kunst, Frauen brüderlich zu umarmen, während sie sich an seiner Schulter darüber ausweinten, was für ein Schuft ihr letzter Freund gewesen war. Dabei sah er gut aus, er war ein echter *All-American Boy*, mit hellbraunem Haar, blauen Augen, fröhlichem Lächeln und einer guten Figur. Auch war es nicht so, dass Frauen an seiner Gesellschaft kein Gefallen fanden, im Gegenteil. Sein mangelndes Glück beruhte vielmehr darauf, dass Frauen, die sich mit Mike trafen, spürten, dass er im Grunde nicht wirklich auf eine Beziehung mit ihnen aus war.

Sein Bruder Henry wusste, woher dieser Eindruck rührte; Mikes Schwägerin Emma ebenfalls. Auch Mabel kannte den Grund, wie praktisch jeder, der Mike Harris kannte.

Mike, das wussten alle, war schon lange in jemand anders verliebt.

»Hey, Julie – warte mal.«

Julie, die soeben am Rand von Swansboros altmodischem Geschäftsviertel angekommen war, drehte sich um, als sie Mike rufen hörte. Singer sah zu ihr hoch, und sie nickte.

»Ab mit dir«, sagte sie.

Singer galoppierte los und lief Mike auf halbem Weg entgegen. Mike streichelte ihm im Gehen Kopf und Rücken, dann kraulte er ihn hinter den Ohren. Als Mike aufhörte, bettelte Singer, indem er den Kopf auf und ab bewegte, um mehr Zuwendung.

»Das war's erst mal, Großer«, sagte Mike. »Lass mich mit Julie reden.«

Gleich darauf war er bei Julie angekommen. Singer setzte sich neben ihn und haschte weiterhin nach seiner Hand.

»Hey, Mike«, sagte Julie lächelnd. »Was gibt's denn?«

»Nichts Besonderes. Wollte dir nur sagen, dass dein Jeep fertig ist.«

»Was war denn kaputt?«

»Die Lichtmaschine.«

Genau die Diagnose, die er schon am Freitag, als sie den Wagen vorbeibrachte, gestellt hatte.

»Musstest du sie auswechseln?«

»Ja. Deine war hinüber. Keine große Sache – der Händler hatte welche auf Lager. Übrigens, das mit dem Ölverlust hab ich auch behoben. Musste eine Dichtung beim Filter auswechseln.«

»Der Wagen hat Öl verloren?«

»Sind dir nicht die Flecken auf deiner Auffahrt aufgefallen?«

»Eigentlich nicht, aber ich hab auch gar nicht drauf geachtet.«

Mike lächelte. »Na ja, wie gesagt, es ist jetzt wieder alles in Ordnung. Soll ich dir die Schlüssel vorbeibringen?«

»Nein, ich hol sie nach der Arbeit ab. Vorher brauche ich

sie nicht. Ich bin den ganzen Tag ausgebucht. Du weißt ja, wie das montags immer ist.« Julie lächelte. »Und, wie ist es im Clipper gelaufen? Tut mir Leid, dass ich nicht kommen konnte.«

Mike hatte das Wochenende über Grunge gespielt mit einer Band von Schulabbrechern, die keinen größeren Traum hatten, als Mädchen aufzureißen, Bier zu trinken und den ganzen Tag MTV zu glotzen. Mike war mindestens zwölf Jahre älter als die übrigen Bandmitglieder, und als er Julie die Schlabberjeans und das abgerissene T-Shirt gezeigt hatte, die er bei der Show tragen würde, hatte sie genickt und gesagt: »Ach, schick«, womit eigentlich gemeint war: *Du wirst damit eine absolute Witzfigur abgeben.*

»Es war ganz okay, glaube ich«, sagte er.

»Bloß okay?«

Er zuckte mit den Schultern. »War sowieso nicht meine Art Musik.«

Sie nickte. So sehr sie *ihn* mochte, für seine Stimme hatte auch sie nicht allzu viel übrig. Singer dagegen schien ganz verrückt danach zu sein. Wenn Mike für seine Freunde sang, stimmte Singer immer jaulend mit ein. In der Stadt wurde viel gewitzelt, wer von beiden eher den Durchbruch schaffen würde.

»Und, wie viel kostet die Reparatur?«, fragte Julie jetzt.

Mike überlegte offenbar angestrengt und kratzte sich geistesabwesend am Kinn. »Zweimal Haare schneiden, das kommt ungefähr hin.«

»Na komm, lass mich diesmal bezahlen. Wenigstens für die Ersatzteile. Ich hab das Geld dafür, bestimmt.«

Im letzten Jahr war der Jeep, ein älterer CJ7, dreimal in der Werkstatt gewesen. Doch Mike gelang es immer irgendwie, ihn wieder zum Laufen zu bringen.

»Du zahlst doch«, protestierte Mike. »Mein Haar mag ja langsam dünner werden, aber hin und wieder muss ich es doch schneiden lassen.«

»Also, zwei Haarschnitte, das kann irgendwie nicht hinkommen.«

»So lange hat die Reparatur ja nicht gedauert. Und die

Ersatzteile waren nicht teuer. Der Typ war mir noch was schuldig.«

Julie hob leicht das Kinn. »Weiß Henry darüber Bescheid?«

Mike breitete unschuldsvoll die Arme aus. »Natürlich. Ich bin immerhin sein Partner. Und außerdem war es seine Idee.«

Klar doch, dachte sie.

»Tja, dann danke«, sagte sie schließlich. »Das ist wirklich sehr nett von dir.«

»Gern geschehen.« Mike verstummte, weil er nicht so recht wusste, wie er mit seiner Frage herausrücken sollte. Singer behielt ihn aufmerksam im Auge, den Kopf schräg gelegt, als wolle er drängen: *Nun mach schon, Romeo! Wir wissen doch beide, was dich eigentlich interessiert.* Mike schluckte.

»Und, wie ist es gelaufen mit … äh …« Er gab sich Mühe, so beiläufig wie möglich zu klingen.

»Richard?«

»Ja. Richard.«

»Nett war es.«

»Oh.«

Mike nickte und spürte, wie ihm der Schweiß auf die Stirn trat. Es war ihm ein Rätsel, wie es so früh am Morgen schon so warm sein konnte.

»Und … äh … wo seid ihr hingegangen?«, fragte er.

»Ins Slocum House.«

»Ganz schön schick für ein erstes Treffen«, bemerkte er.

»Die Alternative war das Pizza Hut. Richard hat mir die Entscheidung überlassen.«

Mike trat von einem Fuß auf den anderen und wartete, ob Julie noch mehr sagen würde. Dem war nicht so.

Mist, dachte er. Richard schien eindeutig ein anderes Kaliber zu sein als Bob, der romantische Zahlenjongleur. Oder Ross, der Sex-Besessene. Oder Adam aus den Eingeweiden von Swansboro. Mit solchen Nebenbuhlern, fand Mike, konnte er es durchaus aufnehmen. Aber Richard? Das Slocum House? *Nett war es?*

»Du hast dich also amüsiert?«, fragte er noch einmal nach.

»Ja. Wir hatten Spaß.«

Spaß? Wie viel Spaß? Das ist überhaupt nicht gut, dachte Mike.

»Freut mich«, log er und heuchelte Begeisterung, so gut es ging.

Julie berührte ihn am Arm. »Keine Sorge, Mike. Du weißt doch, dass ich dich immer am meisten lieben werde, nicht wahr?«

Mike schob die Hände in die Taschen. »Aber auch nur, weil ich dein Auto repariere«, sagte er.

»Stell dein Licht nicht unter den Scheffel«, sagte sie. »Schließlich hast du auch mein Dach geflickt.«

»Und deine Waschmaschine repariert.«

Julie beugte sich vor und küsste ihn auf die Wange, dann drückte sie ihm leicht den Arm.

»Was soll ich sagen, Mike? Du bist einfach ein lieber Kerl.«

Als Julie zum Salon weiterging, spürte sie, dass Mike ihr nachsah, doch anders als bei manch anderen Männern störte es sie kein bisschen. Er ist ein guter Freund, dachte sie, verbesserte sich aber auf der Stelle. Nein, Mike war ihr bester Freund, den sie im Notfall immer anrufen konnte. Freunde wie er waren selten, deshalb empfand sie auch Gewissensbisse, wenn sie – wie eben – nicht ganz offen zu ihm war.

Sie brachte es nicht übers Herz, Mike nähere Einzelheiten über ihre Verabredung zu erzählen, weil er … nun, Mike machte nicht gerade ein Geheimnis daraus, was er für sie empfand, und sie wollte seine Gefühle nicht verletzen. Was hätte sie denn sagen sollen? *Verglichen mit den anderen Männern war Richard toll! Klar, ich würde mich wieder mit ihm treffen!* Sie wusste, dass Mike gern etwas mit ihr angefangen hätte, und zwar schon seit ein paar Jahren. Aber ihre Gefühle für Mike – abgesehen davon, dass sie ihn als ihren besten Freund ansah – waren kompliziert. Wie konnte es auch anders sein? Jim und Mike waren von Kindheit an beste Freunde gewesen, Mike war bei ihrer Hochzeit Trauzeuge gewesen, und bei Mike hatte sie nach Jims Tod Trost gesucht. Er war mehr wie ein Bruder, und sie konnte schließlich nicht einfach auf Knopfdruck ihre Gefühle ändern.

Aber das war noch nicht alles. Weil Jim und Mike so enge Freunde gewesen waren, weil Mike in ihrer beider Leben eine Rolle gespielt hatte, empfand Julie schon bei der Vorstellung, mit ihm auszugehen, ein seltsames Gefühl von Verrat. Wenn sie einwilligte, sich mit ihm zu treffen, hieß das, einem Wunsch zu folgen, den sie insgeheim immer schon gehabt hatte? Was würde Jim davon halten? Und konnte sie je Mike anschauen, ohne dabei an Jim zu denken und an frühere Gelegenheiten, als sie alle drei zusammen gewesen waren? Sie wusste es nicht. Und was wäre, falls Mike und sie tatsächlich einmal miteinander ausgingen, das Ganze aber, aus welchem Grund auch immer, in einen Fehlschlag mündete? Das würde alles zwischen ihnen ändern. Aber Julie konnte die Vorstellung nicht ertragen, ihn als Freund zu verlieren. Leichter wäre es also, wenn alles zwischen ihnen beim Alten blieb.

Auch Mike, so mutmaßte sie, war sich über all dies im Klaren, was wahrscheinlich auch der Grund war, warum er sie noch nie um ein Date gebeten hatte, obwohl er es sich so offensichtlich wünschte.

Manchmal aber – wie letzten Sommer, als sie mit Henry und Emma auf dem Boot unterwegs gewesen waren und Wasserski liefen – hatte sie das Gefühl, als ringe er ernstlich mit sich, es zu tun, und wenn ihn diese Stimmungen anwandelten, wurde Mike etwas komisch. Entgegen seiner sonst so unkomplizierten Art – stets lachte er als Erster über Witze, auch wenn sie auf seine Kosten gingen, stets war er derjenige, den man zum Bierholen in den Laden um die Ecke schickte, weil jeder wusste, dass es ihm nichts ausmachte – wurde Mike dann unvermittelt still, als argwöhne er, sein ganzes Problem mit Julie sei darauf zurückzuführen, dass er nicht cool genug war. Statt über das Gerede der anderen zu lachen, zwinkerte er nur oder verdrehte die Augen oder musterte seine Fingernägel. Wenn Mike in diese Launen verfiel, kannte Henry, sein älterer Bruder, kein Pardon. Als Henry damals auf dem Schiff Mikes jähen Stimmungsumschwung bemerkt hatte, hatte er ihn gefragt, ob er mittags zu viele Bohnen gegessen hätte, er sähe nämlich gar nicht gut aus.

Mikes coole Pose war im Nu in sich zusammen gefallen.

Bei dem Gedanken daran musste Julie immer noch lächeln. Armer Mike.

Am nächsten Tag war er wieder ganz der Alte gewesen. Und Julie gefiel Mike so ohnehin viel besser. Typen, die einen auf hart und cool machten oder in Bars Streit anfingen, um der Welt zu beweisen, dass mit ihnen nicht zu spaßen war, langweilten sie. Männer wie Mike dagegen waren Gold wert, das ließ sich nicht abstreiten. Mike hatte ein gutes Herz und sah dazu noch nett aus. Julie mochte die Fältchen um seine Augen, wenn er lächelte, und fand seine Grübchen einfach hinreißend. Seine Fähigkeit, schlechte Neuigkeiten lediglich mit einem Achselzucken zu quittieren, fand sie bewundernswert. Außerdem hatte sie etwas für Männer übrig, die lachen konnten, und Mike lachte viel.

Und ganz besonders gefiel ihr, wie Mikes Lachen sich anhörte.

Wie immer jedoch, wenn ihr solche Gedanken kamen, meldete sich sogleich eine innere Stimme: *Lass es sein. Mike ist dein Freund, dein bester Freund, und das willst du doch nicht aufs Spiel setzen, oder?*

Während sie noch darüber nachsann, stupste Singer sie an und riss sie so aus ihren Gedanken. Er sah zu ihr hoch.

»Ja – geh nur vor, du alter Schnorrer.«

Singer trottete los, an der Bäckerei vorbei und dann durch die angelehnte Tür von Mabels Salon. Mabel hatte jeden Tag einen Keks für ihn.

»Und, wie war ihr Date?« Henry lehnte am Türrahmen, einen Styroporbecher voll Kaffee in der Hand.

»Das hab ich sie nicht gefragt«, antwortete Mike in einem Tonfall, als sei allein der Gedanke lächerlich. Er stieg in seinen Overall und zog ihn über die Jeans hoch.

»Wieso nicht?«

»Hab nicht dran gedacht.«

»Mhm«, machte Henry.

Henry war achtunddreißig, also vier Jahre älter als Mike, und in vieler Hinsicht das reifere Alter Ego seines Bruders.

Henry war größer und kräftiger, und sein Bauchumfang nahm im gleichen Maß zu, wie sein Haar immer schütterer wurde. Er führte ein vergleichsweise ruhiges Leben, war vergleichsweise gesetzt, schließlich war er seit zwölf Jahren mit Emma verheiratet, hatte drei Töchter und ein großes Haus. Anders als Mike hatte er nie künstlerische Ambitionen gehabt. Henry hatte Betriebswirtschaft studiert. Und wie die meisten großen Brüder hatte er das Gefühl, auf seinen kleinen Bruder aufpassen zu müssen, dafür sorgen zu müssen, dass es ihm gut ging und dass er nichts tat, was er später mal bereuen könnte. Dass Spott, Beleidigungen und ab und an ein Rüffel zu seiner Form von Bruderliebe gehörten, mochte manchem herzlos erscheinen, aber wie hätte er sich sonst verhalten sollen? Henry lächelte. Einer musste schließlich auf Mike aufpassen.

Mike hatte den ölverschmierten Overall inzwischen bis zur Taille hochgezerrt.

»Ich wollte ihr bloß sagen, dass ihr Auto fertig ist.«

»Schon? Du hast doch gesagt, es verliert Öl.«

»So war's ja auch.«

»Und das ist schon erledigt?«

»Hat nur ein paar Stunden gedauert.«

»Mhm ...« Henry nickte und dachte: *Verknallt ist schon gar kein Ausdruck mehr für das, was du bist, Brüderchen.*

Doch statt es laut auszusprechen, räusperte sich Henry. »Dann hast du damit also dein Wochenende verbracht? Ihr Auto repariert?«

»Nicht ausschließlich. Ich hab auch im Clipper gespielt, aber das war dir wohl entfallen, was?«

Henry hob abwehrend die Hände. »Du weißt doch, ich steh eher auf Garth Brooks und Tim McGraw. Dieser neue Kram liegt mir nicht. Und außerdem waren Emmas Eltern zum Abendessen da.«

»Die hätten doch mitkommen können.«

Henry musste so lachen, dass er fast seinen Kaffee verschüttete. »Ja, klar. Kannst du dir vorstellen, wie ich die beiden in den Clipper schleppe? Denen ist doch schon das Gedudel im Aufzug zu laut, und Rockmusik halten sie für des Teufels Erfindung. Die bekämen im Clipper doch Ohrensausen.«

»Das erzähle ich Emma.«

»Sie ist ganz meiner Meinung«, sagte er. »Das waren nämlich ihre Worte, nicht meine. Wie ist es denn gelaufen? Im Clipper, meine ich.«

»Ganz gut.«

Henry nickte, er verstand vollkommen. »Tut mir Leid, das zu hören.«

Mike, der gerade den Reißverschluss zuzog, zuckte nur mit den Achseln.

»Was hast du Julie denn diesmal für ihr Auto berechnet? Drei Bleistifte und ein Sandwich?«

»Nein.«

»Einen polierten Kiesel?«

»Ha, ha.«

»Im Ernst, ich bin bloß neugierig.«

»Das Übliche.«

Henry stieß einen Pfiff aus. »Nur gut, dass *ich* hier die Bücher führe.«

Mike warf ihm einen ungeduldigen Blick zu. »Du hättest ihr doch auch einen Sonderpreis gemacht.«

»Ja klar.«

»Warum reitest du dann darauf rum?«

»Weil ich wissen möchte, wie ihr Date gelaufen ist.«

»Was hat das, was ich ihr für die Autoreparatur berechne, mit ihrem Date zu tun?«

Henry lächelte. »Keine Ahnung, Brüderchen. Was meinst du?«

»Ich meine, du hast heute Morgen schon zu viel Kaffee intus und denkst nicht mehr ganz klar.«

Henry trank seinen Kaffee aus. »Vermutlich hast du Recht. Julies Date interessiert dich eben einfach nicht.«

»Genau.«

Henry nahm die Kaffeekanne vom Tisch und schenkte sich noch einen Becher voll ein. »Dann interessiert dich wohl auch nicht, was Mabel denkt.«

Mike hob den Blick. »Mabel?«

Henry fügte gelassen Milch und Zucker hinzu. »Ja, Mabel. Sie hat die beiden Samstagabend gesehen.«

»Woher weißt du das?«

»Weil ich gestern nach der Kirche mit ihr gesprochen habe und sie mir davon erzählt hat.«

»Ach ja?«

Henry kehrte Mike den Rücken zu und entfernte sich Richtung Büro, ein breites Grinsen im Gesicht. »Aber es interessiert dich ja nicht, also halt ich meinen Mund.«

Aus Erfahrung wusste Henry, dass Mike noch wie vom Donner gerührt vor der Tür stand, als er schon längst am Schreibtisch Platz genommen hatte.

— 3 —

Andrea Radley hatte zwar ein Jahr zuvor ihr Diplom als Kosmetikerin gemacht und arbeitete seit neun Monaten für Mabel, aber sie war keine besonders zuverlässige Angestellte. Sie neigte nicht nur dazu, sich ohne Vorankündigung »frei« zu nehmen, sondern kam auch nur selten pünktlich. Mit ihren Styling- und Haarschneidekünsten war es ebenfalls nicht sonderlich weit her, zumindest hielt sie sich nie an die Wünsche der Kunden. Ob diese ihr Bilder mitbrachten oder ihr ausführlich erklärten, was sie gern wollten, machte keinen Unterschied: Andrea verpasste allen den gleichen Haarschnitt. Allerdings war das nicht besonders schlimm. Andrea hatte bereits fast ebenso viele Kunden wie Julie, jedoch, was wenig verwunderlich war, ausschließlich Männer.

Andrea war dreiundzwanzig, eine langbeinige, stets braun gebrannte Blondine, die eher so wirkte, als käme sie direkt von den Stränden Kaliforniens als aus dem kleinen Bergstädtchen Boone, North Carolina, wo sie aufgewachsen war. Sie kleidete sich auch dementsprechend – wie kalt es auch sein mochte, im Salon trug sie Miniröcke. Im Sommer ergänzten knappe Spaghettiträgertops das Outfit, im Winter hohe Lederstiefel. Sie nannte jeden Kunden »Schätzchen«, klimperte mit den langen, dick getuschten Wimpern und kaute permanent Kaugummi. Julie und Mabel kicherten immer über die verträumten Blicke der Männer, die Andrea im Spiegel anstarrten. Andrea, so mutmaßten sie, hätte einem Kunden auch versehentlich eine Glatze verpassen können, er wäre trotzdem wiedergekommen.

Trotz ihres aufreizenden Äußeren war Andrea ein wenig naiv, was Männer betraf. Natürlich glaubte sie zu wissen, worauf die Männer aus waren, und da lag sie auch zumeist richtig. Doch wie man einen Mann dauerhaft hielt, darauf verstand sich Andrea nicht. Dass ihre Erscheinung einen bestimmten Männertyp anlockte, andere aber eher abschreckte, auf den Gedanken kam sie nie. Andrea bandelte mühelos mit tätowierten Harley-Fahrern an oder mit Schluckspechten, die im Clipper abhingen, oder mit Burschen, die auf Bewährung draußen waren, aber es gelang ihr nie, sich mit einem Mann zu verabreden, der einer geregelten Beschäftigung nachging. Zumindest redete sie sich das ein, wenn sie mal wieder in Selbstmitleid schwelgte. In Wahrheit wurde Andrea regelmäßig von grundsoliden Männern mit festen Jobs um ein Date gebeten, doch an denen verlor sie rasch das Interesse und vergaß dann prompt, dass sie überhaupt gefragt hatten.

In den vergangenen drei Monaten war Andrea mit sieben verschiedenen Männern ausgegangen, die insgesamt einunddreißig Tätowierungen, sechs Harleys, zwei Verstöße gegen Bewährungsauflagen und keinen einzigen Job aufwiesen, und momentan bedauerte sie sich wieder einmal ein wenig. Am Samstag hatte sie fürs Essen und das Kino aufkommen müssen, weil ihr Begleiter kein Geld hatte, aber hatte er heute Morgen angerufen? Nein. Natürlich nicht. Würde ihm nie einfallen, sich heute mal bei ihr zu melden. Ihre Bekanntschaften meldeten sich nie, es sei denn, sie brauchten Geld oder fühlten sich »ein bisschen einsam«, wie viele von ihnen sich gern ausdrückten.

Aber Richard hatte heute Morgen im Salon angerufen und nach Julie gefragt.

Schlimmer noch, Julie hatte ihn vermutlich nicht zum Essen einladen müssen, um ihn so weit zu bringen. Warum nur bekam Julie immer die guten Typen ab? An ihrem Outfit konnte es nicht liegen. Meistens sah sie geradezu unscheinbar aus, mit ihren Jeans und den Schlabberpullis und – mal ehrlich – den hässlichen Tretern. Sie bemühte sich überhaupt nicht, ihre Figur zur Geltung zu bringen, ihre Nägel waren nicht manikürt, und braun war sie auch nicht, außer im Sommer, und das war schließlich nichts Besonderes. Warum also war Richard so von Julie angetan? Andrea und Julie waren beide im Salon gewesen, als Richard letzte Woche hereinkam, um sich die Haare schneiden zu lassen, sie hatten beide gerade nichts zu tun und sahen gleichzeitig hoch und sagten Hi. Aber Richard hatte sich an Julie gewandt, nicht an Andrea, und das hatte irgendwie zu einer Verabredung geführt. Andrea bekam schlechte Laune, wenn sie nur daran dachte.

»Aua!«

Andrea schreckte auf und sah auf das Spiegelbild ihres Kunden, eines Anwalts Anfang dreißig. Er rieb sich den Kopf. Andrea zog die Hände zurück.

»Was ist passiert, Schätzchen?«

»Sie haben mir die Schere gegen den Kopf gerammt.«

»Wirklich?«

»Ja. Hat wehgetan.«

Andrea klimperte mit den Wimpern. »Entschuldigung, Schätzchen. Ich wollte Ihnen nicht wehtun. Sie sind mir doch nicht böse, oder?«

»Nein ... natürlich nicht«, sagte der Mann zögernd und nahm die Hand vom Kopf. Mit kritischem Blick musterte er im Spiegel ihr Werk. »Finden Sie nicht, dass die Frisur irgendwie schief ist?«

»Wo?«

»Hier.« Er deutete mit dem Finger hin. »Diese Seite haben Sie viel zu kurz geschnitten.«

Andrea blinzelte zweimal und legte den Kopf langsam erst auf die eine, dann auf die andere Seite. »Ich glaube, der Spiegel ist schief.«

»Der Spiegel?«, wiederholte er.

Sie legte dem Mann die Hand auf die Schulter und lächelte. »Also, ich finde, Sie sehen toll aus, Schätzchen.«

»Ach ja?«

Gegenüber, am Fenster, hob Mabel den Blick von ihrer Zeitschrift. Der Kunde schmolz geradezu im Frisiersessel dahin. Mabel schüttelte den Kopf, während Andrea ihre Arbeit fortsetzte. Scheinbar beruhigt, setzte sich der Mann etwas aufrechter hin.

»Hören Sie, ich habe Karten für das Faith-Hill-Konzert in Raleigh in ein paar Wochen«, sagte er. »Ich frage mich gerade, ob Sie vielleicht mitkommen möchten.«

Leider war Andrea in Gedanken schon wieder bei Richard und Julie. Mabel hatte ihr erzählt, dass sie im Slocum House gewesen waren. Im Slocum House! Da war sie zwar noch nie gewesen, aber sie wusste, dass es sich um ein Nobelrestaurant handelte, so eins mit Kerzen auf den Tischen. Wo einem der Mantel abgenommen und in einem separaten Raum aufgehängt wurde. Und es gab dort Tischdecken aus Stoff, nicht diese billigen aus rotweiß kariertem Plastik. Die Männer, mit denen *sie* ausging, hatten sie nie in solch einen Laden geführt. Die *wussten* vermutlich nicht mal, dass es solche Restaurants gab.

»Tut mir Leid, aber da kann ich nicht«, antwortete sie automatisch.

Richard schickte Julie vermutlich auch Blumen. Vielleicht sogar Rosen. Rote Rosen! Vor ihrem geistigen Auge sah Andrea es deutlich vor sich. Warum bekam Julie immer die guten Typen ab?

»Oh«, sagte der Mann.

Sein Tonfall holte Andrea in die Wirklichkeit zurück. »Wie bitte?«, fragte sie.

»Nichts. Ich hab nur ›oh‹ gesagt.«

Andrea hatte keine blasse Ahnung, wovon er redete. Im Zweifelsfall immer lächeln, dachte sie und lächelte. Worauf der Mann erneut dahinzuschmelzen begann.

Mabel musste sich ein Lachen verkneifen.

Eine Minute nachdem Singer hereingetapst war, sah Mabel auch Julie durch die Tür kommen. Noch bevor sie Hallo sagen konnte, ergriff Andrea das Wort.

»Richard hat angerufen«, sagte sie, ohne ihren Unmut zu verbergen. Dabei feilte sie energisch an ihren perfekt manikürten Nägeln herum.

»Tatsächlich?«, fragte Julie. »Was wollte er denn?«

»Hab ich nicht gefragt«, sagte Andrea spitz. »Ich bin schließlich nicht deine Sekretärin.«

Mabel schüttelte den Kopf, wie um Julie zu sagen, dass sie Andreas Worte nicht ernst nehmen sollte.

Mabel war dreiundsechzig und eine von Julies engsten Freundinnen – dass sie auch noch Jims Tante war, spielte eigentlich keine Rolle mehr. Vor elf Jahren hatte Mabel Julie Arbeit und ein Dach über dem Kopf gegeben, was Julie ihr nie vergessen würde. Doch mittlerweile war aus dem anfänglichen Arbeitsverhältnis längst echte Freundschaft geworden.

Dass Mabel ein wenig – gelinde gesagt – exzentrisch war, störte Julie nicht. Im Laufe der Zeit hatte Julie festgestellt, dass fast jeder in dieser Stadt seine kleinen Eigenarten hatte. Mabel aber wies ganz besondere kleine Schrullen auf. Obwohl sie drei Anträge bekommen hatte, hatte sie nie geheiratet, und schon dies schloss sie von den diversen Clubs und Gruppen der Leute ihres Alters aus. Doch selbst wenn man ihre übrigen Eigenarten außer Acht ließ – dass sie stets auf einem Moped zum Salon tuckerte, gepunktete Kleidung bevorzugte und ihre Sammlung von Elvis-Andenken für »Kunst« hielt –, galt Mabel wegen einer Episode, die über ein Vierteljahrhundert zurücklag, als geradezu sonderbar. Nachdem sie ihr bisheriges Leben in Swansboro verbracht hatte, machte sie sich mit sechsunddreißig Jahren plötzlich aus dem Staub, ohne auch nur eine Menschenseele einzuweihen, wohin sie wollte oder dass sie überhaupt fortging. Während der nächsten acht Jahre schickte sie ihrer Familie Ansichtskarten aus allen Ecken der Welt: vom Ayers Rock in Australien, vom Kilimandscharo in Afrika, von den norwegischen Fjorden, vom Hafen in Hongkong, vom Wawel in Polen. Als sie schließlich wieder in Swansboro auftauchte – ebenso unverhofft, wie sie einst verschwunden war –, setzte sie ihr Leben genau da fort, wo sie es unterbrochen hatte, zog wieder in dasselbe Haus und arbeitete weiter im Salon. Niemand wusste, warum sie das tat, geschweige denn, woher das Geld für ihre Reise oder für den Salon stammte, den sie ein Jahr später übernahm, und sie gab auch nie Auskunft, wenn sie danach gefragt wurde. »Das ist ein Geheimnis«, pflegte sie augenzwinkernd zu sagen, wenn die Leute sie danach fragten, und gab dem Getuschel damit immer wieder neue Nahrung. Inzwischen wurde nicht nur geargwöhnt, Mabel hätte eine etwas anrüchige Vergangenheit, sondern überdies auch nicht alle Tassen im Schrank.

Mabel gab nichts auf die Meinung anderer Leute, und genau das machte für Julie ihren Charme aus. Mabel kleidete sich, wie sie wollte, verbrachte ihre Zeit, mit wem sie wollte, und tat, was sie wollte. Gelegentlich fragte sich Julie, ob Mabels Schrullen echt waren oder sie nur so tat, um den Leuten Rätsel aufzugeben. Wie auch immer, Julie liebte alles an ihr. Sogar ihre ausgeprägte Neugier.

»Wie war es denn mit Richard?«, fragte Mabel.

»Tja, ehrlich gesagt, war ich die ganze Zeit ein wenig in Sorge um dich«, sagte Julie. »Ich dachte schon, wenn du deinen Hals noch weiter verdrehst, um zu lauschen, renkst du dir einen Nackenmuskel aus.«

»Oh, keine Sorge«, sagte Mabel. »Ein wenig Tylenol, und am nächsten Tag war ich so gut wie neu. Aber wechsle nicht das Thema. Ist es gut gelaufen?«

»Sehr gut sogar, dafür, dass ich ihn gerade erst kennen gelernt habe.«

»Von meinem Platz aus hat es fast so ausgesehen, als würde er dich irgendwoher kennen.«

»Wie kommst du darauf?«

»Keine Ahnung. Wegen seinem Gesichtsausdruck, schätze ich, oder vielleicht auch, weil er dich den ganzen Abend so angestarrt hat. Dachte schon, seine Augen sind mit unsichtbaren Fäden an dir befestigt.«

»War es so offensichtlich?«

»Süße, er sah aus wie ein Seemann auf Landgang, der einen Stripclub besucht.«

Julie streifte sich lachend ihren Kittel über. »Dann habe ich ihn wohl bezaubert.«

»Vermutlich.«

Bei Mabels Tonfall hob Julie den Blick. »Hey? Hat er dir nicht gefallen?«

»Das will ich nicht sagen. Schließlich kenne ich ihn ja gar nicht. Als er in den Salon kam, war ich nicht da, und Samstag hast du uns auch nicht miteinander bekannt gemacht.

Musstest ja die ganze Zeit zurückstarren.« Mabel zwinkerte. »Und außerdem bin ich im Herzen eine alte Romantikerin. Solange ein Mann zuhört und Interesse an dem zeigt, was man sagt, ist sein Aussehen nicht so wichtig.«

»Findest du nicht, dass er gut aussieht?«

»Ach, du kennst mich doch – die Typen, die hier wegen Andrea aufkreuzen, sind mehr mein Fall. Arme voller Tätowierungen finde ich sexy.«

Julie lachte. »Lass das bloß nicht Andrea hören!«

»Nein, nein. Solange ich es ihr nicht aufmale, kapiert die doch gar nicht, von wem hier die Rede ist.«

In dem Moment schwang die Tür auf, und eine Frau kam herein. Julies erster Termin für diesen Tag. Mabels Kundin kam gleich hinterher.

»Und … triffst du dich noch mal mit ihm?«, fragte Mabel.

»Keine Ahnung, ob er mich fragt, aber ich wäre nicht abgeneigt.«

»Möchtest du, dass er dich fragt?«

»Ja«, gestand Julie. »Ich glaube schon.«

Mabels Augen funkelten. »Tja … was wird dein süßer Bob dazu sagen? Das wird ihm das Herz brechen.«

»Falls er noch mal anruft, werd ich ihm vielleicht einfach sagen, dass du Interesse hast.«

»O ja, bitte – ich könnte Hilfe bei meiner Steuererklärung gebrauchen. Schade nur, dass ich ihm vermutlich etwas zu abenteuerlustig bin.« Sie schwieg kurz. »Wie hat Mike es denn aufgenommen?«

Von ihrem Platz am Fenster aus hatte Mabel die beiden bei ihrem Gespräch gesehen.

Julie zuckte die Achseln. Mit dieser Frage hatte sie gerechnet. »Ziemlich gelassen.«

»Er ist ein guter Junge.«

»Ja, stimmt.«

Mabel vertiefte die Sache nicht weiter, sie wusste, dass es nutzlos war. Sie hatte es schon mehrfach versucht, allerdings ohne Erfolg. Dabei fand sie es insgeheim jammerschade, dass sich zwischen den beiden noch nichts getan hatte. Mike und Julie hätten ihrer Ansicht nach ein gutes Paar abgegeben.

Und Jim, da war sie sich sicher, hätte garantiert nichts dagegen gehabt.

Sie musste es wissen. Schließlich war sie seine Tante.

Mikes Schraubenschlüssel verklemmte sich an einem Bolzen in den Tiefen des Motors. Bei dem Versuch, ihn freizubekommen, zerrte Mike etwas zu ungestüm und schrammte sich den Handrücken auf. Nachdem er die Wunde desinfiziert und verbunden hatte, versuchte er ein weiteres Mal, den Schraubenschlüssel freizubekommen, wieder ohne Erfolg. Den ganzen Morgen über war Mike ein dummer Fehler nach dem anderen unterlaufen, bei einer Reparatur, die für ihn eigentlich Routine war, und jetzt bekam er nicht mal mehr den blöden Schraubenschlüssel frei. Aber das war natürlich nicht allein seine Schuld. Wenn überhaupt, fand Mike, war es Julies Schuld. Wie sollte er sich auf die Arbeit konzentrieren, wenn ihm ständig ihr Treffen mit Richard durch den Kopf spukte?

Ihr *nettes* Treffen. Ihr *spaßiges* Treffen.

Was war so *nett* daran gewesen?, fragte er sich grübelnd. Und was hatte sie mit *Spaß* gemeint?

Es gab nur einen Weg, es zu erfahren, das war ihm klar, obwohl ihm schon bei dem Gedanken grauste. Aber was blieb ihm anderes übrig? Er konnte ja schlecht zum Salon rübergehen und Mabel persönlich fragen, während Julie gleich daneben stand. Blieb also nur Henry.

Henry, der gute, liebe, große Bruder.

Na klar, dachte Mike.

Henry hätte es ihm ja einfach erzählen können, aber *nein*, er musste ihn zappeln lassen. Mike sollte um Informationen betteln. Sollte angekrochen kommen, damit Henry erbarmungslos sticheln konnte.

Nun, diesmal nicht, Kumpel, entschied Mike. Diesmal nicht.

Er trat wieder auf das Auto zu und arbeitete sich mit der Hand zum Schlüssel vor. Immer noch verklemmt. Er warf einen Blick über die Schulter und überlegte, ob ein Schraubenzieher eventuell die nötige Hebelwirkung liefern konnte, um den Schlüssel freizubekommen. Mike ließ es auf einen Versuch ankommen und stocherte mit dem Werkzeug im Motorraum herum, doch als er es gerade an der richtigen Stelle hatte, hörte er wieder Julies Stimme, und der Schraubenzieher glitt ihm aus der Hand.

Nett war es, hatte Julie gesagt. *Wir hatten Spaß*.

Als Mike nach dem Schraubenzieher angelte, rutschte dieser klappernd abwärts wie eine Flipperkugel und verschwand schließlich außer Sichtweite. Mike beugte sich vor, und obwohl er sich mit diesem speziellen Motor genau auskannte, hatte er keinen blassen Schimmer, wo das Werkzeug abgeblieben war.

Mike blinzelte ungläubig.

Toll, dachte er, einfach toll. Der Schraubenschlüssel klemmt fest, der Schraubenzieher ist in einem schwarzen Loch im Motor verschwunden, und ich krieg hier nix auf die Reihe. Ich arbeite jetzt seit einer Stunde an dem Ding, und wenn das so weitergeht, werde ich bei Blaine Sutter, dem Vertreter für Snap-on-Werkzeug, eine große Bestellung aufgeben müssen.

Er musste mit Henry reden. Eine andere Lösung gab es nicht.

Mist.

Mike schnappte sich einen Lappen und wischte sich auf dem Weg durch die Werkstatt die Hände daran ab, voller Zorn, dass es so weit gekommen war. Gleichzeitig überlegte er, wie er am besten vorgehen sollte. Die Herausforderung bestand darin, Henry über den Grund für sein Interesse im Unklaren zu lassen. Sein Bruder lebte für solche Momente. Wahrscheinlich hatte er sich schon den ganzen Morgen fiese Sticheleien überlegt. Mike ging seinen Plan noch einmal kurz durch und steckte dann den Kopf durch die Tür von Henrys Büro.

Henry saß hinter seinem überquellenden Schreibtisch und gab gerade telefonisch eine Bestellung durch. Direkt vor ihm stand eine Schachtel Mini-Doughnuts neben einer Dose Pepsi. Henry hatte immer einen Vorrat Süßigkeiten in einer Schublade, als Ausgleich für das gesunde Essen, das Emma kochte. Henry winkte ihn herein, und als Mike auf dem Stuhl gegenüber Platz nahm, legte er auf.

»Das war der Händler unten in Jacksonville«, sagte Henry. »Den Schalter, den du für den Volvo brauchst, kriegen sie erst in einer Woche rein. Erinnere mich daran, Evelyn anzurufen, ja?«

»Klar«, sagte Mike.

»Also, was hast du auf dem Herzen, Brüderchen?«

Henry wusste natürlich längst, was Mike auf den Nägeln brannte. Das Thema stand seinem Bruder ins Gesicht geschrieben, dennoch schwieg Henry. Es war zu vergnüglich, Mike zappeln zu sehen, davon konnte er den ganzen Tag zehren.

»Na ja«, sagte Mike, »ich hab mir überlegt ...« Seine Stimme verlor sich.

»Ja?«, fragte Henry.

»Nun, ich hab mir überlegt, dass ich vielleicht wieder anfangen sollte, mit dir und der Familie in die Kirche zu gehen.«

Henry legte einen Finger an sein Kinn und dachte: *Origineller Einstieg. Wird dir zwar nicht viel nutzen, aber originell auf jeden Fall.*

»Ach wirklich?«, sagte er, verstohlen lächelnd.

»Ja. Bin länger nicht gegangen, aber es würde mir gut tun.«

Henry nickte. »M-hm ... Könntest Recht haben. Wollen wir uns vor der Kirche treffen, oder sollen wir dich abholen?«

Mike rutschte auf dem Stuhl herum. »Na ja, ich wollte erst mal wissen, wie der neue Pfarrer so ist. Ich meine, wie kommen seine Predigten bei den Leuten an? Reden sie nach dem Gottesdienst darüber?«

»Klar. Aber du kannst dich ja am Sonntag selbst davon überzeugen. Wir gehen um neun.«

»Um neun. Okay. Gut.« Mike nickte und blieb kurz still. »Trotzdem, was haben die Leute denn letzten Sonntag so gesagt?«

»Oh, mal überlegen ...« Henry tippte sich scheinbar grübelnd mit dem Finger ans Kinn. »Weiß ich nicht mehr. Ich hab mich mit Mabel unterhalten.«

Bingo, dachte Mike, innerlich frohlockend. Genau wie geplant. Ich bin ein Meister der Täuschung.

»Mit Mabel?«, wiederholte er.

Henry klaubte einen Doughnut aus der Schachtel. Er biss hinein, wedelte mit einer Hand, lehnte sich im Sessel zurück und begann mit vollem Mund zu reden. »Ja. Sonst geht sie immer zum Frühgottesdienst, aber diesmal war sie wohl zu spät dran. Wir haben uns lang und breit unterhalten, und sie hat einiges zu erzählen gehabt, Junge, Junge.« Henry verstummte kurz, schaute hoch, als wolle er die kleinen Löcher zwischen den Deckenplatten zählen, rückte dann seinen Stuhl wieder nach vorn und schüttelte den Kopf. »Aber das interessiert dich ja nicht. Wir haben uns nur über Julies Date unterhalten. Also, sollen wir dich am Sonntag abholen oder nicht?«

Da sein Plan sich so jäh in Wohlgefallen aufgelöst hatte, rang Mike hilflos um Fassung.

»Äh … nun …«

Henry sah ihn an, ein herausforderndes Funkeln in den Augen. »Es sei denn, du hast es dir anders überlegt.«

Mike wurde blass. »Äh …«

Henry lachte. Er hatte seinen Spaß gehabt, und so vergnüglich das Ganze auch ablief, war es nun Zeit, aufzuhören. »Beantworte mir eine Frage, Mike«, sagte er deshalb und beugte sich vor. »Warum tust du hartnäckig so, als wolltest du nichts von Julie?«

Mike blinzelte. »Wir sind bloß Freunde«, sagte er wie im Reflex.

Henry ging nicht darauf ein. »Ist es wegen Jim?«

Als Mike stumm blieb, legte Henry den Doughnut aus der Hand. »Er ist jetzt schon lange tot. Du brauchst dich also nicht zu fühlen, als würdest du versuchen, ihm die Frau auszuspannen.«

»Warum hast du mir dann signalisiert, ich sollte die Finger von ihr lassen? Letzten Sommer, auf dem Boot zum Beispiel?«

»Weil sie Zeit brauchte, Mike. Das weißt du. Letztes Jahr war sie noch nicht so weit, wieder was mit einem Mann anzufangen. Aber inzwischen ist das anders.«

Mike wusste nicht, was er darauf sagen sollte. Noch dazu war ihm schleierhaft, woher Henry das alles wusste.

»So leicht ist das nicht«, entgegnete er schließlich.

»Natürlich ist es nicht leicht. Meinst du, mir ist es leicht gefallen, Emma das erste Mal um ein Date zu bitten? Es gab eine Menge Typen, die mit ihr ausgehen wollten, aber ich hab mir gesagt, das Schlimmste, was mir passieren kann, ist, eine Abfuhr zu erhalten.«

»Also bitte – Emma hat mir erzählt, sie hätte schon ein Auge auf dich geworfen, *bevor* du sie um ein Date gebeten hast. Ihr zwei wart füreinander bestimmt.«

»Aber das wusste ich doch nicht. Damals jedenfalls noch nicht. Ich wusste nur, dass ich mein Glück versuchen musste.«

Mike sah Henry in die Augen. »Aber sie war nicht zuvor mit deinem besten Freund verheiratet.«

»Nein«, sagte Henry, »das stimmt. Aber andererseits waren wir auch nicht schon vorher befreundet, so wie du und Julie.«

»Das macht es ja so schwierig. Was, wenn sich dann alles zwischen uns ändert?«

»Das tut es ja bereits, Brüderchen.«

»Eigentlich nicht.«

»Aber sicher«, sagte er. »Sonst hättest du mich doch nicht über die Sache mit Richard ausfragen müssen, oder? Julie hätte dir von sich aus davon erzählt. Von Bob hat sie dir doch erzählt, oder?«

Darauf wusste Mike keine Antwort, doch als er kurze Zeit später das Büro verließ, sah er ein, dass Henry Recht hatte.

– 4 –

Singer hob den Kopf von der Decke, sobald Richard in den Salon kam. Er knurrte zwar, aber nur gedämpft, als hätte er Angst, Julie könnte wieder mit ihm schimpfen.

»Hey, Schätzchen! Schon wieder Haare schneiden?«, fragte Andrea lächelnd. Richard trug Jeans, und sein Hemd war oben aufgeknöpft, sodass die lockigen Härchen auf seiner Brust zu sehen waren. Und diese Augen … »Ich brauch hier nur noch ein paar Minuten.«

Richard schüttelte den Kopf. »Nein, danke«, sagte er. »Ist Julie da?«

Andreas Lächeln erlosch. Sie ließ ihre Kaugummiblase knallen und deutete mit dem Kopf zum hinteren Teil des Salons. »Ja, sie ist da«, sagte sie schmollend.

Mabel hatte die Türglocke bimmeln hören und kam hinter der Trennwand hervor.

»Oh … Richard, richtig? Wie geht es Ihnen?«, fragte sie höflich.

Richard legte die Hände zusammen. Er erinnerte sich daran, Mabel im Restaurant gesehen zu haben, und obwohl ihre Miene recht freundlich war, wusste er, dass sie ihn genau taxierte. So war das in jeder Kleinstadt, damit kannte er sich aus.

»Gut, Ma'am, danke. Und Ihnen?«

»Auch gut. Julie kommt gleich. Sie setzt gerade eine Kundin unter die Trockenhaube, aber ich sag ihr, dass Sie hier sind.«

»Vielen Dank.«

Auch ohne sich umzudrehen, wusste Richard, dass Andrea ihn weiter anstarrte. Die meisten Leute hätten sie wohl als

Wahnsinnsfrau bezeichnet, aber ihn ließ sie ziemlich kalt. Ihre Schönheit hatte etwas Gezwungenes, fand er, als gäbe sie sich zu viel Mühe damit. Ihm gefielen Frauen mit natürlicher Ausstrahlung, so wie Julie.

»Hallo Richard«, sagte Julie kurz darauf. Sie lächelte ihn an, aufs Neue geblendet von seinem guten Aussehen.

Singer erhob sich von der Decke und wollte ihr folgen, aber sie machte eine abwehrende Handbewegung. Er blieb stehen und hörte auf zu knurren.

»Hallo«, antwortete Richard. »Langsam gewöhnt er sich wohl an mich, was?«

Julie warf einen Blick auf Singer. »Der? Oh, wir haben uns mal unterhalten. Ich glaube, jetzt ist alles geklärt.«

»Unterhalten?«

»Er ist eifersüchtig.«

»Eifersüchtig?«

Sie zuckte die Achseln. »Um das zu verstehen, müsstest du mit ihm zusammenleben.«

Richard zog eine Augenbraue hoch, sagte aber nichts.

»Und, was führt dich her?«, fragte sie.

»Ich dachte, ich schau mal, wie's dir so geht.«

»Gut geht's, aber im Moment hab ich recht viel zu tun. Geht schon den ganzen Morgen rund hier. Wieso bist du nicht bei der Arbeit?«

»Bin ich ja. Mehr oder weniger jedenfalls. Als beratender Ingenieur kann man sich seine Zeit ganz gut selbst einteilen, und da dachte ich, ich komme auf einen Sprung in die Stadt.«

»Nur um mich zu sehen?«

»Ich wüsste keinen besseren Grund.«

Sie lächelte. »Ich hab mich Samstagabend gut amüsiert«, bemerkte sie.

»Ich auch.« Richards Blick huschte zu Mabel und Andrea, und obwohl beide anderweitig beschäftigt waren, wusste er, dass sie die Ohren spitzten. »Meinst du, du könntest einen Augenblick mit nach draußen kommen, damit wir uns unterhalten können? Ich hab vorhin schon mal angerufen, aber du warst nicht da.«

»Liebend gern, aber ich hab hinten noch eine Kundin sitzen.«

»Es wird nicht lange dauern.«

Julie zögerte, spähte zur Uhr.

»Versprochen«, setzte Richard hinzu. »Ich weiß ja, dass du arbeiten musst.«

»Also gut«, sagte sie, »aber nicht zu lange. Sonst geht das mit der Haarfarbe schief, und du fällst in Ungnade. Lass mich noch mal kurz nach ihr sehen, ja?«

»Klar.«

Julie kehrte zu ihrer Kundin zurück. Die Frau ließ sich Strähnchen färben und hatte deshalb eine Plastikhaube auf dem Kopf. Aus den Löchern der Haube hingen einzelne, mit violetter Farbe eingepinselte Haarsträhnen. Julie prüfte die Farbe, stellte den Haartrockner ganz niedrig ein, wodurch sie ein paar Minuten gewann, und eilte wieder nach vorn in den Salon.

»Alles klar«, sagte sie auf dem Weg zur Tür, »ich bin so weit.«

Richard folgte ihr hinaus. Die Tür ging bimmelnd hinter ihnen zu.

»Also, worüber wolltest du mit mir reden?«

Richard zuckte die Achseln. »Über nichts Wichtiges. Ich wollte dich bloß eine Minute für mich haben.«

»Du machst Witze.«

»Ganz und gar nicht.«

»Aber warum?«

»Ach«, sagte er in gespielter Unschuld, »das weiß ich selbst nicht so recht.«

»Ich hab deine Karte gefunden«, sagte Julie. »Das war doch nicht nötig.«

»Weiß ich. Aber ich hatte Lust dazu.«

»Hast du deswegen heute früh im Salon angerufen? Um zu erfahren, ob ich sie bekommen habe?«

»Nein. Ich wollte nur deine Stimme hören.«

Julie sah zu ihm hoch und dachte: Mit solchen Schmeicheleien fängt der Tag wirklich gut an. Gleich darauf begann Richard, an seinem Uhrenarmband zu nesteln.

»Aber ich bin noch aus einem anderen Grund hier.«

»Ach, verstehe. Erst bekomme ich Honig um den Bart geschmiert, dann kommt die Wahrheit ans Licht, wie?«

Er lachte. »So ungefähr. Ehrlich gesagt möchte ich wissen, ob du Lust hast, am Samstag noch mal mit mir auszugehen.«

Am Samstag, fiel Julie siedend heiß ein, sollte sie zum Abendessen zu Emma und Henry kommen. Und Mike auch.

»Das würde ich sehr gern, aber ich kann nicht. Ich bin bei Freunden eingeladen. Können wir uns nicht am Freitag sehen? Oder vielleicht irgendwann in der Woche?«

Richard schüttelte den Kopf. »Ich wünschte, das ginge, aber ich fahre heute Abend zu einem Meeting nach Cleveland und bin erst Samstag wieder zurück. Und ich habe eben erst erfahren, dass ich am Wochenende darauf möglicherweise auch weg muss. Steht zwar noch nicht fest, aber es sieht ganz danach aus.« Er schwieg. »Bist du sicher, dass es nicht geht?«

»Leider ja«, sagte Julie. Widerstrebend fuhr sie fort: »Es sind gute Freunde. Da kann ich nicht einfach in letzter Minute absagen.«

Kurz huschte ein rätselhafter Ausdruck über Richards Gesicht, doch er war im Nu wieder verschwunden. »Okay«, sagte er.

»Tut mir Leid«, murmelte Julie. Hoffentlich glaubte er ihr, dass sie es ernst meinte.

»Mach dir keine Gedanken.« Richards Blick schien in die Ferne zu schweifen, bevor er sie wieder ansah. »Aber ich darf dich doch in ein paar Wochen noch mal anrufen? Wenn ich wieder da bin, meine ich? Vielleicht können wir ja dann was ausmachen.«

In ein paar Wochen?

»Warte mal«, sagte Julie. »Du könntest doch mit zu dem Abendessen kommen! Meine Freunde hätten bestimmt nichts dagegen.«

Richard schüttelte den Kopf. »Nein. Es sind deine Freunde, und mit neuen Bekanntschaften tu ich mich schwer. Das ist immer schon so gewesen – ich bin etwas schüchtern –

und ich möchte nicht, dass du deine Pläne ändern musst.« Er lächelte und nickte dann Richtung Salon. »Hör mal, ich habe versprochen, dich nicht lange aufzuhalten, und ich bin einer, der sein Wort hält. Außerdem muss ich auch zurück zur Arbeit.« Er lächelte wieder. »Übrigens, toll siehst du aus.«

Als er sich zum Gehen wandte, konnte Julie nicht an sich halten und rief: »Warte!«

Richard blieb stehen. »Ja?«

»Hör zu, wenn du nächste Woche nicht hier bist … vielleicht kann ich meine Pläne ja doch ändern. Ich werde mit Emma reden. Sie nimmt's mir bestimmt nicht übel.«

»Ich möchte nicht, dass du deine Verabredung einfach sausen lässt.«

»So schlimm ist es auch wieder nicht … Wir sehen uns oft.«

»Ganz sicher?«, fragte er.

»Ja, ganz sicher.«

Richard sah Julie in die Augen, mit einem Blick, als sähe er sie zum ersten Mal. »Das ist toll«, sagte er, und bevor sie wusste, wie ihr geschah, neigte er sich vor und küsste sie.

Nicht sehr fest, nicht zu lang, aber immerhin ein Kuss.

»Danke«, murmelte er.

Bevor ihr eine Antwort einfiel, drehte Richard sich um und ging davon. Julie konnte ihm nur nachsehen.

»Hat er sie gerade geküsst?« Mike fiel der Unterkiefer runter.

Er hatte gerade am offenen Erkerfenster der Werkstatt gestanden, als er Richard die Straße heraufkommen sah. Er hatte beobachtet, wie Richard allein in den Salon ging, dann, wie Julie und Richard zusammen herauskamen, und gerade als Richard sich vorbeugte, um Julie zu küssen, war Henry zu ihm getreten.

»Den Eindruck hatte ich«, bestätigte Henry.

»Sie kennen sich doch noch nicht mal.«

»Jetzt schon.«

»Danke, Henry. Du baust mich richtig auf.«

»Soll ich dich anlügen?«

»Momentan wär mir das fast lieber«, murmelte Mike.

»Na gut«, sagte Henry nach kurzem Nachdenken. »Der Kerl ist echt hässlich.«

Mike schlug wortlos die Hände vors Gesicht.

Im Salon trat Julie wieder zu ihrer Kundin.

»Ich dachte schon, Sie hätten mich vergessen«, sagte die Frau vorwurfsvoll und ließ ihre Illustrierte sinken.

Julie prüfte erneut an ein paar Haarsträhnen die Farbe. »Entschuldigung, aber ich hab die Uhr im Auge behalten. Es dauerte noch ein paar Minuten.«

»Die Strähnchen werden doch diesmal heller als beim letzten Mal, oder?«

»Auf jeden Fall.«

Die Frau ließ sich weiter über die genaue Farbe aus, die ihr vorschwebte. Julie hörte zwar, dass sie redete, schenkte ihren Worten jedoch keine Beachtung. Stattdessen dachte sie an Richard und daran, was eben vor der Tür vorgefallen war.

Er hatte sie geküsst.

Das war natürlich keine große Sache. Doch aus irgendeinem Grund musste sie ständig daran denken und wusste nicht recht, was sie empfand. Wie es geschehen war, war so ... so ... ja, *was* so?

Forsch? Überraschend?

Julie ging zum Waschbecken, um das richtige Shampoo auszusuchen, und grübelte immer noch darüber nach, als Mabel zu ihr trat.

»Hab ich eben richtig gesehen?«, fragte sie. »Hast du ihn etwa geküsst?«

»Eigentlich hat *er* mich geküsst.«

»Besonders glücklich siehst du jetzt aber nicht aus.«

»Ich weiß nicht, ob ›glücklich‹ das richtige Wort ist, um mein Gefühl zu beschreiben.«

»Wieso?«

»Keine Ahnung«, sagte Julie. »Es schien nur so ...« Ihre Stimme verlor sich, während sie nach dem passenden Wort suchte.

»Unerwartet?«, schlug Mabel vor.

Julie dachte nach. Er *war* zwar forsch gewesen, aber zu weit war er eigentlich nicht gegangen. Und sie *fand* ihn ja attraktiv, sie *hatte* ja eingewilligt, mit ihm auszugehen, also war überraschend wohl auch kaum das passende Wort. Und sie wusste auch, dass sie dies alles kein bisschen in Frage gestellt hätte, wenn er es nach ihrem Treffen kommenden Samstag getan hätte. Dann wäre sie womöglich sogar beleidigt gewesen, wenn er *nicht* versucht hätte, sie zu küssen.

Warum also kam es ihr vor, als hätte Richard eben eine Grenze überschritten, ohne sie um Erlaubnis zu bitten?

Julie zuckte mit den Schultern. »Unerwartet ist wohl das richtige Wort.«

Mabel musterte sie kurz. »Nun, ich würde sagen, das heißt, er hat sich am Samstag genauso gut amüsiert wie du«, sagte sie. »Obwohl mich das nicht besonders wundert. Offenbar macht er dir jetzt nach allen Regeln der Kunst den Hof.«

Julie nickte bedächtig. »Schon möglich.«

»Schon möglich?«

»Er hat mir auch eine Karte in den Briefkasten gesteckt. Ich fand sie heute früh.«

Mabel zog die Augenbrauen hoch.

»Findest du das übertrieben?«, fragte Julie. »Dafür, dass ich ihn gerade erst kennen gelernt habe?«

»Nicht unbedingt.«

»Aber vielleicht doch?«

»Ach, wer weiß. Ich kann nur sagen, willkommen in der wunderbaren Welt des Dating. Da wird einem wenigstens nie langweilig, stimmt's?«

Richard hatte schon lange nicht mehr laut gelacht, und in seinem Wagen klang es besonders laut.

Er ist eifersüchtig, hatte Julie über ihren Hund gesagt, als hielte sie ihn für einen Menschen. Süß.

Sie hatten einen wunderbaren Abend verlebt. Sicher, er hatte ihre Gesellschaft genossen, aber was ihm die meiste Bewunderung abnötigte, war ihre Unverwüstlichkeit. Sie hatte ein schweres Leben gehabt, die meisten Menschen wären darüber verbittert geworden oder zornig, aber davon hatte er bei ihr keine Spur bemerkt.

Außerdem war sie bezaubernd. Wie sie ihn mit geradezu kindlicher Aufregung angelächelt hatte, und wie sie mit sich rang, ob sie die Pläne mit ihren Freunden über den Haufen werfen sollte … Ihm war, als könne er sie stundenlang betrachten, ohne sich je an ihr satt zu sehen.

Ich hab mich Samstagabend gut amüsiert, hatte sie gesagt.

Das hatte er schon vermutet, aber um Gewissheit zu erlangen, hatte er sie unbedingt sehen müssen. Am Morgen nach einem wunderschönen Abend zu zweit konnten die Gedanken auf Abwege geraten. All die Fragen, die Unruhe, die Zweifel … Hätte er lieber dies tun, lieber jenes sagen sollen? Am Sonntag hatte er das Treffen noch einmal in allen Einzelheiten Revue passieren lassen, sich an Julies Mienenspiel erinnert und ihre Aussagen auf verborgene Untertöne überprüft, die womöglich nahe legten, dass er etwas falsch gemacht hatte. Er hatte wach gelegen und keinen Schlaf gefunden, bis er auf die Idee kam, eine Karte zu schreiben und sie ihr in den Briefkasten zu stecken, damit sie sie am nächsten Morgen fand.

Aber seine Sorgen waren unbegründet gewesen. Sie hatten sich beide gut amüsiert – nein, prächtig sogar. Lachhaft, der Gedanke, dass er sich da geirrt haben könnte.

Sein Mobiltelefon läutete, und er prüfte anhand der Nummer im Display, wer es war.

Blansen von der Baustelle. Der Vorarbeiter. Bestimmt mit neuen Hiobsbotschaften über den Zeitplan, der nicht einzuhalten war, über zusätzlich anfallende Kosten. Über Verzögerungen. Blansen hatte immer üble Neuigkeiten. Deprimierend, der Typ. Behauptete, ihm läge was an seinen Leuten, womit aber in Wahrheit gemeint war, er wollte nicht, dass sie sich überarbeiteten.

Statt dranzugehen, rief sich Richard noch einmal Julies Bild vor Augen. Es war Schicksal gewesen, dachte er, sie zu treffen. An jenem Morgen hätte er an tausend anderen Orten sein können. Ein neuer Haarschnitt hätte noch ein paar

Wochen warten können, aber wie von einer unbekannten Macht geleitet hatte er die Tür zum Salon aufgestoßen. *Schicksal.*

Das Mobiltelefon schrillte wieder los.

Ja, die Verabredung war gut gelaufen, aber da war noch etwas. Heute, kurz bevor sie sich trennten …

Vielleicht hätte er Julie nicht küssen sollen. Dabei hatte er das gar nicht vorgehabt, aber als sie ihm zuliebe ihre Pläne über den Haufen warf, war er so freudig erregt gewesen, dass es einfach geschah. Für sie beide überraschend. War es zu früh gewesen?

Ja, entschied er und bereute es. Es bestand kein Grund zur Hast. Beim nächsten Wiedersehen wollte er es lieber langsamer angehen lassen. Ihr ein wenig Luft lassen, damit sie sich in aller Ruhe ihre Meinung über ihn bilden konnte, ohne Druck. Ganz natürlich.

Das Mobiltelefon läutete ein drittes Mal, aber Richard ignorierte es weiter. Vor seinem geistigen Auge ließ er die Szene noch einmal Revue passieren.

Sehr süß.

— 5 —

Am Samstagabend, beim Essen, starrte Richard Julie über den Tisch hinweg an. Ein feines Lächeln spielte um seine Lippen.

»Worüber lächelst du?«, fragte Julie.

Richard machte ein verlegenes Gesicht. »Entschuldige. Hab wohl gerade ein bisschen geträumt.«

»Bin ich so langweilig?«

»Überhaupt nicht. Ich freue mich nur, dass du es einrichten konntest, heute Abend mit mir auszugehen.« Er tupfte sich mit der Serviette den Mundwinkel ab und sah Julie tief in die Augen. »Habe ich dir schon gesagt, wie zauberhaft du heute Abend aussiehst?«

»Ungefähr ein Dutzend Mal.«

»Soll ich aufhören?«

»Nein. Es hört sich vielleicht seltsam an, aber an ein Leben wie auf einem Sockel könnte ich mich gewöhnen.«

Richard lachte. »Ich werd mir Mühe geben, dass du da bleibst.«

Sie waren im Pagini's, einem gemütlichen Restaurant in Morehead City, in dem es nach frischen Gewürzen und Buttersoße duftete, die Art Lokal, wo die Kellner Schwarz und Weiß trugen und das Menü mitunter direkt am Tisch zubereitet wurde. Neben dem Tisch stand in einem Eiskübel eine Flasche Chardonnay. Der Kellner hatte zwei Gläser eingeschenkt, sie leuchteten golden im gedämpften Licht. Richard war in einem Leinenjackett an Julies Tür erschienen, einen Strauß Rosen im Arm und dezent nach Eau de Cologne duftend.

»Erzähl mir von deiner Woche«, sagte er jetzt. »Was ist Aufregendes passiert, während ich fort war?«

»Meinst du, bei der Arbeit?«

»Bei der Arbeit, in deinem Leben, einerlei. Ich möchte alles wissen.«

»Die Frage sollte ich wohl eher dir stellen.«

»Wieso?«

»Weil mein Leben nicht besonders aufregend ist. Ich bin Friseurin in einer kleinen Stadt in den Südstaaten, schon vergessen?« Julie schlug einen humorvollen Ton an, als wolle sie jedes Mitgefühl abwehren. »Außerdem merke ich gerade, dass ich noch nicht viel von dir weiß.«

»Dass ich Ingenieur bin, habe ich doch schon erwähnt, oder?«

»Ja, aber Näheres hast du nicht erzählt.«

»Weil mein Job ziemlich langweilig ist.«

Julie sah skeptisch drein, und Richard dachte kurz nach. »Okay ... was mache ich ...« Er hielt inne. »Nun, denk dir einfach, dass ich derjenige bin, der hinter den Kulissen dafür sorgt, dass die Brücke nicht einstürzt.«

»Das ist doch nicht langweilig!«

»Eigentlich ist es nur eine bessere Umschreibung dafür, dass ich den ganzen Tag mit Zahlen zu tun habe. Ich bin das, was die meisten Leute einen Zahlenheini nennen würden.«

Julie musterte ihn zweifelnd. »Ging es bei dem Meeting auch darum?«

»Welches Meeting?«

»Das in Cleveland.«

»Oh ... nein«, sagte Richard und schüttelte den Kopf. »Die Firma will sich demnächst um ein weiteres Projekt in Florida bewerben, und da ist viel Vorarbeit zu erledigen – Kostenvoranschläge, Verkehrshochrechnungen, zu erwartende Belastungen und so. Dafür haben die Firmen natürlich eigene Leute, aber Ingenieure wie ich werden eingeschaltet, um sicherzugehen, dass ihre Entwürfe den Vorgaben der staatlichen Ausschreibungen entsprechen. Du würdest staunen, wie viel Arbeit anfällt, bevor ein Projekt überhaupt beginnen kann! Ganze Wälder kostet der Papierkram eines einzelnen Projekts, und im Moment bin ich ehrlich gesagt etwas überlastet.«

Julie betrachtete ihn im Schummerlicht des Restaurants.

Sein markantes Gesicht, ebenso gefurcht wie jungenhaft, erinnerte sie an die Männer aus der Zigarettenwerbung. Sie versuchte vergeblich, sich vorzustellen, wie Richard als Kind ausgesehen haben mochte.

»Was machst du in deiner Freizeit? Hast du Hobbys?«

»Nicht sehr viel. Neben der Arbeit und etwas Fitnesstraining bleibt mir kaum Zeit für anderes. Früher hab ich ein bisschen fotografiert. Am College habe ich ein paar Kurse absolviert und kurze Zeit sogar überlegt, das professionell zu machen. Aber leben kann man kaum davon, wenn man nicht gerade ein Atelier aufmacht, und ich hatte keine Lust, die Wochenenden als Fotograf bei Hochzeiten oder Bar-Mizwas zu verbringen, oder Kinder abzulichten, die von ihren Eltern angeschleppt werden.«

»Also bist du stattdessen Ingenieur geworden.«

Er nickte. Eine kurze Gesprächspause trat ein, und Julie griff nach ihrem Weinglas.

»Und du stammst ursprünglich aus Cleveland?«, fragte sie dann.

»Nein. So lange wohne ich noch nicht in Cleveland. Erst ungefähr ein Jahr. Aufgewachsen bin ich in Denver, da hab ich den größten Teil meines Lebens verbracht.«

»Was haben deine Eltern gemacht?«

»Dad arbeitete in einer Chemiefabrik. Und Mom war einfach Hausfrau und Mutter. Anfangs jedenfalls. Du weißt schon: kochen, putzen, aufräumen … Aber als mein Dad starb, musste sie eine Stelle als Haushaltshilfe annehmen. Viel hat sie nicht verdient, aber irgendwie hat sie uns durchgebracht. Offen gesagt, ich hab keine Ahnung, wie sie das geschafft hat.«

»Klingt bemerkenswert.«

»Das war sie auch.«

»War?«

Richard senkte den Blick und schwenkte den Wein in seinem Glas herum. »Vor ein paar Jahren hatte sie einen Schlaganfall, und … nun, es sieht nicht gut aus. Sie nimmt kaum wahr, was um sie herum passiert, und mich erkennt sie überhaupt nicht. Sie erinnert sich kaum noch an etwas. Ich musste sie nach Salt Lake City in ein Pflegeheim bringen, das auf Fälle wie ihren spezialisiert ist.«

Julie zuckte leicht zusammen. Richard bemerkte ihren Gesichtsausdruck und schüttelte den Kopf.

»Schon gut. Konntest du ja nicht wissen. Aber um ehrlich zu sein, ich rede sonst nicht darüber. Es führt meist zu unbehaglichem Schweigen, zumal wenn Leute hören, dass mein Vater auch tot ist. Bringt sie ins Grübeln, wie es wohl ist, keine Familie zu haben. Aber das muss ich dir ja kaum erklären, nehme ich an.«

Nein, dachte Julie, das musst du nicht. Das kenne ich gut.

»Bist du deshalb aus Denver weggegangen? Wegen deiner Mutter?«

»Das war nicht der einzige Grund.« Richard sah hoch. »Dürfte wohl an der Zeit sein, dir zu sagen, dass ich schon mal verheiratet war. Mit einer Frau namens Jessica. Auch wegen ihr bin ich weg aus Denver.«

Julie sagte nichts, obwohl sie ein wenig verblüfft war, dass er das bislang noch nicht erwähnt hatte. Offenbar zögerte er, weiterzureden, aber schließlich fuhr er mit tonloser Stimme fort:

»Ich weiß nicht, was schief gelaufen ist. Ich könnte den ganzen Abend versuchen, es dir zu erklären, aber ehrlich gesagt begreife ich es immer noch nicht. Letzten Endes hat es einfach nicht funktioniert.«

»Wie lange wart ihr verheiratet?«

»Vier Jahre.« Er sah ihr über den Tisch hinweg in die Augen. »Willst du das wirklich hören?«

»Wenn du es mir nicht erzählen willst …«

»Danke«, sagte er und stieß erleichtert die Luft aus. »Du kannst dir nicht vorstellen, wie froh ich über deine Worte bin.«

Sie lächelte. »Und dann bist du nach Cleveland gegangen? Gefällt's dir da?«

»Es ist okay, aber viel bin ich nicht dort. Meistens muss ich zu den Baustellen fahren, so wie jetzt. Wenn das Projekt hier abgeschlossen ist, weiß ich nicht, wo ich als Nächstes lande.«

»Das ist bestimmt manchmal schwer.«

»Ja, manchmal schon, besonders, wenn ich in Hotels wohnen muss. Dieses Projekt ist nett, weil ich ein Weilchen hier sein werde und etwas zur Miete gefunden habe. Und natürlich, weil ich das Glück hatte, dich kennen zu lernen.«

Während er redete, fiel Julie auf, wie viele Parallelen es in ihren Leben zu geben schien, angefangen damit, dass sie als Einzelkinder von alleinstehenden Müttern aufgezogen worden waren bis hin zu dem Entschluss, an einem anderen Ort neu anzufangen. Und obwohl ihre Ehen unterschiedlich geendet hatten, ließ etwas in seinem Tonfall darauf schließen, dass *er* derjenige war, der verlassen wurde, und dass er mit echten Verlustgefühlen zu kämpfen gehabt hatte. Seit Julie in Swansboro lebte, hatte sie noch niemanden kennen gelernt, der verstehen konnte, wie einsam sie sich manchmal fühlte. Besonders an Feiertagen, wenn Mike und Henry zu ihren Eltern fuhren oder Mabel ihre Schwester in Charleston besuchte.

Aber Richard wusste, wie das war, und Julie empfand eine aufkeimende Seelenverwandtschaft mit ihm, ungefähr wie Reisende in einem fremden Land sich fühlen mochten, wenn sie erfuhren, dass die Leute am Nebentisch aus einer Stadt ihres Heimatstaates kamen.

Der Abend verstrich, und am dunkler werdenden Himmel blinkten schon die Sterne. Julie und Richard ließen sich Zeit beim Essen. Zum Abschluss bestellten sie Kaffee und teilten sich ein Stück Key Lime Pie, dem sie von beiden Seiten zu Leibe rückten, bis nur noch ein Scheibchen übrig war, das sie liegen ließen.

Als sie schließlich aufbrachen, war es immer noch warm. Überrascht stellte Julie fest, dass Richard ihr weder seine Hand noch den Arm bot. Ob er sich wohl zurückhielt, weil er das Gefühl hatte, sie mit dem Kuss Anfang der Woche überrumpelt zu haben? Oder ob es ihm unangenehm war, dass er ihr so viel von seiner Vergangenheit erzählt hatte? Der kleine Leckerbissen über seine frühere Ehe war wie aus heiterem Himmel gekommen, und sie fragte sich, warum er das nicht schon beim ersten Treffen erwähnt hatte, als sie ihm von Jim erzählte.

Doch die Menschen waren nun mal verschieden, wenn es darum ging, über die Vergangenheit zu sprechen, sagte sie sich. Und außerdem merkte sie nun, da sie langsam vertrauter miteinander waren, dass sie diese Verabredung mindestens so sehr genoss wie die erste. Es war nett – nicht gerade weltbewegend, aber auf jeden Fall nett. Als sie an der Kreuzung stehen blieben, sah Julie Richard an. Ich mag ihn, dachte sie. Ich bin nicht verrückt nach ihm, ich werde mich später leichten Herzens von ihm verabschieden können, aber ich mag ihn. Und das reicht mir erst mal.

»Tanzt du gern?«, fragte sie.

»Wieso? Möchtest du tanzen gehen?«

»Falls du auch Lust hast …«

»Ach, ich weiß nicht. Ich tanze nicht so gut.«

»Na los«, sagte sie. »Ich kenne einen tollen Laden.«

»Ganz sicher? Wir finden bestimmt auch ein Lokal, wo wir nur was trinken können.«

»Wir haben doch schon stundenlang gesessen. Ich hätte jetzt gern noch etwas Spaß.«

»Findest du den Abend bis jetzt etwa nicht unterhaltsam?«, fragte Richard und spielte den Gekränkten. »Und dabei hab ich mich so gut amüsiert!«

»Du weißt, was ich meine. Hör zu, ich bin auch keine besonders gute Tänzerin, also verspreche ich dir, nichts zu sagen, wenn du mir auf die Füße trittst. Ich werde nicht mal zusammenzucken.«

»Leiden, ohne zu klagen?«

»Das ist das Los der Frauen, nicht wahr?«

»Okay«, sagte er, »ich verlass mich auf dein Wort.«

Julie lachte und deutete mit dem Kopf auf sein Auto. »Los geht's.«

Richard hörte ihr Lachen gern.

Sie ist eine vorsichtige Frau, fand er. Ein Kuss, und schon schien sie skeptisch zu werden. Doch wenn man ihr die Führung überließ, ließ die Vorsicht offenbar nach. Eins jedoch stand außer Frage: das Mitgefühl in ihrem Gesicht, als sie feststellte, wie ähnlich sie einander waren.

6

Der Sailing Clipper war eine Kneipe wie viele andere in den Küstenstädten: mit schummriger Beleuchtung, nach Moder, Zigaretten und schalem Bier miefend und beliebt bei einfachen Arbeitern, die sich an der Theke drängten und ein Budweiser nach dem anderen bestellten. An der Rückwand gab es eine Bühne hinter einer unebenen Tanzfläche, die sich nur selten leerte, wenn Bands spielten. Im Raum verteilt standen ein paar Dutzend Tische, in die schon zahllose Gäste ihre Initialen eingekerbt hatten. Ein Sammelsurium von Stühlen vervollständigte das Bild.

Die Band auf der Bühne, Ocracoke Inlet, gehörte mehr oder weniger zum Inventar des Clipper. Der Inhaber, ein einbeiniger Mann namens Leaning Joe, mochte die Band. Ihre Musik brachte die Leute in Stimmung, sodass sie länger blieben und unablässig Getränke bestellten. Die Jungs spielten nichts Originelles, nichts Gewagtes, nichts, was nicht in jeder Jukebox zu finden war, und genau aus dem Grund, dachte Mike, waren sie bei allen so beliebt. *Richtig* beliebt. Wenn sie auftraten, kamen die Leute in Scharen, anders als bei den Bands, in denen er mitspielte. Nicht ein einziges Mal jedoch hatten sie Mike gebeten, einzuspringen, dabei duzte er sich mit den meisten Mitgliedern der Band. Der Gedanke war deprimierend.

Aber schließlich war schon der ganze Abend deprimierend gewesen. Teufel, die ganze Woche war deprimierend gewesen! Seit Montag, als Julie ihre Schlüssel abgeholt und beiläufig *(beiläufig!)* erwähnt hatte, sie würde am Samstag mit Richard ausgehen, statt den Abend mit ihm zu verbringen, war Mike zutiefst niedergeschlagen. Seine schlechte Laune war sogar einigen Kunden aufgefallen. Schlimmer noch, Mike brachte die ganze Woche nicht den Mut auf, mit Julie zu reden, aus Angst, sie könnte ihn fragen, was mit ihm los sei. Ihr die Wahrheit zu sagen, brachte er nicht über sich, aber jeden Tag, wenn er sie an der Werkstatt vorbeigehen sah, wurde ihm von Neuem bewusst, dass er sich in einer ausweglosen Situation befand.

Sicher, Henry und Emma waren nett, und er war gern mit ihnen zusammen. Doch an Abenden wie diesem fühlte sich Mike wie das fünfte Rad am Wagen. Die beiden würden zusammen nach Hause gehen. Mike dagegen hatte niemanden, mal abgesehen von der einen oder anderen Maus, die durch seine Küche huschte. Die beiden konnten zusammen tanzen – Mike hockte die meiste Zeit über allein am Tisch, in die Lektüre von Bierflaschenetiketten vertieft, die er von den Flaschen knibbelte. Und wenn Emma ihn zum Tanzen aufforderte, wie an diesem Abend mehrfach geschehen, kam es ihm jedes Mal so vor, als böte ihm seine Mutter an, mit ihm zum Abschlussball zu gehen, weil sich sonst niemand opferte.

So war der Abend nicht geplant gewesen. Julie hätte mit dabei sein sollen. Julie hätte mit ihm tanzen, ihn bei einem Drink anlächeln, mit ihm lachen und flirten sollen. Und ohne Richard wäre es auch so gekommen.

Richard.

Er hasste den Kerl.

Er kannte ihn nicht. Wollte ihn nicht kennen. Schon bei dem Namen zog Mike ein finsteres Gesicht, und er sah schon den ganzen Abend finster drein.

Henry betrachtete seinen Bruder aufmerksam, trank sein Coors aus und stellte die Flasche beiseite.

»Ich finde, du solltest nicht so viel von dem billigen Bier trinken«, bemerkte Henry. »Davon musst du nur aufstoßen.«

Mike schaute hoch. Henry angelte grinsend nach Emmas Bierflasche. Sie war zur Toilette gegangen, und da es bei dem Riesenandrang immer lange Schlangen gab, wusste Henry, dass sie ein Weilchen fortbleiben würde. Er hatte schon ein neues Bier für sie bestellt.

»Ich trinke dasselbe wie du.«

»Stimmt«, sagte Henry, »aber dir ist sicher klar, dass manche es besser vertragen als andere.«

»Ja, ja … fasel du nur.«

»Mensch, sind wir heute gut drauf«, stichelte Henry.

»Du ärgerst mich schon den ganzen Abend.«

»So wie du dich in letzter Zeit aufführst, hast du es nicht anders verdient. Es gab ein tolles Essen, ich hab dich den ganzen Abend mit meinem sprühenden Witz unterhalten, und Emma hat dafür gesorgt, dass du nicht ewig allein am Tisch hockst wie ein Verlierer, den sein Mädel gerade versetzt hat.«

»Das ist nicht komisch.«

»Soll es auch gar nicht sein. Ich sage bloß die Wahrheit. Stell dir vor, ich bin dein brennender Dornbusch. Falls du zweifelst, falls du Antworten suchst, komm zu mir. Du solltest das Ganze nicht so schwer nehmen. Du lässt dir den ganzen Abend davon verderben.«

»Ich geb mir wirklich Mühe, okay?«

»Oh«, sagte Henry und zog eine Braue hoch, »verstehe. Entschuldige. Dann bilde ich mir die ganzen tiefen Seufzer wohl nur ein.«

Mike zog den Rest des Etiketts von seiner Flasche ab und knüllte es zusammen. »Ja, ja. Du bist wirklich ein Komiker, Henry. Du solltest mit deiner Nummer nach Las Vegas gehen. Glaub mir, ich wär der Erste, der dir beim Packen hilft.«

Henry lehnte sich zurück. »Ach, nun komm, ich amüsier mich doch nur ein bisschen.«

»Ja – auf meine Kosten.«

Henry hob mit Unschuldsmiene die Hände. »Du bist der Einzige in meiner Nähe. Auf wem soll ich denn sonst rumhacken?«

Mike funkelte ihn an und wandte sich dann ab.

»Okay … tut mir Leid«, sagte Henry. »Aber hör zu – ich sag es noch einmal: Bloß, weil sie mit Richard aus ist, heißt das nicht, dass deine Chancen für immer dahin sind. Sieh es als Herausforderung, statt Trübsal zu blasen. Vielleicht sollte dich das anspornen, sie um ein Date zu bitten.«

»Das hatte ich ja vor.«

»Wirklich?«

»Ja. Nach unserem Gespräch am Montag habe ich beschlossen, genau deinem Rat zu folgen. Heute Abend sollte es passieren.«

Henry musterte ihn. »Gut«, sagte er endlich, »ich bin stolz auf dich.«

Mike wartete, aber Henry schwieg.

»Hey, keine Witze diesmal?«

»Kein Grund, Witze zu machen.«

»Weil du mir nicht glaubst?«

»Ich glaube dir. Muss ich ja wohl.«

»Warum?«

»Weil ich in den Genuss kommen werde, dir dabei zuzusehen.«

»Hä?«

»Die Götter sind mit dir, Brüderchen.«

»Was zum Teufel redest du da?«

Henry deutete mit dem Kinn Richtung Tür.

»Rate mal, wer eben reingekommen ist?«

Richard stand neben Julie an der Tür. Sie verrenkte sich den Hals, um einen freien Platz ausfindig zu machen.

»Hätte nicht gedacht, dass es so voll ist«, schrie Richard über den Lärm hinweg. »Willst du wirklich hier bleiben?«

»Na komm – es wird bestimmt lustig. Wirst schon sehen.«

Obwohl er kurz zustimmend lächelte, hatte Richard so seine Zweifel. Der Laden kam ihm vor wie eine Zuflucht für Leute, die ihre Probleme mit Alkohol runterspülten. Oder für Leute, die auf Zufallsbekanntschaften aus waren. Julie gehörte ebenso wenig in einen solchen Laden wie er.

Auf der Bühne hatte die Band ein neues Stück begonnen, und es kam Bewegung in die Leute, die der Tanzfläche zustrebten, während andere aussetzten. Richard neigte sich dicht an Julies Ohr, sie konnte seinen Atem spüren. »Besorgen wir uns erst was zu trinken«, sagte er, »bevor wir uns irgendwo hinsetzen.«

Julie nickte. »Gut. Geh du vor. Die Theke ist gleich da vorn.«

Während sich Richard durch die Menge zu drängen begann, hielt er Julie hinter seinem Rücken die Hand hin. Sie griff ohne Zögern danach. An der Theke angekommen, ließ er sie nicht los und hob die andere Hand, um den Barkeeper auf sich aufmerksam zu machen.

»Das ist er also, hm?«, fragte Emma.

Emma war achtunddreißig und eine Blondine mit grünen Augen und sonnigem Gemüt, was den Umstand, dass sie nicht unbedingt im klassischen Sinne hübsch war, mehr als aufwog. Sie war klein, pausbäckig und machte ständig erfolglos eine Diät, obwohl weder Mike noch Henry begriffen, weshalb sie sich damit plagte. Emmas Wirkung auf Menschen beruhte nicht auf Äußerlichkeiten, sondern auf ihrem Charakter und darauf, was sie tat. Sie engagierte sich an der Schule ihrer Kinder, und jeden Nachmittag um drei Uhr klemmte sie einen Keil unter die offene Haustür, damit die Kinder aus der Nachbarschaft sich bei ihr treffen konnten. Das nutzten sie auch – ihr Haus ähnelte stundenlang einem summenden Bienenstock, während Kinder lärmend ein und aus liefen – nicht zuletzt wegen der selbst gemachten Pizza, die es häufig bei Emma gab.

Henry betete seine Frau an und schätzte sich glücklich, sie an seiner Seite zu haben. Emma tat Henry gut und umgekehrt. Wie sie anderen oft erzählten, lachten sie viel zu viel miteinander, um Zeit zum Streiten zu haben. Emma war genauso spottlustig wie Henry, und wenn sie erst mal loslegten, konnten sie sich gegenseitig richtig hochschaukeln.

Als Mike jetzt den hungrigen Glanz in ihren Augen sah, wäre er am liebsten rasch in Deckung gegangen.

Henry nickte. »Das ist er.«

Emma starrte weiter in Richtung Theke. »Macht ganz schön was her, was?«

»Mabel hat, glaube ich, das Wort sexy benutzt«, bemerkte Henry.

Emma nickte langsam. »Ja … sexy. Sehr sexy. So à la gut aussehender Fremder, oder?«

Mike verschränkte die Arme, sackte in sich zusammen

und fragte sich verzweifelt, ob der Abend noch schlimmer werden konnte.

»Ganz meine Meinung«, sagte Henry. Richard und Julie warteten immer noch an der Theke auf ihre Getränke. »Sie sind ein schönes Paar«, fügte er hinzu.

»Heben sich ziemlich ab von der breiten Masse«, pflichtete Emma ihm bei.

»Fast wie in einem Artikel in *People* über die glanzvollsten Paare der Welt.«

»Als sollten sie zusammen die Hauptrollen in einem Film spielen.«

»Ist ja gut, Leute«, warf Mike schließlich ein. »Ich hab's kapiert. Er ist perfekt, er ist wundervoll, er ist ein Traummann.«

Henry und Emma schauten Mike an, und beiden lachte der Schalk aus den Augen.

»Das haben wir nicht gesagt, Mike«, widersprach Henry, »wir sagen bloß, dass er so *aussieht.*«

Emma reckte sich über den Tisch und klopfte Mike auf die Schulter. »Außerdem besteht kein Grund, die Hoffnung aufzugeben. Es kommt ja nicht nur aufs Aussehen an.«

Mike funkelte die beiden aufgebracht an.

Henry beugte sich zu Emma hinüber. »Du solltest wissen, dass mein kleiner Bruder ganz schön an all dem zu knapsen hat. Und seiner Miene nach zu urteilen, sind wir ihm keine große Hilfe.«

»Ach, wirklich?«, fragte Emma unschuldig.

»Ich wäre froh, wenn ihr endlich aufhören würdet, auf mir rumzuhacken. Den ganzen Abend geht das schon so.«

»Mit deinem mürrischen Gesicht bist du wirklich keine Konkurrenz für ihn«, fuhr Emma fort, ohne auf seine Bemerkung einzugehen. »Glaub einer Frau, die sich auskennt. Wenn du bei solch einem Typ nicht ins Hintertreffen geraten willst, solltest du lieber andere Saiten aufziehen, bevor es zu spät ist. Falls du dich weiter so aufführen willst wie den ganzen Abend schon, kannst du auch gleich verschwinden.«

Mike war verblüfft über so viel Offenheit. »Soll ich etwa so tun, als wäre es mir egal?«

»Nein, Mike. Zeig Julie, dass dir etwas an ihr liegt, dass du nur das Beste für sie willst.«

»Wie mach ich das?«

»Sei ihr Freund.«

»Ich bin ihr Freund.«

»Aber nicht jetzt im Moment. Wenn du ihr Freund wärst, würdest du dich für sie freuen.«

»Warum sollte ich mich freuen, wenn sie mit ihm zusammen ist?«

Emma machte ein Gesicht, als läge die Antwort auf der Hand. »Weil das heißt, sie ist so weit, sich nach dem Mann umzusehen, der für sie der Richtige ist. Ob das am Ende der Typ da drüben ist, wage ich ernstlich zu bezweifeln.« Sie lächelte und berührte Mike noch einmal an der Schulter. »Meinst du wirklich, wir würden dir so zusetzen, wenn wir nicht glaubten, dass es am Ende zwischen euch beiden klappen wird?«

So gnadenlos sie ihn auch immer aufzog, in dem Moment begriff Mike, warum Henry Emma so sehr liebte. Und auch, warum er selbst sie so liebte.

Endlich bekamen Julie und Richard ihre Getränke – Bourbon für ihn, Cola light für sie. Richard zahlte, steckte seine Brieftasche ein und warf dann einen Blick zur Seite, zu dem Mann, der ganz am Ende der Theke saß.

Der Mann rührte in seinem Drink, als sei er nur mit sich beschäftigt. Aber Richard wartete, und tatsächlich huschten die Augen des Mannes im nächsten Moment zu Julie. Die ganze Zeit ging das schon so, während er und Julie auf die Getränke gewartet hatten, obwohl der Mann sich bemüht hatte, unauffällig zu sein. Diesmal aber fing Richard seinen Blick auf und fixierte ihn starr, bis sich der Mann schließlich abwandte.

»Wen schaust du an?«, fragte Julie.

Richard schüttelte den Kopf. »Niemanden«, sagte er. »Hab nur kurz an was anderes gedacht.« Er lächelte.

»Wie sieht's aus, wollen wir tanzen?«, fragte sie.

»Noch nicht. Ich glaube, ich muss erst etwas trinken.«

Andrea, bekleidet mit einem engen schwarzen Minirock, hohen Stöckelschuhen und Spaghettiträgertop, hatte ihr Kaugummi zwischen Mund und Finger gedehnt und wickelte gelangweilt daran herum, während Cobra sich seinen sechsten Tequila hinter die Binde kippte und danach in eine Zitronenscheibe biss. Mit dem Handrücken wischte er sich das Fruchtfleisch vom Mund und grinste Andrea an. Im Schein der Neonreklame blitzte sein goldener Schneidezahn auf.

Cobra war Donnerstagmorgen auf seiner Harley vor den Salon gerollt – Andrea ahnte nicht, dass ihr Name in Biker Bars bis Louisiana die Runde machte –, und als er wieder wegfuhr, hatte Andrea ihm ihre Telefonnummer gegeben und stolzierte den Rest des Tages über hochzufrieden durch den Salon. In ihrer Euphorie waren ihr die mitleidigen Blicke entgangen, die Mabel in ihre Richtung warf, und sie hatte auch nicht gemerkt, dass Cobra – wie alle Männer, mit denen sie sich abgab – im Grunde ein Verlierer war.

Früher am Abend hatte er sie angerufen und ihr vorgeschlagen, sich mit ihm und seinen Freunden im Clipper zu treffen. Rein technisch gesehen war es zwar kein Date – er hatte weder angeboten, sie abzuholen, noch den Vorschlag gemacht, erst einen Happen essen zu gehen –, aber Andrea war aufgeregt, denn schließlich kam es einem Date schon ziemlich nahe. Eine Stunde lang hatte sie sich den Kopf zerbrochen, was sie anziehen sollte, bevor sie sich auf den Weg zum Clipper machte.

Zur Begrüßung hatte Cobra sie gleich umarmt, ihr beide Hände an den Hintern gelegt und sie auf den Hals geküsst.

Es hatte ihr nichts ausgemacht. Schließlich sah Cobra nicht schlecht aus, im Vergleich zu manch anderem Typen, mit dem sie schon ausgegangen war. Er trug zwar ein schwarzes T-Shirt mit einem Totenkopf vorn drauf und Lederbeinlinge über speckigen Jeans, aber er war weder fett noch übermäßig behaart. Und die Meerjungfrau, die er auf den Arm tätowiert hatte, fand Andrea sehr hübsch, verglichen mit anderen Tattoos, die sie schon gesehen hatte. Der Goldzahn war nicht unbedingt ihr Fall, aber Cobra roch ziemlich sauber, was nicht immer selbstverständlich war.

Trotzdem war Andrea schließlich zu dem Schluss gelangt, dass der Abend komplett vergeudet war und sie mit Cobra einen Fehler gemacht hatte. Zum einen waren schon bald seine Freunde aufgekreuzt, und einer von ihnen hatte Andrea gesteckt, dass Cobra gar nicht sein richtiger Name war. In Wahrheit hieß er Ed DeBoner.

In dem Moment begann ihr Interesse abzuflauen. Aber das hätte sie nie im Leben zugegeben. Anders als Cobra (oder Snake oder Rat oder auch Dean) war Ed nicht der Name von jemandem, der eine Harley fuhr und das freie Leben lebte. Ed – das war kein Name für einen richtigen Mann. Ed, so hieß doch ein sprechendes Pferd, vom Nachnamen ganz zu schweigen.

»Wollen wir zu dir gehen, Baby?«, fragte Cobra jetzt mit schwerer Zunge.

Andrea ließ ihr Kaugummi in den Mund zurückschnappen. »Nein.«

»Dann lass uns noch einen trinken.«

»Du hast doch kein Geld mehr.«

»Dann lad mich ein, und ich revanchier mich später dafür, Baby.«

Vorhin hatte es ihr noch gefallen, »Baby« genannt zu werden, aber da sagte es ja auch nicht so eine Lusche namens Ed DeBoner. Andrea ließ eine Kaugummiblase knallen.

Cobra schien ihre Verachtung nicht zu bemerken. Er fuhr ihr mit der Hand über den Oberschenkel, woraufhin sie aufstand und fluchtartig den Tisch verließ. Sie brauchte dringend etwas zu trinken.

Als sie auf die Theke zuging, erkannte sie Richard.

Julies Gesicht hellte sich auf, als sie Mike, Henry und Emma an einem Tisch in der Nähe der Tanzfläche entdeckte. Sie griff nach Richards Hand.

»Komm mit«, sagte sie. »Ich glaube, ich weiß, wo wir uns hinsetzen können.«

Sie bahnten sich einen Weg durch die Menge.

»Hey, Leute! Hab gar nicht damit gerechnet, euch hier zu treffen«, sagte Julie. »Wie geht's?«

»Gut«, sagte Henry. »Wir sind nach dem Essen noch auf einen Sprung hergekommen.«

Richard stand hinter ihr, und Julie zog leicht an seiner Hand. »Ich möchte euch jemanden vorstellen. Richard – das sind Henry und Emma. Und das ist mein bester Freund, Mike.«

Henry streckte die Hand aus. »Hallo«, sagte er.

Richard zögerte kurz, bevor er Henrys Hand ergriff. »Hallo«, sagte er knapp.

Auch Mike und Emma begrüßten ihn. Als Julie Mike ansah, lächelte er munter, dabei brachte die Situation ihn fast um. Von der warmen Luft in der Kneipe war Julies Gesicht leicht gerötet. Heute Abend war sie ganz besonders schön, fand Mike.

»Möchten Sie sich setzen?«, bot Henry an. »Hier sind noch ein paar Stühle frei.«

»Nein – wir wollen keine Umstände machen«, sagte Richard.

»Das macht keine Umstände. Na los. Setzt euch her«, warf Emma ein.

»Stören wir auch wirklich nicht?«, fragte Julie.

»Sei nicht albern«, sagte Emma.

Julie lächelte und ging um den Tisch herum, um sich zu setzen; Richard schloss sich ihr an. Gleich danach beugte sich Emma über den Tisch.

»So, Richard«, sagte sie, »dann erzählen Sie mal ein bisschen über sich.«

Das Gespräch verlief zunächst schleppend, da Richard einsilbig blieb und nur auf direkte Fragen antwortete. Julie sprang gelegentlich mit zusätzlichen Informationen ein, hin und wieder stieß sie ihn scherzhaft in die Seite, wie um ihn zum Reden zu ermuntern.

Mike lehnte sich interessiert nach vorn, um das Gespräch mitzuverfolgen.

Er wollte höflich sein und außerdem war er gespannt, mit wem er es aufzunehmen hatte. Aber schon bald hatte er das Gefühl, dass ihm schwere Zeiten bevorstanden. Sogar ihm leuchtete ein, warum Julie an Richard interessiert war. Er war intelligent (und sah, wie Mike einräumen musste, gut aus, jedenfalls, wenn man auf hagere Sportlertypen stand), und im Gegensatz zu Mike hatte er studiert und war schon weit herumgekommen. Er lachte und scherzte nicht viel – Henrys und Emmas Späße fanden bei ihm wenig Anklang –, doch seine Befangenheit schien eher auf Schüchternheit als auf Arroganz zu beruhen. Und seine Gefühle für Julie waren nicht zu übersehen. Wenn sie etwas sagte, behielt er sie unverwandt im Auge, er wirkte ganz wie eine Ehemann, der am ersten Morgen der Flitterwochen aufwacht.

Mike lächelte und nickte unablässig, dabei hasste er Richard aus tiefstem Herzen.

Wenig später – Emma und Julie tauschten sich gerade über den neuesten Klatsch aus – leerte Richard sein Glas. Nachdem er Julie gefragt hatte, ob sie noch etwas zu trinken haben wollte, stand er auf, um zur Theke zu gehen. Als Henry fragte, ob es ihm etwas ausmachen würde, noch ein paar Bier mitzubringen, erhob sich Mike ebenfalls und bot an, Richard zu begleiten.

»Ich helfe Ihnen tragen.«

An der Theke gab ihnen der Barkeeper ein Zeichen, sich kurz zu gedulden. Richard zog seine Brieftasche heraus, und obwohl Mike direkt neben ihm stand, schwieg er beharrlich.

»Sie ist eine tolle Frau«, brach Mike endlich das Schweigen.

Richard wandte sich um, musterte ihn kurz, dann wandte er sich wieder ab.

»Ja, das ist sie«, sagte er nur.

Damit war das Gespräch beendet.

Zurück am Tisch, fragte Richard Julie, ob sie Lust hätte zu tanzen, und weg waren die beiden.

»Na, das war doch gar nicht so schwer, oder?«, fragte Emma.

Mike zuckte nur die Achseln, ihm war nicht nach Reden zumute.

»Und er wirkt eigentlich ganz nett«, fügte Henry hinzu. »Ein bisschen ruhig, aber höflich.«

Mike griff nach seinem Bier. »Mir hat er nicht gefallen«, sagte er.

»Ach, so eine Überraschung«, sagte Henry lachend.

»Ich weiß nicht, ob ich ihm trauen kann.«

Henry grinste immer noch. »Tja, da du deine Gelegenheit bisher verpasst hast, müssen wir wohl noch ein wenig bleiben.«

»Welche Gelegenheit?«

»Du hast gesagt, du wolltest Julie heute Abend um ein Date bitten.«

»Halt die Klappe, Henry.«

Etwas später trommelte Mike mit den Fingern auf dem Tisch herum. Henry und Emma begrüßten gerade ein anderes Pärchen, und Mike nutzte die Zeit, sich zu überlegen, was genau ihm an Richard Franklin nicht gefiel.

Vom Hauptgrund einmal abgesehen.

Nein, da war noch mehr. Auch wenn Henry ihn nett fand, und Julie natürlich sowieso, Mike war da anderer Meinung. Nach seiner Bemerkung über Julie hatte Richard ihn angesehen, als durchschaue er Mikes Gefühle für sie, und seine Miene hatte deutlich ausgedrückt, was er davon hielt: *Du hast keine Chance, also halt dich fern.*

Nicht unbedingt das, was man von einem *netten* Kerl erwarten würde.

Warum nahm Julie diese unangenehme Seite an Richard nicht wahr? Oder bildete er sich das Ganze nur ein?

Mike ließ die Szene noch einmal Revue passieren. Nein, entschied er schließlich, das habe ich mir nicht nur eingebildet. Ich weiß, was ich gesehen habe. Und ich mag ihn nicht.

Er lehnte sich zurück, atmete tief durch und ließ den Blick umherschweifen, bis er Richard und Julie entdeckte. Einen Augenblick lang beobachtete er sie, dann zwang er sich wegzusehen.

Da die Band Pause machte, hatten Julie und Richard die Tanzfläche verlassen und sich an einen kleineren Tisch am hinteren Ende der Theke gesetzt. Mike schaute immer wieder in ihre Richtung. Er war machtlos dagegen. Er tat es, um aus Richard schlau zu werden, versuchte er sich einzureden, dabei war ihm klar, dass es im Grunde reiner Voyeurismus war.

Im Laufe des Abends kam er zu dem Schluss, dass seine Chancen bei Julie allmählich ins Bodenlose sanken. Während Mike allein dasaß, sahen Julie und Richard sich tief in die Augen und grinsten dämlich. Sie steckten die Köpfe zusammen, flüsterten und lachten und hatten offenbar jede Menge Spaß.

Widerlich.

Und was taten sie jetzt?

Langsam, ganz verstohlen, gingen Mikes Augen erneut auf Wanderschaft. Julie saß mit dem Rücken zu ihm, zum Glück bekam sie also nicht mit, wie er sie beobachtete.

Julie senkte den Blick und kramte in ihrer Handtasche.

Richards Augen dagegen begegneten Mikes Blick mit kühler, fast selbstgewisser Herablassung. *Ja, Mike, ich weiß, dass du hergaffst.*

Mike erstarrte, wie ein Kind, das beim heimlichen Griff ins Portemonnaie der Mutter ertappt wird.

Zu gern hätte er sich umgedreht, schien aber außerstande dazu, bis er hinter sich eine Stimme hörte. Er schaute sich um. Drew, der Sänger der Band, stand an seinem Tisch.

»Hey, Mike«, sagte Drew, »hast du kurz Zeit? Ich wollte was mit dir besprechen.«

Eine Stunde später, Cobra war inzwischen sternhagelvoll, suchte Andrea die Toilette auf. Während sie in der Schlange wartete, hielt sie Ausschau nach Richard, wie schon die ganze Zeit, seit sie ihn vorhin entdeckt hatte. Er und Julie verließen gerade die Tanzfläche. Richard beugte sich zu Julie, flüsterte ihr etwas ins Ohr und steuerte dann auf die Herrentoilette zu.

Weil er direkt an ihr vorbeikommen würde, fuhr sich Andrea rasch mit der Hand durchs Haar und zupfte Rock und Oberteil zurecht. Sie trat aus der Schlange vor und fing Richard ab.

»Hey, Richard«, sagte sie munter, »wie geht's?«

»Prima, danke«, sagte er. Es dauerte zwar einen Moment, aber dann erkannte er sie. »Andrea, richtig?«

Sie lächelte und dachte: Ich wusste, dass er sich erinnert. »Ich hab Sie hier noch nie gesehen«, sagte sie.

»Bin auch das erste Mal hier.«

»Gefällt's Ihnen denn?«

»Nicht so richtig ...«

»Oh, na ja, mir auch nicht, aber so viel Auswahl hat man hier leider nicht. Ist eben eine Kleinstadt, wissen Sie?«

»Das ist mir auch klar geworden«, sagte er.

»Freitags ist es aber besser.«

»Ach ja?«

»Ja. Da komm ich fast immer hierher.«

Richard zögerte, sah Andrea direkt an und hielt ihren Blick fest, dann nickte er in Julies Richtung.

»Hören Sie – ich würde mich gern länger unterhalten, aber ich kann nicht.«

»Weil Sie mit Julie hier sind?«

Er zuckte die Achseln. »Bin mit ihr verabredet.«

»Ja, ich weiß«, sagte Andrea.

»Tja – war nett, Sie wiederzusehen«, sagte er.

»Danke. Finde ich auch.«

Dann stieß er die Toilettentür auf und ließ sie hinter sich zufallen. Während Andrea die Tür anstarrte, kam Cobra von hinten angewankt, unflätig etwas von Körperfunktionen vor sich hin murmelnd.

Sobald er Richard durch die Tür gefolgt war, entschied Andrea, dass es Zeit war zu gehen.

Wenn sie Cobra noch einmal ansehen musste, wäre das Gefühl dahin, das sie beim Blick in Richards Augen empfunden hatte.

Kurz nach Mitternacht, die Welt schimmerte silbern, stand Julie mit Richard auf der Veranda. Frösche und Grillen lärmten, eine sachte Brise bewegte die Blätter, und sogar Singer schien Richard etwas freundlicher gesinnt. Obwohl er durch die Vorhänge lugte und sie aufmerksam beäugte, gab er keinen Laut von sich.

»Danke für den schönen Abend«, sagte Julie.

»Gern geschehen. Ich hab mich wunderbar amüsiert.«

»Auch im Clipper?«

»Da du deinen Spaß hattest, bin ich froh, dass wir hingegangen sind.«

»Nicht unbedingt dein Fall, hm?«

Richard zuckte die Achseln. »Ehrlich gesagt, ein etwas intimeres Lokal wäre mir lieber gewesen. Wo wir allein gewesen wären, nur du und ich.«

»Wir waren doch allein.«

»Nicht die ganze Zeit.«

Sie sah ihn fragend an.

»Hat es dich gestört, dass wir kurz bei meinen Freunden gesessen haben?«, fragte sie. »Dachtest du, dass ich mich in deiner Gegenwart nicht wohl fühle?«

»Ich wusste nicht recht, was ich davon halten sollte. Frauen benutzen das manchmal als eine Art Ausweg, wenn sie von einem Date enttäuscht sind. Nach dem Motto: ›Hilfe! Rettet mich!‹«

Julie lächelte. »Ach, überhaupt nicht. Bei ihnen wäre ich heute Abend zum Essen eingeladen gewesen, und als ich sie sah, wollte ich wenigstens kurz Hallo sagen.«

Richards Blick schweifte zur Verandalampe und wieder zurück zu Julie. »Hey … hör mal, ich weiß, ich war ein bisschen still. Tut mir Leid. Ich weiß in solchen Situationen nie so recht, was ich sagen soll.«

»Sie fanden dich bestimmt nett.«

»Bei Mike bin ich mir da nicht so sicher.«

»Mike?«

»Er hat uns beobachtet.«

Das hatte sie zwar nicht bemerkt, aber es überraschte sie nicht sonderlich. »Mike und ich kennen uns schon seit Jahren«, sagte sie. »Er kümmert sich um mich. Mehr nicht.«

Richard schien darüber nachzudenken. Endlich huschte ein kurzes Lächeln über sein Gesicht. »Okay«, sagte er. Für ein Weile blieb es still. Dann trat Richard auf Julie zu.

Obwohl sie diesmal damit rechnete und sich auch

wünschte, dass er sie küsste – zumindest *glaubte* sie, es sich zu wünschen –, empfand sie eindeutig eine gewisse Erleichterung, als er sich kurz darauf zum Gehen wandte.

Kein Grund, irgendetwas zu überstürzen, dachte sie. Wenn der rechte Moment da ist, werde ich es wissen.

7

Da ist er«, sagte Henry, »pünktlich wie immer.«

Es war Dienstag früh, wenige Tage nach dem Abend im Clipper. Henry trank ein Dr Pepper und beobachtete, wie Richard auf der anderen Straßenseite auf den Salon zuging. Richard hatte ein Geschenk dabei – ein kleines Päckchen –, aber das war nicht der Grund für Henrys Neugier.

Weil er Richard am Samstag erzählt hatte, wo er arbeitete, hätte er erwartet, dass Richard zumindest einen Blick in Richtung Werkstatt werfen würde. Am Vortag hatte Henry sogar gewunken, aber entweder sah Richard ihn nicht oder er *tat* zumindest so. Den Blick unverwandt geradeaus gerichtet, war er vorbeigegangen. Genau wie heute.

Bei den Worten seines Bruders tauchte Mike unter der Motorhaube eines Autos hervor. Er griff nach dem Lappen, der hinter seinem Gürtel klemmte, und wischte sich die Hände daran ab.

»Muss ja toll sein, so als Ingenieur«, sagte Mike. »Hat der Typ eigentlich nie zu arbeiten?«

»Jetzt reg dich nicht auf. Du hast letzte Woche genug geschmollt, das reicht für dieses Jahr. Im Übrigen ist es dir doch sicher lieber, er besucht sie bei der Arbeit statt zu Hause, richtig?«

Ein Blick verriet Henry, dass Mike darüber noch gar nicht nachgedacht hatte. Fast augenblicklich machte sich Bestürzung auf Mikes Gesicht breit.

»Hat er ein Geschenk für sie dabei?«, fragte er.

»Ich glaub schon. Vielleicht will er Eindruck bei ihr schinden.«

Mike wischte wieder an seinen Händen herum. »Tja, in

dem Fall werde ich wohl später auch mal mit einem kleinen Geschenk vorbeigehen.«

»Schon besser«, sagte Henry und schlug seinem Bruder auf den Rücken. »Genau das will ich von dir hören. Etwas weniger Gejammer, etwas mehr Initiative. Wir Harris waren immer schon Männer, die schwierige Situationen als Herausforderung nehmen.«

»Danke, Henry.«

»Aber bevor du nun mit Feuereifer losziehst, lass dir einen Rat geben.«

»Klar.«

»Vergiss das Geschenk.«

»Aber du hast doch gerade gesagt …«

»Das ist *sein* Ding. Bei dir funktioniert das nicht.«

»Aber …«

»Glaub's mir. Das zeigt nur deine Verzweiflung.«

»Ich *bin* verzweifelt.«

»Mag sein«, räumte Henry ein. »Aber das darf sie nicht merken. Sonst hält sie dich für einen Jammerlappen.«

»Richard …« Julie sah staunend in das offene Schmucketui in ihrer Hand. Ein verziertes, herzförmiges Medaillon an einer Goldkette befand sich darin. »Es ist wunderschön.«

Sie standen draußen vor dem Salon, ohne zu merken, dass Mike und Henry von der anderen Straßenseite aus zusahen und Mabel und Singer durch das Fenster hinter ihnen lugten. »Aber … warum? Ich meine, aus welchem Anlass schenkst du mir das?«

»Nur so. Ich sah es, und, na ja … es gefiel mir. Oder vielmehr, ich dachte an dich und fand, du solltest es bekommen.«

Julie sah erneut auf das Medaillon. Es war offenbar wertvoll, und sie hatte das Gefühl, dass Erwartungen daran geknüpft waren.

Als hätte er ihre Gedanken gelesen, hob Richard die Hände. »Bitte – ich möchte, dass du es annimmst. Wenn es sein muss, denk einfach, es wäre ein Geburtstagsgeschenk.«

»Mein Geburtstag ist aber erst im August!«

»Dann bin ich eben früh dran.« Er schwieg kurz. »Bitte.«

»Richard … es ist sehr hübsch, aber ich kann es wirklich nicht annehmen.«

»Es ist doch nur ein Medaillon und schließlich kein Verlobungsring.«

Immer noch unsicher, gab Julie endlich nach und küsste ihn. »Vielen Dank«, murmelte sie.

Richard deutete auf das Medaillon. »Probier es mal an.«

Julie hakte den Verschluss der Kette auf und legte sie sich um den Hals. »Wie sieht es aus?«

Mit einem abwesenden Lächeln starrte er auf das Medaillon, als dächte er an etwas anderes. Dann antwortete er, ohne den Blick abzuwenden: »Perfekt. Genau so habe ich es in Erinnerung.«

»In Erinnerung?«

»Vom Juweliergeschäft«, sagte er. »Aber bei dir sieht es noch schöner aus.«

»Oh. Aber das war wirklich nicht nötig.«

»Da irrst du dich. Genau das war nötig.«

Julie stemmte eine Hand in die Hüfte. »Du verwöhnst mich! Sonst kommen nur wenig Leute auf die Idee, mir einfach so etwas zu schenken.«

»Dann ist es doch gut, dass ich es gemacht habe. Eine Überraschung tut jedem ab und zu gut.« Er schwieg. »Hör mal, hast du Lust, diesen Freitag was zu unternehmen?«

»Ich dachte, du musst irgendwohin zu einem Meeting?«

»So war es auch geplant. Aber das Meeting wurde abgesagt. Ich habe das ganze Wochenende frei.«

»Was schwebte dir denn vor?«, fragte Julie.

»Etwas ganz Besonderes. Soll aber eine Überraschung bleiben.«

Julie antwortete nicht gleich, und Richard griff nach ihrer Hand, als spüre er ihre Unentschlossenheit. »Es wird dir gefallen, Julie. Glaub mir. Aber du wirst etwas früher Schluss machen müssen. Ich müsste dich so gegen vier von zu Hause abholen.«

»Warum so früh?«

»Die Anfahrt dauert etwas länger. Meinst du, du kannst es einrichten?«

Sie lächelte. »Dann muss ich zwar meinen Terminkalender etwas umsortieren, aber ich glaube schon. Soll ich mich fein anziehen oder leger?«

Eigentlich wollte sie wissen, ob sie eine Tasche packen sollte. Wenn Richard sagte, beides, bedeutete es, dass er eine Wochenendreise plante. Und das konnte sich Julie noch nicht so recht vorstellen.

»Ich werde Sakko und Krawatte tragen, falls das als Hinweis reicht.«

»Nun, da muss ich wohl noch einkaufen gehen«, sagte sie.

»Du wirst wunderschön sein, ganz sicher, egal, was du trägst.«

Richard gab ihr noch einen Kuss, und als er fort war, tastete Julie nach dem Medaillon. Es schnappte mit einem Klicken auf, und wie sie vermutet hatte, war innen Platz für zwei kleine Fotos. Zu ihrer Überraschung sah sie, dass Richard bereits ihre Initialen hatte eingravieren lassen, einen Buchstaben auf jeder Seite.

»Das sieht nicht gut aus, Brüderchen«, räumte Henry ein. »Egal, was Emma neulich Abend gesagt hat. Das sieht nicht gut aus.«

»Danke für den Hinweis, Einstein«, grummelte Mike.

»Lass dir einen Rat geben.«

»Noch mehr Ratschläge?«

Henry nickte. »Bevor du etwas unternimmst, musst du einen Plan haben.«

»Was für einen Plan genau?«

»Keine Ahnung. Aber an deiner Stelle würde ich mir was Gutes ausdenken.«

»Es ist zauberhaft«, sagte Mabel, das Medaillon musternd. »Schätze, er ist ganz hin und weg von dir, hm? Sieht aus, als hätte es ein kleines Vermögen gekostet.« Sie wies auf das Medaillon. »Darf ich mal?«

»Ja, nur zu«, sagte Julie und beugte sich vor.

Mabel betrachtete es genauer. »Und es stammt auf keinen

Fall von einem Juwelier hier in der Stadt. Sieht aus, als wäre es ein Unikat.«

»Meinst du?«

»Ganz sicher. Richard Franklin hat eindeutig Geschmack.«

Mabel ließ das Medaillon los, und Julie spürte, wie es ihr leicht gegen die Brust schlug. Sie nahm es noch einmal in Augenschein. »Jetzt muss ich nur noch ein passendes Foto finden.«

Mabels Augen funkelten. »Oh, Süße – wenn du nicht weißt, wen du nehmen sollst, kann ich dir gern ein Foto von mir geben. Wäre mir sogar eine Ehre.«

Julie lachte. »Danke. Weißt du, an dich habe ich als Erstes gedacht.«

»Ganz bestimmt. Also – wirst du ein Bild von Singer nehmen?«

Als er seinen Namen hörte, hob Singer den Kopf. Er hatte neben Julie gestanden, seit sie wieder in den Salon gekommen war, und Julie strich ihm über den Rücken.

»Den Kerl müsste ich wahrscheinlich aus hundert Metern Entfernung knipsen, damit er aufs Foto passt.«

»Stimmt«, sagte Mabel. »Was hat er denn eigentlich? Er ist in letzter Zeit so anhänglich.«

»Ich habe keine Ahnung. Aber du hast Recht – er macht mich ganz verrückt. Ständig stolpere ich über ihn, sobald ich mich umdrehe.«

»Wie benimmt er sich bei Richard? Zu Hause, meine ich?«

»Ganz wie hier«, sagte Julie. »Er starrt ihn zwar dauernd an, aber wenigstens knurrt er nicht mehr so wie beim ersten Mal.«

Singer winselte. *Lass das Jammern,* schien es zu besagen. *Wir wissen beide, dass du mich liebst, egal, wie ich mich aufführe.*

Ein Plan, dachte Mike, ich brauche einen Plan.

Er rieb sich das Kinn, ohne zu merken, dass er überall Schmiere hinterließ. Henry hat Recht, dachte er. Ausnahmsweise hatte der Kerl mal etwas Bedeutsames gesagt, etwas, das Sinn ergab. Einen Plan brauchte er dringend.

Aber natürlich war das leichter gesagt als getan.

Das Hauptproblem bestand darin, dass er nicht wusste, wo er anfangen sollte. Bisher war er für Julie ein Freund gewesen, der Freund, auf den sie sich immer verlassen konnte. Der ihr Auto reparierte und mit Singer Frisbee spielte, der sie in den ersten beiden Jahren nach Jims Tod getröstet hatte, wenn sie weinte. Nichts davon schien von Bedeutung gewesen zu sein; stattdessen hatte sie sich mit Richard verabredet. Letzte Woche war Mike ihr dann aus dem Weg gegangen. Er hatte nicht mit ihr gesprochen, sie nicht angerufen, war nicht mal kurz auf einen Sprung bei ihr vorbeigegangen. Und das Ergebnis? Julie hatte ebenfalls nicht angerufen und war nicht bei ihm vorbeigekommen, sondern hatte sich offenbar zum dritten Mal mit Richard verabredet.

Was also sollte er tun? Er konnte doch wohl schlecht einfach im Salon aufkreuzen und sie um ein Date bitten! Gewiss war sie bereits mit Richard verabredet – und was sollte er da sagen? *Ach, Samstag hast du schon was vor? Wie wär's dann am Freitag? Oder nächste Woche vielleicht? Wollen wir mal zusammen frühstücken?*

Ein Plan.

Mike schüttelte den Kopf. Das Schlimmste an dem Ganzen war ja, dass er so einsam war.

Während der letzten Jahre war es ihm zur Gewohnheit geworden, mindestens einmal am Tag mit Julie zu reden. Manchmal sogar öfter.

Es fehlte ihm, mit ihr zu plaudern, sie lächeln zu sehen, sie lachen zu hören. Zu sehen, wie ihre Augenfarbe spätnachmittags, wenn die Sonne schon tief stand, von Grün in Türkis überzugehen schien. Zu hören, wie sie hastiger Luft holte, wenn sie sich dem Ende einer lustigen Geschichte näherte. Zu spüren, wie sie ihn manchmal in den Arm knuffte.

Vielleicht sollte er einfach rübergehen und mit ihr reden, wie sonst auch, als hätte sich zwischen ihnen nichts verändert. Vielleicht sollte er ihr sogar sagen, wie sehr es ihn freute, dass sie sich neulich Abend gut amüsiert hatte, ganz wie Mabel oder Henry oder Emma das sagen würden.

Nein, dachte er in einem jähen Sinneswandel. So weit werde ich nicht gehen. Es gibt keinen Grund, so dick aufzutragen. Eins nach dem anderen.

Aber reden *werde* ich mit ihr.

Das war kein besonders toller Plan, aber mehr wollte ihm nicht einfallen.

— 8 —

Hey, Julie«, rief Mike, »warte mal!«

Julie, die gerade auf ihr Auto zuging, drehte sich um und sah Mike im Laufschritt auf sich zukommen. Singer trottete in seine Richtung los und kam als Erster bei ihm an. Er hob erst die eine, dann die andere Pfote, als hätte er sich Mike am liebsten geschnappt, um ihn ausgiebig und freundlich abzuschlabbern. Mike wich ihm aus – so gern er Singer auch hatte, ein bisschen widerlich war es schon, mit Hundespeichel überzogen zu werden – und tätschelte ihn stattdessen. Genau wie Julie redete er mit Singer, als sei er ein Mensch.

»Hab ich dir gefehlt, Großer? Ja, ja, du hast mir auch gefehlt. Wir sollten mal wieder was zusammen machen.«

Singer stellte interessiert die Ohren auf, und Mike schüttelte den Kopf.

»Heute kein Frisbee – tut mir Leid. Ein andermal.«

Als Mike auf Julie zuging, trabte Singer neben ihm her und stupste ihn verspielt an – wobei verspielt natürlich relativ war. Mike wäre bei dem Stoß fast gegen den Briefkasten getaumelt, fing sich aber mit knapper Not.

»Ich glaube, du solltest mit deinem Hund öfter spazieren gehen«, sagte er zu Julie. »Er leidet offenbar unter Bewegungsmangel.«

»Er ist nur aufgeregt, weil wir dich getroffen haben. Wie geht's dir? Hab dich ja in letzter Zeit nicht viel gesehen.«

»Gut. Hab nur viel zu tun.«

Mike kam nicht umhin, zu bemerken, wie grün ihre Augen heute waren. Wie Jade.

»Ich auch«, sagte sie. »Wie war es neulich Abend mit Henry und Emma?«

»Lustig war's. Schade, dass ihr nicht länger bei uns gesessen habt ...«

Er zuckte die Achseln, als sei es nicht weiter wichtig. Doch nach dem, was Richard Julie erzählt hatte, nahm sie ihm das nicht ganz ab. Zu ihrer Überraschung wechselte er aber sofort das Thema. »Weißt du, was ich an dem Abend erfahren habe? Die Band, die spielte, war doch Ocracoke Inlet, und kurz bevor ich ging, hat Drew gefragt, ob ich für ihren Gitarristen einspringen würde. Er muss zu einer Hochzeit nach Chicago, wenn ihr nächster Gig im Clipper ansteht.«

»Wow – das ist ja super! Wann spielt ihr denn?«

»In ein paar Wochen. Ist zwar nur eine einmalige Sache, aber es dürfte lustig werden. Die meisten Songs kenne ich, und *so* schlecht ist die Band auch wieder nicht.«

»Du hast mir früher aber was anderes erzählt.«

»Da haben sie mich ja auch nicht zum Mitspielen aufgefordert. Jetzt bin ich richtig gespannt. Könnte am Ende der Einstieg sein, um was Festes zu kriegen.«

»Na ja«, sagte Julie, die seiner Begeisterung keinen Dämpfer versetzen wollte, »freut mich, dass es geklappt hat.«

Sie schwiegen kurz, und Mike trat von einem Fuß auf den anderen.

»Und, was hast du so getrieben? Ich meine – ich weiß, dass du mit Richard unterwegs warst, aber in letzter Zeit haben wir kaum miteinander gesprochen. Irgendwelche aufregenden Neuigkeiten?«

»Nein, eigentlich nicht. Singer macht mich momentan wahnsinnig, aber das ist auch schon alles.«

»Singer? Was tut er denn?«

Julie schilderte ihm Singers Verhalten in der letzten Zeit, und Mike lachte. »Vielleicht braucht er mal Prozac oder so was.«

»Wer weiß. Aber wenn er sich nicht bald ändert, werd ich ihm eine Hundehütte besorgen.«

»Hör zu – ich nehm ihn dir gern mal ab, jederzeit. Ich geh mit ihm zum Strand, dann ist er fix und fertig, wenn er wieder nach Hause kommt, und hat den restlichen Tag keine Kraft mehr zum Knurren oder Bellen oder um dir nachzulaufen.«

»Kann sein, dass ich dich beim Wort nehme.«

»Hoffentlich. Ich hab den Großen gern.« Mike streckte die Hand nach Singer aus. »Nicht wahr?«

Singer nahm Mikes Zuwendung mit freundlichem Bellen auf.

»Und, irgendwelche neuen Andrea-Storys?«, fragte Mike. Andrea war häufig Gesprächsthema bei ihnen.

»Sie hat mir von ihrem Date am Samstag erzählt.«

Mike rümpfte die Nase. »Der Kerl, mit dem sie im Clipper war?«

»Hast du ihn gesehen?«

»Ja. Ein hässlicher Typ. Ich dachte ja, den Tiefpunkt hätte sie mit dem Kerl mit der Augenklappe erreicht, aber da hab ich mich wohl geirrt.«

Julie lachte. »Den hätte ich gern gesehen! Mabel hat genau dasselbe gesagt.«

Dann gab sie kurz wieder, was Andrea über Cobra erzählt hatte. Besonders gut fand Mike die Sache mit dem Namen Ed DeBoner, aber warum *das* Andrea derart störte und seine übrigen Nachteile nicht, verstand er nicht. Am Ende lachte Julie auch.

»Was ist eigentlich mit ihr los?«, fragte Mike. »Warum ist sie so blind in Bezug auf Männer? Sie tut mir fast Leid.«

»Sei froh, dass du nicht mit ihr arbeiten musst. Obwohl, andererseits sorgt sie im Salon immer für Unterhaltung.«

»Bestimmt. Oh – übrigens, ich soll dich von Emma bitten, dass du sie mal anrufst. Hat Henry gesagt.«

»Mach ich. Weißt du, worum es geht?«

»Nein, nicht genau. Sie will dir sicher ein neues Rezept geben oder so.«

»Wir reden nicht über Rezepte. Wir reden über interessante Sachen.«

»Mit anderen Worten, ihr tauscht Klatsch aus.«

»Keinen Klatsch«, protestierte Julie. »Wir halten uns nur gegenseitig auf dem Laufenden.«

»Na dann, wenn du was Aufregendes erfährst, ruf mich

an, okay? Ich bin den ganzen Abend da. Und vielleicht sollte ich dir Singer wirklich mal abnehmen, wenigstens für ein Weilchen. Nächstes Wochenende vielleicht?«

Julie lächelte. »Das passt mir gut.«

Mike war recht zufrieden mit sich.

Das Gespräch war nicht sonderlich anspruchsvoll oder vertraulich gewesen, aber es bestätigte ihm, dass sich Julie immer noch gern mit ihm unterhielt. Sie hatten Witze gemacht, sie hatten zusammen gelacht, und das war doch etwas wert, oder? Und ob!

Er hatte alles richtig gemacht – einen heiteren Ton angeschlagen, heikle Themen vermieden. Und, was das Beste war: Mike war zuversichtlich, später, nach Julies Gespräch mit Emma, noch einmal von ihr zu hören. Emma hatte immer etwas auf Lager, das sich weiterzuerzählen lohnte, und sollte das ausnahmsweise nicht der Fall sein, so war durch sein Angebot, ihr Singer abzunehmen, ein Anruf praktisch garantiert.

Den Gedanken an Richard verdrängte er kurzerhand. Sobald Richard, mit oder ohne Julie, oder auch nur das blöde Medaillon vor Mikes geistigem Auge auftauchten, verscheuchte er die Bilder. Richard lief vielleicht gerade auf der Innenbahn, aber Mike dachte nicht daran, sich dadurch seine optimistische Stimmung verderben zu lassen.

Und diese Strategie hatte zunächst auch Erfolg. In den verbleibenden Arbeitsstunden, auf der Heimfahrt, sogar beim Abendessen hielt Mikes gute Laune an – bis er im Bett lag und die Abendnachrichten schaute.

Erst da musste er betrübt feststellen, dass das Telefon kein einziges Mal geklingelt hatte.

Der Rest der Woche war eine einzige Qual für Mike.

Julie rief nicht an und kam nicht einmal auf einen Sprung in der Werkstatt vorbei.

Obwohl Mike sie hätte anrufen können, obwohl er früher nie gezögert hatte, zum Hörer zu greifen, um mit ihr zu reden, war er jetzt einfach nicht dazu imstande. Ihm graute vor der Aussicht, sie zu Hause zu erreichen und dann von ihr zu hören, sie könne jetzt nicht sprechen, weil sie »Besuch habe«. Oder weil sie »eben auf dem Sprung« war. Oder »gerade ziemlich beschäftigt«.

Dass Julie sich die ganze Woche über nicht meldete und Richard tagtäglich (und nachts vermutlich auch!) vorbeikam, blieb nicht Mikes einziger Kummer. Am Freitag sah er Julie bereits am frühen Nachmittag aus dem Salon kommen. Er wusste zwar nicht, wo sie hinwollte, aber er ahnte es.

Sie trifft Richard, dachte er.

Er bemühte sich, ruhig zu bleiben. Was ging es ihn an, was die beiden taten? Sein Abend war bereits verplant: Er hatte Bier im Kühlschrank, es gab eine Videothek um die Ecke und das Pizzataxi lieferte innerhalb einer halben Stunde. Mike würde es sich richtig nett machen. Sich aufs Sofa legen und von der Woche ausruhen, vielleicht ein wenig Gitarre spielen, ein Video ansehen, die ganze Nacht aufbleiben, wenn er Lust hatte.

Nachdem er sich seinen Feierabend derart ausgemalt hatte, ließ er die Schultern hängen. Was für ein armseliges Leben, dachte er. Normale Menschen würden dabei ins Koma fallen.

Um dem Ganzen aber die Krone aufzusetzen, erfuhr Mike am folgenden Montag schließlich doch noch, was Julie und Richard am Freitag gemacht hatten. Er erfuhr es natürlich nicht von ihr. Vielmehr von Leuten, die er kaum kannte: Er schnappte im Supermarkt etwas auf, im Diner und sogar bei der Arbeit in der Werkstatt. Plötzlich hatte es den Anschein, als wüssten alle Leute wesentlich besser über Julie Bescheid als er.

Richard hatte Julie anscheinend in einer Limousine abgeholt, unterwegs hatte er ihr Champagner geboten, und sie waren zum Abendessen nach Raleigh gefahren. Danach hatten sie sich in der Stadthalle eine Aufführung des Musicals *Phantom der Oper* angesehen. Natürlich saßen sie in der ersten Reihe.

Und außerdem – als reichte das noch nicht, als wäre das noch nicht ausgefallen genug, um Eindruck auf sie zu machen – hatten Richard und Julie auch den Samstag zusammen verbracht, unten bei Wilmington.

Dort hatten sie erst eine Fahrt im Heißluftballon unternommen und dann am Strand gepicknickt.

Wie zum Teufel sollte Mike mit einem Kerl konkurrieren, der solch ein Programm abspulte?

9

Was für ein Wochenende!, dachte Julie. Richard könnte Bob wahrlich ein paar Tipps geben, wie man einer Frau imponierte. Ach was, Richard könnte *Seminare* über das Thema abhalten!

Sonntagmorgen stand sie vor dem Spiegel und konnte es immer noch kaum fassen. Solch ein Wochenende hatte sie nicht mehr erlebt seit … also, sie hatte noch *nie* so ein Wochenende erlebt. Im Theater war es einfach hinreißend gewesen: Paare in Abendgarderobe, die vor Beginn der Vorstellung im Hof Wein schlürften, das jäh verstummende Publikum, als nach und nach das Licht erlosch, die ersten brausenden Akkorde des Orchesters, bei denen Julie kurz zusammenzuckte. Wie romantisch und tragisch die Geschichte gewesen war! Und dann die virtuose Darbietung der Sänger und die Lieder, die mitunter so ergreifend waren, dass Julie die Tränen kamen. Und die Farben! Die Requisiten und die bunten Kostüme, die funkelnden Scheinwerfer und die unheimlichen Schatten – all dies zusammen hatte auf der Bühne eine Welt erschaffen, die ebenso seltsam unwirklich wie sprühend lebendig schien.

Der ganze Abend hatte etwas von einem Märchen gehabt, fand Julie. Alles war ganz neu für sie, und ein paar Stunden lang hatte sie das Gefühl, als wäre sie plötzlich in ein anderes Universum geraten, in dem sie nicht mehr eine einfache Friseurin in einem kleinen Südstaatenstädtchen war, nicht mehr eine junge Frau, deren Höhepunkt der Woche normalerweise in so etwas Alltäglichem wie dem Beseitigen eines hartnäckigen Schmutzrandes in der Wanne bestand. Nein, dies war eine andere Welt, eine Welt, in der die Menschen abends ins Theater gingen und morgens die Aktienkurse in der Zeitung studierten, während die Nanny die Kinder für die Schule fertig machte.

Als Julie und Richard nach der Aufführung ins Freie traten, hätte es sie nicht verwundert, zwei Monde am Abendhimmel stehen zu sehen.

Auf dem Heimweg in der Limousine atmete Julie den Moschusgeruch von Leder ein, während Champagnerbläschen ihre Nase kitzelten, und sie dachte: So also lebt man in besseren Kreisen. Ich kann gut verstehen, dass man sich schnell an so etwas gewöhnt.

Auch der nächste Tag war eine Überraschung, vor allem, weil er einen so krassen Gegensatz zum Vorabend bildete: eine Heißluftballonfahrt statt der Atmosphäre im Theater, ein Spaziergang durch fröhlich belebte Straßen statt der Fahrt in einer Limousine, ein Picknick am Strand statt eines Abendessens im Restaurant. Obwohl die Ballonfahrt Julie Spaß machte, gefiel ihr von allem, was sie unternahmen, das Picknick am besten. Es entsprach einfach am meisten dem, woran sie gewöhnt war. Sie hatte in ihrem Leben schon oft gepicknickt – Jim tat es stets mit Vergnügen –, und für ein Weilchen fühlte sich Julie ganz wie immer. Dieses Gefühl war allerdings nicht von Dauer. Im Picknickkorb befanden sich eine Flasche Merlot und eine Platte mit Käse und Obst, und nachdem sie gegessen hatten, bot Richard ihr eine Fußmassage an. Sie hatte zunächst gelacht und abgelehnt, aber als er sanft nach ihrem Fuß griff, die Sandale abstreifte und seine Massage begann, fügte sie sich drein und malte sich aus, dass Kleopatra sich ganz ähnlich gefühlt haben musste, während sie sich unter sachte schwankenden Palmen entspannte.

Sonderbarerweise kam ihr in dem Moment ihre Mutter in den Sinn.

Obwohl sie längst entschieden hatte, dass ihre Mutter weder als Mutter noch als Vorbild etwas taugte, fiel ihr unwillkürlich eine Bemerkung ein, die ihre Mutter einmal gemacht hatte, als Julie fragte, warum sie ihrem jüngsten Liebhaber den Laufpass gegeben hatte.

»Er war einfach nicht mein Fall«, hatte ihre Mutter sachlich erklärt. »So ist das eben manchmal.«

Julie war damals acht und nickte, ohne recht zu verstehen.

Jahre später begriff sie dann, was ihre Mutter gemeint hatte, und als sie nun Richard ansah, der ihren Fuß in den Händen hielt, fiel ihr die Bemerkung wieder ein.

War Richard ihr Fall?, fragte sie sich, als sie wieder zu Hause war.

Eigentlich durfte dies keine Frage sein, das wusste sie. Weiß Gott, jemanden, der mehr hermachte, würde sie wohl kaum finden, jedenfalls nicht in Swansboro. Als Heiratskandidat schien er geradezu ideal zu sein. Und doch: Nach vier Verabredungen und etlichen gemeinsam verbrachten Stunden ging Julie jäh auf, dass Richard *nicht* ihr Fall war. Bei dieser Erkenntnis war ihr, als versinke sie in einem tiefen See, doch es ließ sich nicht bestreiten: Die Chemie zwischen ihnen beiden stimmte nicht. Sie fühlte einfach nicht dieses leise Kribbeln im Bauch wie damals, als Jim das erste Mal ihre Hand nahm. Sie verspürte nicht den Wunsch, die Augen zu schließen und von einer gemeinsamen Zukunft zu träumen, und sie wusste mit Bestimmtheit, dass sie am Tag nach einer Verabredung mit ihm nicht auf Wolken romantischer Benommenheit schwebte. Sicher, er gab sich ungeheure Mühe; doch so sehr *sie* es sich auch wünschte, empfand sie nicht wirklich etwas für ihn. Er war einfach ein netter Kerl ... und eine andere Frau würde bestimmt glücklich mit ihm werden.

Wie ihre Mutter gesagt hatte: Manchmal passte es eben nicht.

Vielleicht bestand das Problem ja auch darin, dass alles so plötzlich kam. Womöglich brauchten sie einfach etwas mehr Zeit, um sich aneinander zu gewöhnen. Schließlich hatte auch ihre Beziehung mit Jim sich erst allmählich entwickelt. Nach einigen weiteren Treffen würde sie sich vielleicht schon wundern, warum sie so zögerlich gewesen war. Oder?

Versonnen bürstete sich Julie vor dem Spiegel das Haar. Dann legte sie die Bürste hin und dachte: Ja, das wird es sein. Wir müssen uns nur etwas besser kennen lernen. Jedes

Mal wenn die Vergangenheit zur Sprache gekommen war, war es ihr irgendwie gelungen, abzulenken. Sie hatte nicht erwähnt, wie schwierig das Verhältnis zu ihrer Mutter gewesen war, wie verstörend es gewesen war, zu jeder Tages- und Nachtzeit Männer im Haus ein und aus gehen zu sehen, wie verlassen sie sich gefühlt hatte, als sie noch vor dem Highschool-Abschluss von zu Hause ausgezogen war. Oder wie sehr sie sich gefürchtet hatte, als sie keine feste Unterkunft hatte. Oder wie es sich angefühlt hatte, als Jim starb, als sie nicht wusste, ob sie je die Kraft finden würde, weiterzuleben. Das waren schwere Erinnerungen, die stets einen bitteren Nachgeschmack hinterließen, wenn Julie darüber sprach. Manchmal war sie versucht, Richard davon zu erzählen, damit er erfuhr, wer sie wirklich war.

Aber sie ließ es bleiben. Aus irgendeinem Grund war sie nicht dazu imstande. Und er erzählte ihr auch nicht viel von sich, fiel ihr auf. Auch er hatte eine Art, Gesprächen über die Vergangenheit auszuweichen.

Aber wäre das nicht letzten Endes das Wichtigste gewesen? Die Fähigkeit, zu kommunizieren, sich zu öffnen, Vertrauen zu haben? Bei ihr und Jim hatte es funktioniert.

Das Läuten des Telefons riss Julie aus ihren Gedanken. Singer folgte ihr ins Wohnzimmer, wo sie den Hörer abnahm.

»Hallo?«

»Na, wie war's?«, fragte Emma unverblümt. »Ich will alles erfahren. Und lass nur ja nichts aus.«

»Eine Fußmassage?«, fragte Mike ungläubig. Dieses Detail hatte er bisher noch nirgends aufgeschnappt.

»Das hat sie Emma gestern erzählt.«

»Wieso denn eine Fußmassage?«

Mike schob die Hände in die Taschen. Ein gequälter Ausdruck trat in sein Gesicht.

Henry beugte sich vor. »Hör mal, tut mir Leid, noch einen draufsetzen zu müssen, aber Benny hat angerufen. Er will heute vorbeikommen.«

Mike zuckte merklich zusammen. Ach du Schreck, dachte er, Benny.

Das versprach ja wirklich ein grandioser Tag zu werden.

»Und Blansen braucht seinen LKW ganz schnell«, fuhr Henry fort. »Du kümmerst dich darum, ja? Ist Bestandteil des Vertrags, den ich mit den Brückenleuten ausgehandelt habe, es ist also wichtig.«

»Ja, ich mach ihn fertig.«

Andrea wollte es einfach nicht glauben. Von der ganzen Geschichte wurde ihr förmlich speiübel, vor allem angesichts Julies unbekümmerter Haltung zu all dem. Eine Limousine? Champagner? *Phantom der Oper?* Eine Fahrt im Heißluftballon? Ein Picknick am Strand?

Andrea mochte es nicht hören. Sie wollte es nicht mal zufällig mitbekommen, was allerdings in solch einem kleinen Laden unmöglich war.

Sie hatte ein nicht annähernd so interessantes Wochenende gehabt wie Julie. Nein, ihr Wochenende war genau wie alle anderen in letzter Zeit gewesen. Freitagabend war sie im Clipper, wo sie ein weiteres Mal Cobras Annäherungsversuche abzuwehren hatte. Sie hatte gehofft, ihm aus dem Weg gehen zu können, aber er hatte sie gleich entdeckt und den ganzen Abend an ihr geklebt wie eine Schmeißfliege an einem Stück Aas. Und Samstag? Da hatte sie stundenlang damit zu tun, die blöden künstlichen Fingernägel auszubessern. *Was sagst du zu so einem Wochenende, Schätzchen?*, hätte sie am liebsten gerufen. *Jede Wette, da wirst du doch gelb vor Neid, was?*

Aber natürlich hatte sich nicht einmal jemand nach ihrem Wochenende erkundigt. Nein, Mabel und Julie interessierte nur, was Julie so trieb. *Wie ging es dann weiter? Da warst du doch bestimmt überrascht, hm? Klingt wundervoll.* Julie, Julie, Julie. Alles drehte sich immer nur um Julie, die achselzuckend Auskunft gab, als sei das alles keine große Sache.

Andrea saß in der Ecke und feilte ihre Nägel wie eine menschliche Schleifmaschine. Wir unfair das alles war!

Richard trat durch die Salontür und hielt sie für Julies Kundin auf, die gerade hinauswollte.

»Oh, Richard«, sagte Julie. »Gutes Timing. Bin gerade fertig.«

Obwohl sie ihre Gefühle immer noch nicht endgültig durchschaute, freute sie sich über sein Kommen – wenn auch nur, um zu prüfen, was sie bei seinem Anblick empfand.

»Wunderschön siehst du aus«, sagte er und beugte sich vor, um sie zu küssen.

Ihre Lippen trafen sich nur ganz kurz, aber Julie konnte nicht umhin, den Kuss sofort zu analysieren. Kein Feuerwerk, dachte sie, aber auch nicht widerlich. Ein ganz normaler Kuss.

Wenn ich so weitermache, dachte sie sofort, werde ich am Ende noch so verrückt wie meine Mutter.

»Hast du ein paar Minuten Zeit, für eine Tasse Kaffee?«, fragte Richard.

Mabel war zur Bank gegangen. Andrea blätterte in der Ecke im *National Enquirer* – »Zeitung lesen« nannte sie es –, aber Julie wusste, dass sie lauschte.

»Ja«, sagte Julie. »Meine nächste Kundin kommt erst in einer halben Stunde.«

Während sie sprach, senkte Richard den Blick auf ihr Dekolleté.

»Wo ist denn das Medaillon?«, fragte er.

Unwillkürlich fuhr sich Julie mit der Hand an die Brust. »Oh – das habe ich heute nicht angelegt. Es hat sich beim Arbeiten laufend in meiner Kleidung verhakt …«

»Warum hast du's nicht einfach in die Bluse gesteckt?«

»Hab ich versucht, aber es ist immer wieder rausgerutscht.« Sie machte einen Schritt auf die Tür zu. »Komm«, sagte sie. »Lass uns gehen. Ich war den ganzen Vormittag noch nicht draußen.«

»Soll ich dir eine kürzere Kette besorgen?«

»Ach, Unsinn. Es ist gut so, wie es ist.«

»Aber du trägst es nicht«, beharrte er.

Julie antwortete nicht, und während sie beide einen Augenblick lang schwiegen, betrachtete sie ihn aufmerksam. Obwohl er lächelte, wirkte seine Miene irgendwie künstlich.

»Stört es dich so sehr, dass ich es nicht trage?«, fragte sie.

»Ich dachte, es gefällt dir.«

»Tut es ja auch. Ich will es nur nicht bei der Arbeit tragen.«

Bevor sie noch länger über sein seltsames Verhalten nachdenken konnte, löste sich der Bann, und Richards Lächeln wirkte wieder ganz natürlich, als wäre alles andere nur Einbildung gewesen.

»Ich besorg dir noch eine kürzere Kette«, sagte er. »Dann hast du zwei und kannst das Medaillon zu jeder Gelegenheit tragen.«

»Das brauchst du nicht.«

»Ich weiß«, sagte er, senkte kurz den Blick und sah Julie dann wieder in die Augen. »Aber ich möchte es gern.«

Sie starrte ihn an – mit einem jähen Gefühl von ... ja, von was?

Sobald sie hinausgegangen waren, legte Andrea angewidert den *Enquirer* aus der Hand. Julie war wirklich die größte Idiotin auf dem Planeten.

Was dachte sie sich eigentlich?

Sie hätte doch nach einem solchen Wochenende wissen müssen, dass Richard vorbeikommen würde! Jeden Tag war er bisher gekommen, und Andrea konnte gut verstehen, dass Richard durch Julies Gedankenlosigkeit verletzt war. Aber wusste Julie seine Großzügigkeit überhaupt zu schätzen? Dachte sie je darüber nach, was *Richard* glücklich machen könnte, nicht nur sie selbst? Dachte sie je darüber nach, dass Richard ihr das Medaillon vermutlich in dem Wunsch geschenkt hatte, dass sie das blöde Ding trug?

Das Problem war, dass Julie gar nicht wusste, wie gut sie es hatte. Bestimmt dachte sie, alle Männer seien wie Richard. Dass alle Männer Unsummen für Geschenke und Verabredungen ausgaben und Frauen in Limousinen herumkutschierten. Aber so war es nicht. Jedenfalls nicht in diesem Kaff. Soweit Andrea das beurteilen konnte, gab es nicht *einen* Kerl von Richards Format in der ganzen Stadt.

Sie schüttelte den Kopf. Julie hatte solch einen Mann nicht verdient.

Manipuliert. So fühlte sich Julie nun, nachdem Richard wieder zur Arbeit zurückgefahren war.

Als hätte er ihr das Versprechen abtrotzen wollen, das Medaillon auch bei der Arbeit zu tragen. Als müsse sie sich schuldig fühlen, weil sie es nicht trug.

Als sollte sie es *ständig* tragen.

Dieses Gefühl behagte ihr nicht. Warum regte er sich so auf über etwas derart … Unwichtiges? Bedeutete es ihm wirklich so viel?

Sie hatte das Medaillon getragen, seit er es ihr geschenkt hatte, auch am Wochenende. Aber an diesem Morgen hatte sie entschieden, es zu Hause zu lassen, vielleicht weil …

Nein, dachte Julie kopfschüttelnd, das war es nicht. Sie hatte genau gewusst, was sie tat. Das Medaillon war ihr bei der Arbeit lästig. Letzte Woche hätte sie zweimal fast in die Kette geschnitten, und mehrmals hatte es sich im Haar von Kundinnen verfangen. Sie hatte es nicht wieder angelegt, weil sie nicht wollte, dass es ruiniert wurde.

Außerdem war das nicht der Punkt. Es ging gar nicht um sie und darum, weshalb sie es trug oder nicht, sondern um Richard und seine Reaktion. Darum, was er gesagt hatte, und wie er es gesagt hatte, sein Gesichtsausdruck, welches Gefühl ihr seine Worte vermittelten … All das machte sie unruhig.

Jim war nie so gewesen. Jim hatte nie versucht, sie zu manipulieren. Auch hatte er nie versucht, seinen Zorn mit einem Lächeln zu kaschieren.

Solange alles nach meinen Wünschen läuft, ist es prima, schien Richard anzudeuten. *Dann haben wir kein Problem. Andernfalls jedoch …*

Was hatte das alles zu bedeuten?, grübelte Julie.

— 10 —

Mike stand in der Werkstatt und musste an sich halten, seinem Kunden nicht an die Gurgel zu gehen. Stattdessen nickte er bedächtig.

Wie gemein von Henry, dass er ihm diesen Kunden aufgehalst hatte! Kaum war Benny Dickens aufgetaucht, musste Henry urplötzlich dringend telefonieren und verdrückte sich.

»Macht dir doch nichts aus, dich um Benny zu kümmern, oder, Mike?«

Benny war einundzwanzig, und seiner Familie gehörte die Phosphormine vor den Toren der Stadt. Das Unternehmen beschäftigte mehr als dreihundert Mitarbeiter und war somit der größte Arbeitgeber in Swansboro. Benny hatte in der zehnten Klasse die Schule abgebrochen, nannte aber ein protziges Haus am Fluss sein Eigen, finanziert mit Daddys Geld. Benny arbeitete nicht, Benny war nie auch nur der Gedanke gekommen, arbeiten zu gehen, und in der Stadt gab es mindestens zwei kleine Bennys von zwei verschiedenen Müttern. Aber die Familie Dickens war mit Abstand der beste Kunde der Werkstatt, und Henry und Mike konnten es sich nicht leisten, sie zu verlieren. Und Daddy liebte seinen Sohn. Daddy glaubte, sein Sohn wandele auf dem Wasser. Daddy war ein Schwachkopf, diese Ansicht vertrat Mike schon lange.

»Lauter«, sagte Benny greinend und langsam rot anlaufend. »Ich hab doch gesagt, ich will ihn *laut* haben!«

Es ging um den Motor seiner jüngsten Neuerwerbung, einer Callaway Corvette. Er hatte ihn in die Werkstatt gebracht, damit Mike »den Motor laut machte«. Passend zu den Flammen, vermutete Mike, die er letzte Woche auf die Kühlerhaube hatte sprayen müssen, und zu der nach Bennys Wünschen maßgeschneiderten Hi-Fi-Anlage. Benny ging zwar nicht aufs College, wollte aber mit dem Wagen in der kommenden Woche zum Spring Break nach Fort Lauderdale, dem Frühjahrstreff partyhungriger Studenten aus dem ganzen Land, um so viele junge Damen wie möglich aufzureißen. Was für ein toller Hecht.

»Er *ist* laut«, sagte Mike. »Wenn ich ihn noch lauter machte, wäre das ungesetzlich.«

»Ach Quatsch!«

»Die Polizei winkt Sie sofort rechts raus«, sagte Mike. »Das garantiere ich Ihnen.«

Benny zwinkerte, als könne er Mikes Worten kaum folgen.

»Du hast doch überhaupt keine Ahnung, du blöder Schmieraffe! Es ist *nicht* ungesetzlich, hörst du?«

»Blöder Schmieraffe«, wiederholte Mike nickend. »Hab kapiert.«

Dem Kerl beide Hände um den Hals legen, die Daumen auf dem Adamsapfel. Drücken und schütteln.

Benny stemmte die Hände in die Hüften. Er trug wie üblich seine Rolex.

»Lässt mein Dad hier nicht all seine LKWs warten?«

»Ja.«

»Und bin ich nicht auch ein guter Kunde?«

»Doch.«

»Hab ich hier nicht meinen Porsche *und* meinen Jaguar hergebracht?«

»Doch.«

»Zahle ich nicht immer pünktlich?«

»Ja.«

Benny ruderte aufgebracht mit den Armen und wurde immer lauter.

»Warum hast du dann den Motor nicht *laut* gemacht? Ich weiß genau, dass ich das vor ein paar Tagen sehr deutlich in Auftrag gegeben habe. Ich hab gesagt, ich will ihn *laut* haben! *Zum Rumkreuzen auf dem Strip! Die Mädels stehen auf laut! Und ich fahr da unten nicht wegen der Sonne hin! Hörst du?«*

»Wegen Mädels, nicht wegen der Sonne«, sagte Mike. »Kapiert.«

»Also mach ihn laut!«

»Laut.«

»Genau! Und zwar bis morgen!«

»Morgen.«

»Laut! Das kapierst du doch, oder? *Laut!«*

»In Ordnung.«

Henry stand hinter Mike und rieb sich nachdenklich das Kinn. Kaum war Benny in seinem Jaguar davongebraust, war Henry in die Werkstatt zurückgekehrt. Mike kochte still vor sich hin und hantierte grummelnd an dem Motor herum, ohne seinen Bruder zu bemerken.

»Vielleicht hättest du ihn noch lauter machen sollen«, ließ sich Henry vernehmen. »Den Motor, meine ich.«

Mike schaute hoch. »Halt die Klappe, Henry.«

Henry hob beruhigend die Hände. »Ich versuche nur, dir zu helfen.«

»Ja, sicher. Wie der Typ, der den Hebel am elekrischen Stuhl betätigt. Warum überlässt du es mir, mich mit dem Kerl rumzuschlagen?«

»Du weißt doch, dass ich ihn nicht ausstehen kann.«

»Ach, und ich?«

»Du kannst viel besser mit Beschimpfungen umgehen als ich. Du machst das prima, und du weißt, dass wir es uns nicht leisten können, die Firma seines Vaters als Kunden zu verlieren.«

»Ich hätte ihn um ein Haar erwürgt.«

»Aber du hast es nicht getan. Und überleg doch mal, jetzt können wir ihm noch was extra berechnen.«

»Das ist die Sache einfach nicht wert.«

»Ach, Mike, nun komm! Du hast dich wirklich wie ein Profi geschlagen. Ich war beeindruckt.«

»Er hat mich ›blöder Schmieraffe‹ genannt!«

»Aus seinem Mund solltest du das als Kompliment auffassen.« Henry legte Mike die Hand auf die Schulter. »Aber falls das noch mal vorkommt, solltest du vielleicht mal was anderes versuchen. Um ihn ein bisschen zu beruhigen.«

»Mit Klebeband?«

»Nein, mir schwebt eher etwas Raffinierteres vor.«

»Zum Beispiel?«

Henry schwieg kurz und rieb sich wieder am Kinn herum. »Schon mal überlegt, ihm eine Fußmassage anzubieten?«

Mike klappte der Mund auf.

Manchmal hasste er seinen Bruder wie die Pest.

Jake Blansen tauchte kurz nach vier Uhr auf, um den LKW abzuholen, und nachdem er im Büro die Rechnung beglichen hatte, kam er zu Mike in die Werkstatt.

»Die Schlüssel stecken in der Zündung«, sagte Mike. »Und noch etwas: Ich hab die Bremsflüssigkeit erneuert. Jetzt läuft er wieder.«

Jake Blansen nickte. Er war ein echter Arbeiter, mit Bierbauch und breitem Kreuz, hatte einen Zahnstocher zwischen die Zähne geklemmt und ein NASCAR-Logo auf der Baseballmütze. Sein Hemd war durchgeschwitzt, und Jeans und Stiefel waren voller Betonstaub.

»Ich geb's weiter«, sagte Jake. »Obwohl ich, ehrlich gesagt, keine Ahnung habe, warum ich mich mit diesem ganzen Kram rumschlagen muss. Für die Fahrzeuge sollten eigentlich die Jungs vom Wartungstrupp zuständig sein. Aber Sie wissen ja, wie das läuft. Die Bosse haben alles vermasselt.«

Mike nickte in Henrys Richtung. »Ich kenn das. Der Typ da drüben kann manchmal auch ganz schön nerven. Aber wie ich höre, muss er Viagra nehmen, also kann ich ihm wohl keinen Vorwurf machen. Muss hart sein, zu wissen, dass man nur ein halber Mann ist.«

Jake lachte. Das gefiel ihm.

Mike lächelte ebenfalls. Damit hatte er sich ein wenig gerächt. »Und, wie viele Leute seid ihr mittlerweile da draußen?«

»Weiß ich nicht genau. Ein paar hundert vielleicht. Wieso? Suchen Sie Arbeit?«

»Nein – ich bin Mechaniker. Ich hab bloß einen der Ingenieure kennen gelernt, der mit den Arbeiten an der Brücke zu tun hat.«

»Wen denn?«

»Richard Franklin. Kennen Sie ihn?«

Jake sah Mike in die Augen und nahm den Zahnstocher aus dem Mund. »Ja, den kenn ich«, sagte er.

»Netter Kerl?«

»Was glauben Sie?«, fragte Jake.

Bei seinem wachsamen Tonfall zögerte Mike. »Ich könnte daraus schließen, die Antwort ist Nein.«

Jake schien über seine Worte nachzusinnen.

»Und, warum interessiert Sie das?«, fragte er endlich. »Sind Sie mit dem befreundet?«

»Nein – ich bin ihm nur einmal begegnet.«

»Lassen Sie es dabei. Den wollen Sie gar nicht genauer kennen.«

»Wieso?«

Nach einer ganzen Weile schüttelte Jake den Kopf, und obwohl Mike gern mehr erfahren hätte, ließ er sich nicht weiter darüber aus. Stattdessen lenkte er das Gespräch wieder auf den LKW und rollte wenige Minuten später aus der Werkstatt. Mikes Fragen blieben unbeantwortet, aber Jakes Schweigen schien ihm ziemlich vielsagend.

Seine Grübeleien wurden jedoch unterbrochen, als Singer hereingetrottet kam.

»Hey, Großer!«, rief Mike.

Singer sprang hoch, balancierte auf den Hinterbeinen und drückte Mike die Vorderpfoten gegen die Brust, als wolle er ein Tänzchen mit ihm aufführen. Dazu ließ er ein kehliges, aufgeregtes Japsen vernehmen.

»Was machst du denn hier?«, fragte Mike.

Singer ließ sich wieder auf alle viere hinab, drehte sich um und lief zu Mikes Spind.

»Ich hab nichts zu essen«, sagte Mike, der ihm gefolgt war. »Aber Henry hat was im Büro. Komm, wir gehen ihn ausplündern.«

Singer lief voraus. Mike zog die unterste Schublade von Henrys Schreibtisch auf, holte seine Süßigkeiten heraus – die Mini-Doughnuts mit Puderzucker und die Schokokekse – und ließ sich in Henrys Sessel plumpsen. Einzeln warf er Singer die Leckereien zu, der sie geschickt aus der Luft schnappte und verschlang wie ein Frosch die Fliegen. So ungesund das Zeug für ihn auch sein mochte, er wedelte die ganze Zeit begeistert mit dem Schwanz. Henry würde echt sauer sein, wenn er merkte, dass sein Vorrat verschwunden war, dachte Mike und grinste. Es war ein bisschen, als würde man zwei Fliegen mit einer Klappe schlagen.

Als ihre letzte Kundin hinausgegangen war, schaute sich Julie im Salon um. »Hast du Singer gesehen?«, fragte sie Mabel.

»Ich hab ihn vorhin rausgelassen«, sagte Mabel. »Er tänzelte so nervös an der Tür herum.«

»Wie lange ist das her?«

»Eine Stunde ungefähr.«

Julie sah auf ihre Uhr. So lange blieb Singer sonst nie weg.

»Ich glaube, ich hab ihn zu Mike rübergehen sehen«, sagte Mabel.

Singer lag zusammengerollt auf einer alten Decke und hielt nach der Zuckerorgie schnarchend ein Nickerchen, während Mike die Triebwelle an einem Pontiac Sunbird einstellte.

»Hallo, Mike!«, rief Julie von draußen. »Bist du noch da?«

Beim Klang ihrer Stimme schaute Mike hoch. »Hier hinten!«, rief er. Singer hob den Kopf und blinzelte schlaftrunken.

»Hast du Singer gesehen?«

»Ja, er ist hier.« Julie betrat die Werkstatt. Mike ergriff einen Lappen, und während er sich die Hände abwischte, erhob sich Singer und ging auf Julie zu.

»Da bist du ja«, sagte sie und kraulte ihm den Rücken. »Ich hab mir schon Sorgen gemacht.«

Mike lächelte und dankte Singer im Stillen, dass er nicht zum Salon zurückgegangen war.

Julie schaute hoch. »Alles in Ordnung bei dir?«

»Aber ja. Und wie geht's dir?«

»Gut.«

»Bloß gut?«

»War ein stressiger Tag«, sagte sie. »Du kennst das ja.«

»Ja, natürlich«, sagte er und nickte. »Vor allem heute. Erst war Benny da, und dann hätte ich Henry fast umgebracht.«

»Wie bitte – warum denn diesmal?«

»Ich hab's mir in letzter Minute anders überlegt.«

»Hat er dich so getriezt?«

»Wann triezt der mich denn mal nicht?«

»Du Ärmster«, sagte Julie. »Erinner mich daran, heute Abend für dich eine Träne zu vergießen.«

»Ich wusste, dass auf dich Verlass ist«, sagte er.

Julie lachte. Manchmal war Mike einfach zu süß! »Hat Henry dir wieder ein Loch hinten in den Overall geschnippelt?«

»Nein. Der Gag hat sich mit der Zeit abgenutzt. Vor allem, seit ich mal Sekundenkleber auf einen Schlüssel gespritzt und Henry gebeten habe, ihn mal kurz zu halten. Er hat den Schlüssel erst am nächsten Morgen wieder abbekommen. Musste mit dem Ding an der Hand schlafen.«

»Ich erinnere mich«, kicherte Julie. »Danach hat er wochenlang nichts mehr von dir angenommen.«

»Stimmt«, sagte Mike fast wehmütig. »So etwas sollte ich viel öfter machen.«

»Egal, was du tust, Henry wird dich immer triezen. Aber vergiss nicht – das macht er nur aus Neid.«

»Meinst du?«

»Ich weiß es. Er kriegt eine Glatze, und außerdem muss er den Gürtel tiefschnallen, weil sein Bauch immer dicker wird.«

Mike lachte. »O je, es ist hart, alt zu werden.«

»Also … du hast meine Frage noch nicht beantwortet. Was hat er denn heute gemacht?«

Über Henrys Bemerkung wollte und konnte Mike nicht reden. Stattdessen legte er den Schraubenzieher aus der Hand und wischte sich mit dem Ärmel über die Stirn. »Ach, nur das Übliche, mich mit den schlimmsten Kunden allein gelassen und sich hinterher über mich lustig gemacht«, sagte er beiläufig. »Aber manchmal kommt es mir fast so vor, als hättest du an seinen Faxen deine diebische Freude. Und ich muss schon sagen, das tut weh.«

Er ging zum Kühlschrank und nahm für Julie eine Cola light und für sich selbst ein Dr Pepper heraus. Er brauchte nicht zu fragen, er wusste, was sie am liebsten trank.

»Es tut weh?«, sagte sie.

»Wie ein Messerstich.«

»Muss ich heute Abend *zwei* Tränen für dich vergießen?«

»Zwei wären prima. Aber wenn du drei vergießt, werde ich dir auf jeden Fall verzeihen.«

Mike grinste, und Julie bemerkte, wie sehr ihr dieses Geflachse in letzter Zeit gefehlt hatte. »Und ist bei dir heute sonst noch was Aufregendes passiert?«

Mike zögerte. *Ein Bursche namens Jake Blansen war da und hat ein paar rätselhafte Andeutungen über Richard gemacht. Interessiert es dich?*

Nein, das war nicht der richtige Zeitpunkt.

Er schüttelte den Kopf. »Eigentlich nicht. Und bei dir?«

»Auch nicht.« Julie schaute zu Singer. »Abgesehen davon, dass der Bursche ausgebüxt ist. Kurzfristig hatte ich schon Angst, ihm könnte was zugestoßen sein.«

»Singer? Dem würde doch kein Auto standhalten. Bei einem Zusammenstoß würde es platt gedrückt wie eine Wanze.«

»Aber unruhig war ich trotzdem.«

»Weil du eine Frau bist. Männer wie ich – wir haben keine Angst. Wir sind darauf gedrillt, nicht in Panik zu geraten.«

Julie lächelte. »Gut zu wissen. Wenn der nächste Hurrikan droht, ruf ich dich als Ersten an, damit du mir das Haus vernagelst.«

»Das tust du doch sowieso. Weißt du nicht mehr? Du hast mir doch sogar extra einen Hammer gekauft.«

Mike grinste, und dann senkte sich einen Moment lang Schweigen herab. Und jetzt?, dachte Mike.

»Und, wie läuft es so mit Richard?«, fragte er so beiläufig wie möglich.

Julie zögerte. Ja, fragte sie sich. Wie läuft es eigentlich?

»Ganz gut«, sagte sie dann. »Das Wochenende war schön, aber …« Sie verstummte und dachte: Wie viel will ich Mike wirklich erzählen?

»Aber?«

»Ist nicht so wichtig.«

Mike musterte sie. »Ganz sicher?«

»Ja, ganz sicher.« Sie lächelte gezwungen.

Mike witterte ihr Unbehagen, ließ die Sache aber auf sich beruhen. Sie wollte nicht über Richard reden. Damit hatte er kein Problem.

»Tja … also hör zu, falls du doch mal über irgendwas reden willst: Ich bin hier, okay?«

»Okay.«

»Ist mein Ernst«, sagte er. »Ich bin immer für dich da.«

»Weiß ich doch.« Julie legte ihm freundschaftlich die Hand auf die Schulter, um die Situation etwas zu entspannen. »Manchmal denke ich, du solltest mehr rausgehen. Dir die Welt ansehen, exotische Reisen unternehmen.«

»Was? Und auf meine herrlichen *Baywatch*-Abende verzichten?«

»Eben«, sagte sie. »Alles ist besser als Fernsehen. Aber du könntest natürlich auch was anderes machen. Vielleicht ein Musikinstrument lernen oder so.«

Mike presste die Lippen zusammen. »Das war ein Schlag unter die Gürtellinie, meine Liebe.«

Ihre Augen glänzten. »So gut wie der von Henry?«

Mike dachte kurz nach. »Nein«, sagte er. »Der von Henry war besser.«

»Mist.«

»Was soll ich sagen? Du bist eben diesbezüglich ein Grünschnabel.«

Sie lächelte und lehnte sich etwas zurück, wie um ihn genauer zu taxieren. »Mit dir macht so was Spaß, weißt du das?«

»Weil ich so leicht aufzuziehen bin?«

»Nein, weil du so gutmütig mitmachst.«

Mike gab sich angelegentlich Mühe, etwas Schmiere unter seinen Nägeln hervorzuschaben. »Ist ja komisch«, sagte er.

»Was denn?«

»Andrea hat kürzlich genau dasselbe zu mir gesagt.«

»Andrea?«, wiederholte Julie und glaubte, sich verhört zu haben.

»Ja, letztes Wochenende. Als wir zusammen aus waren. Da fällt mir ein – ich muss sie in ein paar Minuten abholen.«

Mike sah erst auf die Uhr, dann zu seinem Spind.

»Aber … moment mal … Andrea?« Julie konnte ihre Verblüffung nicht verbergen.

»Ja – sie ist toll. Wir hatten viel Spaß. Aber hör mal, ich hab's eilig …«

Julie nahm ihn am Arm. »Aber …«, stammelte sie erneut. »Du und *Andrea*?«

Mike sah sie einige Sekunden lang todernst an, dann zwinkerte er. »Hätte ich dich fast reingelegt, was?«

Julie verschränkte die Arme. »Nein«, fauchte sie.

»Na komm, ein bisschen schon.«

»Nein.«

»Gib's zu.«

»Also gut. Ich geb's zu.«

Mike schaute sie zufrieden an. »Gut. Jetzt sind wir quitt.«

— 11 —

Julie ließ die Salontür hinter sich zufallen, noch ganz beschwingt von ihrem Plausch mit Mike. Mabel schaute vom Schreibtisch hoch.

»Wolltest du dich heute Abend mit Richard treffen?«, fragte sie.

»Nein. Wieso?«

»Er war da und hat nach dir gefragt. Hast du ihn nicht gesehen?«

»Ich war drüben bei Mike in der Werkstatt.«

»Du hast Richard auf dem Rückweg nicht gesehen?«

»Nein.«

»Ist ja komisch«, sagte sie. »Du hättest ihn doch auf der Straße treffen müssen! Er ist erst vor ein paar Minuten weg, und ich dachte, er wollte dich suchen.«

Julie schaute zur Tür. »Hat er gesagt, was er wollte?«

»Eigentlich nicht. Nur, dass er dich suchte. Wenn du dich beeilst, erwischst du ihn vielleicht noch.«

Mabel schaltete den Anrufbeantworter ein und räumte weiter ihren Schreibtisch auf. Julie überlegte, ob sie gehen sollte oder nicht. Der Augenblick verstrich – womit die Entscheidung gefallen war.

»Ich weiß nicht, wie es dir geht«, sagte Mabel, »aber ich bin erledigt. Heute hatte wirklich jede Kundin, mit der ich zu tun hatte, etwas zu meckern. Wenn es nicht um ihre Haare ging, dann um die Kinder oder die Männer oder den neuen Pfarrer oder bellende Hunde oder darum, was für Rowdys die Autofahrer aus dem Norden doch sind. Manchmal möchte man sie einfach fragen, ob es nichts Wichtigeres gibt. Weißt du, was ich meine?«

Julie dachte noch über Richard nach.

»Muss wohl Vollmond sein«, murmelte sie. »Heute waren alle ein bisschen daneben.«

»Mike auch?«

»Nein, Mike nicht.« Julie winkte erleichtert ab. »Mike ist immer ausgeglichen.«

Mabel zog die unterste Schublade des Schreibtischs auf und holte einen Flachmann heraus. »Tja, höchste Zeit, einen klaren Kopf zu kriegen«, verkündete sie. »Auch einen?«

Mabel genehmigte sich regelmäßig einen Schluck, um einen »klaren Kopf« zu bekommen, und Julie kannte in der Tat kaum jemanden, der so klar im Kopf war wie sie.

»Ja, gern. Ich schließ nur schnell ab.«

Mabel holte zwei Plastikgläschen aus der Schublade und machte es sich auf dem Sofa gemütlich. Als Julie sich zu ihr gesellte, hatte Mabel schon ihre Schuhe abgestreift, die Füße auf den Tisch gelegt und sich ein Schlückchen genehmigt. Sie hatte die Augen geschlossen und den Kopf zurückgelegt, fast so, als wähnte sie sich in einem Liegestuhl an einem fernen Strand.

»Und, was treibt Mike so?«, fragte sie schließlich, ohne die Augen zu öffnen. »Hat sich hier ja länger nicht blicken lassen.«

»Nichts Weltbewegendes. Arbeiten, sich mit Henry kabbeln, das Übliche. Sonst nicht viel.« Julie hielt inne, und ihr Gesicht hellte sich auf. »Oh, hast du schon gehört, dass er in ein paar Wochen im Clipper spielt?«

»Oh … hurra.« Es klang wenig begeistert.

Julie lachte. »Sei nicht so gemein. Und außerdem ist es diesmal auch eine ganz gute Band.«

»Wird auch nichts nutzen.«

»*So* schlecht ist er gar nicht.«

Mabel lächelte und setzte sich aufrecht hin. »Ach, Schätzchen, ich weiß, er ist dein Freund, aber für mich gehört er fast zur Familie. Ich hab ihn schon in Windeln rumkrabbeln sehen, und glaub mir: Er spielt *schlecht*. Ich weiß, dass ihn das wahnsinnig macht, weil es immer sein größter Ehrgeiz war, Musiker zu sein. Aber wie steht schon in der Bibel zu lesen? ›Duldet nicht die schrecklichen Sänger, denn sie ruinieren die Ohren.‹«

»Das steht nicht in der Bibel.«

»Sollte es aber. Und wenn Mike damals schon gelebt hätte, stünde es vermutlich drin.«

»Für ihn ist Musik machen nun mal das Größte. Wenn ihn solch ein Auftritt glücklich macht, bin ich für ihn glücklich.«

Mabel lächelte. »Du bist wirklich ein liebes und besonderes Mädchen, Julie. Ganz egal, was andere über dich sagen – ich *mag* dich.« Sie hob ihr Glas.

»Gleichfalls«, sagte Julie und stieß mit ihr an.

»Und? Wie geht's mit dir und Richard?«, fragte Mabel.

»Ganz gut, glaube ich.«

Mabel hob das Kinn. »Glaubst du? Wie in: Ich glaube, ich sehe keinen Eisberg, Kapitän?«

»Es ist alles okay«, wiederholte Julie.

Mabel musterte kurz Julies Gesicht. »Warum hast du dann eben nicht versucht, ihn einzuholen?«

»Das hat keinen besonderen Grund«, antwortete Julie. »Ich hab ihn doch heute schon gesehen.«

»Aah«, sagte Mabel gedehnt. »Das erklärt dann wohl alles.«

Julie trank einen Schluck und spürte das Brennen in ihrer Kehle. Mit Mike konnte sie nicht über Richard reden, aber bei Mabel war das anders. Mabel würde ihr helfen, sich über ihre Gefühle für Richard klar zu werden, dachte sie.

»Erinnerst du dich an das Medaillon, das er mir geschenkt hat?«, fragte sie.

»Wie könnte ich das vergessen, mit deinen Initialen?«

»Na ja«, sagte Julie, »das Problem ist, dass ich es heute nicht getragen habe.«

»Und?«

»Ich fand das auch nicht so schlimm. Aber Richard war wohl gekränkt.«

»Wenn ihn so etwas schon kränkt, erinnere mich daran, ihm nie meinen Hackbraten vorzusetzen.« Als Julie nichts sagte, schwenkte Mabel ihr Glas und fuhr dann fort: »Er war also gekränkt. Na und? Männer haben ihre Macken, und vielleicht ist das eine von seinen. Und es gibt Schlimmeres – glaub's mir. Aber du solltest das, was heute vorgefallen ist, im Zusammenhang mit allem anderen beurteilen. Wie oft habt ihr euch bisher getroffen – dreimal?«

»Viermal. Wenn man das letzte Wochenende doppelt zählt.«

»Und du hast gesagt, er war nett zu dir, richtig?«

»Ja. Bisher.«

»Dann hatte er heute vielleicht nur einen schlechten Tag. Du hast doch erzählt, dass er wegen seiner Arbeit ständig auf Abruf ist, richtig? Vielleicht musste er Sonntag noch zur Arbeit und Überstunden schieben. Wer weiß?«

Julie trommelte mit den Fingern gegen ihr Glas. »Kann sein.«

Mabel schwenkte immer noch ihren Bourbon. »Zerbrich dir nicht den Kopf darüber«, sagte sie ruhig. »Solange er nicht ausflippt, ist es doch keine große Sache.«

»Ich soll seine seltsame Reaktion also einfach vergessen?«

»Nicht unbedingt. Völlig ignorieren solltest du sie auch nicht.«

Julie schaute hoch, und Mabel sah ihr in die Augen.

»Hör auf eine Frau, die im Laufe der Jahre zu viele Dates hatte und zu viele Männer kennen gelernt hat«, sagte Mabel. »Jeder Mensch präsentiert sich zu Beginn einer Beziehung von seiner Schokoladenseite. Manchmal wachsen sich später kleine Macken zu großen aus, und den großen Vorteil, den Frauen haben, ist ihre Intuition.«

»Aber eben hast du doch gesagt, ich soll mir nicht den Kopf zerbrechen.«

»Genau. Aber hör auch auf deine Intuition.«

»Dann denkst du also, Richards Verhalten ist ein Problem?«

»Schätzchen, ich weiß nicht, was ich denken soll, genauso wenig wie du. Es gibt keine Zauberfibel, in der alle Antworten auf Beziehungsfragen stehen. Ich steuere bloß etwas gesunden Menschenverstand bei, mehr nicht.«

Julie schwieg für eine Weile. »Du hast wohl Recht«, sagte sie dann.

In dem Moment klingelte das Telefon, und Mabel drehte sich um. Gleich darauf sprang der Anrufbeantworter an. Sie lauschte kurz, wer es war, dann drehte sie sich wieder zu Julie um.

»Also vier Verabredungen bisher, hm?«

Julie nickte.

»Wird es eine fünfte geben?«

»Er hat mich noch nicht gefragt, aber ich glaube, er wird es tun.«

»Eine komische Art, die Frage zu beantworten.«

»Wie meinst du das?«

»Du hast nicht gesagt, wie *du* reagieren willst, wenn er dich fragt.«

Julie wandte den Blick ab.

»Nein«, sagte sie, »das hab ich wohl nicht.«

Richard erwartete sie schon, als sie nach Hause kam.

Mit verschränkten Armen, ein Bein vor das andere gestellt, lehnte er an seinem Wagen, der direkt vor ihrem Haus stand, und beobachtete, wie sie in die Auffahrt einbog.

Als ihr Auto zum Stehen gekommen war, schaute Julie Singer an und löste ihren Gurt.

»Bleib hier im Jeep, bis ich was sage, okay?«

Singer spitzte die Ohren.

»Und benimm dich«, fügte Julie beim Aussteigen hinzu. Richard stand inzwischen in der Auffahrt.

»Hallo, Julie«, sagte er.

»Hi, Richard«, sagte sie zurückhaltend. »Was machst du denn hier?«

Er trat von einem Fuß auf den anderen. »Ich hatte ein paar Minuten Zeit und dachte, ich komm auf einen Sprung vorbei. Ich war auch schon im Salon, aber da warst du wohl schon weg.«

»Ich habe Singer gesucht. Er war drüben in der Werkstatt.«

Richard nickte. »Hat Mabel auch gesagt. Ich konnte aber nicht warten – musste vor Feierabend noch ein paar Blaupausen ins Büro bringen, und leider muss ich auch gleich wieder weg. Aber ich wollte mich wegen heute Morgen entschuldigen. Ich hab mich wohl etwas seltsam benommen.«

Er lächelte zerknirscht, wie ein Kind, das beim Griff in die Keksdose ertappt wurde.

»Also …«, fing Julie an, doch Richard unterbrach sie mit erhobener Hand. »Ich weiß, ich weiß. Keine Erklärungen. Ich wollte nur sagen, es tut mir Leid.«

Julie strich eine Haarsträhne zurück, die ihr ins Gesicht gefallen war. »Findest du es wirklich so schlimm, wenn ich das Medaillon zur Arbeit nicht trage?«

»Nein«, sagte er. »Glaub mir – darum ging es nicht.«

»Worum ging es dann?«

Richard schaute fort. Seine Stimme war so leise, dass Julie ihn kaum verstand.

»Wir hatten so ein schönes Wochenende, und als ich dann feststellte, dass du das Medaillon nicht trägst, fürchtete ich, du hättest das anders empfunden. Ich hatte Angst, dich enttäuscht zu haben. Ich meine … du weißt nicht, wie sehr ich die Stunden genossen habe! Verstehst du, was ich sagen will?«

Julie überlegte kurz und nickte dann.

»Ich wusste, dass du es verstehen würdest«, sagte Richard und blickte unruhig um sich, als wäre er in ihrer Gegenwart plötzlich nervös. »Tja, hör mal – wie gesagt, ich muss zurück zur Arbeit.«

»Okay«, sagte Julie nur und lächelte gequält.

Einen Augenblick später war er fort. Diesmal hatte er ihr keinen Kuss gegeben.

— 12 —

Im Dunkeln ging Richard auf die Tür des viktorianischen Hauses zu, das er vorübergehend sein Heim nannte. Es befand sich draußen am Stadtrand, inmitten von Feldern, ungefähr hundert Meter abseits der Hauptstraße, und war von hoch aufragenden, dunklen Kiefern umgeben. Obwohl der Besitzer das Gebäude ziemlich vernachlässigt hatte, besaß es einen altmodischen Charme. Auch das Grundstück war verwahrlost. Der einstmals wohl gepflegte Garten war nun überwuchert von Unkraut, aber diese Verwilderung störte Richard nicht.

Im Haus aber legte er Wert auf Ordnung. Er trat ein und schaltete das Licht an. Das Mobiliar, das er mitgemietet hatte, entsprach nicht seinem Geschmack, aber in einer Kleinstadt wie Swansboro konnte man nicht wählerisch sein. Und so lebte Richard vorübergehend zwischen gelbbraunen Cord-Sofas, Beistelltischen in Eichenfurnier und Plastiklampen mit Füßen aus Messingimitat.

An diesem Abend jedoch nahm er die Einrichtung gar nicht wahr. An diesem Abend beherrschte Julie seine Gedanken. Und das Medaillon. Und wie sie ihn eben angesehen hatte.

Wieder hatte er sie zu sehr gedrängt, und wieder hatte sie ihm Paroli geboten. Langsam entpuppte sie sich als Herausforderung, aber das gefiel ihm. Das respektierte er, denn am meisten verachtete er Schwäche.

Warum um alles in der Welt lebte sie in solch einem Kaff?

Julie gehörte in die Großstadt, in das Gewimmel belebter Bürgersteige und blinkender Ampeln. Sie war zu gescheit, zu lebhaft für ein Kaff wie dieses. Hier gab es keine Energie, die sie beflügelte, nichts, was sie auf lange Sicht am Leben halten würde. Wenn Julie hier bliebe, das stand fest, würde sie schwach werden, ganz wie seine Mutter schwach geworden war. Und über kurz oder lang würde man jeden Respekt vor ihr verlieren.

Ganz wie bei seiner Mutter. Das Opfer. Immer war sie das Opfer gewesen.

Richard schloss die Augen und kehrte in Gedanken in die Vergangenheit zurück, in das Jahr 1974.

Mit zugeschwollenem linkem Auge und lila verfärbter Wange lud seine Mutter so schnell sie konnte einen Koffer ins Auto. In dem Gepäckstück befand sich Kleidung für sie beide. In ihrem Portemonnaie hatte sie siebenunddreißig Dollar in kleinen Münzen. Es hatte fast ein Jahr gedauert, diesen Betrag zusammenzusparen. Vernon verwaltete das Geld und gab ihr gerade genug zum Einkaufen. Das Scheckheft durfte sie nicht anrühren, und sie wusste nicht einmal, bei welcher Bank er seine Lohnschecks einlöste. Die siebenunddreißig Dollar hatte sie zusammengeklaubt – Münzen, die ihm aus den Taschen gefallen waren, während er vor dem Fernseher döste. Die Mutter hatte das Geld in einer Schachtel Waschpulver auf dem obersten Bord in der Vorratskammer versteckt, und jedes Mal wenn Vernon dort vorbeiging, hatte ihr das Herz in der Brust gehämmert.

Diesmal ging sie für immer. Diesmal würde er sie nicht zur Rückkehr bewegen können. Sie würde ihm nicht glauben, egal, wie sehr er betteln und wie hoch und heilig er Besserung geloben mochte. Wenn sie abermals nachgab und bei ihm blieb, würde er sie umbringen. Vielleicht nicht in diesem Monat oder im Monat darauf, aber umbringen würde er sie. Und auch ihren Sohn. All das schärfte sie sich immer wieder ein wie ein Mantra, als könnten die Worte ihr die Kraft zur Flucht verleihen.

Richard konnte sich noch genau an den Tag erinnern. Wie seine Mutter ihn nicht zur Schule geschickt hatte, wie sie ihn angewiesen hatte, ins Haus zu laufen und das Brot und die Erdnussbutter zu holen, weil sie ein Picknick machen wollten. Wie sie ihm gesagt hatte, er solle auch eine Jacke mitbringen, für den Fall, dass es kühl wurde. Richard war sechs Jahre alt und tat, was seine Mutter ihm sagte, obwohl er wusste, dass sie log.

In der Nacht zuvor hatte er im Bett gelegen und seine Mutter schreien und weinen gehört. Den lauten Knall, als die Hand seines Vaters ihre Wange traf. Wie seine Mutter gegen die dünne Wand krachte, die sein Zimmer von ihrem trennte, wie sie jammerte und ihren Mann anflehte, aufzuhören. Dass es ihr Leid tat, dass sie fest vorgehabt hatte, die Wäsche zu waschen, stattdessen aber mit Richard zum Arzt musste. Er hatte gelauscht, wie Vernon seine Mutter beschimpfte und ihr dieselben Vorwürfe machte wie immer, wenn er getrunken hatte. »Er ähnelt mir überhaupt nicht!«, hatte sein Vater gebrüllt. »Er ist nicht von mir!«

Während Richard im Bett dem Geschrei lauschte, hatte er gebetet, dass es wahr sein möge. Er wollte nicht, dass dieses Scheusal sein Vater war. Er hasste ihn. Hasste den öligen Glanz in seinem Haar, mit dem er aus der Chemiefabrik heimkam. Hasste es, wie er abends immer nach Fusel stank. Hasste, dass er, Richard, anders als die anderen Kinder in der Siedlung, die Fahrräder und Rollschuhe zu Weihnachten bekamen, einen Baseballschläger bekommen hatte, aber weder Handschuh noch Ball. Hasste es, wie Vernon seine Mutter verdrosch, wenn das Haus ihm nicht sauber genug war oder wenn er irgendetwas nicht wiederfand, das seine Mutter weggeräumt hatte. Hasste es, dass bei ihnen immer die Vorhänge zugezogen waren und sie nie Besuch bekamen.

»Beeil dich«, sagte seine Mutter mit einer ungeduldigen Handbewegung, »wir wollen doch im Park einen guten Tisch bekommen.«

Richard rannte ins Haus.

Eine Stunde später würde sein Vater zum Mittagessen nach Hause kommen, wie jeden Tag. Obwohl er zu Fuß zur Arbeit ging, nahm er stets die Autoschlüssel mit, zusammen mit einem Sammelsurium anderer Schlüssel, das an einer Kette an seinem Gürtel hing. Doch seine Mutter hatte am Morgen einen Schlüssel entwendet, während sein Vater Zeitung las und die Eier mit Speck verzehrte, die seine Frau ihm gebraten hatte.

Sie hätten gleich aufbrechen sollen, sobald sein Vater auf dem Weg zur Fabrik über den Hügel verschwunden war. Doch seine Mutter hatte stattdessen stundenlang am Tisch gesessen und mit zittrigen Händen eine Zigarette nach der anderen geraucht. Sie hatte weder gesprochen noch sich vom Fleck gerührt, bis vor ein paar Minuten.

Und nun wurde die Zeit knapp. Sie geriet in Hektik bei dem Gedanken, dass sie es womöglich nicht schafften. Wieder einmal.

Richard kam aus dem Haus gestürmt, mit dem Brot und der Erdnussbutter und seiner Jacke, und rannte zum Auto. Er knallte die Tür des Pontiac hinter sich zu, und seine Mutter versuchte den Schlüssel in die Zündung zu stecken, scheiterte aber, weil ihre Hand so zitterte. Sie holte tief Luft und versuchte es noch einmal. Diesmal sprang der Motor an, und sie versuchte zu lächeln. Durch die geschwollene Lippe bekam sie jedoch nur ein schiefes Grinsen zustande, das gemeinsam mit dem verfärbten Gesicht und dem blutunterlaufenen Auge furchteinflößend wirkte. Sie legte den Rückwärtsgang ein und fuhr aus der Garage. Auf der Straße hielt sie noch einmal kurz an und schaute aufs Armaturenbrett.

Und dann stockte ihr der Atem. Die Benzinuhr zeigte an, dass der Tank fast leer war.

Also blieben sie. Wieder mal. Wie immer.

In der Nacht hörte er abermals seine Eltern im Schlafzimmer, aber diesmal stritten sie sich nicht. Stattdessen hörte er sie lachen, hörte, wie sie sich küssten. Später keuchten sie, und seine Mutter rief den Namen seines Vaters. Als Richard am nächsten Morgen in die Küche kam, standen seine Mutter und sein Vater eng umschlungen da. Sein Vater zwinkerte ihm zu, und Richard beobachtete, wie er seine Hände hinabgleiten ließ, bis sie auf dem Rock seiner Mutter ruhten.

Richard sah, wie seine Mutter errötete.

Er schlug die Augen auf. Nein, dachte er, Julie durfte nicht hier bleiben. Sie sollte das Leben führen, für das sie bestimmt war, das sie verdient hatte. Er würde sie aus all dem herausholen.

Wie töricht von ihm, wegen des Medaillons solch ein Theater zu machen. Wirklich töricht. Das würde ihm nicht noch einmal passieren.

Ganz in Gedanken versunken, nahm er kaum wahr, dass das Telefon läutete, aber er stand noch rechtzeitig auf und ging dran, bevor der Anrufbeantworter ansprang.

Auf dem Display erkannte er die Vorwahl von Daytona. Er atmete tief durch und meldete sich dann.

13

In ihrem dunklen Schlafzimmer warf Julie, geplagt von Kopfschmerzen, ein Kissen nach Singer.

»Kannst du bitte still sein!«, jammerte sie.

Singer ignorierte das Kissen. Unbeirrt blieb er in der Schlafzimmertür stehen, hechelte und knurrte, weil er offenbar wollte, dass Julie aufstand und ihn hinausließ, damit er »nach dem Rechten sehen« konnte. Die letzte Stunde über war er durchs Haus gestreift, vom Schlafzimmer ins Wohnzimmer und wieder zurück, und mehr als einmal hatte er seine feuchte Nase an Julie gedrückt und ihr damit einen Heidenschrecken eingejagt.

Jetzt zog sie sich das Kissen über den Kopf, konnte ihn aber immer noch hören.

»Da draußen ist nichts«, murmelte sie genervt. »Es ist mitten in der Nacht, und ich stehe nicht auf.«

Doch Singer knurrte weiter.

Julie bewarf ihn mit dem letzten Kissen, worauf Singer lautlos durchs Zimmer kam und ihr die Nase ins Ohr stieß.

Sie fuhr hoch und wischte sich mit dem Finger den Speichel fort.

»Das reicht! Schluss!«

Singer wedelte mit dem Schwanz, sichtlich zufrieden. *Na also, es geht doch. Jetzt komm!* Er trottete zum Zimmer hinaus.

»Na schön! Soll ich dir beweisen, dass da draußen nichts ist, du verrückter Köter?«

Julie massierte sich stöhnend die Schläfen, bevor sie sich erhob und ins Wohnzimmer wankte. Singer stand schon am vorderen Fenster. Er hatte mit der Nase die Vorhänge beiseite geschoben und schaute von links nach rechts.

Julie spähte auch hinaus, sah aber nichts.

»Siehst du? Nichts. Wie ich dir gesagt habe.«

Doch Singer gab keine Ruhe. Er lief zur Tür hinüber.

»Wenn du rauswillst, rechne nicht damit, dass ich wegen dir aufbleibe. Dann bleibst du draußen. Ich geh wieder ins Bett. Mein Kopf tut wirklich weh – aber was kümmert's dich …«

Singer schien es tatsächlich nicht zu kümmern.

»Na gut«, sagte Julie. »Wie du willst.«

Sie öffnete die Tür. Anders als erwartet stürmte Singer nicht gleich auf das Wäldchen zu. Stattdessen trat er auf die Veranda, bellte zweimal und senkte dann die Nase, um zu schnüffeln. Julie ihrerseits verschränkte die Arme und blickte sich um.

Nichts. Kein Anzeichen, dass irgendwer hier gewesen war. Abgesehen von den Fröschen und den Grillen war es still. Die Blätter regten sich nicht, die Straße war leer.

Zufrieden machte Singer kehrt und kam wieder ins Haus.

»Das war's? Dafür hast du mich hochgescheucht?«

Singer sah zu ihr hoch. *Die Luft ist rein*, schien er zu sagen. *Kein Grund zur Beunruhigung. Geh nur und schlaf ruhig weiter.*

Julie funkelte ihn böse an und machte sich auf den Weg zurück ins Schlafzimmer. Singer kam nicht mit. Als sie sich noch einmal blinzelnd umschaute, sah sie ihn wieder am Fenster sitzen.

»Mach, was du willst«, murmelte sie.

Im Badezimmer nahm sie wegen des anhaltenden Pochens in ihrem Kopf eine Tylenol PM, um endlich schlafen zu können.

Als Singer eine Stunde später erneut zu knurren begann, diesmal wirklich böse, hörte Julie nichts davon.

Am nächsten Morgen strahlte die Sonne grell von einem Himmel, der so blau war, dass es fast künstlich wirkte. Julie stand in der Auffahrt, sie trug eine Sonnenbrille, aber glücklicherweise waren ihre Kopfschmerzen längst nicht mehr so heftig wie in der Nacht. Singer wartete neben ihr, während sie die Notiz überflog, die unter dem Scheibenwischer ihres Jeeps geklemmt hatte.

Julie,

ich musste wegen eines Notfalls die Stadt verlassen, ich kann dich also ein paar Tage nicht sehen. Ich melde mich, sobald es geht.

Ich werde ständig an dich denken.

Richard

Julie sah Singer an.

»Hast du deshalb so einen Radau gemacht?«, fragte sie. »Wegen Richard?«

Singer schaute sehr selbstzufrieden drein. *Siehst du, ich hab doch gesagt, dass jemand hier war.*

Julie fühlte sich von der Tylenol immer noch müde und schlapp, sie hatte einen bitteren Geschmack im Mund und war nicht in Stimmung für Singers Mätzchen. »Spar dir das. Du hast mich stundenlang wach gehalten. Und tu nicht immer noch so, als würdest du Richard nicht kennen!«

Singer schnaubte und sprang in den Jeep.

»Er ist ja nicht mal an die Tür gekommen.«

Julie schloss die Heckklappe und ließ sich auf den Fahrersitz gleiten. Im Rückspiegel sah sie, wie Singer sich einmal im Kreis drehte und dann mit dem Rücken zu ihr Platz nahm.

»Ja, schmoll nur, ich bin dir auch böse.«

Auf der Fahrt zur Arbeit spähte sie noch einmal in den Spiegel. Singer hatte sich immer noch nicht herumgedreht. Sobald sie den Wagen geparkt und die Heckklappe geöffnet hatte, sprang Singer hinaus. Sie rief nach ihm, aber er setzte unbeirrt seinen Weg fort, überquerte die Straße und trabte auf die Werkstatt zu.

Hunde.

Manchmal sind sie so kindisch wie Männer, dachte Julie.

Mabel war damit beschäftigt, telefonisch Andreas Termine abzusagen. Andrea hatte sich wieder einmal frei genommen. Wenigstens hat sie diesmal angerufen, dachte Mabel.

Bestimmt würde Andrea ihr wieder irgendeine verrückte Story auftischen. Beim letzten Mal hatte sie behauptet, gesehen zu haben, wie Bruce Springsteen über den Parkplatz von Food Lion spazierte. Sie sei ihm den ganzen Tag gefolgt, bis sie merkte, dass er es gar nicht war. Die Frage, was Bruce Springsteen wohl im Food Lion von Swansboro verloren hatte, war ihr offenbar überhaupt nicht in den Sinn gekommen.

Beim Bimmeln der Türglocke drehte sich Mabel um und entdeckte Julie. Sie griff nach der Schachtel mit den Milk-Bone-Hundekeksen, die sie immer für Singer bereit hielt, sah dann aber, dass Julie allein hereingekommen war.

»Wo ist Singer?«, fragte Mabel.

Julie stellte ihre Tasche ins Regal neben ihrem Arbeitsplatz. »Der besucht wohl Mike.«

»Schon wieder?«

»Wir hatten Krach.«

Julies Tonfall war genau derselbe wie früher, wenn sie mal Krach mit Jim hatte. Mabel lächelte. Julie schien nicht zu merken, wie komisch ihr Verhältnis zu Singer auf andere Leute wirkte.

»Ihr hattet Krach?«, fragte Mabel.

»Ja, deshalb schmollt er jetzt, nehme ich an. Als Strafe dafür, dass ich gewagt habe, ihn anzubrüllen. Aber er hatte es verdient.«

»Ah«, sagte Mabel. »Was ist denn passiert?«

Julie schilderte Mabel, was nachts vorgefallen war.

»Richard hat dir also einen Zettel geschrieben, um sich zu entschuldigen?«, fragte Mabel.

»Nein, das hat er gestern schon getan, als ich nach Hause kam. Heute wollte er mir bloß mitteilen, dass er für ein paar Tage weg ist.«

Mabel hätte zu gern gefragt, wie das Gespräch mit Richard verlaufen war, aber Julie hatte offenbar keine Lust, darüber zu reden. Mabel stellte die Milk-Bone-Schachtel in den Schrank zurück und schaute zu Singers Decke in der Ecke.

»Sieht hier irgendwie leer aus ohne ihn«, sagte sie. »Als hätte man ein Möbelstück rausgeräumt.«

»Oh, der kommt sicher bald wieder. Du weißt doch, wie er ist.«

Acht Stunden später jedoch war Singer zu ihrer beider Überraschung immer noch nicht aufgetaucht.

»Ich hab mehrmals versucht, ihn zurückzubringen«, sagte Mike. »Aber er wollte absolut nicht mitkommen. Hab sogar versucht, ihn mit Beef Jerky zu bestechen, ohne Erfolg.«

Julie schaute Singer an. Er saß neben Mike und beäugte Julie mit schräg gelegtem Kopf.

»Bist du mir immer noch böse, Singer?«, fragte sie. »Geht es darum?«

»Warum soll er dir denn böse sein?«

»Wir hatten Krach.«

»Oh«, sagte Mike.

»Willst du für immer da hocken bleiben, oder kommst du jetzt mit?«, fragte sie.

Singer leckte sich über die Lefzen, rührte sich aber nicht.

»Singer – komm«, befahl Julie.

Singer blieb, wo er war.

»Bei Fuß!«

Sie schien nun ernstlich böse zu werden, also machte Mike eine auffordernde Handbewegung.

»Na los, Singer! Bevor du richtig Ärger kriegst.«

Auf Mikes Geheiß hin erhob sich Singer und trottete widerwillig zu Julie hinüber. Sie stemmte die Hände in die Hüften.

»Dann hörst du jetzt also auf Mike?«

»Mach *mir* keine Vorwürfe«, sagte Mike betont unschuldig. »Ich hab nichts getan.«

»Ich mach dir keine Vorwürfe. Ich weiß nur nicht, was in letzter Zeit in ihn gefahren ist.« Singer saß inzwischen neben ihr und sah hoch. »Was hat er denn den ganzen Tag gemacht?«

»Geschnarcht, mein Putensandwich stibitzt, während ich mir etwas zu trinken holte, sich nach draußen verdrückt, um sein Geschäft zu erledigen. Es kam mir so vor, als wäre er für heute hier eingezogen.«

»Wirkte er seltsam auf dich?«

»Nein. Überhaupt nicht.«

»Er war nicht wütend?«

Mike kratzte sich am Kopf, er wusste, dass die Frage ernst gemeint war. »Tja, um ehrlich zu sein, er hat nichts gesagt, zu mir jedenfalls nicht. Soll ich mal Henry fragen? Vielleicht haben sie sich ja unterhalten, als ich mal draußen war.«

»Machst du dich über mich lustig?«

»Nein, nie. Würde mir nie einfallen, das weißt du doch.«

»Hör zu, da ich meinen Hund offenbar an jemand anderen verloren habe, bin ich nicht unbedingt zu Scherzen aufgelegt.«

»Du hast ihn nicht verloren. Er war doch bei mir.«

»Genau. Und jetzt mag er dich lieber.«

»Vielleicht vermisst er mich. Ich kann ziemlich süchtig machen, weißt du.«

Zum ersten Mal, seit sie in der Werkstatt war, lächelte Julie. »Tatsächlich?«

»Was soll ich sagen? Es ist wie ein Fluch.«

Julie lachte. »Das muss hart sein.«

Mike schüttelte den Kopf und dachte wieder einmal, wie wunderschön Julie aussah.

»Du machst dir keine Vorstellung.«

Eine Stunde später stand Julie in ihrer Küche an der Spüle und presste mehrere Handtücher gegen den Wasserstrahl, der aus der defekten Mischbatterie spritzte.

»Würdest du mir mal das Telefon holen?«, schrie sie.

Singer trottete ins Wohnzimmer. Wenig später nahm Julie ihm mit der freien Hand das schnurlose Telefon aus dem Maul. Sie drückte die erste unter Kurzwahl gespeicherte Nummer.

Mike saß Doritos mümmelnd auf dem Sofa, die Finger voller orangefarbener Krümel, eine Dose Bier zwischen die Beine geklemmt. Das Ganze war sein Abendessen, zusammen mit dem Big Mac, den er auf dem Heimweg besorgt (und am Steuer vertilgt) hatte. Neben ihm auf dem Sofa stand seine Gitarre. Mike schloss die Augen, lehnte sich zurück und malte sich aus, wie Katie Couric einem landesweiten Fernsehpublikum die Szene schilderte:

»Dies ist das spannenste Konzertereignis des Jahres! Mit einem einzigen Album hat Mike Harris die Musikwelt im Sturm erobert. Sein Debüt hat sich jetzt schon häufiger verkauft als sämtliche Alben der Beatles und von Elvis zusammen, und für das TV-Konzert wird mit dem größten Fernsehpublikum aller Zeiten gerechnet. Es wird rund um den Globus vor geschätzten drei Milliarden Zuschauern ausgestrahlt, und das Publikum live vor Ort wird auf knapp zwei Millionen geschätzt. Dies ist ein historischer Moment, Leute.«

Lächelnd schob sich Mike einen weiteren Dorito in den Mund. O ja, dachte er. Genau so.

»Sie können bereits das Publikum hören, das in Sprechchören seinen Namen ruft. Unglaublich, wie viele Menschen er berührt hat. Den ganzen Tag über sind Leute zu mir gekommen und haben erzählt, dass Mike Harris mit seiner Musik ihr Leben verändert hat … und da ist er endlich!«

Katies Stimme wird übertönt, weil die Menge nach vorn drängt und in tosenden Beifall ausbricht. Mike kommt auf die Bühne, seine Gitarre im Arm.

Er lässt den Blick über die Menge schweifen. Das Publikum rastet aus, der Lärm ist ohrenbetäubend.

Als er ans Mikro tritt, geht ein Blumenregen auf ihn nieder. Frauen und Kinder geraten bei seinem Anblick in Verzückung. Männer überkommt Eifersucht, zu gern wären sie wie er. Katie fällt fast in Ohnmacht.

Mike klopft ans Mikro, und das Publikum verstummt jäh. Alles wartet auf ihn, aber er fängt noch nicht gleich an zu spielen. Sekunden verstreichen, nichts geschieht, und das Publikum bebt mittlerweile vor fieberhafter Erwartung, doch Mike lässt die Spannung weiter steigen, fast bis ins Unerträgliche; Milliarden von Menschen daheim vor den Fernsehern spüren sie.

Und Mike empfand sie auch.

Auf dem Sofa schwelgte er in der Bewunderung, die Hand an der Doritos-Tüte.

O ja …

Mike erschrak heftig, als plötzlich das Telefon auf dem Tisch neben ihm losschrillte und ihn abrupt aus seinen Träumen riss. Seine Hand zuckte hoch, Doritos stoben in alle Richtungen, und das Bier ergoss sich in seinen Schoß.

»Mist.« Er stieß Dose und Tüte weg, die nun beide leer waren. Mit einer Hand angelte er nach dem Telefon, während er an dem Bierfleck herumrieb und nur jede Menge Streifen hinterließ. Das Telefon klingelte noch einmal, ehe er abhob.

»Hallo?«

»Hey, Mike«, sagte Julie. Sie klang gestresst. »Bist du gerade sehr beschäftigt?«

Das Bier rann bis zu seinem Hosenboden. Na toll, dachte er, das war ein Gefühl, auf das er gut hätte verzichten können.

»Eigentlich nicht.«

»Du klingst so gequält.«

»Tut mir Leid. Hatte gerade ein kleines Missgeschick mit meinem Abendessen.«

»Wie bitte?«

Mike machte sich daran, die Doritos von der Gitarre zu klauben. »Nichts Ernstes«, sagte er. »Ich komm schon klar. Also, wo brennt's denn?«

»Ich brauche dich.«

»Echt?« Mikes Ego erhielt solchen Auftrieb, dass er vorübergehend sogar die Sauerei vergaß, in der er hockte.

»Meine Mischbatterie in der Küche ist kaputt.«

»Oh«, sagte er, und im Nu fiel sein Ego wieder in sich zusammen. »Wie ist das denn passiert?«

»Woher soll ich das wissen? Kannst du kommen und mir helfen?«

Die Entscheidung fiel blitzschnell. »Ich muss nur erst die Hose wechseln.«

»Wie bitte?«

»Egal. Bin in ein paar Minuten da – ich fahre schnell beim Eisenwarenladen vorbei, um eine neue Mischbatterie zu besorgen.«

»Du kommst aber bald, ja? Ich presse hier die ganze Zeit Lappen gegen das Loch, und ich muss dringend mal zur Toilette.«

»Bin schon unterwegs.«

— 14 —

Julie?«, rief Mike beim Betreten des Hauses.

»Ich bin in der Küche! Der Wasserdurck lässt schon nach!«

»Weil ich gerade den Haupthahn hier vorn zugedreht habe. Das Wasser müsste jetzt gleich versiegen.«

Mike steckte den Kopf durch die Tür, und spontan fuhr ihm nur ein einziges Wort durch den Kopf: *Brüste*. Julie war so nass, dass er deutlich den Umriss ihrer Brüste erkennen konnte.

»Du kannst dir nicht vorstellen, wie dankbar ich bin, dass du vorbeigekommen bist«, sagte sie und trocknete sich die Hände ab.

Mike hörte kaum hin. Nicht ihren Busen anstarren, ermahnte er sich, nein, nicht auf ihren Busen starren. Ein *Gentleman* tut das nicht. Ein Freund ebenso wenig. Er kauerte sich hin und klappte seine Werkzeugkiste auf. Singer setzte sich neben ihn und beschnüffelte die Kiste, als wäre er auf Leckerbissen aus.

»Gern geschehen«, murmelte Mike.

»Im Ernst. Hoffentlich hab ich dich nicht bei was Wichtigem gestört.«

»Nicht der Rede wert.«

Julie zupfte sich das nasse T-Shirt von der Haut und sah ihn an. »Hast du was?«, fragte sie.

Mike kramte nach dem Maulschlüssel und der Wasserpumpenzange.

»Alles bestens. Wieso?«

»Du wirkst irgendwie sauer.«

»Ich bin aber nicht sauer.«

»Du schaust mich ja nicht mal an!«

»Ich starre dich nicht an.«

»Genau das hab ich eben gemeint.«

»Oh.«

»Mike?«

»Da sind die Werkzeuge ja!«, sagte er unvermittelt und dankte dem Himmel für die Gelegenheit, das Thema zu wechseln. »Hatte gehofft, dass ich sie dabei habe.«

Julie starrte ihn verdutzt an. »Ich geh mich rasch umziehen«, sagte sie endlich.

»Das ist eine gute Idee«, brummte Mike.

Die anstehende Aufgabe erforderte Mikes ganze Konzentration, und er machte sich gleich an die Arbeit, nicht zuletzt, um Julies Bild aus seinem Kopf zu verscheuchen.

Erst breitete er ein paar Handtücher, die er aus dem Wäscheschrank genommen hatte, auf dem Boden aus, um das Wasser aufzusaugen, dann räumte er den Schrank unter der Spüle aus. Als Julie zurückkam, lag er schon halb im Schrank. Nur noch seine Beine ragten hervor. Singer lag neben ihm. Er war ebenfalls kaum noch zu sehen.

»Kannst du mit dem Gehechel aufhören?«, beschwerte sich Mike gerade.

Singer ging nicht darauf ein, und Mike stieß die Luft aus, sorgsam darauf bedacht, durch den Mund zu atmen.

»Ist mein Ernst. Dein Atem stinkt!«

Singers Schwanz klopfte rhythmisch auf den Boden.

»Und rutsch ein Stück! Du bist im Weg.«

Julie sah, wie er Singer wegstieß – oder es vielmehr versuchte. Ohne Erfolg. Weil ihr kühl war, hatte sie Jeans und ein leichtes Sweatshirt angezogen. Ihr noch feuchtes Haar hatte sie aus dem Gesicht nach hinten gebürstet.

»Wie kommmst du zurecht?«, fragte sie.

Beim Klang ihrer Stimme hob Mike den Kopf und stieß sich prompt am Abflussrohr. Singers Atem fuhr ihm heiß über die Wange, der strenge Geruch trieb ihm die Tränen in die Augen.

»Gut. Ich bin bald fertig.«

»Schon?«

»Das ist nicht weiter schwer – ich muss bloß ein paar Muttern lösen, und die Mischbatterie lässt sich rausnehmen. Ich habe dir eine neue mitgebracht, ich hoffe, sie gefällt dir.«

Julie begutachtete das Teil. »Die ist in Ordnung.«

»Ich kann dir auch gern eine andere besorgen. Kein Problem.«

»Nein – solange sie funktioniert, ist alles prima.«

Julie bückte sich und beobachtete, wie Mike den Schlüssel wieder ansetzte, und ertappte sich dabei, dass sie seine muskulösen Unterarme beäugte. Gleich darauf hörte sie es klirren, weil etwas unter die Spüle fiel.

»Das hätten wir«, sagte Mike.

Er robbte unter der Spüle hervor und bemerkte erleichtert, dass sie sich umgezogen hatte. Kurz darauf löste er die alte Mischbatterie und reichte sie Julie.

»Ganze Arbeit, das Teil ist hin«, sagte er und zeigte auf das Loch. »Was hast du benutzt, um das Ventil aufzudrehen, einen Hammer?«

»Nein, Dynamit.«

»Nächstes Mal solltest du mit Samthandschuhen arbeiten.«

Julie lächelte. »Wie kann so etwas überhaupt passieren?«

»Die Batterie war wohl einfach alt, gehört vermutlich noch zur Originalausstattung des Hauses. Sie ist wahrscheinlich das einzige Teil, das ich hier noch nicht ersetzt habe.«

Mike setzte die neue Batterie ein, kroch wieder unter die Spüle und schloss sie an. Dann verließ er die Küche, dicht gefolgt von Singer. Nachdem er den Haupthahn wieder aufgedreht hatte, kam er zurück und testete, ob die Verschraubungen dicht waren.

»Sieht aus, als wäre alles wieder okay.«

Julie bedankte sich, während Mike in die Hocke ging, um die Reiniger wieder einzuräumen.

»Oh, nein, nicht – lass mich das machen«, sagte sie und kniete sich neben ihn. »*Etwas* will ich schließlich auch tun.«

Während sie die Sachen einräumten, streifte sein Arm mehr als einmal den ihren. Julie wunderte sich, dass es ihr überhaupt auffiel. Kurz darauf hoben sie die triefnassen Handtücher auf. Julie brachte sie in die Waschküche, während Mike sein Werkzeug einräumte. Als sie zurückkam, ging sie direkt zum Kühlschrank.

»Keine Ahnung, wie es dir geht, aber ich brauche nach all dieser Aufregung ein Bier. Willst du auch eins?«

»Sehr gern.«

Julie holte zwei Flaschen Coors light heraus und reichte eine davon Mike. Sie öffnete ihre Flasche und stieß mit ihm an.

»Danke, dass du gekommen bist. Ich weiß, das hab ich schon gesagt, aber ich muss es einfach noch einmal wiederholen.«

»War doch selbstverständlich«, gab Mike zurück, »dafür sind Freunde doch da, oder?«

»Komm«, sagte Julie und wies mit der Flasche nach draußen, »setzen wir uns raus auf die Veranda. Das Wetter ist zu schön, um drinnen zu hocken.«

Auf halbem Weg zur Tür blieb sie abrupt stehen. »Hör mal – hast du vorhin gesagt, du hättest schon zu Abend gegessen?«

»Wieso?«

»Weil ich umkomme vor Hunger. Bei dem ganzen Durcheinander bin ich noch nicht zum Essen gekommen. Teilst du dir eine Pizza mit mir?«

Mike lächelte. »Gern.«

Julie lief zum Telefon.

»Schinken und Ananas, ist das okay?«, rief sie.

»Was du willst, mir ist alles recht.«

Sie saßen in Schaukelstühlen auf der Veranda. Zikaden summten und Moskitos schwirrten direkt vor dem Fliegengitter. Die Sonne war endlich untergegangen. Letzte Lichtstrahlen tauchten den Horizont in glutrote Farbe.

Julies Haus war auf drei Seiten von bewaldetem Brachland umgeben. Dies war mit ein Grund gewesen, warum sie und Jim das Haus damals gekauft hatten. Zudem hatten sie beide immer schon von einem älteren Haus mit einer umlaufenden Veranda geträumt. Obwohl an dem Haus eine Menge zu tun war, hatten sie nach der ersten Besichtigung sofort ihr Gebot eingereicht.

Singer döste nahe der Treppe. Ab und an öffnete er ein Auge, um nur ja nichts zu verpassen. Julies Gesicht schien in dem schwindenden Licht zu leuchten.

»Das erinnert mich an unser erstes Zusammentreffen«, sagte Mike lächelnd. »Weißt du noch? Als Mabel uns alle zu sich einlud, damit wir dich kennen lernen konnten?«

»Wie könnte ich das vergessen? Es war einer der fürchterlichsten Momente in meinem Leben.«

»Aber wir sind doch so nette Menschen!«

»Das wusste ich ja noch nicht! Damals wart ihr für mich lauter Fremde. Ich wusste überhaupt nicht, was mich erwartete.«

»Auch in Bezug auf Jim?«

»Besonders in Bezug auf Jim. Hat ziemlich lange gedauert, bis ich begriff, warum er so viel für mich tat. Jemand wie er war mir noch nie begegnet, und es fiel mir schwer zu glauben, dass es auch Leute gibt, die einfach … gut sind. An dem Abend habe ich nicht ein Wort mit ihm gewechselt.«

»Stimmt. Das hat Jim mir am nächsten Tag erzählt.«

»Wirklich?«

»Und außerdem hatte er uns im Voraus gewarnt, dass du nicht viel sagen würdest. Er sagte, du wärst ein bisschen schüchtern.«

»Nein!«

»Er hat dich als mäuschenhaft bezeichnet.«

Julie lachte. »Ich hab ja schon einiges über mich gehört, aber mäuschenhaft – das ist mir neu.«

»Nun, ich glaube, das hat er nur gesagt, damit wir dir eine Chance geben. Obwohl das wirklich nicht nötig war. Uns hat eigentlich schon genügt, dass er und Mabel dich mochten.«

Julie blieb lange still. »Manchmal kann ich immer noch kaum glauben, dass ich hier bin«, sagte sie schließlich.

»Wieso?«

»Weil sich alles so zufällig ergeben hat. Ehe Jim es erwähnte, hatte ich noch nie von Swansboro gehört, und jetzt, zwölf Jahre später, lebe ich immer noch hier.«

Mike sah sie über seine Flasche hinweg an. »Klingt ja fast, als würdest du es bedauern.«

Julie schlug ein Bein über das andere. »Nein, überhaupt nicht. Mir gefällt es hier. Nach Jims Tod hab ich für ein Weilchen mit dem Gedanken gespielt, irgendwo anders neu anzufangen, aber wo sollte ich hin? Ich bin zum Beispiel nicht gerade wild darauf, wieder bei meiner Mutter zu leben.«

»Hast du in letzter Zeit mal mit ihr gesprochen?«

»Schon seit ein paar Monaten nicht mehr. Sie hat zu Weihnachten angerufen und gesagt, sie würde mich gern mal besuchen kommen, aber seither hab ich nichts mehr von ihr gehört. Ich glaube übrigens, das hat sie nur gesagt, damit ich ihr das Geld für den Flug schicke. Aber eigentlich will ich sie gar nicht sehen. Es würde nur alte Wunden aufreißen.«

»Das alles muss ganz schön hart für dich sein.«

»Manchmal schon. Zumindest war es früher hart. Aber heute denke ich bewusst nicht mehr viel darüber nach. Damals, als ich mit Jim zusammenlebte, hätte ich mich gern bei ihr gemeldet, und sei es nur, um ihr zu sagen, dass bei mir alles gut lief. Als ob ich unbedingt ihren Segen hätte haben wollen. Seltsam … Nun, meine Mutter kam nicht zur Hochzeit, sie kam nicht zu Jims Beerdigung. Danach habe ich es mehr oder weniger aufgegeben. Also, ich bin nicht unhöflich, wenn sie anruft, aber ebenso gut könnte ich mit einer Fremden reden.«

Während sie sprach, sah Mike zu den dunklen Umrissen der Bäume hinüber. Kleine Fledermäuse schwirrten dort so rasch hin und her, dass man sie kaum wahrnahm. Mike sagte langsam: »Henry macht mich zwar manchmal fast wahnsinnig, und meine Eltern sind genauso nervig wie er, aber es tut doch gut zu wissen, dass es sie gibt. Ich wüsste nicht, was ich ohne sie täte. Ich weiß nicht, ob ich es allein schaffen würde, so wie du.«

Julie sah ihn an. »Klar würdest du's schaffen. Außerdem

bin ich ja nicht ganz allein. Ich habe Singer, und ich habe meine Freunde. Das ist doch schon viel.«

Mike hätte gern gefragt, welche Rolle Richard dabei zukam, hielt aber den Mund. Er wollte die Stimmung nicht verderben.

»Darf ich dich etwas fragen?«, sagte Julie.

»Klar.«

»Warum ist eigentlich deine Beziehung zu Sarah in die Brüche gegangen? Ich dachte, ihr zwei hattet was Besonderes laufen, und dann, ganz plötzlich, wart ihr auseinander.«

Mike rutschte verlegen auf dem Stuhl hin und her. »Ach, weißt du ...«

»Nein, ich weiß nichts. Du hast mir nie erzählt, warum es zu Ende gegangen ist.«

»Da gab's nicht viel zu erzählen.«

»Das sagst du immer. Also, was ist damals passiert?«

Mike schwieg für eine ganze Weile und schüttelte dann den Kopf. »Das willst du gar nicht wissen.«

»Was hat sie getan? Hat sie dich betrogen?«

Als Mike darauf nicht antwortete, wusste Julie, dass sie ins Schwarze getroffen hatte.

»Oh, Mike, das tut mir Leid.«

»Ja, mir auch. Zu der Zeit jedenfalls. Sie kannte den Typen von der Arbeit. Als ich eines Morgens bei ihr vorbeiging, stand sein Auto vor ihrem Haus.«

»Wie hast du reagiert?«

»Ich war natürlich wütend. Aber die Schuld lag ehrlich gesagt nicht nur bei ihr. Ich war nicht gerade der aufmerksamste Freund. Sie kam sich wohl vernachlässigt vor.« Er seufzte und rieb sich übers Gesicht. »Irgendwie habe ich wohl geahnt, dass die Beziehung nicht halten würde, also habe ich mir keine Mühe mehr gegeben. Und dann musste so etwas ja einfach passieren.«

Einen Moment lang blieb es still, dann deutete Julie auf Mikes fast leere Flasche.

»Möchtest du noch eins?«

»Gern«, sagte er.

»Kommt sofort.«

Julie stand auf, und Mike rückte mit dem Schaukelstuhl etwas zurück, um sie vorbeizulassen. Er sah ihr nach und stellte unwillkürlich fest, dass Jeans ihr sehr gut standen.

Kopfschüttelnd verscheuchte er den Gedanken. Das passte jetzt gar nicht. Schließlich saßen sie als gute Freunde zusammen. So wie früher immer – bevor er so verrückt war, sich in Julie zu verlieben.

Er wusste immer noch nicht genau, wann es geschehen war. Es geschah erst eine ganze Weile nach Jims Tod, so viel stand fest. Es war nicht etwa so gewesen, dass plötzlich ein Licht aufflammte. Eher war es wie ein Sonnenaufgang, bei dem der Himmel langsam heller wird, fast unmerklich, bis man feststellt, dass es Morgen ist.

Julie kam wieder heraus, reichte ihm die Flasche und setzte sich.

»Hier habe ich mit Jim auch oft gesessen.«

Julie seufzte. »Denkst du auch noch an ihn?«

Mike nickte. »Sehr oft.«

»Ich auch.«

»Das glaube ich. Er war ein guter Kerl. Besser hättest du es nicht treffen können. Und zu mir hat er immer gesagt, er hätte es auch nicht besser treffen können.«

Julie wippte sachte in ihrem Schaukelstuhl hin und her. Was Mike sagte, gefiel ihr sehr. »Du bist auch ein guter Kerl.«

»Stimmt – ich und ungefähr eine Million andere. Ich bin nicht wie Jim.«

»Aber sicher. Ihr seid aus derselben Kleinstadt, ihr hattet dieselben Freunde; dieselben Interessen. Bei euch hatte man viel eher das Gefühl, dass ihr Brüder seid, als bei dir und Henry. Abgesehen davon natürlich, dass Jim nie eine neue Mischbatterie hätte anschließen können. Er konnte überhaupt nichts reparieren.«

»Tja, Henry hätte das auch nicht hinbekommen.«

»Wirklich nicht?«

»Nun, Henry hätte es auch *gekonnt*. Aber er hätte es nicht *getan*. Er macht sich ungern die Hände schmutzig.«

»Schon komisch, wo ihr beide doch die Werkstatt habt.«

»Da hast du Recht. Aber es stört mich nicht. Ehrlich

gesagt, meine Arbeit gefällt mir wesentlich besser als seine. Hab nicht viel übrig für Büroarbeit.«

»Ein Job bei einem Kreditinstitut wäre also nichts für dich, was?«

»Niemals. Erstens würde mir keiner so einen Job geben, und zweitens würde ich spätestens nach einer Woche wieder vor der Tür sitzen. Bei mir bekäme jeder ein Darlehen, der eins braucht. Ich kann ganz schlecht Nein sagen.«

Julie berührte ihn am Arm. »Och, wirklich?«

Mike lächelte sprachlos und wünschte sich von ganzem Herzen, die Berührung würde ewig dauern.

Wenige Minuten später wurde die Pizza gebracht. Ein pickeliger Teenager mit klobiger schwarzer Hornbrille stierte erst eine halbe Ewigkeit auf die Rechnung, bis er den Endbetrag stammelte.

Mike wollte zur Brieftasche greifen, aber Julie hatte das Portemonnaie schon in der Hand und drängte ihn beiseite.

»Lass es sein. Ich bezahle.«

»Aber ich esse vermutlich viel mehr als du.«

»Du kannst die Pizza auch ganz essen, ich bezahle trotzdem.«

Bevor Mike weitere Einwände erheben konnte, reichte Julie dem Pizzaboten das Geld und trug dann den Karton in die Küche.

»Darf ich Pappteller nehmen?«

»Ich esse ständig von Papptellern.«

»Weiß ich«, sagte sie augenzwinkernd. »Und ich kann dir gar nicht sagen, wie Leid du mir tust.«

Kurz darauf aßen sie unter einvernehmlichem Geplauder, wie schon so oft. Sie unterhielten sich über Jim und Geschichten von früher, und schließlich verlagerte sich das Gespräch auf Neuigkeiten aus dem Ort und gemeinsame Bekannte. Ab und zu ließ Singer ein Winseln vernehmen, als fühle er sich vernachlässigt. Mike warf ihm dann ein Häppchen hin, ohne das Gespräch zu unterbrechen.

Der Abend verstrich, und Julie merkte, dass sie Mikes Blicke länger festhielt als sonst. Das wunderte sie. Schließlich hatte er nichts Ungewöhnliches gesagt oder getan, seit er da war. Es lag auch nicht daran, dass sie allein auf der Veranda saßen und zusammen zu Abend aßen.

Nein, es gab keinen Grund, warum sie plötzlich anders empfand, aber sie war machtlos dagegen. Und im Grunde hatte sie gegen das Gefühl auch gar nichts einzuwenden. Süß sah Mike aus, in Turnschuhen und Jeans, die Beine aufs Geländer gelegt, das Haar zerzaust wie der Junge von nebenan. Aber das wusste Julie schließlich immer schon!

Mit Mike zusammen zu sein war so ganz anders als das, was sie in letzter Zeit mit Richard erlebt hatte. Er war nicht angeberisch, man musste hinter dem, was er sagte, keine verborgene Doppeldeutigkeit vermuten, er versuchte nicht, bei Julie Eindruck zu schinden. Und Julie konnte sich ganz zwanglos benehmen. Erst jetzt fiel ihr auf, dass sie in den turbulenten letzten Wochen fast vergessen hatte, wie sehr sie den entspannten Umgang mit Mike genoss.

Schon während ihrer Ehe mit Jim hatte sie die friedlichen Alltagssituationen am meisten genossen: die faulen Vormittage, die sie Zeitung lesend und Kaffee trinkend im Bett verbracht hatten, oder die kalten Herbstmorgen, wenn sie Blumenzwiebeln im Garten setzten. Oder wenn sie stundenlang durch Geschäfte gezogen waren, um Schlafzimmermöbel auszusuchen, endlos über die Vorzüge von Kirsche oder Ahorn debattierend. Dies waren die Momente, in denen Julie am zufriedensten war, in denen sie sich endlich zugestand, an das Unmögliche zu glauben. Dies waren die Momente, in denen die Welt rundum in Ordnung schien.

Während ihr diese Erinnerungen durch den Kopf gingen, betrachtete Julie Mike beim Essen. Er kämpfte mit langen Käsefäden, die sich zwischen seinem Mund und der Pizza zogen, und stellte sich ungeschickter an, als er eigentlich war. Manchmal fummelte er hektisch an dem Pizzastück herum, damit der Belag nicht runterfiel oder Tomatensoße hinabtröpfelte. Dann lachte er über sich selbst, fuhr sich mit der Serviette übers Gesicht und brummte vor sich hin: »Jetzt hätte ich mir fast das Hemd versaut.« Dass er sich selbst nicht ernst nahm und auch Julies Fopperei gutmütig ertrug, weckte in ihr eine warme Zuneigung zu ihm, ganz so, wie sie es sich bei alten Ehepaaren vorstellte, die händchenhaltend auf einer Parkbank saßen. Das ging ihr abermals durch den Kopf, als sie ihm wenig später in die Küche folgte und zusah, wie er, ohne fragen zu müssen, die Frischhaltefolie aus der Schublade beim Herd nahm. Als er die Pizza einpackte und in den Kühlschrank räumte und dann automatisch nach der vollen Mülltüte griff, hatte Julie kurz die Vision, dass die Szene nicht jetzt, sondern irgendwann in der Zukunft spielte, an einem ganz normalen Abend einer langen Reihe gemeinsam verbrachter Abende.

»Das wär's dann wohl«, sagte Mike und sah sich in der Küche um.

Der Klang seiner Stimme schreckte Julie auf, und sie spürte, wie sie leicht errötete.

»Sieht so aus«, stimmte sie zu. »Danke, dass du noch beim Aufräumen geholfen hast.«

Ein längeres Schweigen folgte.

Dann klatschte Mike in die Hände.

»Ich gehe wohl jetzt besser. Muss morgen früh raus.«

Julie nickte. »Dachte ich mir schon. Ich will auch bald ins Bett. Singer hat mich gestern noch stundenlang wach gehalten.«

»Was hat er denn gemacht?«

»Gewinselt, geknurrt, gebellt … alles Mögliche, nur um mich zu nerven.«

»Was war denn los?«

»Ach, Richard ist gestern Nacht vorbeigekommen. Und du weißt doch, wie Singer sich bei fremden Leuten aufführt.«

Es war das erste Mal an diesem Abend, dass Richards Name fiel, und Mikes Hals war plötzlich wie zugeschnürt.

»Richard war letzte Nacht hier?«, fragte er.

»Nein – nicht, wie du denkst. Wir sind nicht ausgegangen und so. Er hat mir nur eine Notiz ans Auto geklemmt, dass er ein paar Tage weg muss.«

»Oh«, sagte Mike.

»Es war wirklich weiter nichts«, fügte Julie noch einmal hastig hinzu.

»Um wie viel Uhr war das?«, fragte Mike.

Julie drehte sich unwillkürlich zur Küchenuhr um, als müsse sie die Stellung der Zeiger sehen, um sich zu erinnern.

»Gegen zwei ungefähr. Da hat Singer jedenfalls mit dem Lärm angefangen, aber wie gesagt, es ging eine ganze Weile lang so. Warum?«

Mike presste die Lippen zusammen und dachte: Und warum hat Singer so lange Zeit geknurrt?

»Ich hab mich nur gerade gefragt, warum er die Nachricht nicht morgens vorbeigebracht hat, bevor er wegfuhr«, sagte er.

Julie zuckte die Achseln. »Keine Ahnung. Vielleicht hatte er morgens keine Zeit.«

Mike nickte, unschlüssig, ob er noch etwas sagen sollte. Er entschied sich dagegen. Stattdessen griff er nach seiner Werkzeugkiste und der kaputten Mischbatterie, denn er wollte nicht, dass der Abend womöglich mit einem Missklang endete.

»Hör zu …«

Julie sah ihn an und bemerkte zum ersten Mal ein kleines Muttermal auf seiner Wange.

»Ich weiß – du musst los«, sagte sie etwas atemlos.

Mike trat von einem Fuß auf den anderen. Da ihm nichts Besseres einfiel, hielt er die Batterie hoch.

»Na ja, danke, dass du mich deswegen angerufen hast. Ob du's glaubst oder nicht, es war ein schöner Abend.«

Ihre Blicke trafen sich, bis Mike fortschaute. Julie stieß die Luft aus – ihr war gar nicht aufgefallen, dass sie den Atem angehalten hatte. Auf dem Weg zur Tür musterte sie Mike verstohlen von hinten. Sein Po zeichnete sich unter der engen Jeans ab, und wieder merkte sie, dass sie rot anlief.

Nachdem sie sich verabschiedet hatten, blieb sie noch in der Tür stehen und sah zu, wie Mike zu seinem Wagen ging. Kurz bevor er die Autotür schloss, winkte er noch mal.

Julie winkte zurück, bis die roten Rücklichter seines Wagens verschwunden waren. Fast eine Minute stand sie anschließend noch auf der Veranda und versuchte, aus ihren Gefühlen schlau zu werden. Mike, dachte sie wieder, *Mike*.

Warum zerbrach sie sich überhaupt den Kopf darüber? Es wurde eh nichts daraus. Sie verschränkte die Arme und lachte vor sich hin. Mike? Klar, er war nett. Natürlich, man konnte gut mit ihm reden. Und ja doch, er war süß. Aber … *Mike?*

Das Ganze war doch lächerlich. Blanker Unfug.

Julie wandte sich um und ging ins Haus. Es *war* doch Unfug, oder?

— 15 —

Henry stellte in seinem Büro den Styroporbecher mit Kaffee auf dem Schreibtisch ab. »Das war's?«, fragte er.

Mike kratzte sich am Hinterkopf. »Das war's.«

»Du bist gestern Abend einfach weggefahren?«

»Ja.«

Henry legte die Finger gegeneinander und stützte das Kinn darauf ab. Normalerweise hätte er sich über Mike lustig gemacht, weil er die Gelegenheit verpasst hatte, sich mit Julie zu verabreden, aber das war jetzt zweitrangig.

»Also noch mal von vorn. Dieser Jake Blansen macht dir gegenüber dunkle Andeutungen über Richard, die wahr sein könnten oder auch nicht, aber auf jeden Fall ein bisschen komisch klingen, zumal er sich nicht weiter darüber auslassen wollte. Dann erfährst du, dass Richard mitten in der Nacht bei Julie aufkreuzt und Gott weiß wie lange da rumlungert, und du sagst ihr nicht, dass dir das seltsam vorkommt? Erwähnst nicht einmal, dass eventuell Grund zur Sorge besteht?«

»Sie hat mir doch erzählt, dass Richard da war. Es ist ja nicht so, dass sie es nicht wusste.«

»Darum geht es nicht, und das weißt du auch.«

Mike schüttelte den Kopf. »Ist doch nichts passiert, Henry.«

»Du hättest trotzdem was sagen sollen.«

»Wie denn?«

Henry lehnte sich in seinem Schreibtischstuhl zurück. »Genauso, wie ich es eben gesagt habe. Erzähl ihr einfach, was du denkst.«

»*Du* kannst so reden, aber ich nicht«, sagte Mike und sah

seinem Bruder in die Augen. »Sie denkt dann garantiert, dass ich es nur sage, weil ich was für sie empfinde.«

»Sieh mal, Mike«, sagte Henry väterlich, »du bist ihr Freund und wirst es auch immer bleiben, egal, ob jemals etwas zwischen euch passiert oder nicht. Für mich gilt dasselbe, okay? Und mir gefällt die Vorstellung nicht, dass dieser Typ mitten in der Nacht bei ihr rumlungert. Das ist gruselig, egal, welche Gründe er dafür angibt. Er hätte den Zettel morgens bringen können, er hätte Julie anrufen können, ihr eine Nachricht bei der Arbeit hinterlassen … Aber um zwei Uhr früh? Und hast du nicht gesagt, Singer hätte Julie *stundenlang* wach gehalten? Könnte das nicht bedeuten, dass er sich die ganze Zeit da rumgedrückt hat? Und was, wenn Blansen dich irgendwie warnen wollte? Hast du dir darüber noch keine Gedanken gemacht?«

»Natürlich. Mir hat das auch nicht gefallen.«

»Dann hättest du etwas sagen sollen.«

Mike schloss die Augen. Bis zu besagtem Zeitpunkt war es so ein schöner Abend gewesen.

»Du warst nicht dabei, Henry«, sagte er. »Und im Übrigen fand Julie das Ganze anscheinend überhaupt nicht seltsam.«

»Woher willst du wissen, dass er nur diesen Zettel gebracht hat?«

Mike wollte etwas sagen, besann sich aber, als er Henrys Gesichtsausdruck bemerkte.

»Pass auf«, sagte Henry, »jetzt ist nicht der Zeitpunkt, Geheimnisse vor ihr zu haben, am wenigsten in so einer Sache. Ist das klar?«

Mike senkte einsichtig den Kopf.

»Ja«, sagte er, »sonnenklar.«

»Nun, das hört sich doch an, als hättet ihr zwei einen lustigen Abend gehabt«, sagte Mabel.

»Allerdings«, erwiderte Julie. »Du kennst Mike ja. Mit ihm ist es immer lustig.«

Mabel saß in einem der Frisiersessel. Die nächste Kundin sollte erst in ein paar Minuten kommen, und sie waren allein im Salon.

»Und dein Wasserhahn funktioniert wieder?«

Julie nickte. »Er hat eine neue Mischbatterie angebracht.«

»Sah es wieder einmal kinderleicht aus? Sodass du dich gefragt hast, warum du ihn überhaupt anrufen musstest?«

»Ganz genau.«

Mabel lachte. »Ist schon ein Prachtkerl, was?«

Julie zögerte. Aus dem Augenwinkel sah sie Singer neben der Tür sitzen, den Blick aus dem Fenster gerichtet, als wollte er gern hinaus. Sie hatte seit dem Vorabend ständig über den gemeinsam verbrachten Abend nachgedacht. Mike galt ihr letzter Gedanke vor dem Einschlafen, und er kam ihr auch als Erstes in den Sinn, als sie morgens die Augen aufschlug.

So fiel ihr, als sie zur Tür ging, um Singer hinauszulassen, die Antwort leicht.

»Ja«, sagte sie, »er ist ein Prachtkerl.«

»Mike!«, rief Henry, »Besuch für dich.«

Mike steckte den Kopf aus dem Lagerraum. »Wer denn?«

»Rate doch mal.«

Noch ehe er etwas sagen konnte, tauchte Singer neben ihm auf.

Es war schon später Nachmittag, als Julie zur Werkstatt hinübermarschierte. Sie stemmte die Hände in die Hüften und funkelte Singer an.

»Wenn ich's nicht besser wüsste, würde ich das Ganze für eine Art Plan halten, damit ich nur ja hierher komme«, sagte sie.

Mike tat bei ihren Worten sein Bestes, Singer telepathisch seinen Dank zu übermitteln.

»Vielleicht versucht er dir etwas mitzuteilen.«

»Und was bitte?«

»Keine Ahnung. Womöglich, dass er in letzter Zeit nicht genügend Aufmerksamkeit bekommt.«

»Oh, davon bekommt er mehr als genug. Lass dich von ihm nicht täuschen. Er ist sehr verwöhnt.«

Mike öffnete die Schnallen an seinem Overall.

»Entschuldige bitte«, sagte er, »aber das Teil macht mich wahnsinnig. Ich habe aus Versehen Benzin darauf gekippt und muss schon den ganzen Tag die Dämpfe einatmen.«

»Dann bist du wohl ein bisschen bedröhnt, was?«

»Nein, hab nur Kopfweh.«

Julie sah zu, wie er sich aus dem Overall pellte, ihn zusammenknüllte und in eine Ecke warf. In Jeans und rotem T-Shirt sah er jünger aus, als er war, fand sie.

»Und, was steht heute Abend bei dir an?«, fragte sie.

»Das Übliche halt. Die Umwelt retten, die Hungrigen speisen, den Weltfrieden fördern.«

»Schon erstaunlich, was man alles an einem Abend erledigen kann.«

»Wohl wahr.« Mike grinste jungenhaft. Doch als Julie sich durchs Haar fuhr, überkam ihn plötzlich dieselbe Nervosität wie am Vorabend, als er ihre Küche betrat.

»Und du? Hast du auch irgendwas Aufregendes vor?«

»Nein. Ich will zu Hause ein bisschen putzen und ein paar Rechnungen bezahlen. Im Gegensatz zu dir muss ich mich erst um den Kleinkram kümmern, bevor ich losziehe, um die Welt zu retten.«

Mikes Blick fiel auf Henry, der, ganz vertieft in den Stapel Papiere in seiner Hand, am Türpfosten lehnte, als bemerke er Mike und Julie gar nicht. Dabei wusste Mike, dass er nur dort stand, damit sein Bruder nicht vergaß, was er vorhin gesagt hatte. Mike schob die Hände in die Taschen. Er wusste zwar, dass er es tun musste, aber er hatte keine Lust dazu. Dann atmete er tief durch.

»Hast du noch ein paar Minuten Zeit?«, fragte er. »Es gibt etwas, was ich dir gern erzählen würde.«

»Klar. Worum geht's denn?«

»Können wir woanders hingehen? Ich glaube, ich brauche erst mal ein Bier.«

Julie war zwar verblüfft, weil Mike plötzlich so ernst war, aber insgeheim auch erfreut über seinen Vorschlag.

»Ein Bier wäre gut«, sagte sie.

Tizzy's lag nur ein paar Schritte die Straße hoch, zwischen einer Tierhandlung und einer chemischen Reinigung. Ähnlich wie im Sailing Clipper war es hier weder sauber noch besonders gemütlich. In der Ecke der Kneipe plärrte ein Fernseher, die Fenster starrten vor Schmutz, und die Luft war voller Qualm, der sich von den Tischen hochkräuselte wie die Blasen in einer Lavalampe. Die Stammgäste aber störte das nicht, und es gab sogar ein halbes Dutzend Leute, die praktisch im Tizzy's wohnten. Tizzy Welborn, der Besitzer, führte die Beliebtheit seines Ladens darauf zurück, dass er »Charakter« hatte. Mike vermutete, mit Charakter meinte er billigen Alkohol.

Was Tizzy darüber hinaus auszeichnete, war, dass es nicht sehr förmlich bei ihm zuging. Man brauchte weder feste Schuhe noch Hemd zu tragen, um bedient zu werden, und es war ihm auch gleichgültig, was Gäste alles anschleppten. Im Laufe der Jahre hatte man hier wirklich alles schon gesehen, von Samuraischwertern bis hin zu aufblasbaren Sexpuppen. In die Kategorie eigenartige Mitbringsel fiel auch Singer, so wenig Julie das auch wahrhaben wollte. Als Mike und Julie es sich auf Barhockern am hinteren Ende der Theke gemütlich machten, drehte sich Singer einmal um die eigene Achse und legte sich dann hin.

Tizzy nahm ihre Bestellung auf und stellte ihnen dann zwei Flaschen Bier hin.

Julie sah sich um. »Was für ein Loch! Ich hab immer Angst, mir eine ansteckende Krankheit zu holen, wenn ich länger als eine Stunde hier bin.«

»Aber der Laden hat Charakter«, sagte Mike.

»Na klar, du großzügiger Gastgeber. Also, was ist so wichtig, dass du mich unbedingt hierher schleifen musstest?«

Mike legte beide Hände um seine Flasche. »Nun, eigentlich hat Henry es mir geraten ...«

»Henry?«

»Ja.« Mike hielt inne. »Er fand, ich hätte dir gestern etwas sagen sollen.«

»Was denn?«

»Etwas wegen Richard.«

»Was ist mit Richard?«

Mike setzte sich aufrechter hin. »Wegen neulich Nacht …«

»Und weiter?«

»Henry kam das irgendwie komisch vor. Dass er mitten in der Nacht zu dir gefahren ist, weißt du.«

Julie sah Mike zweifelnd an. »Deswegen hat Henry sich Sorgen gemacht?«

»Ja. Henry.«

»M-hm … aber du nicht.«

»Nein«, sagte Mike.

Julie trank einen Schluck Bier. »Das war auch nicht nötig. Schließlich hat Richard ja nicht ins Haus gespäht. Da wäre Singer nämlich durch die Scheibe gesprungen. Und er hat ja geschrieben, es sei ein Notfall, also musste er vielleicht gleich anschließend weg.«

»Na ja … da ist noch was. Letztens kam jemand vom Brückentrupp in die Werkstatt, und er hat etwas Komisches gesagt.«

»Was denn?«

Mike erzählte, was Jake Blansen gesagt hatte, und gab auch Henrys Bemerkungen etwas ausführlicher wieder. Als er fertig war, legte Julie Mike die Hand auf die Schulter und verzog langsam die Lippen zu einem Lächeln.

»Oh, das ist wirklich süß von Henry, sich solche Gedanken um mich zu machen.«

Mike brauchte eine Weile, um ihre Antwort zu verdauen. »Moment mal – du bist nicht böse?«

»Natürlich nicht! Es tut gut, zu wissen, dass ich Freunde habe, die auf mich aufpassen.«

»Aber …«

»Was, aber?«

»Na ja … äh …«

Julie lachte und puffte Mike leicht in die Schulter. »Na los, gib's zu – du warst auch besorgt. Es war nicht nur Henry, stimmt's?«

Mike schluckte. »Nein.«

»Warum hast du das denn nicht gleich gesagt? Wieso schiebst du alles auf Henry?«

»Ich wollte nicht, dass du mir böse bist.«
»Warum sollte ich?«
»Weil ... also, du gehst doch mit dem Typen aus.«
»Und?«
»Ich wollte nicht, dass du denkst ... nun, ich war mir nicht sicher, ob du ...«
Mikes Stimme verlor sich, er brachte es einfach nicht über die Lippen.
»Ich sollte nicht denken, dass du es nur sagst, damit ich mich nicht mehr mit ihm treffe?«, fragte Julie.
»Genau.«
Julie musterte Mike kurz. »Hast du wirklich so wenig Vertrauen in unsere Freundschaft?«
Mike erwiderte nichts.
»Du kennst mich besser als sonst jemand, und du bist mein bester Freund. Ich würde dir nie unterstellen, dass du etwas sagst, um mir wehzutun. Ich weiß, dass du zu so etwas gar nicht fähig bist. Warum bin ich wohl so gern mit dir zusammen? Weil du ein guter Kerl bist. Ein netter Kerl.«
Mike wandte sich ab. Ebenso gut hätte sie mich einen Eunuchen nennen können, dachte er.
»Nette Kerle kriegen als Letzte eine Frau ab. Scheint mir.«
Julie drehte sein Gesicht mit dem Finger wieder zu sich und sah ihm in die Augen. »Mag sein. Aber ich bin mir da nicht so sicher.«
»Und was ist mit Richard?«
»Was soll mit ihm sein?«
»Du warst in letzter Zeit viel mit ihm zusammen.«
Julie lehnte sich auf dem Barhocker zurück.
»Also, würde ich dich nicht besser kennen, würde ich behaupten, du klingst ein wenig eifersüchtig«, flachste sie.
Mike trank einen Schluck Bier und ging nicht darauf ein.
»Kein Grund zur Eifersucht. Wir haben uns ein paarmal getroffen. Na und? Ich habe ja nicht gleich vor, ihn zu heiraten.«
»Wirklich nicht?«
Julie schnaubte. »Machst du Witze?« Sie schwieg, aber Mikes Miene veranlasste sie, weiterzusprechen. »Also war es

kein Witz«, sagte sie. »Hör mal – hast du etwa geglaubt, ich sei verliebt in ihn?«

»Kann sein.«

»Oh«, sagte sie. »Nun, ich bin nicht verliebt. Ich weiß nicht einmal genau, ob ich mich noch mal mit ihm treffen würde. Und zwar nicht wegen der Dinge, die du mir eben erzählt hast. Das letzte Wochenende war toll, es war lustig, aber es hat einfach nicht gefunkt, verstehst du? Und am Montag war Richard dann so komisch, und da wurde mir plötzlich klar, dass er mich ziemlich kalt lässt.«

»Wirklich?«

Sie lächelte. »Wirklich.«

»Wow.« Mehr fiel Mike nicht ein.

Tizzy stellte den Fernseher auf den Sportkanal um und fragte dann, ob sie noch etwas trinken wollten. Julie und Mike schüttelten den Kopf.

»Und wie geht's nun weiter?«, fragte Mike. »Triffst du dich noch mal mit dem guten alten Bob?«

»Das bleibt mir hoffentlich für immer erspart.«

Mike nickte. Sein Hals war auf einmal wie ausgedörrt. Er trank noch einen Schluck.

»Na ja, vielleicht kommt ja bald ein anderer des Weges«, bemerkte er dann.

»Vielleicht.« Julie stützte das Kinn in die Hand und sah ihm in die Augen.

»Wird nicht lange dauern. Es gibt bestimmt ein Dutzend Männer, die nur darauf lauern, dich um eine Verabredung bitten zu dürfen.«

»Ich brauche nur einen.« Sie lächelte fröhlich.

»Den gibt es bestimmt«, erklärte Mike. »Darüber würde ich mir keine Sorgen machen.«

»Tu ich auch nicht. Ich weiß inzwischen ganz gut, worauf es mir bei einem Mann ankommt. Ich möchte einen guten Mann finden. Einfach einen netten Kerl.«

»Also, verdient hast du so einen, so viel steht fest.«

Manchmal, das musste Julie zugeben, war Mike wirklich sehr begriffsstutzig. Sie versuchte es anders.

»Wie sieht's denn bei dir aus? Wirst du auch wieder jemanden finden?«

»Wer weiß ...«

»Aber bestimmt! Du musst dich nur umsehen. Manchmal sitzt die Richtige direkt vor der Nase.«

Mike zupfte an seinem Hemd herum. Seit wann war es so warm geworden? Er befürchtete, einen Schweißausbruch zu erleiden, wenn er nicht bald hier raus kam. »Hoffentlich hast du Recht«, sagte er.

Wieder wurde es still.

»Also? ...«, sagte sie, um ihn zum Reden zu ermuntern.

Mike verstand sie offenbar immer noch nicht.

Endlich stieß Julie die Luft aus. Ich muss wohl den ersten Schritt machen, dachte sie. Wenn ich warte, bis dieser Casanova die Situation durchschaut, werde ich darüber so alt, dass ich eine Gehhilfe brauche.

»Also, was machst du morgen Abend?«, fragte sie.

»Hab noch nicht drüber nachgedacht.«

»Sollen wir zusammen ausgehen? Auf der Insel gibt's ein Lokal, das echt nett ist. Liegt direkt am Strand, und das Essen soll ganz gut sein.«

»Ich könnte Henry und Emma fragen, ob sie mitkommen wollen.«

Julie legte einen Finger ans Kinn. »Hmm ... wie wär's, wenn wir nur zu zweit gehen?«

»Du und ich?« Mike spürte, wie ihm plötzlich das Herz in der Brust hämmerte.

»Klar. Wieso nicht? Es sei denn, du hast keine Lust.«

»Doch, sehr gern«, sagte er etwas zu rasch, was er sofort bereute. Er holte tief Luft und zwang sich, ruhiger zu werden. Cool bleiben, dachte er. Er warf Julie einen James-Dean-Blick zu. »Das heißt, ich glaube, ich kann es einrichten.«

Julie verkniff sich ein Lachen.

»Mensch«, sagte sie, »das freut mich aber!«

»Du hast sie also tatsächlich um ein Date gebeten?«, fragte Henry.

Mike stand da wie ein Cowboy in einem alten Western,

ein Knie angewinkelt, den Fuß an die Wand gestemmt, den Kopf leicht geneigt und musterte angelegentlich seine Fingernägel.

»War einfach Zeit.« Mike zuckte lässig die Achseln.

»Na schön. Und du bist ganz sicher, dass es ein Date ist?«

Mike verdrehte die Augen, als empfände er Henrys Frage als Zumutung. »Na klar, auf jeden Fall.«

»Wie hast du's denn angestellt? Ich meine, hat es sich einfach so ergeben?«

»Ich hab darauf hingearbeitet. Ganz langsam. Hab das Gespräch in die Richtung gelenkt, und als die Zeit reif war, ist es passiert.«

»Einfach so?«

»Genau.«

»Aha«, brummte Henry. Er hatte das Gefühl, dass Mike nicht die Wahrheit sagte.

»Und was hat sie über Richard gesagt?«

Mike fuhr mit den Nägeln an seinem Hemd entlang und sah sie dann prüfend an. »Das ist wohl vorbei.«

»Hat sie das gesagt?«

»Richtig.«

»Aha«, sagte Henry erneut. »Nun, da kann ich wohl nur sagen, ich freu mich für dich. Höchste Zeit, dass ihr zwei mal von der Stelle kommt.«

»Danke, Henry.«

Henry deutete über seine Schulter. »Hör mal – ich hab noch im Büro zu tun, und ich würde gern zeitig nach Hause gehen ...«

»Nur zu.« Mike, der sich selten im Leben besser gefühlt hatte, nahm den Fuß von der Wand und kehrte in die Werkstatt zurück. Henry sah ihm nach, ging dann in sein Büro und schloss die Tür hinter sich. Er griff zum Telefon, wählte und hörte gleich darauf Emmas Stimme am anderen Ende.

»Du wirst nicht glauben, was ich gerade erfahren habe«, sagte er.

»Was denn?«

Henry erzählte ihr alles.

»Na, das wurde aber auch Zeit«, bemerkte sie fröhlich.

»Das habe ich auch gesagt. Aber hör mal – meinst du, du könntest Julies Version der Geschichte in Erfahrung bringen?«

»Hast du nicht gesagt, Mike hätte dir alles erzählt?«

»Hat er auch. Aber irgendetwas verschweigt er, da bin ich mir sicher.«

Emma schwieg kurz. »Du willst das Ganze doch nicht etwa hintertreiben?«

»Nein, überhaupt nicht. Ich wüsste nur gern, wie Julie das sieht, verstehst du? Mike nimmt die Sache ziemlich ernst, und ich will nicht, dass ihm wehgetan wird.«

Emma schwieg. Henry wusste nur zu gut, dass sie überlegte, ob sie ihm glauben sollte oder nicht.

»Nun, ich war länger nicht mit ihr zum Mittagessen …«

Henry nickte und dachte: Braves Mädchen.

Julie schloss die Haustür auf, eine volle Einkaufstüte und die Post im Arm, und wankte Richtung Küche. Eigentlich war sie mit der festen Absicht beim Supermarkt vorbeigefahren, etwas Gesundes zu besorgen, hatte dann aber doch nur eine Lasagne für die Mikrowelle gekauft.

Singer war nicht mit ins Haus gekommen, er war aus dem Jeep gesprungen, sobald sie anhielt, und im Wald verschwunden. Er würde ein Weilchen fortbleiben.

Julie stellte die Lasagne in die Mikrowelle, zog sich im Schlafzimmer rasch Shorts und T-Shirt über und ging dann in die Küche zurück. Sie sah die Post durch – Rechnungen, diverse Postwurfsendungen, ein paar Versandhauskataloge – und legte schließlich den ganzen Stapel beiseite. Sie hatte keine Lust, sich jetzt damit zu befassen.

Ich bin mit Mike verabredet, dachte sie. *Mike.*

Immer wieder flüsterte sie seinen Namen.

Dann fiel ihr Blick auf das blinkende Licht des Anrufbeantworters. Sie drückte auf Play, und Emmas Stimme erklang. Sie fragte, ob Julie Lust hätte, Freitagmittag mit ihr essen zu gehen. »Falls du nicht kannst, gib mir Bescheid. Ansonsten treffen wir uns im Deli, in Ordnung?«

Hört sich gut an, dachte Julie. Gleich darauf piepste es

und sie vernahm Richards Stimme. Er klang müde, als hätte er den ganzen Tag hart arbeiten müssen.

»Hallo, Julie. Wollte mich nur mal melden, aber du bist wohl nicht da. Den Abend über werde ich unterwegs sein, aber morgen bin ich wieder zurück.« Er hielt inne, und Julie konnte hören, wie er tief Luft holte. »Du glaubst gar nicht, wie sehr du mir fehlst.«

Danach hatte er aufgelegt. Draußen auf dem Fensterbrett hüpfte ein Fink herum, dann flog er plötzlich davon.

O Mann, dachte sie, ich habe das Gefühl, er wird meinen Entschluss nicht gerade begeistert aufnehmen.

— 16 —

Am nächsten Abend fuhr Mike kurz vor sieben bei Julie vor, in Dockers und weißem Leinenhemd. Er stellte den Motor ab, steckte den Autoschlüssel in die Hosentasche, schnappte sich die Pralinenschachtel und ging auf die Haustür zu, wobei er sich noch einmal stumm in Erinnerung rief, was er sagen wollte. Nach stundenlangem Grübeln hatte er sich für Folgendes entschieden: »Was für eine tolle Idee, zum Strand zu fahren! Der Abend ist wunderschön« – nicht nur, weil es natürlich klang, sondern vor allem, weil es nicht zu aufdringlich war. Dies war womöglich seine einzige Chance, und die wollte er nicht vermasseln.

Julie kam heraus, als Mike schon fast an der Tür war, und sagte etwas Freundliches, vermutlich irgendeine Begrüßung, aber ihre Stimme, zusammen mit der umwerfenden Erkenntnis, dass *die Verabredung nun tatsächlich stattfand!*, verwirrte seinen Gedankenfluss, und er vergaß komplett, was er hatte sagen wollen. Stattdessen starrte er sie sprachlos an.

Hübsche Frauen gab es überall. Es gab Frauen, die Männern im Handumdrehen den Kopf verdrehten, es gab Frauen, die dank einem einzigen Augenaufschlag mit einer freundlichen Ermahnung davonkamen, wenn ein Polizist sie wegen überhöhter Geschwindigkeit hatte rechts ranfahren lassen.

Und dann gab es noch Julie.

Sie war natürlich nicht makellos – eine leichte Stupsnase, etwas zu viele Sommersprossen, Haare, die sich nur selten bändigen ließen. Aber als Mike sie die Treppe herabkommen sah, das Sommerkleid leicht gebauscht in der Frühlingsbrise, kam es ihm vor, als hätte er niemals eine schönere Frau gesehen.

»Mike?«, sagte Julie.

Okay, dachte er, das ist deine Chance. Vermassel sie nicht. Du weißt genau, was du sagen wirst. Bleib einfach ruhig und lass es ganz natürlich klingen.

»Mike?«, sagte Julie noch mal.

Ihre Stimme holte ihn zurück.

»Fehlt dir was?«, fragte sie. »Du siehst ein wenig blass aus.«

Mike öffnete den Mund und schloss ihn gleich wieder, als er merkte, dass ihm sein Text wirklich nicht mehr einfiel. Keine Panik, dachte er, während ihn langsam Panik ergriff. Egal, was passiert, *keine Panik*! Er beschloss, den Mut nicht zu verlieren, und atmete tief durch.

»Ich hab Pralinen für dich besorgt«, sagte er und hielt ihr die Schachtel hin.

Julie sah ihn an. »Das sehe ich. Dankeschön.«

Ich hab Pralinen besorgt? Mehr fällt mir nicht ein?

»Hallo?«, trällerte Julie. »Jemand daheim?«

Der erste Satz … der erste Satz … Mike überlegte angestrengt, und bruchstückhaft kehrte die Erinnerung zurück.

»Du bist heute Abend am Strand wunderschön«, stieß er schließlich hervor.

Julie musterte ihn kurz und lächelte dann. »Danke. Aber wir sind ja noch gar nicht da.«

Mike schob die Hände in die Hosentaschen. Idiot!

»Tut mir Leid«, sagte er, da ihm nichts Besseres einfiel.

»Was denn?«

»Dass ich nicht weiß, was ich sagen soll.«

»Wovon redest du?«

Ihr Gesichtsausdruck war eine eigentümliche Mischung aus Verwirrung und Geduld, und vor allem deshalb war Mike endlich imstande, die richtigen Worte zu finden.

»Nichts«, sagte er. »Ich glaube, ich freue mich einfach darauf, mit dir zusammen zu sein.«

Julie spürte, wie aufrichtig diese Worte waren.

»Ich auch«, sagte sie.

Mike beruhigte sich etwas. Er lächelte, hielt aber den Blick in die Ferne gerichtet, als wollte er die Gegend einer genauen Prüfung unterziehen. Vor lauter Befangenheit wusste er nicht weiter.

»Also, bist du so weit?«, fragte er schließlich.

»Natürlich.«

Als Mike sich eben zum Gehen wandte, hörte er, wie Singer im Haus losbellte, und sah sich um.

»Kommt Singer nicht mit?«

»Ich wusste nicht, ob es dir recht wäre.«

Mike blieb stehen. Singer konnte unter Umständen dazu beitragen, dass die Situation nicht so verkrampft war. »Wenn du möchtest, nimm ihn doch mit! Am Strand findet er es sicher toll.«

Als Julie zum Haus schaute, bellte Singer erneut. Sein Gesicht tauchte am Fenster auf. Sie hätte ihn gern dabeigehabt, schließlich war er nahezu immer an ihrer Seite, aber letzten Endes war sie ganz offiziell mit einem Mann verabredet! Bei Richard – oder allen anderen Männern, mit denen sie ausgegangen war – hätte sie nicht einmal in Betracht gezogen, Singer mitzunehmen.

Sie lächelte. »Dann warte kurz, bis ich ihn geholt habe, okay?«

Ein paar Minuten später – sie fuhren gerade über die Brücke, die nach Bogue Banks führte – bellte Singer wieder. Er saß auf der Ladefläche des Pick-up, hielt Zunge und Ohren in den Wind und machte einen rundum zufriedenen Eindruck.

Singer rollte sich vor dem Restaurant im warmen Sand zusammen, während Julie und Mike an einem Tisch auf der Terrasse Platz nahmen. Am langsam dunkler werdenden Himmel bildeten sich Zirruswolken. Die Seebrise, die auf der Insel immer etwas kräftiger wehte, zerrte rhythmisch an den Volants des Sonnenschirms am Tisch. Julie klemmte sich das Haar hinter die Ohren, damit die Strähnen ihr nicht ins Gesicht wehten. Der Strand war menschenleer – der große Besucherandrang setzte meist erst nach dem Gedenktag am 30. Mai ein –, und die Wellen schlugen sacht auf den glatten Sand am Ufer.

Im Restaurant herrschte eine zwanglose und angenehme Atmosphäre, und dank der Lage direkt am Strand waren die meisten Tische besetzt. Als der Kellner kam, bestellte Julie ein Glas Wein. Mike entschied sich für eine Flasche Bier.

Auf der kurzen Fahrt hatten sie sich ein wenig von dem vergangenen Tag erzählt. Wie üblich ging es um Mabel und Andrea, Henry und Emma. Während sie plauderten, versuchte Mike sich etwas zu beruhigen. Er war zwar immer noch nicht darüber hinweg, dass er seinen Plan zunichte gemacht hatte, indem er bereits den ersten Satz vergaß. Doch inzwischen ging alles glatt. Zu gern hätte er das seinem angeborenen Charme zugeschrieben, aber tief im Herzen wusste er, dass Julie dafür verantwortlich war.

Während der ersten Minuten im Restaurant fiel es Mike schwer, sich zu konzentrieren. Schließlich hatte er sich seit Jahren sozusagen täglich einen solchen Moment vorgestellt. Als Julie ihr Weinglas hob und die Lippen schürzte, um ein Schlückchen zu trinken, kam es Mike vor, als hätte er noch nie etwas so Sinnliches gesehen.

Es gelang ihm, zwanglos zu plaudern und Julie sogar ein paarmal zum Lachen zu bringen, doch bis das Essen kam, war er derart nervös und unsicher, dass er kaum mehr wusste, worum es in ihrem Gespräch eigentlich gegangen war.

Jetzt reiß dich zusammen, dachte er.

Mike war offenbar nicht ganz er selbst.

Julie wunderte es nicht. Sie wusste, dass es ein wenig dauern würde, bis er sich entspannt hatte. Ganz unbefangen war sie auch nicht, und er machte es ihr nicht unbedingt leichter. So wie er jedes Mal, wenn sie ihr Glas berührte, die Augen aufriss, hätte sie ihn am liebsten gefragt, ob er noch nie gesehen hätte, wie jemand Wein trank. Beim ersten Mal hatte sie sogar gedacht, er wolle sie warnen, weil ein Insekt in ihrem Wein gelandet war.

Beim Essen dachte Julie mehrfach an Jim und stellte unwillkürlich Vergleiche an. Zu ihrer Überraschung schnitt Mike ganz gut ab, so unbeholfen er sich auch anstellte. Mike würde nie sein wie Jim, aber in seiner Gesellschaft fühlte sich

Julie ein wenig so, wie sie es aus den guten Zeiten ihrer Ehe in Erinnerung hatte. Und wie bei Jim war sie sich sicher, dass Mikes Liebe zu ihr nicht oberflächlich war, sondern auch in der Zukunft Bestand haben würde. Nur während eines kurzen Moments beim Essen beherrschte das Gefühl des Verrats ihre Gedanken, so als würde Jim über sie beide wachen, doch es verging so schnell, wie es gekommen war. Und gleich darauf durchströmte sie zum ersten Mal ein warmes Gefühl, wie eine Zusicherung, dass Jim nichts gegen eine Beziehung zwischen Mike und Julie einzuwenden hätte.

Der Mond war bereits aufgegangen, als sie ihr Mahl beendeten, und warf einen Fächer weißen Lichts auf das dunkle Wasser.

»Wie wär's mit einem Spaziergang?«, schlug Mike vor.

»Hört sich gut an«, sagte Julie und stellte ihr Glas auf den Tisch.

Mike stand auf. Julie zupfte ihr Kleid glatt und zog den Träger hoch, der ihr von der Schulter gerutscht war. Mike streifte sie, als er ans Geländer trat, und über dem Salzwassergeruch nahm sie sein Rasierwasser wahr. Mike beugte sich vor, um Singer ausfindig zu machen. Sein Gesicht lag im Schatten, doch als er den Kopf umwandte, wurde er vom Mondlicht angestrahlt, wodurch er Julie seltsam fremd erschien. Seine Finger lagen auf dem eisernen Geländer. Sie waren ölverschmiert, und wieder einmal fiel ihr auf, wie sehr sich Mike von dem Mann unterschied, der sie einst zum Traualtar geführt hatte.

Nein, dachte sie lächelnd, ich bin nicht verliebt in Mike. Zumindest noch nicht.

»Du warst eben beim Essen plötzlich so still«, sagte Mike.

Sie spazierten direkt am Wasser entlang, hatten die Schuhe ausgezogen, und Mike hatte sich die Hose hochgekrempelt. Singer trabte voraus, die Nase dicht am Boden, um nach Krabben zu stöbern.

»Hab nur nachgedacht«, murmelte Julie.

»Über Jim?«

Sie sah Mike an. »Woher weißt du das?«

»Den Gesichtsausdruck hab ich oft genug gesehen. Du wärst eine miserable Pokerspielerin.« Er tippte sich an die Augen. »Mir entgeht nichts.«

»Ach ja? Was hab ich denn genau gedacht?«

»Du hast gedacht ... dass du froh bist, ihn geheiratet zu haben.«

»Oh, das ist aber sehr vage.«

»Aber ich habe doch Recht, oder?«

»Nein.«

»Worüber hast du denn nachgedacht?«

»Unwichtig.«

»Dann verrat's mir.«

»Na schön. Ich habe über seine Finger nachgedacht.«

»Seine Finger?«

»Ja. Du hast Öl an den Fingern. Mir ging durch den Sinn, dass ich während meiner gesamten Ehe mit Jim nie gesehen habe, dass seine Finger so aussahen wie deine.«

Mike versteckte verlegen die Hände hinter dem Rücken.

»Oh, das war nicht böse gemeint«, sagte sie. »Ich weiß ja, dass du es nicht verhindern kannst. Deine Hände müssen so dreckig sein.«

»Meine Hände sind nicht dreckig. Ich wasche sie mir ständig. Das Öl hat sich nur schon in der Haut festgesetzt.«

»Nun reg dich nicht auf. Du weißt doch, was ich meine. Außerdem gefällt es mir irgendwie.«

»Wirklich?«

»Es bleibt mir ja kaum etwas anderes übrig. Das gehört schließlich mit zum Gesamtpaket.«

Mikes Herz schlug schneller. Er wollte dennoch unbedingt das Thema wechseln. »Hast du wohl Lust, morgen Abend noch einmal auszugehen? Wir könnten nach Beaufort fahren.«

»Klingt nicht übel.«

»Aber Singer müsste diesmal zu Hause bleiben.«

»Kein Problem. Er ist ja schon groß.«

»Hast du einen besonderen Wunsch für morgen?«

»Diesmal musst du etwas aussuchen. Ich habe heute meine Pflicht erfüllt.«

»Und du hast die richtige Wahl getroffen.« Mike sah Julie verstohlen an und griff nach ihrer Hand. »Was für eine tolle Idee, zum Strand zu fahren! Der Abend ist wunderschön.«

Julie verschränkte lächelnd ihre Finger mit seinen. »Ja, das stimmt«, pflichtete sie ihm bei.

Ein paar Minuten später kehrten sie um, weil Julie langsam kalt wurde. Mike ließ ihre Hand nur ungern los, selbst als sie bei seinem Wagen ankamen, aber natürlich blieb ihm nichts anderes übrig. Als sie eingestiegen waren, erwog er kurz, sie wieder zu ergreifen, aber Julie hatte beide Hände in den Schoß gelegt und sah zum Seitenfenster hinaus.

Die Heimfahrt verlief schweigsam, und als Mike Julie bis an die Tür brachte, musste er feststellen, dass er keine Ahnung hatte, was ihr durch den Kopf ging. Er wusste allerdings genau, was *ihm* durch den Kopf ging … Diesmal wollte er nichts falsch machen.

»Es war ein schöner Abend«, sagte er.

»Das finde ich auch. Wann kommst du morgen?«

»Um sieben Uhr?«

»In Ordnung.«

Mike nickte. Er kam sich vor wie ein Teenager. Da ist er nun, dachte er, der große Moment. Jetzt gilt es.

»Also …«, begann er, so cool es ging.

Julie lächelte, sie erriet seine Gedanken. Sie nahm seine Hand, drückte sie kurz und ließ sie wieder los.

»Gute Nacht, Mike. Bis morgen.«

Mit dieser Abfuhr hatte er nicht gerechnet. Verlegen trat er von einem Fuß auf den anderen. »M… morgen?«, stotterte er hilflos.

Julie öffnete ihre Tasche und kramte nach dem Schlüssel. »Ja. Wir sind verabredet, schon vergessen?«

Sie fand den Schlüssel und steckte ihn ins Schloss. Dann sah sie noch einmal zu Mike hoch. Singer war inzwischen bei ihnen angekommen. Julie schloss die Tür auf und ließ ihn hinein.

»Und danke noch mal für den netten Abend.«

Nach einem kurzem Winken folgte sie Singer ins Haus.

Auch nachdem sich die Tür hinter ihr geschlossen hatte, blieb Mike verdutzt stehen, bis ihm aufging, dass Julie nicht zurückkam. Gleich darauf verließ er die Veranda und kehrte zu seinem Pick-up zurück. Wütend trat er gegen die Kiesel.

Julie wusste, dass sie so bald ohnehin kein Auge zubekommen würde, also setzte sie sich aufs Sofa und ließ den Abend Revue passieren. Sie war froh, Mike auf der Veranda nicht geküsst zu haben, denn sie brauchte mehr Zeit, sich an ihre neuen Gefühle für ihn zu gewöhnen.

Vielleicht wollte sie ihn ja auch nur ein bißchen zappeln lassen. Mike war besonders süß, wenn er zappelte. Und Henry hatte Recht, es machte Spaß, ihn aufzuziehen.

Sie griff zur Fernbedienung und stellte den Fernseher an. Es war noch früh – nicht einmal zehn Uhr –, und sie entschied sich für einen Film auf CBS, in dem es um den Sheriff einer Kleinstadt ging, der immer wieder sein Leben aufs Spiel setzte, um andere Menschen zu retten.

Zwanzig Minuten später, der Sheriff war gerade im Begriff, einen Jugendlichen aus einem brennenden Auto zu retten, hörte Julie ein Klopfen an der Tür.

Singer war blitzschnell auf den Beinen, lief durchs Wohnzimmer und schob den Kopf durch die Gardinen. Julie vermutete, dass Mike noch einmal zurückgekommen war.

Doch dann begann Singer zu knurren.

17

Hallo Richard«, sagte Julie.

»Hey, Julie.« Er hielt ihr einen Strauß Rosen hin. »Die hab ich auf dem Heimweg am Flughafen besorgt. Tut mir Leid, sie sind nicht mehr ganz frisch, aber die Auswahl war nicht allzu groß.«

Singer stand neben Julie in der Tür. Er hatte zu knurren aufgehört, als sie die Tür öffnete und Richard ihm eine Hand entgegenhielt. Nach kurzem Schnüffeln hob er den Blick, wie um sich zu vergewissern, dass das Gesicht zu dem vertrauten Geruch passte, dann wandte er sich ab. *Ach, der,* schien er zu sagen. *Nicht gerade toll, aber was soll's.*

Für Julie war es nicht so einfach. Erst nach kurzem Zögern nahm sie die Blumen in Empfang.

»Danke«, sagte sie.

»Tut mir Leid, dass ich so spät noch hier auftauche, aber ich wollte kurz Hallo sagen, bevor ich zu mir fahre.«

»Ist schon in Ordnung«, sagte sie.

»Ich hab vorhin angerufen, um dir Bescheid zu geben, aber du warst wohl nicht da.«

»Hast du eine Nachricht hinterlassen?«

»Nein, dazu hatte ich keine Zeit. Es kam gerade der letzte Aufruf für meinen Flug, und mein Platz war nicht reserviert. Du kennst das ja. Aber gestern habe ich dir eine Nachricht hinterlassen.«

»Ja« – sie nickte – »die habe ich bekommen.«

Richard verschränkte die Hände vor dem Bauch. »Und, wo warst du vorhin?«

Julie merkte, wie ihre Schultern nach unten sackten. Auf dieses Gespräch hatte sie jetzt gar keine Lust.

»Ich war mit einem Freund aus«, sagte sie.

»Einem Freund?«

»Erinnerst du dich an Mike? Wir waren zusammen essen.«

»Ach ja. Wir haben ihn neulich Abend in der Kneipe getroffen, richtig?«, sagte er. »Der Typ, der in der Werkstatt arbeitet?«

»Genau der.«

Nach einer kurzen Pause fragte Richard: »Und, habt ihr Spaß gehabt?«

»Ich habe ihn in letzter Zeit nicht viel gesehen, also war es schön, sich mal wieder auszutauschen.«

»Gut.« Er ließ seinen Blick in die Ferne schweifen, dann sah er auf seine Füße, dann wieder zu Julie. »Darf ich reinkommen? Ich hatte gehofft, wir könnten uns kurz unterhalten.«

»Ich weiß nicht ...«, sagte sie zögernd. »Es ist schon ein wenig spät. Ich wollte gerade ins Bett gehen.«

»Oh«, sagte er, »in Ordnung. Verstehe. Kann ich dich dann morgen sehen? Vielleicht können wir zusammen zu Abend essen.«

Er lächelte leicht gequält, als würde er die Antwort schon kennen.

Julie zwinkerte und hielt die Augen einen Moment lang geschlossen. Ich will das nicht, dachte sie, ich will nicht, will nicht, will nicht.

»Tut mit Leid«, sagte sie, »aber da kann ich nicht. Ich habe schon etwas anderes vor.«

»Wieder mit Mike?«

Sie nickte.

Richard kratzte sich geistesabwesend an der Wange, ohne Julie aus den Augen zu lassen. »Das war's dann also – mit uns, meine ich?«

Julies Miene genügte als Antwort.

»Habe ich etwas falsch gemacht?«, fragte er.

»Nein«, protestierte sie, »daran liegt es nicht.«

»Woran ... liegt es dann? Hast du dich in meiner Gegenwart nicht wohl gefühlt?«

»Doch, schon.«

»Woran liegt es dann?«

Julie zögerte. »Es hat eigentlich gar nichts mit dir zu tun. Es ist wegen Mike und mir. Wir scheinen einfach … Ach, ich weiß nicht, wie ich es ausdrücken soll …«

Während sie nach Worten suchte, presste Richard die Zähne aufeinander, und Julie sah, wie seine Wangenmuskeln mahlten. Eine Weile lang blieb er stumm.

»Müssen ja ein paar aufregende Tage gewesen sein, während ich nicht da war, was?«, sagte er schließlich.

»Hör mal, tut mir Leid …«

»Was denn? Dass du mich hintergangen hast, kaum, dass ich weg war? Dass du mich nur benutzt hast, um Mike eifersüchtig zu machen?«

»Wovon redest du da?«

»Du hast mich schon verstanden.«

»Ich habe dich nicht benutzt …«

Richards Tonfall wurde schärfer. »Nein? Warum machst du dann Schluss, wo wir doch gerade erst am Anfang stehen? Und wieso ist Mike plötzlich so interessant? Da bin ich mal ein paar Tage nicht in der Stadt, und ehe ich mich versehe, ist alles aus zwischen uns, und Mike ist an meine Stelle getreten.« Er starrte Julie an, die Lippen bleich vor Zorn. »Kommt mir verdammt so vor, als hättest du das von langer Hand geplant!«

Sein Ausbruch kam so unerwartet, dass ihr die Worte spontan herausrutschten. »Du spinnst doch!«

Richard schaute sie lange an, bis er endlich den Blick abwandte. Der Zorn in seinem Gesicht wich plötzlich einem Ausdruck von Schmerz.

»Das ist nicht fair«, sagte er leise. »Bitte, ich möchte nur kurz mit dir reden, okay?«

Julie sah ihn an und stellte verblüfft fest, dass er Tränen in den Augen hatte. »Entschuldige, Richard, das hätte ich nicht sagen sollen. Und ich wollte dir nicht wehtun. Wirklich nicht.« Sie hielt inne, um sicherzugehen, dass er ihr zuhörte. »Aber es ist schon spät, und wir sind beide müde. Ich gehe jetzt lieber rein, bevor wir noch mehr Falsches sagen. Okay?«

Als Richard nicht antwortete, trat sie einen Schritt zurück und wollte die Tür schließen. Unvermittelt hob Richard die Hand, um sie aufzuhalten.

»Julie! Warte!«, sagte er. »Es tut mir Leid. Bitte … ich muss wirklich mit dir reden.«

Wenn sie später an diesen Moment zurückdachte, war sie jedes Mal aufs Neue erstaunt darüber, wie schnell Singer zur Stelle war. Noch bevor sie überhaupt mitbekam, dass Richard die Hand an die Tür gelegt hatte, war Singer darauf zugestürzt, als wolle er eine Frisbeescheibe im Flug fangen. Er schlug seine Zähne in die Hand, und Richard brüllte auf vor Schmerz. Er taumelte über die Schwelle.

»Singer!«, schrie Julie.

Richard stürzte auf die Knie, den Arm ausgestreckt, während Singer wild knurrend den Kopf hin und her warf.

»Tu doch was!«, schrie Richard. »Er soll loslassen!«

Julie packte Singer am Halsband und zerrte heftig daran. »Lass los!«, herrschte sie ihn an. »Loslassen, auf der Stelle!«

Trotz seiner Erregung folgte Singer aufs Wort. Richard zog instinktiv die Hand an die Brust und verbarg sie mit der anderen. Singer stand neben Julie, die Zähne gefletscht, das Nackenfell gesträubt.

»Singer, *nein*!«, rief sie, fassungslos über sein Verhalten. »Was ist mit deiner Hand?«

Richard bewegte die Finger und verzog das Gesicht. »Gebrochen ist nichts, glaube ich. Ich hab ihn gar nicht gesehen«, fuhr er fort. »Erinnere mich daran, nie wieder deine Tür anzurühren, wenn dein Hund in der Nähe ist.«

Er sagte es so, als sei der Vorfall komisch gewesen, aber Julie erwiderte nichts. Singer hatte instinktiv reagiert, um sie zu beschützen, und dafür konnte sie ihn wohl kaum bestrafen.

Richard rappelte sich hoch und öffnete und schloss dabei die Hand. Julie konnte die Abdrücke von Singers Zähnen sehen, aber die Haut war offenbar unverletzt.

»Tut mir Leid«, sagte er. »Ich hätte nicht versuchen sollen, dich aufzuhalten. Das war falsch von mir.«

Da hast du allerdings Recht, dachte Julie.

»Und ich hätte dich nicht so anfahren sollen.« Er seufzte. »Ich hatte nur eine furchtbar harte Woche. Deshalb bin ich auch vorgebeikommen. Ich weiß, das ist keine Entschuldigung …«

Er klang ebenso aufrichtig wie zerknirscht, aber Julie hob die Hände, um ihn zum Schweigen zu bringen.

»Richard!«, sagte sie.

Ihr Tonfall ließ keinen Zweifel daran, dass sie das Gespräch als beendet ansah. Richard wandte den Blick ab. Er schien ins Leere zu stieren. Das Licht der Verandalampe fiel auf sein Gesicht, und Julie stellte fest, dass sie sich zuvor nicht getäuscht hatte. Wieder schimmerten Tränen in seinen Augen.

Als Richard sprach, klang seine Stimme erstickt und rau.

»Meine Mutter ist diese Woche gestorben«, flüsterte er. »Ich komme gerade von ihrer Beerdigung.«

»Deshalb musste ich dir auch neulich in der Nacht die Notiz an den Jeep klemmen«, erklärte Richard wenig später. »Der Arzt riet mir den frühesten Flug zu nehmen, weil er nicht wusste, ob sie den Tag überstehen würde. Ich habe Dienstag früh die erste Maschine von Raleigh aus genommen, und wegen der ganzen neuen Sicherheitsvorkehrungen musste ich mitten in der Nacht los, um pünktlich da zu sein.«

Ein paar Minuten waren vergangen. Singer war im Schlafzimmer eingesperrt, und Richard saß auf Julies Sofa, den Blick zu Boden gesenkt, immer noch gegen die Tränen ankämpfend. Spontanes Mitgefühl überkam Julie. Nachdem sie die üblichen Floskeln gestammelt hatte – »Es tut mir Leid«, »Warum hast du mir das nicht gleich gesagt?« –, verlor Richard völlig die Fassung. Julie saß ihm gegenüber im Sessel, hörte ihm zu und dachte: super Timing, Julie. Du hast wirklich einen Riecher für den besten Moment, um Herzen zu brechen.

»Ich weiß, das Ganze ändert nichts an dem, was du eben auf der Veranda gesagt hast, aber ich möchte nicht, dass wir im Streit auseinander gehen. Dazu habe ich unsere gemeinsame Zeit zu sehr genossen.«

Richard räusperte sich und drückte seine Finger auf die Augenlider. »Es kam nur so plötzlich, verstehst du? Ich war auf deine Worte nicht gefasst.« Er seufzte. »Zum Teufel, ich bin auf kaum noch etwas gefasst. Du kannst dir nicht vorstellen, wie es da oben war. Wie sie am Ende aussah, was die Schwestern sagten, der Geruch …«

Er schlug die Hände vors Gesicht, und Julie hörte, wie er krampfhaft um Atem rang, mehrmals rasch Luft holte und dann tief ausatmete.

»Ich musste einfach mit jemandem reden. Mit jemandem, bei dem ich weiß, dass er mir zuhört.«

O Mann, dachte Julie. Konnte es überhaupt noch schlimmer kommen?

Sie rang sich ein dünnes Lächeln ab.

»Wir können uns gern unterhalten«, sagte sie. »Wir sind schließlich noch Freunde, oder nicht?«

Richard redete ein paar Stunden lang drauflos, immer wieder das Thema wechselnd: Erinnerungen an seine Mutter, was ihm durch den Kopf ging, als er das Krankenhauszimmer betrat, wie es sich am folgenden Morgen anfühlte, zu wissen, dass er zum letzten Mal ihre Hand hielt. Nach einer Weile fragte Julie, ob er ein Bier haben wollte. Im Laufe des Abends leerte er drei Flaschen. Ab und an verstummte er und stierte zur Seite, mit benommenem Gesichtsausdruck, als wäre ihm entfallen, was er gerade sagen wollte. Dann wieder sprudelten die Worte nur so aus ihm heraus, als hätte er mindestens einen doppelten Espresso getrunken. Julie hörte geduldig zu. Hin und wieder stellte sie eine Frage. Mehr als einmal sah sie Tränen in seine Augen steigen, aber dann kniff sich Richard in die Nasenwurzel, um sie zurückzuhalten.

Gegen zwei Uhr zeigten das Bier und die emotionale Erschöpfung allmählich Wirkung. Richard begann sich zu wiederholen, seine Zunge wurde langsam schwer. Julie ging in die Küche, um sich ein Glas Wasser zu holen, und als sie zurückkam, bemerkte sie, dass Richard die Augen zugefallen waren. Er hing schlaff in der Sofaecke, den Kopf nach hinten auf ein Kissen gelegt, mit offenem Mund. Sein Atem ging regelmäßig.

Julie verharrte in der Tür und dachte: Oh, wie *toll.* Was mache ich jetzt?

Sie hätte ihn gern geweckt, aber zum Fahren war er vermutlich nicht mehr in der Lage. Ihr war nicht ganz wohl dabei, ihn im Haus zu wissen, aber andererseits schlief er bereits, und wenn sie ihn weckte, wollte er womöglich weiterreden. So gern sie bereit war, ihm zuzuhören – jetzt war sie einfach erschöpft.

»Richard«, flüsterte sie. »Bist du noch wach?«

Nichts.

Sie versuchte es ein weiteres Mal, mit demselben Ergebnis.

Was soll's, entschied sie schließlich, er ist einfach fertig.

Julie schaltete die Lampen aus und huschte ins Schlafzimmer, wo sie die Tür hinter sich abschloss. Singer lag auf dem Bett. Er hob den Kopf und sah zu, wie sie ihren Pyjama überzog.

»Ist nur für heute Nacht«, erklärte sie, als müsse sie sich selbst überzeugen, dass sie das Richtige tat.

Julie erwachte bei Tagesanbruch, spähte auf den Wecker, stöhnte und drehte sich noch einmal um. Sie fühlte sich wie gerädert, ein bisschen so, als hätte sie einen Kater.

Schließlich quälte sie sich hoch und warf einen Blick durch den Türspalt. Richard schlief offenbar noch. Julie huschte unter die Dusche und zog sich an – im Pyjama sollte er sie nicht sehen. Als sie, von Singer wachsam eskortiert, ins Wohnzimmer trat, saß Richard aufrecht auf dem Sofa und rieb sich die Augen. Vor ihm auf dem Tisch lagen seine Brieftasche und die Schlüssel.

»Oh, hallo«, sagte er leicht verlegen. »Ich bin wohl eingeschlafen, was? Tut mir Leid.«

»Es war ein langer Tag«, sagte sie.

»Ja, allerdings«, entgegnete er und stand zögernd auf. Ein Lächeln huschte über sein Gesicht. »Danke, dass du mich gestern noch ins Haus gelassen hast. Das weiß ich zu schätzen.«

»Kein Problem«, sagte sie. »Kommst du jetzt zurecht?«

»Muss ich ja wohl. Das Leben geht weiter, stimmt's?«

Sein Hemd war zerknittert, und Richard versuchte vergeblich, es glatt zu streichen. »Ich bitte nochmals um Entschuldigung für mein Benehmen gestern Abend«, fügte er hinzu. »Keine Ahnung, was in mich gefahren ist.«

»Schon gut«, sagte sie. »Ich weiß, es muss dich wie aus heiterem Himmel getroffen haben, aber …«

Richard schüttelte den Kopf. »Nein – schon gut. Du musst es nicht noch einmal erklären – ich verstehe es. Mike scheint ein netter Kerl zu sein.«

Julie zögerte. »Das ist er«, bestätigte sie endlich, »aber trotzdem danke.«

»Ich möchte, dass du glücklich bist. Mehr habe ich mir nie gewünscht. Du bist ein toller Mensch, und du hast es verdient. Nicht zuletzt, weil du meinem Gerede letzte Nacht so geduldig zugehört hast. Du hast keine Ahnung, wie viel mir das bedeutet hat. Du bist mir nicht mehr böse?«

»Bestimmt nicht«, sagte sie.

»Bleiben wir Freunde?«

»Klar«, sagte sie.

»Danke.« Abwesend nahm Richard seine Schlüssel und ging zur Tür. Im Hinausgehen sah er sich noch mal um.

»Mike ist ein Glückspilz!«, rief er. Er lächelte, aber mit einem Anflug von Schwermut. »Auf Wiedersehen, Julie.«

Als er endlich ins Auto stieg, atmete Julie auf. Sie war heilfroh, dass der Abschied wesentlich einfacher verlaufen war als befürchtet. Stirnrunzelnd berichtigte sie sich. Nun, besser als der gestrige Abend jedenfalls. Schlimmer hätte es nicht kommen können.

Aber wenigstens war es jetzt ausgestanden.

— 18 —

In seinem alten Haus stieg Richard die Treppe hoch ins Erkerzimmer. Er hatte die Wände schwarz gestrichen und die Fenster mit Isolierband und Planen lichtdicht abgeklebt. An der hinteren Wand stand ein Tisch, über dem eine Rotlichtlampe baumelte. Richards Fotoausrüstung war in der Ecke aufgebaut: vier verschiedene Kameras, ein Dutzend Objektive, Schachteln mit Filmen. Er schaltete die Lampe an und justierte den Schirm so, dass ein breiter Lichtkegel entstand.

Neben den flachen Wannen voller Chemikalien, in denen er die Filme entwickelte, lag ein Stapel Fotos, die Richard bei dem Ausflug von Julie aufgenommen hatte.

Er blätterte die Bilder durch. Bei manchen hielt er eine Weile inne und starrte darauf. Glücklich hat sie an jenem Wochenende gewirkt, dachte er, als hätte sie gewusst, dass ihr Leben plötzlich eine Wende zum Besseren genommen hat. So eingehend er ihr Mienenspiel auch musterte, er konnte nichts entdecken, was ihr Verhalten vom Abend zuvor erklären würde.

Er schüttelte den Kopf. Nein, er würde ihr diesen Fehler nicht nachtragen. Jemand, bei dem Zorn so rasch in Anteilnahme umschlug, war ein Schatz, und er hatte Glück, diesen Schatz gefunden zu haben.

Inzwischen wusste er einiges über Julie Barenson. Ihre Mutter war Trinkerin, mit einer Schwäche für Wodka, und hauste in einem schäbigen Wohnwagen am Stadtrand von Daytona. Ihr Vater lebte in Minnesota mit einer anderen Frau zusammen, nach einem Arbeitsunfall auf dem Bau bezog er eine bescheidene Frührente. Nach zwei Jahren Ehe mit seiner ersten Frau hatte er die Familie verlassen – Julie war damals drei Jahre alt. Sechs verschiedene Männer hatten im Laufe der Jahre mit Julie und ihrer Mutter zusammengelebt, der kürzeste Zeitraum betrug dabei sechs Monate, der längste zwei Jahre. Ein halbes Dutzend Mal waren sie umgezogen, immer von einer Bruchbude in die nächste.

Fast jedes Jahr ging Julie auf eine neue Schule, bis sie auf die Highschool kam. Mit vierzehn der erste Freund, er spielte Football und Basketball, es gab ein Bild von ihnen beiden in einem Jahrbuch. Nebenrollen in zwei Schulaufführungen. Doch dann brach sie die Schule vor dem Abschluss ab, tauchte für ein paar Monate unter und kam schließlich hierher.

Wie Jim es geschafft hatte, sie in ein solches Nest zu locken, war Richard schleierhaft.

Glückliche Ehe, langweiliger Ehemann. Nett, aber langweilig.

Nach der Begegnung im Clipper hatte Richard von einem Einheimischen auch mehr über Mike erfahren. Erstaunlich, wie leicht ein paar spendierte Drinks die Zunge lösten …

Mike war in Julie verliebt, aber das wusste Richard ja schon. Wie seine letzte Beziehung zu Ende ging, war ihm allerdings neu gewesen, und Sarahs Untreue hatte sein Interesse geweckt. Da taten sich Perspektiven auf.

Außerdem erfuhr er, dass Mike bei Julies Hochzeit Trauzeuge gewesen war. Der Kontakt zu Mike verhieß Trost, er war ein Bindeglied zu ihrer Vergangenheit, zu Jim. Richard verstand Julies Wunsch, sich daran festzuklammern. Aber dieser Wunsch war aus Angst geboren – Angst, so zu enden wie ihre Mutter, Angst, alles zu verlieren, wofür sie so hart gearbeitet hatte, Angst vor dem Unbekannten. Dass Singer im selben Zimmer schlief wie sie, wunderte ihn nicht, und er hatte den Verdacht, dass sie abends ihre Schlafzimmertür abschloss.

Vermutlich hatte sie sich das schon als Kind angewöhnt, wegen der Männer, die ihre Mutter angeschleppt hatte. Aber es gab jetzt keinen Grund mehr, so zu leben. Sie konnte loslassen, genau wie er.

Letzten Endes hatten sie vermutlich ganz ähnliche Kindheitserfahrungen. Der Alkohol. Die Schläge. Die vor Kakerlaken wimmelnde Küche. Der muffige Geruch schimmliger Wände. Das trübe Brunnenwasser aus dem Wasserhahn, bei dem ihm stets speiübel wurde. Sein einziger Trost waren die Fotobände von Ansel Adams gewesen, Fotografien, die von anderen Orten zu erzählen schienen, von besseren Orten. Die Bücher hatte er in der Schulbibliothek entdeckt, und er hatte sie stundenlang betrachtet und sich in den surreal anmutenden, wunderschönen Landschaften verloren. Seiner Mutter war dieses Interesse aufgefallen, und so trostlos Weihnachten in Bezug auf Geschenke sonst auch immer ausfiel, als Richard zehn war, hatte sie seinen Vater irgendwie überreden können, Geld für einen kleinen Fotoapparat und zwei Filmrollen auszugeben. Es war das einzige Mal in Richards Leben, dass er vor Glück geweint hatte.

Stundenlang hatte er damit zugebracht, Gegenstände im Haus oder Vögel im Garten zu fotografieren. Er machte Aufnahmen bei Tagesanbruch und in der Abenddämmerung, weil ihm das Licht zu diesen Tageszeiten zusagte. Er lernte, sich lautlos zu bewegen, wodurch ihm außergewöhnliche Nahaufnahmen gelangen. Wenn er einen Film verknipst hatte, lief er ins Haus und bettelte seinen Vater an, ihn entwickeln zu lassen. Waren die Fotos fertig, betrachtete Richard sie in seinem Zimmer sorgfältig, um herauszufinden, was ihm gelungen oder misslungen war.

Anfangs schien sein Vater über seinen Eifer amüsiert zu sein und begutachtete sogar die ersten Filme. Doch dann begannen die Kommentare. »Oh, sieh mal an, wieder ein Vogel«, sagte er höhnisch, und: »Mensch, da ist ja noch einer!« Schließlich ärgerte es ihn immer mehr, wie viel Geld das Hobby seines Sohnes kostete. Aber statt Richard nahe zu legen, sich mit Jobs in der Nachbarschaft das Geld fürs Entwickeln selbst zu verdienen, beschloss sein Vater, ihm eine Lehre zu erteilen.

An jenem Abend war er wieder einmal betrunken, und sowohl Richard als auch seine Mutter versuchten ihm aus dem Weg zu gehen und sich möglichst unauffällig zu verhalten. Von der Küche aus hörte Richard, wie sein Vater vor sich hin schimpfte, während im Fernsehen ein Footballspiel lief. Er hatte auf seine Lieblingsmannschaft gesetzt – die Patriots –, aber sie hatte verloren. Deshalb polterte er zornig durch den Flur. Kurz darauf kam er mit dem Fotoapparat in die Küche und stellte ihn auf den Tisch. In der anderen Hand hielt er einen Hammer. Als er sicher sein konnte, dass sein Sohn auch wirklich hinsah, zertrümmerte er den Apparat mit einem einzigen Schlag.

»Ich schufte die ganze Woche, um Geld zu verdienen, und du *wirfst es einfach zum Fenster raus*! Wenigstens das Problem haben wir von jetzt an nicht mehr!«

Einge Monate später starb sein Vater. Auch an jenen Tag erinnerte sich Richard lebhaft: der Küchentisch im grellen Schein der Morgensonne, der leere Gesichtsausdruck seiner Mutter, das stetige Tropfen des Wasserhahns, die langsam verrinnenden Stunden. Polizisten gingen ein und aus, sie unterhielten sich mit gedämpften Stimmen. Der Leichenbeschauer untersuchte den Toten und ließ ihn abtransportieren.

Und dann das Geheule seiner Mutter, als sie endlich allein waren. »Was sollen wir ohne ihn nur tun?«, schluchzte sie und schüttelte Richard an den Schultern. »Wie konnte das geschehen?«

Sein Vater war im O'Brien's gewesen, einer schäbigen Kneipe gleich um die Ecke. Nach Aussage anderer Gäste hatte er eine Partie Billard gespielt und verloren und dann den restlichen Abend über an der Theke gehockt und Unmengen Bier mit Whisky getrunken. Zwei Monate zuvor war er von seiner Firma an die Luft gesetzt worden und seitdem fast jeden Abend hergekommen.

Zu der Zeit prügelte er Frau und Sohn bereits regelmäßig, und am Vorabend war er besonders brutal gewesen.

Kurz nach zehn hatte er die Kneipe verlassen, sich noch Zigaretten am Kiosk an der Ecke besorgt und war dann nach Hause gefahren. Ein Nachbar, der gerade seinen Hund ausführte, hatte gesehen, wie er zurückkam. Die Garage war noch offen, und Vernon fuhr mit dem Wagen direkt hinein. An beiden Wänden waren Kartons aufgestapelt.

Darüber, was im Anschluss geschah, konnten später alle nur spekulieren. Dass Vernon das Garagentor geschlossen hatte, stand außer Zweifel, das belegte die hohe Kohlenmonoxidkonzentration. Warum aber hatte er nicht erst den Motor abgestellt? Und wieso stieg er nach dem Schließen des Garagentors wieder ins Auto? Alles deutete auf Selbstmord hin, obwohl seine Kumpels aus dem O'Brien's steif und fest behaupteten, so etwas hätte er nie getan. Er war ein Kämpfer, kein Feigling. Er hätte sich nie umgebracht.

Zwei Tage später kamen die Polizeibeamten abermals ins Haus, stellten viele Fragen und suchten nach Antworten. Die Mutter jammerte zusammenhangloses Zeug, der Zehnjährige starrte sie stumm an. Die Prellungen in den Gesichtern von Mutter und Sohn changierten inzwischen ins Grünliche, was ihnen ein bemitleidenswertes Aussehen verlieh. Die Polizisten brachen unverrichteter Dinge wieder auf.

Am Schluss wurde der Todesfall als Unfall deklariert.

Ein Dutzend Leute wohnte der Beerdigung bei. Richards Mutter trug Schwarz und weinte in ein weißes Taschentuch, während er hilflos neben ihr stand. Drei Redner ergriffen am Grab das Wort, fanden freundliche Worte für einen Mann, der zuletzt in seinem Leben eine Pechsträhne gehabt habe, ansonsten aber ein guter Mensch gewesen sei, ein fleißiger Arbeiter, ein liebender Ehemann und Vater.

Der Sohn spielte seine Rolle gut. Er hielt den Blick gesenkt. Ab und zu fuhr er sich mit dem Finger über die Wange, als müsse er eine Träne abwischen. Er legte den Arm um seine Mutter, und als die anderen ihnen ihr Beileid aussprachen, nickte er ernst und bedankte sich.

Am nächsten Tag aber kehrte er allein zu dem frischen Grab zurück. Und dann spuckte er mitten darauf.

In der Dunkelkammer heftete Richard eins der Fotos an die Wand. Die Vergangenheit wirft lange Schatten, dachte er. Er wusste, dass Julie nichts dazukonnte. Er hatte Verständnis. Er verzieh ihr, was sie getan hatte.

Richard starrte auf das Bild. Wie könnte er ihr nicht verzeihen?

— 19 —

Weil sie sich wegen Richard schon so früh fertig gemacht hatte, blieb Julie genug Zeit, um sich vor der Arbeit noch eine Zeitung zu besorgen. Dann setzte sie sich vor einem Bagel-Shop an einen Tisch auf dem Gehweg, trank Kaffee und las. Singer lag zu ihren Füßen.

Nach einer Weile legte sie die Zeitung beiseite und beobachtete, wie das stille Geschäftsviertel zum Leben erwachte. Ein Laden nach dem anderen öffnete, Keile wurden unter offene Türen geschoben, die frische Morgenluft hereingelassen. Der Himmel war wolkenlos, und die Windschutzscheiben der Autos, die über Nacht draußen gestanden hatten, waren beschlagen.

Julie erhob sich, bot dem Pärchen am Nebentisch die Zeitung an, warf ihren leeren Kaffeebecher in den Abfall und machte sich auf den Weg in Richtung Salon. Die Werkstatt war schon seit einer Stunde geöffnet, und da sie noch ein paar Minuten Zeit hatte, bis sie zur Arbeit musste, beschloss sie, Mike einen Besuch abzustatten. Bestimmt hatte er noch nicht allzu viel zu tun. Außerdem wollte sie sich überzeugen, dass ihre Empfindungen vom Vorabend nicht nur pure Einbildung waren.

Dass Richard bei ihr genächtigt hatte, gedachte sie Mike allerdings nicht zu erzählen. So sehr sie sich auch den Kopf zerbrach, sie wusste nicht, wie sie das hätte erklären sollen. Mike würde gewiss ständig darüber nachgrübeln, und Julie hatte Angst, dass diese Geschichte nachhaltig Zweifel und Misstrauen säen würde. Außerdem war es unwichtig. Die Sache mit Richard war vorbei, und nur darauf kam es an.

Sie überquerte die Straße. Als sie an den Autos vorbeiging, die heute repariert werden sollten, kam Mike ihr schon entgegen – strahlend, als hätte er eben das große Los in der Lotterie gezogen.

»Hallo, Julie!«, sagte er. »Was für eine nette Überraschung.«

Trotz der strubbeligen Haare und des Streifens Schmiere auf seiner Wange, sah er in Julies Augen richtig gut aus.

»Ich freue mich natürlich auch, dich zu sehen, Großer«, setzte Mike hinzu und tätschelte Singer den Kopf. Julie fielen die Heftpflaster an seinen Händen auf.

»Hey, was ist denn mit deinen Fingern passiert?«

Mike sah auf seine Hände. »Ach, nichts. Sind heute Morgen nur ein bisschen wund.«

»Warum denn?«

»Ich glaube, ich habe sie gestern Abend wohl zu heftig geschrubbt.«

Julie zog die Stirn kraus. »Wegen dem, was ich am Strand gesagt habe?«

»Nein«, sagte er rasch. Aber dann räumte er achselzuckend ein: »Na ja, vielleicht doch.«

»Ich habe doch nur Spaß gemacht!«

»Weiß ich«, sagte Mike. »Aber ich hab mich gefragt, ob ich's nicht doch mal mit einer anderen Seife versuchen sollte ...«

»Was hast du denn benutzt? Scheuerpulver?«

»Scheuerpulver, 409, Lysol ... Ich hab alles ausprobiert.«

Sie stemmte die Hände in die Hüften und musterte ihn. »Weißt du, manchmal frage ich mich schon, wie du wohl sein wirst, wenn du erwachsen bist.«

»Die Chancen, dass diese Zeit einmal kommt, stehen nicht allzu gut, ehrlich gesagt.«

Julie lachte.

»Ich wollte dir nur schnell sagen, wie gut ich mich gestern Abend amüsiert habe.«

»Ich auch«, sagte er. »Und ich freue mich schon auf heute Abend.«

Ihre Blicken trafen sich kurz, dann sah Julie auf die Uhr. »Ich muss los. Ich bin den ganzen Vormittag ausgebucht, und mittags bin ich mit Emma zum Essen verabredet.«

»Grüß Emma von mir.«

»Klar«, sagte Julie. Sie zwinkerte ihm zu. »Und pass auf mit den Fingern! Schlimme Vorstellung, dass du die Motoren voll blutest …«

»Ha, ha«, sagte er. Dabei machte ihm die Neckerei gar nichts aus. Er wusste ja, dass es ihre Art war, mit ihm zu flirten.

Sie verabschiedeten sich, und kurz darauf überquerte Julie leichten Schrittes die Straße.

»Dann hattet ihr wohl einen ganz schönen Abend, was?« Henry hielt einen angebissenen Doughnut in der Hand.

Mike hakte den Daumen in den Overall und schnaubte. »O ja«, sagte er. »Er war *richtig* toll.«

Henry betrachtete angelegentlich den Doughnut. »Kannst du die James-Dean-Faxen nicht lassen, Brüderchen? Eins sage ich dir – das passt nicht zu dir. Und von deinem verklärten Blick lenkt es auch nicht ab.«

»Mein Blick ist nicht verklärt.«

»Verklärt, verknallt … Was auch immer.«

»Hey, ich kann auch nichts dazu, wenn sie mich mag.«

»Alles klar. Du bist einfach unwiderstehlich, stimmt's?«

»Ich dachte, du würdest dich für mich freuen.«

»Ich freue mich ja«, sagte Henry. »Und ich bin auch stolz auf dich.«

»Wieso?«

»Weil es irgendwie den Anschein hat, als wäre dein Plan aufgegangen.«

»Und, was ist mit Richard?«, fragte Emma. »Neulich im Clipper hatte man den Eindruck, als würdet ihr euch glänzend verstehen.«

»Ach, du kennst das doch … Er ist nett, aber ich empfinde einfach nichts für ihn.«

»Da hilft auch kein gutes Aussehen, was?«

»Zugegeben, in der Hinsicht ist er nicht übel«, sagte Julie, und Emma lachte.

Sie aßen Salat im Deli, einem früheren Wohnhaus in der

Altstadt. Sonnenlicht fiel auf ihren Ecktisch und sammelte sich in ihren Teegläsern, die bernsteingolden leuchteten.

»Dasselbe habe ich auch zu Henry gesagt, als wir wieder zu Hause waren. Und dann habe ich ihn gelöchert, warum *er* nicht mehr so aussieht.«

»Was hat er geantwortet?«

»Er hat gesagt …« Emma richtete sich auf, senkte die Stimme und ahmte Henry nach. »Keine Ahnung, was du meinst, aber wenn ich nicht wüsste, wie sehr du mich liebst, würde ich glauben, du willst mich beleidigen.«

Julie lachte. »Du hörst dich genau an wie er.«

»Schätzchen, wenn du so lange verheiratet bist wie ich, ist das kinderleicht. Fehlt eigentlich nur noch der angebissene Doughnut.«

Julie musste so kichern, dass sie etwas Tee auf den Tisch verschüttete. »Aber du bist immer noch glücklich mit ihm, oder? Selbst nach all der Zeit?«

»Meistens ist er ein guter Kerl. Manchmal möchte ich ihm zwar eins mit der Pfanne überbraten, aber das ist wohl ganz normal.«

Während sich Julie vorbeugte, funkelten ihre Augen schelmisch. »Habe ich dir je erzählt, wie ich Jim mal mit einer Pfanne beworfen habe?«

»Was? Wann war das denn?«

»Weiß ich nicht mehr. Ich kann mich nicht mal mehr erinnern, worum es bei dem Streit ging, aber ich habe die Pfanne genau in seine Richtung geworfen. Ging zwar daneben, aber danach hat er mir zugehört.«

Emma zog die Augenbrauen hoch, trank etwas Tee, und widmete sich dann wieder ihrem Salat. »Sag mal, was höre ich denn da über Mike?«

Damit hatte Julie schon gerechnet. Nicht Politik oder Sport oder die neuesten Schlagzeilen hielten die Leute in diesem Städtchen in Atem, sondern das Tun und Treiben ihrer Mitbürger.

»Was genau meinst du denn?«

»Dass er dich um eine Verabredung gebeten hat und dass ihr zusammen essen wart.«

»Nun – eigentlich war ich diejenige, die ihn gefragt hat.«

»Er hat es also nicht über sich gebracht?«

Julie warf Emma einen schelmischen Blick zu. »Was glaubst du?«

»Hm … ich glaube, er ist bei deiner Frage wahrscheinlich vor Schreck erstarrt wie Lots Weib.«

Julie lachte. »So ungefähr.«

»Und, wie war es? Was habt ihr gemacht?«

Als Julie ihren Bericht beendet hatte, lehnte sich Emma zurück.

»Klingt doch ganz gut.«

»Allerdings.«

Sie musterte Julie einen Moment lang. »Und, was ist mit … du weißt schon… musstest du an …« Ihre Stimme verlor sich, und Julie vervollständigte den Satz für sie.

»Ob ich an Jim denken musste?«

Emma nickte, und Julie dachte kurz nach. »Nicht so viel, wie ich gedacht hatte«, sagte sie. »Und am Ende hat es mich gar nicht mehr gestört. Mike und ich … wir kommen einfach gut aus. Er bringt mich zum Lachen. In seiner Gegenwart fühle ich mich rundum wohl. Ist schon lange her, dass ich mich so gefühlt habe.«

Emmas Gesicht wurde sanft. »Kein Wunder. Du und Jim, ihr wart ein tolles Paar. Wir haben immer Witze darüber gemacht, wie ihr euch anhimmeltet, sobald ihr euch unbeobachtet glaubtet.« Emma schwieg kurz. »Wie hat Mike sich benommen?«, fragte sie dann.

»Gut. Um ehrlich zu sein, er war ganz schön nervös, aber das hatte wohl weniger mit Jim zu tun. Eher mit der Verabredung selbst.«

»Und … magst du ihn?«

»Natürlich mag ich ihn.«

»Ich meine, hast du ihn gern?«

Julie musste nicht antworten. Ihre Miene sprach Bände, und Emma langte über den Tisch, um Julies Hand zu drücken.

»Warte ab, das kommt schon noch.«

»Ach ja?«

»Ich war mir schon immer sicher, dass ihr zusammenkommt. Es ist nur eine Frage der Zeit.«

»Du hast nie was gesagt.«

»Das war auch nicht nötig. Ich dachte, wenn du erst so weit bist, wirst du schon dieselben Vorzüge an Mike erkennen wie ich.«

»Zum Beispiel?«

»Dass er dich nie enttäuschen wird. Der Junge hat ein Herz, so groß wie Kentucky, und er liebt dich. Darauf kommt es an. Meine Mom hat immer gesagt, heirate jemanden, der dich mehr liebt als du ihn.«

»Das glaube ich nicht.«

»Doch, das hat sie gesagt. Und ich habe auf sie gehört. Warum, glaubst du wohl, kommen Henry und ich so gut miteinander aus? Was bestimmt nicht heißen soll, dass ich ihn nicht liebe. Er würde jederzeit sein Leben für mich aufs Spiel setzen.«

»Und du meinst, Mike ist auch so?«

»Schätzchen, darauf kannst du deinen letzten Dollar wetten.«

Als Julie nach Feierabend aus dem Salon kam, gingen ihr immer noch Emmas Worte durch den Kopf.

Und nicht nur die. Vor allem musste sie auch an Jim denken.

An diesem Nachmittag hatte Jim ihr gefehlt wie schon lange nicht mehr – vermutlich wegen der Sache mit Mike. Sie grübelte, wie sich Jim wohl im umgekehrten Fall verhalten hätte. Hätte er sich einer neuen Frau zugewandt? Und wenn nein, hätte das bedeutet, dass er Julie mehr geliebt hatte als sie ihn? Und was würde geschehen, fragte sie sich, wenn sie sich doch noch in Mike verliebte? Was wurde dann aus ihren Gefühlen für Jim? Aus ihren Erinnerungen an ihn? Diese Fragen spukten ihr seit dem Mittagessen endlos durch den Kopf, und den Antworten wagte sie sich nicht zu stellen.

Bei der Aussicht, Mike am Abend zu sehen, war sie nervöser als am Tag zuvor. Nervöser als bei all ihren anderen Dates, wenn sie ehrlich war. Warum nur?

Vielleicht weil ich weiß, dass bei ihm alles anders ist, dachte sie.

Julie hatte ihren Jeep erreicht und stieg ein. Singer sprang hinten hinein, und Julie startete den Motor. Kurzentschlossen folgte sie der Hauptstraße ein paar Blocks lang und bog dann links ab, Richtung Stadtrand. Wenige Minuten später erreichte sie den Brookview-Friedhof.

Bis zu Jims Grab war es nicht weit, es lag gleich hinter der Anhöhe abseits vom Hauptweg, im Schatten eines Hickorybaums. Als sie fast dort war, blieb Singer stehen und weigerte sich stur, ihr noch länger zu folgen. Das war immer schon so gewesen. Anfangs wusste sie nicht, warum Singer zurückblieb, aber mit der Zeit war ihr der Verdacht gekommen, dass er sie aus Taktgefühl allein ließ …

Sie blieb vor dem Grab stehen, atmete tief durch und wartete, doch die Tränen blieben heute aus. Ebenso das Gefühl von der Schwere ihres Schicksals, das sie hier sonst immer empfand. Sie rief sich Jims Bild vor Augen, entsann sich der glücklichen Zeiten, und obwohl mit der Erinnerung wie immer ein Gefühl von Trauer und Verlust aufkeimte, glich es diesmal mehr dem Geläut ferner Kirchenglocken, das sanft nachhallte und schließlich verklang. Auf einmal fiel ihr wieder der Brief ein, der damals in dem Paket mit Singer gelegen hatte.

Die Vorstellung, dass du nie wieder glücklich wirst, bricht mir schier das Herz … Finde jemanden, der dich glücklich macht … Die Welt ist so viel schöner, wenn du lächelst.

Dort, an Jims Grab, wurde Julie plötzlich klar, dass Jim sich für sie freuen würde.

Nein, dachte sie, ich werde dich nicht vergessen. Nie. Und Mike wird dich auch nicht vergessen.

Auch das unterscheidet ihn von anderen.

Julie blieb, bis die Luft von Moskitos summte. Einer landete auf ihrem Arm, und sie verscheuchte ihn. Es war Zeit zu gehen. In weniger als einer Stunde wollte Mike sie abholen, und sie mochte ihn nicht warten lassen.

Ein Windhauch ließ die Blätter über ihr rascheln. Dann war es abrupt wieder ruhig, als hätte jemand das Geräusch abgestellt. Als Nächstes hörte sie von der Straße her ein Auto, das Motorgeräusch schwoll an und verebbte, bis es ganz verschwand. Von den Häusern weiter weg drang eine Kinderstimme herüber. Aus den Zweigen erhob sich ein Kardinal, und als Julie sich umblickte, sah sie, dass Singer plötzlich den Kopf wandte, die Ohren gespitzt. Allerdings rührte er sich nicht vom Fleck. Leicht stirnrunzelnd verschränkte sie die Arme und ließ ihren Blick schweifen. Dann wandte sie sich vom Grab ab und trat mit gesenktem Kopf den Rückweg zum Auto an, die Härchen an den Armen von einer Gänsehaut gesträubt.

— 20 —

Mike war pünktlich, und Julie schloss die Tür hinter sich, bevor Singer herauskonnte. Lächelnd nahm sie zur Kenntnis, dass Mike ein Sakko trug.

»Wow«, sagte sie, »daran muss ich mich erst gewöhnen.«

Julie hatte sich ebenfalls schön gemacht. Wie am Vorabend trug sie ein Sommerkleid, das ihre Figur zur Geltung brachte. An ihren Ohrläppchen baumelten kleine Goldkreolen, und Mike nahm einen Hauch Parfüm wahr.

»Hab ich mich zu fein gemacht?«, fragte er.

»Überhaupt nicht«, versicherte sie ihm und berührte das Revers. »Gefällt mir – ist das neu?«

»Nein, das habe ich schon länger. Ich trage es nur nicht oft.«

»Das solltest du aber«, sagte sie. »Es steht dir.«

Mike deutete zum Pick-up, bevor sie das Thema vertiefen konnte.

»Also – bist du startklar?«

»Aber ja.«

Als er sich abwandte, fasste Julie ihn am Arm. »Wo sind die Heftpflaster?«

»Die habe ich abgemacht. Es geht schon besser.«

Sie streckte eine Hand vor, wie eine Lehrerin, die einen Schüler zum Ausspucken seines Kaugummis auffordert, und Mike zeigte prompt seine Hände.

»Mir kommen sie immer noch sehr rot vor.« Sie schwieg kurz und schaute ihn merkwürdig an.

»Du liebe Güte«, sagte sie dann. »Wenn ich das gewusst hätte, hätte ich nichts gesagt. Aber ich glaube, ich weiß ein Mittel, das helfen könnte.«

»Was denn?«

Julie sah Mike in die Augen, führte seine Hand an ihren Mund und küsste jede Fingerspitze einzeln.

»Wie geht es deinen Händen jetzt?«, fragte sie anschließend lächelnd.

Mike räusperte sich. Als hätte ich eine Stromleitung angefasst, dachte er. Oder in einem Windkanal gestanden.

»Besser«, brachte er heraus.

Sie aßen im Landing zu Abend, einem Hafenrestaurant in der Altstadt von Beaufort. Wie am Vorabend entschieden sie sich für einen Tisch auf der Terrasse, von wo aus sie die Boote beim Ein- und Auslaufen beobachten konnten. Pärchen und Familien flanierten auf der hölzernen Uferpromenade vorüber, mit Eiswaffeln und Tüten voller Souvenirs.

Julie legte sich die Serviette über den Schoß und beugte sich vor.

»Gute Wahl, Mike«, sagte sie. »Es gefällt mir hier sehr.«

»Freut mich«, sagte er erleichtert. »Mir gefällt's auch, aber sonst komme ich immer mittags her. Abends war ich schon länger nicht mehr da …« Er verstummte.

Julie schien ganz entspannt zu sein, sie strahlte, als fühle sie sich pudelwohl.

»Wie war's heute Mittag mit Emma?«, fragte Mike.

»Oh, sehr nett. Mit ihr kann man gut reden.«

»So wie mit mir?«

»Nein, anders. Mit ihr kann ich über Sachen sprechen, über die wir beide uns nicht unterhalten.«

»Über mich etwa?«

Julie zwinkerte ihm spitzbübisch zu. »Na klar. Wozu soll man mit jemandem ausgehen, wenn man anschließend nicht darüber reden kann?«

»Was hast du denn gesagt?«

»Keine Sorge, nur Gutes.«

Mike griff lächelnd zur Speisekarte. »Also, sollen wir eine Flasche Wein bestellen? Einen Chardonnay vielleicht? Der Kendall-Jackson ist sicher gut. Der ist nicht zu schwer, und das Eichenaroma genau richtig, finde ich.«

»Wow«, sagte Julie, »ich bin beeindruckt. Ich wusste gar nicht, dass du dich so gut mit Wein auskennst.«

»Ich bin ein Mann mit vielen Talenten«, sagte Mike prahlerisch, worauf Julie auflachte und spielerisch mit der Speisekarte nach ihm schlug.

Sie hatten einen vergnüglichen Abend, aßen, tranken, plauderten und lachten und nahmen kaum wahr, dass der Kellner ihre Teller abräumte. Als sie aufbrachen, funkelten bereits die Sterne am Himmel.

Auf der Promenade herrschte immer noch Betrieb, aber das Publikum war jetzt jünger. Ein paar Stufen unterhalb des Stegs befanden sich zwei weitere Lokale, und in beiden stimmten gerade Sänger ihre Gitarren. Die Zahl der eingelaufenen Boote überstieg inzwischen die der Anlegestellen, und so vertäuten die Spätankömmlinge ihre Boote kurzerhand an den Nachbarbooten. Schon bald sah das Ganze aus wie eine schwimmende Siedlung. Bier und Zigaretten wurden freigebig geteilt, Boote gerieten heftig ins Schaukeln, weil die Leute sie als schwankende Laufstege benutzten, und notgedrungen kam es zu Verbrüderung unter Fremden, die sich wahrscheinlich nie wiedersehen würden. Die Stimmung ringsum war ausgelassen.

Als Mike und Julie aus dem Restaurant traten, ergriff er ihre Hand. Und bei dem Bummel über die Uferpromenade hatte Mike das Gefühl, dass die Wärme ihrer Hand seinen Arm hinauf bis zu seiner Brust ausstrahlte.

Sie blieben noch eine Stunde in Beaufort, verfolgten das bunte Treiben und plauderten, bis Julie feststellte, dass alle Nervosität verflogen war. Mike hielt immer noch ihre Hand, und manchmal streichelte er sie mit dem Daumen. Sie kauften sich ein Eis und spazierten barfuß über die Wiesen im Park, bis sie einen Platz gefunden hatten, wo sie es in Ruhe verspeisen konnten. Der Mond war aufgegangen, die Sterne hatten ihren Stand am Himmel verändert. Schließlich kehrten Mike und Julie zu der immer noch belebten Uferpromenade zurück. Träge schwappten die Wellen gegen die Kaimauer. Sie machten ein letztes Mal Halt, um sich in einem Lokal an einen verwitterten Tisch zu setzen, der unter den Flügeln eines quietschenden Deckenventilators stand. Der Sänger nickte Mike zu – offenbar kannten die beiden sich. Mike bestellte noch ein Bier, und Julie wie immer eine Cola light.

Während sie der Musik zuhörten, spürte Julie Mikes Blick auf sich ruhen. Sie vergegenwärtigte sich erstaunt, wie viel sich in den letzten Tagen geändert hatte. Wie sehr *sie* sich verändert hatte.

Es gab so viele Kleinigkeiten, die ihr bisher an Mike noch nicht aufgefallen waren! Die grauen Strähnen an seinen Schläfen, eine winzige Narbe unter seiner Augenbraue.

Der Sänger begann ein neues Lied, und Mike beugte sich näher zu Julie.

»Jim und ich waren früher oft hier«, sagte er. »Bevor er dich kennen lernte. Wusstest du das?«

»O ja. Er meinte, ihr zwei wärt immer hergekommen, um Frauen kennen zu lernen.«

»Wusstest du, dass er mir hier das erste Mal von dir erzählt hat? Wir waren an dem Wochenende hier, als er aus Daytona zurückkam. Er berichtete, dass er ein Mädchen kennen gelernt hat.«

»Was hat er denn genau gesagt?«

»Dass er dir ein paarmal ein Frühstück spendiert hat. Und dass du hübsch seist.«

»Ich sah damals furchtbar aus.«

»Fand er nicht. Er sagte auch, er hätte dir versprochen, dir einen Job und eine Bleibe zu suchen, wenn du herkämst.«

»Hast du ihn für verrückt gehalten?«

»Natürlich. Zumal er gar nicht mehr aufhören konnte, von dir zu reden.«

»Und was hast du gedacht, als ich ihn beim Wort nahm?«

»Ich hab dich auch für verrückt gehalten. Aber schon bald fand ich dich eher mutig. Sein Leben so radikal umzukrempeln wie du, das erfordert Mut.«

»Mir blieb ja keine Wahl.«

»Man hat immer eine Wahl. Nur treffen manche Leute die falsche.«

In dem Moment verstummte die Musik, und ihr Gespräch wurde unterbrochen, weil der Sänger seine Gitarre abstellte und an ihren Tisch kam.

»Entschuldigt, ich will euch nicht stören. Ich mache jetzt Pause und wollte wissen, ob Mike Lust hat, für einen oder zwei Songs einzuspringen«, sagte er.

Mike drehte sich zur Bühne um, dachte kurz nach und schüttelte schließlich den Kopf.

»Sonst gern, aber ich bin ja nicht allein«, sagte er.

»Ach, mach es ruhig«, ermunterte Julie ihn.

»Hast du wirklich nichts dagegen?«

»Nein, nein! Du hast doch sicher große Lust dazu.«

Mike grinste und stellte seine Flasche auf den Tisch. Eine Minute später hatte er sich die Gitarre umgehängt und zupfte an den Saiten, um sie zu stimmen. Er sah zu Julie hinüber, zwinkerte ihr zu und schlug dann die ersten Akkorde an. Es dauerte nicht lange, bis alle Gäste das Lied erkannt hatten. Erst wurde geklatscht und gejohlt, und einige Leute pfiffen. Doch schon bald schwenkten sie zu Julies Verblüffung ihre Bierflaschen im Takt und sangen mit.

Mike hatte sich für den Jukebox-Evergreen »American Pie« entschieden.

Seine Stimme klang so schief wie immer, aber das spielte an diesem Abend, vor diesen Gästen, keine Rolle. Sie sangen und schunkelten mit, genau wie Julie.

Als Mike geendet hatte, stellte er die Gitarre unter freundlichem Applaus ab und kam zu ihrem Tisch zurück, und wenn ihm jemand auf den Rücken klopfte, quittierte er es mit einem Blick, der besagte: »Das war doch nichts Besonderes«. Julie beobachtete ihn mit einer Mischung aus Bewunderung und Vergnügen.

Mike hatte gerade einem wirklich schönen Abend das i-Tüpfelchen aufgesetzt, fand sie.

Als sie wenig später aufbrechen wollten, erklärte ihnen der Barkeeper, ihre Rechnung sei schon beglichen.

»Ein Fan von Ihnen, nehme ich an«, sagte er.

Mike begleitete sie noch bis zur Tür, und als sich Julie zu ihm umdrehte, sah sie seiner Miene an, dass er überlegte, ob er sie küssen durfte. Doch nach der Erfahrung vom Vorabend war er offenbar unsicher, wie er es anstellen sollte. Julie signalisierte ihm mit einem auffordernden Blick Zustimmung, doch Mike übersah das Zeichen und rührte sich nicht.

»Es war wieder ein sehr schöner Abend …«

»Möchtest du noch kurz mit reinkommen?«, fiel Julie ihm ins Wort. »Vielleicht läuft ja ein alter Film …«

»Bist du sicher, dass es nicht schon zu spät ist?«

»Nicht für mich. Aber wenn du lieber gehen willst …«

»Nein, ich komme gern noch mit rein.«

Sie schloss die Tür auf und ging voran. Singer hatte schon an der Tür gehockt und lief, nachdem er sie beide begrüßt hatte, nach draußen. Er reckte die Nase hoch und bellte einmal, senkte dann den Kopf und schnüffelte am Boden herum – er schien zufrieden, weil keine Störenfriede zu verjagen waren. Gleich darauf war er im Schatten der Bäume verschwunden.

Mike zog sein Sakko aus und hängte es über einen Lehnstuhl, während Julie in die Küche ging und mit zwei Gläsern Wasser zurückkehrte. Sie deutete aufs Sofa. Sie setzten sich dicht nebeneinander, jedoch ohne sich zu berühren, und Julie griff zur Fernbedienung und zappte durch die Programme. Einen guten Film fanden sie zwar nicht, aber dafür eine alte Folge von *Hoppla Lucy*, bei der sie viel lachen mussten. Im Anschluss folgte die *Dick Van Dyke Show.*

Gerade als die Show vorbei war, stand Singer wieder an der Haustür und bellte. Julie gähnte gleichzeitig.

»Dann will ich mal los«, sagte Mike und erhob sich vom Sofa. »Sieht aus, als wärst du müde.«

Sie nickte. »Ich bringe dich zur Tür.«

Als Mike die Haustür öffnete, drängte sich Singer an ihnen vorbei Richtung Wohnzimmer.

Während Julie zusah, wie sich Mike in sein Sakko kämpfte, musste sie daran denken, dass er seit Jahren ihr Freund war und dies womöglich auf dem Spiel stand, wenn sie sich jetzt vorwagte. Ist es das Risiko wert?, fragte sie sich. Sie war sich nicht sicher.

Und wenn es am Ende so wäre, als würde sie einen Bruder küssen?

Auch das wusste sie nicht.

Aber wie ein Spieler an einem Münzautomaten, der von der nächsten Runde den großen Wurf erhofft, handelte sie, bevor sie den Mut verlor. Sie ergriff Mikes Hand und zog ihn an sich, bis sie seinen Körper an ihrem spürte. Dann sah sie zu ihm hoch. Mike begriff, was geschah, obwohl er es kaum glauben konnte. Er neigte den Kopf und schloss die Augen, während ihre Gesichter sich einander näherten.

Motten tanzten um die Verandalampe, prallten dagegen, als wollten sie das Glas durchbrechen. Aus den Bäumen in der Nähe rief eine Eule.

Mike aber bekam nichts davon mit. Versunken in die hauchzarte Berührung, wusste er nur eines mit Sicherheit: In dem Augenblick, als sich ihre Lippen trafen, knisterte so etwas wie Elektrizität. Es war ein Gefühl, das, wie er glaubte, niemals enden würde.

Das war schön, dachte Julie. Und *kein bisschen* so, als würde sie einen Bruder küssen.

Sie lauschte darauf, wie Mike den Motor startete und davonfuhr, lächelte und wollte gerade die Lampe ausmachen, als ihr Blick auf Singer fiel.

Er starrte sie an, den Kopf schräg gelegt, die Ohren aufgestellt, wie um zu fragen: *Hab ich gerade recht gesehen?*

»Na und?«, fragte sie. »Wir haben uns geküsst.« Während sie die Gläser vom Tisch räumte, spürte sie immer noch Singers Blick auf sich. Sie kam sich vor wie ein von den Eltern ertappter Teenager.

»Du hast doch schon mal gesehen, wie ich jemanden küsse, also stell dich nicht so an«, fuhr sie fort.

Singer wandte den Blick nicht ab.

»Ist nichts dabei«, sagte Julie und ging in die Küche. Sie räumte die Gläser in die Spülmaschine und schaltete das Licht über der Spüle an. Als sie sich umdrehte, sah sie einen

Schatten vor sich und machte einen Satz zurück, bevor sie erkannte, wer es war.

Singer war in die Küche getrottet. Er saß neben der Anrichte und sah Julie unverwandt an. Sie legte die Hände an die Hüften.

»Könntest du aufhören, mich so anzustarren? Und lauf mir nicht überall hin nach! Du hast mich erschreckt.«

Worauf Singer endlich den Blick abwandte.

Schon besser, dachte sie. Sie nahm einen Spüllappen, hielt ihn unter den Wasserhahn und begann, die Anrichte abzuwischen, entschied dann aber, die Küche am nächsten Tag in Ordnung zu bringen. Sie warf den Lappen in die Spüle und ging hinüber ins Schlafzimmer. Dabei gingen ihr abermals einzelne Szenen des Abends durch den Kopf. Sie errötete leicht.

Insgesamt gesehen, entschied sie, konnte Mike sehr gut küssen.

Sie war so in Gedanken, dass sie das Licht der Scheinwerfer nicht wahrnahm, mit dem ein Auto ihre menschenleere Straße entlangrollte. Es wurde etwas langsamer, als es an ihrem Haus vorüberkam.

»Bist du wach?«, fragte Julie am folgenden Morgen in den Hörer.

Mike kämpfte mit der Decke und richtete sich im Bett auf. »Jetzt schon.«

»Nun komm schon! Du weißt doch: ›Nutze den Tag‹«, sagte sie.

Mike rieb sich die Augen. Julie hörte sich an, als wäre sie schon seit Stunden auf. »Wovon redest du?«

»Vom Wochenende. Was hast du vor?«

»Nichts, wieso?«

»Dann steh auf und zieh dich an. Ich dachte, wir fahren zusammen zum Strand. Das Wetter soll toll werden. Wir könnten Singer mitnehmen und ihn ein bisschen laufen lassen. Bist du einverstanden?«

Sie verbrachten den Tag am Meer, gingen barfuß im weißen Sand spazieren, warfen die Frisbeescheibe für Singer, legten sich auf ihre Badetücher und sahen auf die gischtschäumenden Wellen. Mittags teilten sie sich eine Pizza, blieben, bis der Himmel sich bei Sonnenuntergang lila verfärbte, und aßen dann zusammen zu Abend. Danach gingen sie ins Kino. Mike überließ Julie die Wahl des Films und nahm es klaglos hin, dass sie sich für einen Liebesfilm entschied. Und als Julie nach der Hälfte Tränen in den Augen hatte und sich eng an ihn kuschelte, vergaß er darüber die vernichtende Kritik, die er sich insgeheim schon zurechtgelegt hatte.

Es war schon spät, als sie zu ihrem Haus zurückkehrten, und wieder küssten sie sich auf der Veranda.

Diesmal dauerte es etwas länger.

Den Sonntag verbrachten sie bei Julie zu Hause. Mike mähte den Rasen, stutzte die Hecken und half ihr, Fleißige Lieschen in die Blumenkästen zu pflanzen. Dann ging er ins Haus und nahm einige kleinere Reparaturen in Angriff, wie sie in älteren Häusern anfallen.

Julie sah ihm beim Arbeiten zu, und ihr fiel wieder einmal auf, wie gut er in seiner Jeans aussah und wie sehr er bei all dem in seinem Element zu sein schien. Als er in der Diele gerade den Hammer schwang, küsste sie ihn ungestüm. Der Ausdruck in seinem Gesicht verriet ihr deutlich, was er für sie empfand. Dazu kam, dass all seine Befangenheit endlich verschwunden war und er den Kuss leidenschaftlich erwiderte.

Nachdem er sich später verabschiedet hatte, lehnte sich Julie mit geschlossenen Augen an die Tür. Wow, dachte sie – und fühlte sich genauso wie Mike zwei Abende zuvor.

21

Am folgenden Dienstag – im Salon war es besonders hektisch zugegangen, da Andrea nicht erschienen war und Julie einige ihrer Kundinnen übernehmen musste – schob Julie nach der Arbeit langsam ihren Einkaufswagen durch den Gang im Supermarkt und suchte die Zutaten fürs Abendessen zusammen. Mike hatte versprochen, für sie zu kochen, und obwohl die Liste, die er ihr gegeben hatte, nicht viel Gutes verhieß, war sie bereit, es zu probieren. Allerdings konnte sie sich nicht vorstellen, wie aus Zutaten wie Kartoffelchips und süßem Relish ein gutes Menü entstehen sollte. Aber er freute sich aufs Kochen, da wollte sie ihn nicht enttäuschen.

Julie ließ ihren Blick über das Gewürzregal schweifen und versuchte sich zu erinnern, ob Mike gehackte oder gewürzte Zwiebeln brauchte, als ihr Wagen abrupt gegen ein menschliches Hindernis stieß.

»Oh, Entschuldigung«, sagte sie automatisch. »Ich habe Sie nicht gesehen …«

»Schon gut, nichts passiert«, sagte ein Mann. Er drehte sich um, und Julie riss die Augen auf.

»Richard!«

»Oh, hallo, Julie«, antwortete er mit sanfter Stimme. »Wie geht's dir?«

»Gut«, sagte sie. »Und dir?« Julie hatte ihn seit jenem Morgen nicht mehr gesehen. Er machte einen etwas mitgenommenen Eindruck.

»Geht so«, sagte er. »Es ist alles momentan nicht leicht. Ich muss mich um so vieles kümmern. Aber du weißt ja, wie das ist.«

»Ja, klar«, sagte sie. »Wie geht's deiner Hand?«

»Besser. Sie ist noch etwas blau, aber nicht weiter verletzt.« Er senkte den Blick. »Hör mal, ich wollte mich noch einmal wegen letzter Woche entschuldigen. Ich hatte kein Recht dazu, so wütend zu werden.«

»Schon gut.«

»Und ich danke dir abermals dafür, dass du mir zugehört hast. Das hätten nicht viele getan.«

»Ist doch nicht der Rede wert.«

»O doch«, beharrte er. »Keine Ahnung, was ich ohne dich angestellt hätte. An dem Abend ging's mir ziemlich dreckig.«

Julie zuckte die Achseln.

»Tja«, sagte er ein wenig unschlüssig und rückte den Einkaufskorb an seinem Arm zurecht. »Bitte nimm mir meine Bemerkung nicht übel, aber du siehst umwerfend aus.«

Es klang ganz unverfänglich, rein freundschaftlich, und sie lächelte. »Danke.«

Eine Frau mit vollem Einkaufswagen näherte sich. Julie und Richard traten zur Seite, um sie vorbeizulassen.

»Hör mal, wegen neulich Abend …«, fing Richard erneut an. »Ich habe das Gefühl, dir noch was schuldig zu sein, weil du so verständnisvoll reagiert hast.«

»Du bist mir nichts schuldig.«

»Trotzdem würde ich mich gern revanchieren. Vielleicht darf ich dich ja mal zum Abendessen einladen?«

Sie antwortete nicht gleich, und Richard, dem ihr Zögern nicht entging, fuhr fort: »Es geht doch nur um ein einziges Abendessen – mehr nicht.«

Julie schaute zur Seite, dann sah sie ihn wieder an. »Ich glaube, das geht nicht«, sagte sie. »Tut mir Leid.«

»Schon okay«, sagte er. »War ja nur ein Vorschlag.« Er trat einen Schritt von ihr weg. »Also, ich muss noch ein paar Sachen besorgen. Wir sehen uns bestimmt irgendwann?«

»Klar.«

»Wiedersehen«, sagte er.

»Wiedersehen, Richard.«

»Wie nennt sich das Gericht?«, fragte Julie.

Mike stand am Herd in seiner Wohnung, in der Pfanne vor ihm brutzelte das Rinderhackfleisch.

»Kreolen-Burger.«

»Dann ist das also Cajun-Küche?«

»Genau«, sagte er. »Was meinst du, wozu ich die beiden Dosen Suppe brauche? Das verleiht den Burgern den authentischen Geschmack.«

Nur Mike brachte es fertig, Campbell's Gumbo-Hühnersuppe für echte Cajun-Küche zu halten, dachte sie.

Als das Fleisch durch war, goss Mike die Suppe in die Pfanne, fügte ein wenig Ketchup und Senf hinzu und begann zu rühren. Julie lehnte sich an ihn, warf einen Blick auf die Pampe und zog ein angewidertes Gesicht.

»Typische Junggesellen-Kost.«

»Ja, ja, jetzt reißt du noch Witze, aber bald wirst du dich fühlen wie im siebten Gourmethimmel.«

»Ganz bestimmt.«

Eine Viertelstunde später saßen sie am Tisch, und Julie starrte auf ihren Teller.

»Das ist ein Sloppy Joe«, verkündete sie.

»Nein«, sagte Mike und nahm seinen Burger in die Hand, »das ist ein Kreolen-Burger. Sloppy Joes sind mit Tomatengeschmack.«

»Während du den typischen Louisiana-Geschmack vorziehst?«

»Genau. Und vergiss nicht das Relish dazu. Das rundet die Sache erst richtig ab.«

Julie konnte sich noch nicht zu einem ersten Bissen überwinden, deshalb sah sie sich ein wenig in der kleinen Wohnung um. Die meisten Möbel waren recht geschmackvoll, aber gewisse Details ließen keinen Zweifel daran, dass Mike so lebte wie die meisten alleinstehenden Männer – etwa die Turnschuhe neben seiner Gitarre in der Wohnzimmerecke. Und der Haufen Klamotten auf seinem Bett. Und der Breitwandfernseher, auf dem exotische Bierflaschen aufgereiht standen. Und die Dartscheibe an der Wohnungstür.

Sie beugte sich über den Tisch. »Tolles Ambiente, das du heute Abend geschaffen hast. Fehlt nur noch eine Kerze, dann käme ich mir vor wie in Paris.«

»Wirklich? Ich glaube, ich habe eine«, sagte er.

Er erhob sich vom Tisch und zog eine Schublade auf. Gleich darauf flackerte ein Flämmchen zwischen ihnen. Mike setzte sich wieder.

»Besser?«

»Ganz wie in einem Studentenwohnheim.«

»In Paris?«

»Hm ... vielleicht habe ich mich doch geirrt. Es ist mehr wie in ... Omaha.«

Er lachte. »Probierst du es jetzt mal, oder hast du Angst?«

»Nein, ich probiere gleich. Ich koste nur noch die Vorfreude aus.«

Schließlich griff Julie nach dem Burger und biss hinein. Mike ließ sie nicht aus den Augen.

»Nicht schlecht«, sagte sie, nachdem sie den Bissen hinuntergeschluckt hatte.

»Nicht schlecht?«

Leicht verdutzt starrte sie den Burger an. »Ist sogar eigentlich ganz lecker.«

»Siehst du«, sagte er. »Die Gumbo-Hühnersuppe, das ist der Trick.«

Julie griff zum Relishglas und zwinkerte ihm zu. »Ich werd's mir merken.«

Mittwochabend war Julie mit Kochen an der Reihe. Sie entschied sich für mit Krabbenfleisch gefüllte Seezunge und gedünstetes Gemüse, dazu gab es eine Flasche Sauvignon Blanc. (»Sind zwar keine Kreolen-Burger, aber man kann's essen«, flachste Mike.) Donnerstag trafen sie sich mittags zum Essen im Emerald Isle. Als sie anschließend durch den feinen Sand spazierten, stupste Singer Julie mit einem Stock, den er gefunden hatte, ans Bein. Er ließ ihn vor den beiden fallen, und als sie nicht darauf eingingen, schnappte er sich den Stock wieder, stellte sich ihnen mitten in den Weg und sah zu Mike hoch. *Na los*, schien er zu sagen, *du kennst das Spielchen doch.*

»Ich glaube, er möchte, dass du ihn wirfst«, bemerkte Julie. »Er findet, ich werfe nicht weit genug.«

»Tja, weil du ein Mädchen bist.«

Sie stieß ihm den Ellenbogen in die Seite. »Pass auf, Kleiner. Tief in mir schlummert eine Feministin, die an solchen Bemerkungen Anstoß nimmt.«

»Feministinnen nehmen an allem Anstoß, was Männer besser können.«

Mike sprang zur Seite, bevor Julie ihn abermals mit dem Ellenbogen erwischen konnte, und hob den Stock auf. Er zog Schuhe und Socken aus, krempelte sich die Hosenbeine hoch, trabte aufs Wasser zu und watete so weit hinein, dass die Wellen ihm bis kurz unter die Knie schwappten. Dann hielt er den Stock vor sich in die Höhe. Singer starrte darauf, als wäre es ein frisches Steak.

»Fertig?«, rief Mike.

Er holte aus und schleuderte den Stock fort. Singer stürzte sich in die Wellen.

Julie setzte sich in den Sand, zog die Knie hoch und schlang die Arme darum. Es war recht kühl. Der Himmel war weiß bezogen, und nur gelegentlich brach die Sonne durch die Wolken. Seeschwalben huschten auf der Suche nach Essbarem am Wasser vorbei, ihre Köpfe wippten ständig auf und ab.

Singer kam mit dem Stock zurück und schüttelte sich so heftig, dass Mike nass wurde. Mike nahm ihm den Stock ab, warf ihn noch einmal und wandte sich dann zu Julie um. Sie warf einen bewundernden Blick auf seine Muskeln.

»Lass uns morgen Abend was unternehmen, okay?«, rief er ihr zu.

Julie nickte. Singer kehrte zu Mike zurück. Julie zog die Beine noch enger an sich und verfolgte, wie die beiden weiterspielten. Weit draußen tuckerte ein Garnelentrawler übers Wasser, lange Schleppnetze hinter sich herziehend. In der Ferne blinkte der Leuchtturm von Cape Lookout. Julie spürte den Wind im Gesicht und war glücklich.

»Wir gehen Minigolf spielen?«, fragte sie, als sie am folgenden Abend auf den Parkplatz einbogen. Sie trug Jeans, genau wie Mike. Er hatte ihr gesagt, sie brauche sich nicht schick zu machen, und nun verstand sie, warum.

»Nicht nur. Hier kann man alles Mögliche machen. Es gibt auch Videospiele. Und Baseball-Simulatoren.«

»Oooh«, sagte sie. »Ich bin begeistert.«

»Ha! Aber bloß, weil du denkst, du kannst mich nicht schlagen«, sagte Mike und schniefte.

»Und ob ich dich schlagen kann! Wenn's um Minigolf geht, bin ich wie Tiger Woods.«

»Beweis es mir«, sagte er.

Julie nickte, ihre Augen funkelten herausfordernd. »Mit Vergnügen.«

Sie stiegen aus und schlenderten zu der Bude, wo die Schläger ausgeliehen wurden. »Rosa und blau«, sagte Mike und wies auf die Farbe der Golfbälle. »Lady und Gentleman.«

»Welchen willst du?«, fragte Julie mit Unschuldsmiene.

»Ha!«, schnaubte er. »Mach nur so weiter. Auf dem Parcours gibt es kein Pardon.«

»Gleichfalls.«

Ein paar Minuten später standen sie am ersten Loch.

»Alter vor Schönheit«, sagte Julie mit einladender Geste.

Mike zog zum Scherz ein gekränktes Gesicht und legte sich dann den Ball zurecht. Am ersten Loch musste der Ball eine Windmühle mit rotierenden Flügeln passieren, von wo aus er eine Ebene tiefer landete, wo sich das Loch befand. Mike ging in Stellung.

»Schau zu, dann lernst du's«, sagte er.

»Nun mach schon.«

Mit einem gekonnten Schlag beförderte er den Ball zwischen die Windmühlenflügel, und kurz darauf blieb er nicht einmal zwanzig Zentimeter vom Loch entfernt liegen. »Siehst du? Ist ganz einfach.«

»Geh weg. Ich werde dir zeigen, wie das geht.«

Julie legte ihren Ball hin und schlug ab. Er knallte gegen die Windmühlenflügel und kam zu ihr zurück.

»Hm … das tut mir aber Leid«, sagte Mike kopfschüttelnd. »So ein Pech.«

»Ich mach mich erst warm.«

Sie nahm sich etwas mehr Zeit, bevor sie den Ball erneut abschlug. Diesmal traf sie zwischen die Flügel und sah den Ball im Loch verschwinden.

»Guter Schuss«, räumte Mike ein. »Aber reines Glück.«

Julie stieß ihn mit dem Schläger an. »Das gehört alles zum Plan.«

Im abgedunkelten Schlafzimmer seines Hauses saß Richard ans Kopfende gelehnt auf dem Bett. Er hatte die Vorhänge zugezogen. Das einzige Licht kam von einer kleinen Kerze auf dem Nachtschränkchen, und während er ein Wachskügelchen zwischen den Fingern rollte, dachte er über Julie nach.

Im Supermarkt war sie ganz nett gewesen, aber er wusste, wie unwohl ihr bei dieser Begegnung gewesen war. Kopfschüttelnd fragte er sich, warum sie das zu verbergen versucht hatte. Er kannte sie genau. In mancher Hinsicht kannte er sie besser als sie sich selbst. Er wusste auch, dass sie an diesem Abend mit Mike zusammen war.

Sie hatte Angst vor allem Neuem, so viel stand fest, und er wünschte sich, dass sie sehen könnte, dass das Leben für sie so viel mehr bereithielt, so viel mehr für sie beide. Sah sie denn nicht, dass Mike sie hinabziehen würde, wenn sie hier blieb? Dass ihre Freunde ihr letzten Endes schaden würden? So kam es doch immer, wenn man Entscheidungen nur aus Angst traf.

Das wusste er aus Erfahrung. Er hatte seinen Vater verabscheut, so wie Julie die Männer verabscheut hatte, die in ihrem Leben kamen und gingen. Er hasste seine Mutter wegen ihrer Schwäche, genau wie Julie die Schwäche ihrer Mutter hasste. Aber Julie versuchte mit ihrer Vergangenheit Frieden zu schließen, indem sie dem kleinbürgerlichen Milieu verhaftet blieb. Es nicht wagte, ihr Leben zu ändern. Dabei konnte mit seiner Hilfe alles so viel glanzvoller sein.

»Glückstreffer!«, rief Mike wieder. Auf halbem Parcours lagen sie gleichauf, bis Julies Ball beim nächsten Schlag von der Wand abprallte und genau im Becher landete. Sie stolzierte hinüber, um ihn zu holen.

»Wieso ist es bei mir immer Glück, wenn ich treffe, bei dir dagegen Geschick?«, begehrte sie auf.

Mike starrte immer noch dem Ball nach. »Weil es so ist! Du hast mit Sicherheit nicht gezielt geschlagen!«

»Du hörst dich an, als würdest du langsam nervös.«

»Ich werde nicht nervös.«

Sie äffte ihn nach, indem sie mit den Fingernägeln an ihrer Bluse entlangfuhr und schniefte. »Solltest du aber. Wie unangenehm, von einem Mädchen geschlagen zu werden!«

»Du wirst mich nicht schlagen.«

»Wie ist denn der Spielstand?«

Hastig ließ Mike die Karte und den Bleistift in seiner Gesäßtasche verschwinden. »Spielt keine Rolle. Es kommt nur auf den Endstand an.«

Kichernd folgte Julie Mike, der steif zum nächsten Loch weiterschritt.

Richard atmete langsamer und konzentrierte sich auf Julies Bild. Sie war etwas Besonderes, etwas Besseres, so wie er.

Dieses heimliche Wissen um seine Einzigartigkeit hatte ihn während der Odyssee von einer Pflegefamilie zur nächsten aufrecht gehalten. Von ein paar Kleidungsstücken abgesehen bestand seine einzige Habe aus dem Fotoapparat, den er von einem früheren Nachbarn gestohlen hatte, und dem Karton mit seinen Fotos.

Seine ersten Pflegeeltern schienen ganz nett zu sein, aber er ließ sich nicht weiter auf sie ein. Er kam und ging, wie es ihm passte, schließlich brauchte er nur einen Schlafplatz und ausreichend zu essen. Wie in vielen Pflegefamilien war er nicht das einzige Kind, er teilte sich das Zimmer mit zwei älteren Jungen. Die beiden stahlen ihm zwei Monate nach seinem Einzug den Fotoapparat und brachten ihn in ein Pfandhaus, um sich von dem Geld Zigaretten kaufen zu können.

Richard fand die beiden auf dem Grundstück neben dem Haus. Er hob einen Baseballschläger auf, der zufällig am Boden lag. Erst lachten sie, schließlich waren sie beide größer und stärker als er. Am Ende aber wurden sie mit Blaulicht ins Krankenhaus gebracht, so übel hatte er ihre Gesichter zugerichtet. Die Frau von der Fürsorge wollte Richard in eine Jugendstrafanstalt stecken. Sie war noch am selben Tag zusammen mit der Polizei ins Haus gekommen, nachdem seine Pflegeeltern ihn angezeigt hatten. Richard wurde in Handschellen aufs Revier gebracht. Dort saß er in einem kleinen Kabuff einem bulligen Polizisten namens Dugan gegenüber.

Dugan, pockennarbig und mit Knollennase, sprach mit seltsam krächzender Stimme. Er wies Richard darauf hin, wie schwer er die Jungen verletzt hatte und dass er die nächsten paar Jahre hinter Schloss und Riegel verbringen würde. Aber Richard hatte keine Angst, ebenso wenig wie damals, als die Polizei gekommen war, um ihn und seine Mutter über seinen Vater auszufragen. Genau damit hatte er gerechnet. Er hielt den Blick gesenkt und brach dann in Tränen aus.

»Ich wollte es nicht tun«, sagte er leise. »Aber die haben meinen Fotoapparat geklaut, und da hab ich gesagt, das würde ich der Fürsorge melden. Sie wollten mich umbringen. Ich hatte Angst. Einer von ihnen hat mich angegriffen – mit einem Messer.«

Worauf Richard seine Jacke öffnete, und Dugan das Blut sah.

Richard wurde ins Krankenhaus gebracht; er hatte eine Schnittwunde im Unterbauch. Die Wunde, behauptete Richard, war nur deshalb nicht tiefer, weil er sich im letzten Moment von den Jungen hatte losreißen können. Dugan fand das Messer auf dem Dach des Lagerhauses, genau dort, wohin es einer der Jungen nach Richards Aussage geworfen hatte.

Am Schluss landeten die beiden Jungen und nicht Richard in der Jugendstrafanstalt, all ihren Beteuerungen zum Trotz, das Messer nie angerührt, geschweige denn Richard damit verletzt zu haben. Aber der Inhaber des Pfandhauses bestätigte, ihnen den Apparat abgekauft zu haben, und so glaubte ihnen niemand.

Jahre später sah Richard einen der Jungen wieder. Er war zwar inzwischen ein erwachsener Mann, aber bei Richards Anblick erstarrte er. Richard lächelte nur und ging weiter, während er sich verächtlich der Schnittwunde erinnerte, die er sich so leicht selbst zugefügt hatte.

Richard öffnete die Augen. Ja, aus Erfahrung wusste er, dass *alle* Hindernisse bezwungen werden konnten. Julie brauchte nur den richtigen Menschen, der ihr half. Zusammen konnten sie alles erreichen, aber dazu bedurfte es ihrer Einwilligung. Sie musste das, was er ihr zu bieten hatte, nur annehmen.

War das zu viel verlangt?

»Wie steht es jetzt?«, fragte Julie.

Sie waren am letzten Loch angekommen, und Mike war das Lachen inzwischen vergangen. Er lag mit einem Schlag im Rückstand.

»Ich glaube, du liegst vorn«, sagte er. »Aber du darfst jetzt nicht am letzten Loch verkrampfen.«

»Okay«, sagte sie.

»Sonst könntest du nämlich noch verlieren.«

»Okay.«

»Es wäre ja schrecklich, am Schluss alles zu vermasseln.«

»Hm … hast Recht, Trainer. Danke.«

Sie legte den Ball hin, stellte sich in Positur und ließ den Blick zwischen Ball und Loch hin und her wandern. Dann schlug sie ab – und der Ball landete im Loch. Hätte ich doch einen Fotoapparat dabei, dachte sie, als sie Mike ansah. Sein Gesichtsausdruck war einfach unbezahlbar.

»Gewonnen«, bemerkte sie boshaft.

Mike starrte dem Ball nach, dann sah er endlich in Julies Richtung und zuckte die Achseln. »Hast Recht«, räumte er ein. »Es ist gelaufen.«

»Ha!«

Er schüttelte den Kopf. »Nun, ich habe mir heute Abend

auch gar keine rechte Mühe gegeben«, sagte er. »Ich wollte dich gewinnen lassen.«

Julie zögerte nur kurz und stürzte dann mit erhobenem Schläger auf Mike zu, der einen halbherzigen Fluchtversuch unternahm. Sie erwischte ihn, drehte ihn zu sich um und zog ihn an sich.

»Du hast verloren«, sagte sie. »Gib's zu.«

»Nein«, sagte er und sah ihr in die Augen. »Du irrst dich. Dieses Spiel mag ich ja verloren haben, aber insgesamt habe ich gewonnen.«

»Wie das?«

Lächelnd neigte er sich vor und küsste sie.

Richard erhob sich vom Bett und trat ans Fenster. Draußen dehnten sich die Schatten der Bäume aus.

Irgendwann würde er Julie alles über sich erzählen. Er würde ihr von seiner Mutter und seinem Vater erzählen, von den Jungen aus der Pflegefamilie, und er wusste, sie würde verstehen, warum ihm damals keine andere Wahl blieb. Er würde ihr von Mrs Higgins erzählen, der Schultherapeutin, die an der Highschool besonderes Interesse für ihn entwickelte, als sie erfuhr, dass er Waise war.

Er konnte sich an die Gespräche mit ihr erinnern. Früher mochte sie mal hübsch gewesen sein, doch damals war schon jeder Reiz längst dahin. Ihre Haarfarbe changierte zwischen schmutzigem Blond und Grau, und wenn sie lächelte, sah man die vielen Falten in ihrem Gesicht besonders deutlich. Aber Richard brauchte einen Verbündeten. Er brauchte jemanden, der für seinen Charakter bürgte, der klarstellte, dass er mitnichten ein Unruhestifter war, sondern ein Opfer. Und dafür eignete sich Mrs Higgins perfekt. Sie war so einfühlsam und gütig, wie sie sich mit traurigen Augen vorbeugte und mitleidig den Kopf schüttelte, während er ihr ein fürchterliches Kindheitserlebnis nach dem anderen auftischte …

Mehr als einmal hatte Mrs Higgins Tränen in den Augen gehabt.

Schon nach wenigen Monaten betrachtete sie ihn fast als

einen Ersatzsohn, und er spielte diese Rolle gut. Zum Geburtstag überreichte er ihr eine Glückwunschkarte, und sie kaufte ihm einen neuen Fotoapparat, eine 35-Millimeter-Kamera mit Qualitätsobjektiv, die er heute noch besaß.

In Mathematik und Naturwissenschaften hatte Richard immer schon geglänzt, doch Mrs Higgins sprach mit dem Englisch- und dem Geschichtslehrer, worauf beide mehr Entgegenkommen zeigten. Richards Notendurchschnitt besserte sich rapide. Sie setzte den Schuldirektor von seinem hohen Intelligenzquotienten in Kenntnis und sorgte dafür, dass Richard in den Genuss der Förderprogramme für Hochbegabte kam. Sie schlug ihm vor, eine Mappe mit Fotografien zusammenzustellen, um seine künstlerische Begabung zu dokumentieren, und übernahm sämtliche anfallenden Kosten. Sie verfasste ein Empfehlungsschreiben an die University of Massachusetts, ihre Alma Mater, in dem sie erklärte, nie zuvor einem jungen Menschen begegnet zu sein, der sich so zielstrebig durchgebissen hatte. Sie sprach sogar beim Aufnahmeausschuss vor, mit der dringenden Bitte, Richard eine Chance zu geben. Sie tat alles, was in ihren Kräften stand, und obwohl es sie mit tiefer Genugtuung erfüllte, zu erfahren, dass ihre Bemühungen sich ausgezahlt hatten, erfuhr sie es nicht aus Richards Mund.

Denn sobald er an der Universität angenommen war, sprach er nie wieder mit ihr. Sie hatte ihren Zweck erfüllt, und er hatte keinen Bedarf mehr an ihr.

Ebenso hatte Mike seinen Zweck für Julie erfüllt, aber das war nun vorbei. Mike war ihr ein guter Freund gewesen, doch nun war es höchste Zeit, ihn loszuwerden. Mike hemmte sie, hielt sie zurück, hinderte sie daran, ihre eigene Zukunft zu wählen. Ihre gemeinsame Zukunft.

— 22 —

Julies Tage folgten einem neuen Rhythmus. Morgens kam Mike aus der Werkstatt, um sie zu begrüßen, mittags trafen sie sich in immer anderen Lokalen zum Essen, die Abende verbrachten sie mit langen Gesprächen – immer mehr wurde Mike zu einem aufregenden und wichtigen Bestandteil von Julies Lebens.

Sie arbeiteten weiter mit größter Behutsamkeit an ihrer Beziehung, aus Furcht, eine unbedachte Handbewegung könnte alles zunichte machen. Mike hatte noch nicht bei Julie übernachtet, Julie hatte noch nicht bei Mike übernachtet, und obwohl die Gelegenheit an manchen Abenden günstig gewesen wäre, waren beide offenbar noch nicht so weit.

Doch eines Tages, als sie Singer nach der Arbeit spazieren führte, gestand sich Julie ein, dass es nur noch eine Frage der Zeit sein konnte. In den Jahren seit Jims Tod hatte es immer mal Momente gegeben, in denen sie sich ziemlich … sinnlich fühlte, wie sie es gern nannte. Aber sie war schon so lange nicht mehr mit einem Mann im Bett gewesen, dass sie die Keuschheit inzwischen als dauerhafte Lebensweise akzeptiert hatte. Doch in letzter Zeit hatten die Hormone sich mächtig bemerkbar gemacht, und bisweilen ertappte sie sich sogar dabei, dass sie erotische Fantasien über Mike und sich hatte.

Doch wenn schon der erste Kuss eine solche Nervenprobe gewesen war, wie würde dann erst der nächste Schritt ablaufen? Verstohlen lächelnd malte sie sich die Szene aus, wenn sie zum ersten Mal nackt vor ihm stand.

Das Ganze konnte möglicherweise in ein Fiasko münden, in ungelenkes Gehampel, das am Ende nur Ernüchterung hinterließ. Und was dann? Sex war nicht das Wichtigste in einer Beziehung, aber er kam gewiss auch nicht erst an letzter Stelle.

Hör auf, ermahnte sie sich. Zerbrich dir nicht den Kopf darüber. Der Spaziergang mit Singer sollte schließlich erholsam sein.

Ein Stück voraus bog Singer in das vertraute Wäldchen ein. Vor einem Monat waren plötzlich überall in der Gegend Schilder aufgestellt worden, die über die geplante Bebauung des Geländes informierten. Julie hatte orangefarbene Plastikbänder entdeckt, die den zukünftigen Straßenverlauf markierten. In ein paar Jahren würde ihre Siedlung um ein Vielfaches gewachsen sein, was Julie – trotz steigender Immobilienwerte – eher bedauerte. Das Wäldchen bot Ruhe und Erholung, und für Singer war es einfach ideal. Sie hatte keine Lust, künftig mit Schaufel und Tüte hinter ihm herlaufen zu müssen, damit er nicht die frisch ausgesäten Rasenflächen verunreinigte. Schon bei dem Gedanken daran wurde ihr schlecht, und sie mochte sich gar nicht vorstellen, wie Singer reagieren würde. Er würde ohne Zweifel verstehen, was vor sich ging. Schon bald würde er sie jedes Mal hochmütig anstarren, wie um zu sagen: *Ich hab mein Geschäft an dem Baum da gemacht – sei ein Schatz und mach's weg, ja?*

Niemals, dachte sie.

Nach einem viertelstündigen Spaziergang erreichte sie das Wasser, wo sie sich ein Weilchen auf einem Baumstumpf niederließ und die vorüberziehenden Schiffe betrachtete. Singer konnte sie nirgends entdecken, wusste aber, dass er in der Nähe war. Er war regelmäßig zurückgekommen, um sich zu überzeugen, dass sie ihm folgte.

Er wollte sie beschützen. Ganz wie Mike, nur auf seine eigene Art.

Mike.

Mike und sie als Paar vereint. Im Nu kreisten Julies Gedanken wieder um das Thema, das sie gerade eben erst verdrängt hatte.

Als sie eine Stunde später auf ihr Haus zukam, hörte sie das Telefon klingeln. Sie lief eilig hinein und ließ die Fliegengittertür hinter sich zufallen. Wahrscheinlich Emma, dachte sie. Emma hatte in letzter Zeit oft angerufen – sie war entzückt über die Sache mit Mike und wollte ständig auf dem Laufenden sein. Und Julie redete auch ganz gern darüber.

Sie hielt sich den Hörer ans Ohr. »Hallo?«

Es kam keine Antwort, obwohl die Verbindung noch zu bestehen schien.

»Hallo?«, wiederholte sie.

Nichts. Julie legte den Hörer auf und ging wieder an die Tür, um Singer hereinzulassen. Doch da läutete das Telefon erneut, und sie hastete zurück.

Abermals Schweigen am anderen Ende der Leitung. Nur glaubte sie diesmal ein schwaches Klicken zu hören, als der Anrufer auflegte.

»Und, wie läuft es so mit Julie?«, fragte Henry.

»Gut«, antwortete Mike. Sein Kopf steckte unter einer Kühlerhaube. In der letzten Woche hatte er mit seinem Bruder nicht viel darüber gesprochen, weil einfach keine Zeit dazu gewesen war. Außerdem machte es Mike großen Spaß, Henry über den Stand der Dinge im Unklaren zu lassen. Wodurch er ausnahmsweise mal das Gefühl hatte, am längeren Hebel zu sitzen.

Henry sah ihn an. »So oft, wie du dich mit ihr triffst, dachte ich, es läuft besser als gut.«

»Du kennst das doch«, sagte Mike, ohne seine Arbeit zu unterbrechen. Er langte nach einem Steckschlüssel und versuchte die Muttern am Kompressor zu lösen.

»Eigentlich nicht.«

»Wie gesagt, es läuft gut. Kannst du mir mal einen Lappen geben?«

Henry reichte ihm den Lappen. »Wie ich höre, hast du sie vor einiger Zeit bei dir bekocht.«

»Richtig«, sagte Mike.

»Und?«

»Was, und?«

»Was ist passiert?«

»Es hat ihr geschmeckt.«

»Mehr nicht?«

»Was willst du denn von mir hören, Henry?«

»Glaubst du, sie empfindet etwas für dich?«

»Ja, ich glaube, sie mag mich.«

Henry rieb sich die Hände. Nun kamen sie der Sache näher. »Du glaubst also, sie mag dich, ja?«

Mike ließ Henry mit Vergnügen schmoren. »Genau.« Er grinste unter der Kühlerhaube vor sich hin.

»Mhm«, sagte Henry. Oh, sein Bruder hielt sich für so clever, aber er selbst war am Ende doch viel ausgefuchster. »Tja, hör mal, ich hab mir überlegt, ob ihr zwei Lust habt, nächstes Wochenende mit Emma und mir auf dem Boot rauszufahren. Ein bisschen Angeln, ein paar Biere trinken ... Wird bestimmt lustig.«

»Ich glaube, das könnten wir einrichten.«

Henry zog die Augenbrauen hoch. Erstaunlich, was eine neue Freundin alles bewirken kann.

»Nun überschlag dich nicht gleich vor Begeisterung«, knurrte er.

»Hey, sei nicht eingeschnappt. Ich muss das doch erst mit Julie klären.«

»Das«, sagte Henry, »leuchtet mir ein.«

Henry blieb noch für eine Weile bei Mike stehen, aber der zog nicht einmal den Kopf aus dem Motorraum. Schließlich gab Henry auf, ging in sein Büro und schwor seinem Bruder Rache.

Das Problem war nur, dass ihm zwanzig Minuten später immer noch nicht eingefallen war, wie diese Rache aussehen konnte.

Ich mag ja neugierig sein, dachte er, aber gemein bin ich nicht.

»Ich muss schon sagen, in letzter Zeit strahlst du förmlich«, sagte Mabel.

»Ach was, ich war nur ziemlich oft an der Sonne«, antwortete Julie.

Im Salon war es gerade etwas ruhiger. Andrea schnitt einem Kunden die Haare, mit dem sie sich über Politik unterhielt – allerdings recht einseitig seit ihrer Bemerkung, sie möge den derzeitigen Gouverneur, weil »seine Frisur besser ist als die von dem anderen Typen«.

»Ich rede nicht von deiner Gesichtsbräune, und das weißt du auch.«

Julie nahm den Besen und begann, rings um ihren Frisierstuhl zu fegen.

»Ja, Mabel, ich weiß. Du bist der unverblümteste Mensch, den ich kenne.«

»Warum auch nicht? Alles ist viel leichter, wenn man direkt zur Sache kommt.«

»Für dich vielleicht. Wir Normalsterblichen plagen uns manchmal mit der Frage herum, wie wir damit wohl auf andere Leute wirken.«

»Schätzchen, über so etwas darf man sich nicht den Kopf zerbrechen. Das Leben ist zu kurz dazu. Außerdem hast du mich doch gern, oder?«

»Du bist eine tolle Frau, das steht fest.«

Mabel beugte sich näher zu ihr. »Also, dann raus damit.«

Eine Stunde später hatte Andreas letzter Kunde den Salon verlassen und ein so großzügiges Trinkgeld gegeben, dass es für den WonderBra reichen würde, auf den sie ein Auge geworfen hatte. Während der letzten Wochen war Andrea zu dem Schluss gelangt, dass ihr Problem darin bestand, dass ihr Busen nicht groß genug war, um die richtigen Männer anzulocken. Und da konnte mit dem neuen BH leicht Abhilfe geschaffen werden.

Auch ihrem Selbstvertrauen würde dadurch ein wenig auf die Sprünge geholfen. Die letzte Woche und auch heute den ganzen Vormittag über hatten Mabel und Julie miteinander getuschelt, als planten sie, eine Bank auszurauben, aber sogar Andrea begriff, dass es um Julies Beziehung zu Mike ging. Doch sie verrieten ihr nur das Nötigste. Sie hatte ihn also geküsst? Na und, was war dabei? Andrea küsste Jungs, seit sie in der zweiten Klasse war, aber Julie schien das

Ganze für ebenso romantisch zu halten wie den Film *Pretty Woman*.

Und außerdem, fand Andrea, war die Sache mit Mike absolut lächerlich. Mike statt Richard? Welcher der beiden die bessere Wahl war, musste doch selbst dem Dümmsten klar sein. Mike war ein netter Bursche, aber er war nicht wie Richard. Richard hatte im Gegensatz zu Mike alles, was eine Frau sich nur wünschen konnte. Aber wenn es um Männer ging, war Julie blind wie eine Fledermaus.

Julie sollte sich mal mit mir unterhalten, dachte Andrea. Ich hätte ein paar wertvolle Tipps für sie, wie sie die Sache mit Richard wieder hinbiegen könnte.

In dem Moment bimmelte die Türglocke, Andrea sah sich um und dachte: Wenn man vom Teufel spricht …

Für eine ganze Weile blieb es still im Salon. Mabel war ein paar Minuten rausgegangen, und Julies Kundin war ebenfalls gerade auf dem Weg nach draußen. Richard hielt ihr die Tür auf. Er trug eine Sonnenbrille, und als er sich umdrehte, sah Julie ihr Spiegelbild darin. Ein seltsam flaues Gefühl machte sich in ihrem Magen breit. Singer, der auf seiner Decke lag, richtete sich auf.

»Guten Tag, Richard«, sagte Julie.

Es klang zögerlich.

»Hallo, Julie. Wie geht's?«

Es gab keinen Grund, unhöflich zu sein, aber nach freundlichem Geplauder stand ihr auch nicht gerade der Sinn. Sie fand es zwar normal, Richard ab und zu über den Weg zu laufen, was in einer kleinen Stadt ja unvermeidlich war, aber dass er weiterhin im Salon aufkreuzte, war ihr weniger recht. Sie legte keinen Wert auf eine Wiederholung des Treffens im Supermarkt.

»Was ist los?«, fragte sie also.

Richard nahm die Sonnenbrille ab und lächelte. Seine Stimme klang sanft. »Ich hatte gehofft, dass du Zeit hast, mir die Haare zu schneiden. Ist mal wieder fällig.«

Während Julie in ihrem Terminkalender nachsah, fragte

sie sich, ob das der einzige Grund für sein Kommen war. Sie schüttelte den Kopf.

»Tut mir Leid. Ich glaube, das geht nicht – ich bin heute ziemlich ausgebucht. Meine nächste Kundin kommt in ein paar Minuten, und danach mache ich jemandem Strähnchen, und das kann lange dauern.«

»Ich hätte wohl besser einen Termin gemacht, was?«, sagte er.

»Manchmal kann ich noch jemanden dazwischenschieben, aber heute habe ich einfach keine Zeit.«

»Verstehe.« Er seufzte. »Aber da ich schon mal hier bin, können wir ja vielleicht etwas ausmachen. Wie ist es mit Montag?«

Julie blätterte die entsprechende Seite im Kalender auf.

»Da bin ich auch ausgebucht. Montags ist immer viel los. Da kommen die Stammkundinnen.«

»Und Dienstag?«

Diesmal musste sie gar nicht nachschauen. »Am Dienstag arbeite ich nur den halben Tag. Muss nachmittags ein paar Sachen erledigen.«

Richard schloss langsam die Augen und öffnete sie dann wieder. Sein Gesichtsausdruck besagte: *So läuft das also von jetzt an, wie?* Trotzdem machte er keine Anstalten zu gehen. Andrea spürte die Spannung zwischen den beiden und trat näher.

»Ich bin frei, Schätzchen«, sagte sie. »Ich könnte es machen.«

Richard zögerte kurz und machte dann einen Schritt auf Andrea zu, ohne den Blick von Julie zu wenden.

»Schön«, sagte er, »das wäre prima.«

»Dann kommen Sie, Schätzchen. Gehen wir nach hinten. Ich muss Ihnen erst das Haar waschen.«

»Klar. Danke, Andrea.«

Sie sah ihn über die Schulter hinweg an und schenkte ihm ihr strahlendstes Lächeln. Wie aufregend, ihren Namen aus seinem Mund zu hören!

»Was hat er denn gewollt?«, fragte Mike. Kaum hatte er Richard aus dem Salon kommen sehen – Mike hatte die seltsame Neigung, in jeder freien Minute zum Salon hinüberzusehen, und sei es nur, um sich vorzustellen, was Julie gerade tat –, war er über die Straße geeilt und hatte Julie kurz zu sich herausgebeten.

»Er wollte sich die Haare schneiden lassen.«

»Wieso?«

»Nun, so etwas tun wir nun mal den ganzen Tag.«

Mike sah sie ungeduldig an, worauf sie fortfuhr: »Also, nun bausch das Ganze bitte nicht auf! Ich habe kaum ein Wort mit ihm gewechselt. Andrea hat ihm die Haare geschnitten, nicht ich.«

»Aber er wollte von dir bedient werden, richtig? Obwohl du mit ihm Schluss gemacht hast?«

»Das kann ich nicht bestreiten. Aber ich glaube, er hat begriffen, dass ich ihn lieber nicht mehr sehen würde, auch nicht bei der Arbeit. Ich bin nicht unfreundlich gewesen, aber er hat's bestimmt kapiert.«

»Na gut«, sagte er und schwieg kurz. »Er weiß doch Bescheid, dass du … na ja, mit mir zusammen bist, oder?«

Statt einer Antwort ergriff Julie seine Hand. »Weißt du, du bist ziemlich süß, wenn du eifersüchtig bist.«

»Ich bin nicht eifersüchtig!«

»Und ob. Aber keine Bange, ich finde dich immer süß. Bis heute Abend?«

Erstmals seit Richards Auftauchen merkte Mike, dass er wieder ruhiger wurde. »Ja, bis heute Abend«, sagte er.

Als Julie wenig später in den Salon zurückkam – sie hatte den Moment ein wenig hinausgezögert und war noch kurz zum Bäcker gelaufen –, war Andrea schon wieder mit einem neuen Kunden beschäftigt. Doch ihr Gesicht glühte noch von der Begegnung mit Richard. Es war das erste Mal, fiel Julie auf, dass sie Andrea im Umgang mit einem Mann nervös erlebt hatte. Andrea und Richard …? Nun, sie hätte mal jemanden mit einem festen Auskommen verdient, obwohl sich Julie kaum vorstellen konnte, dass Andrea es mit jemandem wie Richard lange aushielt. Julie hatte den Verdacht, sie würde der Sache recht schnell überdrüssig werden.

Kurz nach fünf war sie mit ihrer Arbeit fertig und machte sich ans Aufräumen. Andrea war schon eine halbe Stunde zuvor gegangen, und Mabel hatte im hinteren Teil der Räumlichkeiten zu tun. Während Julie den Tresen abwischte, fiel ihr die Sonnenbrille ins Auge. Sie lag gleich neben der Topfpflanze.

Julie sah sofort, dass es Richards Brille war, und kurz erwog sie, ihn anzurufen und ihm Bescheid zu sagen. Doch dann verwarf sie den Gedanken. Darum konnten sich Mabel oder Andrea kümmern. Das war viel besser.

Julie fuhr noch beim Supermarkt vorbei, um fürs Abendessen einzukaufen, und als sie durch ihre Haustür trat, hörte sie das Telefon klingeln. Sie stellte die Einkaufstüte auf dem Tisch ab und nahm den Hörer ab.

»Hallo?«

»Hallo, Julie«, sagte Richard. Es klang freundlich, unbekümmert, so als telefonierten sie jeden Tag. »Ich wusste nicht, ob du schon zu Hause bist, aber ich bin froh, dich zu erwischen. Schade, dass ich heute nicht mit dir plaudern konnte.«

Julie schloss die Augen. Nicht schon wieder, dachte sie. Es reicht langsam.

»Hi, Richard«, sagte sie kühl.

Bei ihrem Tonfall schien er zu stutzen. »Du fragst dich wahrscheinlich, warum ich anrufe.«

»Sehr richtig«, sagte sie.

»Nun, ich wollte nur fragen, ob du zufällig eine Sonnenbrille gefunden hast. Ich glaube, ich habe meine bei euch im Laden vergessen.«

»Ja, die ist da. Ich habe sie hinter den Tresen gelegt. Du kannst sie Montag abholen.«

»Samstags habt ihr nicht geöffnet?«

»Nein. Mabel findet, am Wochenende sollte man nicht arbeiten.«

»Oh.« Er schwieg kurz. »Na ja, ich fahre nämlich weg,

und es wäre toll, wenn ich sie vorher wiederbekäme. Können wir uns vielleicht ausnahmsweise heute Abend noch einmal am Salon treffen? Du hast doch sicher einen Schlüssel. Wird nur ein paar Minuten dauern. Sobald ich die Brille habe, muss ich los.«

Julie stand mit dem Hörer am Ohr da und sagte nichts. Das soll wohl ein Scherz sein, dachte sie. Die hast du doch mit Absicht liegen gelassen.

»Julie? Bist du noch da?«

Sie stieß die Luft aus, gut hörbar für ihn, aber das war ihr inzwischen gleichgültig. »Ich finde, es reicht jetzt, okay?«, sagte sie ohne eine Spur von Mitgefühl oder Freundlichkeit in der Stimme. »Langsam wird mir klar, was du im Schilde führst. Ich habe mich bemüht, nett zu dir zu sein, aber jetzt ist damit Schluss.«

»Was redest du da? Ich möchte bloß meine Sonnenbrille wiederhaben!«

»Richard, es ist mein Ernst. Ich bin jetzt mit jemand anderem zusammen. Zwischen uns ist es aus. Du kannst deine Brille am Montag abholen.«

»Julie … warte …«

Julie drückte auf den Knopf, um den Anruf zu beenden.

— 23 —

Eine Stunde später steckte Mike den Kopf durch Julies Haustür. »Hallo, ich bin da!«, rief er.

Julie föhnte sich gerade im Bad die Haare, und Singer kam, als er Mikes Stimme vernahm, angetrottet, um ihn zu begrüßen.

»Hast du was an?«, rief Mike. Er hörte, wie der Föhn abgeschaltet wurde.

»Ja«, antwortete Julie, »komm ruhig rein.«

Mike ging durchs Schlafzimmer und spähte ins Bad. »Du hast geduscht?«

»Ja. Ich kam mir irgendwie schmuddlig vor«, sagte sie. Sie wickelte das Kabel um den Föhn und räumte ihn in die Schublade. »Wenn so viel los ist wie heute, hab ich abends immer das Gefühl, von oben bis unten mit den Haaren anderer Leute voll zu sein. Bin gleich fertig.«

»Was dagegen, wenn ich hier bleibe?«

»Überhaupt nicht.«

Mike lehnte sich an die Kommode und sah zu, wie Julie zum Lidschatten griff und ihn mit einigen gekonnten Bewegungen um ihre Augen auftrug. Anschließend tuschte sie sich ebenso routiniert die Wimpern, erst oben, dann unten, den Kopf leicht zum Spiegel hin geneigt.

Wie sinnlich eine Frau beim Schminken wirkt, dachte Mike. Jede noch so kleine Veränderung, die sich vor seinen Augen vollzog, nahm er wahr. Zumal der Aufwand allein ihm galt, da sie an diesem Abend zu Hause bleiben wollten – ein Gedanke, den er ziemlich erotisch fand.

Er liebte Julie, da war er sich sicher, aber seine Empfindungen hatten sich, seit sie sich regelmäßig sahen, gewandelt. Sie waren nun keine Fantasien mehr, sondern etwas Reales, und Julie war ein unverzichtbarer Bestandteil seines Lebens geworden.

Sie legte ein Paar Ohrringe an, lächelte Mike im Spiegel kurz an und fühlte sich geschmeichelt von seiner Aufmerksamkeit. Sie sprühte sich ein wenig Parfüm auf Hals und Puls und rieb dann die Handgelenke aneinander.

»Besser?«, fragte sie und wandte sich zu Mike um.

»Du siehst wunderschön aus«, sagte er. »Wie immer.«

Auf dem Weg durch die Tür streifte sie ihn. Mike folgte ihr, den Blick auf ihre sanft wiegenden Hüften und den wohlgerundeten Po geheftet. Barfuß und in verwaschener Jeans wirkte sie besonders anmutig, dabei wusste Mike, dass sie sich nicht anders bewegte als sonst.

»Heute Abend gibt's Steaks«, sagte sie. »Ist das in Ordnung?«

»Natürlich! Aber großen Hunger habe ich noch nicht. Hab heute später Mittagspause gemacht. Ich würde erst einmal gern ein Bier trinken.«

Julie reckte sich auf die Zehenspitzen, um ein Weinglas oben aus dem Schrank zu holen. Dabei rutschte ihre Bluse hoch, und ihr Bauch kam zum Vorschein. Mike wandte sich ab und zwang sich, an Baseball zu denken. Gleich darauf hielt sie ihm das Glas entgegen, und Mike schenkte ihr Wein ein. Dann nahm er sich selbst ein Bier. Er riss die Dose auf und nahm einen tiefen Schluck.

»Möchtest du noch ein bisschen draußen sitzen?«, fragte Julie.

»Gern.«

Sie traten auf die Veranda, und Julie hielt Singer die Fliegengittertür auf, um ihn in den Garten zu lassen. Sie trug eine ärmellose Bluse. Mike bemerkte die schmalen Muskeln ihres Oberarms und die Rundung ihrer Brust, und nicht zum ersten Mal stellte er sich vor, wie sie wohl nackt aussehen würde.

Er schloss die Augen, atmete tief durch und nahm noch einen tiefen Schluck, bis die Dose fast leer war.

Es würde ein verteufelt langer Abend werden.

Es kam nicht annähernd so schlimm wie befürchtet. Wie immer plauderten sie entspannt miteinander, bis Mike eine Stunde später den Grill anmachte und die Steaks briet, während Julie ins Haus ging, um rasch einen Salat zuzubereiten.

In der Küche kam Julie zu dem Schluss, dass Mike ganz wie ein Casanova wirkte, der vor Jahren auf einer einsamen Insel gestrandet war. Der arme Kerl hatte schon den ganzen Abend Stielaugen, und so unbefangen er sich auch zu geben versuchte, wusste sie genau, was ihm durch den Kopf ging – bei ihr war es nämlich nicht anders. Ihre Hände waren so verschwitzt, dass sie Mühe hatte, das Gemüse zu halten.

Sie schnitt eine Gurke und Tomaten klein und gab sie in die Schüssel, dann deckte sie den Tisch mit ihrem guten Porzellan. Als sie zurücktrat, um die Wirkung zu begutachten, fiel ihr auf, dass etwas fehlte. Sie suchte zwei Kerzen heraus, stellte sie in die Mitte und zündete sie an. Dann schaltete sie die Deckenlampe aus und nickte zufrieden.

Sie legte eine CD von Ella Fitzgerald ein, und als sie gerade den Wein zum Tisch trug, kam Mike mit den Steaks herein. Bei dem Anblick, der sich ihm bot, blieb er in der Tür stehen.

»Gefällt's dir?«, fragte sie.

»Alles sieht … wundervoll aus«, sagte Mike.

Julie merkte, dass er dabei *sie* anschaute, und errötete leicht. Schließlich wandte Mike den Blick ab und stellte die Steaks auf den Tisch. Doch statt sich zu setzen, trat er auf Julie zu.

Mike hob eine Hand an ihr Gesicht, behutsam, wie um Erlaubnis bittend. Im Hintergrund spielte leise die Musik, und der Raum duftete nach dem Fleisch. All dies nahm Julie nur beiläufig wahr. Mike schien das ganze Zimmer zu erfüllen.

Und genau in dem Augenblick erkannte sie, dass sie sich in ihn verliebt hatte.

Mike schaute sie an, als könne er ihre Gedanken lesen. Julie schmiegte ihr Gesicht in seine Hand, schloss die Augen und ließ seine Berührung zu einem Teil ihrer selbst werden. Mike umfing sie mit kraftvollen Armen.

Dann küsste er sie. Ganz zart, fast wie der Hauch unter den Flügeln eines Kolibris, und so oft sie sich auch schon geküsst hatten – dieser Kuss schien realer als alle vorangegangenen. Er küsste sie wieder, und als ihre Zungen sich trafen, schlang Julie die Arme um Mike, in der Gewissheit, dass ihre Freundschaft sie beide im Laufe der Jahre stetig zu diesem Moment geführt hatte.

Als sie sich voneinander lösten, nahm Mike Julies Hand und führte sie ins Schlafzimmer. Dort küssten sie sich wieder, und Mike knöpfte langsam ihre Bluse auf. Sie spürte seine Finger auf ihrer Haut, dann, wie seine Hand zu ihrem Hosenknopf wanderte. Er küsste ihren Hals und streichelte ihr sanft über das Haar.

»Ich liebe dich«, flüsterte Mike.

Das Zimmer schien nur noch aus Schatten und dem Nachhall von Mikes Worten zu bestehen. Julie seufzte.

»O Mike«, sagte sie und spürte seinen Atem auf ihrer Haut. »Ich liebe dich auch.«

Sie schliefen zusammen, und obwohl es nicht so unbeholfen ablief, wie Julie befürchtet hatte, stand auch nicht gerade die Welt in Flammen. Mehr als alles andere wollte Mike Julie zufrieden stellen, und Julie umgekehrt Mike, und beide waren deshalb viel zu befangen, um das Erlebnis einfach zu genießen.

Danach lagen sie Seite an Seite da, schwer atmend, den Blick zur Decke gerichtet, und beide dachten: Ich bin *wirklich* aus der Übung. Hoffentlich hat Julie (Mike) nichts gemerkt.

Anders als manche Paare aber hielten sie sich schon bald umschlungen, ganz zärtlich, nachdem die erste, ungestüme Lust gestillt war. Wieder sagte Mike, dass er Julie liebe, und auch Julie gestand ihm ihre Liebe ein. Und als sie sich später noch einmal liebten, war es wunderschön.

Es war nach Mitternacht, und sie lagen noch immer im Bett. Julie sah zu, wie Mike mit dem Finger kleine Kreise auf ihrem Bauch beschrieb. Als sie es nicht mehr aushielt, begann sie zu lachen, zappelte und hielt seine Hand fest.

»Das kitzelt!«

Er küsste ihre Hand und sah sie an. »Übrigens, es war großartig.«

»Oh, haben wir das nötig? Als wäre das Ganze ein One-Night-Stand, und du müsstest deine Gewissenbisse übertünchen, weil du mich nicht wieder anrufen willst?«

»Nein, ich mein's ernst. Es war wirklich toll. So schön wie mit dir war es noch nie. Ich wusste nicht, dass es so sein kann.«

Julie lachte. »Deine Worte triefen ja vor Klischees!«

»Du glaubst mir nicht?«

»Und ob«, sagte sie. »Ich bin die Beste von allen. Du wusstest es nur noch nicht ...«

Mike kitzelte sie, bevor sie zu Ende reden konnte, und Julie wand sich kreischend aus seinem Griff. Dann drehte sich Mike auf den Bauch und stützte sich auf die Ellenbogen auf.

»Und übrigens«, sagte er, »ich habe dich bestimmt nicht ausgenutzt.«

Julie wandte sich zur Seite, um ihn besser ansehen zu können, und zupfte am Laken.

»Ach nein? Ich weiß nur noch, dass ich mich gerade zum Essen setzen wollte, und im nächsten Moment flogen auch schon unsere Klamotten durchs Schlafzimmer.«

»Ich war ganz schön verführerisch, was?«

»Sogar *sehr* verführerisch.« Sie fuhr ihm mit einem Finger über die Wange. »Ich liebe dich wirklich, weißt du das?«

»Das ist doch selbstverständlich.«

Sie stieß ihn weg. »Nun sei doch mal ernst«, sagte sie. »Du könntest wenigstens sagen, dass du mich auch liebst.«

Mike sah sie an, nahm ihre Hand und küsste eine Fingerspitze nach der anderen. »Wenn's nach mir ginge«, sagte er, »liebe ich dich jeden Tag für den Rest meines Lebens.«

Julie lächelte. »Tja, wenn das so ist: Könntest du uns nicht etwas zu essen holen? Ich komme um vor Hunger.«

»Klar!«

Während Mike nach seiner Hose angelte, begann das Telefon auf dem Nachttisch neben ihm zu läuten.

Einmal. Zweimal. Beim dritten Läuten hob Mike ab.

»Hallo?«, sagte er, und nach kurzem Schweigen noch einmal: »Hallo?«

Julie schloss die Augen.

»Hallo?«

Er legte auf. »War keiner dran«, sagte er. »Bestimmt verwählt oder so.« Er sah sie an. »Alles in Ordnung?«

Sie lächelte gezwungen. »Ja«, sagte sie. »Alles bestens.«

Das Telefon läutete wieder. Diesmal warf Mike Julie einen verwunderten Blick zu und hob dann ab.

Dasselbe Spielchen wie zuvor.

Julie verschränkte die Arme. Zwar versuchte sie sich einzureden, dass es vermutlich nichts zu bedeuten hatte, aber sie wurde ein seltsames Gefühl nicht los, dasselbe Gefühl wie neulich an Jims Grab.

Jemand beobachtet mich.

24

Die Veränderungen in Julies Leben begannen in jener Nacht.

Größtenteils waren sie wundervoll. Mike und Julie verbrachten den Samstag zusammen, und sie liebten sich morgens und dann noch einmal abends vorm Einschlafen. Am Sonntag fuhren sie nach Jacksonville, wo sich Julie in der Mall einen neuen Bikini kaufte, außerdem Shorts und Sandalen. Als sie Mike den Bikini zu Hause abermals vorführte, sah er sie mit begehrlichen Blicken an und sprang dann vom Sofa hoch, um hinter ihr herzujagen. Sie rannte lachend und kreischend durchs Haus, bis Mike sie im Schlafzimmer einholte. Kichernd ließen sie sich aufs Bett plumpsen, und alles ging wieder von vorn los.

Überrascht und dankbar stellte Julie fest, dass sich an ihrer Freundschaft durch den Sex nichts geändert hatte – abgesehen davon, dass sie oft nackt waren. Mike riss Witze wie immer und brachte sie zum Lachen, sie zog ihn auf wie immer, er hielt liebevoll ihre Hand, während sie auf dem Sofa saßen und fernsahen.

Doch so sehr sie es auch zu verdrängen versuchte: Was ihr von jener Woche am deutlichsten im Gedächtnis blieb, waren die Telefonanrufe. Die beiden Anrufe Freitagnacht. Samstag erfolgten abermals zwei. Sonntag schrillte das Telefon viermal, Montag fünfmal, aber an diesen beiden Tagen war Mike gerade außer Haus, und Julie nahm ab. Dienstag, als sie schon im Bett lag – Mike war zum Schlafen heimgefahren –, kamen vier Anrufe, dann stöpselte sie das Telefon endlich aus. Und Mittwoch, als sie nach der Arbeit das Haus betrat, sah sie, dass ihr Anrufbeantworter voll war.

Sie hatte den Knopf gedrückt, um die erste Nachricht abzuspielen, dann gleich die nächste. Dann die dritte. Die Anrufe waren direkt nacheinander gekommen, der Apparat hatte die Uhrzeiten gespeichert. Beim vierten Anruf ging Julies Atem bereits schneller, beim neunten hatte sie Tränen in den Augen. Ab dem zwölften drückte sie fast gleichzeitig mit der Abspieltaste auf die Löschtaste, in dem verzweifelten Versuch, das Geschehene irgendwie rückgängig zu machen.

Anschließend saß sie am Tisch und zitterte.

Insgesamt waren an dem Tag zwanzig Anrufe erfolgt, und jeder dauerte zwei Minuten.

Kein einziges Mal hatte der Anrufer etwas gesagt.

Donnerstag und Freitag kam kein Anruf.

25

Hört sich doch an, als liefe alles prima«, sagte Emma am Samstag.

Morgens hatten sich Mike und Julie mit Henry und Emma am Bootsanlegeplatz auf Harker's Island getroffen. Sie hatten die Ladung an Bord geschafft – Kühltaschen mit Lebensmitteln und Getränken, Sonnencreme, Badelaken und Hüte, Eimer voller Eis und eine Angelausrüstung, mit der man wirklich alles an den Haken nehmen konnte, was einem über den Weg schwimmen mochte: Moby Dick, Orca den Killerwal und selbst den Weißen Hai. Vormittags dümpelten sie im Sund bei Cape Lookout. Mike und Henry standen mit ihren Angeln Seite an Seite da und trugen einen Wettstreit aus, der nicht anders als pubertär zu nennen war. Fing einer von ihnen einen Fisch, durfte er daraufhin eine Flasche Bier schütteln und auf den anderen richten. In einem der Eimer befanden sich bereits so viele Makrelen und Flundern, dass eine ganze Kolonie verhungernder Seehunde davon satt geworden wäre, und beide Petrijünger hatten sich ihrer Hemden entledigt und sie zum Trocknen über die Reling gehängt.

Julie und Emma dagegen saßen in den kleinen Liegestühlen bei der Kajüte. Die Sonne brannte auf sie herab.

»Es läuft auch tatsächlich alles prima«, bestätigte Julie. »Ich frage mich wirklich, wovor ich die ganze Zeit solche Angst hatte.«

Ihr Tonfall machte Emma argwöhnisch.

»Aber?«

»Was, aber?«

»Irgendetwas bedrückt dich doch.«

»Ist es so offensichtlich?«

»Nein. Aber ich kenne dich lange genug. Also, was hast du? Irgendetwas wegen Mike?«

»Nein, ganz und gar nicht.«

»Liebst du ihn?«

»Ja, sehr.«

»Was ist es dann?«

Julie stellte vorsichtig ihr Glas auf das Deck. »Ich habe in letzter Zeit seltsame Anrufe bekommen.«

»Von wem?«

»Keine Ahnung. Der Anrufer sagt nie etwas.«

»Macht er unanständige Geräusche?«

»Nein, nicht mal das. Es bleibt absolut still.«

»Und du weißt nicht, wer es ist?«

»Nein. Als ich die Tastenkombination drückte, mit der der letzte Anrufer zurückgerufen wird, kam nur eine Ansage, dass es sich um eine Privatnummer handele. Also rief ich bei der Telefongesellschaft an. Die konnten mir nur sagen, dass die Anrufe von einem Mobiltelefon kamen. Aber die Nummer ist nicht registriert, also kann ich sie nicht zurückverfolgen.«

»Wie ist das möglich?«

»Keine Ahnung. Man hat's mir erklärt, aber ich hab nicht richtig hingehört. Als es hieß, man könne mir nicht helfen, hab ich gleich abgeschaltet.«

»Hast du eine Vermutung, wer dahinterstecken könnte?«

Julie drehte sich um und beobachtete, wie Mike erneut die Angel auswarf. »Ich glaube, es ist Richard. Ich kann's nicht beweisen, aber ich habe so ein Gefühl.«

»Wieso?«

»Nun, diese Aufdringlichkeit … Und sonst fällt mir keiner ein. Ich weiß nicht … ich glaube einfach, er ist es. Wie er sich aufgeführt hat, als ich ihm sagte, dass es mit uns vorbei ist, wie er ständig in meiner Nähe auftaucht …«

»Wovon redest du?«

»Lauter Kleinigkeiten. Im Supermarkt bin ich ihm über den Weg gelaufen, dann kam er zum Haareschneiden in den Salon. Und jedes Mal war es, als versuche er herauszufinden, wie er doch noch bei mir landen könnte.«

Emma schaute sie an. »Was hält Mike davon?«

»Keine Ahnung. Ich hab's ihm noch nicht erzählt.«

»Warum denn nicht?«

Julie zuckte die Achseln. »Was soll er denn machen? Dem Typen auf die Pelle rücken? Wie gesagt, ich weiß ja nicht einmal mit Sicherheit, ob Richard der Anrufer ist.«

»Wie viele Anrufe sind es denn inzwischen?«

Julie schloss kurz die Augen. »Mittwoch waren zwanzig Anrufe auf meinem AB.«

Emma setzte sich kerzengerade hin. »Du lieber Himmel! Hast du es der Polizei gemeldet?«

»Nein«, sagte Julie. »Erst an dem Abend habe ich mir eingestanden, was da vor sich geht. Bis dahin hatte ich noch gehofft, es wäre bloß irgendein Fehler, ein Computerdefekt bei der Telefongesellschaft oder so was. Ich habe gehofft, es hört von allein wieder auf. Und vielleicht hat es jetzt ja auch aufgehört. In den letzten zwei Tagen ist kein Anruf mehr gekommen.«

Emma nahm Julies Hand. »Solche Typen hören nicht auf! So was liest man doch ständig in der Zeitung: Exfreund verfolgt Exfreundin, um alte Rechnungen zu begleichen. Das grenzt an strafbare Belästigung! Ist dir das nicht klar?«

»Natürlich. Aber sag mir doch, was soll ich denn der Polizei erzählen? Ich kann nicht beweisen, dass Richard der Anrufer ist, und die Telefongesellschaft auch nicht. Er hat mich nicht bedroht. Ich habe sein Auto weder in meiner Straße noch beim Salon stehen sehen. Wenn wir uns über den Weg gelaufen sind, war er ausgesprochen höflich, und außerdem waren auch immer Leute in der Nähe. Er bräuchte es nur abzustreiten.«

Emma musterte sie eingehend und drückte dann ihre Hand.

»Aber du bist zu neunundneunzig Prozent sicher, dass es Richard war.«

Nach kurzem Zögern nickte Julie.

»Und gestern Abend nichts? Oder vorgestern Abend? Als Mike da war?«

»Nein. Alles ruhig. Vermutlich, weil er aufgegeben hat.«

Emma dachte angestrengt nach.

Oder weil er sie nur glauben machen wollte, er habe aufgegeben?

Den Gedanken behielt sie allerdings für sich. »Merkwürdig«, sagte sie stattdessen, »und irgendwie gruselig. Es läuft mir kalt den Rücken runter, wenn ich nur dran denke.«

»Mir auch.«

»Also, was willst du unternehmen?«

Julie schüttelte den Kopf. »Ich habe keine Ahnung.«

Eine Stunde später stand Julie am Bug. Plötzlich spürte sie, dass Mike die Arme um sie legte und ihren Nacken liebkoste. Sie schmiegte sich an ihn und fühlte sich gleich getröstet.

»Hallo«, sagte sie.

»Hi. Du sahst so einsam aus hier oben.«

»Bin ich aber nicht. Ich genieße nur den Wind. Mir wurde langsam heiß in der Sonne.«

»Mir auch. Ich glaube, ich habe einen Sonnenbrand. Das Bier hat wohl die Sonnencreme abgespült.«

»Du hast also wirklich gewonnen?«

»Ich will ja nicht angeben, aber man könnte es folgendermaßen ausdrücken: Henry hat wesentlich mehr Sonne abgekriegt als ich.«

Julie lächelte. »Und, was treibt Henry jetzt?«

»Schmollen vermutlich.«

Sie sah sich um. Henry hing über dem Bootsrand und füllte eine Bierdose mit Meerwasser. Als er Julies Blick bemerkte, richtete er sich auf und legte verschwörerisch einen Finger an die Lippen.

»Und, bist du bereit für deinen Auftritt im Clipper heute Abend?«, fragte sie.

»Ja. Die meisten Songs kann ich ganz gut.«

»Was wirst du anziehen?«

»Wahrscheinlich bloß Jeans. Bin langsam zu alt für Teenieklamotten.«

»Und das merkst du jetzt erst?«

»Manches dauert bei mir eben etwas länger.«

Sie lehnte sich an ihn. »Wie die Sache mit mir?«

»Genau.«

In der Ferne, beim Strand von Cape Lookout, ankerten Boote. Am Strand wimmelte es von Familien, es war das erste richtig warme Wochenende im Jahr. Kinder plantschten kreischend im Wasser, Eltern sonnten sich auf Badetüchern. Hinter den Strandbesuchern erhob sich der fünfundzwanzig Meter hohe Leuchtturm. Mit den schwarzen Rauten auf weißem Grund wirkte er wie ein Schachbrett, das zusammengeklappt und aufrecht hingestellt worden war.

»Du bist so still heute«, sagte Mike und drückte Julie an sich.

»Ich denk nur nach.«

»Über etwas, was Emma gesagt hat?«

»Nein, ganz das Gegenteil. Über etwas, was ich ihr erzählt habe.«

Julies Haare wehten Mike über das Gesicht. »Möchtest du darüber reden?«

Julie atmete tief durch und wiederholte dann, was sie Emma erzählt hatte. Mike lauschte, anfangs verwirrt, dann besorgt und am Schluss wütend. Als sie geendet hatte, nahm er ihre Hand und drehte sie zu sich herum.

»Du meinst also, als ich in unserer ersten Nacht ans Telefon ging, war Richard am anderen Ende?«

»Ich weiß es nicht.«

»Warum hast du mir das nicht früher erzählt?«

»Da gab's noch nichts zu erzählen. Jedenfalls nicht bis vor ein paar Tagen.«

Mike ließ seinen Blick über das Wasser schweifen, verzog das Gesicht und sah dann wieder zu Julie. »Also, wenn es noch einmal vorkommt, werde ich dem ein Ende setzen.«

Julie musterte ihn kurz und lächelte dann. »Du hast schon wieder diesen erotischen Blick.«

»Wechsle nicht das Thema«, sagte er. »Dazu ist es zu ernst. Weißt du noch, worüber wir uns bei Tizzy's unterhalten haben?«

»Ja«, sagte sie, und ihre Stimme klang flach. »Aber so reagiere ich eben, wenn ich durcheinander bin. Ich flüchte mich in Witze. Aus alter Gewohnheit, weißt du?«

Nach einer ganzen Weile legte Mike wieder die Arme um sie. »Keine Sorge«, sagte er. »Ich lasse nicht zu, dass dir irgendwas passiert.«

Ihr Mittagessen war schlicht – Sandwiches und Chips und eine Riesenportion Kartoffelsalat vom Deli. Seit sie Emma und Mike ihr beunruhigendes Geheimnis erzählt hatte, ging es Julie besser. Es tröstete sie, dass beide die Angelegenheit ebenso ernst nahmen wie sie.

Ihre Anspannung löste sich, und sie ließ sich von der fröhlichen Laune der anderen anstecken. Mike war zwar zunächst ruhiger als sonst, aber er schaffte es nie, längere Zeit ernst zu bleiben, zumal wenn Henry ihn anstachelte. Henry bot Mike die Bierdose an, die er zuvor mit Meerwasser gefüllt hatte, Mike setzte sie arglos an, musste aber sofort würgen und prustete alles über Bord. Henry lachte dröhnend, Emma kicherte, und Mike stimmte mit ein, sobald er sich das Kinn abgewischt hatte. Aber er sann auf Rache. Heimlich schnappte er sich eine Flunder und verlieh einem von Henrys Sandwiches eine besondere Würze, indem er den Fisch über das Brot zog.

Henry lief grün an, würgte und warf das Sandwich dann Richtung Mike. Mike revanchierte sich mit einer Ladung Kartoffelsalat.

Emma beugte sich zu Julie. »Schwachköpfe«, flüsterte sie ihr ins Ohr, »vergiss nie, Männer sind Schwachköpfe.«

Um über ihre Unruhe hinwegzukommen, trank Julie etwas mehr Bier als sonst. Bald fühlte sie sich leicht benebelt, und die Ängste zerstreuten sich. Vielleicht waren die Anrufe Richards Art, sie zu bestrafen. Vielleicht war er sauer wegen ihrer Reaktion auf die Geschichte mit der Sonnenbrille. Sie war ja wirklich ziemlich barsch zu ihm gewesen. Aber da er nicht wieder im Salon aufgetaucht war, um die Brille abzuholen, sah sich Julie in ihrer Vermutung bestätigt, dass das Ganze nur eine List gewesen war, um sie noch einmal allein zu sehen.

Im Übrigen konnte es sein, dass diese Anrufe für immer vorbei waren, versuchte sie sich zu beruhigen. Dennoch, seit sie als Teenager auf der Straße gelebt hatte, verfügte sie über ein gesundes Misstrauen. Bevor sie nicht sicher war, dass die Anrufe endgültig aufgehört hatten, würde sie sich vorsichtig verhalten: keine spätabendlichen Spaziergänge ohne Begleitung machen, immer alle Türen abschließen, Singer bei sich im Zimmer schlafen lassen, wenn Mike nicht bei ihr übernachtete. Sie würde vorsichtig sein.

Julie verschränkte die Arme und lauschte auf das Wasser, das unter dem Bug rauschte.

Nachmittags legte Emma eine CD von Jimmy Buffet ein und drehte die Lautstärke hoch. Sie hatten den Anker gelichtet und schipperten auf dem Rückweg nach Harker's Island an Cape Lookout vorbei. Das Boot wiegte sich im Rhythmus der sachten Dünung, und Emma kuschelte sich dicht an Henry, der am Steuer stand.

Mike räumte am Heck auf, verstaute das Angelzubehör in der Kiste und sicherte sorgfältig die Winden. Julie stand wieder am Bug und ließ sich den Wind durch die Haare wehen. Auch sie hatte einen leichten Sonnenbrand, und die Haut an ihren Schultern spannte ein wenig.

Trotz des herrlichen Wetters war es Zeit, heimzukehren. Morgens hatten Emma und Henry eine kleine Meuterei auszustehen gehabt, mit Tränen und Geschrei, weil ihre Kinder nicht verstanden, warum sie nicht mitdurften. Vor lauter schlechtem Gewissen hatten Emma und Henry versprochen, dafür abends mit ihnen Pizza essen und ins Kino zu gehen. Mike musste bis acht im Clipper sein, um der Band beim Aufbauen zu helfen. Julie wollte erst gegen zehn hingehen, um ihn spielen zu hören, vorher wollte sie sich ein wenig hinlegen. Das Bier und die Sonne hatten sie müde gemacht.

Julie warf sich ein Hemd über. Als sie gerade ihre Shorts hochzog und Richtung Strand sah, hatte sie das Gefühl, dass irgendetwas nicht ins Bild passte. Doch trotz genauerem Hinsehen war nicht auszumachen, was. Die Hand über die Augen gelegt, ließ Julie den Blick über die Boote schweifen, dann am Wasser entlang, dann über die Leute am Strand.

Es war dort. Irgendwo dort war es.

Und was es auch sein mochte, es passte nicht ins Bild.

Stirnrunzelnd spähte Julie noch einmal genauer hin, bis sie endlich entdeckte, was sie soeben hatte stutzen lassen. Und sie hatte Recht. Es passte nicht in dieses schöne Bild von einem heißen Tag am Strand.

Verdutzt ließ sie die Hand sinken.

Jemand in Jeans und dunkelblauem Hemd stand bei den Dünen, mit einem ... ja, was? Einem Fernglas? Teleskop? Das konnte sie nicht erkennen, aber es war auf das Boot gerichtet.

Auf *sie*.

Als der Mann das Gerät sinken ließ, wurde Julie plötzlich flau im Magen. Ganz kurz hoffte sie, sich getäuscht zu haben. Doch dann, als wüsste er genau, was ihr durch den Kopf ging, winkte der Mann ihr zu. Sein Arm schwang langsam hin und her, wie das Pendel einer Standuhr. *Ich bin hier,* schien es zu besagen. *Ich bin immer hier.*

Richard.

Julie spürte, wie ihr das Blut aus dem Gesicht wich, sie schnappte nach Luft, den Handrücken vor den Mund gepresst, und schloss unwillkürlich die Augen.

Als sie sie wieder öffnete, war Richard verschwunden. Sie schrie auf und starrte hinüber. Nichts. Nirgends eine Spur von ihm. Als wäre er nie da gewesen.

Mike hatte sie gehört und war gleich zu ihr geeilt.

»Was ist denn los?«, fragte er.

Julie starrte nach wie vor zum Strand. Doch nachdem sie weder Richard noch sonst etwas Ungewöhnliches entdecken konnte, kuschelte sie sich in Mikes Arm. »Nichts«, sagte sie.

Es war wohl nur Einbildung, dachte sie. Unmöglich, dass er es wirklich war. Niemand konnte sich so rasch bewegen.

Niemand.

Mike brachte Julie heim. Sie ging schon ins Haus, während er in der Auffahrt noch ihre Sachen auslud. Singer folgte ihr, und als sie ihre Tasche auf die Anrichte in der Küche gelegt hatte, stellte er sich auf die Hinterbeine, um sie zu begrüßen. Sie versuchte gerade, seine schlabbernde Zunge abzuwehren, als sie das Blinken ihres Anrufbeantworters entdeckte. Eine Nachricht.

Sie stieß Singer fort. Er landete wieder auf allen vieren und trottete zur Tür hinaus, vermutlich, um Mike zu begrüßen. In der Küche summte der Kühlschrank. Eine zornig brummende Fliege prallte immer wieder gegen die Fensterscheibe. Nichts davon hörte Julie. Auch Mike oder Singer nicht, nicht einmal ihren eigenen Atem. Einzig den Anrufbeantworter nahm sie wahr. Das Blinken wirkte unheilvoll, hypnotisch.

Spiel mich ab, schien es zu locken. *Spiel mich ab …*

Einen Moment lang schien der Boden unter ihren Füßen zu schwanken, und Julie war wieder auf dem Boot, den Blick zum Strand gerichtet. Er hat mir zugewunken, dachte sie. Er hat mich beobachtet, und jetzt hat er angerufen, um mir das mitzuteilen.

Sie schüttelte den Kopf. Blödsinn. Er war nicht dort gewesen. Ihre Augen hatten ihr einen Streich gespielt, weil sie zu viel Bier getrunken hatte und ihre Nerven überreizt waren.

Der Anrufbeantworter blinkte.

Na los, dachte Julie, reiß dich zusammen. Jeder könnte dir auf das Band gesprochen haben, wo ist das Problem? Also geh jetzt hin und drück auf den Knopf. Drück einfach den Knopf und überzeug dich, wie albern deine Ängste sind.

Doch sie schaffte kaum die Schritte bis zum Telefon. Ihr Magen war verkrampft, die Beine schwer wie Blei. Endlich hob sie die Hand – und zögerte immer noch, den Finger auf die Abspieltaste zu legen.

Spiel mich ab …

Sie schloss die Augen, atmete schwer. So sehr sie sich auch bemühte, tapfer und vernünftig zu sein, so sehr sie sich einredete, dass sie das Ganze maßlos aufbauschte – die Angst wurde langsam übermächtig. Bitte, dachte sie, nicht schon wieder diese Stille. Lass mich eine Stimme hören. Irgendeine Stimme – außer seiner.

Mit zitternder Hand drückte sie den Knopf.

Zunächst blieb es still, und Julie hielt unwillkürlich den Atem an. Dann war ein ganz leises Flüstern zu vernehmen, unmöglich zu verstehen, und sie beugte sich dicht über den Lautsprecher, lauschte angestrengt und wollte gerade den Finger auf die Löschtaste drücken, als sie verstand. Mit schreckgeweiteten Augen vernahm sie den Refrain eines Liedes, das sie auswendig kannte.

Ein Lied, das sie auch an jenem Abend mit Mike in Beaufort gehört hatte, zwei Wochen zuvor.

»Bye, bye, Miss American Pie …«

— 26 —

Als Mike Julie schreien hörte, rannte er ins Haus.

Sie stand leichenblass am Anrufbeantworter und drückte immer wieder auf die Löschtaste.

»Was ist passiert?«, fragte Mike erschrocken. »Fehlt dir was?«

Julie hörte ihn kaum. Sie zitterte. Bilder schossen ihr durch den Kopf, eins nach dem anderen, bis ihr übel war. Richard *war* also heute am Strand gewesen – das wusste sie nun. Richard *war* der mysteriöse Anrufer – das stand völlig außer Zweifel. Und noch viel mehr. Richard hatte sie auch in Beaufort beobachtet – als sie und Mike zu Abend aßen, bei ihrem Spaziergang im Park und sogar in jenem letzten Lokal, denn er wusste, welches Lied Mike für sie gesungen hatte. Womöglich war er sogar derjenige gewesen, der ihre Getränke bezahlt hatte.

Er hatte in der Nacht angerufen, als Mike da war.

Und er hatte Julie auf dem Friedhof beobachtet.

Überall war er dabei gewesen.

Das kann nicht wahr sein, dachte sie, während sich ihr die Kehle zuschnürte. Und doch war es so. Auf einmal fühlte sie sich fürchterlich schutzlos. Die Küche war zu hell, die Vorhänge durften nicht offen stehen, das Fenster ging fatalerweise hinaus auf den Wald, wo sich jeder verstecken konnte. Wo *er* sich verstecken konnte.

Die Schatten draußen wurden länger, und am Himmel zogen Wolken auf. Wenn Richard sie heute beobachtet hatte, wenn er sie *immer* beobachtet hatte, beobachtete er sie vermutlich auch jetzt.

Im Garten hob Singer die Nase und bellte.

Mit hämmerndem Herzen suchte Julie Halt bei Mike und barg das Gesicht an seiner Brust. Tränen flossen über ihre Wangen.

Solche Typen hören nicht auf, hatte Emma gesagt.

»Julie? Bitte ... sag mir, was passiert ist«, flehte Mike. »Was ist los?«

Endlich antwortete sie, mit rauer, leiser Stimme: »Ich habe Angst.«

Julie zitterte immer noch, als sie wenige Minuten später mit Mike ins Auto stieg. An Schlafen war jetzt natürlich nicht zu denken, sie würde ohnehin kein Auge zubekommen. Und allein im Haus zu bleiben, während Mike zum Clipper fuhr, kam auch nicht infrage. Mike hatte ihr angeboten, den Auftritt abzusagen, aber das lehnte sie ab, aus Furcht, sie würden dann nur den ganzen Abend zu Hause sitzen und sich verrückt machen.

Nein, sie brauchte jetzt Ablenkung. Ein lustiger Abend, laute Musik und noch ein paar Bier, dann ginge es ihr bald besser. Dann bin ich wieder ganz die Alte, dachte sie.

Als wäre das möglich, meldete sich eine skeptische Stimme in ihrem Kopf.

Julie runzelte die Stirn. Okay, wahrscheinlich würde es nicht funktionieren, aber sich verrückt zu machen brachte erst recht nichts. Vielmehr musste sie überlegen, was sie als Nächstes tun wollte.

Menschen hatte Julie bislang immer in zwei Typen eingeteilt: solche, die durch die Windschutzscheibe sehen, und solche, die in den Rückspiegel starren. Sie selbst hatte stets der ersten Kategorie angehört. Nicht die Vergangenheit zählt, sondern die Zukunft, weil nur sie noch zu gestalten ist. Mom wirft mich raus? *Muss was zu essen auftreiben und einen Platz zum Schlafen finden.* Ehemann stirbt? *Muss normal weiterleben, sonst werde ich verrückt.* Ein Typ stellt mir heimlich nach? *Muss mir überlegen, wie ich das beenden kann.*

Julie Barenson ist eine Frau, die die Dinge selbst in die Hand nimmt, dachte sie, während sie neben Mike im Auto saß.

Das wirkte einen Moment lang, dann ließ sie mutlos die Schultern sinken. Diesmal würde es nicht so leicht werden. So tapfer sie sich auch geben mochte, sie *hatte* Angst, mehr Angst als damals, als sie auf der Straße lebte. Dort war es ihr gelungen, sich unsichtbar zu machen – Überleben durch Verstecken, hatte sie es genannt. Allerdings war das nahezu das Gegenteil zu ihrer derzeitigen Situation. Das Problem bestand im Moment darin, dass sie allzu sichtbar war, und dagegen konnte sie nichts unternehmen.

Als Mike vor seinem Haus parkte, sah sich Julie unwillkürlich um und lauschte auf verdächtige Geräusche.

Ihre Nerven lagen blank. Was wollte Richard? Was würde er als Nächstes tun? Kurz malte sie sich aus, wie sie nachts allein im dunklen Zimmer im Bett lag und, sobald sich ihre Augen an die Dunkelheit gewöhnt hatten, feststellen musste, dass sich Richard im Zimmer befand. Neben ihrem Bett mit einer Maske, die nur seine Augen freiließ, einen Gegenstand in der Hand …

Julie verscheuchte hastig das Bild aus ihrem Kopf. Nur die Ruhe. Das wird nicht passieren. So weit wollte sie es nicht kommen lassen. Und Mike würde sie unterstützen.

Aber was tun?

Hätte sie doch bloß die Nachricht nicht gelöscht! Sie hätte überhaupt keine der Nachrichten löschen dürfen, denn dies waren zurzeit die einzigen Beweise für Richards Untaten. Die Polizei hätte vielleicht etwas damit anfangen können.

Aber die Polizei konnte doch auch so etwas unternehmen, oder?

Nun ja, sie konnte es mit einer Anzeige versuchen, aber ohne Beweise vermochte die Polizei nichts zu unternehmen. Am Ende würde Julie einem überarbeiteten Beamten gegenübersitzen, der mit dem Bleistift auf seinem Block herumklopfen und darauf warten würde, dass sie konkrete Beweise anführte.

Was hat er bei den ersten Anrufen gesagt? *Nichts.*

Hat er Sie je bedroht? *Nein.*

Haben Sie je mitbekommen, dass er Ihnen gefolgt ist? *Nein, nur das eine Mal am Strand.*

Aber Sie können nicht beschwören, dass er es war? *Dazu war er zu weit entfernt.*

Wenn die Person beim letzten Anruf geflüstert hat, woher wollen Sie dann wissen, dass es dieser Richard war? *Ich kann es nicht beweisen, aber ich weiß, dass er es war.*

Lange Pause. Aha. Tja, sonst noch was? *Nein. Bis auf die Tatsache, dass ich große Angst habe und gern wieder unter die Dusche gehen würde, ohne mir Norman Bates auf der anderen Seite des Vorhangs vorzustellen.*

Erneutes Klopfen mit dem Bleistift. Aha.

Es war Richard! Da war sie absolut sicher.

Oder nicht?

Im Clipper setzte sich Julie neben ein paar Männer an die Theke, die sich ein Baseballspiel ansahen.

Julie bestellte ein Bier, das sie ganz langsam trank. Es wurde acht Uhr. Der Kellner schaltete den Fernseher aus, und die Leute an der Theke brachen auf. Nachdem die Bandmitglieder die Verstärker getestet und die Instrumente gestimmt hatten, zogen sie sich noch einmal kurz hinter die Bühne zurück. Mike setzte sich zu Julie. Sie vermieden es bewusst, über Richard zu reden, waren aber beide nicht besonders entspannt. Julie entging nicht der zornige Ausdruck in Mikes Augen. Schließlich musste er auf die Bühne.

»Ich werde aufpassen«, sagte er.

Inzwischen waren neue Leute an die Theke gekommen, andere hatten an den Tischen Platz genommen, wieder andere standen in kleinen Grüppchen herum. Um halb zehn, als die Band zu spielen begann, war die Kneipe gut gefüllt, und stetig strömten neue Gäste zur Tür herein. Julie war dankbar dafür, weil der Lärm und die Atmosphäre sie vom Grübeln abhielten. Trotzdem drehte sie sich jedes Mal reflexhaft um, wenn die Tür aufging, voller Angst, Richard zu erblicken.

Dutzende von Leuten kamen herein, aber nicht Richard.

Die Stunden verstrichen – es wurde zehn, dann elf, dann Mitternacht –, und erstmals seit dem Nachmittag hatte sich Julie wieder im Griff und wurde prompt richtig wütend, wie

Mike. Am liebsten hätte sie Richard öffentlich zur Rede gestellt, ihm eine lautstarke Szene gemacht, bei der sie ihm immer wieder den Zeigefinger in die Brust gepikst hätte. *Für wen hältst du dich eigentlich? Meinst du wirklich, ich lass mir diesen Scheiß noch länger bieten?* (Piks.) *Ich hab im Leben zu viel durchgemacht, ich hab schon zu viel überstanden, um mich von dir unterkriegen zu lassen! Ich werde nicht zulassen,* niemals, *dass du mein Leben ruinierst!* (Piks, piks.) *Hältst du mich etwa für schwach?* (Piks.) *Für ein kleines Angsthäschen, das zitternd auf dem Sofa hockt und wartet, was du tust? Teufel, nein!* (Piks, piks.) *Verschwinde, Mr Richard Franklin. Der Bessere hat gewonnen, und so Leid es mir tut, Kumpel, du warst es nicht. Tatsache ist, du wirst nie der Bessere sein.* (Piks, piks, piks, gefolgt vom Jubel Dutzender Frauen, die spontan von ihren Stühlen aufspringen und Beifall klatschen.)

Während sich Julie Rache ausmalte, zwängten sich ein paar junge Männer neben sie, um Getränke zu bestellen. Das Ganze dauerte einige Minuten, und als sie fort waren, ließ Julie den Blick zur Seite wandern.

Ein Stück weiter weg sah sie eine vertraute Gestalt, die sich über die Theke zum Barkeeper beugte.

Richard.

Sein Anblick war wie ein Schlag vor die Brust, und im Nu waren alle Rachefantasien vergessen.

Er war hier.

Er war ihr gefolgt.

Schon wieder.

Mike hatte Richard schon eine Minute zuvor hereinkommen sehen und wäre am liebsten von der Bühne gesprungen, um ihn aufzuhalten. Er zwang sich aber, weiterzuspielen.

Richard hatte Mike auch gesehen. Grinsend nickte er ihm zu und steuerte dann auf die Mitte der Theke zu, als bemerke er Julies Anwesenheit gar nicht.

Adrenalin schoss Mike durch die Adern. Eine falsche Bewegung, und ich ramm dir die Gitarre in den Bauch, fluchte er innerlich.

Julie sah Richard, spürte ihn, es war ein Gefühl wie ein aufdringlicher fremder Atem in einem überfüllten Aufzug.

Richard tat nichts. Er sah weder in ihre Richtung noch kam er auf sie zu. Er stand mit dem Rücken zur Theke da, blickte zur Bühne und unterschied sich in nichts von den anderen anwesenden Männern. Als glaubte er wirklich, sie würde das Ganze für Zufall halten.

Du elender Kerl, dachte Julie. Du machst mir keine Angst.

Die Band begann ein neues Stück, und Julie sah zu Mike hinüber. Er wirkte angespannt, seine Augen funkelten warnend. *Bin fast fertig*, gab er ihr per Lippensprache zu verstehen. Sie nickte und verspürte das plötzliche Bedürfnis nach einem Drink. Etwas Starkes, das man in einem Zug hinunterkippte.

Durch das Schummerlicht, das in der Kneipe herrschte, lag Richards Profil im Schatten. Er schlug ein Bein übers andere, und Julie glaubte kurz, ein belustigtes Lächeln über seine Lippen huschen zu sehen. Als wüsste er, dass sie ihn beobachtete. Sie merkte, dass ihr Mund trocken wurde.

Ich sollte mir nichts vormachen, dachte sie. Er jagt mir eine Höllenangst ein.

Und das musste aufhören.

Julie wusste nicht, woher sie den Mut nahm, aber sie stand auf und ging auf ihn zu. Als sie fast bei ihm angekommen war, drehte sich Richard um. Seine Miene hellte sich auf, als sei er angenehm überrascht, sie zu sehen.

»Julie«, sagte er, »ich wusste ja gar nicht, dass du hier bist. Wie geht's?«

»Was machst du hier, Richard?«

Er zuckte die Achseln. »Wollte nur was trinken.«

»Lass den Scheiß, ja?«

Sie sagte es so laut, dass sich einige Umstehende umdrehten.

»Wie bitte?«, fragte er.

»Du weißt genau, was ich meine!«

»Nein, ich hab keine …«

»Du bist mir hierher gefolgt!«

»Was?«

Mittlerweile hatten sich noch mehr Gäste zu ihnen umgewandt. Von der Bühne schaute Mike mit wildem Blick herüber, und sobald der Song zu Ende war, stellte er die Gitarre beiseite und kam schnurstracks auf sie zu.

»Glaubst du, du kannst mir überallhin folgen und ich lasse mir das einfach so bieten?« Julies Stimme überschlug sich fast.

Richard erhob abwehrend die Hände. »Julie ... Halt! Moment! Ich weiß nicht, wovon du redest.«

»Du hast dir die Falsche ausgesucht! Mir kannst du keine Angst einjagen, und falls du nicht damit aufhörst, ruf ich die Polizei und erwirke eine Unterlassungsverfügung. Ich lass dich einsperren! Meinst du, du kannst ständig bei mir anrufen und Nachrichten hinterlassen ...«

»Ich habe dir keine Nachrichten hinterlassen ...«

Julie schrie inzwischen, und die Umstehenden sahen von ihr zu Richard und wieder zurück zu ihr. Ein Halbkreis hatte sich um sie gebildet, und alle waren wie in Erwartung von Handgreiflichkeiten einen Schritt zurückgetreten.

Julie war inzwischen voll in Fahrt. Ihre Fantasie in die Tat umzusetzen war noch besser, als sie gedacht hatte. *(Ja! Gib's ihm, Mädchen!)*

»Meinst du, ich hätte heute Nachmittag nicht gemerkt, wie du mich beobachtest?«

Richard trat einen Schritt zurück. »Ich sehe dich heute zum ersten Mal. Ich war den ganzen Tag auf der Baustelle.«

Julie war so außer sich, dass sie seine Beteuerungen gar nicht wahrnahm.

»Ich lass mir das nicht gefallen!«

»Was denn?«

»*Hör einfach auf damit!* Ich will, dass du *aufhörst*!«

Richard sah in die Gesichter ringsum und zuckte um Mitgefühl heischend mit den Schultern.

»Hör mal – ich weiß nicht, was das alles soll, aber vielleicht gehe ich einfach besser ...«

»Es ist *aus*! Hast du das *verstanden*?!«

In dem Moment kam Mike bei ihnen an. Julie war zwar hochrot im Gesicht vor Zorn, aber Mike konnte sich vorstellen, welche Ängste sie ausstand. Richard warf Mike einen raschen Blick zu, und wie zuvor beim Reinkommen huschte ein Grinsen über Richards Gesicht – höhnisch, herausfordernd, provozierend.

Das genügte.

Mike stürzte auf Richard los, rammte ihm den Kopf in die Brust wie ein Footballspieler beim Tackling. Die Wucht des Aufpralls hob Richard kurz hoch, sein Oberkörper krachte gegen die Theke. Flaschen und Gläser zerschellten auf dem Boden, und die Menge schrie auf.

Mike packte Richard am Kragen und holte aus. Richard riss zwar die Hände hoch, schwankte aber, sodass Mikes erster Fausthieb ihn an der Wange erwischte. Richard krachte erneut gegen die Theke und klammerte sich daran fest, um nicht zu stürzen. Als er langsam den Kopf hob, klaffte eine Platzwunde unter seinem Auge. Mike schlug noch einmal zu. Richards Kopf flog zur Seite. Fast wie in Zeitlupe prallte Richard gegen einen Barhocker, strauchelte kurz und ging dann zu Boden. Blut strömte aus seinem Mund. Mike wollte schon wieder zuschlagen, aber da griffen ein paar Männer ein und hielten ihn zurück.

Der Kampf hatte nicht einmal fünfzehn Sekunden gedauert. Mike versuchte sich loszuwinden, bis ihm klar wurde, dass die Leute ihn nicht festhielten, damit nun Richard zum Zuge kam, sondern weil sie Angst hatten, Richard könnte noch mehr abbekommen. Sobald sie ihn losließen, ergriff Julie seine Hand und zog ihn zur Tür hinaus.

Keiner versuchte sie aufzuhalten, nicht einmal die Bandmitglieder.

27

Draußen lehnte sich Mike ans Absperrgitter und versuchte sich zu beruhigen.

»Warte bitte einen Moment«, sagte er.

»Alles in Ordnung?«, fragte Julie.

Mike legte die Hände auf seine Wangen und stieß die Luft aus. »Alles bestens. Muss nur kurz durchatmen«, sagte er.

Julie zupfte ihn am Hemd. »Diese Seite kenne ich ja noch gar nicht an dir! Aber damit du Bescheid weißt, ich komme auch allein ganz gut zurecht.«

»Hab ich gesehen. Aber nach dem Blick, den er mir zugeworfen hat, ist bei mir die Sicherung durchgebrannt.«

»Welcher Blick?«

Mike beschrieb die Situation, und Julie fröstelte. »Habe ich gar nicht mitbekommen«, sagte sie.

»Solltest du wohl auch nicht. Aber ich nehme an, jetzt ist es endlich vorbei.«

Für eine ganze Weile blieb es still. Nach ihnen waren ein paar Leute aus der Kneipe gekommen und starrten in ihre Richtung. Julie aber war mit ihren Gedanken ganz woanders. Was hatte Richard gesagt? Dass er den ganzen Tag auf der Baustelle war? Sie hatte gar nicht richtig hingehört, aber nun fielen ihr die Worte wieder ein.

»Es ist vorbei«, sagte Mike noch einmal.

Julie lächelte gequält. »Er hat behauptet, er habe mich heute gar nicht beobachtet«, sagte sie. »Und auch nicht bei mir angerufen. Er sagte, er wisse nicht, wovon ich rede.«

»Hast du etwa erwartet, er würde es zugeben?«

»Ich weiß nicht. Ich habe vermutlich gar nichts erwartet.«

»Du bist aber immer noch sicher, dass er es war, oder?«

»Und ob.« Julie verstummte für einen Augenblick. »Ich glaub's zumindest.«

Er nahm ihre Hand. »Er war es. Ich hab's ihm angesehen.«

Julie starrte zu Boden. »Okay«, sagte sie.

»Nun komm schon, Julie! Oder willst du etwa, dass ich ins Grübeln komme, ob ich eben einen Kerl grundlos zusammengeschlagen habe? Er war es! Glaub's mir. Und falls er noch einmal etwas macht, gehen wir zur Polizei und erzählen denen alles, was passiert ist. Wir erwirken eine Unterlassungsverfügung, wir zeigen ihn an! Wir schöpfen alle Mittel aus. Außerdem: Wenn er es nicht war, was hat er dann heute Abend hier verloren? Warum hat er dir dann nicht mal Hallo gesagt? Du hast doch ganz in der Nähe gestanden.«

Julie schloss die Augen. Mike hat Recht, dachte sie. Er hat absolut Recht. Richard wäre von allein nie hergekommen. Hatte er nicht gesagt, es gefiele ihm hier nicht? Nein, er war nur hier, weil er sie hatte hineingehen sehen, weil er sie wieder beobachtet hatte. Und natürlich würde er lügen und alles abstreiten, wenn sie ihn anzeigte.

Aber warum hatte er sich diesmal offen gezeigt? Was hatte das zu bedeuten?

Obwohl der Abend warm war, fror Julie plötzlich.

»Vielleicht sollte ich auf jeden Fall zur Polizei gehen. Um Anzeige zu erstatten.«

»Keine schlechte Idee.«

»Kommst du mit?«

»Na klar.« Mike berührte zart ihr Gesicht. »Und, geht's dir besser?«

»Ein wenig.«

Mike fuhr ihr mit dem Finger über die Wange und neigte sich dann vor, um Julie zu küssen.

»Ich habe gesagt, ich lasse nicht zu, dass dir etwas passiert, und dazu stehe ich. Okay?«

Bei seiner Berührung bekam sie eine Gänsehaut. »Okay.«

In der Kneipe gelang es Richard endlich, wieder auf die Beine zu kommen. Andrea war als Erste bei ihm.

Sie hatte gesehen, wie Mike von der Bühne gehechtet war

und sich durch die Menge gedrängt hatte. Der Typ, mit dem sie gerade tanzte – wieder mal ein Loser, aber die Narbe an seinem Hals war irgendwie sexy –, schnappte sich ihre Hand und sagte: »Komm ... 'ne Prügelei!« Sie hefteten sich an Mikes Fersen, und obwohl sie von der Schlägerei selbst nichts mitbekamen, sah sie, wie Julie Mike kurz darauf wegführte, während Richard sich am Barhocker hochzog. Auch andere waren ihm behilflich, und aus den Worten der Umstehenden konnte sich Andrea zusammenreimen, was vorgefallen war.

»Er ist einfach auf den Typen losgegangen ...«

»Der stand da, ganz harmlos, als diese Lady ihn auf einmal anschrie, und dann kam auch schon der andere angestürmt ...«

»Er hat überhaupt nichts gemacht!«

Andrea sah die Platzwunde an seiner Wange, das Blut im Mundwinkel, und hörte abrupt auf, ihr Kaugummi zu kauen. Sie war fassungslos. Noch nie hatte sie erlebt, dass Mike laut wurde, geschweige denn dass er jemanden angriff. Er konnte zwar manchmal ziemlich mürrisch sein, aber gewalttätig wurde er nie. Doch nun hatte sie den Beweis für das Gegenteil vor sich. Und als sich Richard schwankend hochrappelte, reagierte sie instinktiv. *Er ist verletzt! Er braucht mich!* Sie stieß ihren Begleiter weg und stürzte sich förmlich auf Richard.

»O mein Gott ... sind Sie okay?«

Richard sah sie wortlos an, und da er leicht wankte, legte Andrea sogleich den Arm um seine Hüfte. Kein Gramm Fett am Leib, fiel ihr auf.

»Was ist passiert?«, fragte sie und merkte, wie ihr heiß wurde.

»Er hat mich geschlagen«, sagte Richard.

»Aber warum?«

»Keine Ahnung.«

Er wankte wieder und stützte sich dann auf Andrea.

Er legte seinen Arm um ihre Schulter. Ebenfalls muskulös, vermerkte sie.

»Sie müssen sich hinsetzen. Kommen Sie – ich helfe Ihnen.«

Sie machten einen zögerlichen Schritt, und die Menge vor ihnen teilte sich. Das gefiel Andrea. Es war fast, als befänden sie sich in der Schlussszene eines Films, kurz vor dem Abspann. Geschmeichelt klimperte sie mit den Wimpern, als plötzlich Leaning Joe mit seiner Prothese angehumpelt kam, um Richard ebenfalls zu helfen.

»Kommen Sie«, bellte er. »Ich bin der Besitzer hier. Wir müssen uns unterhalten.«

Er lotste Richard fort, und da er plötzlich die Richtung änderte, wurde Andrea abgedrängt und musste Richard loslassen. Wenig später waren die beiden Männer an einem Tisch ins Gespräch vertieft.

Andrea, ärgerlich über die verpatzte Gelegenheit, behielt sie von weitem im Auge. Als ihr Begleiter wieder zu ihr trat, hatte sie längst entschieden, was sie tun musste.

So einen Tag wollte Julie nie wieder erleben.

Seit dem Morgen hatte sie ein wahres Wechselbad der Gefühle durchlebt. Insgesamt kam dieser Tag, wenn sie eine Rangliste erstellte, auf Platz eins der Kategorie Angst (schlimmer als ihre erste Nacht unter einer Autobahnbrücke in Daytona), auf Platz drei in der Sparte Verzagtheit (Jims Todestag und die Beerdigung rangierten nach wie vor auf den obersten Plätzen) und auf Platz eins, was die Kategorie allgemeine Erschöpfung anging. Hinzu kamen einige Prisen Liebe, Wut, Tränen, Gelächter, Überraschung, Erleichterung und die permanente Unruhe bei dem Gedanken, was wohl als Nächstes geschehen mochte.

In der Küche löffelte Mike koffeinfreies Kaffeepulver in den Filter. Auf der Fahrt war er schweigsam gewesen und er sagte auch jetzt kaum etwas. Gleich nach ihrer Ankunft hatte er um Aspirin gebeten und dann vier Tabletten mit einem Glas Wasser hinuntergespült.

Julie saß am Tisch, Singer lehnte sich an sie. Geduldig wartete er, dass sie ihm die Aufmerksamkeit schenkte, die er seiner Ansicht nach in letzter Zeit nur relativ selten bekam.

Mike hatte völlig Recht. Das Ganze war bestimmt geplant gewesen, und mehr noch, Richard hatte ihre Reaktion mit einkalkuliert. Keine Frage. Seine Antworten, seine Lügen kamen ihm so rasch, so *glatt* über die Lippen – es konnte gar nicht anders sein.

Und Richard hatte sich überhaupt nicht gewehrt.

All dies beschäftigte sie. Besonders dieser letzte Aspekt beschäftigte sie.

Irgendetwas ergab an der Sache keinen rechten Sinn. Mike mochte ja das Überraschungsmoment auf seiner Seite gehabt haben, aber *so* überraschend kam der Schlag nun auch wieder nicht. Sie selbst hatte Mike kommen sehen und sich in Sicherheit bringen können, aber Richard hatte nicht nur keinerlei Gegenwehr geleistet, er hatte sich überhaupt nicht gerührt! Wenn Richard *ihr* Verhalten vorausgesehen hatte, hätte er da nicht auch Mikes Reaktion mit einkalkuliert? Oder zumindest geahnt? Warum war er dann so passiv geblieben?

Und warum kam es ihr vor, als hätte er auch dies eingeplant?

»Ist Ihnen wirklich nicht schwindelig? Üble Beule, die Sie da haben«, sagte Leaning Joe.

Er stand mit Richard an der Tür des Clipper. Richard schüttelte den Kopf. »Ich will nur nach Hause.«

»Ich rufe Ihnen gern einen Krankenwagen«, bot Leaning Joe an. Richard deutete seine Worte allerdings eher als: *Bitte verklagen Sie mich nicht.*

»Schon gut«, sagte Richard genervt. Er stieß die Tür auf, trat hinaus ins Dunkel und warf einen raschen Blick auf den Parkplatz. Keine Polizei. Auch sonst lag der Parkplatz still da, und Richard machte sich auf den Weg zu seinem Auto.

Im Näherkommen sah er, dass jemand an dem Wagen lehnte.

»Hi, Richard«, sagte Andrea.

Richard zögerte kurz. »Hallo, Andrea.«

Andrea reckte das Kinn und sah ihm in die Augen. »Geht es Ihnen besser?«

Richard zuckte nur die Achseln.

Andrea räusperte sich. »Ich weiß, es klingt vielleicht seltsam, nach dem, was eben vorgefallen ist, aber könnten Sie mich wohl nach Hause fahren?«

Richard ließ seinen Blick schweifen. Niemand da.

»Wo ist denn Ihr Begleiter?«

Andrea wies mit dem Kopf in Richtung Clipper. »Ist noch da drinnen. Hab ihm gesagt, ich müsste mal für kleine Mädchen.«

Richard zog eine Augenbraue hoch, sagte aber nichts.

Andrea trat einen Schritt auf ihn zu. Als sie vor ihm stand, hob sie langsam die Hand und berührte die Wunde an seiner Wange, ohne den Blick von ihm abzuwenden.

»Bitte«, flüsterte sie.

»Wie wär's, wenn wir stattdessen noch woanders hingehen?«

Sie legte den Kopf schräg, als überlege sie, was Richard meinte.

Er lächelte. »Vertrau mir.«

Die Kaffeemaschine in Julies Küche brodelte vor sich hin. Mike setzte sich an den Tisch.

»Woran denkst du?«, fragte er.

Daran, dass an allem, was sich heute Abend abgespielt hat, irgendetwas faul ist, dachte Julie. Weil Mike ihr aber sowieso nicht zustimmen würde, sprach sie das nicht aus. »Ich gehe bloß alles noch einmal durch. Die Sache spukt mir einfach ständig durch den Kopf, weißt du?«

»Ja, mir auch.«

Die Kaffeemaschine piepste, und Mike stand auf und goss zwei Tassen ein. Singer spitzte die Ohren und trottete ins Wohnzimmer. Julie sah ihm nach. Bei ihrem überstürzten Aufbruch einige Stunden zuvor hatte sie die Vorhänge nicht zugezogen. Jetzt sah sie, dass ein Auto die Straße entlangkam. So spät nachts war hier sonst kaum Verkehr.

Singer lief zum Fenster. Und dann machte der Wagen Halt. Motten und Insekten schwirrten im Licht der Scheinwerfer, es sah aus, als bestünden die Lichtkegel aus wirbelnden Fingern. Singer bellte einmal und knurrte dann.

Das Auto stand offenbar vor ihrem Haus.

Julie setzte sich kerzengerade hin. Sie hörte den Motor heulen, dann erlosch das Licht unvermittelt. Eine Autotür wurde zugeknallt.

Er ist hier, dachte Julie. Richard ist hergekommen.

Mike sah zum Fenster.

Singer knurrte immer lauter, sein Nackenfell sträubte sich. Mike legte Julie beruhigend die Hand auf die Schulter und ging los in Richtung Tür.

Singer geriet völlig außer Rand und Band. Und dann geschah etwas Unerwartetes. Das Geräusch war alltäglich und überraschend zugleich. Jemand klopfte an die Tür. Mike drehte sich mit einem fragenden Blick zu Julie um.

Er lugte aus dem Fenster, und Julie sah, wie er die Schultern sinken ließ. Doch als er abermals zu Julie sah, wirkte er erleichtert. Er tätschelte Singer den Rücken und sagte: »Schsch, alles in Ordnung.« Singer hörte auf zu knurren.

Mike öffnete die Tür, und Julie sah zwei Polizisten auf der Veranda stehen.

Officer Jennifer Romanello war neu in der Stadt und neu in dem Job. Sie freute sich schon auf den Tag, an dem sie ihren eigenen Streifenwagen fahren durfte, und sei es nur, um dem Typen zu entrinnen, mit dem sie zusammenarbeitete. Nachdem sie den Großteil ihrer Polizeiausbildung in Jacksonville absolviert hatte, war sie vor nicht ganz einem Monat nach Swansboro gekommen. Seit zwei Wochen fuhr sie nun mit Pete Gandy Streife und hatte noch vier Wochen vor sich – als Anfänger im Polizeidienst musste man zum Abschluss der Ausbildung die ersten sechs Wochen mit einem erfahrenen Kollegen zusammenarbeiten. Doch wenn sie noch einmal seine Lieblingsphrase hören müsste, würde sie ihn vermutlich erwürgen.

Pete Gandy stellte den Motor ab und spähte zu ihr hinüber.

»Überlassen Sie die Sache mir«, sagte er. »Sie müssen den Dreh ja erst noch rauskriegen.«

Ich bringe ihn wirklich um, dachte sie.

»Soll ich im Wagen warten?«

Es sollte ein Scherz sein, aber das entging Pete natürlich. Sie sah, wie er den Arm anspannte. Pete hielt große Stücke auf seinen Bizeps. Er musterte sich auch mit Vorliebe kurz im Rückspiegel, bevor er in Aktion trat.

»Nein, kommen Sie ruhig mit. Aber überlassen Sie einfach mir das Reden. Und halten Sie schön die Augen auf, Kleine.«

Er sagte es in einem Tonfall, als wäre er alt genug, um ihr Vater zu sein. Dabei tat er seit gerade einmal zwei Jahren Dienst. Obwohl Swansboro alles andere als eine Brutstätte der Schwerkriminalität war, hatte Pete die Theorie entwickelt, dass die Mafia langsam die Stadt unterwanderte und dass er dem einen Riegel vorschieben musste. Petes absoluter Lieblingsfilm war *Serpico*. Aus dem Grund war er auch Polizist geworden.

Jennifer schloss die Augen. Warum musste sie ausgerechnet an diesen Schwachkopf geraten?

»Wie Sie meinen«, sagte sie resigierend.

»Sie sind doch Mike Harris?«, fragte Officer Gandy.

Pete Gandy hatte sich in seine »Ich weiß, die Uniform schüchtert dich ein«-Pose geworfen, und Jennifer hätte ihm am liebsten einen Schlag gegen den Hinterkopf verpasst. Sie wusste, dass Pete seit Jahren mit Mike und Julie bekannt war – im Wagen erwähnte er, dass sich Mike um sein Auto kümmerte und dass er sich im Salon die Haare schneiden ließ. Er hatte nicht einmal Julies Adresse raussuchen müssen. Typisch Kleinstadtleben, dachte sie seufzend. Für jemanden wie sie, der aus der Bronx stammte, war dies eine ganz neue Welt, und sie musste sich wahrlich erst daran gewöhnen.

»O hallo, Pete«, sagte Mike. »Was kann ich für Sie tun?«

»Können wir kurz reinkommen? Wir müssen mit Ihnen reden.«

»Klar«, sagte Mike.

Die beiden Polizisten sahen zögernd auf Singer hinunter. »Keine Sorge, der tut Ihnen nichts«, beruhigte Mike sie.

Sie traten ins Wohnzimmer, und Mike wies mit dem Daumen über die Schulter. »Möchten Sie Kaffee? Hab gerade eine frische Kanne gekocht.«

»Nein, danke. Wir dürfen im Dienst nichts trinken.«

Jennifer verdrehte die Augen und dachte: Das gilt doch nur für Alkohol, du blöder Affe.

Inzwischen war Julie aus der Küche gekommen und stand mit verschränkten Armen in der Tür. Singer lief zu ihr und ließ sich neben ihr nieder.

»Warum sind Sie hier, Pete?«, fragte sie.

Officer Gandy schätzte es nicht, Pete genannt zu werden, wenn er Uniform trug, und war kurz unschlüssig, wie er auf die vertrauliche Anrede reagieren sollte. Er räusperte sich.

»Waren Sie heute Abend im Sailing Clipper, Mike?«

»Ja. Ich habe da mit Ocracoke Inlet gespielt.«

Pete warf Jennifer einen Blick zu, als hätte er eine große Leistung vollbracht. Oh, dachte sie, tolle Sache. Das haben ja auch erst eine Million Leute bezeugt.

»Und waren Sie in eine Auseinandersetzung mit einem gewissen Mr Richard Franklin verwickelt?«

Bevor Mike antworten konnte, trat Julie ins Wohnzimmer.

»Jetzt sagen Sie endlich, was hier vorgeht«, fauchte sie.

Nun kam Pete Gandys großer Moment. Das war bei weitem das Beste an dem Job – abgesehen von den Situationen, wenn er die Knarre ziehen konnte –, selbst wenn er es bei jemandem tat, den er kannte. Dienst blieb schließlich Dienst, und ließ er die kleinen Dinge erst einmal schleifen, würde sich Swansboro im Nu zu Sodom und Gomorrha entwickeln. Allein im letzten Monat hatte er ein Dutzend Strafzettel wegen achtlosem Betreten der Straße verteilt, und ein weiteres Dutzend an Abfallsünder.

»Nun, Sir, ich tue das wirklich äußerst ungern, aber es gibt eine Anzahl Zeugen, die berichten, Sie hätten Mr Franklin grundlos angegriffen. Das verstößt gegen das Gesetz.«

Zwei Minuten später wurde Mike zum Streifenwagen abgeführt.

– 28 –

Sie haben ihn ins Gefängnis gebracht?«, fragte Mabel ungläubig.

Es war Montagmorgen, und Mabel, die übers Wochenende bei ihrem Bruder in Atlanta gewesen war, hatte bisher noch nichts von der Geschichte mitbekommen. Deshalb hatte Julie sie in den letzten zehn Minuten auf den neuesten Stand gebracht. Andrea schnitt bereits einem Kunden die Haare und spitzte angestrengt die Ohren. Seit Julie ihren Bericht begonnen hatte, war ihr Lächeln erloschen, und je mehr sie hörte, desto lieber hätte sie Julie ihre Meinung gesagt, nämlich dass sie keine Ahnung hatte.

Richard war nicht gefährlich! Mike hatte *ihn* angegriffen! Außerdem hatte Richard gar kein Interesse mehr an Julie, sondern sich endlich für die Richtige entschieden. Und wie romantisch er war! Er war mit ihr zum Strand gefahren, und sie hatten stundenlang geplaudert. Und er war nicht mal zudringlich geworden! Kein Mann hatte sie je mit so viel Achtung behandelt. Und wie süß er war! Er bat sie, Julie nichts zu erzählen, weil er ihre Gefühle nicht verletzen wollte. Sah das einem Spinner ähnlich, der anderen Leuten nachstellte? Natürlich nicht! Er hatte zwar später ihr Angebot, noch mit ins Haus zu kommen, abgelehnt, aber sie war trotzdem sicher, dass er sie sehr mochte.

Julie erzählte Mabel immer noch die Gefängnis-Geschichte. Sie war blass im Gesicht, als hätte sie zu wenig geschlafen.

»Pete Gandy hat ihn eine Stunde lang vernommen, und später hat Henry ihn dann gegen Kaution ausgelöst.«

Mabel war verblüfft. »Pete Gandy? Was fällt dem denn ein? Hat er Mike nicht zugehört?«

»Kam mir nicht so vor. Er hat laufend versucht, das Ganze als eine Art Eifersuchtsdrama hinzustellen. Hat ständig nach dem *wahren* Grund gefragt, wieso Mike auf Richard losgegangen ist.«

»Hast du ihm erzählt, was vorher war?«

»Das habe ich versucht, aber es schien ihm nicht relevant.«

Mabel warf ihre Tasche auf den mit Zeitschriften übersäten Tisch. »So ein Idiot! Aber so ist er ja immer schon gewesen. Wird mir ewig ein Rätsel bleiben, wie so einer Polizist werden konnte.«

»Mag sein, aber das hilft Mike auch nicht. Und mir ebenfalls nicht.«

»Wie geht's denn jetzt weiter? Wird Mike angeklagt?«

»Keine Ahnung. Wir werden es heute erfahren, schätze ich. Er hat später einen Termin mit Steven Sides.«

Steven Sides war ein ortsansässiger Anwalt, Mabel kannte seine Familie schon seit Jahren.

»Gute Wahl. Hast du ihn mal kennen gelernt?«

»Nein, aber Henry kennt ihn. Hoffentlich kann der sich irgendwie mit dem Staatsanwalt einigen.«

»Und was machst du jetzt? Wegen Richard?«

»Ich lasse heute meine Telefonnummer ändern.«

»Das ist alles?«

»Ich weiß nicht, was ich sonst noch tun soll. Pete hat mir gar nicht zugehört, er meinte bloß, ich sollte es melden, falls noch einmal etwas ›Seltsames‹ passiert.«

»Hat Richard denn gestern wieder angerufen?«

»Nein, zum Glück nicht.«

»Und du hast ihn auch nicht gesehen?«

»Nein.«

Andrea runzelte die Stirn und dachte: Natürlich nicht, weil er jetzt an mich denkt. Nun hört auf, über ihn herzuziehen.

»Du glaubst also, er hat das Ganze arrangiert, ja?«, fragte Mabel.

»Ich glaube, er hatte *alles* geplant, selbst die Auseinandersetzung am Samstagabend. Ich glaube, für ihn ist das alles ein Spiel.«

Mabel schaute ihr tief in die Augen. »Es ist kein Spiel, Julie«, sagte sie.

Julie zögerte kurz mit der Antwort.

»Ich weiß«, sagte sie.

»Also, wie hat er sich aufgeführt?«, fragte Henry. »Bei der Vernehmung, meine ich.«

Sie saßen bei geschlossener Tür in Henrys Büro. Mike stieß entnervt die Luft aus.

»Schwer zu sagen.«

»Wie meinst du das?«

»Es war, als hätte er bereits eine genaue Vorstellung davon, wie das Ganze abgelaufen war, und als könnte ich ihn mit nichts umstimmen.«

»Die Telefonanrufe fand er nicht wichtig? Oder den Umstand, dass dieser Kerl euch vorher beobachtet hat?«

»Nein. Es kam ihm wohl vor, als bausche Julie die Sache unverhältnismäßig auf. Alle Menschen gehen einkaufen, sagte er, und sie lassen sich auch die Haare schneiden. Nichts dabei.«

»Und wie war seine Kollegin?«

»Keine Ahnung. Pete hat sie gar nicht zu Wort kommen lassen.«

Henry trank einen Schluck Kaffee. »Tja, ich fürchte, du steckst wirklich in der Tinte«, sagte er. »Nicht, dass ich dir einen Vorwurf daraus mache. An deiner Stelle hätte ich dasselbe getan.«

»Was meinst du, wie es weitergeht?«

»Nun, dass du im Knast landest, glaube ich nicht, falls du das wissen willst.«

»Das meine ich nicht.«

Henry sah ihn an. »Du meinst mit Richard?«

Mike nickte.

Henry stellte seinen Becher auf den Tisch. »Das wüsste ich auch gern, Brüderchen«, sagte er.

Officer Jennifer war schon wieder mit den Nerven fertig, dabei hatte ihr Dienst mit Officer Pete an diesem Morgen erst eine halbe Stunde zuvor begonnen. Sie war früher zur

Arbeit erschienen, um die Protokolle von Sonntag fertig zu stellen. Officer Pete hatte es bisher versäumt, denn, so sagte er: »Ich hab zu viel damit zu tun, auf den Straßen für Sicherheit zu sorgen, als dass ich meine ganze Schicht lang am Schreibtisch hocken könnte. Und außerdem kriegen Sie so den Dreh raus.«

In den zwei Wochen ihrer Zusammenarbeit hatte Jennifer so gut wie nichts über den Job gelernt, abgesehen davon, dass Pete lästige Arbeit mit Vorliebe auf sie abwälzte, um mehr Zeit dafür zu haben, vor dem Spiegel Hanteln zu stemmen. Doch eines wusste sie bereits mit Sicherheit: Der Mensch war absolut unfähig, wenn es darum ging, eine Vernehmung durchzuführen.

Die Sache mit diesem Mike war dafür ein glänzendes Beispiel.

Jennifer war kein Genie, aber sie hatte auch so gemerkt, wie verängstigt Mike und Julie waren, und zwar nicht, weil Mike mitten in der Nacht zur Vernehmung aufs Revier musste. Nein, vor Richard Franklin hatten sie Angst, und sollten ihre Schilderungen wahrheitsgemäß sein, ängstigten sie sich zu Recht, fand Jennifer. Pete Gandy hatte so viel Instinkt wie ein Holzpfosten, Jennifer aber verfügte über ein feines Gespür, selbst als Anfängerin. Schließlich war sie mit derlei Geschichten aufgewachsen.

Jennifer kam aus einer Polizistenfamilie. Ihr Vater war ein Cop, ihr Großvater auch, und ihre beiden Brüder ebenfalls, und alle lebten noch in New York. Warum sie selbst hier an der Küste North Carolinas gelandet war, hatte verschiedene Gründe: das College, ein lästiger Exfreund, das Bedürfnis, es auf eigene Faust zu schaffen, sowie der Wunsch, mal einen anderen Bundesstaat kennen zu lernen. Vor ungefähr sechs Monaten ergab sich dann plötzlich eine Möglichkeit. Erst hatte sie sich spontan an der Polizeiakademie beworben, dann wurde sie zu ihrer Überraschung für den in Swansboro ausgeschriebenen Posten angenommen. Bei allem Stolz, dass sie sich auch »den Guten« anschloss, war ihr Vater doch entsetzt, dass sie nach North Carolina ging. »Da kauen alle Tabak und essen Hafergrütze und nennen jede Frau *Darlin'*!

Wie soll ein nettes italienisches Mädel wie du dazupassen?«

Doch seltsamerweise fiel es ihr überhaupt nicht schwer, sich einzugewöhnen. Bisher war es viel besser als erwartet, besonders die Menschen, die – das musste man sich mal vorstellen – so freundlich waren, dass sie vom Auto aus Fremden zuwinkten. Alles gefiel Jennifer – bis auf Pete Gandy. Aus dem Augenwinkel sah sie, wie er schon wieder die Muskeln am Arm spielen ließ, und bei jedem Auto, an dem sie vorbeifuhren, nickte er dem Fahrer mit einem Blick zu, der besagte: *Schön langsam, Freundchen.*

»Und, was halten Sie von Mike Harris' Aussage?«, fragte Jennifer schließlich.

Vor lauter Nicken brauchte Pete eine Weile, bis er merkte, dass sie etwas gesagt hatte.

»Oh, na ja, äh … er hat sich rausgeredet«, erwiderte er. »Kennt man einen, kennt man alle. Bei solchen Kerlen hat immer der andere Schuld. Kein Verbrecher ist je schuldig, und falls doch, hat er eine völlig vernünftige Erklärung auf Lager. Wenn Sie erst mal den Dreh raushaben, werden Sie das auch ziemlich schnell erkennen.«

»Aber haben Sie nicht gesagt, dass Sie ihn kennen, und dass er eigentlich immer eher ein ruhiger Typ war?«

»Spielt keine Rolle. Gesetz ist Gesetz, das gilt für alle.«

Seine Worte sollten klug und weltläufig und vor allem fair klingen, aber in Wahrheit traf nicht eines dieser Adjektive auf Pete zu. Klug und weltläufig? Der Mann hielt Wrestling für einen echten Sport! Und Fairness schien nicht einmal in seinem Wortschatz vorzukommen: Einen jener Strafzettel für achtloses Betreten der Straße hatte er einer alten Dame verpasst, die sich mit ihrer Gehhilfe über die Straße mühte. Und als sie selbst bei Mike Harris' Vernehmung eine Frage stellen wollte, hatte Pete sie mit einem Wink zum Schweigen verdonnert und bemerkt: »Diese junge Dame hier muss den Dreh bei Vernehmungen erst noch rauskriegen. Beachten Sie sie nicht.«

Wären sie nicht im Revier gewesen, hätte Jennifer ihn dafür zurechtgestutzt. Auch so wäre ihr um ein Haar eine bissige Bemerkung herausgerutscht. Junge Dame? Sobald ihre Ausbildung vorbei war, würde sie Pete Gandy dafür büßen lassen, gelobte sie sich.

Aber bis dahin musste sie sich zusammenreißen. Außerdem gab es Wichtigeres. Mike Harris und Richard Franklin, um die beiden ging es hier. Und natürlich um Julie Barenson.

Sie hatte das Gefühl, dass Richard in Wahrheit nicht das unschuldige Opfer war. Weder Julie noch Mike machten auf sie den Eindruck von Lügnern.

»Finden Sie nicht, wir sollten den Vorwürfen zumindest mal nachgehen? Was ist, wenn die beiden die Wahrheit gesagt haben?«, hob sie erneut an.

Pete stieß einen gelangweilten Seufzer aus. »Dann hätten sie aufs Revier kommen und Anzeige erstatten sollen. Haben sie aber nicht getan. Und sie haben zugegeben, keinerlei Beweise zu haben. Julie Barenson wusste ja nicht mal mit Sicherheit, ob Franklin der Anrufer war. Was also folgern Sie daraus?«

»Aber …«

»Dass das Ganze vermutlich pure Erfindung ist. Hören Sie, die Verhaftung war 1A, und wir haben ihn auf frischer Tat ertappt.«

Jennifer versuchte es noch einmal. »Aber Julie Barenson wirkte verängstigt, finden Sie nicht?«

»Klar doch. Ihr Schatz saß ja gerade hinter Schloss und Riegel. Da hätten Sie vermutlich auch Angst. Ginge doch jedem so.«

»Die Polizei in New York …«

Pete Gandy winkte ab. »Keine Storys aus New York mehr, okay? Hier unten läuft vieles anders. Hier gerät das Blut leichter in Wallung. Wenn Sie den Dreh erst mal raushaben, werden Sie merken, dass so gut wie jeder mit irgendeiner Fehde oder Vendetta zu tun hat, und da mischt sich das Gesetz nur ungern ein. Es sei denn, die Sache läuft aus dem Ruder, wie in diesem Fall. Im Übrigen habe ich heute Morgen, bevor Sie reinkamen, mit dem Chef gesprochen. Er erzählte, er hätte einen Anruf vom Anwalt bekommen, und dass sie versuchen würden, sich irgendwie zu einigen. Also denke ich, die

Sache ist damit so gut wie gelaufen. Zumindest, was uns betrifft. Wenn sie nicht vor Gericht landet.«

Jennifer sah ihn an. »Wovon reden Sie?«

Pete zuckte die Achseln. »Mehr hat er nicht gesagt.«

Es ging ihr enorm gegen den Strich, wie Officer Gandy ihr Informationen über Fälle vorenthielt, an denen sie gerade arbeiteten.

Doch sie schwieg, und Pete begann wieder mit seiner Nickerei.

Jennifer schüttelte den Kopf. Vollidiot.

Ihre Gedanken kehrten erneut zu Mike und Julie zurück, und sie fragte sich, ob sie wohl noch einmal mit ihnen reden sollte, am besten, wenn Pete nicht dabei war.

Henry stand im Büro neben Mike und hörte zu, wie sein Bruder mit dem Anwalt telefonierte. »Sie wollen mich wohl auf den Arm nehmen!«, sagte er, und dann: »Das ist nicht Ihr Ernst« und »Das fasse ich nicht!« Mike tigerte in dem kleinen Raum auf und ab, riss immer wieder ungläubig die Augen auf und wiederholte ständig diese Sätze. Schließlich biss er die Zähne zusammen, antwortete knapp auf Fragen und legte dann endlich auf.

Reglos stand er da, starrte auf das Telefon und fuhr sich geistesabwesend mit der Zunge über die Zähne.

»Was war denn da los?«, fragte Henry.

»Er sagt, er hätte soeben von Richard Franklins Anwalt gehört«, sagte er.

»Und?«

Mike konnte Henry nicht anschauen. Er blickte zur Tür, aber alles verschwamm vor seinen Augen. »Er sagte, sie hätten vor, eine einstweilige Unterlassungsanordnung gegen mich anzustrengen, bis der Fall geklärt ist. Er sagt, Richard Franklin fühlt sich von mir bedroht.«

»Von dir?«

»Außerdem wollen die mir eine Zivilklage anhängen.«

»Das ist doch wohl ein Witz.«

»Hab ich auch gesagt. Aber nach Aussage des anderen Anwalts ist Richard immer noch benommen von dem Schlag.

Angeblich dachte er Samstagabend, ihm fehle nichts und er könne allein nach Hause fahren. Aber Sonntag früh konnte er nicht mehr klar sehen und ihm war so schwindelig, dass er ein Taxi rufen und sich ins Krankenhaus bringen lassen musste. Ich hätte ihm eine Gehirnerschütterung zugefügt, behauptet sein Anwalt.«

Henry machte eine ungeduldige Handbewegung. »Hast du ihm gesagt, dass Richard lügt? Ich meine, nichts gegen dich, das war bestimmt ein guter Schlag, aber gleich gut genug für eine Gehirnerschütterung?«

Mike zuckte die Achseln. Es fiel ihm immer noch schwer, das alles zu verdauen, zu begreifen, wie diese Sache so plötzlich außer Kontrolle geraten konnte. Er hatte doch lediglich dafür sorgen wollen, dass Richard aufhörte, Julie zu belästigen. Und jetzt galt er als Verbrecher, weil er das einzig Richtige getan hatte.

Mike stand auf. »Ich muss mit Julie reden«, verkündete er und stürmte türenknallend hinaus.

Als Mike im Salon ankam, stellte Julie fest, dass sie ihn noch nie so wütend erlebt hatte.

»Ist doch lächerlich!«, wiederholte er laufend. »Ich meine, wozu gibt es die Polizei, wenn die wegen diesem Typen nichts unternehmen? Verdammt, das Problem bin doch nicht *ich*, sondern er.«

»Ich weiß«, besänftigte Julie ihn.

»Ist denen denn nicht klar, dass ich mir so eine Geschichte nie ausdenken würde? Wissen die nicht, dass ich dem Kerl nicht auf den Leib gerückt wäre, wenn er's nicht verdient hätte? Plötzlich bin *ich* derjenige, der sich verteidigen muss! *Ich* bin derjenige, der auf Kaution draußen ist. *Ich* bin derjenige, der einen Anwalt anheuern muss. Und der Typ kann machen, was er will!«

Julie schwieg zunächst, und Mike schien auch gar nicht auf eine Antwort aus zu sein. Schließlich nahm sie seine Hand und streichelte sie, bis er etwas ruhiger wurde.

»Du hast Recht, es ist widersinnig«, sagte sie. »Und es tut mir sehr Leid.«

Trotz ihrer Berührung konnte Mike ihr nicht in die Augen sehen. »Mir auch«, sagte er. »Weil ich bei der Polizei alles verdorben habe. Das macht mir wirklich Sorgen. Mit meinem Teil der Geschichte komme ich schon zurecht, aber was ist mit dir? Wegen mir glaubt die Polizei deine Geschichte nicht.«

Julie wollte nicht weiter darüber nachdenken. Den ganzen Morgen zermarterte sie sich schon den Kopf. Die Sache war ganz nach Richards Wunsch verlaufen. Julie war sicherer denn je, dass er das alles geplant hatte.

»Es ist so ungerecht«, sagte Mike.

»Hat der Anwalt sonst noch etwas gesagt?«

Mike zuckte mit den Schultern. »Nur das Übliche. Dass vorerst noch kein Grund zur Sorge bestehe.«

»Der hat gut reden.«

Mike ließ Julie los und atmete tief durch. »Genau.« Es klang müde und niedergeschlagen. Julie sah zu ihm hoch.

»Kommst du trotzdem heute Abend vorbei?«

»Wenn du möchtest? Wenn du mir nicht zu böse bist ...«

»Ich bin dir nicht böse. Das wäre ich aber, wenn du nicht kämst. Heute Abend will ich wirklich nicht allein sein.«

Steven Sides' Kanzlei befand sich nicht weit vom Gericht entfernt. Mike wurde in einen getäfelten Raum geführt, den ein großer rechteckiger Tisch sowie Regale voller Gesetzesbücher beherrschten. Er nahm Platz. Kurz darauf trat der Anwalt durch die Tür.

Steven Sides war fünfzig Jahre alt, hatte ein rundes Gesicht und schwarzes, an den Schläfen ergrauendes Haar. Er trug einen teuren Anzug, ein italienisches Fabrikat aus Seide, der aber so zerknittert war, als wäre er nach dem letzten Tragen nicht aufgehängt worden. Sides' leicht aufgedunsene Haut und die rote Nasenspitze ließen darauf schließen, dass er nachmittags gern einen Cocktail oder auch zwei trank. Doch insgesamt strahlte er eine Ruhe aus, die Mike Vertrauen einflößte. Sides sprach langsam und bedächtig, jedes Wort schien genau abgewogen. Er ließ Mike ein paar Minuten toben und stellte ihm dann eine Reihe gezielter Fragen, um zum Kern der Geschichte zu gelangen. Bald hatte Mike ihm alles geschildert.

Anschließend legte Steven Sides seinen Stift auf den Notizblock und lehnte sich zurück.

»Wie ich schon am Telefon sagte, über den Streit vom Samstag würde ich mir vorerst keine Sorgen machen. Ich bin gar nicht sicher, ob der Bezirksstaatsanwalt ein Verfahren anstrengen wird, und zwar aus diversen Gründen.« Er zählte die Punkte einzeln auf. »Sie sind nicht vorbestraft, genießen Ansehen in der Stadt und könnten, wie er sehr wohl weiß, Dutzende Bürgen für Ihren guten Leumund auftreiben. Also fände er wohl kaum eine Jury, die Sie für schuldig befinden würde. Und wenn ich ihm erst einmal darlege, was Sie so weit getrieben hat, erscheint eine Strafverfolgung noch zweifelhafter, selbst wenn es keine Beweise für die Belästigung gibt. Auf Geschworene würde die Geschichte ihre Wirkung trotzdem nicht verfehlen, und darüber ist er sich garantiert im Klaren.«

»Aber was ist mit der Zivilklage?«

»Das ist etwas anderes, doch unmittelbar wird sich da auch nichts tun. Falls der Bezirksstaatsanwalt kein Verfahren eröffnet, hilft das Franklin nicht weiter. Falls der Bezirksstaatsanwalt jedoch ein Verfahren anstrengt und den Fall verliert, sieht es ebenfalls nicht gut aus. Höchstwahrscheinlich ziehen Franklin und sein Anwalt nur mit der Zivilklage vor Gericht, wenn er den ersten Prozess gewinnt, und wie gesagt, das kann ich mir kaum vorstellen. Sie, Mike, dachten, Julie befände sich in Schwierigkeiten und haben reagiert. Den meisten Menschen erschiene das, wie immer man es moralisch beurteilen mag, absolut logisch. Und die Unterlassungsanordnung ist nur Show. Ich nehme an, um Richard Franklin einen Bogen zu machen, wird Ihnen nicht schwerfallen.«

»Kein bisschen. Ich wollte mit dem Typen noch nie etwas zu tun haben.«

»Schön. Aber überlassen Sie den Staatsanwalt mir, okay? Und kein Wort mehr zur Polizei. Verweisen Sie die einfach an mich, ich kümmere mich dann darum.«

Mike nickte. »Sie glauben also wirklich nicht, dass ich mir Sorgen machen muss?«

»Im Moment jedenfalls nicht. Sorgen würde ich mir an Ihrer Stelle höchstens wegen Richard Franklin machen.«

Sides beugte sich mit ernstem Gesicht vor. »Was ich Ihnen jetzt sage, bleibt unter uns, okay? Und ich sage es Ihnen auch nur, weil Sie ein anständiger Kerl zu sein scheinen.«

Nach kurzem Zögern nickte Mike.

»Die Polizei arbeitet zuverlässig, wenn es um Einbruch oder Mord geht. Dafür wurde das System eingerichtet – um Gesetzesbrecher zu schnappen. Doch selbst mithilfe der neuen Gesetze gegen Belästigung kann die Polizei nichts Richtiges unternehmen, falls jemand Sie ins Visier nimmt und gleichzeitig darauf achtet, keine Spuren zu hinterlassen. Wenn einer es darauf abgesehen hat, Ihnen Schaden zuzufügen, stehen Sie ziemlich allein da. Also werden Sie sich selbst darum kümmern müssen.«

»Sie meinen also, Richard Franklin will Julie womöglich Schaden zufügen?«

»Das ist nicht die richtige Frage. Die Frage ist, ob Sie das glauben? Falls ja, müssen Sie bereit sein. Denn wenn Franklin es geschickt anstellt, wird Ihnen niemand helfen können.«

Nach dieser Unterredung war Mike mulmig zumute. Sides war zweifellos ein intelligenter Mann, und seine Warnung versetzte Mikes Erleichterung über die rechtliche Lage einen Dämpfer.

Mike blieb an seinem Pick-up stehen und rief sich noch einmal Richards Gesicht im Clipper vor Augen. Als er sich das Grinsen vergegenwärtigte, wusste er, dass Richard nicht aufgeben würde.

Im Gegenteil, er fing gerade erst an.

Beim Einsteigen hörte Mike wieder Sides' Stimme.

Niemand wird Ihnen helfen können.

Abends versuchten sich Mike und Julie so normal wie möglich zu verhalten. Auf dem Heimweg aßen sie eine Pizza und schauten sich dann zu Hause einen Film an, doch sobald ein Auto die Straße entlangkam, saßen sie beide starr vor Schreck da, bis es vorbeigefahren war. Sie hatten die Vorhänge zugezogen und ließen Singer nicht nach draußen. Und sogar er ließ sich von ihrer Unruhe anstecken. Er streifte durchs Haus, als sei er auf Patrouille, ohne einen Laut von sich zu geben. Selbst wenn er die Augen schloss, um zu dösen, blieb ein Ohr wachsam aufgestellt.

Ungewöhnlich an dem Abend war nur, dass er so ruhig verlief. Wegen der geänderten Nummer blieb das Telefon stumm. Julie hatte entschieden, die Nummer zunächst nur einem kleinen Kreis von Menschen anzuvertrauen, und Mabel gebeten, sie nicht an Kundinnen weiterzugeben. Wenn Richard nicht mehr durchkommt, dachte sie, kapiert er es vielleicht endlich.

Julie rutschte unruhig auf dem Sofa herum. Vielleicht.

Nach dem Film hatte sie Mike auf sein Treffen mit dem Anwalt angesprochen, worauf Mike Sides' Worte wiedergab – das heißt, seine Ansicht, Mike hätte keinen besonderen Grund zur Sorge. Julie schloss jedoch aus seinem Benehmen, dass Sides noch einiges mehr gesagt hatte.

Am anderen Ende der Stadt neigte sich Richard in seiner Dunkelkammer über die Entwicklerwanne und verfolgte mit vor Eifer gerötetem Gesicht, wie die Figur auf dem Fotopapier allmählich Gestalt annahm. Der Vorgang erschien ihm immer noch wie ein Rätsel – Gespenster und Schatten, die dunkler wurden, real wurden. Zu Julie wurden.

Ihre Augen glänzten ihm aus dem flachen Behältnis entgegen.

Immer wieder kehrte Richard zur Fotografie zurück, der einzigen Konstante in seinem Leben. Wenn er sich in die Schönheit des Wechselspiels von Licht und Schatten auf den Bildern vertiefte, spürte er neue Entschlusskraft, die Gewissheit, sein Schicksal selbst bestimmen zu können.

Die Erinnerung an den Samstagabend amüsierte ihn immer noch. Julies Fantasie spielte gewiss inzwischen verrückt. Genau jetzt fragte sie sich wahrscheinlich, wo er war, was er dachte, was er als Nächstes tun würde. Als wäre er eine Art Ungeheuer, ein Schreckgespenst kindlicher Albträume! Er lachte auf. Wie konnte etwas so Schreckliches ihm nur ein solches Wohlgefühl bereiten?

Und Mike, der durch die Kneipe gestürmt kam wie ein Kavallerist! Absolut vorhersagbar. In dem Moment hätte er auch fast gelacht. Dieser Kerl stellte keine Herausforderung dar. Julie dagegen …

So gefühlvoll. So tapfer.

So *lebendig*.

Bei eingehender Betrachtung des Fotos fielen ihm erneut die Ähnlichkeiten zwischen Julie und Jessica auf. Die gleichen Augen. Das gleiche Haar. Die gleiche unschuldige Ausstrahlung. Als er das erste Mal den Salon betreten hatte, war ihm sofort durch den Kopf gegangen, dass sie Schwestern sein könnten.

Richard schüttelte den Kopf, spürte den Sog der Erinnerung an Jessica.

Für ihre Flitterwochen hatten sie ein Haus auf einer der Bermudainseln gemietet, nicht weit von einem Ferienort entfernt. Es war ruhig und romantisch, mit Deckenventilatoren und weißen Korbmöbeln und einer Veranda mit Blick aufs Meer. Am Privatstrand konnten sie stundenlang allein die Sonne genießen, nur sie beide.

Oh, wie hatte er sich darauf gefreut! In den ersten paar Tagen machte er Dutzende Aufnahmen von Jessica.

Ihre Haut hatte es ihm besonders angetan – weich und glatt, schimmernd von Sonnenöl. Nach drei Tagen hatte sie einen Bronzeton angenommen, und Jessica sah in ihrem weißen Baumwollkleid hinreißend aus. An jenem Abend hatte er keinen sehnlicheren Wunsch, als sie in die Arme zu nehmen, ihr langsam das Kleid vom Leib zu streifen und sie unter den Sternen zu lieben.

Aber sie hatte tanzen gehen wollen. In dem Ferienort.

Nein, hatte er geantwortet, lass uns hier bleiben. Es sind unsere Flitterwochen.

Bitte, sagte sie. Für mich. Tust du's für mich?

Also fuhren sie hin, und es war laut und wimmelte von Betrunkenen, und Jessica war auch laut und trank in einem fort. Sie lallte zunehmend, und später machte sie sich wankend auf den Weg zur Toilette. Sie taumelte gegen einen jungen Mann und hätte beinahe seinen Drink verschüttet. Der junge Mann berührte sie am Arm und lachte. Jessica stimmte ein.

Richard schäumte innerlich, als er es sah. Es war ihm peinlich. Es machte ihn wütend. Aber er würde ihr verzeihen, sagte er sich. Sie war jung und unreif. Er würde ihr verzeihen, denn er war ihr Mann und liebte sie. Aber sie musste ihm versprechen, das nie wieder zu tun.

Doch später, als sie wieder in ihrem Haus waren und er mit ihr zu reden versuchte, wollte sie nicht zuhören.

Ich hab mich bloß amüsiert, hatte sie gesagt. *Du hättest ja auch versuchen können, dich zu amüsieren.*

Wie denn, wenn meine Frau mit Fremden flirtet?

Ich hab nicht geflirtet.

Ich habe es gesehen.

Hör auf, du bist verrückt.

Was hast du zu mir gesagt? Was hast du gesagt?

Au … lass mich los … du tust mir weh …

Was hast du gesagt?

Au … bitte … Au!

Was hast du gesagt?

Letzten Endes hatte sie ihn enttäuscht. Und Julie war eine ebensolche Enttäuschung. Er hatte schon langsam das Vertrauen in sie verloren. Doch in der Kneipe hatte sie es wieder gutgemacht. Sie hatte ihn nicht ignorieren, nicht einfach weggehen können. Nein, sie hatte einfach mit ihm reden *müssen*, und so gehässig ihre Worte auch waren, er wusste, was sie in Wahrheit empfand. Ja, sie hatte ihn gern, das wusste er, denn waren Zorn und Liebe nicht zwei Seiten derselben Medaille? Großer Zorn war ohne große Liebe gar nicht denkbar … Und *wie* zornig sie gewesen war.

Was für ein erhebender Gedanke.

Richard verließ die Dunkelkammer und begab sich ins Schlafzimmer. Auf dem Bett, das übersät war mit Kameras und Objektiven, lag auch das Mobiltelefon. Damit würde er eine verfolgbare Spur hinterlassen, das war ihm klar, aber er *musste* heute Abend ihre Stimme hören, und sei es nur vom Band. Beim Klang ihrer Stimme würde er wieder den Abend im Theater vor sich sehen können, die Tränen in ihren Augen, wie ihr Atem schneller ging, während das Phantom mit sich rang, ob es seine Geliebte ziehen lassen oder ob sie beide sterben sollten.

Er wählte die Nummer und schloss erwartungsvoll die Augen. Doch statt Julies vertrauter Stimme vernahm er eine automatische Ansage der Telefongesellschaft. Er beendete den Anruf und wählte neu, sorgfältiger diesmal, hörte aber wieder dieselbe aufgezeichnete Ansage.

Richard starrte auf das Handy. O Julie, warum? *Warum?*

— 29 —

Nach dem Aufruhr der vergangenen Tage verlief die ganze nächste Woche in Julies Leben verdächtig ruhig. Sie sah Richard nirgends. Der darauf folgende Montag verging ebenfalls ereignislos, und sie hoffte inständig, dass das auch an diesem Dienstag so blieb.

Es sah ganz danach aus. Ihr Telefon lieferte den Beweis dafür, dass Geheimnummern ein wirksamer Weg waren, sich unerwünschte Anrufe vom Hals zu halten. Doch so angenehm es auch war, sich nicht länger vor unerwünschten Anrufen fürchten zu müssen – allmählich kam Julie zu dem Schluss, dass sie das Telefon ebenso gut im Garten verbuddeln konnte, denn logischerweise rief kein Mensch sie an.

Nur vier Menschen – Mabel, Mike, Henry und Emma – kannten die neue Nummer, und da sie mit Mabel den ganzen Tag und mit Mike die ganze Nacht zusammen war, hatten beide keinen Grund anzurufen. Henry hatte in all den Jahren, die sie ihn kannte, noch nie mit ihr telefoniert. Blieb also nur Emma, die allerdings wusste, wie sehr die Anrufe Julie aus der Fassung gebracht hatten, und ihr offenbar eine Auszeit gönnte.

Ungestört kochen, duschen, in einer Zeitschrift blättern oder mit Mike kuscheln zu können war zwar ganz nett. Doch nach einer Woche ging ihr die Ruhe zunehmend auf die Nerven.

Und ruhig war es tatsächlich gewesen. Julie hatte niemanden gesehen, der Richard auch nur von ferne ähnelte, dabei hielt sie anfangs praktisch ununterbrochen nach ihm Ausschau. Wie natürlich auch Mike und Mabel und Henry.

Dutzende Male am Tag trat sie ans Salonfenster und spähte wachsam in beide Richtungen. Beim Autofahren bog sie manchmal urplötzlich von der Straße ab, hielt an und prüfte im Rückspiegel, ob ihr etwa jemand folgte. Mit geübtem Blick musterte sie Parkplätze, und wenn sie in der Post oder im Supermarkt Schlange stand, behielt sie die Tür im Auge. Wenn sie nach Hause kam und Singer gleich in Richtung Wald laufen wollte, rief sie ihn zurück, damit er erst das Haus absuchte. Julie wartete draußen, das Pfefferspray griffbereit. Doch stets kam Singer wenig später schwanzwedelnd wieder heraus.

Warum stehst du denn noch auf der Veranda?, schien er zu fragen. *Willst du nicht reinkommen?*

Selbst dem Hund fiel ihr leicht paranoides Benehmen auf. Doch Vorsicht war besser als Nachsicht.

Aber auch Mike passte mit auf. Wenn Julie nicht gerade bei der Arbeit war, behielt Mike sie nahezu immer im Auge. So schön es war, ihn um sich zu haben, manchmal fühlte sie sich ein wenig eingeengt. Bei manchen Dingen musste Mike *nicht* unbedingt dabei sein.

In der Vorwoche war Officer Romanello zu einem Gespräch vorbeigekommen. Sie ließ sich alles schildern und forderte Julie auf, unverzüglich anzurufen, falls sich wieder etwas Außergewöhnliches tat. Julie ging es danach besser, doch bisher hatte es keinen Anlass gegeben anzurufen. Was Mike betraf, hatte der Bezirksstaatsanwalt von der Eröffnung eines Verfahrens abgesehen, hielt sich diese Möglichkeit aber noch für einen späteren Zeitpunkt offen. Immerhin war Mike vorläufig aus dem Schneider. Allerdings nicht, weil der Staatsanwalt Mike Recht gab, sondern weil Richard nicht erschienen war, um offiziell auszusagen. Man hatte ihn auch nirgends erreichen können.

Seltsam, dachte Julie, als sie davon erfuhr.

Doch nachdem tagelang absolut nichts geschah, wurde Julie mutiger. Natürlich vergaß sie nie das mögliche Risiko, aber etwas hatte sich geändert. In der Vorwoche hatte sie damit *gerechnet*, Richard zu sehen. Er hätte überall lauern können, und darauf hatte sie sich eingestellt. Sie war jederzeit bereit, loszuschreien oder wegzulaufen oder falls nötig Singer auf den Kerl zu hetzen.

Aber je länger sie Augen und Ohren offen hielt, ohne eine Spur von ihm zu entdecken, desto mehr bröckelte ihre Entschlossenheit. Sie blieb zwar weiter auf der Hut, doch sie rechnete nicht mehr damit, ihn zu sehen. Als Mike also erwähnte, Steven Sides hätte ihm ausrichten lassen, er solle nach der Arbeit kurz in der Kanzlei vorbeikommen, erwiderte Julie, sie sei müde und werde schon allein nach Hause fahren.

»Komm einfach vorbei, wenn du fertig bist«, sagte sie. »Und ruf mich an, falls es später wird, okay?«

Singer sprang aus dem Jeep, sobald sie Halt machte, und lief los, quer durch den Garten, die Nase am Boden, immer weiter von Julie weg, bis sie ihn rief. Er hob den Kopf und sah sie über den Rasen hinweg an.

Ach, nun komm, schien er zu sagen. *Du warst schon so lange nicht mehr mit mir spazieren.*

Julie stieg aus dem Auto.

»Nein, kommt nicht infrage«, sagte sie. »Wir können später gehen, wenn Mike hier ist.«

Singer rührte sich nicht vom Fleck.

»Tut mir Leid, aber ich will nicht allein in den Wald, verstehst du?«

Selbst aus der Entfernung sah sie, wie Singer die Ohren hängen ließ. *Ach, komm doch.*

Julie blickte sich mit verschränkten Armen um. Richards Auto war nirgends zu sehen, auch auf der Fahrt war ihr nichts aufgefallen. Ein einziges Auto parkte in ihrer Straße, es trug den Schriftzug der Immobilienfirma, die den Verkauf der Grundstücke betreute, sowie den Namen ihrer Inhaberin: Edna Farley.

Edna war Stammkundin im Salon. Sie ließ sich zwar ihre Haare immer von Mabel schneiden, aber über die Jahre hatte auch Julie Edna gut kennen gelernt. Sie war eine rundliche Person mittleren Alters und wie alle Immobilienmaklerinnen stets fröhlich und aufgekratzt, zudem hatte sie die

Neigung, im Salon ihre Visitenkarten zu verteilen. Aber sie war auch ein bisschen wirr. Wenn sie aufgeregt war, also nahezu immer, schien sie kaum etwas mitzubekommen. Während ihr Gegenüber längst bei etwas Neuem war, plapperte Edna unbeirrt weiter über das vorige Thema. Julie fand das ziemlich nervig, aber glücklicherweise traf es ja Mabel und nicht sie.

Singers Schwanz wedelte hoffnungsvoll.

Julie sah noch einmal die Straße hoch. Nichts.

Ob Richard meilenweit zu Fuß lief, auf gut Glück, in der Hoffnung, sie führte ihren Hund aus?

Nein, entschied sie, auf keinen Fall. Außerdem war Singer bei ihr, und er war beileibe kein Chihuahua. Beim kleinsten Mucks von ihr würde er angerast kommen wie ein Samurai, der rot sieht.

Dennoch flößte der Wald ihr nun Angst ein. Er bot zahllose Verstecke. Von überall konnte man beobachtet werden. Richard konnte ohne weiteres hinter einem Baum lauern und sich, sobald sie an ihm vorbei war, von hinten anschleichen – sie hörte schon das Knacken der Zweige unter seinen Füßen …

Julie spürte, wie die Panik in ihr aufstieg, und bemühte sich, sie zu verdrängen. Es konnte nichts passieren, beruhigte sie sich. Nicht, wenn Singer dabei und Edna irgendwo in der Nähe war.

Singer bellte, um sich abermals bemerkbar zu machen. *Und?*

»Okay«, sagte Julie endlich. »Aber lange können wir nicht bleiben. Es sieht nach einem Gewitter aus.«

Doch Singer hatte sich längst umgedreht und war in den Wald gerannt, wo er zwischen den Bäumen verschwand.

Erst nach fünf Minuten wurde Julie bewusst, dass sie dauernd vor sich hin flüsterte.

»Nichts wird passieren«, murmelte sie. »Hier draußen bin ich sicher.«

Doch es nutzte nichts. Julie sah Richard hinter jedem Baum. Sie begann vor Panik zu keuchen.

So sah also ein erholsamer Waldspaziergang aus.

Julie rannte beinahe über den Pfad, immer wieder Äste aus dem Weg schlagend. Das Laub war dichter geworden, seit sie das letzte Mal hier gewesen war, zumindest kam es ihr so vor. Da die Sonne schon tief stand und der Himmel bleigrau bewölkt war, wirkte der Wald ungewöhnlich düster.

Julie blieb stehen und horchte, doch bis auf das ferne Keckern einer Elster hörte sie nichts. Sie drehte sich um, spähte den Pfad entlang, sah nichts Ungewöhnliches. »Natürlich bin ich hier sicher«, flüsterte sie.

Im Moment sah sie Singer zwar nicht, aber er war da. Ich lasse ihn einfach noch etwas laufen, dachte sie, und in ein paar Minuten gehen wir nach Hause, und alles ist wieder normal. Könnte sein, dass ich ein Glas Wein brauche, aber ich bin schließlich auch nur ein Mensch. Hauptsache Singer hat seinen Spaß ...

Von fern hörte sie Singer bellen, und prompt wurde ihr schwarz vor Augen.

»Singer! Komm her!«, rief sie. »Wir kehren um! Zeit, zu gehen!«

Sie wartete und lauschte, aber Singer kam nicht. Vielmehr bellte er noch einmal, aber nicht wütend. Es klang wie ein freundliches Begrüßungsbellen.

Julie machte einen Schritt in seine Richtung und blieb wieder stehen. Geh nicht, dachte sie. Doch dann vernahm sie einen anderen Laut. Eine Stimme. Jemand redete mit Singer, und Julie atmete auf, als sie die Stimme erkannte. Edna Farley ...

Sie marschierte los, den gewundenen Pfad entlang, bis der Intracoastal Waterway in Sichtweite kam. Hier lichtete sich der Wald, und Julie erblickte Edna. Sie tätschelte Singer den Kopf, während er hechelnd dasaß. Als er Julie kommen hörte, wandte er den Kopf.

Das lass ich mir gefallen, schien er zu sagen. *Ein bisschen Auslauf, ein bisschen Liebe ... Was will ein Hund mehr?*

Auch Edna hatte sich umgedreht.

»Julie!«, rief sie. »Ich dachte mir schon, dass Sie bald auftauchen. Wie geht's?«

Julie trat auf sie zu. »Hallo, Edna. Prima. Wir gehen gerade ein bisschen spazieren.«

»Ist ja auch herrliches Wetter. Oder war es zumindest noch, als wir herkamen. Aber jetzt sieht es ganz so aus, als würde es bald regnen.«

»Wir?«, fragte Julie.

»Ja, mein Kunde besichtigt gerade ein paar der abgelegeneren Grundstücke. Die sind schon länger auf dem Markt, aber er scheint ziemlich interessiert zu sein, also drücken Sie mir die Daumen.«

Während sie sprach, erhob sich Singer unvermittelt und stellte sich mit gesträubtem Nackenfell neben Julie. Er fing an zu knurren. Mit klopfendem Herzen schaute Julie in die Richtung, in die Singer starrte. Ihr stockte der Atem. Hinter ihr plapperte Edna weiter.

»Ach, da ist er ja«, sagte sie jetzt.

Bevor Julie sich versah, stand Richard auch schon neben Edna. Er wischte sich über die Stirn und lächelte ihr zu, woraufhin Edna leicht errötete.

»Sie hatten Recht«, sagte Richard. »Die Grundstücke sind auch schön, aber ich glaube, die auf dieser Seite gefallen mir besser.«

»O ja, natürlich«, sagte Edna. »Und von dieser Seite aus hat man eine unbezahlbare Aussicht aufs Wasser. Besser geht's gar nicht! Das ist eine wunderbare Investition.« Sie lachte und fuhr dann fort: »Oh, wo habe ich denn meine Manieren gelassen? Ich möchte Ihnen gern eine Freundin vorstellen …«

»Hallo, Julie«, sagte Richard. »Was für eine nette Überraschung.«

Julie sagte nichts. Sie hatte ganz weiche Knie. Singer knurrte weiter, mit hochgezogenen Lefzen. Edna stutzte. »Ach, Sie beide kennen sich schon?«, erkundigte sie sich.

»Könnte man so sagen«, sagte Richard. »Nicht wahr, Julie?«

Julie rang um Fassung. Du … Scheißkerl, dachte sie. Woher wusstest du, dass ich hier sein würde? *Woher?*

Bevor sie antworten konnte, schaute Richard Edna an.

»Edna – haben Sie alle Unterlagen über Größe, Preis und Lage der Grundstücke mitgebracht? Ich glaube, ich sollte einen Blick auf die Liste werfen, wenn ich schon mal hier vor Ort bin.«

Ednas Augen begannen zu leuchten.

»Selbstverständlich. Liegt alles im Auto«, sagte sie. »Ich hol die Sachen eben. Sie werden bestimmt erfreut sein – die Preise sind sehr vernünftig. Bin gleich wieder da.«

»Lassen Sie sich Zeit«, sagte Richard lächelnd. »Ich hab's nicht eilig.«

Gleich darauf stöckelte Edna davon. Als sie fort war, sah Richard Julie lächelnd an.

»Wundervoll siehst du aus«, sagte er. »Hast mir gefehlt. Wie geht es dir?«

Bei der jähen Erkenntnis, dass sie allein waren, war Julie schlagartig hellwach. Sie trat einen Schritt zurück und dankte dem Himmel, dass Singer zwischen ihnen stand.

»Was machst du hier, Richard?«

Richard zuckte die Achseln, als hätte er die Frage schon erwartet. »Ist 'ne tolle Investition. Ich glaube, dass ich hier gern Wurzeln schlagen würde. Ein Mann braucht ein Zuhause, und auf die Weise könnten wir Nachbarn sein.«

Julie wurde blass.

Er lächelte. »Würde dir das gefallen, Julie? Wenn ich gleich nebenan wohnen würde? … Nein? Nun, vielleicht will ich ja gar kein Grundstück kaufen, sondern nur mal mit dir reden. Du hast deine Telefonnummer geändert, du gehst nirgendwo allein hin. Was blieb mir anderes übrig?«

Julie wich noch einen Schritt zurück. Singer rührte sich nicht, als wollte er Richard herausfordern. Seine Hinterläufe zitterten sprungbereit.

»Ich will nicht mit dir reden.« Sie verwünschte ihren wehleidigen Tonfall. »Warum begreifst du das nicht endlich?«

»Erinnerst du dich gar nicht mehr an unsere Treffen?«, fragte Richard sanft. Auf einmal wirkte er fast wehmütig, und Julie kam die Szene völlig unwirklich vor. »Unsere Zeit zusammen war etwas Besonderes. Warum willst du das nicht zugeben?«

»Es gibt nichts zuzugeben.«

»Warum benimmst du dich so abweisend?« Er klang verwundert, ratlos. »Mike ist nicht hier – wir sind doch unter uns.«

Julies Blick huschte seitwärts, zum Pfad. Höchste Zeit, abzuhauen.

»Wenn du nur einen Schritt auf mich zukommst oder mir zu folgen versuchst, schreie ich – und diesmal halte ich Singer nicht zurück.«

Richard lächelte freundlich, als versuche er geduldig, sich einem Kind verständlich machen.

»Kein Grund zur Angst. Du weißt, dass ich dir nie wehtun würde. Ich liebe dich.«

Sie blinzelte. *Er liebt mich?*

»Was zum Teufel redest du da?«, fragte sie endlich, viel heftiger als beabsichtigt.

»Ich liebe dich«, wiederholte er. »Und wir könnten neu anfangen. Wir können noch einmal ins Theater gehen – ich weiß, das hat dir gefallen. Und wir könnten überall hinfahren, wohin du willst. Spielt keine Rolle. Und diese Liebelei mit Mike streichen wir einfach aus unserem Gedächtnis, das war ein Fehler, okay? Ich verzeihe dir.«

Während er sprach, wich Julie immer weiter zurück, und ihre Augen weiteten sich angstvoll bei jedem Wort. Dieser Mann war verrückt!

Richard grinste verschlagen. »Jede Wette, du hast ihm nicht erzählt, dass ich bei dir übernachtet habe. Was meinst du, wie er das wohl aufnehmen würde?«

Die Worte trafen sie mit fast körperlicher Wucht. Richard, der sich durch ihre Reaktion bestätigt sah, streckte ihr die Hand entgegen.

»Jetzt komm, wir fahren irgendwohin, wo es lauschig ist, und essen zu Abend.«

Julie wich zurück, stolperte über eine Wurzel am Boden und wäre um ein Haar gestürzt. »Mit dir fahre ich nirgendwo hin«, zischte sie.

»Sei doch nicht so. Bitte! Ich werde dich glücklich machen, Jessica.«

Julie fragte sich, ob sie richtig gehört hatte.

»Du … bist … geisteskrank«, platzte es aus ihr heraus.

Die Wirkung ließ nicht auf sich warten.

»Pass auf, was du sagst«, sagte Richard mit drohendem Unterton. »Du solltest nicht so unbedacht daherreden.«

Aus dem Augenwinkel sah Julie, dass Edna wieder auf die Lichtung trat.

»Ich komme«, trällerte sie. »Ich komme …«

Richard stierte Julie unverwandt an. Edna blickte von einem zum anderen.

»Stimmt etwas nicht?«, fragte sie.

Richard wandte endlich den Blick von Julie. »Nein«, sagte er, »alles bestens. Wir haben nur gerade überlegt, wie viele Häuser hier noch gebaut werden. Ich glaube, Julie schätzt ihre Zurückgezogenheit.«

Julie hörte kaum, was er sagte. »Ich muss los«, sagte sie unvermittelt.

Richard lächelte. »Ciao, Julie. Bis dann.«

Julie machte kehrt und verließ hastig die Lichtung. Singer wartete noch kurz, als wolle er sicherstellen, dass Richard ihnen nicht folgte, dann lief er ihr nach.

Sobald sie außer Sichtweite war, rannte sie los. Sie streifte Zweige am Wegesrand, ihr Atem ging heftig. Einmal fiel sie hin und rappelte sich hastig hoch, ohne auf den Schmerz in ihrem Knie zu achten. Als sie ein Geräusch hörte, sah sie sich panisch um, doch von Richard keine Spur. Sie rannte weiter. Bin gleich zu Hause, dachte sie, bin gleich da …

Als Mike später bei ihr war, weinte sie sich in seinen Armen aus. Nachdem sie ihm alles erzählt hatte, hatte sie sich wieder so weit in der Gewalt, dass sie ihn fragen konnte, warum er schon zurück war.

Mike war kreidebleich. Er brachte nur eben ein Flüstern zustande.

»Die Mitteilung stammte gar nicht von meinem Anwalt.«

– 30 –

Eine halbe Stunde später saß Officer Jennifer Romanello bei ihnen am Küchentisch und behielt Julie genau im Auge, während sie ihre Geschichte erzählte.

So wichtig die Einzelheiten auch waren, es war Julies Gesichtausdruck, der Jennifer bestätigte, dass sie die Wahrheit sagte. Obwohl sie sich nach außen hin ruhig gab, war sie eindeutig mit den Nerven fertig. Selbst Jennifer überlief bei Julies Schilderung, dass Richard sie Jessica genannt hatte, eine Gänsehaut.

»Das gefällt mir gar nicht«, sagte sie, als Julie schließlich verstummte.

Es war zwar eine Untertreibung, die einem Genie vom Kaliber Pete Gandys alle Ehre gemacht hätte, aber was sollte sie sonst sagen? *Kaufen Sie sich eine Waffe und verrammeln Sie die Türen – das ist ein Irrer!* Mike und Julie waren verängstigt genug, da musste sie einen kühlen Kopf bewahren. Außerdem hätte ihr Dad genau diese Worte benutzt. Ihr Dad verstand sich wie kein Zweiter darauf, Leute in Krisensituationen zu beruhigen. Was, wie er gern sagte, das Wichtigste für einen Polizisten war, wenn er das Rentenalter erleben wollte.

»Was machen wir jetzt?«, fragte Mike.

»Das weiß ich noch nicht genau«, sagte Jennifer. »Aber darf ich noch ein paar Fragen stellen, um sicher zu sein, dass ich alles korrekt aufgenommen habe?«

Julie kaute geistesabwesend an ihren Nägeln und dachte an das eine Detail, das sie verschwiegen hatte.

Jede Wette, du hast ihm nicht erzählt, dass ich bei dir übernachtet habe. Was meinst du, wie er das wohl aufnehmen würde?

Mike war es vermutlich egal, da ja nichts geschehen war.

Kein Vergleich mit dem, was Sarah ihm angetan hatte. Und im Großen und Ganzen tat es ja auch nichts zur Sache, richtig? Wieso konnte sie es dann nicht erzählen?

In Gedanken versunken, bekam sie zuerst gar nicht mit, dass Jennifer soeben etwas gefragt hatte.

»Können Sie sich erklären, woher er wusste, dass Sie dort unterwegs waren?«, wiederholte Jennifer.

»Nein«, sagte sie.

»Aber er war schon vor Ihnen da?«

»Er ist wohl mit Edna hingefahren. Keine Ahnung, wie lange er sich schon dort aufhielt, aber er ist auf jeden Fall vor mir da gewesen. Ednas Auto stand schon am Straßenrand, als ich kam und ich habe sie nicht in den Wald gehen sehen.«

Jennifer wandte sich an Mike. »Und Sie dachten, Sie hätten einen Termin bei Ihrem Anwalt?«

»In der Werkstatt lag eine Nachricht, dass ich mich um fünf bei ihm einfinden sollte. Ein Mitarbeiter hatte das Telefonat entgegengenommen, aber als ich in die Kanzlei kam, wusste der Anwalt nichts von einem Treffen, also bin ich direkt zu Julie gefahren.«

Mike raufte sich zornig die Haare.

Die nächste Frage galt wieder Julie. »Darf ich wissen, warum Sie überhaupt dort spazieren gegangen sind?«

»Weil ich blöd bin«, murmelte Julie.

»Wie bitte?«

»Nichts.« Sie holte tief Luft. »Ich habe seit einer Woche nichts mehr von Richard gesehen oder gehört, also nahm ich an, es sei vorbei.«

»Das war wohl ein Fehler. Sie sollten tunlichst vermeiden, irgendwo hinzugehen, wo er Sie allein antreffen könnte, okay?«

Julie schnaubte. »Keine Sorge, das kommt bestimmt nicht mehr vor.«

»Und was wissen Sie über Jessica?«

»Eigentlich nichts. Er hat mal erzählt, er sei ein paar Jahre mit ihr verheiratet gewesen, dass es aber nicht geklappt habe. Mehr nicht. Wir haben nie mehr über sie gesprochen.«

»Und er ist aus Denver?«

»Das hat er mir jedenfalls erzählt.«

»Aber konkret bedroht hat er Sie wieder nicht?«

»Nein. Aber er ist verrückt.«

Unbestreitbar, dachte Jennifer.

»Und er hat keine Andeutungen gemacht, was er als Nächstes plant?«, fragte Jennifer.

Julie schüttelte den Kopf. Ich hab mir allerdings schon einiges ausgemalt, dachte sie, wollen Sie es hören? Stattdessen schloss sie die Augen. »Ich will nur, dass es aufhört«, flüsterte sie.

»Werden Sie ihn festnehmen?«, fragte Mike. »Oder ihn zur Vernehmung einbestellen?«

Jennifer zögerte kurz. »Ich werde tun, was ich kann«, sagte sie dann.

Mike und Julie wandten sich ab.

»Und was wird nun aus uns?«, fragte Julie.

»Hören Sie, ich kann mir denken, dass Sie beunruhigt sind. Dass Sie Angst haben. Und glauben Sie mir, ich bin auf Ihrer Seite, also werde ich jetzt nicht einfach wegfahren und die Sache vergessen. Ich werde vielmehr nachforschen, ob Richard Franklin schon einmal aktenkundig geworden ist. Oder was sich ansonsten über ihn in Erfahrung bringen lässt. Und ich werde mich bestimmt auch mal mit ihm unterhalten. Aber Sie wissen ja, ich muss in dieser Sache mit Officer Gandy zusammenarbeiten …«

»Na toll.«

Jennifer langte über den Tisch und drückte Julie die Hand. »Ich geben Ihnen mein Wort«, sagte sie, »wir kümmern uns darum. Und wir werden alles Erdenkliche tun, um Ihnen zu helfen. Vertrauen Sie mir.«

Es waren genau die aufmunternden Worte, die Menschen in einer solchen Lage nötig hatten.

Trotzdem fiel die Reaktion eher gedämpft aus.

Andrea schaute gerade die *Jerry Springer Show*, als ihr Telefon klingelte. Ohne den Blick vom Fernseher zu nehmen, hob sie geistesabwesend ab und murmelte Hallo.

Gleich darauf begannen ihre Augen zu strahlen.

»Oh, hi!«, sagte sie. »Ich habe gehofft, dass du dich meldest …«

Auf der Heimfahrt konnte sich Jennifer kaum konzentrieren. Eine unbestimmte Furcht setzte ihr zu, denn die Sache mit Richard Franklin machte ihr aus zweierlei Gründen Angst. Als Polizistin wusste sie, wie gefährlich Typen sein konnten, die anderen nachstellten. Als Frau jedoch konnte sie Julies Lage auch persönlich gut nachvollziehen. Sie brauchte nur die Augen zu schließen, und schon vermochte sie Julies Hilflosigkeit nachzuempfinden. Es gab nichts Schlimmeres. Die meisten Menschen gaben sich gern der Täuschung hin, den Verlauf ihres Lebens allein bestimmen zu können, aber das stimmte nicht ganz. Sicher, man konnte entscheiden, was man frühstückte oder was man anzog und derlei Kleinigkeiten, aber sobald man hinaus in die Welt trat, war man nicht selten der Willkür seiner Mitmenschen ausgeliefert und konnte nur hoffen, nicht zur Zielscheibe zu werden, nur weil einer gerade einen schlechten Tag erwischt hatte.

Das war eine ziemlich triste Sicht der Dinge, aber in diesem Fall nun einmal genau zutreffend. Julies Illusion von Sicherheit war erschüttert worden, und jetzt wollte sie, dass Jennifer – oder wer auch immer – sie wiederherstellte. Was hatte sie gesagt? *Ich will nur, dass es aufhört.* Natürlich, wer würde das nicht wollen? Den friedlichen Urzustand wiedererlangen.

Doch so einfach war das nicht. Nicht zuletzt, weil Jennifer sich selbst hilflos fühlte. Schließlich war sie noch gar nicht befugt, in offizieller Funktion ein Gespräch mit Richard zu führen. Und Pete Gandy würde sie zwar mit weiblichem Charme dazu überreden können, doch er würde vermutlich alles vermasseln, sobald er nur den Mund aufmachte.

Recherchen über Franklin konnte sie allerdings allein anstellen. Und genau das hatte sie vor, ganz, wie sie Mike und Julie versprochen hatte.

Eine Stunde nach Jennifer Romanellos Aufbruch saßen Julie und Mike immer noch am Küchentisch. Mike schlürfte ein Bier, aber Julie trank nichts. Eben hatte sie ein Glas Wein in den Ausguss gekippt, weil ihr davon übel wurde. Sie stierte wortlos vor sich hin, und obwohl sie müde wirkte, hütete sich Mike, ihr vorzuschlagen, ins Bett zu gehen. Er konnte sich nicht vorstellen, dass sie bald Schlaf finden würde.

»Hast du Hunger?«, fragte er endlich.

»Nein.«

»Wollen wir einen Film ausleihen?«

»Nein.«

»Also, ich habe eine Idee«, sagte Mike. »Wir könnten hier hocken bleiben und uns schweigend anstarren. Und damit es nicht so langweilig wird, sollten wir uns nebenher noch ein paar Sorgen machen. Ich meine, irgendwie müssen wir ja schließlich die Zeit rumkriegen.«

Da endlich lächelte Julie.

»Du hast Recht«, sagte sie. Sie griff nach seinem Bier und trank einen kleinen Schluck. »Langsam reicht's mir auch.«

»Also, was kann ich für dich tun?«

»Kannst du mich vielleicht einfach in den Arm nehmen?«, fragte sie, stand auf und ging zu ihm hinüber.

Mike stand auf und legte die Arme um sie. Er zog sie ganz eng an sich, bis er ihre Körperwärme spürte. Julie schmiegte den Kopf an seine Brust.

»Ich bin froh, dass du hier bist«, flüsterte sie. »Ich wüsste nicht, was ich ohne dich täte.«

Bevor Mike etwas sagen konnte, klingelte das Telefon. Die beiden erstarrten, lösten sich jedoch nicht aus ihrer Umarmung. Auch nicht, als es ein zweites Mal klingelte.

Dann ein drittes Mal.

Schließlich ließ Mike Julie los.

»Nicht!«, schrie Julie mit ängstlichem Blick.

Es klingelte ein viertes Mal.

Mike beachtete sie nicht. Er ging ins Wohnzimmer und hob den Hörer ab.

»Hallo?«, sagte er.

»Oh, hi. Ich dachte schon, ihr wärt nicht da«, sagte die

Stimme am anderen Ende, und Mikes Anspannung löste sich.

»Oh, hallo, Emma«, sagte er lächelnd. »Wie geht's?«

»Gut, danke«, sagte Emma. »Aber hör zu, ich bin gerade in Morehead City, und du wirst nicht glauben, wen ich hier gesehen habe.«

Julie kam ins Zimmer und stellte sich neben Mike. Er hielt den Hörer ein Stück von seinem Ohr weg, damit sie mithören konnte.

»Wen denn?«

»Andrea. Und jetzt rate mal, mit wem.«

»Nämlich?«

»Mit Richard. Und ich habe eben gesehen, wie er sie geküsst hat.«

»Keine Ahnung, was das zu bedeuten hat«, sagte Julie. »Das ergibt doch überhaupt keinen Sinn.«

Mike hatte aufgelegt, und sie saßen auf dem Sofa, im Schein einer einzigen Lampe, die hinter ihnen brannte. Singer schlief neben der Haustür.

»Hat sie im Laufe der Woche mal was gesagt? Dass sie sich mit ihm trifft, meine ich.«

Julie schüttelte den Kopf. »Nein, nicht ein Wort. Sie hat ihm neulich die Haare geschnitten, aber mehr weiß ich auch nicht.«

»Hat sie nicht mitbekommen, was du über ihn erzählt hast?«

»Bestimmt.«

»Offenbar war es ihr egal.«

»Entweder das, oder sie hat es nicht geglaubt.«

»Warum sollte sie dir nicht glauben?«

»Wer weiß. Aber ich werde morgen mal mit ihr reden.«

Richard fuhr mit Andrea zu sich nach Hause. Sie standen auf der Veranda und schauten hinauf in den Himmel. Er schlang ihr von hinten die Arme um den Bauch und ließ seine Hände zu ihren Brüsten hoch wandern. Andrea legte den Kopf zurück und seufzte.

»Ich dachte schon, du rufst nicht mehr an.«

Richard küsste ihren Hals, und sie erschauerte. Silbriges Mondlicht fiel auf die Bäume.

»Wie schön es hier draußen ist«, sagte sie. »So still.«

»Schsch. Nicht reden. Lausche einfach.«

Er wollte ihre Stimme nicht hören, sie erinnerte ihn daran, dass sie nicht Julie war. Er stand hier mit einer anderen Frau, einer Frau, die ihm nichts bedeutete. Doch ihr Körper war weich und warm, und sie begehrte ihn.

»Und der Mond …«

»Schsch«, sagte er wieder.

Eine Stunde später lagen sie zusammen im Bett. Andrea grub stöhnend ihre Finger in seinen Rücken, doch jeden anderen Laut hatte er ihr untersagt. Kein Flüstern, kein Reden. Er hatte auch darauf bestanden, dass es völlig dunkel im Zimmer war.

Er bewegte sich auf ihr, spürte ihren Atem auf seiner Haut. *Julie,* hätte er gern geflüstert, *du kannst nicht ewig vor mir davonlaufen. Siehst du nicht, wie schön wir es haben könnten? Sehnst du dich nicht nach der Erfüllung, die unsere Vereinigung bringen wird?*

Da aber entsann er sich ihrer Begegnung im Wald – wie entsetzt sie ihn angeschaut hatte. Er sah ihren angewiderten Gesichtsausdruck, hörte ihre abweisenden Worte. Spürte ihren Hass. Die Erinnerung brach schmerzhaft über ihn herein. *Julie, wie herzlos du heute zu mir warst! Du hast meine Liebeserklärung ignoriert. Du hast mich behandelt, als würde ich dir nichts bedeuten …*

»Au«, hörte er in der Dunkelheit, »nicht so fest … du tust mir weh … Au!«

Andreas Stimme holte ihn zurück.

»Psst«, wisperte er, ohne jedoch den Griff seiner Hände zu lockern. In dem schwachen Licht, das durchs Fenster drang, konnte er eine Spur von Furcht in Andreas Augen erkennen. Neues Verlangen durchströmte ihn.

— 31 —

Jennifers Schicht begann erst um acht, aber Mittwoch früh saß sie bereits um sechs am Computer, eine Kopie des Protokolls über Mike Harris' Verhaftung neben sich. Ganz oben standen die üblichen Angaben: Richard Franklins Name, Anschrift, Telefonnummer, wo er arbeitete und so weiter. Den Teil überflog sie rasch und vertiefte sich dann in die Schilderung der Auseinandersetzung selbst. Wie befürchtet, ließ sich hier nichts über Richards Vergangenheit entnehmen, doch irgendwo musste sie ja anfangen.

Am Vorabend hatte sie ihren Vater angerufen, um seine Meinung zu hören. Nachdem sie ihm die Geschichte erzählt hatte, ermunterte er sie, dem Fall nachzugehen. »Du musst unbedingt herausfinden, ob er wirklich ein Irrer ist oder nur so tut, als ob«, hatte er zum Schluss gesagt.

Jennifer wusste immer noch nicht genau, wo sie anfangen sollte, denn über Richard Franklin lagen nur spärliche Informationen vor. Die Personalabteilung des Brückenprojekts war um diese Uhrzeit noch nicht besetzt. Ihr Vater hatte am Vorabend angeregt, beim Vermieter nachzufragen. »Die sind abendliche Anrufe gewöhnt. Vielleicht kommst du so an seine Sozialversicherungs- und Führerscheinnummer, und auch an Referenzen. Gewöhnlich sind solche Angaben in Mietverträgen erforderlich.«

Und diesem Rat war sie gefolgt. Nachdem sie den Namen des Hauseigentümers über einen Bekannten in Erfahrung gebracht hatte, der bei der Kreisverwaltung tätig war, sprach sie mit dem Eigentümer, der sich noch recht jung anhörte. Das Haus, erfuhr Jennifer, stammte aus dem Besitz seiner Großeltern. Die Miete wurde immer pünktlich von Richard

Franklins eigener Beratungsfirma überwiesen, und er hatte sowohl eine Kaution als auch die erste und letzte Monatsmiete im Voraus hinterlegt. Der Eigentümer selbst kannte Richard nicht persönlich, er hatte das Haus seit über einem Jahr nicht mehr aufgesucht. Eine örtliche Immobilienagentur war für die Verwaltung zuständig, und er nannte Jennifer die Telefonnummer.

Daraufhin hatte sie den Hausverwalter angerufen, und nach einer Weile ließ er sich überreden, ihr den Mietvertrag zuzufaxen. Als Referenzen waren Richards hiesiger Arbeitgeber und der Personalchef angegeben, niemand aus Ohio oder Colorado. Immerhin brachte Jennifer auf diesem Weg seine Sozialversicherungs- sowie Führerscheinnummer in Erfahrung, und die gab sie nun, an Pete Gandys Schreibtisch, in den Computer ein.

Während der nächsten Stunde sammelte sie Informationen, beginnend in North Carolina. Richard Franklin war in dem Staat offenbar nicht vorbestraft und auch nie verhaftet worden. Sein Führerschein war in Ohio ausgestellt worden, aber für einen Anruf bei der dortigen Kraftfahrzeugbehörde war es noch zu früh. Dasselbe galt für Colorado.

Dann stöpselte Jennifer ihren Laptop in den Netzwerkanschluss ein und tat sich im Internet um. Mithilfe mehrerer Suchmaschinen fand sie unendlich viele Bezüge auf seinen Namen und eine ganze Reihe Homepages von Leuten namens Richard Franklin, aber nicht von *dem* Richard Franklin, auf den sie es abgesehen hatte.

Danach stieß sie zunehmend auf Hindernisse. Zur Recherche möglicher Vorstrafen in Colorado und Ohio wäre mindestens ein Tag und die Kooperation einer anderen Dienststelle erforderlich gewesen, da Vorstrafenregister lokal geführt wurden. Für eine Polizistin in der Ausbildung war so etwas eher knifflig. Wenn es herauskäme, könnte es sie den Job kosten.

Zudem geriet sie ins Grübeln, ob die Angaben zu Richards Vergangenheit überhaupt der Wahrheit entsprachen.

Stammte er wirklich ursprünglich aus Denver? Julie gegenüber hatte er das behauptet, aber wer wusste das schon?

Am Abend zuvor hatte ihr Vater so was angedeutet. »Neu in der Stadt und leicht durchgeknallt? Da würde ich dem, was er der Dame erzählt hat, nicht allzu viel Gewicht beimessen. Wenn er zum Beispiel bisher dem Gesetz geschickt ausgewichen ist, bin ich sicher, dass er ebenso geschickt die Wahrheit über sein Vorleben verschweigen kann.«

Obwohl es illegal war, beschloss Jennifer, Richards Kreditwürdigkeit unter die Lupe zu nehmen. Ihr waren drei größere Kreditauskunfteien bekannt, und die meisten gaben jährlich einen frei zugänglichen Bericht heraus. Mit dem Mietantrag als Vorlage gab sie die erforderlichen Daten ein – die Hausverwaltung hatte sich dieser Daten gewiss auch bedient, als es um die Vermietung ging. Name, Sozialversicherungsnummer, derzeitige Anschrift, alte Anschrift, Kontonummer – Volltreffer.

Richard Franklins Belege wurden detailliert über eine Reihe von Seiten aufgeführt.

Die einzige andere Anfrage in jüngster Zeit stammte, wie vermutet, von der Hausverwaltung, aber Jennifer stutzte, da die Belege insgesamt nur wenig zu einem erwerbstätigen Ingenieur passten.

Es gab derzeit keine registrierten oder benutzten Kreditkarten, keine ausstehenden Autokredite, keine Privatkredite. Eine rasche Durchsicht der Belege ergab, dass sämtliche dokumentierte Konten geschlossen waren.

Bei genauerem Hinsehen entdeckte Jennifer jedoch einen größeren Verzug, vor vier Jahren von einer Bank in Denver angemahnt. Er war unter Immobilien verzeichnet, und aus der Höhe des Betrags schloss sie, dass es sich um die Hypothek auf ein Haus handeln musste.

In dieselbe Zeit fiel eine Reihe weiterer verspäteter Zahlungen. Per Visa. MasterCard. American Express. Telefon-, Wasser- und Stromrechnung. Sears Card. Alle waren für ein Jahr als überfällig aufgeführt, am Ende aber beglichen worden.

Danach hatte Richard die Visa- und MasterCard-Konten geschlossen, ebenso die von American Express und Sears.

Jennifer lehnte sich zurück und dachte nach. Okay, sie wusste jetzt, dass er mal in Denver gewohnt hatte und vor vier Jahren offenbar in irgendwelche Finanznöte geraten war. Dafür mochte es ganz harmlose Erklärungen geben – schließlich konnten viele Leute nicht mit Geld umgehen –, und Richard hatte bei Julie schließlich erzählt, er sei geschieden. Vielleicht hatte es damit zu tun.

Jennifer starrte auf den Bildschirm. Aber wieso gab es keine Einträge aus jüngerer Zeit?

Wahrscheinlich beglich er seine Rechnungen über seine Firma, wie auch die Miete, dachte sie. Sie nahm sich vor, das zu prüfen.

Was noch? Sie musste auf jeden Fall mehr über Jessica herausfinden. Ohne nähere Informationen fehlte ihr allerdings jeder Ansatzpunkt.

Jennifer stöpselte den Laptop aus, verstaute ihn und überlegte, wie sie weiter vorgehen sollte. Am besten wartete sie, bis die Personalabteilung der Firma besetzt war und sie dort Rücksprache halten konnte. Richard war als beratender Ingenieur bei einem Großprojekt eines bedeutenden Unternehmens tätig, also verfügte man dort doch bestimmt über weitere Referenzen von ihm. Vielleicht konnte dort sogar jemand aufklären, was vor vier Jahren geschehen war. Doch dazu musste sie noch eine Stunde warten.

Ratlos überflog sie noch einmal das Protokoll und blieb dann bei seiner Anschrift hängen. Warum sollte sie nicht einfach mal hinfahren? Sie wusste nicht genau, worauf sie eigentlich aus war, sie wollte sich bloß mal ansehen, wo er wohnte, in der Hoffnung, so etwas mehr Aufschluss über den Mann zu gewinnen. Jennifer klemmte sich den Laptop unter den Arm, kippte rasch den letzten Schluck Kaffee hinunter und stieg dann in ihr Auto.

Zuerst warf sie einen Blick auf die Karte, schließlich kannte sie sich in der Gegend noch nicht besonders gut aus, dann fuhr sie über die Hauptstraße und in den ländlichen Vorort der Stadt.

Zehn Minuten später bog Jennifer in die mit Schotter befestigte Straße ein, in der Richard Franklin wohnte. Als sie einen Briefkasten entdeckte, fuhr sie langsamer und hielt Ausschau nach einer Hausnummer. Dann gab sie wieder Gas, denn sie hatte noch ein ganzes Stück Weg vor sich.

Wie weit voneinander entfernt diese Häuser lagen! Die meisten standen auf riesigen Grundstücken. Jennifer fragte sich unwillkürlich, warum sich ein Ingenieur aus der Großstadt für solch ein abgelegenes Haus entschied. Weder die Stadt noch sein Arbeitsplatz waren von hier aus besonders bequem zu erreichen. Und der Straßenzustand wurde immer schlechter.

Je weiter sie fuhr, desto älter und heruntergekommener waren die Häuser. Einige wirkten sogar unbewohnt. Sie kam an den Ruinen einer alten Tabakscheune vorbei. Dach und Wände waren eingestürzt, die Trümmer überwuchert von Kudzu. Dahinter stand ein Traktorwrack, das inmitten von Gestrüpp vor sich hin rostete.

Minuten später kam sie an einem weiteren Briefkasten vorbei. Nun konnte es nicht mehr weit sein.

Jennifer fuhr langsamer. Ihrer Annahme nach war Richards Haus das nächste auf der rechten Seite. Es stand ein Stück von der Straße weg, war zweistöckig und nicht so vernachlässigt wie die anderen, aber von einem sehr verwilderten Garten umgeben.

Trotzdem …

Hier draußen wohnten vermutlich nur Leute, denen die Häuser gehörten, oder denen keine andere Wahl blieb. Warum hatte sich Richard für diese Einöde entschieden?

Weil er sich verstecken wollte?

Oder etwas versteckte?

Jennifer hielt nicht an, sondern fuhr vorbei und wendete eine halbe Meile weiter. Während sie erneut am Haus vorbeifuhr und die Rückfahrt zum Revier antrat, gingen ihr hartnäckig dieselben Fragen durch den Kopf.

Richard Franklin trat stirnrunzelnd vom Vorhang zurück.

Der Wagen, ein Honda, war ihm unbekannt. Mike oder Julie waren es also nicht gewesen, und sie wären ja auch kaum freiwillig hergekommen. Es war auch keiner von den

Anwohnern. Die Straße endete ein paar Meilen weiter, und keiner seiner Nachbarn fuhr einen Honda.

Er hatte den Wagen kommen sehen, sehr langsam, als suche der Fahrer etwas. Seine Ahnungen hatten sich bestätigt, als der Wagen wendete und vor seinem Haus abermals langsamer wurde.

Jemand hatte sich angesehen, wo er wohnte.

»Was ist denn da draußen?«, fragte Andrea.

Richard zog den Vorhang zurecht und drehte sich um. »Nichts«, sagte er.

Das Laken war von ihrem Körper gerutscht, und ihre Brüste waren zu sehen. Richard ging zum Bett und setzte sich neben Andrea. Ihre Arme waren voller blauer Flecken, und er fuhr zärtlich mit dem Finger darüber.

»Guten Morgen«, sagte er. »Gut geschlafen?«

Andrea strich sich eine Haarsträhne aus dem Gesicht. »Nachdem wir endlich zum Schlafen gekommen waren, schon.«

»Hast du Hunger?«

»Ein wenig. Aber erst muss ich mal ins Bad. Wo ist es noch mal? Ich war gestern Abend nicht mehr ganz nüchtern.«

»Die letzte Tür rechts.«

Andrea erhob sich vom Bett und raffte dabei das Laken um sich. Auf zittrigen Beinen wankte sie aus dem Zimmer. Richard blickte ihr nach und wünschte sich, sie wäre noch in der Nacht wieder verschwunden. Dann trat er wieder ans Fenster.

Jemand hatte sich angesehen, wo er wohnte.

Henry oder Mabel schieden aus. Deren Autos kannte er ebenfalls. Wer war es dann? Er rieb sich die Stirn.

Die Polizei? Gut vorstellbar, dass Julie dort angerufen hatte. Sie war ja gestern völlig außer sich gewesen! Ängstlich und wütend. Und jetzt versuchte sie wohl, die Sache in den Griff zu kriegen, indem sie die Spielregeln änderte.

Aber an wen genau hatte sie sich gewandt? Nicht an Pete Gandy, da war er sich sicher. Was aber war mit der anderen, der Neuen? Was hatte Gandy gesagt? Dass ihr Vater Polizist in New York war?

Richard runzelte die Stirn.

Officer Romanello hatte seine Schilderung des Vorfalls in der Kneipe nicht geglaubt. Das konnte er ihren Augen ansehen. Und sie war eine Frau.

Ja, entschied er, sie musste hier gewesen sein. Aber handelte sie mit Gandys Einverständnis? Bestimmt nicht. Und Richard würde dafür sorgen, dass das so blieb. Officer Gandy war ein Idiot. Mit dem wurde er so leicht fertig wie damals mit Officer Dugan.

Womit *das* Problem gelöst war. Nun zu Julie …

Richard wurde durch einen lauten Schrei aus seinen Gedanken gerissen. Als er in den Flur trat, sah er Andrea wie versteinert dastehen, mit aufgerissenen Augen, die Hand vor den Mund gepresst.

Sie hatte nicht die rechte Tür geöffnet, die ins Bad führte. Sie starrte in das Zimmer auf der linken Seite.

In die Dunkelkammer.

Andrea bedachte Richard mit einem Blick, als sähe sie ihn zum ersten Mal.

»O mein Gott«, hauchte sie. »O mein Gott …«

Richard legte den Finger an die Lippen, ohne sie aus den Augen zu lassen. »Schsch…«

Bei seinem Gesichtsausdruck wich Andrea einen Schritt zurück.

»Diese Tür hättest du nicht aufmachen sollen«, sagte Richard. »Ich habe dir doch gesagt, wo das Bad ist, aber du hast nicht richtig zugehört.«

»Richard? Die Bilder …«

Er machte einen Schritt auf sie zu. »Das ist so … *enttäuschend.*«

»Richard?«, flüsterte sie und wich weiter zurück.

Jennifer blieben nach der Rückkehr ins Revier noch einige Minuten. Pete Gandy war zum Glück noch nicht da, und sie eilte an seinen Schreibtisch. Sie notierte sich die Nummer des Büros, von dem aus das Brückenprojekt geleitet wurde, und schob dann das Verhaftungsprotokoll wieder an die richtige Stelle in der Akte. Pete brauchte schließlich von ihren Recherchen noch nichts mitzubekommen.

Jennifer wählte die Nummer. Eine Sekretärin meldete sich. Nachdem sich Jennifer vorgestellt hatte, bat sie darum, mit Jake Blansen verbunden zu werden.

Jake Blansen war der Mann, den Mike im Gespräch erwähnt hatte.

Während sie wartete, mahnte sie sich, behutsam vorzugehen. Richard durfte auf keinen Fall Wind von ihrem Tun bekommen. Ebenso wenig sollte sich Mr Blansen bei ihrem Chef beschweren. Also beschloss Jennifer, so zu tun, als müsse sie das Protokoll überprüfen.

Jake Blansen meldete sich mit einer Reibeisenstimme, die auf jahrelangen Konsum filterloser Zigaretten schließen ließ. Jennifer stellte sich als Polizistin aus Swansboro vor und leitete dann über zu einer knappen Schilderung des Vorfalls.

»Ich weiß selbst nicht, wie es geschehen konnte, dass ich die Informationen zu der Verhaftung verlegt habe, und da ich noch Anfängerin bin, will ich nicht noch mehr Ärger bekommen, als ich ohnehin schon habe. Außerdem soll Mr Franklin nicht glauben, wir bekämen hier nichts auf die Reihe. Ich möchte also lieber die Angaben wieder vervollständigen, falls er noch mal vorbeikommt.«

Sie spielte ihre Rolle perfekt, und obwohl ihre Erklärung recht fadenscheinig war, schien Mr Blansen keinerlei Verdacht zu schöpfen.

»Ich weiß nicht, ob ich Ihnen da weiterhelfen kann«, sagte er gedehnt. »Ich bin bloß der Vorarbeiter. Da müssen Sie vermutlich in der Firma anrufen. Die haben eher solche Informationen zu den Ingenieuren. Die sitzen in Ohio, aber unsere Sekretärin kann Ihnen die Nummer geben.«

»Oh, verstehe. Nun, vielleicht können Sie mir trotzdem helfen.«

»Wüsste nicht, wie.«

»Sie haben doch mit Richard Franklin gearbeitet, oder? Wie ist er denn so?«

Jake Blansen schwieg für eine Weile, dann fragte er: »Stimmt Ihre Geschichte überhaupt?«

»Bitte?«

»Dass Sie das Protokoll verlegt haben und so. Dass Sie von der Polizei sind.«

»Ja, selbstverständlich! Wenn Sie wollen, gebe ich Ihnen meine Durchwahl, dann können Sie mich zurückrufen. Oder ich komme bei Ihnen vorbei.«

Jake Blansen holte tief Luft. »Er ist gefährlich«, raunte er gedämpft. »Die Firma hat ihn angeheuert, weil er die Kosten niedrig hält, aber das bewerkstelligt er, indem er bei den Sicherheitsmaßnahmen knausert. Wegen ihm sind hier draußen schon Leute verletzt worden.«

»Wie konnte das geschehen?«

»Er lässt Wartungsarbeiten nicht regelmäßig durchführen, und dann gehen die Maschinen kaputt und die Arbeiter verletzen sich. Wäre ein gefundenes Fressen für die Behörde für Arbeitssicherheit. In einer Woche war es einer der Kräne. In der Woche darauf ein Kessel auf einem der Kähne. Ich hab's sogar schon der Firma gemeldet, und die haben versprochen, das mal zu prüfen. Aber Franklin hat wohl Wind davon bekommen und ist mir auf den Pelz gerückt.«

»Hat er sie angegriffen?«

»Nein ... aber gedroht hat er mir. Indirekt. Erst hat er den Kumpel gespielt, verstehen Sie? Sich nach meiner Frau und den Kindern erkundigt. Und dann hat er gesagt, wie enttäuscht er wäre, dass ich ihm nicht vertraue, und dass er mich raussetzen müsste, wenn ich die Sache nicht besser in den Griff bekäme. Als wäre das Ganze meine Schuld, und er täte mir einen Riesengefallen, indem er mich zu schützen versucht! Und dann legte er mir den Arm um die Schulter und murmelte was davon, was für ein Jammer es wäre, wenn es noch mehr Unfälle gäbe ... Bei seinem Tonfall hab ich das Gefühl bekommen, er meinte speziell mich und meine Familie. Hat mir einen Riesenschrecken eingejagt, und ehrlich gesagt war ich froh, als er dann weg war. An dem Tag hab ich richtig gefeiert. Wie alle anderen auf der Baustelle auch.«

»Moment ... er hat gekündigt?«

»Ja. Einfach so. Erst musste er plötzlich wegen eines Notfalls in der Familie verreisen, und als er wieder da war, hat er uns erklärt, aus privaten Gründen könne er eine Zeit lang nicht arbeiten. Seither hab ich ihn nicht mehr gesehen.«

Nachdem Jennifer zu der Sekretärin zurückverbunden worden war und die Nummer in Ohio erfragt hatte, legte sie auf und rief beim Firmensitz an. Sie wurde von einem Mitarbeiter zum nächsten weiterverbunden, bis man ihr endlich sagte, der fragliche Ansprechpartner sei außer Haus, käme aber am Nachmittag wieder.

Jennifer notierte seinen Namen – Casey Ferguson – und lehnte sich dann aufatmend zurück.

Richard war gefährlich, hatte Blansen gesagt. Gut, das wusste sie schon. Und was weiter? Richard hatte vor einem Monat gekündigt, ihr und Pete aber etwas anderes erzählt.

Er hatte gekündigt, als er von dem »Notfall« zurückkam. Er hatte gekündigt, nachdem Julie ihm gesagt hatte, es sei aus.

Gab es hier eine Verbindung?

In dem Moment kam Pete Gandy ins Büro. Ein Segen, dass er sie nicht an seinem Schreibtisch ertappt hatte! Sie wollte nur noch für einen Moment nachdenken.

Julie hatte Richard nach ihren eigenen Worten nur ein paarmal gesehen, und er hatte sie zwar öfter angerufen, sie hatten aber nie allzu lange telefoniert.

Jennifer runzelte die Stirn.

Was hatte er seither noch in seiner freien Zeit getan?

Mike parkte seinen Pick-up vor der Werkstatt. Julie hatte während der ganzen Fahrt vor sich hin gestarrt. Nun hob sie langsam den Blick und seufzte. *Wir haben keine andere Wahl, als abzuwarten, was heute passiert*, schien sie damit sagen zu wollen.

Beide hatten nicht gut geschlafen. Mike war viermal aufgestanden, um etwas zu trinken. Jedes Mal zog es ihn unwillkürlich zum Fenster, wo er lange hinausschaute. Julie dagegen hatte viel geträumt. Obwohl sie sich an die Träume im Einzelnen nicht erinnern konnte, wachte sie mit einem ängstlichen Gefühl auf. Dieses Gefühl verschwand auch nicht, während sie sich ankleidete und frühstückte.

Nachdem sie ausgestiegen waren, umarmte und küsste Mike sie und bot ihr an, sie über die Straße zum Salon zu bringen. Doch Julie lehnte ab. Singer sprang von der Ladefläche und lief schon vor zum Salon, um sich seinen Keks abzuholen.

»Ich komme allein zurecht«, versicherte Julie Mike. Es klang sehr zaghaft.

»Na gut«, sagte er, ebenso zweifelnd. »Ich komme nachher mal rüber und schaue nach dir, okay?«

Mike verschwand in der Werkstatt. Julie atmete tief durch und ging über die Straße. Im Viertel war noch nichts los – der Nebel hatte offenbar viele Leute davon abgehalten, aus dem Haus zu gehen, aber mitten auf der Straße hatte Julie plötzlich das Gefühl, als komme ein Auto auf sie zugerast. Sie rannte los, um sich in Sicherheit zu bringen.

Doch es war nur Einbildung gewesen.

Auf dem Gehsteig angelangt, hängte sie sich ihre Tasche wieder ordentlich um und vergewisserte sich noch einmal, dass wirklich kein Wagen gekommen war. Ich sollte mir eine Tasse Kaffee besorgen, dachte sie, dann geht's mir besser.

Sie ging bis zum Diner. Die Kellnerin goss ihr eine Tasse Kaffee ein. Julie fügte Zucker und Milch hinzu, verschüttete aber ein paar Tropfen auf die Theke. Während sie nach einer Serviette griff, hatte sie das merkwürdige Gefühl, von jemandem beobachtet zu werden. Mit verkrampftem Magen drehte sie sich um und musterte sorgfältig alle Tische. Sie waren zum Teil noch nicht abgeräumt.

Aber auch dort war niemand.

Julie schloss die Augen, den Tränen nahe. Ohne sich zu verabschieden, verließ sie den Diner.

Es war noch früh. Der Salon würde erst in gut einer Stunde öffnen, aber Julie war sicher, dass Mabel schon da war. Mittwochs gab sie immer Bestellungen auf. Als Julie die Tür aufstieß, war Mabel gerade dabei, die Anzahl der Shampooflaschen und Festiger in den Regalen zu prüfen. Als Mabel Julie ansah, trat ein besorgter Ausdruck in ihr Gesicht. Sie legte das Clipboard beiseite.

»Was ist passiert?«, fragte sie sofort.

»Sehe ich so schlimm aus?«

»Hat sich Richard schon wieder gemeldet?«

Statt einer Antwort biss Julie sich auf die Lippe. Mabel eilte zu ihr, legte die Arme um sie und drückte sie fest an sich.

Julie gab sich Mühe, sich zusammenzureißen. Sie wollte nicht schon wieder weinen. Trotz aller guten Vorsätze spürte sie, wie ihre Augen zu brennen begannen – und gleich darauf schluchzte sie in Mabels Armen los, am ganzen Leibe zitternd.

»Na, na«, murmelte Mabel. »Ist ja gut …«

Es dauerte lange, bis Julie sich wieder in der Gewalt hatte. Am Ende war ihre Nase rot und ihre Wimperntusche verlaufen. Als Mabel sie endlich losließ, griff Julie schniefend nach einem Kleenex.

Sie erzählte Mabel, dass Richard ihr unweit von ihrem Haus aufgelauert hatte. Sie erzählte ihr alles: was er gesagt und wie er ausgesehen hatte. Sie berichtete auch von ihrem Anruf bei Officer Romanello und dem Gespräch in der Küche.

Mabels Gesicht drückte tiefe Sorge und Mitgefühl aus, aber sie sagte nichts. Als Julie ihr Emmas Neuigkeit erzählte, überlief Mabel ein Schauer.

»Ich werde mal bei Andrea anrufen«, sagte sie beunruhigt.

Mabel ging zum Telefon, hob den Hörer ab und wählte. Andrea ging nicht dran.

»Sie ist bestimmt schon unterwegs«, sagte Mabel betont munter. »Wahrscheinlich ist sie gleich hier. Oder vielleicht nimmt sie sich mal wieder frei. Mittwochs ist ja sowieso meist nur wenig los.«

Julie kam es so vor, als wollte Mabel vor allem sich selbst beruhigen.

Den Vormittag über – an dem sie eigentlich Petes Protokolle fertig stellen sollte – tätigte Jennifer heimlich mehrere Anrufe. Ihr Verdacht bestätigte sich. Jede Rechnung jüngeren Datums war durch Richards Firma, RPF Industrial, Inc., bezahlt worden.

Anschließend rief sie beim Handelsregister in Denver, Colorado, an und erfuhr, dass es zurzeit keine Firma dieses

Namens gab, dass es allerdings eine RPF Industries, Inc., gegeben hatte. Doch die hatte ihren Betrieb vor etwas mehr als drei Jahren eingestellt. Auf gut Glück rief sie auch beim Handelsregister in Columbus, Ohio, an und erfuhr, dass Richards Firma in Ohio etwa einen Monat vor seinem Eintritt bei J. D. Blanchard Engineering amtlich eingetragen worden war, und nur eine Woche, nachdem RPF Industries in Colorado den Betrieb eingestellt hatte.

Anrufe bei der Bank, die die Konten seiner Firma führte, waren wenig ergiebig, bis auf die Information, dass Richard Franklin dort kein privates Giro- oder Sparkonto unterhielt.

Jennifer grübelte über diese neuen Erkenntnisse nach. Es lag auf der Hand, dass Richard Franklin eine Firma aufgegeben hatte, um sogleich in einem anderen Staat eine Firma ähnlichen Namens zu eröffnen, und dass er anschließend beschlossen hatte, sein Leben so unauffällig wie möglich zu führen. Beide Entscheidungen lagen mindestens drei Jahre zurück. Seltsam, dachte Jennifer. Nicht kriminell, aber seltsam.

Erst hatte sie die Vermutung, dass Richard mit dem Gesetz in Konflikt geraten war. Warum sonst sollte jemand solche Scherereien auf sich nehmen? Aber dann verwarf sie den Gedanken. Unauffällig leben, das hieß noch lange nicht unauffindbar sein, und Richard Franklin war relativ leicht zu finden, falls jemand ihn suchte. Warum dann dieser Umstand mit den Firmen?

Es ergab keinen Sinn.

Jennifer sah auf die Uhr. Hoffentlich vermochte ihr Anruf bei J. D. Blanchard Engineering etwas Licht in die Sache zu bringen.

Leider musste sie bis dahin noch einige Stunden warten.

Pete Gandy besuchte in der Mittagspause das Fitnessstudio und entdeckte Richard Franklin beim Hantelstemmen in Rückenlage. Richard stemmte die Hantel sechsmal hoch – nicht so oft, wie Pete es schaffte, aber trotzdem nicht übel – und legte sie dann zurück auf den Halter. Er richtete sich auf und erblickte Pete Gandy.

»Hallo, Officer, wie geht's? Erinnern Sie sich an mich? Ich bin Richard Franklin.«

Pete Gandy trat auf ihn zu. »Gut. Und wie geht's Ihnen?«

»Langsam wieder besser.« Richard lächelte. »Wusste gar nicht, dass Sie hier trainieren.«

»Ich bin hier schon seit Jahren Mitglied.«

»Ich hab mir überlegt, ob ich mich auch anmelde. Heute mache ich nur ein Probetraining.« Er hielt inne. »Wollen Sie an die Hantel, während ich mich erhole?«

»Wenn Sie nichts dagegen haben?«

»Überhaupt nicht.«

Es sah ganz wie eine Zufallsbegegnung aus, gefolgt von unverbindlichem Geplauder.

Einige Minuten später sagte Richard: »Übrigens, Officer Gandy ...«

»Sagen Sie ruhig Pete.«

»Also gut, Pete«, fuhr Richard fort. »Mir ist gerade eingefallen, dass ich neulich Abend noch etwas zu erwähnen vergaß. Nur für alle Fälle.«

»Ja?«

Richard erklärte es ihm. Am Ende bemerkte er: »Wie gesagt, ich wollte nur, dass Sie es wissen, für alle Fälle.«

Als er das Studio verließ, dachte er an Officer Dugan und seinen Blick, als er damals die Jacke zurückschlug und die Bauchwunde offenbarte. Idiot.

— 32 —

Julie sollte dieser Tag unvergessen bleiben – als für lange Zeit letzter halbwegs normaler Tag in ihrem Leben.

Singer war schon morgens seltsam nervös. Rastlos trottete er im Salon zwischen den Frisierstühlen hin und her, an denen Mabel und Julie arbeiteten. Es kamen zwar etliche Kunden, aber keiner schien zu längeren Schwätzchen aufgelegt zu sein. Julie führte es darauf zurück, dass die Kunden, zumal die Frauen, spürten, wie ungern sie an diesem Tag im Salon war. Am liebsten wäre sie an einen weit entfernten Ort geflohen …

Nachdem sich der Nebel gelichtet hatte, wurde es rasch warm, und zu allem Überfluss trat vormittags die Klimaanlage in Streik, wodurch die Luft im Salon noch drückender wurde. Mabel öffnete die Tür und klemmte einen Keil darunter, aber da draußen überhaupt kein Lüftchen ging, half dies nur wenig. Auch der Deckenventilator sorgte kaum für Abkühlung, und als es Nachmittag wurde, war Julie endgültig schweißgebadet. Ihr Gesicht glänzte feucht, und sie zupfte immer wieder vorn an ihrer Bluse herum, um etwas Luft an ihre Haut zu lassen.

Seit sie sich in Mabels Armen ausgeweint hatte, war sie allerdings etwas ruhiger geworden, und als Mike vorbeikam, schaffte sie es sogar zu lächeln. Schlimm genug, dass sie, die sonst immer so viel hatte ertragen können, am Morgen die Beherrschung verloren hatte. Mike gegenüber konnte sie natürlich zeigen, wie es ihr wirklich ging, doch bei allen anderen, selbst bei Freunden, war sie normalerweise nicht derart extrovertiert.

Nun aber sah Mabel sie immer wieder verstohlen an, als sei sie bereit, jederzeit erneut mit ausgebreiteten Armen auf

Julie loszustürmen. Das war zwar sehr nett, aber letzten Endes erinnerte es Julie nur daran, warum sie überhaupt so durcheinander war.

Andrea war immer noch nicht aufgetaucht. Mit einem Blick in den Terminkalender hatte Mabel festgestellt, dass sie erst ab dem späten Vormittag Kundinnen hatte, und so glaubten die beiden Frauen zunächst, dass sich Andrea wieder einmal den Morgen kurzerhand freigenommen hatte.

Doch Julies Unruhe wuchs, denn die Stunden vestrichen, Andreas erste Kundin kam, doch von ihr selbst war nach wie vor nichts zu sehen.

Freundinnen waren sie und Andrea zwar nicht gerade, aber dennoch hoffte sie inständig, dass Andrea nichts passiert war. Hoffte, dass Andrea nicht mit Richard zusammen war. Ob es besser war, gleich die Polizei zu rufen? Aber was sollten sie sagen? Dass Andrea nicht zur Arbeit gekommen war? Die erste Frage der Beamten würde lauten, ob ihre Abwesenheit ungewöhnlich war. Und das konnte man nun wahrlich nicht behaupten …

Julie dachte an Richards und Andreas wenige Begegnungen im Salon zurück. Andrea war offensichtlich von ihm angetan gewesen, aber soweit sich Julie entsann, hatte Richard nicht darauf reagiert, auch nicht, als Andrea ihm die Haare schnitt. Nein, dachte sie, er hat stattdessen laufend zu mir herübergeschielt.

Andrea war mit Richard ausgegangen, das hatte Emma Mike erzählt. *Ich habe eben gesehen, wie er sie geküsst hat.*

Emmas Anruf war nur wenige Stunden nachdem Julie Richard im Wald getroffen hatte erfolgt. Wenn die beiden aber in Morehead City gewesen waren – eine halbe Stunde Fahrt von Swansboro aus –, musste er doch ziemlich bald nach ihrem kleinen »Plausch« zu Andrea gefahren sein. Also gleich nachdem er mir seine Liebe beteuert hat, dachte Julie.

Das Ganze ergab absolut keinen Sinn.

Hatte Richard gewusst, dass Emma auch dort war? Sie waren sich zwar nur einmal begegnet, doch Julie war sicher, dass er Emma wiedererkennen würde. Ob er gewollt hatte, dass Emma ihn sah und ihr, Julie, brühwarm darüber berichtete? Doch was diese Botschaft besagen sollte, war Julie schleierhaft. Falls er sie damit in falscher Sicherheit wiegen wollte, machte er einen Fehler. Darauf würde sie nicht noch einmal reinfallen.

Nie und nimmer. Er konnte sie mit nichts mehr überraschen.

Dachte sie zumindest.

Bei ihrem Telefonat mit Casey Ferguson von J. D. Blanchard hielt Jennifer ihren Stift dicht über den Block, jederzeit bereit, etwas zu notieren.

»Solche Information dürfen wir eigentlich nicht weitergeben. Personalakten sind vertraulich«, sagte Ferguson gerade ausweichend.

»Verstehe«, erwiderte Jennifer in ernstem Ton. »Aber wie gesagt, wir befinden uns gerade in einer Ermittlung.«

»Wie ich bereits sagte, wir sind an strenge Vertraulichkeitsauflagen gebunden. So verlangt es der Gesetzgeber.«

»Selbstverständlich«, sagte Jennifer wieder, »aber falls nötig, werden wir die Akten sowieso einziehen. Ich wollte nur nicht, dass gegen Ihr Unternehmen der Vorwurf erhoben wird, eine Ermittlung zu behindern.«

»Soll das eine Drohung sein?«

»Auf keinen Fall«, sagte Jennifer, doch bei Fergusons nächsten Worten musste sie einsehen, dass sie zu weit gegangen war.

»Tut mir Leid, Ihnen nicht behilflich sein zu können«, sagte Casey Ferguson knapp. »Wenn Sie eine entsprechende richterliche Verfügung haben, sind wir Ihnen natürlich gern behilflich.«

Damit beendete er das Gespräch. Jennifer legte leise fluchend den Hörer auf und überlegte, was sie nun tun sollte.

Am Abend zog Mike Julie gleich nach der Arbeit sanft in ihr Schlafzimmer.

Seit der unliebsamen Geschichte mit Richard im Clipper hatten sie nicht mehr miteinander geschlafen. Dennoch überstürzten sie jetzt nichts. Sie liebten sich langsam und zärtlich, mit vielen sanften Küssen. Danach hielt Mike Julie lange umschlungen, und seine Lippen streiften über die Haut zwischen ihren Schulterblättern. Julie döste ein, bis Mikes Bewegung sie aus dem Schlaf riss. Es war dunkel, aber noch nicht einmal zweiundzwanzig Uhr, und Mike zog sich gerade die Jeans an.

»Was hast du vor?«

»Ich gehe mit Singer raus. Ich glaube, er muss mal.«

Julie räkelte sich. »Wie lange habe ich geschlafen?«

»Nicht lange – eine Stunde oder zwei.«

»Entschuldige.«

»Ich fand's schön. Es hat Spaß gemacht, dir beim Atmen zuzuhören. Du musst ja hundemüde gewesen sein.«

Julie lächelte. »Bin ich immer noch. Aber ich werde mir einen Happen zu essen holen. Möchtest du auch etwas?«

»Ein Apfel reicht.«

»Mehr nicht? Keinen Käse oder Cracker oder so was?«

»Nein. Ich habe heute Abend keinen großen Hunger. Bin auch ziemlich erledigt.«

Dann schlüpfte er hinaus. Julie richtete sich auf, knipste die Lampe an und blinzelte, weil das Licht so hell war. Sie stand auf und trat an die Kommode, um ein langes T-Shirt herauszuholen. Das zog sie sich über und ging dann in die Küche. Sie öffnete den Kühlschrank, nahm einen Joghurt und ein paar Schokoladenkekse heraus und ergriff auf dem Weg nach draußen noch einen Apfel.

Als sie durchs Wohnzimmer ging, fiel ihr Blick auf das Medaillon, und sie erschrak. Es lag auf dem Schreibtisch neben ihrem Kalender, halb verdeckt von einem Stapel Kataloge. Bei seinem Anblick erschienen prompt Bilder von Richard vor ihrem inneren Auge: sein Blick, als er ihr das Medaillon überreichte, Richard, wie er plötzlich die Tür festhielt, Richard, der sie im Wald erwartete.

Etwas irritierte sie. Sie hatte das Medaillon im Trubel der letzten Tage völlig vergessen. Und nun lag es auf dem Schreibtisch, und sie hatte es gleich entdeckt, ohne danach gesucht zu haben. Ohne es sehen zu wollen. Warum war es ihr dann nicht schon früher ins Auge gefallen?

Julie hörte plötzlich überdeutlich das Ticken der Uhr. Aus dem Augenwinkel sah sie Mike, der immer noch an der Haustür lehnte. Das Medaillon funkelte im Lichtschein der Lampe auf dem Couchtisch, es wirkte irgendwie unheilvoll. Julie merkte, dass ihre Hände zitterten.

Die Post, dachte sie plötzlich. Genau, das war es. Als ich den Poststapel auf den Tisch legte, ist das Medaillon irgendwie verrutscht. Sie schluckte. Oder?

Sie wollte es nicht länger im Haus haben. So lächerlich das sein mochte, es kam ihr mittlerweile so vor, als sei es mit einem bösen Zauber behaftet, als würde Richard wie von Zauberhand erscheinen, wenn sie es nur anrührte. Aber ihr blieb keine Wahl.

Sie zwang sich, die Hand auszustrecken und zog das Medaillon vollständig unter den Katalogen hervor. Erst erwog sie, es in den Müll zu werfen, beschloss dann aber, es in der Kommode zu verwahren und es irgendwann, wenn die ganze Geschichte ausgestanden war, in einem Pfandhaus zu versetzen. Wegen des Monogramms war es vielleicht nicht besonders viel wert, aber ein wenig würde sie dafür bekommen und das Geld gleich am nächsten Sonntag in der Kirche in die Kollekte geben.

Julie ging mit dem Medaillon ins Schlafzimmer und musterte es noch einmal, als sie die Schublade aufzog. Die schnörkelige Gravur auf der Außenseite sah professionell angefertigt aus.

Pech, dachte sie. Mehr als fünfzig Dollar würde sie für das Ding nicht bekommen.

Während sie ihre Wäsche ein wenig anhob, damit sie es darunter verbergen konnte, fiel ihr Blick abermals auf das Schmuckstück. Irgendetwas war anders. Etwas …

Ihr stockte der Atem.

Nein, dachte sie. Bitte … nein …

Sie hakte mit zitternden Fingern den Verschluss der Kette auf. Nur so konnte sie Gewissheit erlangen. Dann trat sie vor den Spiegel im Bad, legte sich die Kette um den Hals und hielt sie hinten am Verschluss zusammen.

Julie blickte in den Spiegel. Es war sofort offensichtlich.

Das Medaillon, das ihr früher bis zum Busen hinabhing, ruhte nun fünf Zentimeter höher.

Ich besorg dir eine kürzere Kette, hatte Richard gesagt. *Dann kannst du es zu jeder Gelegenheit tragen.*

Julie wurde plötzlich schwindelig, sie wich vom Spiegel zurück und ließ die Kette so abrupt los, als sei sie glühend heiß. Das Medaillon rutschte durch das T-Shirt an ihrem Körper entlang und landete schließlich klirrend auf den Bodenfliesen.

Der Schrei kam erst Sekunden später.

Als Julie auf das Medaillon hinabschaute.

Beim Aufprall war es aufgesprungen, und von beiden Seiten lächelte ihr Richard entgegen.

Diesmal war Jennifer Romanello nicht allein zu Julie gefahren. Auch Officer Pete Gandy saß am Küchentisch und sah sie gerade zweifelnd an. Das Medaillon lag auf dem Tisch, und Pete nahm es in die Hand.

»Also noch einmal von vorn«, sagte er, während er das Medaillon aufklappte. »Sie, Mike, schlagen den Kerl zusammen, und daraufhin schenkt er Julie ein paar Bilder von sich. Das kapiere ich nicht.«

Mike ballte unter dem Tisch die Hände, um nicht in die Luft zu gehen.

»Ich hab's Ihnen doch schon erklärt! Er stellt ihr schon seit längerem nach.«

Pete nickte, betrachtete jedoch weiter die Bilder. »Ja, ich weiß. Das sagen Sie ständig, aber ich versuche nur herauszufinden, ob hier noch andere Erklärungen möglich sind.«

»Andere Erklärungen?«, fragte Mike aufbrausend. »Sehen Sie denn nicht, dass das der beste Beweis ist? Dass er hier im Haus war? Das ist Einbruch!«

»Aber es scheint doch nichts zu fehlen. Nichts deutet auf einen Einbruch hin. Bei Ihrer Heimkehr waren alle Türen und Fenster geschlossen. Das haben Sie selbst gesagt.«

»Wir behaupten doch gar nicht, dass dieser Kerl etwas entwendet hat! Aber er war hier im Haus, auch wenn ich nicht die geringste Ahnung habe, wie er das bewerkstelligt hat. Sie müssen sich doch die Geschichte mit dem Medaillon vor Augen führen!«

Pete erhob beruhigend die Hände. »Nun mal langsam, Mike. Kein Grund zur Aufregung. Ich will der Sache nur auf den Grund gehen.«

Jennifer und Julie waren ebenso aufgebracht wie Mike, aber Pete hatte Jennifer gesagt, er würde die Sache ein für alle Mal klären, und sie solle schön den Mund halten. In ihrer Miene spiegelten sich Entsetzen und schlichte Neugier, und sie musste immer wieder daran denken, was sie bereits über Richard herausbekommen hatte. Konnte Pete wirklich so blind sein?

Gerade beugte er sich vor und legte das Medaillon auf den Tisch zurück. »Ich gebe ja zu, an der Sache scheint etwas faul zu sein. Und wenn Julie die Wahrheit sagt, hat Richard Franklin offenbar ein kleines Problem, das einen Besuch von mir erforderlich macht.«

Mikes Gesichtsmuskeln verkrampften sich. »Sie sagt die Wahrheit«, knirschte er mit zusammengebissenen Zähnen.

Pete ging nicht darauf ein und schaute Julie über den Tisch hinweg an. »Sind Sie ganz sicher? Dass Richard diese Bilder nur in das Medaillon stecken konnte, indem er in Ihr Haus einbrach?«

Sie nickte.

»Und Sie sagen, Sie hätten die Kette in der letzten Zeit nicht angerührt?«

»Nein«, erwiderte Julie. »Sie lag auf dem Schreibtisch unter ein paar Zeitschriften und Katalogen.«

»Also bitte, Pete«, warf Mike ein, »was tut denn das zur Sache?«

Pete überging seinen Einwand und musterte Julie weiterhin mit skeptischem Blick.

»Er kann die Bilder bei keiner anderen Gelegenheit hinterlassen haben?«, bohrte er weiter. »Wirklich nicht?«

Daraufhin wurde es sonderbar still in der Küche. Pete starrte Julie unverwandt an, und unter seinem wissenden Blick begriff sie endlich, worauf er anspielte. Sie spürte, wie sich ihr Magen zusammenzog.

»Wann hat er es Ihnen erzählt?«, fragte sie leise.

»Was meinst du?«, wollte Mike sofort wissen. Mit von Abscheu erfüllter Stimme fuhr Julie fort:

»Hat er Sie angerufen und gesagt, er hätte noch etwas zu erwähnen vergessen?«, fragte sie. »War es so? Oder ist er Ihnen über den Weg gelaufen, ganz zufällig natürlich, und hat es dabei zur Sprache gebracht?«

Pete erwiderte nichts, aber das war auch nicht nötig. Ein jähes, kaum wahrnehmbares Zucken seines Kopfes verriet ihr, dass eine ihrer Vermutungen zutraf. Sie tippte auf das zufällige Zusammentreffen. Richard hatte es Pete gewiss persönlich sagen wollen, von Angesicht zu Angesicht. Um Pete irrezuführen.

Mike sah unterdessen zwischen Pete und Julie hin und her und versuchte zu begreifen, wovon sie sprach. Seit wann hatte sie mit diesem Officer Geheimnisse?

»Könnten Sie bitte einfach meine Frage beantworten?«, beharrte Pete.

Aber Julie schwieg und schaute Pete in die Augen.

»Sie hat die Frage doch beantwortet«, warf Mike schließlich ein. »Nein, es gab keine andere ...«

Julie hörte ihn kaum. Sie wandte ihren Blick zum Fenster und stierte auf die zugezogenen Vorhänge.

»Doch«, sagte sie dann tonlos. »Es gab eine Gelegenheit, wo er es hätte tun können.«

Pete lehnte sich zurück und verschränkte mit hochgezogenen Augenbrauen die Arme. »Als er hier Nacht übernachtet hat, meinen Sie.«

»Was?«, rief Jennifer und riss den Mund auf.

»Was?«, echote Mike.

Julie wandte sich zu ihm um.

»Es ist nichts zwischen uns passiert, Mike«, sagte sie ruhig. »Überhaupt nichts. Seine Mutter war gestorben, er war durcheinander, und er wollte unbedingt mit jemandem darüber reden. Wir haben uns wirklich bloß unterhalten. Irgendwann ist er auf dem Sofa eingeschlafen.«

Obwohl sie die Wahrheit sagte, erkannte sie nach einem

Blick in Petes Gesicht, dass Richard ihm gegenüber bereits etwas anderes angedeutet hatte.

Und Mike sah das auch.

Richard ließ die Kamera sinken. Mit einem Teleobjektiv versehen, diente sie ihm als Fernglasersatz, und er hatte Mike und Julie seit ihrer Rückkehr am Abend beobachtet. Tagsüber war nie etwas zu erkennen, doch abends, wenn die Lampen brannten, konnte er Schatten sehen, und das genügte ihm.

Heute Abend würde sie es finden. Nach seinem Plausch mit Pete Gandy hatte er das Medaillon natürlich etwas sichtbarer platzieren müssen, und deshalb würde sie es heute auf jeden Fall auf dem Schreibtisch sehen.

Sein Verfahren würde logischerweise zu unschönen Szenen führen, aber anders ging es nicht. Es war höchste Zeit, Julies kleine Affäre mit Mike ein für alle Mal zu beenden.

Nachdem Mike die Tür hinter den Polizisten geschlossen hatte, lehnte er sich bäuchlings dagegen, beide Hände aufgestützt, als solle er gefilzt werden. Er hielt den Kopf gesenkt, und Julie hörte seine tiefen Atemzüge. Singer stand neben ihm und sah ihn neugierig an, als fragte er sich, ob das ein neues Spiel sei.

Mike vermochte Julie nicht in die Augen zu sehen.

»Warum hast du es mir nicht vorher gesagt?«, fragte er halblaut.

Julie wandte den Blick ab. »Weil ich fürchtete, du würdest ausflippen …«

Mike schnaubte, doch sie sprach unbeirrt weiter.

»Aber mehr noch, ich wusste, es würde deine Gefühle verletzen, und dazu bestand kein Anlass. Ich schwöre – es ist nichts passiert. Er hat bloß unablässig geredet.«

Mike richtete sich auf und drehte sich endlich um. Sein Gesichtsausdruck war wütend, hart.

»Das war die Nacht nach unserer ersten Verabredung, oder?« Und der Abend, als er sie zum ersten Mal zu küssen versuchte und sie sich verweigert hatte.

Julie nickte. »Tolles Timing, nicht wahr?«

Doch Witze waren jetzt nicht angebracht. Sie bereute ihre Worte sofort und trat einen Schritt vor. »Ich wusste nicht, dass er kommen würde. Ich wollte gerade ins Bett gehen, als er vor der Tür stand.«

»Und dann? Du hast ihn einfach reingelassen?«

»So war es nicht. Wir haben gestritten, weil ich ihm sagte, dass es aus sei zwischen uns. Es ging ziemlich laut her, und dann hat Singer …«

Sie verstummte. Sie wollte das alles gar nicht ausführlich erzählen. Es schien ihr so sinnlos.

»Singer hat *was*?«

Julie verschränkte die Arme und zuckte die Achseln. »Singer hat ihn gebissen. Als ich die Tür schließen wollte, hat Richard versucht, mich daran zu hindern, und Singer ist auf ihn los.«

Mike starrte sie an. »Und das alles schien dir nicht wichtig genug, um es mir zu erzählen? Selbst nach allem, was passiert ist?«

»Genau«, sagte sie mit einem flehenden Unterton. »Es schien mir damals nicht wichtig! Ich habe ihm schließlich gesagt, dass ich ihn nicht mehr sehen will.«

Mike verschränkte die Arme. »Also noch einmal von vorn«, sagte er. »Er taucht bei dir auf, ihr habt Streit, Singer geht auf ihn los, und dann lässt du ihn bei dir übernachten. Ich mag mich irren, aber deine Geschichte ergibt irgendwie wenig Sinn.«

»Bitte sei doch nicht so, Mike! Bitte …«

»Wie bin ich denn? Ein bisschen wütend, weil du mich angelogen hast?«

»Ich habe dich nicht angelogen.«

»Nein? Wie nennst du es denn dann?«

»Ich hab's dir nicht erzählt, weil es für mich unwichtig war. Es ist ja nichts passiert! Und die Dinge, die danach geschahen, haben nichts mit jenem Abend zu tun.«

»Woher willst du das wissen? Vielleicht hat ihn das erst auf die Idee gebracht!«

»Aber ich habe ihm doch bloß zugehört, mehr nicht!«

Mike sagte nichts, doch Julie sah den Vorwurf in seinen Augen.

»Du glaubst mir nicht?«, fragte sie. »Denkst du etwa, ich sei mit ihm ins Bett gegangen?«

Mike ließ die Frage für eine Weile im Raum stehen. »Ich weiß nicht, was ich glauben soll.«

Julie zuckte zusammen. Am liebsten hätte sie sich umgehend zur Wehr gesetzt, ihn angebrüllt oder zum Gehen aufgefordert. Doch sie hielt sich zurück, denn Richards Worte hallten ihr durch den Kopf.

Jede Wette, du hast ihm nicht erzählt, dass ich bei dir übernachtet habe. Was meinst du, wie er das wohl aufnehmen würde?

Plötzlich wusste sie, dass auch dies zu Richards Plan gehört hatte. Er manipulierte sie, genau wie er Pete Gandy manipulierte. Sie holte tief Luft und gab sich Mühe, ruhig und ohne Zorn zu reden.

»Glaubst du wirklich, Mike, dass ich mit einem Mann ins Bett gehe, den ich kaum kenne, obwohl ich ihm gerade gesagt habe, es sei aus? Über den ich dir erzählt habe, dass ich ihn nicht mal *leiden* kann? Nach all den Jahren, die du mich kennst, glaubst du wirklich, ich würde so was tun?«

Mike starrte Julie an. »Ich weiß es nicht.«

Seine Worte waren wie ein Schock, und ihr kamen die Tränen. »Ich war nicht mit ihm im Bett!«

»Vielleicht nicht«, murmelte Mike. »Aber der Gedanke, dass du mir nicht vertraut hast, tut trotzdem weh.«

»Ich vertraue dir doch! Aber ich wollte dir nicht wehtun.«

»Du hast mir aber jetzt wehgetan, Julie«, sagte er, ergriff den Türknauf und öffnete die Tür.

»Warte – wo willst du hin?«

Mike hob die Hände. »Ich brauche etwas Zeit für mich, okay? Ich muss in Ruhe nachdenken.«

»Bitte, geh nicht«, drängte sie. »Ich will heute Nacht nicht allein sein.«

Mike schien zu zögern. Doch dann schüttelte er den Kopf und war verschwunden.

Richard beobachtete, wie Mike die Einfahrt hinabkam, in seinen Pick-up stieg und die Wagentür zuknallte.

Er lächelte. Nun musste Julie endlich die Wahrheit über Mike erkennen. Dass auf ihn kein Verlass war. Dass Mike ein Mensch war, dessen Handeln impulsiv und von Gefühlen bestimmt war, nicht von Vernunft. Dass Mike ihrer nicht würdig war. Dass sie jemanden verdiente, der stärker war, intelligenter, und ihrer Liebe würdig.

Richard konnte es kaum erwarten, sie aus diesem Haus zu führen, aus dieser Stadt, diesem Leben, in das sie sich verstrickt hatte. Er hob die Kamera wieder an die Augen und beobachtete Julies Schatten durch die Vorhänge.

Selbst ihr Schatten war wunderschön.

– 33 –

Was sagst du da?«, fragte Henry ungläubig.

»Du hast mich schon richtig verstanden«, antwortete Mike. »Sie hat ihn bei sich übernachten lassen.«

Während der viertelstündigen Fahrt zu Henry war Mike nur noch wütender geworden. Jetzt standen sie bei seinem Bruder im Vorgarten. Emma öffnete kurz die Tür und fragte, was los sei, aber Mike verstummte sogleich und starrte sie nur an. Er war sicher, dass sie längst wusste, was Julie getan hatte. Henry hob beruhigend die Hand.

»Nur noch eine Minute, Em. Mike ist im Moment ziemlich außer sich.«

Bevor sie ins Haus zurückging, warf Emma Henry einen Blick zu, der eindeutig besagte: Ich erwarte später einen Bericht. Henry wandte sich wieder zu seinem Bruder um.

»Das hat sie dir erzählt?«, fragte er.

»Ja, als die Polizei da war …«

»Moment mal«, sagte Henry, »die Polizei war schon wieder da? Warum denn?«

»Wegen des Medaillons. Richard hat Fotos von sich hineingesteckt. Was zum Henker soll ich jetzt tun?«

Henry bemühte sich, Mikes Worten zu folgen, begriff aber immer weniger. Schließlich legte er Mike die Hand auf den Arm.

»Jetzt beruhige dich erst mal, Mike. Und dann erzählst du alles der Reihe nach.«

»Wie lange wollen Sie denn noch die Beleidigte spielen?«, fragte Pete Gandy.

Sie rollten gemächlich im Streifenwagen durch das verlassene Geschäftsviertel. Jennifer Romanello hatte kein Wort gesagt, seit sie Julies Haus verlassen hatten.

Jennifer sah aus dem Seitenfenster.

»Immer noch sauer wegen der Sache mit Mike Harris?«, fragte Pete. »Falls ja, dann müssen Sie lernen, mit so etwas umzugehen. Unser Job ist eben nicht immer leicht.«

Jennifer warf ihm einen angewiderten Blick zu. »Mag schon sein«, sagte sie, »aber so unmöglich wie Sie muss man sich auch nicht aufführen.«

»Was reden Sie da? Ich habe mich nicht unmöglich aufgeführt.«

»Nein? Warum haben Sie denn dann dieses leidige Thema in Mikes Beisein angesprochen? Dazu bestand keinerlei Grund.«

»Dass Richard bei ihr übernachtet hat, meinen Sie?«

Jennifer erwiderte nichts. Pete *wusste*, dass dies der Grund ihrer Verstimmung war.

»Warum regen Sie sich so auf? Es stimmte doch, oder?«

Der Typ ist wirklich das Letzte, dachte sie.

»Aber das mussten Sie doch nicht vor Mike zur Sprache bringen«, wiederholte sie genervt. »Sie hätten Julie beiseite nehmen und sie dazu befragen können! Dann hätte sie es Mike später in Ruhe erklären können.«

»Und wo ist der Unterschied?«

»Der Unterschied ist, dass Sie die beiden völlig überrumpelt und damit vermutlich einen Riesenkrach ausgelöst haben.«

»Und? Es ist nicht mein Problem, wenn die nicht ehrlich miteinander sind. Ich wollte der Sache nur auf den Grund gehen.«

»Genau« – Jennifer nickte – »das kommt noch dazu. Woher wussten Sie denn, dass er bei ihr übernachtet hat? Haben Sie etwa noch einmal mit Richard gesprochen?«

»Ja, allerdings. Habe ihn zufällig im Fitnessstudio getroffen. Er scheint ein netter Kerl zu sein.«

»Das meinen Sie doch nicht ernst!«

»Doch«, sagte Pete abwehrend. »Er wird nämlich keine Anzeige erstatten, und das sagt einiges aus, oder?«

»Und wann genau wollten Sie mir das alles mitteilen?«

»Was denn mitteilen? Wie gesagt, die Sache kann zu den Akten gelegt werden, und außerdem geht Sie das nichts an. Sie müssen den Dreh schließlich erst noch rauskriegen.«

Jennifer schloss die Augen. »Das Problem ist, Richard stellt Julie nach, und sie hat eine Todesangst. Wieso können Sie das nicht verstehen?«

Pete schüttelte unwillig den Kopf. »Hören Sie, Richard hat mir von dem Medaillon erzählt, okay? Und auch, dass er die Bilder hineingesteckt hat, als er bei ihr übernachtete. Und schließlich hat sogar Julie zugegeben, das Schmuckstück seither nicht mehr angeschaut zu haben. Wer will also behaupten, dass er lügt?«

»Und was sie sonst erzählt hat, ist Ihnen gleichgültig? Dass er ihr gefolgt ist? Finden Sie nicht, dass alles ein bisschen zu gut zusammenpasst?«

»Hey«, protestierte Pete, »ich habe mich immerhin ein paarmal mit dem Burschen unterhalten ...«

Da ertönte ein Knarzen aus dem Funkgerät. Jennifer warf Pete einen bösen Blick zu und ergriff das Mikrofon.

Sylvia, die seit zwanzig Jahren Dienst in der Einsatzzentrale tat und so gut wie jeden in der Stadt kannte, sagte mit unschlüssiger Stimme:

»Wir haben eben einen Anruf von einem LKW-Fahrer bekommen, der auf dem Highway unterwegs ist. Er meinte, er hätte in einem Graben was Merkwürdiges gesehen, und fand, wir sollten mal einen Wagen hinschicken.«

»Was glaubt er denn gesehen zu haben?«

»Keine Ahnung, schließlich ist es dunkel. Die Stelle befindet sich gleich am Highway 24, ungefähr eine Viertelmeile hinter der Amoco-Tankstelle.«

»Wir überprüfen das«, erwiderte Jennifer, insgeheim froh, dass Pete nun endlich die Klappe halten musste.

Mike war seit einer halben Stunde fort, und im Haus war es unheimlich still. Julie überzeugte sich, dass alle Fenster und Türen geschlossen waren, und lief dann unruhig im Wohnzimmer auf und ab. Singer folgte ihr unablässig. Von draußen hörte sie Grillengezirpe und das leise Rascheln der Blätter im Abendwind.

Julie verschränkte die Arme und sah zur Tür. Gleich darauf winselte Singer, und Julie tätschelte ihn.

Richard hatte die Bilder nicht an jenem Abend in das Medaillon gesteckt, da war sie sicher. Lieber Himmel, er war doch eben erst von einer Beerdigung gekommen! Und da sollte er zufällig zwei Bildchen von sich dabeihaben, in der Hoffnung, sie in das Medaillon stecken zu können, während Julie im anderen Zimmer schlief?

Nie und nimmer.

Nein, er war hier gewesen. In ihrem Haus. Hatte sich umgesehen, Schubladen geöffnet, ihre Sachen durchwühlt. Mit anderen Worten, er wusste, wie er hineingelangte.

Und er konnte jederzeit wiederkommen.

Bei dem Gedanken schnürte sich Julies Hals zusammen. Sie hastete in die Küche, schnappte sich einen Stuhl und klemmte ihn unter den Knauf der Haustür.

Wie konnte Mike sie nur allein lassen? Wie um alles in der Welt konnte er sie *an diesem Abend* allein lassen?

Sie hatte ihm nicht von jener Nacht erzählt. Na und? Es war doch nichts geschehen!

Aber Mike hatte ihr nicht geglaubt. Das verletzte und erzürnte sie sehr.

Julie ließ sich auf das Sofa sinken und brach in Tränen aus.

»Glaubst du ihr?«, fragte Henry.

Mike senkte den Blick und seufzte. »Ich weiß es nicht.«

Henry starrte ihn an. »Aber du musst ihr glauben!«

»Und warum?«, blaffte Mike.

»Weil du Julie kennst«, beharrte Henry. »Du kennst sie besser als jeder andere.«

Nach einer Weile löste sich die Spannung in Mikes Schultern ein wenig. »Nein«, sagte er endlich. »Ich glaube nicht, dass sie mit ihm im Bett war.«

»Und warum bist du dann so sauer?«

»Sie hat mich angelogen.«

»Nein, das stimmt nicht. Sie hat es dir nur nicht erzählt.«
»Das ist dasselbe.«
»Nein, eben nicht. Meinst du, ich erzähle Emma alles? Jede einzelne unwichtige Geschichte?«
»Diese Geschichte war wichtig, Henry!«
»Offenbar nicht für sie, Mike.«
»Wie kann sie unwichtig sein? Nach allem, was vorgefallen ist?«
Auch wieder wahr, dachte Henry. Natürlich hätte Julie Mike davon erzählen sollen.
»Also, was hast du jetzt vor?«
Mike zögerte lange mit der Antwort. »Ich weiß es nicht.«

Richard sah Julies Schatten auf dem Sofa. Er wusste genau, dass sie weinte, und hätte sie gern in den Arm genommen, sie getröstet, ihren Schmerz gelindert. Er legte den Finger an die Lippen, wie um sie zum Schweigen zu bringen. Ihre Gefühle waren auch seine, auch er fühlte sie deutlich: ihre Einsamkeit und Furcht, ihr Herzeleid. Zum ersten Mal rührten ihn fremde Tränen.
Nicht einmal in den Monaten nach der Beerdigung seines Vaters, wenn er seine Mutter weinen sah, hatte er so empfunden. Aber er hatte sie schließlich auch zu hassen gelernt.

Mike war auf der Heimfahrt, und noch immer überschlugen sich die Gedanken in seinem Kopf.
Julie hätte es mir sagen sollen, dachte er wieder. Ja, er wäre ausgeflippt, aber er wäre darüber hinweggekommen. Er liebte sie, und was war Liebe ohne Vertrauen oder Aufrichtigkeit?
Auch auf Henry war er wütend, weil er den Vorfall so leichthin abtat. Vielleicht wäre er anderer Meinung, wenn Emma ihn einmal betrogen hätte. So wie er, Mike, vor ein paar Jahren von Sarah betrogen worden war. Wie hieß es immer? Gebranntes Kind scheut das Feuer.
Nur, dass Julie ihn nicht betrogen hatte.
Aber sie hatte ihm auch nicht vertraut. Und nur darum ging es hier. Um Vertrauen. Jim hätte sie die Geschichte

erzählt, daran hatte Mike keinen Zweifel. Warum dann nicht auch *ihm*? War ihre Beziehung so anders?

Liebte sie ihn nicht?

Richard verbarg sich nach wie vor hinter den Bäumen und dachte über seine Mutter nach.

Nach der Beerdigung seines Vaters hatte er gehofft, sie würde sich erholen und eine starke Frau werden. Doch stattdessen hatte sie selbst zu trinken begonnen und kettenrauchend in der Küche gehockt. Irgendwann war auch sie gewalttätig geworden, als wolle sie damit das Andenken an ihren Mann wach halten. Als es das erste Mal geschah, lag Richard schlafend im Bett und wurde von einem brennenden Schmerz geweckt. Es war, als würde ein Streichholz gegen ihn gehalten.

Seine Mutter stand mit wildem Blick vor ihm, und der Gürtel seines Vaters baumelte von ihrer Hand. Sie hatte ihren Sohn mit der Gürtelschnalle geschlagen.

»Du bist schuld!«, kreischte sie. »Du hast ihn immer wütend gemacht!«

Immer wieder schlug sie zu. Bei jedem Hieb duckte sich Richard, flehte sie an aufzuhören, und versuchte sich zu schützen, aber sie schwang den Gürtel so lange, bis sie keine Kraft mehr in den Armen hatte.

In der folgenden Nacht geschah es wieder, aber diesmal hatte er schon damit gerechnet und die Prügel mit demselben stillen Zorn hingenommen wie früher die Gewaltausbrüche seines Vaters. In jener Zeit, als seine Mutter ihn wieder und wieder prügelte, lernte er sie hassen. Er wusste jedoch, dass er nicht sofort etwas gegen sie unternehmen konnte. Nicht, solange die Polizei noch misstrauisch war wegen der Todesursache bei seinem Vater.

Neun Monate darauf – Richards Beine und sein Rücken waren inzwischen völlig vernarbt – zerstieß er die Schlaftabletten seiner Mutter zu Pulver und kippte es in ihren Wodka. Sie schlief ein und wachte nie wieder auf.

Morgens, als er vor ihrem Bett stand und auf sie hinabstarrte, ging ihm durch den Kopf, wie beschränkt sie gewesen war. Obwohl sie ihn in Verdacht hatte, etwas mit dem Tod seines Vaters zu tun gehabt zu haben, wäre ihr nie in den Sinn gekommen, dass ihr dasselbe blühen könnte. Sie hätte wissen müssen, dass er stark genug war, um sich aus ihren Fängen zu befreien. Auch Julie war stark genug gewesen, ihr Leben zu ändern. Julie war eine Kämpfernatur.

Das bewunderte er an ihr. Das liebte er an ihr.

Deshalb war es an der Zeit, den Kampf zu beenden. Richard war sicher, dass Julie ihm nun zustimmen würde. Nun, da das Intermezzo mit Mike vorüber war, hatte es keinen Sinn, das Unvermeidliche aufzuschieben.

Langsam kam Richard zwischen den Bäumen hervor.

Jennifer Romanello und Pete Gandy fuhren an der Amoco-Tankstelle vorbei und hielten dann auf dem Standstreifen an. Sie holten ihre Taschenlampen hervor und stiegen aus.

Autos rasten auf dem Highway an ihnen vorüber. Der Straßenrand war in wirbelndes blaues und rotes Licht getaucht, damit die Fahrer vorsichtig an Jennifer und Pete vorbeifuhren.

»Sie gehen in die Richtung«, sagte Pete und deutete zur Tankstelle. »Ich gehe in die andere.«

Jennifer knipste ihre Taschenlampe an und begann mit der Suche.

Julie saß immer noch weinend auf dem Sofa, als sie vor ihrer Tür Geräusche hörte. Singer stellte die Ohren auf, jagte ans Fenster und knurrte. Julies Herz begann zu hämmern. Unwillkürlich sah sie sich nach einer Waffe um.

Als Singer bellte, fuhr sie mit schreckgeweiteten Augen vom Sofa hoch und bemerkte erst dann erleichtert, dass er mit dem Schwanz wedelte.

»Julie!«, hörte sie Mike durch die Tür rufen. »Ich bin's, Mike.«

Sie lief zur Tür und entfernte rasch den Stuhl. Wellen der Erleichterung durchströmten sie. Als sie öffnete, sah Mike sie kurz an und senkte dann den Blick zu Boden.

»Ich glaube dir, dass du nicht mit ihm im Bett warst«, sagte er.
Julie nickte wortlos.
»Aber ich würde gern mit dir darüber reden.«
»Okay.«
Mike schob die Hände in die Hosentaschen und atmete tief durch.
»Hättest du es Jim erzählt?«, fragte er dann.
Julie blinzelte. Mit dieser Frage hatte sie nicht gerechnet.
»Ja«, erwiderte sie offen. »Das hätte ich.«
Mike seufzte auf. »Dachte ich mir schon.«
»Wir waren lange verheiratet, Mike. Das musst du verstehen.«
»Ich weiß.«
»Es hat nichts damit zu tun, was ich für dich empfinde. Ich wollte dir nicht wehtun. Ich liebe dich. Und wenn ich gewusst hätte, wie sehr diese Geschichte aus dem Ruder laufen würde, hätte ich es dir gleich gesagt. Ach, es tut mir alles so Leid …«
»Mir tut's auch Leid. Vor allem das, was ich zu dir gesagt habe.«
Julie trat zaghaft einen Schritt vor, und als Mike nicht zurückwich, trat sie noch näher und schmiegte sich an ihn. Sie spürte, wie er die Arme um sie schlang.
»Ich würde gern über Nacht hier bleiben«, sagte er, »falls das in Ordnung ist.«
Julie schloss die Augen. »Ich hab so gehofft, dass du das sagst.«

Sobald Richard Mike hatte vorfahren sehen, trat er den Rückzug zwischen die Bäume an. Nun beobachtete er die beiden. Auf seinem Gesicht lag ein harter Zug.
Nein, dachte Richard. Nein, nein, *nein* …
Es kam ihm wie ein Albtraum vor, dass er mit ansehen musste, wie Julie in Mikes Arme sank. Wie sie sich an ihn drückte … Nein, das *konnte* einfach nicht wahr sein.
Mike war bei ihr, und sie umarmten sich. Als würden sie sich auch wieder *lieben*.

Richard zwang sich, ruhig zu werden, sich zu beherrschen. Mit geschlossenen Augen stellte er sich seine Fotos von Jessica vor, von Julie, seine Fotos von Vögeln. Dann wiederholte er im Geiste Lektionen über das sachgemäße Einstellen der Kamerablende. Über Objektive und ihre Fähigkeiten. Über den korrekten Winkel des Blitzlichts, die Eigenarten von Licht …

Als sein Atem ruhiger ging, schlug er die Augen auf. Er hatte sich wieder im Griff, aber der Zorn brodelte noch immer in ihm.

Warum wiederholte Julie hartnäckig dieselben Fehler?

Er hatte sich bemüht, nett zu sein. Er hatte sich bemüht, fair zu sein. Er war sehr geduldig mit ihr und ihrem kleinen Freund gewesen. Mehr als geduldig.

Seine Augen verengten sich. Ahnte sie denn nicht, wozu sie ihn mit ihrem Verhalten zwang?

Der Mond hing tief, schon unterhalb der Baumwipfel. Tausende Sterne blinkten am Himmel. Die Luft war warm und schwer von Abgasen. Jennifer ging langsam vorwärts, aufmerksam die Böschung absuchend. Nichts.

Keine zehn Meter vom Straßenrand entfernt begannen die Reihen von Weihrauchkiefern. Ihr dichtes Unterholz aus Büschen und hohem Gras vermochte der Schein der Taschenlampe nicht zu durchdringen.

Die vorbeirasenden Autos nahm Jennifer kaum wahr. Sie suchte aufmerksam den Boden ab und machte gerade einen weiteren Schritt nach vorn, als sie seitlich von sich ein Geräusch vernahm.

Sie hob die Taschenlampe. Zwei Augen starrten ihr entgegen. Vor Überraschung blieb Jennifer wie angewurzelt stehen, dann machte der Hirsch kehrt und sprang davon.

Aufatmend senkte sie den Kopf und ging langsam weiter. Die Tankstelle war nun schon ganz nahe, und Jennifer fragte sich zum wiederholten Male, wonach sie eigentlich suchte.

Sie trat um eine wild entsorgte Mülltüte herum, sah Aludosen und Papierabfälle in der Böschung liegen. Gerade als sie in Erwägung zog, umzukehren und Pete in der anderen

Richtung beim Suchen zu helfen, erfasste der Lichtkegel der Taschenlampe etwas, das ihr Bewusstsein zuerst nicht identifizieren wollte.

Als sie es dann erkannte, schrie sie los.

Pete Gandy hörte den Schrei. Er drehte sich um und rannte auf Jennifer zu. Nach weniger als einer Minute kam er bei ihr an. Jennifer kauerte neben einem Körper. Wie angewurzelt blieb Pete stehen, unfähig, sich zu rühren.

»Rufen Sie einen Krankenwagen, sofort!«, schrie Jennifer, und Pete machte kehrt und rannte zum Streifenwagen.

Jennifer unterdrückte ihre Panik und konzentrierte sich auf den Körper am Boden. Das Gesicht der jungen Frau war blutverschmiert und entstellt. Um ihren Hals zog sich ein violetter Streifen. Die eine Hand lag seltsam abgeknickt da, offenbar, weil das Handgelenk gebrochen war. Jennifer hatte die Frau für tot gehalten, bis sie einen schwachen Puls fühlte.

Pete kam zurück und hockte sich neben Jennifer.

Gleich darauf erkannte er das Opfer und musste sich am Straßenrand übergeben.

— 34 —

Als Julie am Donnerstagmorgen in den Salon kam, erwarteten Officer Gandy und Officer Romanello sie bereits. Ein Blick in ihre Gesichter genügte, und Julie wusste, warum sie da waren.

Mabel stand mit rot verquollenen Augen hinter ihnen. »Oh, Schätzchen«, sagte sie, kam auf Julie zu und sank ihr in die Arme. »Mike und Henry kommen gleich …« Dann brach sie, am ganzen Leibe zitternd, in Schluchzen aus.

»Was ist passiert?«

»Er hat sie verprügelt«, berichtete Mabel, kaum ihrer Stimme mächtig. »Er hätte sie fast umgebracht … Sie liegt im Koma … Die Ärzte wissen nicht, ob sie durchkommt … Sie musste gestern Nacht noch nach Wilmington geflogen werden …«

Julie bekam weiche Knie, zwang sich aber zur Ruhe. Im nächsten Augenblick kamen Mike und Henry durch die Tür gestürmt. Mike warf Julie und Mabel nur einen kurzen Blick zu und baute sich dann vor den Polizisten auf.

»Was hat er mit Andrea gemacht?«, fragte er hitzig.

Jennifer zögerte. Es fiel ihr schwer, die Misshandlungen zu beschreiben. Das Blut, die Knochenbrüche …

»Sie sah schrecklich aus«, sagte Pete endlich. »So etwas habe ich noch nie gesehen.«

Mabel begann erneut zu schluchzen, und auch Julie rang mühsam um Fassung. Henry schien wie gelähmt, aber Mike sah Jennifer eindringlich in die Augen.

»Haben Sie Richard schon verhaftet?«, wollte er wissen.

»Nein«, sagte Jennifer.

»Warum denn nicht, zum Teufel?«

»Weil wir nicht wissen, ob er dafür verantwortlich ist.«

»Natürlich ist er das! Wer zum Teufel wäre sonst zu so etwas imstande?«

Jennifer hob beruhigend die Hände, um die Lage im Griff zu behalten. »Hören Sie, ich kann mir denken, dass Sie aufgeregt sind ...«

»Natürlich sind wir das!«, schrie Mike. »Wie sollen wir denn sonst reagieren? Der läuft draußen frei rum, während Sie beide hier Ihre Zeit verplempern!«

»Nun mal langsam«, schaltete sich Pete ein, und Mike wandte sich zu ihm um.

»Mal langsam? Sie haben das Ganze doch überhaupt erst verbockt! Wenn Sie nicht so verdammt engstirnig wären, wäre es nie so weit gekommen! Ich habe Ihnen gesagt, dass der Kerl gefährlich ist! Wir haben Sie angefleht, etwas zu unternehmen! Aber Sie haben ja nichts davon wissen wollen, Sie mussten ja den harten Cop spielen.«

»Beruhigen Sie sich ...«

Mike trat mit einer drohenden Körperhaltung auf ihn zu. »Sagen Sie mir nicht, was ich zu tun habe! Das ist alles Ihre Schuld!«

Petes Mund verengte sich zu einem dünnen Strich. Jennifer ging dazwischen.

»Ihr Verhalten hilft Andrea auch nicht!«, schrie sie. »Und jetzt Schluss, alle beide!«

Mike und Pete standen Auge in Auge da, beide bebten vor Anspannung. Jennifer fuhr hastig fort: »Hören Sie – dass Richard auch hier seine Hände im Spiel haben konnte, wussten wir nicht«, sagte sie, den Blick auf Mike und Julie gerichtet. »Sie haben beide nicht erwähnt, dass Andrea mit ihm gesehen wurde, und wir haben sie gefunden, *nachdem* wir gestern Abend bei Ihnen waren. Sie war bereits bewusstlos, und wir hatten keinerlei Hinweis darauf, wer ihr das angetan hat. Pete und ich waren fast bis zum Morgengrauen am Fundort, und wir sind heute früh hierher gekommen, weil Andrea hier gearbeitet hat, nicht, weil wir irgendeinen Verdacht hatten. Mabel hat uns eben erst von Richard und Andrea erzählt. Verstehen Sie?«

Mike und Pete fixierten sich immer noch, bis Mike endlich den Blick abwandte. Er holte tief Luft.

»Ja, kapiert«, sagte Mike. »Ich bin nur völlig außer mir. Entschuldigung.«

Jennifer wandte sich nun an Julie.

»Mabel erzählte, Mikes Schwägerin Emma hätte Richard und Andrea zusammen in Morehead City gesehen, richtig?«

»Ja«, antwortete Julie, »vor ein paar Tagen. Genauer gesagt an dem Tag, als ich ihm im Wald hinter meinem Haus begegnet bin.«

»Und niemand von Ihnen wusste, dass er sich mit ihr traf? Oder ob sie ein Verhältnis hatten?«

»Nein«, sagte Julie. »Davon hat sie mir nichts erzählt. Bei Emmas Anruf habe ich zum ersten Mal davon gehört.«

»Mabel?«

»Nein. Mir war es auch nicht bekannt.«

»Und gestern ist sie nicht zur Arbeit gekommen?«

»Nein.«

»Kam Ihnen das nicht seltsam vor? Wo Sie doch wussten, dass sie mit Richard gesehen wurde?«

»Natürlich waren wir unruhig, aber Sie müssen wissen, dass es nicht das erste Mal war, dass Andrea nicht zur Arbeit erschienen ist, ohne Bescheid zu sagen«, erklärte Mabel. »So ist sie nun mal.«

»Hat sie denn in den anderen Fällen nie angerufen?«

»Manchmal, aber eben nicht immer.«

Jennifer wandte sich wieder an Julie. »Warum haben Sie gestern Abend, als Officer Gandy und ich bei Ihnen waren, nichts über die Sache mit Andrea und Richard gesagt?«

»Ich habe einfach nicht daran gedacht. Ich war so außer mir wegen des Medaillons, und dann, nachdem Pete die andere Sache ins Spiel gebracht hat …«

Jennifer nickte. Sie wusste genau, was Julie meinte. »Ob Emma wohl herkommen könnte? Mich würde interessieren, ob sie uns weitere Einzelheiten erzählen kann.«

»Kein Problem«, sagte Henry. »Ich rufe sie an.«

Um sicher zu sein, dass sie alles richtig notiert hatte, ging

Jennifer die Abfolge der Geschehnisse noch einmal durch und stellte dann Fragen allgemeinerer Art – wo Andrea verkehrte, was für Freunde sie hatte, wer ansonsten mit der Sache zu tun haben könnte. Das war die übliche Prozedur, denn mangelnde Ermittlungen in andere Richtungen konnten, wie sie wusste, von der Verteidigung vor Gericht als Befangenheit der Polizei deklariert werden.

Julie vermochte sich kaum zu konzentrieren. So sehr die Sache mit Andrea sie auch mitnahm, sie musste permanent daran denken, dass Richard *ihr* seit Wochen gefolgt war. Dass er in ihrem Haus gewesen war. Und dass sie vielleicht als Nächste dran war.

Endlich tauchte Emma auf, die Augen rot vom Weinen. Jennifer stellte ihr behutsam einige Fragen.

Emma wusste auch nicht mehr zu berichten als Julie und Mabel, aber sie nannte den Polizisten wenigstens den Namen der Bar, wo sie die beiden gesehen hatte – Mosquito Grove, am Hafen.

Anschließend ließ Jennifer ihren Blick durch den Raum schweifen. »Haben Sie etwas dagegen, wenn ich mich an Andreas Platz einmal umsehe?«, fragte sie. »Vielleicht hat sie irgendetwas hinterlassen, woraus wir schließen können, seit wann sie sich mit Richard trifft, oder ob dies das erste Mal war.«

»Bitte, schauen Sie sich nur um«, sagte Mabel.

Jennifer zog einige Schubladen auf und sah kurz hinein. Dann entdeckte sie ein Bild von Andrea, das an den Spiegel geklemmt war.

»Darf ich mir das ausleihen? Nur für alle Fälle?«

»Sicher.« Mabel nickte.

Jennifer musterte das Foto und schaute dann hoch. »Okay«, sagte sie, »das wär's fürs Erste.«

Die anderen nickten stumm. Jennifer trat auf Mike und Julie zu. Nachdem sie so lange mit ihnen in Julies Küche gesessen hatte, empfand sie beinahe freundschaftliche Gefühle für sie.

»Hören Sie«, sagte Jennifer, »falls Richard wirklich der Täter ist, ist er zu allem fähig. Die Misshandlungen waren äußerst brutal. Wenn er es war, ist er geisteskrank. Ich möchte, dass Sie das immer im Kopf behalten.«

Mike schluckte, seine Kehle war trocken.

»Treffen Sie Vorkehrungen, um sich zu schützen«, bat Jennifer. »Alle beide.«

Jennifer und Pete verließen schweigend den Salon. Pete war in ihrer Achtung gestiegen, nicht nur, weil er ihr das Reden überlassen hatte, sondern auch wegen der neuen Entschlossenheit, die aus seiner grimmigen Miene sprach.

Im Wagen steckte er den Schlüssel in die Zündung, lehnte sich dann aber zurück, ohne den Motor anzulassen, und starrte durch die Windschutzscheibe.

»Sie schneidet mir immer die Haare«, sagte Pete schließlich.

»Andrea?«

»Ja. Deshalb habe ich sie gestern Nacht auch erkannt.«

Jennifer schwieg und sah, wie Pete die Augen schloss.

»Das hat sie nicht verdient«, sagte er. »So was hat niemand verdient.«

Jennifer legte ihm die Hand auf die Schulter. »Es tut mir Leid«, sagte sie.

Er lächelte gequält. Dann ließ er den Motor an.

»Ich glaube, wir sollten Richard Franklin mal einen Besuch bei der Arbeit abstatten«, sagte er leise. »Es wäre wohl am besten, ihn zu überrumpeln. Er soll keine Zeit haben, sich eine Geschichte auszudenken. Falls er der Täter ist, soll er es büßen, und zwar bitterlich.«

Jennifer legte die Hände im Schoß zusammen, während Pete schon Richtung Brücke fuhr. Bäume und Häuser sausten am Fenster vorbei.

»Er wird nicht da sein«, sagte sie. »Er hat vor einem Monat gekündigt.«

Pete bremste abrupt und sah sie an. Dunkle Ringe lagen unter seinen Augen, er wirkte erschöpft.

»Woher wissen Sie das?«

»Ich habe bei der Personalabteilung von J. D. Blanchard angerufen.«

Pete sog hörbar die Luft ein. »Sie haben Recherchen über ihn angestellt?«

»Nicht offiziell.«

Er fuhr rechts ran und hielt im Schatten eines mächtigen Magnolienstrauchs. »Wie wär's, wenn Sie mir einfach erzählten, was Sie sonst noch getrieben haben?« Er griff nach dem Kaffeebecher, den er Stunden zuvor in die Halterung gesteckt hatte. »Und keine Bange, Sie kriegen keine Scherereien – das Ganze bleibt unter uns.«

Jennifer atmete tief durch und begann.

Die kleine Gesellschaft im Salon hatte sich kaum von der Stelle gerührt, seit die Officers wieder gegangen waren. Henry stierte ins Leere, Mike war aschfahl, und Mabel tupfte sich immer neue Tränen ab. Emma saß in Henrys Arm gekuschelt da und wirkte matt. Julie verschränkte die Arme und wiegte sich langsam auf dem Sofa vor und zurück.

»Ich fasse es nicht«, flüsterte Emma schließlich. »Ich fasse es einfach nicht! Wie konnte er ihr das antun?«

Keiner sagte etwas. Mabel senkte den Blick. »Ich glaube, ich fahre nachher runter und besuche sie. Mehr kann man im Moment ja doch nicht tun.«

»Es ist meine Schuld«, sagte Julie. »Ich hätte sie vor ihm warnen sollen. Ich habe doch gemerkt, dass sie ihn attraktiv fand!«

»Es ist nicht deine Schuld«, protestierte Mike. »Das hättest du nicht verhindern können. Wenn nicht sie, dann hätte es jemand anderen getroffen.«

Mich zum Beispiel.

Mike rückte näher zu Julie. »Sie wird schon durchkommen.«

Julie schüttelte den Kopf. »Das *weißt* du doch nicht, Mike. Du kannst es nicht *versprechen.*«

Es klang ungeduldiger als beabsichtigt, und Mike wandte sich ab. Nein, dachte er, das kann ich nicht.

»Ich verstehe das alles nicht«, sagte Julie. »Warum musste er ausgerechnet hierher kommen? Und warum Andrea? Sie hat ihm doch nichts getan.«

»Er ist verrückt«, sagte Mabel. »Wenn sie ihn schnappen, wandert er hoffentlich für lange, lange Zeit hinter Gitter.«

Falls sie ihn schnappen, dachte Julie.

Wieder blieb es still. Henry sah zum Fenster hinaus und dann erneut zu Julie.

»Die Polizei hat Recht, ihr müsst Vorkehrungen treffen«, sagte er. »Und hier könnt ihr nicht bleiben.«

Julie schaute hoch.

»Denk dran, was Andrea zugestoßen ist«, fuhr Henry fort. »Und bei dir war er schon im Haus. Hier seid ihr beide nicht mehr sicher.«

»Wo sollen wir denn hin?«

»Egal wohin. Raus aus der Stadt. Taucht ab, bis sie den Kerl geschnappt haben.« Er hielt inne. »Ihr könnt ins Strandhaus ziehen, wenn ihr wollt. Da findet er euch nicht.«

»Genau«, bestätigte Emma die Worte ihres Mannes. »Ihr müsst verschwinden.«

»Und wenn du dich nun irrst?«, fragte Julie. »Wenn er mich doch findet?«

»Ausgeschlossen. Das Haus ist ja nicht unter unserem Namen registriert. Es wird treuhänderisch verwaltet, und er kann unmöglich zurückverfolgen, dass es uns gehört. Wir waren seit Monaten nicht mehr da. Selbst wenn er dir jeden Tag auf Schritt und Tritt gefolgt ist, kann er nicht wissen, dass es existiert.«

»Es ist eine gruselige Vorstellung, dorthin zu fahren«, sagte Julie schaudernd. »Das Haus liegt so einsam!«

»Willst du vielleicht zu mir ziehen?«, bot Mike an.

»Nein«, sagte sie. »Bestimmt weiß er, wo du wohnst.«

»Fahrt einfach ins Strandhaus«, sagte Mabel. »Henry hat Recht. Hier ist es zu gefährlich.«

»Und wenn er uns folgt? Wenn er mich genau jetzt auch beobachtet?«

Fünf Augenpaare huschten spontan zum Fenster.

»Nehmt mein Auto«, sagte Henry. »Nein, nehmt Emmas Auto. Und fahrt sofort los. Mike und ich sehen draußen nach, ob er irgendwo steckt. Falls nicht, fahrt direkt zum Highway und bleibt darauf. Die Straße ist schnurgerade, da merkt ihr sofort, wenn euch einer verfolgt. Sobald ihr in Jacksonville seid, fahrt ihr zur Sicherheit noch ein paar Umwege. Ihr müsst verschwinden, bevor Richard etwas mitbekommt, darauf kommt es an.«

»Und die Polizei? Sollten wir denen nicht Bescheid geben?«

»Ich kümmere mich darum. Fahrt einfach los. Und fahrt auf keinen Fall erst noch zu Hause vorbei.«

Mike und Julie brachen kurz darauf auf.

Jennifer brauchte knapp zehn Minuten, um ihre Erkenntnisse darzulegen – die sonderbare Finanzgeschichte, Richards Firma in Ohio, die die Vorgängerfirma in Colorado ersetzte, Richards offenkundiges Bemühen um Unauffälligkeit, Jake Blansens Aussage, dass Richard gefährlich sei, und der Umstand, dass er nicht mehr bei J. D. Blanchard arbeitete. Pete tippte die ganze Zeit nervös auf das Lenkrad und nickte schließlich, als kämen ihre Ausführungen ihm völlig logisch vor.

»Ich wusste, dass bei dem was faul ist«, murmelte er und blickte dabei angelegentlich auf seine Hände. »Selbst im Fitnessstudio hat er einen seltsamen Eindruck auf mich gemacht …«

Jennifer war sprachlos. Sie war bei Pete stets auf allerhand gefasst, aber dass er ein solcher Wendehals war … Nun, wahrscheinlich war ihm endlich ein Licht aufgegangen – jetzt, da er förmlich mit der Nase auf das Offensichtliche gestoßen wurde. Sie grinste innerlich. Wenigstens war er jetzt offenbar auf ihrer Seite.

»Ist mir auch zu Ohren gekommen«, sagte sie endlich.

Pete, dem ihr sarkastischer Unterton entging, tippte weiter auf das Lenkrad.

»Wenn er nicht arbeitet, wo ist er dann?«, fragte er.

»Keine Ahnung. Wir könnten es mal bei ihm zu Hause versuchen.«

Pete nickte. »Los geht's.«

Eine Viertelstunde später bogen Pete und Jennifer in die Auffahrt des viktorianischen Gebäudes ein. Sie stiegen aus, und während sie die Gegend in Augenschein nahmen, knöpften sie unauffällig ihre Pistolenhalfter auf.

Aus der Nähe wirkte das Haus viel schäbiger als von der Straße aus, fand Jennifer. An den Fenstern waren die Jalousien herabgelassen. Ein Auto war nirgends zu sehen, aber die unkrautüberwucherte Auffahrt führte offenbar ums ganze Haus herum.

Der Motor des Streifenwagens kühlte mit einem leisen Ticken aus. Aus den Bäumen stob zwitschernd und krächzend ein Schwarm Stare empor. Ein Eichhörnchen flitzte vorüber und rettete sich den Stamm einer Kiefer hinauf. Sonst nichts, Stille. Keine einzige Bewegung hinter den Fenstern.

»Sieht aus, als wäre unser Verdächtiger ausgeflogen«, flüsterte Pete.

Nein, dachte Jennifer mit plötzlicher Gewissheit, der ist noch hier.

Richard beobachtete sie vom Schutz der Bäume aus. Er hatte sich hinten im Garten aufgehalten und gerade das Wageninnere gesäubert – das Haus war bereits geschrubbt worden, um die Spuren dessen zu beseitigen, was sich letzte Nacht dort abgespielt hatte –, als er hörte, wie sie die Auffahrt hochkamen.

Natürlich hatte er mit ihnen gerechnet, nur noch nicht so bald.

Pete und Jennifer näherten sich vorsichtig der Haustür. Die Veranda knarrte unter ihren Schritten. Sie wechselten einen Blick, dann klopfte Pete. Jennifer stand etwas abseits, die Hand am Halfter. Ihr Blick huschte wachsam zum Fenster.

Instinktiv zog sie ihre Pistole.

Richard beobachtete die beiden Polizisten.

Er atmete einmal tief durch und wich dann lautlos weiter zwischen die Bäume zurück. Scheinbar war Andrea gefunden worden, und man hatte das Verbrechen gleich mit ihm in Verbindung gebracht.

Aufgrund von DNS-Spuren? Nein, dachte er, so etwas dauerte mindestens eine Woche. Andrea hatte vermutlich geplaudert, obwohl er ihr eingeschärft hatte, nichts über ihre Beziehung verlauten zu lassen. Entweder das – oder jemand hatte sie zusammen gesehen. Vor der Bar vielleicht. Oder in Morehead City.

Wie auch immer, er hatte bereits geahnt, dass seine Zeit als Richard Franklin bald vorbei sein würde. Die Sache mit Andrea hatte das Unvermeidliche nur beschleunigt. Trotz aller Sorgfalt war es ihm sicher nicht gelungen, alle Spuren von Andrea zu tilgen. Die moderne Spurensicherung war so weit fortgeschritten, dass Experten winzigste Blutspuren oder Haare von ihr zu identifizieren vermochten. Falls die Polizei einen Durchsuchungsbefehl erwirkte – was offenbar nur eine Frage der Zeit war –, würde sie genug finden, um Richard zu überführen.

Er hatte gehofft, wenigstens ausreichend Zeit zum Packen zu haben. Seine Kameras und Objektive befanden sich noch im Haus, und sich von ihnen zu trennen fiel ihm schwer. Und sich von den Fotos zu trennen, vor allem von denen in seinem Aktenkoffer, den Fotos von Jessica. Unwahrscheinlich, dass die Polizei anhand der Bilder etwas über Jessica herauszufinden vermochte – sorgsam hatte er alle Fotos vernichtet, die Aufschluss über ihren Wohnort geben konnten. Aber für ihn waren die Bilder unwiederbringlich verloren.

Die Fotos von Julie würden ihm auch fehlen, aber das war weniger schlimm. Sie hatten den Rest ihres Lebens Gelegenheit, neue zu machen.

Er fragte sich, ob Julie schon darüber Bescheid wusste, was Andrea passiert war. Vermutlich ja. Höchstwahrscheinlich waren diese beiden Polizisten gerade bei ihr gewesen. Was tat sie jetzt wohl?

Sie wird fliehen, dachte Richard. Wie sie vor ihrer Mutter geflohen ist. Sie wird sich zu verstecken versuchen, und der Dummkopf wird ihr nicht von der Seite weichen. Vermutlich ist sie sogar schon weg.

Ein weiterer Grund, hier zu verschwinden.

Er dachte rasch nach. Falls die Polizisten nun ums Haus herumkamen, um dort nach ihm zu suchen …

Der Ausweg, der ihm in den Sinn kam, war riskant, aber was blieb ihm anderes übrig? Lautlos schlich er auf den Streifenwagen zu.

»Versuchen wir's mal hinten herum«, flüsterte Jennifer. »Ich habe das Gefühl, dass er noch hier ist.«

Pete nickte, und sie verließen die Veranda. Er wandte sich Richtung Auffahrt, doch als er Jennifer in die andere Richtung gehen sah, zögerte er nicht lange und folgte ihr. Auf dieser Seite des Hauses mussten sie sich durch die Bäume schlagen. Zweige knackten unter ihren Füßen. Hohes Gras und Gestrüpp streifte vernehmlich an ihren Uniformen entlang. Kurz vor der Hausecke machten sie Halt. Jennifer presste sich an die Hauswand und spähte um die Ecke.

Dort stand Richards Auto, mit geöffneter Beifahrertür.

Sie drückte die Pistole mit erhobenem Lauf an ihre Brust und nickte in Richtung des Wagens. Auch Pete zog langsam seine Pistole.

Jennifer ließ ihre Blicke aufmerksam durch den Garten schweifen, dann gab sie Pete ein Zeichen, ihr zu folgen. Sie schlichen um das Haus herum, so leise es ging.

Kamen an den Eckfenstern vorbei.

Lauschten …

Die Vögel waren verstummt.

Jennifer und Pete gingen mit vorsichtigen Schritten an der Veranda vorbei. Die Hintertür des Hauses stand offen. Jennifer deutete dorthin, Pete nickte und schlich aufs Haus zu.

Das Auto war nun ganz nahe. Aus dem Inneren drang blecherne Radiomusik, wohl ein Oldiesender aus Jacksonville.

Jennifer hielt inne und spähte abermals in alle Richtungen. Er ist hier draußen, dachte sie. Und er beobachtet uns. Lauert uns auf. So, wie er Julie aufgelauert hat.

Vor ihrem geistigen Auge sah sie plötzlich wieder Andreas Gesicht – beziehungsweise das, was davon übrig war. Sie warf einen Blick über die Schulter und bemerkte, dass sich

Pete über die rückwärtige Veranda der offenen Tür näherte.

In dem Moment hörten sie den Schrei.

Es war ein gellender Schrei, schrill und voller Qual, und Jennifer hätte fast im Reflex einen Schuss abgegeben. Doch sie konnte sich beherrschen und wechselte rasch einen Blick mit Pete.

Der Schrei war von der Vorderseite des Hauses gekommen.

Pete hastete die Veranda hinunter und rannte über den Weg zurück, den sie gekommen waren. Jennifer schloss sich ihm an. Sie bogen um die Ecke und kämpften sich wieder durch Geäst, Laub und Zweige.

Vor dem Haus sahen sie nichts.

Alles war genau wie zuvor.

Sie beschlossen, sich zu trennen. Pete näherte sich der anderen Hausseite, Jennifer trat wieder in den Garten.

Ihr Mund war trocken und sie atmete heftig. Unweit vor sich befand sch eine kleine Gruppe niedriger Bäume und Büsche, die sich als Versteck besonders gut anboten.

Dort ist er, dachte Jennifer, und er will, dass ich ihn dort aufstöbere.

Jennifer hielt die Pistole vor sich, wie sie es von ihrem Dad gelernt hatte.

»Mr Franklin, hier spricht Officer Jennifer Romanello, und ich habe meine Waffe gezogen!«, rief sie langsam und deutlich. »Geben Sie sich zu erkennen und kommen Sie mit erhobenen Händen heraus.«

Beim Klang ihrer Stimme drehte sich Pete erstaunt um und lief dann quer über die Auffahrt auf sie zu. Auch er hatte die Pistole im Anschlag.

In dem Moment war von der Rückseite des Hauses das Geräusch eines anspringenden Motors zu vernehmen. Der Motor heulte auf, als das Gaspedal durchgetreten wurde, und Schotter stob unter den Reifen hoch. Kurz darauf kam das Auto von der anderen Hausseite aus auf sie zugerast.

Pete verharrte wie angewurzelt mitten auf der Auffahrt. Er sah den Wagen etwas eher als Jennifer.

Der Wagen wurde nicht langsamer.

Einen Moment lang war Pete wie gelähmt. Er zielte mit der Pistole darauf, zögerte jedoch, und jetzt sah auch Jennifer, was geschehen würde.

Pete sprang in allerletzter Sekunde beiseite. Er landete auf dem Bauch, und die Pistole flog ihm aus der Hand.

Jennifer hätte im Bruchteil einer Sekunde schießen müssen, doch wegen Petes Hechtsprung und der durch die Bäume behinderten Sicht entschied sie sich dagegen.

Das Auto donnerte die Auffahrt hinab, schlingerte um die Kurve und verschwand außer Sichtweite.

Jennifer rannte auf Pete zu. Er rappelte sich bereits wieder hoch und suchte nach seiner Pistole.

Erst nach Sekunden fanden sie die Waffe, dann stürmten sie wortlos zum Streifenwagen. Jennifer sprang auf der Beifahrerseite hinein, und sie knallten gleichzeitig die Türen zu. Pete griff zum Zündschlüssel.

Er war fort.

Zugleich fiel Jennifer auf, dass die Kabel des Funkgeräts aus dem Armaturenbrett gerissen worden waren.

»Scheiße!«, schrie Pete und schlug mit der Faust auf das Lenkrad.

Jennifer rief von ihrem Handy aus im Revier an und informierte die Kollegen. Da in ihrer kleinen Dienststelle aber nur wenige Beamte Dienst taten, hatte sie kaum Hoffnung, dass sie Richard schon bald fassen konnten. Als sie das Gespräch beendet hatte, schaute Pete sie an.

»Was machen wir jetzt?«

»Ich gehe mal rein.«

»Ohne Durchsuchungsbefehl?«

Jennifer öffnete die Wagentür und stieg aus. »Er hat Sie fast überfahren und ist vermutlich willens, noch weiteren Personen Schaden zuzufügen. Scheint mir ein ausreichender Grund, sich Zutritt zu verschaffen. Ihnen nicht?«

Pete Gandy schloss sich ihr ohne Widerspruch an.

Trotz des Adrenalinschubs und der Frustration kam er nicht umhin, festzustellen, dass Jennifer Romanello den Dreh doch verflixt schnell herausbekommen hatte.

Als sie ins Haus trat, fiel Jennifer als Erstes auf, wie normal die Einrichtung wirkte.

Hier könnte jeder wohnen, dachte sie.

Die Küche war absolut sauber, die Spüle blinkte im Sonnenlicht, ein Spüllappen hing säuberlich gefaltet über dem Beckenrand. Nicht ein Topf stand auf dem Herd, kein benutztes Geschirrteil auf der Anrichte. Die Einrichtung war zwar offenbar alt – der Kühlschrank sah aus wie die Modelle kurz nach dem Zweiten Weltkrieg, und weder Geschirrspülmaschine noch Mikrowellenherd waren vorhanden. Doch der Raum wirkte gemütlich – eine Küche, wie man sie von seinen Großeltern in Erinnerung hatte.

Jennifer drang weiter vor und kam zunächst in ein altes Esszimmer. Hier war es überraschend hell, durchs Fenster fielen die goldenen Strahlen der Vormittagssonne bis auf den Fußboden. Die hellgelbe, üppig mit Blumen gemusterte Tapete und die Eichenholzmöbel verliehen dem Zimmer einen gediegenen Anstrich. Der Tisch war schlicht, die Stühle ringsherum ordentlich darunter geschoben.

Auch im Wohnzimmer fiel Jennifer zunächst nichts Ungewöhnliches auf. Doch dann …

Erst nach einem Moment begriff sie, was an dieser Umgebung nicht stimmte.

Es gibt hier überhaupt keine persönlichen Dinge, dachte sie. Keine Fotos oder Gemälde an den Wänden, keine Zeitschriften oder Zeitungen auf dem Couchtisch, keine Pflanzen. Keine Hi-Fi-Anlage oder CDs, kein Fernseher.

Nur die Möbel.

Jennifer spähte die Treppe hoch. Hinter ihr kam Pete ins Haus, mit gezogener Pistole.

»Ziemlich leer, was?«, bemerkte er. Jennifer nickte.

»Ich wollte gerade nach oben gehen«, sagte sie.

Pete folgte ihr. In der ersten Etage spähten sie den Flur entlang, wandten sich dann nach rechts und öffneten eine Tür. Jennifer betätigte den Lichtschalter.

Sie standen in der Dunkelkammer.

Im rötlichen Schein der Lampe wurde Jennifer unvermittelt klar, womit Richard seine Zeit verbracht hatte.

»Der Herr steh uns bei«, war alles, was ihr über die Lippen kam.

Um kein Aufsehen zu erregen, drosselte Richard die Geschwindigkeit, sobald er die Hauptstraße erreichte.

Sein Herz hämmerte, aber er war frei! Frei! Er war entkommen, als ein Entkommen schon aussichtslos schien, und er lachte laut auf. Lebhaft standen ihm die dämlichen Gesichter der Polizisten vor Augen.

Schade nur, dass Pete Gandy aus dem Weg gehechtet war. Im Geiste konnte sich Richard gut das dumpfe Geräusch vorstellen, mit dem das Auto ihn zermalmt hätte.

Er lachte noch einmal gut gelaunt und konzentrierte sich dann auf seinen Plan.

Er musste das Auto loswerden, aber zunächst wollte er Swansboro so weit wie möglich hinter sich lassen. Er bog auf den Highway Richtung Jacksonville ein. Dort würde er den Wagen gut versteckt abstellen und sich dann auf die Suche nach Julie begeben.

Jessica, so erinnerte er sich, hatte auch einmal zu fliehen versucht und gedacht, er würde sie nie finden. Sie war dafür mit dem Bus quer durchs halbe Land gefahren. Aber er hatte sie aufgespürt, und als er die Tür des schäbigen Motelzimmers öffnete, in dem sie hauste, musste er feststellen, dass sie nicht einmal überrascht war, ihn zu sehen. Sie hatte ihn wohl schon erwartet, und dieses Warten hatte sie schließlich zermürbt. Nicht einmal zum Weinen hatte sie noch Kraft gehabt. Als er ihr das Medaillon reichte, legte sie es sich um den Hals, als wüsste sie, dass ihr keine Wahl blieb.

Er half ihr vom Bett hoch und registrierte dabei ihre Kraftlosigkeit, dann legte er die Arme um sie. Er vergrub das Gesicht in ihrem Haar und sog ihren Duft ein. *Du hast doch nicht geglaubt, ich würde dich einfach so gehen lassen, oder?*, raunte er.

Bitte, flüsterte sie.

Hab ich Recht?

Jessicas Stimme klang heiser. *Nein, du konntest mich nicht gehen lassen.*

Es war falsch von dir, wegzulaufen, nicht wahr?

Jessica brach in Tränen aus, als würde ihr erst jetzt bewusst, was ihr bevorstand.

Oh … bitte … tu mir nicht weh … bitte, nicht schon wieder …

Aber du hast versucht, vor mir zu fliehen, sagte er. *Du hast mir wehgetan, Jessica.*

Oh … Gott … bitte … nein …

Pete Gandy stand blinzelnd in der Tür zur Dunkelkammer und versuchte sich einen Überblick zu verschaffen.

Hunderte Fotografien von Julie waren an die Wände geheftet. Julie, wie sie aus dem Salon kam und in ihr Auto stieg, Julie beim Waldspaziergang mit Singer, Julie beim Abendessen, Julie im Supermarkt, Julie auf ihrer Veranda, Julie morgens beim Zeitunglesen, Julie am Briefkasten. Julie am Strand. Julie auf der Straße. Julie in ihrem Schlafzimmer.

Jennifers Knie wurden weich. So etwas hatte sie im Traum nicht erwartet. Pete stand immer noch wie angewurzelt da.

»Unglaublich, dieser Typ«, flüsterte er. Jennifer drängte sich an ihm vorbei. Sie wollte unbedingt einen Blick in die anderen Räume werfen. War Andrea auch hier gewesen? In einem Zimmer fand Jennifer Richards Fitnessgeräte. Er hatte dort einen Spiegel aufgehängt, der von weiteren Bildern eingerahmt wurde. Jennifer ging weiter bis zur letzten Tür, hinter der vermutlich Richards Schlafzimmer lag.

In dem Raum befand sich eine Kommode, die so aussah, als stamme sie noch von den früheren Bewohnern des Hauses. Im Kleiderschrank hingen Richards Anzüge, säuberlich aufgehängt. An der Wand lehnte ein Wäschekorb, und neben dem Kopfende des Betts stand ein Telefon auf dem Boden.

Jennifers Aufmerksamkeit wurde jedoch von einem Foto auf dem Nachtschränkchen gefesselt.

Zuerst dachte sie, es wäre von Julie. Die gleichen Haare, die gleichen blaugrünen Augen. Aber es war nicht Julie, sondern jemand, der ihr stark ähnelte. Die Frau auf dem Foto hielt sich eine Rose an die Wange. Sie war einige Jahre jünger als Julie, und ihr Lächeln wirkte fast kindlich.

Als Jennifer das Foto von nahem betrachtete, fiel ihr das Medaillon am Hals der Frau auf. Es schien dasselbe Medaillon zu sein, das Julie ihr in der Küche gezeigt hatte.

Jennifer machte unwillkürlich noch einen Schritt nach vorn. Dabei stieß sie mit dem Fuß an einen Gegenstand. Sie schaute zu Boden und sah die Ecke eines Aktenkoffers unter dem Bett hervorragen.

Jennifer zog ihn hoch und legte ihn aufs Bett.

In dem Koffer befanden sich Dutzende Bilder von der Frau in dem Rahmen.

Pete kam hinter ihr herein. »Was hast du da?«, fragte er.

Jennifer sah ihn fassungslos an.

»Noch mehr Fotos«, sagte sie.

»Von Julie?«

»Nein«, erwiderte Jennifer. »Ich bin mir nicht sicher, aber das könnte Richards Frau Jessica sein.«

— 35 —

Innerhalb von nur vierzig Minuten wimmelte es in Richard Franklins Haus von Polizisten aus Swansboro und Sheriffs aus Onslow County. Das Team von der Spurensicherung aus Jacksonville sammelte Fingerabdrücke und suchte nach Belegen dafür, dass sich Andrea dort aufgehalten hatte.

Jennifer und Pete standen mit ihrem Vorgesetzten draußen. Captain Russell Morrison war ein bärbeißiger, bulliger Mann mit schütterem grauem Haar und eng zusammenstehenden Augen. Sie erstatteten ihm ausführlich Bericht. Zuletzt erzählte Jennifer, was sie bei ihren Recherchen herausgefunden hatte.

Als sie geendet hatte, schüttelte Morrison empört den Kopf. Er war in Swansboro geboren und aufgewachsen und fühlte sich als der Beschützer des Ortes. In der Nacht zuvor war er mit als Erster an dem Platz eingetroffen, wo Andrea gefunden worden war.

»Das ist derselbe Bursche, den Mike in der Kneipe verprügelt hat? Der, von dem Julie behauptet hat, er stelle ihr nach?«

»Ja«, bestätigte Jennifer.

»Aber konkrete Beweise, die ihn mit dem gestrigen Verbrechen in Verbindung bringen, haben Sie nicht?«

»Noch nicht.«

»Haben Sie mit Andreas Nachbarn gesprochen, um herauszubekommen, ob die ihn bei ihr gesehen haben?«

»Nein. Wir sind direkt vom Salon hierher gefahren.«

Russell Morrison dachte nach.

»Dass er geflüchtet ist, beweist noch nicht, dass er Andrea misshandelt hat. Ebenso wenig wie Ihre sonstigen Erkenntnisse über ihn.«

»Aber …«

Morrison brachte sie mit einer Handbewegung zum Schweigen. »Ich sage nicht, dass er unschuldig ist. Immerhin hat er versucht, einen Polizisten umzubringen.« Er sah Pete an. »Sind Sie sicher, dass Sie unverletzt geblieben sind?«

»Ja. Ich bin nur stinksauer!«

»Das kann ich verstehen. Also, Sie leiten die Ermittlung, aber ich werde auch alle anderen verfügbaren Beamten einsetzen.«

Pete nickte. In dem Moment ertönte ein Schrei von Fred Burris, einem der im Haus beschäftigten Kollegen. Kurz darauf kam er auf sie zugehastet.

»Captain?«, rief er.

Morrison drehte sich zu ihm um. »Ja?«

»Ich glaube, wir haben etwas gefunden«, verkündete er.

»Was denn?«

»Blut«, sagte er schlicht.

Henrys Strandhaus befand sich auf Topsail Island, einer Landzunge eine halbe Meile vor der Küste, ungefähr vierzig Minuten von Swansboro entfernt. Im Hochsommer war die Halbinsel mit den weißen Sanddünen, auf denen Riedgras wuchs, ein beliebtes Erholungsziel für Familien, doch nur wenige Menschen lebten das ganze Jahr über dort. Im Augenblick war es noch sehr friedlich auf Topsail Island.

Wie bei allen Häusern ringsum war das Hauptgeschoss des Strandhauses oberhalb der Garage und Lagerräume angelegt und somit vor Sturmfluten geschützt. Von der hinteren Veranda führte eine Treppe zum Strand hinab, und von der Fensterfront aus bot sich ein ungehinderter Blick auf die heranrollenden Wellen.

Julie stand am Fenster und starrte auf das Wasser.

Nicht einmal hier konnte sie sich entspannen. Nicht einmal hier fühlte sie sich sicher.

Sie und Mike hatten sich unterwegs in einem Supermarkt mit ausreichend Proviant für eine Woche versorgt und bei einem Wal-Mart ein paar Kleidungsstücke gekauft. Schließlich wussten sie nicht, wie lange sie in dem Strandhaus bleiben mussten.

An sämtlichen anderen Fenstern waren die Vorhänge zugezogen. Mike hatte Emmas Wagen in der Garage abgestellt, damit er von der Straße aus nicht zu sehen war. Auf der Fahrt war Mike Henrys Rat folgend dreimal vom Highway abgefahren und durch Wohngebiete gekreuzt, den Blick ständig im Rückspiegel. Niemand war ihnen gefolgt, das stand fest. Trotzdem wurde Julie das Gefühl nicht los, dass Richard sie irgendwie ausfindig machen würde.

Julie hörte Schranktüren klappern – Mike räumte gerade die Lebensmittel ein.

»Vielleicht haben sie ihn ja schon«, sagte er.

Singer tauchte neben Julie auf und schnupperte an ihrer Hüfte herum. Zerstreut tätschelte Julie ihm den Kopf.

»Alles in Ordnung?«, fragte Mike, weil sie nicht auf seine Bemerkung reagiert hatte.

»Nein«, sagte sie, »eigentlich nicht.«

Mike warf ihr einen mitleidigen Blick zu.

»Hoffentlich geht es Andrea besser«, sagte er.

Als Julie abermals stumm blieb, hob Mike den Blick. »Hier sind wir sicher«, sagte er mit beruhigender Stimme. »Das weißt du doch, oder? Er kann unmöglich herausfinden, dass wir hier sind.«

»Das weiß ich.«

Aber ganz sicher war sich Julie nicht, und ihre Angst wurde plötzlich so stark, dass sie unwillkürlich vom Fenster zurückwich. Bei ihrer Bewegung spitzte Singer die Ohren.

»Was ist?«, fragte Mike.

Julie schüttelte den Kopf. Zwei Pärchen spazierten am Wasser entlang. Sie waren vor wenigen Minuten schon einmal am Haus vorbeigekommen, ohne auch nur herüberzublicken. Sonst war niemand zu sehen.

»Die Aussicht ist wunderschön, nicht wahr?«, versuchte Mike es erneut.

Julie senkte den Blick. So hatte sie es noch gar nicht gesehen.

Morrison hatte die Polizisten vor Richards Haus um sich geschart. Er übernahm das Kommando, verteilte die Aufgaben.

»Die Polizei aus Jacksonville fahndet nach dem Wagen«, sagte er, »und für Sie habe ich folgende Aufgaben: Haroldson und Teeter – Sie fahren runter zur Brücke und unterhalten sich mit den Jungs da, um noch etwas über Franklin in Erfahrung zu bringen. Wo er sich rumtreibt, wer seine Freunde sind, was er in seiner Freizeit macht ... Thomas – Sie bleiben mit der Spurensicherung hier. Achten Sie darauf, dass das Beweismaterial ordnungsgemäß beschriftet und eingetütet wird. Burris – Sie fahren zu Andreas Wohnung und reden mit den Nachbarn. Ich will wissen, ob der Typ bei ihr gesehen wurde. Johnson – für Sie gilt dasselbe. Sie fahren nach Morehead City, um herauszufinden, ob sonst noch jemand bestätigen kann, dass Andrea und Richard Franklin zusammen dort waren. Puck – Sie finden heraus, mit wem Andrea Umgang hatte. Schließlich müssen wir ja auch in Betracht ziehen, dass Franklin *nicht* der Täter war.«

Morrison wandte sich an Jennifer und Pete. »Und Sie beide – Sie bringen möglichst alles über die Vergangenheit des Kerls in Erfahrung. Und sehen Sie auch zu, dass Sie etwas über diese Jessica herausbekommen. Ich will mit ihr reden, falls das geht.«

»Was ist mit der richterlichen Verfügung für J. D. Blanchard?«, fragte Jennifer.

Morrison sah sie direkt an. »Überlassen Sie das mir.«

Wie Julie und Mike machte auch Richard im Supermarkt Station. Dann stellte er sein Auto auf dem Parkplatz hinter dem Krankenhaus ab, wo nicht auffallen würde, wenn es ein paar Tage am selben Fleck stand. Mit den Supermarkttüten in der Hand begab er sich zu Fuß einen Block die Straße hinab zu einer Tankstelle, wo er den Waschraum betrat und die Tür hinter sich verriegelte.

In den Tüten befand sich alles, was er für seine Verwandlung benötigte – schließlich war es nicht das erste Mal: ein Rasierer, eine Schere, Haarfärbemittel, Bräunungscreme und eine billige Lesebrille.

Blieb nur noch das Problem, herauszufinden, wohin Julie verschwunden war. *Dass* sie fort war, wusste er inzwischen mit Sicherheit. Im Salon war niemand ans Telefon gegangen, und als er in der Werkstatt anrief, hatte einer von den Angestellten gesagt, Mike sei weggefahren.

Sie war also geflohen, aber wohin? Nun, das würde er bald herausfinden. Wie umsichtig die Menschen in solchen Situationen auch vorgingen, Fehler unterliefen ihnen immer. Und Julies Fehler bestand mit Sicherheit darin, dass sie irgendjemandem gesagt hatte, wo sie sich versteckte.

Henry oder Emma oder Mable wussten wahrscheinlich Bescheid. Und auch die Polizei. Man würde sie schließlich über den Ermittlungsstand auf dem Laufenden halten und ein Auge auf sie haben wollen.

Einer der Betreffenden, so viel stand fest, würde Richard direkt zu ihr führen.

Leise vor sich hin pfeifend, machte er sich daran, sein Äußeres zu verändern. Eine halbe Stunde später trat er wieder hinaus ins Sonnenlicht – blonder, gebräunter, mit Brille und ohne Schnauzer. Ein neuer Mensch.

Nun brauche ich nur noch ein anderes Auto, dachte er. Er marschierte zurück zum Einkaufszentrum.

Im Revier rief Jennifer zuerst die Polizeidienststelle in Denver an, wo sie mehrfach weiterverbunden wurde, bis sie endlich bei Detective Cohen landete. Sie stellte sich vor und berichtete dann von der Ermittlung. Während sie sprach, hörte sie Cohen leise vor sich hin pfeifen.

»In Ordnung«, sagte er, als sie ihren Bericht beendet hatte, »ich werde sehen, was ich tun kann. Ich bin gerade nicht an meinem Platz, deshalb rufe ich Sie in ein paar Minuten zurück.«

Jennifer legte auf und sah zu Pete hinüber. Er versuchte gerade bei diversen Fluggesellschaften an den Flughäfen in Jacksonville, Raleigh und Wilmington in Erfahrung zu bringen, ob Richards Geschichte von der Reise zur Beerdigung seiner Mutter stimmte. Falls ja, würde er auch herausbekommen, wohin er geflogen war. Und dann fanden sich vielleicht Menschen, die mehr über ihn erzählen konnten. Als das Telefon klingelte, ging Jennifer sofort dran. Es war Cohen.

»Wir haben Informationen zu mehreren Richard Franklins«, sagte er. »Das ist kein ungewöhnlicher Name. Bitte beschreiben Sie mir den, den Sie suchen.«

Jennifer gab eine kurze Personenbeschreibung durch – Größe, Gewicht, Augen- und Haarfarbe, geschätztes Alter.

»Okay, einen kleinen Moment.«

Sie hörte, wie er Daten in den Computer eintippte.

»Hm«, sagte er schließlich.

»Was haben Sie gefunden?«

»Ich fürchte, wir haben nichts für Sie«, sagte Cohen zögernd.

»Nichts? Nicht mal eine Festnahme?«

»Nichts, was zu Ihrer Beschreibung passt. Wir haben Aufzeichnungen über sieben Männer namens Richard Franklin. Vier davon sind Afroamerikaner, einer ist verstorben, einer schon über sechzig.«

»Und Nummer sieben?«

»Ein Junkie. Ungefähr im Alter des Gesuchten, aber sonst stimmt nichts überein. Keine Chance, dass der als Ingenieur durchging, nicht mal einen Tag lang. Seit zwanzig Jahren diverse Haftstrafen. Und laut unserem Register war er nie unter der von Ihnen genannten Adresse gemeldet.«

»Haben Sie nicht noch eine andere Möglichkeit zu recherchieren? Gibt es noch Register aus anderen Städten?«

»Ist hier alles schon in unserem System enthalten«, sagte Cohen und klang genauso enttäuscht wie sie. »Es ist erst vor ein paar Jahren auf den neuesten Stand gebracht worden. Wir verfügen über Informationen über jede Festnahme seit 1977. Wäre er irgendwo im Staat Colorado festgenommen worden, wüssten wir das.«

Jennifer klopfte mit ihrem Stift auf einen Block. »Könnten Sie mir trotzdem ein Foto von diesem Junkie-Franklin zufaxen? Oder es mir per E Mail schicken?«

»Sicher. Aber ich glaube kaum, dass das Ihr Typ ist«, sagte Cohen zweifelnd.

Nachdem sie aufgelegt hatte, versuchte Jennifer ihr Glück bei der Polizeidienststelle in Columbus.

Mabel hatte den Salon vormittags geschlossen und war nach Wilmington ins Krankenhaus gefahren. Nun saß sie auf der Intensivstation neben Andrea, hielt deren Hand und hoffte, dass sie Mabels Gegenwart irgendwie zur Kenntnis nahm.

»Es wird alles gut, Herzchen«, flüsterte sie, mehr zu sich selbst. »Deine Eltern werden auch bald hier sein.«

Statt einer Antwort hörte sie nur das regelmäßige Piepsen des Überwachungsgerätes.

Als Mabel Schritte vernahm, hob sie den Blick. Die Krankenschwester betrat den Raum. Sie kontrollierte Andreas Zustand alle zwanzig Minuten.

Die ersten vierundzwanzig Stunden seien die kritischsten, hatte der Arzt gesagt. Aber nur wenn Andreas Zustand bald Zeichen von Besserung erkennen ließ, hatte sie Chancen, das Koma ohne Hirnschäden zu überstehen.

Mabel verfolgte mit zugeschnürter Kehle, wie die Schwester die Monitoranzeigen prüfte und sich Notizen machte.

Ihrem Gesichtsausdruck entnahm Mabel, dass keinerlei Veränderung eingetreten war.

Jennifer beendete gerade ihr Telefonat mit der Polizei in Columbus, als Morrison aus seinem Büro kam.

»Ich habe die Verfügung«, sagte er. »Richter Riley hat sie gerade unterzeichnet, und sie wird jetzt zu J. D. Blanchard gefaxt. Wir müssten bald von ihm Informationen bekommen, es sei denn, die schalten ihre Rechtsabteilung ein und versuchen, die Sache zu verschleppen.«

Jennifer nickte, konnte aber ihre Enttäuschung nicht verbergen.

»Immer noch kein Glück?«, fragte Morrison.

Sie schüttelte den Kopf. »Nichts. Rein gar nichts. Weder in Colorado noch in Ohio auch nur ein Strafzettel wegen Geschwindigkeitsüberschreitung! Keine Festnahmen, nie auch nur eines Vergehens verdächtigt.«

»Das Fax aus Denver hat auch nichts gebracht?«

»Das ist nicht unser Mann. Nicht einmal annähernd.« Jennifer musterte das gefaxte Foto noch einmal. »Das kapiere ich nicht! So ein Kerl taucht doch nicht einfach aus dem Nichts auf!« Sie fuhr sich mit der Hand durchs Haar. »Irgendwelche Neuigkeiten aus seinem Haus?«

»Offenbar hat er da kürzlich gründlich aufgeräumt. Die Spurensicherung hat zwar ein paar Sachen gefunden, aber ob die von Nutzen sind, wissen wir erst nach der Untersuchung. Momentan wird die Blutprobe nach Wilmington gebracht. Die Kollegen dort haben eins der besten Labors im Staat und werden die Probe auch mit Andreas Blut vergleichen. Das hat jetzt höchste Priorität.«

»Gibt es etwas Neues aus Morehead? Oder von den Bauarbeitern an der Brücke?«

»Bisher noch nicht. Franklin war anscheinend sehr zurückhaltend. Haroldson und Teeter haben nicht einen Menschen gefunden, der ihn mochte, geschweige denn mit ihm privat Kontakt pflegte. Nicht einer wusste, wo er wohnte. Burris und Puck haben berichtet, dass sich niemand erinnern kann, Franklin je in der Nähe von Andreas Wohnung gesehen zu haben. Jetzt recherchieren sie wegen weiterer möglicher Verdächtigen, für alle Fälle. Andrea hat sich offenbar mit einigen recht zwielichtigen Typen abgegeben, und deren Namen bringt Puck gerade in Erfahrung.«

»Ich bin sicher, dass Richard Franklin Andrea so zugerichtet hat«, beharrte Jennifer.

Morrison zuckte mit den Schultern. »Darüber haben wir in ein paar Stunden Gewissheit«, sagte er. »Was Morehead City anbelangt, dort ist Johnson mit Andreas Bild unterwegs. Gute Idee übrigens, das Foto mitzunehmen. Aber bislang hat es nichts ergeben. Allerdings sind da auch noch haufenweise Bars und Restaurants abzuklappern.«

Jennifer nickte.

Morrison deutete mit dem Kopf zum Telefon. »Haben Sie schon irgendetwas über die vermeintliche Jessica herausgefunden?«

»Nein«, sagte sie. »Noch nicht. Damit fange ich als Nächstes an.«

Julie saß auf der Couch. Singer lag neben ihr, ein Ohr wachsam vorgereckt. Mike stellte den Fernseher an, zappte durch die Kanäle und schaltete ihn wieder aus. Dann machte er zur Sicherheit noch einen Rundgang durchs Haus, prüfte mindestens zum fünften Mal, ob die Haustür abgeschlossen war, und schaute anschließend aus dem Fenster.

Alles war ruhig. Vollkommen ruhig.

»Ich glaube, ich rufe mal Henry an«, sagte er schließlich. »Um Bescheid zu sagen, dass wir angekommen sind.«

Julie nickte.

Jennifer strich sich mit beiden Händen das Haar zurück und nahm sich dann die Fotos aus Richards Aktenkoffer vor. Im Gegensatz zu Julie hatte Jessica offenbar für die meisten Bilder fröhlich posiert. Auch dass sie Richards Frau gewesen war, schien unstrittig. Jennifer erkannte auf einigen Bildern einen Verlobungsring, zu dem sich später ein Hochzeitsring gesellte.

Leider verrieten die Fotos ihr nichts über Jessica selbst – falls das überhaupt ihr Name war. Die Rückseiten waren nicht beschriftet, und es waren keinerlei geographische Anhaltspunkte zu entdecken. Nachdem Jennifer jedes einzelne Foto genau betrachtet hatte, fragte sie sich, wie sie an weitere Informationen über die junge Frau kommen sollte.

Sie durchforstete das Internet nach Hinweisen auf Jessica Franklin, geographisch begrenzt auf Colorado und Ohio, und nahm all jene Websites zu diesem Namen unter die Lupe, die mit Fotos aufwarteten. Es gab davon nur eine Hand voll, und kein Bild zeigte die Frau, nach der sie suchte. Kein Wunder. Nach einer Scheidung nahmen die meisten Frauen wieder ihren Mädchennamen an …

Aber wenn die beiden gar nicht geschieden waren?

Wie gewalttätig Richard sein konnte, hatte er bereits unter Beweis gestellt …

Jennifer warf einen Blick auf das Telefon und wählte nach kurzem Zögern Detective Cohens Nummer in Denver.

„Hallo, Detective Cohen, hier ist Jennifer Romanello. Bitte entschuldigen Sie, dass ich Sie noch einmal mit unserem Fall belästige. Aber diesmal bin ich auf der Suche nach Informationen zu Franklins Frau, Jessica Franklin«, sagte sie.

»Kein Problem«, antwortete er. »Seit Ihrem Anruf geht mir der Kerl nicht mehr aus dem Kopf. Der Name kommt mir irgendwie bekannt vor. Moment bitte.«

Sie wartete.

»Da habe ich wohl doch etwas Falsches in Erinnerung gehabt«, sagte er schließlich. »Es ist kein Mordopfer unter dem Namen Jessica Franklin registriert, und es gibt auch keine Vermisstenmeldung.«

»Könnten Sie möglicherweise etwas über die Eheschließung herausfinden? Wann sie stattgefunden hat, wie lange die beiden verheiratet waren?«

»Über solche Daten verfügen wir hier nicht. Aber Sie könnten mal einen Blick in das Grundbuch werfen, da Hausbesitz meist unter den Namen beider Eheleute geführt wird. Wenn die beiden ein Haus besessen haben, könnten Sie da fündig werden.“

»Können Sie mir die Nummer des Grundbuchamtes nennen?«

»Nicht auswendig, aber ich kann sie Ihnen raussuchen.«

Jennifer hörte, wie Cohen eine Schublade aufzog, fluchte und dann einen seiner Kollegen um ein Telefonbuch bat.

Gleich darauf las er ihr die Nummer vor. Jennifer notierte sie, bedankte sich herzlich und legte auf.

Kurz darauf kam Pete an ihren Schreibtisch gestürzt.

»Daytona!«, sagte er. »Der Hurensohn war in Daytona, als er angeblich zur Beerdigung seiner Mutter …«

»Daytona? Kommt da nicht Julie her?«

»Weiß ich nicht mehr«, sagte Pete hastig, »aber hören Sie mal … falls seine Mutter dort gestorben ist, müsste sie in der dortigen Zeitung in der Liste mit Todesfällen aufgeführt sein. Ich habe die Zeitung schon im Internet aufgerufen, infrage kommende Seiten werden gerade ausgedruckt. Ganz schön clever, was?«

Jennifer dachte schweigend darüber nach. »Finden Sie das

nicht merkwürdig?«, fragte sie dann. »Ich meine, dass seine Mutter ausgerechnet in der Stadt gestorben sein soll, wo Julie aufgewachsen ist?«

»Vielleicht haben sich Richard und Julie ja als Kinder gekannt.«

Möglich, aber unwahrscheinlich, dachte Jennifer. Zumal es Belege gab, dass Richard vor vier Jahren noch in Denver gelebt hatte. Und Julie hätte eine frühere Bekanntschaft doch bestimmt erwähnt. Was also hatte er in Daytona gewollt?

Plötzlich wurde sie blass.

»Haben Sie eine Telefonnummer von Julies Mutter?«, fragte sie.

Pete schüttelte den Kopf. »Nein.«

»Finden Sie sie heraus. Ich denke, wir sollten mal mit ihr reden.«

»Aber was ist mit den Todesanzeigen?«

»Vergessen Sie's. Wir wissen ja nicht einmal, ob die Geschichte über seine Mutter stimmt. Stattdessen besorgen wir uns lieber bei der Telefongesellschaft eine Liste mit den Nummern, die er in letzter Zeit angerufen hat. Das hätten wir gleich tun sollen.«

Pete versuchte blinzelnd, mit ihren Gedankengängen Schritt zu halten. »Die Todesanzeigen helfen uns also nicht weiter?«

»Nein. Er war nicht in Daytona, um seine Mutter zu Grabe zu tragen. Er ist dort hingeflogen, um mehr über Julie zu erfahren. Darauf könnte ich wetten.«

Henry saß mit Emma am Küchentisch und verfolgte mit den Augen geistesabwesend eine Fliege, die immer wieder gegen die Fensterscheibe flog.

»Sie sind also sicher, dass ihnen niemand gefolgt ist?«

Henry nickte. »Hat Mike am Telefon gesagt.«

»Das heißt, sie sind jetzt in Sicherheit?«

»Ich hoffe es, aber beruhigt bin ich erst, wenn sie den Mistkerl geschnappt haben.«

»Und wenn sie ihn nicht kriegen?«

»Die finden ihn schon.«

»Und wenn nicht?«, bohrte Emma weiter. »Wie lange werden sich Mike und Julie verstecken müssen?«

Henry zuckte mit den Schultern. »So lange es nötig ist.« Er schwieg für einen Augenblick. »Aber ich sollte wohl besser die Polizei anrufen und Bescheid sagen, wo sie sich aufhalten«, sagte er dann.

»Danke für die Information, Henry«, sagte Jennifer. »Sehr freundlich. Auf Wiedersehen.«

Mike und Julie hatten also die Stadt verlassen. Zwar waren sie für weitere Rückfragen nun nicht mehr so leicht zu erreichen, aber Topsail Island war nicht aus der Welt. Es befand sich noch im Bezirk, wenn auch am südlichen Ende – mindestens vierzig Minuten von Swansboro entfernt.

Die Anfrage beim Grundbuchamt hatte sich als Sackgasse entpuppt. Das Haus, in dem die Eheleute gewohnt hatten, lief nur auf Richard Franklins Namen.

In Ermangelung sonstiger Ansatzpunkte wandte Jennifer sich noch einmal den Fotos zu. Fotos verrieten nicht nur etwas über das, was fotografiert wurde, sondern auch über den Fotografen, so viel stand fest. Und Richard konnte gut fotografieren, er betrieb die Fotografie offenbar als Kunst. Worauf ja auch die im Haus gefundene Ausrüstung hindeutete.

Jennifer hatte dieser Tatsache bisher keine weitere Beachtung geschenkt. Nun fragte sie sich, ob sie nicht doch von Nutzen sein konnte. Aber wie?

Je länger sie die Fotos ansah, desto sicherer war sie, mit ihren Überlegungen auf der richtigen Fährte zu sein.

~ 36 ~

In Denver saß Detective Larry Cohen an seinem Schreibtisch und sann über die Anrufe nach.

Trotz der erfolglosen Suche nach diesem Richard Franklin in der Datenbank war er sicher, den Namen schon mal gehört zu haben. Die Frage war, in welchem Zusammenhang. Er konnte ein Zeuge in einem der unzähligen Fälle gewesen sein, mit denen Cohen in seiner Laufbahn schon zu tun gehabt hatte. Möglicherweise hatte er den Namen auch nur mal in der Zeitung gelesen. Womöglich war Franklin auch nur jemand, dem er mal auf einer Party begegnet war.

Aber nein, tief in seinem Innern brachte er den Namen mit irgendwelchen Polizeiangelegenheiten in Verbindung.

Falls Franklin aber nicht festgenommen worden war, was war es dann?

Cohen erhob sich von seinem Schreibtisch und beschloss, sich ein wenig umzuhören. Vielleicht vermochte ihm jemand anders in der Dienststelle auf die Sprünge zu helfen.

Eine Stunde später kam Morrison aus seinem Büro. In der Hand hielt er einige Papiere – die Liste, auf der Franklins Telefonate dokumentiert waren, und gefaxte Unterlagen von J. D. Blanchard, die Richard Franklin dort vorgelegt hatte, zum Beispiel seinen Lebenslauf sowie Angaben zu Projekten, bei denen er früher als beratender Ingenieur tätig gewesen war.

Pete nahm sich die Liste mit den Telefonnummern vor. Jennifer legte die Fotos beiseite und vertiefte sich in die anderen Papiere.

In seinem Lebenslauf hatte Richard als Wohnsitz eine Adresse in Columbus angegeben. Mit den weiteren Angaben schien sich eine Goldgrube aufzutun: Dort stand, für wen er wann gearbeitet hatte, die Adressen der Firmen, frühere Tätigkeiten, sein Ausbildungsweg.

»Jetzt habe ich dich«, murmelte Jennifer. Nach einem Anruf bei der Auskunft wählte sie die Nummer von Lentry Construction in Cheyenne, Wyoming, Richards letztem Arbeitgeber, bevor er sich selbstständig machte.

Nachdem sie sich bei der Sekretärin vorgestellt hatte, wurde sie weiterverbunden zu Clancy Edwards, dem stellvertretenden Direktor, der seit fast zwanzig Jahren für das Unternehmen arbeitete.

»Richard Franklin? Natürlich erinnere ich mich an ihn«, sagte Edwards spontan. »Er war hier ein Spitzenmanager. Ein echter Crack auf seinem Gebiet. Hat mich nicht überrascht, als er sich selbstständig machte.«

»Wann haben Sie zuletzt mit ihm gesprochen?«

»Oje … lassen Sie mich nachdenken. Er ist dann nach Denver gezogen. Also, das kann acht oder neun Jahre her sein. Wir arbeiteten gerade an … Moment, das war dann fünfundneunzig, richtig? Ich glaube, es war ein Projekt draußen in …«

»Entschuldigung, Mr Edwards, aber wissen Sie, ob Franklin verheiratet war?«

Edwards reagierte erst mit Verzögerung auf die Frage. »Verheiratet?«

»Ja, war er verheiratet?«

Edwards lachte leise. »Nie im Leben. Wir waren alle ziemlich sicher, dass er schwul war …«

Jennifer drückte den Hörer dichter an ihr Ohr. Sie glaubte sich verhört zu haben. »Moment. Sind Sie sicher?«

»Nun, nicht zu hundert Prozent. Er hat sich natürlich nie dazu geäußert, und wir haben ihn auch nicht darauf angesprochen. Was ein Mann privat macht, ist seine Sache, solange er seinen Job zufrieden stellend erfüllt. So haben wir es hier immer gehalten.«

Jennifer hatte seine letzten Worte kaum mitbekommen.

»Hat er sich mit seinen Kollegen verstanden?«, fragte sie unvermittelt, weil ihr einfiel, was Jake Blansen am Telefon erzählt hatte.

»O ja, absolut. Wie gesagt, er war ein Könner auf seinem Gebiet, und dafür haben ihn alle respektiert. Und liebenswert war er auch. Hat meiner Frau zum Geburtstag einen Hut gekauft. Aber den trägt sie nicht mehr oft. Sie wissen ja, wie Frauen sind, was ...«

»Und mit den Bauarbeitern? Ist er mit denen auch gut klargekommen?«

Clancy Edwards brauchte wieder einen Moment, um auf die Frage zu reagieren.

»Ja, selbstverständlich, mit denen auch. Wie gesagt, er war bei allen beliebt. Einige hatten vielleicht ein Problem mit seinem ... na ja, mit seinem Privatleben, aber im Grunde sind alle gut mit ihm ausgekommen. Tat uns Leid, dass er kündigte.«

Als Jennifer darauf nichts sagte, schien Edwards das Bedürfnis zu verspüren, das Schweigen zu überbrücken.

»Dürfte ich wissen, worum es eigentlich geht? Er ist doch nicht in Schwierigkeiten, oder? Ist ihm etwas zugestoßen?«

Jennifer war immer noch damit beschäftigt, die neuen Informationen zu verarbeiten.

»Es geht um eine Ermittlung. Tut mir Leid, aber mehr darf ich dazu nicht sagen«, antwortete sie schließlich. »Erinnern Sie sich daran, je einen Anruf von einer Firma namens J. D. Blanchard erhalten zu haben, mit der Bitte um Auskünfte über Franklin?«

»Ich nicht, aber unseren Direktor haben sie angerufen, wenn ich mich recht entsinne. Wir haben Franklin mit Freuden empfohlen. Wie gesagt, er hat seine Sache wirklich gut gemacht ...«

Jennifers Blick schweifte spontan wieder zu den Fotos von Jessica. »Wissen Sie, ob er in seiner Freizeit fotografiert hat?«

»Richard? Kann schon sein, aber mir gegenüber hat er das nie erwähnt. Warum?«

»Ach, nur so«, sagte sie. Sie hatte keine weiteren Fragen mehr. »Ich danke Ihnen für Ihre Hilfe, Mr Edwards. Darf ich

Sie noch einmal anrufen, falls ich noch weitere Auskünfte benötige?«

»Aber sicher. Sie können mich meistens bis sechs Uhr hier erreichen. Die Polizei genießt großen Respekt bei uns. Mein Großvater war auch Sheriff, in … oje, das ist schon so lange …«

Mitten in seinem Wortschwall legte Jennifer auf und fragte sich, warum nichts von dem, was sie gerade gehört hatte, einen Sinn zu ergeben schien.

»Die Liste ist tatsächlich aufschlussreich«, sagte Pete wenig später zu Jennifer, sichtlich verwirrt, dass ihr Instinkt richtig gewesen war, während er völlig danebengelegen hatte. »Es war eine Nummer von einem Privatdetektiv in Daytona dabei.« Er warf einen Blick auf seine Notizen. »Richard hat dreimal bei einer Detektei namens Croom's Investigations angerufen. Es ist im Moment niemand da, aber ich habe eine Nachricht hinterlassen. Offenbar ein Einmannbetrieb. Keine Sekretärin, dafür eine Männerstimme auf dem Band.«

»Was ist mit Julies Mutter?«

Pete schüttelte den Kopf. »Deren Nummer habe ich bei der Auskunft erfragt. Hab sie natürlich auch gleich angerufen, aber auch dort ist niemand drangegangen. Ich versuch's später noch einmal. Wie läuft's bei Ihnen?«

Jennifer berichtete ihm von ihrem Gespräch mit Clancy Edwards. Pete kratzte sich im Nacken.

»Schwul? Das kann ich mir gut vorstellen.«

Jennifer griff wieder nach dem Lebenslauf und gab sich Mühe, seine Bemerkung zu übergehen.

»Ich werd's mal bei dem nächsten Unternehmen auf der Liste versuchen«, sagte sie. »Es ist schon lange her, dass er dort gearbeitet hat, aber ich hoffe, ich erwische jemanden, der sich an ihn erinnert. Danach werde ich mit der Bank in Denver Kontakt aufnehmen, bei der er seine Konten hatte, und vielleicht kann ich auch von früheren Nachbarn etwas in Erfahrung bringen. Vorausgesetzt natürlich, ich finde welche.«

»Klingt ganz so, als könnte das ein Weilchen dauern.«

Jennifer nickte zerstreut, ihr ging immer noch das Gespräch mit Edwards durch den Kopf. »Hören Sie«, sagte sie, während sie rasch die Angaben aus dem Lebenslauf auf ein Blatt kritzelte, »wie wär's, wenn Sie versuchen, etwas über seine Kindheit herauszubekommen? Hier steht, dass er in Seattle geboren ist. Rufen Sie doch mal beim Standesamt an und fragen Sie nach Unterlagen über seine Geburt. Vielleicht können wir so seine Familie aufspüren. Ich mache einstweilen hier weiter.«

»Gute Idee.«

»Oh – und probieren Sie es weiter bei dem Detektiv und bei Julies Mutter. Mit denen möchte ich dringend reden.«

»Wird erledigt.«

Es dauerte länger als gedacht, einen Wagen aufzutreiben, aber schließlich verließ Richard den Parkplatz des Einkaufszentrums in einem grünen Pontiac Trans Am, Baujahr 1984. Er bog in die Straße ein und fuhr Richtung Highway. Beobachtet hatte ihn offenbar niemand.

Es ist schon erstaunlich, dachte er, dass heutzutage immer noch Leute ihren Schlüssel im Zündschloss stecken lassen. Kam ihnen denn nie der Gedanke, jemand könnte sich ihre Nachlässigkeit zunutze machen?

Der Nachmittag verstrich.

Jennifer war mit ihren Anrufen in einer Sackgasse nach der anderen gelandet. Im Laufe von vier Stunden sprach sie nur mit vier Leuten, die irgendwann einmal Kontakt mit Richard Franklin gehabt hatten. Zwei waren frühere Nachbarn und zwei Manager einer Firma in Santa Fe, New Mexico, die sich vage an Richard Franklin erinnerten. Alle vier hatten Aussagen zu Richard Franklin gemacht, die sich mit Edwards' Worten deckten.

Er war ein netter Kerl, der mit allen gut auskam.

Wahrscheinlich schwul.

Ob er in seiner Freizeit fotografierte, war keinem bekannt.

Jennifer stand von ihrem Schreibtisch auf und holte sich noch einen Becher Kaffee.

Wer ist dieser Typ?, grübelte sie. Und warum beschrieben ihr die Leute einen anderen Mann als den, den sie in Richard Franklin kennen gelernt hatte?

Tausende Kilometer weiter westlich hatte Detective Larry Cohen den Fall mit verschiedenen Kollegen in der Dienststelle besprochen.

Auch ihnen war der Name bekannt, ohne dass sie ihn einordnen konnten.

Jetzt saß Cohen am Schreibtisch und sann stirnrunzelnd darüber nach. Als ihm plötzlich die Erleuchtung kam, schoss er kerzengerade hoch. Er tippte hastig auf seiner Tastatur herum und überflog dann die Informationen, die auf dem Bildschirm auftauchten. Da seine Ahnung sich bestätigt hatte, erhob er sich, um einen Kollegen aufzusuchen, mit dem er sich dringend unterhalten musste.

Pete hatte unterdessen mehr Erfolg. Informationen über Richards erste Lebensjahre ließen sich ohne Schwierigkeiten auftreiben. Stolz ging er zu Jennifer hinüber, um sie auf den neuesten Stand zu bringen. In dem Augenblick klingelte ihr Telefon. Sie bat Pete mit einer Handbewegung, kurz zu warten.

»Polizeidienststelle Swansboro«, sagte Jennifer, »hier Officer Romanello.«

Sie hörte ein Räuspern am anderen Ende.

»Hier Detective Cohen aus Denver.«

Jennifer richtete sich auf. »Oh … hallo! Haben Sie doch noch etwas gefunden?«

»Mehr oder weniger. Nach Ihrem Anruf ging mir der Name Richard Franklin ständig durch den Kopf, also habe ich mich hier in der Dienststelle umgehört und nachgedacht, bis mir endlich einfiel, wo ich ihn schon mal gehört habe.« Er hielt inne. »Danach hat mir ein Kollege hier etwas Interessantes erzählt. Es ging um einen Fall, mit dem er vor vier Jahren befasst war, eine Vermisstenmeldung.«

Jennifer nahm ihren Stift. »Jessica Franklin?«

Als Pete Jessicas Namen hörte, merkte er auf.

»Nein. Richard Franklin. Der Bursche, wegen dem Sie mich angerufen haben.«

Jennifer zögerte. »Was wollen Sie damit sagen?«

»Richard Franklin war die vermisste Person«, sagte Detective Cohen langsam.

»Aber er ist hier!«

»Schon verstanden. Aber vor vier Jahren ist er plötzlich verschwunden. Eines Tages erschien er einfach nicht mehr zur Arbeit, und nach ungefähr einer Woche hat uns seine Sekretärin endlich verständigt. Ich habe mit dem Detective gesprochen, der damals die Untersuchung leitete. Er sagte, alle Anzeichen deuteten darauf hin, dass der Bursche überstürzt das Weite gesucht hätte. Kleidung lag in seinem Schlafzimmer auf dem Bett verstreut, die Schubladen wirkten durchwühlt. Zwei Koffer fehlten – seine Sekretärin sagte, die hätte er immer auf Geschäftsreisen benutzt –, und sein Auto war auch weg. Am letzten Tag, an dem er gesehen wurde, zog er Geld aus einem Bankautomaten.«

»Er war also auf und davon?«

»Offenbar.«

»Warum?«

»Genau das konnte der Kollege nicht klären. Auch keiner von Franklins Bekannten, die er befragte, konnte sich einen Reim darauf machen. Alle stimmten überein, dass er nicht der Typ war, der alles liegen und stehen ließ und einfach abhaute. Niemand konnte es verstehen.«

»Und er war nicht mit dem Gesetz in Konflikt gekommen?«

»Der Detective hat jedenfalls nichts finden können. Es waren keine Verfahren anhängig, und wie gesagt, auch bei uns lag nichts gegen ihn vor. Es ist, als hätte er damals spontan beschlossen, irgendwo ganz neu anzufangen.«

Genau dieser Gedanke war Jennifer auch bei Durchsicht seiner Finanzbelege durch den Kopf gegangen.

»Warum hat seine Familie ihn nicht vermisst gemeldet?«

»Tja, es gab so gut wie keine Familie. Sein Vater war verstorben, er hatte keine Geschwister, und seine Mutter befand sich wegen geistiger Umnachtung in einem Pflegeheim.«

»Könnten Sie mir die Unterlagen zu Ihren damaligen Ermittlungen schicken?“

»Selbstverständlich. Ich habe die Akte schon rausgesucht. Ich mache eine Kopie und lasse sie Ihnen morgen per FedEx zukommen.«

»Könnten Sie sie mir nicht zufaxen?«

»Die Akte ist ziemlich umfangreich«, sagte Cohen. »Wird mindestens eine Stunde dauern, die zu faxen.«

»Bitte«, drängte Jennifer. »Ich werde vermutlich ohnehin den ganzen Abend hier sein.«

»Also gut«, sagte er. »Geben Sie mir noch einmal Ihre Faxnummer.«

Jenseits des Küchenfensters in Henrys Strandhaus glühte der Ozean orange, als wäre unter der Oberfläche ein Feuer entzündet worden. Das Tageslicht schwand, und in der Küche wurde es langsam dunkler. Die Neonlampe an der Decke summte leise.

Mike trat neben Julie, die gerade Singer am Strand beobachtete. Er lag im Sand, hatte die Ohren aufgestellt und wandte gelegentlich den Kopf hin und her.

»Hast du Lust, etwas zu essen?«, fragte er.

»Danke, ich habe keinen Hunger.«

Mike seufzte.

»Da draußen ist niemand«, sagte er dann. »Sonst hätte sich Singer schon gemeldet.«

Julie nickte und lehnte sich an ihn.

Morrison kam aus seinem Büro und ging auf Jennifer und Pete zu.

»Es ist tatsächlich Andrea Radleys Blut. Hab gerade mit dem Labor telefoniert, die haben es bestätigt. Kein Zweifel.«

Jennifer hörte ihn kaum. Sie starrte gerade auf die erste Seite des Faxes aus Denver.

»Und Johnson hat einen Zeugen gefunden«, fuhr Morrison fort. »Einer der Barkeeper im Mosquito Grove konnte sich an Andrea erinnern. Hat eine genaue Beschreibung von Richard Franklin abgegeben. Meinte, der Typ sei ein echter Spinner.«

Jennifer war immer noch in die erste Faxseite vertieft.

»Er ist nicht Richard Franklin«, sagte sie leise.

Morrison und Pete sahen sie an.

»Was reden Sie da?«, fragte Morrison.

»Der Verdächtige …«, fuhr sie zögernd fort. »Sein Name ist nicht Richard Franklin. Der echte Richard Franklin gilt seit vier Jahren als vermisst. Hier.« Sie reichte das Blatt Papier weiter. Zu sehen war ein Foto des Vermissten, und so mangelhaft die Bildqualität infolge der Faxübertragung auch war, das schüttere Haar und die groben Gesichtszüge des Abgebildeten belegten eindeutig, dass dies nicht der Mann war, den sie suchten. »Das ist gerade aus Denver gekommen. Das ist der echte Richard Franklin.«

Morrison und Pete betrachteten das Bild.

Pete zwinkerte verwirrt. »Das ist Richard Franklin?«, fragte er.

»Ja.«

»Soll das heißen, der Kerl, hinter dem wir her sind, hat seine Identität angenommen?«

Jennifer nickte.

37

Irgendwelche Vorschläge, wie es weitergehen soll?«, fragte Morrison.

Eine Stunde war seit der jüngsten Erkenntnis vergangen, die meisten Polizeibeamten waren anwesend, und Morrison konnte nicht verbergen, wie wütend und frustriert er war. Mit Jennifer und Pete hatte er die wenigen in Richards Haus sichergestellten persönlichen Gegenstände untersucht, in der Hoffnung, einen Fingerzeig auf die wahre Identität des Verdächtigen zu erhalten, aber ohne Erfolg. Auch eine erneute Prüfung der Liste mit den Telefonverbindungen hatte nichts ergeben.

»Was ist mit den Fingerabdrücken? Die könnten uns weiterhelfen«, schlug Burris vor.

»Wir suchen nach Übereinstimmungen. Aber da er in North Carolina nicht festgenommen worden ist, hilft es in Bezug auf seine Identifizierung nichts. Ich habe mit dem Polizeipräsidenten in Colorado gesprochen, und er hat sich bereit erklärt, uns die Daten zukommen zu lassen, aber es gibt keine Garantie, dass der Verdächtige überhaupt jemals in Denver war.«

»Aber er hat doch Richard Franklins Identität angenommen«, protestierte Jennifer.

»Es gibt keine Beweise, dass er mit dem Verschwinden des echten Richard zu tun hatte.«

»Aber …«

Morrison hob die Hände. »Ich sage nicht, dass er nicht beteiligt war, aber wir müssen alles in Betracht ziehen. Außerdem ist das nicht das Hauptproblem. Denken Sie an Andrea Radley. Es geht also um die Gewaltbereitschaft des

Gesuchten – darum, was er getan hat und wozu er womöglich noch imstande ist. Welche gesicherten Erkenntnisse haben wir? Romanello? Sie scheinen doch am meisten über ihn zu wissen.«

Jennifer rasselte ihr Wissen herunter.

»Er ist gebildet. Höchstwahrscheinlich diplomierter Ingenieur, also hat er studiert. Er fotografiert gern und professionell, was darauf hindeutet, dass er es schon länger betreibt. Er war mal mit einer Frau namens Jessica verheiratet, aber mehr als den Namen und wie sie aussah wissen wir nicht über sie. Vermutlich ist er ein Psychopath. Er hat Julie seit Beginn ihrer Bekanntschaft nachgestellt. Sie sieht seiner Exfrau sehr ähnlich, und er hat sie sogar schon mit dem Namen seiner Frau angeredet. Und aus der Tatsache, dass er in den letzten paar Jahren immer wieder seine Spuren verwischt hat, schließe ich, dass er bereits mit dem Gesetz in Konflikt geraten ist. Jetzt befindet er sich auf der Flucht, und er dürfte Erfahrung damit haben, sich vor der Polizei zu verstecken.«

Morrison nickte. »Pete – Ihre Einschätzung?«

Pete dachte kurz nach. »Er ist kräftiger, als er aussieht. Er kann die Hantel fast so oft hochstemmen wie ich.«

Die anderen Polizisten sahen ihn an. »Ich habe ihn im Fitnessstudio getroffen«, erklärte Pete kleinlaut.

Morrison stieß kopfschüttelnd die Luft aus. »Okay, wir gehen wie folgt vor: Burris – Sie fahren zu Blanchard und fragen, ob es dort Fotos von dem Kerl gibt. Beeilen Sie sich – ich will, dass die Bilder schon möglichst heute Abend in den Nachrichten gezeigt werden. Ein Foto von ihm soll auch in die Zeitungen. – Alle anderen versuchen herauszubekommen, wo der Kerl ist. Rufen Sie jedes Hotel und Motel in Swansboro und Jacksonville an und fragen Sie, ob heute jemand da abgestiegen ist, auf den die Beschreibung passt. Ist eher unwahrscheinlich, ich weiß, aber wir dürfen nicht die Möglichkeit ausschließen, dass er sich noch direkt vor unserer Nase befindet. Falls sich irgendetwas ergibt, will ich, dass Sie jeweils paarweise dem Hinweis nachgehen. Und heute Abend nach den Nachrichten treffen wir uns alle hier.

Es werden massenhaft Anrufe kommen. Am wichtigsten sind die Anrufer, die behaupten, ihn *heute* gesehen zu haben.«

Morrison schaute die Kollegen der Reihe nach an. »Alles klar?«

Die anderen murmelten zustimmend.

»Dann also ran an die Arbeit.«

Weil Richard wusste, dass man ihn im Umkreis von Swansboro als Erstes suchen würde, war er zwei Stunden lang nach Nordosten gefahren und dann in einem schäbigen Motel direkt am Highway abgestiegen, wo sich niemand für seinen Ausweis interessierte.

Jetzt lag er auf dem Bett und starrte zur Decke. Sollen sie mich ruhig suchen, dachte er, aber finden werden sie mich nicht.

Er fragte sich, ob die Polizei wohl schon wusste, dass er gar nicht Richard Franklin war. Es spielte im Grunde keine Rolle, denn es schien nahezu unmöglich, ihn mit Franklins Verschwinden in Zusammenhang zu bringen oder seine frühere Identität herauszufinden. Es war damals nicht leicht gewesen, genau den richtigen Mann zu finden, einen Mann ohne Familie. Es musste jemand sein, bei dem selbst gründliche Internetrecherchen nicht auf irgendwelche entfernten Verwandten hinwiesen. Richard hatte diese Recherchen stundenlang in Bibliotheken betrieben, in denen er sich auf seiner Flucht vor den Gesetzeshütern zudem recht sicher fühlte. So mühsam und Zeit raubend es auch war, im Internet die Listen der Berufsgenossenschaften zu durchforsten, er hatte seine Suche hartnäckig fortgesetzt. Er wusste noch gut, wie erleichtert und zufrieden er gewesen war, als er endlich den geeigneten Kandidaten gefunden hatte.

Durch drei Bundesstaaten war er schließlich nach Denver gefahren, über den Mississippi und durchs Ödland, und hatte sich dann drei Wochen lang mit dem Lebenswandel des Mannes vertraut gemacht. Hatte den richtigen Richard Franklin beobachtet, so wie er nun Julie beobachtete. Franklin stellte sich als kleiner Mann mit Halbglatze heraus, der offenbar schwul war und seine Zeit überwiegend allein verbrachte. Es kam vor, dass Franklin bis in die Nacht im Büro arbeitete. An einem Abend lauerte Richard ihm auf. Er beobachtete, wie der echte Franklin über den dunklen Parkplatz auf sein Auto zuging und mit gesenktem Kopf nach dem Schlüssel kramte.

Franklin hörte ihn nicht näher kommen. Richard drückte ihm eine Pistole an den Kopf.

»Tun Sie genau, was ich sage«, flüsterte er, »dann lasse ich Sie am Leben.«

Was natürlich gelogen war, aber die Lüge hatte ihren Zweck erfüllt. Franklin hatte alles getan, was er von ihm verlangte, und alle seine Fragen beantwortet. Franklin war zum Bankautomaten gegangen und er hatte einen Koffer gepackt. Franklin hatte sich sogar fesseln und die Augen verbinden lassen, in der Hoffnung, seine Fügsamkeit würde belohnt werden.

Er war mit Franklin in die Berge gefahren und hatte ihm irgendwo an einer abgeschiedenen Stelle befohlen, sich an den Straßenrand zu legen. Er erinnerte sich an das Gewimmer und daran, dass sich Franklins Blase vor Angst entleert hatte, als er das unverkennbare Klicken des Hahns an der Pistole hörte.

Fast hatte er über die Schwäche dieses Kerls lachen müssen, darüber, wie verschieden sie waren. Der Mann war ein Nichts, ein winziges, belangloses Nichts. Wäre er selbst in solch eine Lage geraten, er hätte sich gewehrt oder zu entkommen versucht. Franklin aber hatte zu weinen begonnen. Also hatte er sich um den richtigen Richard Franklin gekümmert, ganz wie er sich um seine Mutter und seinen Vater gekümmert hatte. Und um die Jungen in der Pflegefamilie. Und um seinen Zimmergenossen an der Uni. Und um Jessica.

Drei Stunden später war der echte Richard Franklin in einem Grab verscharrt, das nie gefunden werden würde. Und solange er nur als vermisst galt und nicht als tot, war es kein Problem, seine Identität anzunehmen.

Und nun war es an der Zeit, sich um Mike zu kümmern.

Mabel saß noch an Andreas Bett, als deren Eltern aus Boone eintrafen. Sie hatten eine sechsstündige Fahrt voller Angst und Tränen hinter sich. Mabel verließ das Zimmer, damit sie mit ihrer Tochter allein sein konnten.

Auf dem Weg ins Wartezimmer dachte sie an Mike und Julie und hoffte, dass sie in Sicherheit waren. Die beiden befanden sich vermutlich in weit größerer Gefahr, als ihnen bewusst war. Mabel beschloss, ihnen dies so bald wie möglich noch einmal klar zu machen.

Den ganzen Abend über herrschte im Polizeirevier Swansboro hektische Betriebsamkeit.

Die Beamten hatten in umliegenden Motels zwölf mögliche Verdächtige ermittelt. Mithilfe der Polizeibehörde von Onslow County verfolgten sie jede einzelne Spur, jedoch ohne Erfolg.

J. D. Blanchard hatte ein gutes Foto des Verdächtigen zur Verfügung gestellt, und Burris ließ es den Fernsehsendern zukommen. Die Meldung wurde gleich zu Beginn der Nachrichten gesendet, und zwar mit dem Hinweis, dass der Gesuchte als extrem gefährlich eingestuft wurde. Dazu wurde eine Beschreibung des Wagens geliefert und sein Kennzeichen durchgegeben.

Wie von Morrison prophezeit, klingelten die Telefone direkt im Anschluss an die Sendungen. Bis zwei Uhr früh hatte man im Revier mit mehr als zweihundert Anrufern gesprochen.

Aber keiner hatte den Verdächtigen an diesem Tag gesehen. Und auch sein Wagen war nicht gefunden worden.

Kurz vor dem Einschlafen dachte Richard an Jessica.

Sie war Serviererin in einem Restaurant gewesen, das er besucht hatte, und obwohl sie ihn nicht bediente, hatte er sie immer wieder angesehen.

Sie bemerkte seine Blicke und lächelte ihn an. Bei Geschäftsschluss war er zum Restaurant zurückgekehrt und hatte auf sie gewartet.

Alles passte perfekt zusammen: wie sie durch die nächtlichen Straßen von Boston spazierten ... wie Jessica ihn beim Abendessen über den Tisch hinweg ansah ... das folgende Wochenende in Cape Cod, wo sie nach einem langen Strandspaziergang ein Picknick im Sand gemacht hatten ... die Fahrt im Heißluftballon ... Jessica und Julie ... einander so ähnlich ... seine Gedanken an sie wurden eins ... Bilder verschmolzen ... Julie ... ihre Tränen beim *Phantom der Oper* ... wie einfühlsam sie auf die Lüge vom unerwarteten Tod seiner Mutter reagierte ... wie stolz sie schien, als sie ihn in der Kneipe ihren Freunden vorstellte ...

Er liebte sie. Er würde sie immer lieben.

Gleich darauf gingen seine Atemzüge tief und regelmäßig.

38

Am nächsten Morgen hing über dem Intracoastal Waterway leichter Nebel, der langsam verdunstete, als die Sonne über die Baumwipfel stieg. Durch das Fenster im Polizeirevier fiel ein regenbogenbuntes Lichtprisma genau auf Jennifers Tasse Kaffee. Es war die dritte an diesem Morgen.

Wir suchen nach einem Gespenst, dachte sie.

Es gab nichts, absolut nichts, wo sie ansetzen konnten, und das Warten war das Schlimmste. Jennifer hatte sich nach nur wenigen Stunden Schlaf wieder auf den Weg ins Revier gemacht, aber das bereute sie inzwischen. Sie wusste nicht, was sie tun sollte.

Die Fingerabdrücke hatten ihnen bisher nichts genützt. Morrison hatte inzwischen entschieden, auch die Datenbank des FBI zu nutzen, aber die Auswertung der dort zur Verfügung stehenden Daten würde mindestens eine Woche dauern.

Natürlich kamen immer noch Anrufe, und Jennifer ging auch ständig ans Telefon. Die Meldung war frühmorgens noch einmal in den Nachrichten gebracht worden und sollte mittags abermals gesendet werden, aber wie schon am Vorabend erhielt sie nicht die Auskünfte, die sie sich erhoffte. Viele verängstigte Bürger riefen an, die beruhigt werden wollten, oder andere, die fälschlicherweise behaupteten, der Verdächtige hielte sich in ihrem Garten auf. Jennifers Kollegen waren genauso früh zum Dienst erschienen wie sie und schon unterwegs, um den Behauptungen auf den Grund zu gehen.

Das war der Nachteil, wenn man die Medien als Hilfsmittel benutzte, dachte sie. Es war zwar *möglich*, dass man dadurch hilfreiche Informationen erhielt. Garantiert jedoch erhielt man auch sehr viel überflüssige Informationen, die wiederum für die anstehende Aufgabe dringend benötigte Kräfte abzogen.

Jennifer lenkte ihre Gedanken wieder auf den Fall zurück. Ihr derzeit einziger Ansatzpunkt waren die Fotos aus dem Aktenkoffer, und warum diese sie so fesselten, war ihr immer noch nicht ganz klar. Sie hatte sie schon Dutzende Male angesehen, doch kaum hatte sie den Stapel beiseite gelegt, griff sie bereits wieder danach.

Wieder sah sie dieselben Bilder. Jessica im Garten. Jessica auf einer Terrasse. Jessica sitzend. Jessica stehend. Jessica lächelnd. Jessica ernst.

Nichts.

Das Telefon klingelte erneut. Jennifer hob ab, hörte zu und antwortete dann:

»Ja, Ma'am. Ich bin sicher, Sie können unbesorgt zum Eisenwarenladen gehen ...«

Als Mabel aus Wilmington losfuhr – nach einer größtenteils durchwachten Nacht –, war sie etwas zuversichtlicher, was Andrea betraf. Obwohl sie noch nicht die Augen geöffnet hatte, war kurz vor Sonnenaufgang eine leichte Bewegung ihrer Hand zu verzeichnen gewesen, was, wie die Ärzte Andreas Eltern wiederholt versicherten, ein gutes Zeichen war.

Da Mabel sonst nichts tun konnte, war sie in ihr Auto gestiegen und fuhr nun zurück nach Swansboro. Die Morgensonne schmerzte in ihren Augen, und es fiel ihr schwer, sich auf die Straße zu konzentrieren.

Ihre Unruhe wegen Mikes und Julies Sicherheit hatte in der Nacht noch zugenommen. Ich werde mich nur kurz hinlegen, sagte sie sich, und dann zum Strand rausfahren, um mit ihnen zu reden.

Morgens duschte Richard und setzte sich wieder in den gestohlenen Pontiac. Zwei Stunden später, nachdem er unterwegs einen Becher Kaffee und ein paar Zeitschriften gekauft hatte, war er wieder in Swansboro. Es fühlte sich an wie eine Heimkehr.

Er trug Dockers und Polohemd. Mit seinen helleren Haaren und der Brille erkannte er sich selbst kaum wieder. Er sah aus wie ein x-beliebiger Bürger, der übers Wochenende zum Strand hinausfuhr.

Was Julie wohl gerade machte? Duschen? Frühstücken? Dachte sie wohl so oft an ihn, wie er an sie? Lächelnd warf er ein paar Münzen in den Zeitungsautomaten vor dem Kiosk.

Kurz darauf begab er sich in einen ganz bestimmten kleinen Park, wo er sich auf einer Bank beim Spielplatz niederließ und die Zeitung aufschlug. Sein Bild prangte auf der ersten Seite, und er las aufmerksam den dazugehörenden Artikel. Bis auf ein paar vage Informationen enthielt er nicht viel Wichtiges – gewiss hatte der Reporter seine Auskünfte direkt von der Polizei –, nannte jedoch eine Hotline, wo man sachdienliche Hinweise loswerden konnte. Danach überflog Richard den Rest der Zeitung, um zu sehen, ob etwas von dem gestohlenen Wagen darin stand. Nichts. Dann kehrte er wieder zu dem Artikel zurück. Während er las, hob er immer mal wieder den Blick.

Falls nötig, würde er den ganzen Tag warten. Er wusste, auf wen er es abgesehen hatte, wer ihn zu Julie und Mike führen würde.

Pete kam auf Jennifers Schreibtisch zu, und sie fand, dass er in etwa so müde aussah, wie sie sich fühlte.

»Irgendetwas Neues?«, fragte sie.

Er schüttelte den Kopf und unterdrückte ein Gähnen. »Wieder blinder Alarm. Und bei Ihnen?«

»Nicht viel. Es hat noch eine Kellnerin vom Mosquito Grove angerufen, die sich erinnert, Andrea und Richard dort gesehen zu haben. Das Krankenhaus in Wilmington hat sich auch gemeldet. Andrea ist noch nicht über den Berg, aber die Ärzte sind ganz hoffnungsvoll.« Sie hielt inne. »Was ich schon heute Morgen fragen wollte – haben Sie eigentlich mal mit dem Detektiv oder mit Julies Mutter gesprochen?«

»Noch nicht.«

»Wie wär's, wenn Sie mir die Nummern geben und sich erst mal einen Kaffee holen? Ich werde bei den beiden mal nachhaken.«

»Wieso? Wir wissen doch schon, warum Richard dort war.«

»Ich weiß nicht, was ich sonst tun soll.«

Jennifer erreichte Julies Mutter, aber Pete hatte ausnahmsweise einmal Recht. Der Anruf ergab nichts Neues. Ja, berichtet die Mutter, ein Mann, wie er sagte, ein alter Freund von Julie, sei bei ihr gewesen. Eine Woche später sei er wiedergekommen, diesmal mit einem Freund. Der Freund entsprach der Beschreibung des Verdächtigen.

Unter der Nummer des Privatdetektivs erreichte Jennifer abermals niemanden.

Und immer noch keine Nachricht wegen der Fingerabdrücke.

Ohne neue Hinweise waren sie so weit wie zuvor, und das frustrierte Jennifer. War Richard noch in der Stadt? Sie wusste es nicht. Was würde er als Nächstes tun? Sie wusste es nicht. War er immer noch hinter Julie her? Anzunehmen, aber ganz sicher war sie nicht. Möglich war schließlich auch, dass er, da die Polizei hinter ihm her war, die Stadt längst verlassen hatte und untergetaucht war, wie früher schon einmal.

Das Problem bestand darin, dass er zu Richard Franklin geworden war. In seinem Haus befanden sich kaum persönliche Habseligkeiten, abgesehen von seiner Kleidung, seinen Kameras und den Fotos. Und die Fotos verrieten ihr nichts, außer dass er ein guter Fotograf war. Sie konnten überall und zu jeder Zeit entstanden sein, und weil Richard sie selbst entwickelte, ließen sie sich auch nicht zu einem Fotolabor zurückverfolgen …

Jennifers Überlegungen stockten jäh.

Überall, zu jeder Zeit?

Ein guter Fotograf?

Teure Kameraausrüstung?

Eine eigene Dunkelkammer, um die Bilder selbst zu entwickeln?

Das ist mehr als nur ein kurzfristiges Hobby, dachte sie. Aber was weiter? Sie starrte auf den Stapel Fotos auf ihrem Tisch. Er fotografiert schon lange. Seit Jahren vermutlich. Und das bedeutet …

Er hatte die Kameras möglicherweise schon benutzt, bevor er zu dem Mann namens Richard Franklin wurde.

»Pete!«, rief Jennifer unvermittelt, »sind seine Kameras schon in der Asservatenkammer oder noch bei der Spurensicherung?«

»Die von Franklin? Die haben wir gestern in die Asservatenkammer gebracht …«

Jennifer sprang von ihrem Stuhl hoch und machte sich auf den Weg.

»Wo wollen Sie hin?«

»Ich glaube, ich weiß, wie wir herausfinden können, wer der Kerl ist.«

Pete überlegte nicht lange. Doch er hatte Mühe, mit ihr Schritt zu halten, während sie durchs Revier eilte.

»Worum geht's?«, fragte Pete.

Jennifer quittierte am Tresen mit einer Unterschrift den Erhalt der Fotoausrüstung, beäugt von dem Beamten, der für die Asservatenverwaltung zuständig war.

»Die Kameras und die Objektive, kurz, der ganze Kram ist richtig teuer, nicht wahr?«, sagte sie. »Und wie Sie schon sagten, sind die Bilder womöglich bereits vor längerer Zeit aufgenommen worden. Und zwar mit diesen Kameras, richtig?«

Pete zuckte die Achseln. »Schon möglich.«

»Sehen Sie nicht, was das bedeutet?«, fragte sie. »Ich meine, wenn er diese Kameras schon lange hatte?«

»Nein, ich komm nicht drauf. Was?«

Inzwischen hatte der Beamte einen Karton auf den Tresen gestellt, und Jennifer nahm ihn an sich. Sie gab Pete keine Antwort, sondern machte sich auf den Weg zurück zu ihrem Schreibtisch.

Eine Minute später sah Pete Gandy verwirrt und ratlos zu, wie sie die Kamerarückseite untersuchte.

»Haben Sie einen kleinen Schraubenzieher?«, fragte Jennifer.

»Wofür?«

»Ich muss dieses Teil abschrauben.«

»Warum?«

»Ich suche nach der Seriennummer.«

»Warum?«, fragte er wieder.

Jennifer gab keine Antwort, weil sie gerade in ihren Schubladen kramte. »Verdammt!«, entfuhr es ihr.

»In der Wartungsabteilung könnte einer sein«, bemerkte Pete, um sich wenigstens ein bisschen nützlich zu machen.

Lächelnd schaute Jennifer hoch. »Sie sind ein Genie!«

»Ach ja?«

Eine Viertelstunde später hatte sie alle Seriennummern der Ausrüstungsteile aufgelistet. Die Hälfte gab sie Pete, mit dem Rest setzte sie sich an ihren Schreibtisch. Sie vermochte nur mühsam ihren Optimismus zu dämpfen.

Jennifer brachte bei der Auskunft die Telefonnummern der Hersteller in Erfahrung und versuchte es dann beim ersten. Nachdem sie erklärt hatte, dass sie Name und Anschrift des Besitzers der Kamera überprüfen wolle, gab die Person am Telefon die Nummer in einen PC ein.

»Sie gehört einem Richard P. Franklin …«

Jennifer legte auf und wählte die nächste Nummer. Dann eine weitere. Beim vierten Anruf jedoch wurde ihr ein anderer Name mitgeteilt.

»Die Kamera ist auf Robert Bonham aus Boston, Massachusetts registriert. Brauchen Sie die Anschrift?«

Mit zittrigen Händen notierte sich Jennifer die Angaben.

Morrison überflog die Notiz. »Wie sicher sind Sie, dass dieser Robert Bonham der Gesuchte ist?«

»Unter dem Namen waren vier unterschiedliche Ausrüstungsstücke aufgeführt, und den Aufzeichnungen des Herstellers zufolge wurde keins davon je als gestohlen gemeldet. Ich möchte wetten, Bonham ist unser Mann, und ich möchte, dass Sie mir Rückendeckung geben, falls es Schwierigkeiten mit der Bostoner Polizei gibt.«

Morrison nickte. »In Ordnung.«

Doch alles lief glatt. Gleich der erste Beamte, den Jennifer erreichte, konnte ihr die benötigten Auskünfte liefern.

»Robert Bonham wird seit vier Jahren gesucht im Zusammenhang mit dem Verschwinden seiner Ehefrau, Jessica Bonham«, sagte er.

Richard saß immer noch auf der Parkbank.

Er fragte sich, was sie wohl da drinnen trieb, aber eigentlich spielte das keine Rolle. Geduldig zu sein hatte er schon vor langer Zeit gelernt, und nachdem er zum ungezählten Mal einen Blick auf das Fenster geworfen hatte, hob er wieder die Zeitung. Inzwischen hatte er jeden Artikel drei- oder viermal gelesen. Er wusste, wann und wo welche Filme liefen und dass im Gemeindezentrum kostenlose Computerkurse für Senioren angeboten wurden. Doch viel wichtiger war, dass das Blatt sein Gesicht vor den Blicken neugieriger Bürger schützte.

Eine Stunde später kamen per Fax Unterlagen aus Boston zu Jessicas Verschwinden. Jennifer saß an ihrem Schreibtisch und bereitete sich auf ihren nächsten Anruf vor. Sie wählte, und es meldete sich eine Frauenstimme.

»Hallo?«

»Spreche ich mit Elaine Marshall?«

»Ja. Und wer sind Sie?«

»Mein Name ist Officer Jennifer Romanello. Ich rufe von der Polizeidienststelle in Swansboro an.«

»Kenne ich nicht.«

»Eine Kleinstadt in North Carolina«, sagte Jennifer. »Ich würde gern kurz mit Ihnen sprechen.«

»Ich kenne niemanden in North Carolina.«

»Es geht um Ihre Schwester Jessica«, sagte sie.

Am anderen Ende blieb es längere Zeit still.

»Haben Sie sie gefunden?« Die Stimme klang, als wappne sich die Sprecherin gegen das Schlimmste.

»Tut mir Leid, nein. Aber ich wüsste gern, ob Sie mir etwas zu Robert Bonham erzählen können.«

Jennifer hörte, wie Elaine Marshall bei diesem Namen scharf Luft holte.

»Warum?«

»Weil wir momentan nach ihm suchen.«

»Wegen Jessica?«

Jennifer überlegte, wie viel sie offenbaren sollte. »Nein«, sagte sie endlich. »Er wird in Zusammenhang mit etwas anderem gesucht.«

Wieder blieb es still.

»Er hat jemanden umgebracht, stimmt's?«, fragte Elaine Marshall schließlich.

Jennifer zögerte. »Können Sie mir etwas über ihn erzählen?«

»Er ist geisteskrank.« Ihre Worte kamen abgehackt, als wahre sie nur mühsam die Fassung. »Alle hatten Angst vor ihm, selbst Jessica. Er ist gewalttätig und gefährlich … und er ist schlau. Jessica hat einmal vergeblich versucht, ihn zu verlassen. Er hat sie ständig geschlagen. Dann ging sie eines Abends zum Einkaufen in den Supermarkt, und wir haben sie nie wieder gesehen. Jeder wusste, dass Robert an ihrem Verschwinden Schuld ist, aber man hat sie nie gefunden.«

Elaine Marshall begann zu weinen. »O Gott … es ist so schwer … Sie können sich nicht vorstellen, wie es ist, nicht zu wissen … Sie ist fort, aber trotzdem existiert noch ein Fünkchen Hoffnung, an das man sich klammert. Gleichzeitig versucht man, die Trauer zu verdrängen, aber dann passiert etwas, und alles kommt wieder hoch …«

Jennifer lauschte dem Schluchzen am anderen Ende. »Wie war er zu Beginn der Beziehung?«, fragte sie dann behutsam.

»Was spielt das für eine Rolle? Er ist böse …«

»Bitte«, sagte Jennifer. »Wir müssen so viel wie möglich über ihn wissen, wenn wir eine Chance haben wollen, ihn zu fassen.«

»Und Sie glauben, dass ausgerechnet Ihnen das gelingt? Niemals! Wir suchen ihn schon seit Jahren. Wir haben Privatdetektive engagiert, wir haben die Polizei gedrängt, nicht lockerzulassen …« Elaine Marshalls Stimme verlor sich.

»Bitte«, versuchte Jennifer es erneut. »Können Sie mir sagen, was für ein Mensch er war, als die beiden sich kennen lernten?«

Elaine Marshall atmete tief durch und suchte offenbar nach den richtigen Worten.

»Oh, ganz wie man es sich bei einer romantischen Liebesbeziehung vorstellt.« Ein trauriger Tonfall stahl sich in ihre Stimme. »Er war charmant und sah gut aus und machte Jessica den Hof, bis sie sich Hals über Kopf in ihn verliebte. Wir mochten ihn anfangs alle. Nach einem halben Jahr sind sie zusammen auf und davon gegangen, haben geheiratet, und nach der Heirat änderte sich alles. Er wurde immer besitzergreifender und hatte es nicht gern, wenn Jessica uns anrief. Ziemlich bald ging sie kaum noch aus dem Haus, aber bei den seltenen Gelegenheiten, zu denen wir sie trafen, hatte sie immer irgendwo Blutergüsse. Natürlich versuchten wir ihr die Augen zu öffnen, aber es hat lange gedauert, bis sie uns zuhörte.«

»Sie sagen, Jessica habe einmal versucht, sich von ihm zu trennen …«

»Weil sie endlich einsah, dass es richtig war. Sie floh nach Kansas City, um dort neu anzufangen, aber er hat sie aufgespürt. Keine Ahnung, wie er das angestellt hat, aber er fand sie und nahm sie mit zurück. Und sie blieb ein paar Wochen bei ihm. Ich kann nicht erklären, warum. Er hat eine unheimliche Macht über sie ausgeübt. Trotzdem sind Mom und ich bei den beiden vorbeigefahren und haben Jessica regelrecht aus dem Haus geschleift. Sie zog wieder bei unseren Eltern ein und versuchte, ihr Leben allein auf die Reihe zu kriegen. Nach einer Weile schien es ihr besser zu gehen. Und dann kam der Abend, an dem sie verschwand.«

Kurze Zeit darauf war das Gespräch beendet, doch Jennifer klangen die Worte von Elaine Marshall noch in den Ohren.

Er hat sie aufgespürt.

Mabel stand auf und duschte. Trotz ihrer Erschöpfung hatte sie nicht gut geschlafen, weil sie wegen Mike und Julie so unruhig war. Sie nahm ihre Autoschlüssel und war schon zur Tür hinaus, als ihr einfiel, was Julie im Salon gesagt hatte, kurz bevor sie mit Mike in Emmas Wagen stieg.

Was, wenn er uns gleich von hier aus folgt?

Mabel blieb wie angewurzelt in der Auffahrt stehen. Was, wenn Richard vorhatte, *ihr* zum Strand zu folgen? Wenn er sie gerade beobachtete?

Mabel war nicht gewillt, ein Risiko einzugehen.

Nach kurzem Zögern machte sie kehrt und ging ins Haus zurück.

Nachdem Jennifer die Angaben zu Robert Bonham sortiert und noch ein paar Anrufe erledigt hatte – unter anderem einen weiteren bei Elaine Marshall –, fasste sie ihre Erkenntnisse schriftlich zusammen. Sie erklärte Pete, was sie vorhatte, und ging dann mit ihm zu Morrison ins Büro.

Ihr Vorgesetzter überflog Jennifers Bericht. Dann sah er sie an.

»Ist das gesichert?«

»So gut wie alles. Wir müssen noch ein paar Anrufe erledigen, aber ansonsten ist alles, was uns vorliegt, verifiziert.«

Morrison lehnte sich zurück.

»Was schlagen Sie vor?«

Jennifer räusperte sich. »Bis wir ihn haben, ist es wohl am besten, wenn jemand von uns zu Mike und Julie ins Strandhaus fährt. Ich wüsste nicht, was wir sonst tun können. Falls das, was wir erfahren haben, stimmt, wissen Sie, wozu Richard fähig ist. Und wir können uns denken, was er als Nächstes plant.«

Morrison fixierte sie mit ruhigem Blick. »Meinen Sie, die beiden stimmen dem zu?«

»Ja«, sagte Jennifer fest. »Ganz sicher. Vor allem, wenn sie erfahren, mit wem sie es zu tun haben.«

»Wollen Sie sie anrufen?«

»Nein. Am besten ist es wohl, wir reden persönlich mit Julie.«

Morrison nickte.

Wenige Minuten später stiegen Jennifer und Pete in den Streifenwagen.

Beide bemerkten nicht den gestohlenen Pontiac Trans Am, der sich hinter ihnen im Verkehr einfädelte.

– 39 –

Sein Name ist Robert Bonham«, fing Jennifer an. »Der echte Richard Franklin wird seit Jahren vermisst.«

»Verstehe ich nicht«, murmelte Julie.

Sie befanden sich in der Küche von Henrys Strandhaus. Mike und Julie saßen am Tisch, und Pete lehnte – in perfekter Verkörperung des schweigsamen Cop – an der Anrichte.

Mike griff nach Julies Hand und drückte sie.

Jennifer berichtete den beiden ausführlich von ihren jüngsten Erkenntnissen.

Als sie geendet hatte, starrte Mike sie an. »Sie glauben also, dieser Robert Bonham hat den echten Richard Franklin umgebracht.« Es war mehr eine Feststellung als eine Frage.

Jennifer antwortete nicht sofort. Dann sagte sie zögernd: »In Anbetracht aller neuen Erkenntnisse ist das nicht auszuschließen.«

»Lieber Gott …«

Julie schaute wie betäubt aus dem Fenster. Am Strand ging ein betagtes Paar spazieren. Der Mann blieb stehen, bückte sich nach einer Muschel und steckte sie in eine Tüte. Dann liefen die beiden weiter.

»Wer ist denn dieser Robert Bonham?«, fragte sie. »Und woher wissen Sie, dass das sein richtiger Name ist?«

»Seinen Namen haben wir über die Seriennummern seiner Kameras herausbekommen. Die hat er vor Jahren registrieren lassen. Die Apparate sind das einzige Bindeglied zu seiner Vergangenheit, doch sobald wir Namen und ehemalige Anschrift kannten, war alles Übrige ziemlich leicht herauszufinden.« Jennifer schaute auf ihre Notizen. »Er wuchs als Einzelkind in einem Vorort von Boston auf. Der Vater war

Alkoholiker und arbeitete in einer Chemiefabrik, die Mutter war Hausfrau. Bis zum Tod des Vaters wurde mehr als einmal der Verdacht erhoben, dass er gewalttätig war und Frau und Kind schlug – über die Jahre hat die Polizei ein halbes Dutzend Vorfälle untersucht.« Nachdem Jennifer die Umstände rings um den Tod des Vaters dargelegt hatte, klopfte sie auf ihre Akte. »Ich habe mit einem der Beamten gesprochen, die damals mit dem Fall befasst waren. Er ist zwar schon pensioniert, aber er konnte sich noch gut erinnern. Er meinte, keiner hätte geglaubt, dass Vernon Bonham sich umgebracht hat, aber da sie nichts Gegenteiliges beweisen konnten, ließen sie den Fall auf sich beruhen. Aber es bestand wohl der Verdacht, dass der Junge das Garagentor geschlossen und den Motor wieder angelassen hatte, nachdem Vernon das Bewusstsein verloren hatte.«

Julie hörte Jennifer fassungslos zu. »Und die Mutter?«, flüsterte sie.

»Ist nur knapp ein Jahr später an einer Überdosis Schlaftabletten gestorben. Ebenfalls Selbstmord …«

Jennifer ließ ihren unausgesprochenen Zweifel im Raum stehen und sprach dann weiter.

»Die nächsten Jahre war Robert ein Fürsorgekind und ist von einer Pflegefamilie zur nächsten gewandert. Seine Akte beim Jugendamt konnte nicht eingesehen werden, wir wissen also nicht, was er als Teenager womöglich noch angestellt hat, aber im College stand er im Verdacht, seinen früheren Zimmergenossen tätlich angegriffen und schwer verletzt zu haben. Der Betreffende hatte Robert beschuldigt, ihm Geld gestohlen zu haben, und Robert bestritt dies. Ein paar Monate darauf wurde der Zimmergenosse mit einem Golfschläger attackiert, als er gerade von seiner Freundin kam, und lag drei Wochen im Krankenhaus. Er beschuldigte zwar Robert Bonham der Tat, aber für eine Festnahme gab es nicht genügend Beweise. Ein Jahr später machte Robert sein Diplom als Ingenieur.«

»Man ließ ihn weiterstudieren?«, fragte Mike.

»Den Verantwortlichen blieb wohl nichts anderes übrig, da es nie zu einem Verfahren kam.« Jennifer hielt inne. »Für die nächsten paar Jahre liegen keine Aufzeichungen vor. Entweder ist er in einen anderen Staat verzogen oder nicht straffällig geworden, das wissen wir noch nicht. Unsere nächste Information datiert von 1994, als er Jessica geheiratet hat.«

»Was ist denn aus ihr geworden?«, fragte Mike leise, unschlüssig, ob er die Antwort wirklich wissen wollte.

»Jessica wird seit 1998 vermisst«, sagte Jennifer. »Sie wohnte wieder bei ihren Eltern, und zum letzten Mal wurde sie beim Einkaufen gesehen. Ein Zeuge erinnerte sich, Robert Bonhams Auto an jenem Abend auf dem Parkplatz des Supermarktes gesehen zu haben, aber was mit ihr geschah, hat niemand beobachtet. Bonham ist in derselben Nacht verschwunden wie sie.«

»Sie meinen, er hat auch sie umgebracht?«, fragte Mike.

»Ihre Familie und die Polizei in Boston nehmen es zumindest an«, sagte Jennifer.

Mike und Julie saßen verkrampft und schreckensbleich auf ihren Stühlen. Die Luft ringsum schien dumpf und drückend zu sein.

»Ich habe mit Jessicas Schwester gesprochen«, fuhr Jennifer langsam fort, »und das ist mit der Grund, warum wir hier sind. Sie erzählte mir, Jessica habe einmal versucht, Bonham zu entkommen. Sie fuhr quer durchs halbe Land, aber irgendwie hat er sie ausfindig gemacht, oder vielmehr *aufgespürt*, wie sie es nannte.«

»Was soll das heißen?«, fragte Julie mühsam.

»In der Woche, in der er angeblich zu seiner sterbenden Mutter gereist ist, ist er in Daytona gewesen. Um dort mehr über Sie in Erfahrung zu bringen. Ein Privatdetektiv hat für Bonham Ihr Vorleben recherchiert – das wissen wir von Ihrer Mutter. Es scheint ziemlich klar zu sein, dass er Ihnen von Anfang an krankhaft nachgestellt hat.«

Wie ein Jäger, dachte Julie, und ihr Hals schnürte sich dabei zu.

»Warum ich?«, fragte sie endlich. »Warum hat er gerade mich ausgewählt?« Ihre Stimme klang kläglich wie die eines Kindes.

»Ich weiß es nicht mit Bestimmtheit«, sagte Jennifer. »Doch sehen Sie, was wir noch gefunden haben.«

Noch mehr? Was denn noch?

Jennifer zog ein Foto aus der Akte und schob es über den Tisch. Es war das Bild von dem Nachtschränkchen. Mike und Julie betrachteten es und hoben dann langsam den Blick.

»Unheimlich, oder? Das ist Jessica. Hier – darauf wollte ich Sie auch aufmerksam machen.«

Obschon Julie das Gefühl hatte, Insekten krabbelten ihr über die Haut, schaute sie noch einmal auf das Foto. Sah, worauf Jennifer mit dem Finger deutete.

Um den Hals trug die junge Frau das Medaillon, das Richard ... Robert ... Julie geschenkt hatte. Sie flüsterte unwillkürlich den Namen der jungen Frau.

»Jessica Bonham. J. B.«

Julie hörte, wie Mike hinter ihr scharf Luft holte.

»Ich weiß, das alles ist schwer zu ertragen«, sagte Jennifer. »Und deswegen können Sie sicher verstehen, dass es uns lieber wäre, wenn Officer Gandy die nächsten paar Tage bei Ihnen bleibt.«

»Hier im Haus?«, fragte Mike.

»Falls das geht.«

Mike schaute mit glasigen Augen zu Pete. »Ja«, sagte er, »das ist eine gute Idee.«

Pete holte seinen Koffer aus dem Wagen. Jennifer stand neben ihm und musterte die Häuser längs der Strandfront.

»Ist es hier draußen immer so ruhig?«

»Glaub schon«, antwortete Pete.

Nur vor wenigen Häusern standen Autos – die üblichen Geländewagen und Camrys und auch ein Pontiac Trans Am, der bestimmt einem Teenager gehörte. Das war ein Auto, das sich Jennifer auch gewünscht hatte, als sie noch zur Highschool ging.

Sechs Autos sah sie insgesamt, was bedeutete, dass momentan nicht einmal ein Viertel der Häuser bewohnt war.

»Hoffentlich schaffen Sie es, die ganze Nacht über wach zu bleiben«, sagte sie zu Pete.

»Bestimmt«, erwiderte er und schlug den Kofferraumdeckel zu. »Ich werde morgen früh ein paar Stündchen schlafen. Sie halten mich weiter über alles auf dem Laufenden, in Ordnung?«

»Sobald ich irgendetwas Neues erfahre, rufe ich Sie an.«

Er nickte. Nach kurzem Zögern sagte er: »Glauben Sie wirklich, dass er sich noch hier in der Gegend aufhält?«

»Ich bin davon überzeugt.«

Pete spähte unwillkürlich die Straße hinauf und hinab. »Ich auch.«

In der Nacht fand Julie keinen Schlaf.

Sie hörte das stetige Rauschen der Wellen, die an den Strand schwappten. Mike lag neben ihr im Bett, er hatte das Fenster schräg gestellt, doch sobald er schlief, war Julie aufgestanden und hatte es geschlossen.

Durch den Schlitz unter der Tür zur Küche fiel Licht. Pete hielt dort Wache, und Julie war froh darüber.

Von der Düne aus blickte Richard zu dem gelben Lichtschein, der durch das Fenster des Strandhauses fiel.

Dass Officer Gandy offenbar beschlossen hatte, bei Julie zu bleiben, war zwar ärgerlich, würde ihn aber nicht aufhalten. Ebenso wenig wie Mike oder Singer. Er und Julie waren füreinander bestimmt, und jedes Hindernis, das sich ihrem Glück in den Weg stellte, würde er überwinden.

Er fragte sich, wohin es sie wohl verschlagen würde, wenn sie North Carolina verlassen hatten. San Francisco mit den hübschen Straßencafés und dem Blick auf den Pazifik mochte Julie gefallen. Oder New York, wo sie sich in jeder Spielzeit neue Produktionen am Broadway ansehen könnten. Oder auch Chicago, so pulsierend und voller Leben …

Schlaf schön, dachte er lächelnd. Schlaf und träume von einer neuen Zukunft, die schon morgen Abend beginnen wird.

— 40 —

Am folgenden Abend ging eine leise Brise, und vor den dunklen Himmel hatte sich noch eine helle Wolkendecke geschoben. Der Ozean war ruhig, und der Geruch von Meerwasser hing in der Luft.

Julie, Mike und Pete hatten vor kurzem zu Abend gegessen, und nun stand Singer schwanzwedelnd an der Hintertür. Julie machte ihm die Tür auf, dann sah sie zu, wie er die Treppe hinabtapste und gleich darauf im Dunkeln verschwand.

Sie ließ ihn nur ungern nach draußen – trotz Mikes und Petes Gegenwart fühlte sie sich sicherer, wenn Singer bei ihr war –, aber er brauchte Auslauf. Auch früh am Morgen, wenn noch niemand unterwegs war, ließ sie ihn ohne Begleitung laufen, doch tagsüber waren zu viele Menschen am Strand, als dass sie ihn allein hätte rauslassen können.

Sie erzählte den Männern gar nicht erst, dass sie große Lust hatte, Singer mal zu begleiten – voller Sehnsucht nach Luft und Bewegung. Mike und Pete waren bestimmt dagegen.

Die Tage vergingen quälend langsam, da es nicht viel Abwechslung gab. Zwar hatten Emma und Mabel angerufen und später auch Henry, der mit Mike sprechen wollte. Aber die Anrufe hatten jeweils nur ein paar Minuten gedauert. Keiner von ihnen wusste etwas zu sagen, außer Mabel, die von einem Gespräch mit Andreas Eltern berichtete. In der letzten Nacht war Andrea aus dem Koma erwacht, und obwohl sie noch desorientiert war, stieg damit die Hoffnung, dass sie wieder ganz gesund werden würde. Julie nahm sich sofort vor, sie, sobald es möglich war, anzurufen.

Auch Jennifer Romanello hatte sich zweimal gemeldet, um

über den neuesten Stand der Ermittlungen zu berichten. Sie hatte endlich den Privatdetektiv erreichen können, der in Julies Vergangenheit herumgeschnüffelt hatte. Nach den üblichen Ausflüchten, dass er aus Gründen des Berufsethos seinen Auftraggeber unmöglich preisgeben könne, hatte er sich schließlich gefügt. Dazu legte er eine Telefonrechnung vor, die eine Reihe von Anrufen in Richards Domizil belegte.

Leider hatten sie allerdings immer noch keine Spur von Richard selbst. Vielmehr von Robert ...

Julie begab sich in die Küche, wo Mike gerade Geschirr spülte. Pete saß noch am Tisch und legte eine Patience. Seit dem Mittag hatte er an die hundert Partien gespielt, nur unterbrochen von seinen Kontrollgängen nach draußen.

»Alles klar rundherum«, lautete seine neue Lieblingsparole.

Julie schlang die Arme um Mike, woraufhin er den Kopf umwandte.

»Bin fast fertig«, sagte er. »Nur noch ein paar Teile. Wo ist Singer?«

Julie ergriff ein Geschirrtuch und begann, die Teller abzutrocknen. »Ich habe ihn rausgelassen.«

»Schon wieder?«

»Er ist es nicht gewohnt, immer eingesperrt zu sein. Ach, ich wünschte so sehr, dass dieser Albtraum bald vorüber wäre! Ich muss immer an diesen Kerl denken. Was er mit Andrea gemacht hat. Wo er jetzt ist. Warum er ausgerechnet mich im Visier hat. Wir waren doch bloß ein paarmal zusammen aus, wir kennen uns doch kaum! Ich frage mich dauernd, wann ich einen Fehler gemacht habe. Wann ich ihm den Anlass für sein krankhaftes Verhalten gegeben habe.«

»Der ist einfach verrückt«, versuchte Mike sie zu beruhigen. »Ich glaube nicht, dass wir das je verstehen werden.«

Von seiner Warte an der Düne aus beobachtete Richard, wie Julie die Tür öffnete und Singer hinausließ. Sie wirkte wie ein Engel, mit dem Lichtschein im Hintergrund ... Bei dem Gedanken, dass sie bald bei ihm sein würde, geriet Richard in Aufregung.

Am Tag zuvor hatte er sein Auto in der Auffahrt eines Hauses geparkt, das mit Schildern einer Immobilienfirma beklebt war. Zwar standen die meisten Häuser am Strand derzeit leer, aber dieses erweckte den Eindruck, als sei es schon länger nicht mehr bewohnt. Mit geübtem Blick entdeckte Richard zwar eine Alarmanlage am Haus, aber nicht an der Garage, und er knackte das Schloss des Garagentors mit einem Schraubenzieher, den er im Handschuhfach des Pontiac gefunden hatte.

Er hatte die Nacht auf einer staubigen Luftmatratze verbracht, die er in einem Regal gefunden hatte. Am nächsten Morgen hatte er im Vorratsraum einen kleinen Kühlschrank entdeckt. Der war zwar voller Schimmel, aber trotzdem zu gebrauchen, und dort lagerte er seine Einkäufe.

Jetzt musste er nur noch warten, bis Singer wieder von seinem Ausflug zurückkam. Julie hatte ihn wie schon letzte Nacht noch einmal hinausgelassen.

Neben Richard lagen die vier Hamburger, die er im Island Deli besorgt hatte, gleich neben dem Eisenwarenladen, den er am Nachmittag aufgesucht hatte.

Er hatte die Hamburger in kleine Stückchen zerbröckelt und in Folie gewickelt. Nun nahm er die Päckchen in die Hand und schlich durch das Riedgras auf die Treppe hinten am Haus zu.

»Ich hasse dieses verdammte Spiel«, sagte Pete. »Man kann einfach nicht gewinnen.«

Julie, die gerade die Teller in den Schrank räumte, warf einen Blick auf den Tisch. »Legen Sie die rote Sieben auf die schwarze Acht.«

Pete Gandy blinzelte. »Wo?«

»In der letzten Reihe.«

»Ach ja. Stimmt.«

Völlig in sein Spiel versunken, sah Pete wieder auf die Karten hinab.

Mike war mit dem Spülen fertig und zog den Stöpsel aus dem Ausguss. Dann schaute er zum Fenster.

Doch er sah dort nur sein eigenes Spiegelbild.

Richard entfernte die Folie und verteilte die Hackfleischbröckchen auf den Stufen, die von der Düne hoch zum Haus führten. Singer würde sie entdecken, bevor Julie oder Mike ihm die Tür öffneten, es stand also nicht zu befürchten, dass die beiden das Fleisch entdeckten.

Richard wusste nicht genau, wie viel Singer wog, deshalb konnte er nur hoffen, dass er genug von dem bitteren Pulver ins Hackfleisch gemengt hatte. Allzu viel hatte es auch nicht sein dürfen, schließlich wollte er den Geschmack nicht zu sehr verändern. Auf keinen Fall sollte Singer daran herumschnüffeln, wittern, dass etwas nicht stimmte und das Fleisch dann liegen lassen.

Nein, das wäre mehr als ungünstig. Singer hatte ihn schon einmal gebissen, und ein weiteres Mal wollte er diese Zähne nicht spüren. Damals hatte Julie Singer aufgehalten, aber Richard gab sich nicht der Täuschung hin, dass sie es wieder tun würde. Hinzu kam, dass ihn irgendetwas an dem Hund störte, etwas, das er nicht genau zu benennen vermochte. Etwas regelrecht … *Unhündisches*, dachte er, in Ermangelung eines treffenderen Wortes.

Er schlich zurück zu seinem Versteck und legte sich wieder auf die Lauer.

Mike und Julie saßen auf dem Sofa im Wohnzimmer und sahen durch die geöffnete Küchentür zu, wie Pete Gandy weiter seine Patiencen legte – keine ging auf.

»Habe ich dir eigentlich schon mal von dem Brief erzählt, den ich von Jim bekommen habe?«, fragte Julie. »An dem Heiligabend kurz nach seinem Tod?«

Ihre Stimme hörte sich an, als wollte sie eine Beichte ablegen. Ein Schatten huschte über ihr Gesicht, und Mike vermutete, dass es ihr nicht leicht fiel, darüber zu reden.

»Du hast ihn mal erwähnt, aber ich weiß nicht, was drinstand.«

Julie nickte und schmiegte sich an ihn, woraufhin er ihr den Arm um die Schulter legte.

»Du musst mir nicht davon erzählen, wenn du nicht magst«, sagte Mike.

»Ich finde, du solltest es wissen«, widersprach sie. »In gewisser Weise glaube ich, dass es darin auch um dich und mich ging.«

Mike schwieg und wartete, dass sie weitersprach. Einen Moment lang starrte sie Richtung Küche, dann sah sie Mike in die Augen. Ihre Stimme war sanft.

»In dem Brief ging es hauptsächlich um Singer. Warum Jim mir eine Dänische Dogge schenkte, dass er nicht wollte, dass ich allein sei. Und da ich ja keine Familie hätte, fand er, ein Hund könnte dem abhelfen. Mit allem hat er Recht behalten, doch am Schluss des Briefes stand, er wolle, dass ich wieder glücklich werde. Er schrieb, ich solle jemanden suchen, der mich glücklich macht.«

Sie verstummte, und ein wehmütiges Lächeln erschien auf ihrem Gesicht, das erste seit einer Ewigkeit.

»Deshalb glaube ich, es ging um dich und mich. Ich weiß, dass du mich liebst, und ich liebe dich auch, und du machst mich glücklich, Mike, trotz all der grauenhaften Dinge, die zurzeit geschehen. Ich möchte, dass du das weißt.«

Ihre Stimme klang so seltsam! Sie passte nicht zu ihren Worten, und es schien Mike fast so, als versuche Julie gerade, ihm auf möglichst schonende Weise Lebewohl zu sagen. Er zog sie enger an sich.

»Du machst mich auch glücklich, Julie«, sagte er leise. »Und du hast Recht, ich liebe dich.«

Julie legte ihm die Hand aufs Bein. »Keine Sorge, ich will an unserer Beziehung nichts ändern. Ich hätte die letzten Wochen ohne dich nicht überstanden. Und es tut mir sehr Leid, dich da mit reingezogen zu haben.«

»Dir braucht doch nichts Leid zu tun ...«

»Und ob. Du bist der Richtige für mich, und irgendwie glaube ich, Jim wollte mir das in dem Brief zu verstehen geben. Aber lange war ich zu blind, um es zu erkennen. Wenn ich gleich auf ihn gehört hätte, wäre die Sache mit Richard nie passiert. Du sollst wissen, wie dankbar ich dir bin, nicht nur, weil du das ertragen hast, sondern auch, weil du jetzt für mich da bist.«

»Etwas anderes wäre für mich nie denkbar gewesen«, murmelte er.

Richard lag im Riedgras und behielt die Treppe im Auge. Erst nach einigen Minuten sah er, wie sich in den Schatten zwischen den Dünen etwas bewegte.

Und dann trat Singer ins Mondlicht und wiegte den Kopf hin und her. Sein dunkel schimmerndes Fell und seine Größe verliehen ihm fast etwas Gespenstisches.

Richard verfolgte, wie sich Singer umdrehte und auf die Treppe zutrabte.

Jetzt war er fast dort.

Singer verlangsamte seinen Schritt und blieb dann stehen. Seine Nase hob sich leicht, wahrscheinlich witterte er das Fleisch auf der Treppe, aber er rührte sich nicht vom Fleck.

Na los, dachte Richard, worauf wartest du? Singer aber stand weiterhin reglos da. Richards Anspannung wuchs. Nun friss schon!, drängte er stumm.

Endlich setzte sich Singer erneut in Bewegung. Er reckte den Kopf vor, als hätte er erst jetzt Witterung aufgenommen, machte noch einen Schritt, dann noch einen, bis er bei dem ersten Bröckchen angelangt war.

Er senkte die Nase zu Boden und beschnüffelte es, dann hob er den Kopf wieder, als sei er noch unschlüssig.

Von ferne ließ sich leise das Tuckern eines Trawlers vernehmen.

Singer senkte den Kopf und begann zu fressen.

In Swansboro nutzte Officer Jennifer Romanello den Abend dazu, so viel wie möglich über den mysteriösen Robert Bonham in Erfahrung zu bringen.

Vor einer Weile hatte Captain Morrison sie zu sich ins Büro gerufen. Sie hatte nicht gewusst, was sie erwartete. Er schloss die Tür hinter ihr und lobte sie dann zu ihrer Überraschung in den höchsten Tönen für ihre Arbeit.

»Pete Gandy mag sich irren, wenn er glaubt, die Mafia macht sich hier breit, aber mit seiner Einschätzung, dass sich Swansboro ebenso verändert wie der Rest der Welt, hat er

Recht«, hatte Morrison gesagt. »Klar, wir leben immer noch in einer verschlafenen Kleinstadt, aber auch in solchen Orten geschehen Verbrechen.«

Jennifer hatte wohlweislich geschwiegen. Ihr Vorgesetzter musterte sie wohlwollend. »Sie haben gleich durchschaut, dass es sich bei diesem Bonham um einen gefährlichen Mann handelt, und Sie haben außerordentlich viel über ihn herausgefunden. Dass wir seine wahre Identität kennen, ist allein Ihr Verdienst.«

»Danke«, sagte sie.

Dann hatte er das Gespräch abrupt beendet. Ein ungeduldiger Ausdruck erschien auf seinem Gesicht, als frage er sich, warum Jennifer immer noch in seinem Büro saß.

»Und jetzt zurück an die Arbeit«, bellte er. »Basteln Sie weiter an seinem Täterprofil. Vielleicht hilft uns das, ihn zu schnappen.«

»Ja, Sir«, hatte sie erwidert, und als sie aus dem Büro trat, neugierig beäugt von den übrigen Beamten, musste sie an sich halten, um nicht breit zu grinsen.

Nun folgte sie dem Geheiß des Captain – sie brütete weiter über den Dokumenten aus Boston und rief Leute an, die Robert Bonham gekannt hatten. Da hörte sie, wie Burris, der gerade telefonierte, auf einmal lebhafter wurde, und schaute hoch. Er nickte heftig, notierte etwas und legte schließlich auf. Dann nahm er den Zettel und kam auf sie zu.

»Wir haben eben einen wichtigen Anruf erhalten«, sagte er. »Sein Auto ist auf dem Parkplatz des Onslow Hospital in Jacksonville gefunden worden.«

»Hat er ihn gerade erst dort geparkt?«

»Unwahrscheinlich. Der Parkplatzwächter weiß, dass der Wagen schon ein paar Tage lang da steht. Er dreht jeden Abend eine Runde über den Platz und notiert sich die Kennzeichen. Der Wagen steht schon seit dem Tag da, als Sie Richards Haus durchsucht haben. Aber der Wächter hat den Aufruf erst gestern in den Nachrichten gehört.«

»Und Robert Bonham selbst hat er nicht gesehen?«

»Nein. Die Polizei von Jacksonville hat dem Wächter Robert Bonhams Foto gezeigt, aber er hat ihn nicht erkannt.

Ich werde aber mal hinfahren und mich umhören. Vielleicht hat jemand anders gesehen, wie er den Wagen verließ. Wollen Sie mitkommen?«

Jennifer dachte kurz nach. »Nein«, sagte sie dann, »ich werde lieber weiter die Akten wälzen. Vielleicht habe ich ja noch etwas übersehen.«

Die meisten Vorhänge im Haus waren zugezogen, aber nicht die am Esszimmerfenster, und Richard hielt dort Ausschau nach Schatten, die sich hin und her bewegten. Bis auf das Rauschen der Wellen hörte er nichts. Der Wind hatte sich gelegt, die Luft war ruhig, als teile sie seine atemlose Spannung.

Julie würde bald zur Hintertür kommen. Für gewöhnlich ließ sie Singer nicht länger als zwanzig Minuten draußen, und er wollte ihr Gesicht sehen, wenn sie nach ihm rief.

Er würde sie trösten, aber dafür war später noch Zeit. Wenn all das Hässliche vorüber war. Wenn sie allein waren, nur sie zwei – so, wie es vorherbestimmt war.

Singer schleppte sich mühsam die Treppe hoch, kehrte dann aber taumelnd zum Strand zurück, wo er mit hängender Zunge im Kreis herumlief, als könne er so den Schmerz in seinem Bauch loswerden.

Jennifer war in das Material über Jessica vertieft und grübelte, wie Robert sie seinerzeit hatte ausfindig machen können.

Hatte er sie über ihre Kreditkartenbelege aufgespürt? Zweifelhaft, dachte Jennifer. Dazu hätte er jemanden bei der Polizei kennen müssen. Wie dann? Hatte jemand aus Jessicas Familie ihre Telefonnummer im Haus herumliegen lassen, sodass Robert mithilfe der Nummer ihren Aufenthaltsort herausbekommen konnte? Möglich – aber dazu hätte er bei der Familie einbrechen müssen.

Bei Julie hatte er das getan, dachte Jennifer, also vielleicht …

Ihre Gedanken kehrten zu dem gefundenen Auto zurück.

Dass er sich des Wagens entledigte, war natürlich zu erwarten gewesen, aber irgendwie musste er sich anschließend fortbewegen. Per Taxi? Nach kurzem Nachdenken verwarf sie den Gedanken wieder. Robert war clever genug, zu wissen, dass die Fahrtdaten aufgezeichnet wurden, und wenn Jennifer in Betracht zog, wie routiniert er schon einmal abgetaucht war, schien es ausgeschlossen, dass ihm ein solcher Fehler unterlief.

Wenn er stattdessen immer noch in der Gegend war, wenn er Julie suchte – wie würde er vorgehen?

Sie biss sich nachdenklich auf die Lippe. In dem Moment kam Captain Morrison an ihrem Büro vorbei.

»Captain?«

Er sah sie verdutzt an. »Ich dachte, Sie wären mit zum Krankenhaus gefahren, um den Wagen unter die Lupe zu nehmen.«

»Ich wollte es erst, aber …«

»Was, aber?«

»Wo genau befindet sich das Krankenhaus?«, fragte Jennifer. »In der Stadtmitte? In einem Vorort?«

»Mitten in der Stadt. Warum?«

»Wie sieht die Umgebung aus? Ich meine, waren Sie schon mal dort?«

»Klar, schon oft. Da gibt es Arztpraxen, Tankstellen, das Einkaufszentrum.«

»Wie weit liegt das Einkaufszentrum vom Krankenhaus entfernt?«

»Es ist gleich über die Straße.« Er stutzte. »Wieso?«

»Ich überlege nur, welches Fortbewegungsmittel Robert jetzt wohl benutzt. Ist in jüngster Zeit ein Auto als gestohlen gemeldet worden?«

Morrison zog die Brauen hoch. »Werde ich prüfen. Lassen Sie mich kurz telefonieren.«

Jennifer nickte, ihr gingen bereits diverse Szenarien durch den Kopf. Sie ergriff die Schlüssel des Streifenwagens.

»Wo wollen Sie hin?«, rief Morrison, schon auf dem Weg in sein Büro.

»Ich werde doch mal zu diesem Krankenhaus fahren und

nachfragen, ob die anderen irgendetwas Nützliches herausgefunden haben. Falls Sie von einem Autodiebstahl hören, geben Sie mir bitte sofort Bescheid, okay?«

»In Ordnung.«

Julie ging zum Fenster, legte das Gesicht an die Scheibe und ließ den Blick über den Strand schweifen.

»Hast du Singer schon bellen gehört?«, fragte sie.

Mike trat neben sie. »Nein, noch nicht. Er ist wohl noch nicht zurück.«

»Wie lange ist er denn schon draußen?«

»Noch nicht sehr lange. Er kommt bestimmt gleich.«

Julie nickte. In der Ferne konnte sie schwach die Lichter eines Trawlers erkennen.

»Vielleicht sollte ich mal rausgehen und ihn rufen.«

»Soll ich das nicht besser tun?«

»Nein, ist schon okay. Ich brauche sowieso mal frische Luft.«

Als sie zur Tür ging, sah Pete ihr nach.

Richard beugte sich vor, als er sie am Fenster auftauchen sah. Ihr Gesicht war in dem hellen Licht des Raumes deutlich zu sehen. Mit jäher Gewissheit wurde ihm klar, dass er nie jemanden so geliebt hatte wie sie.

Dann kam Mike ins Bild und verdarb es. Verdarb alles, bis sie beide vom Fenster verschwanden. Richard schüttelte den Kopf. Was mit Mike geschehen würde, tat ihm nicht Leid.

Richard wartete. Er war sich völlig sicher, dass er wusste, was sie vorhatte. Jetzt gleich würde ihre Stimme durch die salzige Luft hallen. Sie würde nach Singer rufen, aber er würde nicht kommen.

Singer blieb genau dort, wo er jetzt war.

Julie rief fast drei Minuten lang, versuchte es an beiden Enden der Veranda, bis Mike auch hinauskam.

»Ist er noch nicht zurück?«, fragte er.

Julie schüttelte den Kopf. »Nein. Ich sehe ihn auch nicht.«

Mike hielt ebenfalls in beide Richtungen Ausschau. »Soll

ich ihn suchen gehen? Vielleicht ist er heute ein Stück weiter gelaufen als sonst.«

Julie lächelte. »Danke.«

Mike ging schon die Treppe hinab. »Bin gleich wieder da.«

Wenig später hörte sie, wie Mike nach Singer rief.

— 41 —

Jennifer Romanello sah blinzelnd in die Scheinwerfer des Gegenverkehrs. Der Schlafmangel der letzten Tage machte sich bemerkbar, und ihre Augen taten weh. Sie überlegte gerade, ob sie anhalten und eine Tasse Kaffee trinken sollte, als das Funkgerät knarzend zum Leben erwachte. Sie erkannte Captain Morrisons Stimme und griff zum Mikro.

»Sieht aus, als hätten wir etwas«, sagte er. »Hab eben mit den Kollegen in Jacksonville gesprochen. Denen wurde ein Autodiebstahl vom Parkplatz des Einkaufszentrums gemeldet, am Tag von Richards Verschwinden. Der Wagen ist auf einen Shane Clinton zugelassen, wohnhaft in Jacksonville.«

»Haben Sie eine Adresse?«

»Ja – 412, Melody Lane.«

»Um was für ein Modell handelt es sich?«

»Ein Pontiac Trans Am, Baujahr 1984. Grün.« Er verlas das Kennzeichen und fügte hinzu: »Wir haben schon eine Großfahndung ausgelöst.«

Jennifer prägte sich das Kennzeichen ein. »Haben Sie schon mit dem Halter gesprochen?«

»Nein, aber er wohnt ganz in der Nähe vom Krankenhaus. Soll ich Ihnen seine Telefonnummer nennen?«

»Klar.«

Morrison gab sie durch, und Jennifer murmelte auch diese Nummer so lange vor sich hin, bis sie sie behalten konnte. Sie beschloss, gleich mal zu der angegebenen Adresse zu fahren.

Mike versank mit den Füßen im Sand. Wenn er sich umschaute, sah er Julie auf der Veranda stehen, doch mit jedem Schritt, den er machte, wurde ihr Bild kleiner.

»Singer!«, brüllte er wieder.

Nach und nach gewöhnten seine Augen sich an die Dunkelheit, und er ließ suchend den Blick über die Dünen schweifen. Er wusste, dass Singer manchmal in den Dünen umherstreifte und sich zwischen den Häusern umtat, aber es war doch eigenartig, dass er immer noch nicht zurückgekommen war.

Mike formte gerade mit den Händen einen Trichter um den Mund, um noch einmal zu rufen, als ihm ein Schatten zu seiner Linken auffiel, nahe einer Treppe. Stirnrunzelnd ging er darauf zu und erkannte dann die Gestalt im Sand. Er drehte sich um und rief in Julies Richtung: »Hab ihn gefunden!«

Dann trat er noch ein paar Schritte näher. »Was machst du denn hier? Na komm, gehen wir wieder rein.«

Singers Schwanz bewegte sich schwach, und Mike vernahm ein leises Winseln. Der Hund hechelte heftig, und sein Brustkorb hob und senkte sich viel schneller als normal.

»Sieht aus, als hättest du dich mächtig verausgabt ...«, fing Mike an, verstummte dann aber, als Singer abermals winselte.

»Alles okay?«, fragte er.

Singer rührte sich nicht.

»Singer?«

Mike kauerte sich hin und legte dem Hund eine Hand an den Brustkorb. Er fühlte, wie sein Herz raste. Singers Augen waren glasig, ihr Blick ging ins Leere. Singer reagierte nicht auf die Berührung, und in dem Moment fiel Mike das Zittern in einem seiner Hinterläufe auf.

Pete Gandy trat zu Julie auf die Veranda hinaus.

»Was ist los?«, fragte er.

Julie schaute ihn an. »Ich warte auf Mike und Singer.«

Pete nickte. Sie verharrten schweigend nebeneinander, die Augen auf den Strand gerichtet. Plötzlich hörten sie, dass Mike Julies Namen rief. Trotz der Entfernung bemerkte Julie die Panik in seiner Stimme. Kurze Zeit später tauchte er unter der Veranda auf.

»Ich hab Singer gefunden!«, schrie Mike. »Aber mit ihm stimmt etwas nicht! Komm mit!«

Julie begriff nicht sofort und blinzelte.

»Was soll das heißen? Was ist los?«, rief sie zurück.

»Keine Ahnung! Beeil dich!«, brüllte Mike.

Mit einem jähen Gefühl der Beklemmung hastete Julie zur Treppe.

»Halt!«, sagte Pete. Er versuchte noch, sie am Arm zu erwischen, aber sie war schon vorbei. Während sie die Treppe hinabstürmte, überlegte er, ob er hinter ihr herlaufen sollte oder nicht.

»Scheiße«, brummte er und setzte sich dann ebenfalls in Bewegung.

Richard beobachtete, wie die drei den Strand entlangliefen. Je weiter sie sich entfernten, desto mehr Adrenalin durchströmte ihn. Es hatte begonnen.

Als sie endlich außer Sichtweite waren, schlich er über die Düne. Geduckt näherte er sich dem Haus, den Wagenheber in der Hand.

Während Julie keuchend mit Mike Schritt zu halten versuchte, wurde ihre Panik immer größer. Sie hörte, wie Pete hinter ihr ihren Namen rief und sie beschwor, zum Haus zurückzukommen.

Gleich darauf entdeckte sie Singer.

Je mehr sie sich ihm näherte, desto mehr begann sie zu zittern. Als Pete bei ihnen ankam, beugten sich Julie und Mike bereits über den Hund.

»Was ist los?«, keuchte Pete.

»Singer? Was hast du, Baby?«, fragte Julie sanft und strich dem Hund immer wieder über den Rücken.

Keine Reaktion. Julie sah Mike flehend an, als sollte er ihr versichern, dass alles in Ordnung war, dass sie sich irrte, dass kein Grund zur Sorge bestand.

»Warum bewegt er sich nicht?«, fragte Pete.

»Keine Ahnung«, murmelte Mike. »Ich habe ihn so gefunden …«

»Vielleicht ist er müde«, sagte Pete unbeholfen, aber Mikes starrer Blick brachte ihn zum Schweigen.

»Was ist los mit ihm?«, rief Julie. »Hilf ihm!«

Mike hob sachte Singers Kopf hoch. »Na los, alter Junge, steh auf …«

Singers Hals war starr, und sein Hecheln verstärkte sich, als hätte die Bewegung ihm Schmerz verursacht. Er wimmerte, und Mike ließ seinen Kopf wieder sinken. Pete blickte verwirrt zwischen Mike, Singer und Julie hin und her und überlegte krampfhaft, was nun zu tun war.

»Wir müssen doch etwas tun!«, schrie auch Julie.

Die Qual in ihrer Stimme brachte Mike endlich zur Besinnung. »Pete – laufen Sie ins Haus zurück und versuchen Sie einen Tierarzt aufzutreiben!«

»Ich habe Order, Sie nicht allein zu lassen …«

»Gehen Sie schon!«, schrie Mike. »Und beeilen Sie sich!«

»Aber …«

»Bitte!«

»Okay, okay«, sagte Pete und rannte los.

Er hörte noch lange Julies Schluchzen.

Jennifer hatte das Stadtgebiet von Jacksonville erreicht. Sie wurde von einer Unruhe erfasst, deren Ursache sie nicht genau zu benennen vermochte. Angestrengt versuchte sie, dahinter zu kommen, was diese Ursache war.

Die Straße vor ihr war nur wenig befahren. Sie sah nur weit entfernt die Rücklichter eines Wagens. Als sie den Fuß aufs Gaspedal drückte, heulte der Motor auf. In rascher Folge sausten die Fahrbahnstreifen unter den Reifen dahin.

Es war nicht wegen des gestohlenen Autos … oder doch? Und wenn ja, worum ging es dann genau?

Sie kam einfach nicht darauf.

Ganz ruhig, dachte sie, denk noch einmal gründlich nach. 1. Fakt: Richards Auto war verlassen aufgefunden worden. 2. Fakt: Das andere Auto wurde ungefähr zu der Tageszeit gestohlen, als Richard in Jacksonville eingetroffen sein dürfte. 3. Fakt: Diese beiden Befunde ergaben zusammen den

Verdacht – nein, die *Gewissheit*, dass Richard der Autodieb sein musste.

Welche Details hatte Captain Morrison ihr genannt? Autotyp und Modell, den Halter, dessen Adresse. Die letzten beiden Angaben waren bedeutungslos, befand Jennifer. Aber das Modell …

Ein grüner Pontiac Trans Am.

Solch ein Auto hatte sie sich damals, als sie noch in der Highschool war, auch gewünscht …

Stirnrunzelnd überlegte sie, warum ihr dieser Gedanke so bekannt vorkam.

Von der Veranda aus hörte Richard Julie jammern. Einen Moment lang hielt er inne und lauschte ihrem Wehklagen – nicht ganz ohne Mitgefühl. Dass es für sie nicht leicht würde, hatte er natürlich vorausgesehen, aber es nun mit anzuhören, ging ihm doch näher als gedacht.

Eigentlich hatte er Julie nicht betrüben wollen, eine andere Lösung des Problems wäre ihm daher durchaus lieber gewesen. Aber es ging nicht anders. Wäre Singer ein braver Hund gewesen, hätte er ihm nie etwas zuleide getan. Aber Singer war genauso verstört und launisch wie sie.

Julies Geschrei wurde immer lauter und hysterischer, es war schrecklich. Sie tat ihm Leid, er hätte sie gern um Verzeihung gebeten, aber das musste er sich aufheben für später, wenn sie den Schmerz überwunden hatte und einsah, dass er für sie beide das Richtige getan hatte.

Vielleicht würde er ihr einen neuen Hund kaufen, wenn dies alles erst hinter ihnen lag. Obwohl er nie etwas für Hunde übrig gehabt hatte, zog er es ihr zuliebe gern in Betracht. Sie konnten gemeinsam einen Hund aussuchen, und dann hätte sie Singer sicherlich bald vergessen.

Ja, dachte er, genau. Einen neuen Hund. Einen *besseren* Hund. Das würde er für sie tun. Das würde ihr gefallen. Es würde sie glücklich machen, und genau dies wünschte er ihr schließlich. Glück.

Jetzt klangen ihre Schreie schon weniger schlimm.

Unten am Strand entstand plötzlich eine Bewegung.

Richard wusste, was das zu bedeuten hatte, und wich zurück in die dunkle Ecke der Veranda.

Pete Gandy hastete die Treppe hoch, über die Veranda, durch die Hintertür und dann in die Küche. Er riss die Schublade unter dem Telefon so ungestüm auf, dass sie fast zu Boden fiel, und zerrte das Telefonbuch heraus.

»Komm schon, komm schon!«, schnaufte er, während er hastig die Seiten durchblätterte, um die Nummer eines Tierarztes zu finden.

Die nächste Tierklinik war in Jacksonville, dreißig Minuten Fahrt entfernt, und Pete wurde bewusst, dass der Hund nicht so lange durchhalten würde.

Was soll ich tun?, dachte Pete. Was mache ich jetzt bloß?

Mühsam brachte er Ordnung in seine wirren Gedanken.

Die Tierärzte waren namentlich aufgeführt, und er beschloss, sie privat anzurufen, denn so spätabends war wohl keiner mehr in seiner Praxis.

Jennifer stand an einer roten Ampel im Herzen von Jacksonville. Sie fragte sich immer noch, wo sie gewesen war, als sie vor kurzem an einen grünen Pontiac Trans Am gedacht hatte.

Im Revier? Bei sich zu Hause?

Die Ampel wurde grün, und Jennifer fuhr wieder an.

Wo bin ich gewesen? Nur bei Julie und Mike im Strandhaus, als ich Pete dorthin brachte …

Ihre Hände krampften sich fester um das Lenkrad.

Nein, dachte sie, das darf nicht wahr sein …

Sie griff nach ihrem Handy und trat das Gaspedal ganz durch, während sie überschlug, dass sie mindestens zwanzig Minuten benötigen würde – bis Topsail Beach und zu dem grünen Pontiac Trans Am, den sie dort auf der Straße gesehen hatte.

Pete Gandy blätterte immer noch hektisch im Telefonbuch, fuhr mit dem Finger die Seiten hinab und verlor langsam die Zuversicht. Es waren über ein Dutzend Tierärzte aufgeführt, aber die meisten wohnten in Jacksonville.

Dann stieß er endlich auf eine Linda Patinson. Sie wohnte in Sneads Ferry, nur zehn Minuten entfernt.

Er hob den Hörer ab und drückte die Tasten, verwählte sich in seiner Hast, legte gleich wieder auf und zwang sich, tief durchzuatmen. Beruhige dich, sagte er sich. Wenn du dich anhörst wie ein Irrer, wird sie bestimmt nicht kommen.

Er wählte erneut, und am anderen Ende begann es zu läuten.

Einmal.

Zweimal.

»Komm schon …«

Dreimal.

Dann ein viertes Mal.

»Sei zu Hause …«

Ein Klicken ertönte.

»Hallo?«

Die Stimme klang jung.

»Hallo, hier spricht Officer Pete Gandy, Polizeidienststelle Swansboro. Entschuldigen Sie die Störung, aber sind Sie Linda Patinson, die Tierärztin?«

Für einen Augenblick blieb es still. »Ja«, sagte die junge Frau dann. Ihre Stimme klang argwöhnisch.

»Wir brauchen unbedingt Ihre Hilfe. Unser Hund hat schreckliche Schmerzen.«

»Nun, in Jacksonville gibt es eine Tierklinik mit Notdienst.«

»Ich weiß. Aber so lange hält er bestimmt nicht durch! Er zittert am ganzen Leib und atmet unheimlich schnell. Er hat Herzrasen und kann kaum den Kopf heben.«

Pete schilderte Singers Zustand so gut er konnte, und Linda Patinson erkannte schnell den Ernst der Situation.

»Hat er irgendetwas Falsches gefressen? Insektenmittel etwa? Oder sonst ein Gift?«

»Nicht, dass ich wüsste. Vorhin war er noch wohlauf.«

»Welche Rasse ist er?«

»Eine Dänische Dogge.«

Linda Patinson zögerte. »Können Sie ihn irgendwie ins Auto schaffen und herbringen? Ich kann in zehn Minuten in meiner Praxis sein.«

»Wir werden es versuchen.«

Pete legte auf und stürzte wieder hinaus auf die hintere Veranda. Er knallte die Tür hinter sich zu und nahm den Schatten, der sich auf ihn zubewegte, bis zuletzt nicht wahr.

Julie streichelte Singer sanft, aber ihre Hände zitterten.

»Warum dauert das so lange?«, klagte sie. »Was macht er denn bloß?«

Mike versuchte sie zu beruhigen.

»Das wird schon wieder«, flüsterte er.

Singer hechelte inzwischen noch heftiger, die Augen weit aufgerissen. Die Zunge hing ihm aus dem Maul und war voller Sand. Bei jedem Atemzug wimmerte er.

»Halte durch, Baby ...«, bettelte Julie. »Bitte ... o Gott, bitte ...«

Pete Gandy wusste nicht recht, was ihn veranlasst hatte, sich umzudrehen.

Seine Gedanken kreisten gerade um die Frage, was es bedeuten würde, wenn Singer tatsächlich etwas Vergiftetes gefressen hatte.

Aber noch bevor er Richard sah, ahnte er, dass sich jemand auf ihn zubewegte. Er duckte sich instinktiv, spürte jedoch kurz darauf, dass etwas Hartes seinen Schädel traf.

Ein grauenhafter Schmerz durchfuhr ihn, dann erschien grelles Licht in seinen Augenwinkeln, das jäh erlosch und nur noch Schwärze hinterließ.

»Vielleicht sollte ich mal nach Pete sehen«, bot Mike an. »Ich frage mich langsam auch, warum es so lange dauert.«

Julie hörte ihn kaum, aber sie nickte, die Lippen fest aufeinander gepresst.

Mike drehte sich um und lief los Richtung Haus.

Richard starrte auf Pete Gandys hingesunkene Gestalt. Sicher, auch das war wieder eine scheußliche Angelegenheit, aber notwendig und nicht zu verhindern.

Hinzu kam natürlich der Umstand, dass Pete bewaffnet war. Was meine Situation sehr erleichtert, dachte Richard grinsend. Nachdem er Pete die Pistole aus dem Halfter gezogen hatte, erwog er kurz, ihm eine Kugel in den Kopf zu jagen, entschied sich dann aber dagegen. Er hatte nichts gegen Pete Gandy. Der Kerl machte schließlich nur seinen Job.

Richard drehte sich um und wollte zur Treppe gehen, als er Mike über den Strand aufs Haus zukommen sah.

Ein rascher Blick auf Gandy sagte ihm, dass Mike ihn sofort sehen würde. Also kauerte er sich hin und erwartete Mikes schwere Schritte auf der Treppe.

Während Jennifer Romanello zum Strandhaus raste, wählte sie ständig die Nummer. Erst war laufend besetzt, dann ging niemand dran. Sie wurde das ungute Gefühl nicht los, dass irgendetwas Fürchterliches geschehen war. Jennifer griff zum Mikro und forderte über Funk Verstärkung an, aber schon während sie ihre Durchsage machte, wusste sie, dass niemand früher als sie selbst am Strandhaus ankommen konnte.

— 42 —

Mike schaute hoch, und genau in dem Moment hechtete eine dunkle Gestalt auf ihn zu.

Bei der Wucht des Aufpralls strauchelte Mike rücklings die Stufen hinab. Sein Kopf schlug gegen das Treppengeländer, und ein harter Gegenstand prallte mit derartiger Wucht gegen seinen Brustkorb, dass er sich einmal um sich selbst drehte und schließlich mit dem Rücken auf die Treppenkanten stürzte.

Der Schmerz war ungeheuer. Mike konnte nichts sehen, spürte aber, wie er auf dem Rücken die Stufen hinabrutschte, den Kopf voraus, bis der Sand seinen Sturz abrupt abbremste und er mit schmerzhaft abgeknicktem Hals liegen blieb. Doch bevor er auch nur halbwegs zu sich kommen konnte, legte ihm jemand die Hände um den Hals und drückte zu. Mike musste unvermittelt gegen die Übelkeit ankämpfen. Es fiel ihm schwer, auch nur ein Auge zu öffnen. Als es ihm endlich gelang, blickte er in Richard Franklins Gesicht. Da durchschaute er plötzlich die ganze Situation.

Julie!, wollte er schreien. *Lauf weg!*

Aber es kam kein einziger Laut aus seinem Mund. Vor Sauerstoffmangel wurde ihm langsam schwindelig. Um Atem ringend, packte er instinktiv Richards Hände und versuchte sie wegzuschieben. Aber Richard ließ nicht locker.

Mike schlug wild um sich und traf Richard im Gesicht. Jede Zelle seines Körpers schrie nach Sauerstoff. Wild strampelnd, versuchte er seinen Gegner abzuschütteln, aber dieser hockte inzwischen auf ihm wie ein Stein.

Und der Schmerz …

Luft! Das war der einzige Gedanke, mit dem er immer wieder die Hände nach Richards Gesicht ausstreckte, mit dem er versuchte, seine Finger in Richards Augen zu drücken. Aber Richard wich zurück, und Mike hatte keine Chance.

Da wusste er, dass er sterben würde.

Panisch griff er wieder nach Richards Händen, zog und zerrte an ihnen, fand diesmal einen Daumen und riss mit letzter Kraft daran.

Er spürte, wie etwas nachgab, aber Richard ließ dennoch nicht los. Beharrlich zerrte Mike weiter, bis sich Richards Griff löste. Sein Mund verzerrte sich vor Schmerz, und er beugte sich unwillkürlich vor.

Das genügte Mike. Strampelnd und zuckend japste er nach Luft. Dann fasste er mit der freien Hand in Richards Haare und rammte ihm die Knie in den Rücken. Richard flog über Mike weg und landete im Sand hinter ihm.

Mühsam versuchte Mike sich aufzurichten, doch Richard war als Erster wieder auf den Beinen, wirbelte jäh herum und versetzte Mike einen brutalen Tritt in die Rippen. Mike fiel auf den Rücken, dann traf ihn ein Tritt am Kopf. Der Schmerz war so stark, dass ihm Hören und Sehen verging, und abermals bekam er keine Luft mehr.

Er dachte an Julie.

Julie …

Erneut rappelte er sich auf und warf sich Richard entgegen. Spürte Richards Tritte, kämpfte sich trotzdem weiter vor. Streckte die Hände nach Richards Hals aus. Fühlte plötzlich, wie sich etwas Spitzes gegen seinen Bauch drückte. Dann knallte es dumpf.

Zuerst spürte er nichts, doch dann schien ein Feuer in seinem Bauch zu entflammen. Schmerz schoss in alle Richtungen, stieg an seinem Rückgrat hoch. Die Beine versagten ihm den Dienst, sein Körper erschlaffte, und Richard stieß ihn von sich.

Mike griff sich an den Bauch, der glitschig war von heraussickerndem Blut. Er begriff nicht, woher das Blut kam, doch als Richard aufstand, sah er die Pistole.

Richard starrte auf ihn herab, und Mike rollte sich zur Seite.

Muss aufstehen … auf die Beine … muss Julie warnen …

Er musste Julie retten, versuchte den Schmerz zu überwinden, einen Plan zu fassen … Da traf ihn der nächste Tritt am Kopf.

Wieder landete er auf dem Bauch. Die Hand gegen die Wunde gedrückt, schrie er: »Julie!« Doch in Wahrheit kam nur ein schwaches Keuchen aus seinem Mund.

Immer schwindeliger … muss sie retten … muss sie beschützen …

Wieder ein Tritt gegen seinen Kopf.

Dann nichts mehr.

Richard stand mit aufgerissenen Augen vor Mike, schwer atmend, von nie gekannter Energie durchpulst. Seine Hände kribbelten, seine Beine zitterten, aber seine Sinne waren so lebendig! Die Wirkung war schwindelerregend, berauschend.

Es war anders gewesen als bei Pete. Oder bei dem echten Richard Franklin. Oder sogar bei Jessica. Jessica hatte sich gewehrt, aber nicht so. Jessica war durch seine Hand gestorben, aber damals hatte sich kein Gefühl von Triumph eingestellt, von siegreicher Eroberung. Nur ein Gefühl der Enttäuschung, dass Jessica diese Reaktion heraufbeschworen hatte.

Aber diesmal empfand er Triumph, fühlte sich unschlagbar, unbezwingbar. Er verfolgte eine Mission, und die Götter waren auf seiner Seite.

Ohne den Schmerz in seinem Daumen zu beachten, machte Richard kehrt und lief den Strand entlang. Auf den Dünen links von ihm wehten Gras und Efeu, die Wellen brandeten endlos heran. Was für eine wunderschöne Nacht, dachte Richard. Schon konnte er Julies Gestalt erkennen, über ihren Hund gekauert. Aber der Hund war entweder schon tot oder würde bald sterben. Dann sind wir allein, dachte er. Keine Komplikationen mehr. Niemand, der uns trennen kann.

Er lief schneller, erregt von dem Gedanken, sie zu sehen.

Julie hatte gewiss Angst, wenn sie ihn erblickte. Wahrscheinlich würde sie reagieren wie damals Jessica, als er sie an jenem Abend vor dem Supermarkt in ihrem Wagen überraschte. Er hatte versucht, sich ihr zu erklären, aber sie hatte sich gewehrt und ihm die Fingernägel in die Haut gegraben, und er hatte ihr die Hände um den Hals legen müssen, bis das Weiße ihrer Augen zu sehen war, voller Kummer hatte er dies tun müssen … voller Kummer, dass sie ihn so weit gebracht hatte, ihn aus selbstsüchtigen Gründen gezwungen hatte, ihre gemeinsame Zukunft aufzugeben.

Julie jedoch würde er so geduldig behandeln, wie sie es verdiente. Er würde behutsam mit ihr reden, und sobald sie erst mal die Art seiner Liebe zu ihr begriffen hatte, sobald sie einsah, dass er all dies nur für sie beide tat, würde sie sich fügen.

Und später in der Nacht, wenn sie endlich weit genug weg waren, würden sie in einem Motel absteigen und sich lieben, und dann hatten sie ein Leben lang Zeit, alles Versäumte nachzuholen.

»Er kommt wieder, Baby«, flüsterte Julie. »Er wird bald zurück sein, und dann fahren wir dich zum Arzt, okay?«

Durch den Schleier ihrer Tränen sah sie Singer nur verschwommen. Mit jeder Minute ging es ihm schlechter. Er hatte die Augen geschlossen, und sein Atem ging mühsam, begleitet von einem hohen Pfeifen. Das Zittern hatte von den Läufen inzwischen auf seinen ganzen Leib übergegriffen.

Julie fuhr ihm mit beiden Händen durchs Fell, fühlte seinen Schmerz, als sei es ihr eigener.

»Du darfst mich nicht verlassen. Bitte …«

Sie wollte gerade abermals nach Pete und Mike schreien, als ihr die Worte im Halse stecken blieben.

Zuerst mochte sie ihren Augen nicht trauen, versuchte, das Bild wegzublinzeln. Aber es war keine Täuschung.

Seine Haarfarbe war anders, er trug eine Brille und hatte den Schnauzer abrasiert, aber sie erkannte ihn auf Anhieb.

»Hallo, Julie«, sagte Richard.

Jennifer raste mit heulendem Blaulicht durch den dichter gewordenen Verkehr, schlängelte sich halsbrecherisch zwischen den Autos hindurch.

Sie blickte starr geradeaus und hielt das Lenkrad so fest umklammert, dass ihre Hände schmerzten.

Zehn Minuten, dachte sie. Ich brauche nur noch zehn Minuten.

Julie starrte Richard atemlos an, und mit einem Schlag wurde ihr alles klar.

Er hat Singer etwas angetan. Er hat Pete etwas angetan. Er hat Mike etwas angetan.

O Gott ...

Mike ...

Und jetzt war sie an der Reihe.

Er kam langsam auf sie zu.

»Du ...« Mehr brachte sie nicht zustande.

Ein Lächeln huschte über sein Gesicht. *Natürlich,* schien er zu sagen, *wen hast du denn sonst erwartet?* Er blieb ein Stück von ihr entfernt stehen, sah sie für einen Moment an und richtete dann den Blick auf Singer.

»Die Sache mit deinem Hund tut mir Leid«, sagte er ruhig. »Ich weiß, wie viel er dir bedeutet hat.«

Es klang unbeteiligt, als trüge nicht er die Schuld an dem Elend.

Julie wurde es plötzlich speiübel, aber sie schluckte krampfhaft und bemühte sich, die Beherrschung zu wahren. Überlegte, was sie tun sollte. Versuchte zu erraten, was mit Mike passiert war.

»Wo ist Mike?«, fuhr sie Richard an und fürchtete sich doch vor der Antwort.

Richard schaute hoch. »Das ist jetzt vorbei«, stellte er sachlich fest.

Die Worte trafen Julie wie ein Schlag.

»Was hast du mit ihm gemacht?«, fragte sie mit erstickter Stimme.

»Das spielt keine Rolle.«

»Was hast du getan?«, schrie sie, völlig außer Fassung.

Richard trat einen Schritt näher, seine Stimme blieb sanft. »Ich hatte keine andere Wahl, Julie. Das weißt du. Er hat dich beherrscht, und das durfte ich nicht zulassen. Aber jetzt bist du sicher. Ich werde mich um dich kümmern.«

Er kam noch einen Schritt näher, doch Julie wich jäh zurück, weg von Singer.

»Er hat dich nicht geliebt, Julie«, sagte er. »Nicht so wie ich.«

Er wird mich umbringen, dachte sie. Er hat Mike und Singer und Pete umgebracht, und jetzt bringt er mich um. Mit jedem seiner Schritte wuchs das Grauen in ihr. Sie sah es in seinen Augen, sah genau, was er vorhatte.

Er wird mich umbringen, aber erst vergewaltigt er mich ...

Der Gedanke wirkte wie ein Adrenalinstoß. Eine innere Stimme schrie: *Lauf!*, und Julie reagierte instinktiv.

Sie stürmte davon, ohne sich noch einmal umzusehen.

Richard versuchte nicht, sie aufzuhalten. Wo wollte sie schon hin? Irgendwann hatte sie sich verausgabt, das wusste er, und ihre Panik würde ihr den Rest geben. Also schob er die Pistole in seinen Gürtel und setzte sich in Bewegung, gerade so schnell, dass er Julie nicht aus den Augen verlor und sie einholen konnte, wenn die Zeit reif war.

Mike schwankte zwischen Bewusstlosigkeit und Wachsein, nahm allerdings wahr, dass er heftig blutete.

Und dass Julie ihn brauchte.

Zitternd kämpfte er sich langsam auf die Beine.

Julie rannte so schnell sie konnte auf die Lichter eines Strandhauses zu, das bewohnt zu sein schien. Ihre Beine ermüdeten allmählich, und sie hatte das Gefühl, kaum noch vom Fleck zu kommen.

Nein, sagte sie sich. *Nein!* Er kriegt mich nicht. Ich schaffe es, und man wird mir helfen. Ich schreie um Hilfe, dann rufen die Leute die Polizei, und ...

Aber ihre Beine ... und ihre Lunge brannte ... und ihr Herz pochte heftig ...

Allein das Grauen trieb sie weiter. Hin und wieder drehte sie sich panisch um. Sah, dass Richard trotz der Finsternis stetig näher kam.

Ich schaffe es nicht, erkannte sie plötzlich.

Ist hier jemand?, wollte sie schreien. *Hilfe!*

Das Tosen der Wellen würde ihre Schreie verschlucken, fuhr ihr durch den Kopf.

Sie konnte seine Schritte schon hören.

Ich kann nicht mehr …

Sie lief auf die Dünen zu, in der Hoffnung, dort irgendwo ein Versteck zu finden.

Richard sah ihr Haar direkt vor sich flattern.

Gleich habe ich sie, dachte er. Da schlug sie unvermittelt einen Haken und stürmte die Dünen hinauf. Richard stolperte und wäre fast gestürzt, nahm aber die Verfolgung sogleich wieder auf. Er lachte laut.

Was für Kampfgeist! Was für Energie! Sie war ihm in jeder Hinsicht ebenbürtig. Vor Freude hätte er beinahe in die Hände geklatscht.

Hinter den Dünen sah Julie ein Haus aufragen, aber es war unendlich schwer, durch den Sand hochzusteigen. Sie rutschte ständig ab und musste mit den Händen Halt suchen, und als sie endlich oben ankam, zitterten ihre Beine schlimmer als je zuvor.

Aufgeregt fasste sie das Haus ins Auge. Es war auf Pfählen errichtet, unter denen Autos geparkt werden konnten, aber Deckung bot es kaum. Das Haus gleich nebenan besaß jedoch einen Garten mit Hecken, und sie lief darauf zu.

In dem Moment spürte sie, dass Richard ihre Füße umfing wie ein Footballspieler beim Tackling. Sie verlor das Gleichgewicht und stürzte.

Richard war schon wieder aufgestanden, ergriff ihren Arm und half ihr auf die Beine.

»Du bist wirklich ein Hauptgewinn«, sagte er grinsend und rang nach Atem. »Das wusste ich schon bei unserem ersten Treffen.«

Julie versuchte sich loszuwinden, merkte jedoch, wie sich seine Finger in ihren Arm gruben. Sie wehrte sich noch heftiger.

»Nun hör doch auf, Julie«, sagte er. »Erkennst du denn nicht, dass es einfach so hat kommen müssen?«

Julie riss ihren Arm zurück. »Lass mich los!«, schrie sie.

Aber Richard packte sie noch fester, und sie zuckte zusammen.

»Wir machen uns jetzt besser auf den Weg«, sagte er dann.

»Mit dir gehe ich nirgendwo hin!«

Endlich gelang es ihr, sich von ihm loszureißen, aber als sie fortlaufen wollte, spürte sie einen Stoß von hinten und stürzte abermals.

Richard sah auf sie hinab und schüttelte leicht den Kopf.

»Alles in Ordnung?«, fragte er. »Tut mir Leid, dass ich dir wehtun muss, aber ich möchte mit dir reden.«

Reden? Er wollte *reden*?

Diesmal ergriff Richard sie an beiden Armen. Sie sträubte sich erneut heftig, versuchte sich aus seiner Umklammerung zu winden.

»Warum machst du es mir so schwer?«, fragte er.

Mike streckte die Hand nach der Treppe aus, kämpfte gegen die Übelkeit an, während ihm wirre Gedanken durch den Kopf schossen.

Aufstehen … die Polizei rufen … Julie helfen … aber der Schmerz … ein Schuss … Schmerz … wo bin ich … dieses ewige Donnern … wieder und wieder … Schmerz in Wellen … Wellen … das Meer … Strandhaus … Julie … muss ihr helfen …

Er machte einen Schritt.

Dann noch einen.

Julie schlug wild um sich und traf Richard an der Brust und im Gesicht. Er zerrte an ihren Haaren, und sie schrie auf.

»Warum wehrst du dich gegen mich?«, fragte Richard abermals mit ruhiger Stimme, als hätte er es mit einem widerspenstigen Kind zu tun. »Begreifst du nicht, dass es vorbei ist? Jetzt gibt es nur noch uns beide. Du hast keinen Grund, dich so aufzuführen.«

»Lass mich los!«, schrie sie. »Bleib mir vom Leib!«

»Stell dir doch mal vor, was wir alles zusammen tun können«, sagte er. »Wir sind vom gleichen Schlag. Wir sind Überlebenskünstler.«

»Wir tun gar nichts zusammen!«, schrie sie. »Ich hasse dich!«

Brutal riss er wieder an ihrem Haar, und sie stürzte mit einem Schmerzensschrei auf die Knie. »Sag das nicht.«

»Ich hasse dich!«, kreischte sie noch einmal.

»Ich weiß, dass du durcheinander bist, und ich will dir eigentlich nicht wehtun, Jessica, aber …«, begann er leise und drohend.

»Ich bin nicht Jessica!«, schrie Julie.

Auf halber Höhe der Treppe stürzte Mike auf die Knie, schleppte sich kurz darauf aber weiter. Die eine Hand an den Bauch gedrückt, langte er mit der anderen nach dem Geländer und zog sich daran hoch.

Auf der Veranda entdeckte er Pete, der mit dem Gesicht nach unten dalag, eine Blutlache um den Kopf.

Mike wankte auf die Tür zu und dachte nur daran, was er zu tun hatte.

Richard starrte Julie verdutzt an, als verstehe er sie nicht.

»Was hast du gesagt?«

»Ich bin nicht Jessica!«, schrie sie abermals.

Richard griff mit der freien Hand hinter sich, und gleich darauf sah sie die Pistole.

Mike legte die Hand an den Türknauf.

Das Telefon, dachte er. Ich muss ans Telefon, bevor es zu spät ist.

In dem Moment hörte er, wie etwas durch die Haustür krachte. Er hob den Blick und spürte kurz darauf jähe Erleichterung.

»Julie braucht Hilfe«, krächzte er. »Unten am Strand …«

Jennifer sah Mike erschrocken an, hastete sofort zu ihm und half ihm zum Sessel. Dann schnappte sie sich das Telefon und wählte den Notruf. Als der Rufton erklang, reichte sie Mike den Hörer.

»Fordern Sie einen Krankenwagen an!«, sagte sie. »Schaffen Sie das?«

Mike nickte und hob schwer atmend den Hörer ans Ohr. »Pete … draußen …«

Jennifer stürmte auf die Veranda und dachte im ersten Moment, Pete sei tot. Blut sickerte aus seinem Kopf, aber als sie sich zu ihm hinabbeugte, bewegte er den Arm und stöhnte laut.

»Bleiben Sie ruhig liegen. Alles wird gut«, sagte sie. »Der Krankenwagen kommt gleich.«

Dann rannte sie die Treppe hinab.

Richard hielt Julie die Pistole an die Schläfe, und sie erstarrte. Sein Blick war jetzt irr, er schien jeden Sinn für die Realität verloren zu haben.

»Ich liebe dich«, wiederholte er, und sein Atem kam abgehackt. »Ich habe dich immer schon geliebt.«

Nicht bewegen, dachte sie. Sonst bringt er dich um.

»Aber du gibst mir keine Chance, es dir zu beweisen.« Er zog ihre Haare nach unten, um ihr Ohr näher an seinen Mund zu bringen.

»Sag es. Sag, dass du mich liebst.«

Julie erwiderte nichts.

»Sag es!«, brüllte er so laut, dass Julie zusammenfuhr. Sie spürte seinen heißen Atem an ihrer Wange.

»Ich habe dir eine Chance gegeben, ich habe dir sogar *verziehen*, was du mir angetan hast! Wozu du mich gezwungen hast. Also *sag es*!«

Die Furcht war nun überall – in ihrer Brust, im Hals, in allen Gliedmaßen.

»Ich liebe dich«, wimmerte sie, den Tränen nahe.

»Sag es so laut, dass ich es hören kann! Und mit Überzeugung!«

Sie brach in Tränen aus. »Ich liebe dich.«

»Noch einmal!«

Sie weinte heftiger. »Ich liebe dich.«

»Sag, dass du mit mir gehen wirst.«

»Ich werde mit dir gehen.«

»Weil du mich liebst.«

»Weil ich dich liebe.«

In diesem schrecklichen Moment sah Julie wie in einem Traum eine Vision am Dünenkamm auftauchen – ihren Schutzengel, der durch die Dunkelheit näher kam.

Die Vision nahm Gestalt an. Singer stürzte sich wild knurrend auf Richard und schlug ihm die Kiefer in den Arm, der die Pistole hielt.

Singer ließ nicht los, und Julie und Richard fielen beide zu Boden. Richard versuchte verzweifelt, seinen Arm zu befreien, doch Singer zerrte daran, warf den Kopf hin und her. Da brüllte Richard auf und ließ die Pistole los.

Mit verzerrtem Gesicht und großer Anstrengung hielt Richard Singer mit einer Hand auf Distanz und tastete mit der anderen nach der Waffe.

Julie kämpfte sich so schnell es ging hoch.

Richards Finger schlossen sich um den Pistolengriff.

Als Julie hörte, wie die Pistole abgefeuert wurde, verharrte sie abrupt. Singer ließ ein lang gezogenes Jaulen vernehmen.

»Singer!«, schrie Julie. »O Gott … nein!«

Noch ein Schuss, gefolgt von weiterem, schon viel schwächerem Jaulen. Richard stieß Singers Körper von sich und stand auf.

Julie begann unkontrolliert zu zittern.

Singer lag auf der Seite und versuchte vergeblich, sich aufzurichten. Er knurrte und jaulte zugleich. Blut schoss aus einer Wunde in seiner Flanke.

Aus der Ferne ließen sich Sirenen vernehmen.

»Wir müssen jetzt los«, sagte Richard. »Wir haben keine Zeit mehr.«

Aber Julie starrte reglos auf Singer.

»Komm schon!«, brüllte Richard. Er packte sie wieder am

Haar und zerrte. Julie wehrte sich, trat nach ihm und schrie. Da ertönte von der Düne herab ein Ruf.

»Keine Bewegung!«

Richard und Julie sahen Officer Jennifer Romanello zur selben Zeit. Richard richtete die Pistole auf sie und feuerte wild drauflos. Im nächsten Moment entrang sich ihm ein erstickter Seufzer. Ein scharfer Schmerz brannte in seiner Brust, in seinen Ohren dröhnte es laut. Die Waffe in seiner Hand schien auf einmal viel zu schwer zu sein. Er feuerte noch einmal, verfehlte sein Ziel und spürte ein neues Brennen im Hals, bei dessen Heftigkeit er rückwärts taumelte. Er hörte das Gurgeln, mit dem er um Atem rang. Er konnte nicht schlucken, die klebrige Flüssigkeit in seinem Hals machte es unmöglich. Er wollte sie der Polizistin entgegenspucken, aber seine Kräfte schwanden rasch. Die Pistole glitt ihm aus der Hand, er ging in die Knie, sein Geist erlahmte. Er hatte Julie immer nur Glück gewünscht, ihr gemeinsames Glück. Um ihn her versank alles zunehmend in Dunkelheit. Er wandte sich zu Julie um und versuchte zu sprechen, aber sein Mund vermochte die Worte nicht zu formen.

Julie, dachte er, meine süße Jessica …

Richard kippte vornüber in den Sand.

Julie starrte ihn nur kurz an und drehte sich dann zu Singer um.

Er lag immer noch auf der Seite, das Maul schlaff geöffnet, und hechelte wild. Julie kniete sich neben ihn und sah ihn mit tränenblinden Augen an.

Als sie ihm die Hand hinhielt, wimmerte er und fuhr mit der Zunge darüber.

»Oh, Baby«, schluchzte sie.

Zitternd bettete Julie seinen Kopf in ihren Schoß, und Singer wimmerte erneut. Seine Augen waren groß und blickten ängstlich. Es brach ihr fast das Herz.

»Nicht bewegen … ich bringe dich zum Tierarzt, okay?«

Sie spürte seinen Atem auf ihrer Haut, rasch und flach. Er leckte sie noch einmal, und sie küsste ihn.

»Du bist so brav, Süßer! Wie tapfer du warst … wie tapfer …«

Sein Blick ruhte auf ihr. Als er abermals herzzerreißend wimmerte, musste Julie einen Aufschrei unterdrücken.

»Ich liebe dich, Singer«, murmelte sie, während die Muskeln in seinem Leib sich langsam entspannten.

»Es ist alles gut, Herzchen. Du musst nicht mehr kämpfen. Ich bin jetzt in Sicherheit, schlafe nur …«

Epilog

Fast zwei Monate waren seit jener schrecklichen Nacht am Strand vergangen. Sie konnte sich zwar genau an alles erinnern, was bis zu dem Moment geschehen war, als endlich Hilfe kam, doch die Ereignisse danach hatte sie nur noch verschwommen registriert. Sie erinnerte sich, dass Jennifer Romanello ihr zum Haus zurückhalf, dass die Sanitäter sich um Mike und Pete kümmerten, dass sich das Haus langsam mit Leuten füllte. Anschließend war jedoch alles in Schwärze versunken.

Julie kam im Krankenhaus wieder zu sich. Pete war auch dort, und Mike lag in einem Zimmer auf der Intensivstation. Pete war schon nach wenigen Tagen wieder auf den Beinen, aber Mikes Zustand blieb eine Woche lang kritisch. Sobald sich sein Zustand stabilisierte, wurde er auf eine normale Station verlegt, wo er noch weitere drei Wochen liegen musste. Julie verbrachte diese Zeit in einem Sessel neben seinem Bett, hielt seine Hand und flüsterte mit ihm, selbst wenn er schlief.

Die Polizei hatte noch weitere Erkenntnisse über Richards Vergangenheit, aber all dies bedeutete ihr nichts. Richard Franklin – für sie würde er nie Robert Bonham sein – war tot, und nur darauf kam es an.

Aber auch Singer war tot.

Die Tierärztin teilte ihr später mit, er habe Rattengift verabreicht bekommen, eine Dosis, die ausgereicht hätte, um sechs Hunde binnen kurzer Zeit zu töten. »Es ist mir unverständlich«, sagte Linda Patinson zu Julie. »und es grenzt an ein Wunder, dass er sich wieder hochrappeln konnte, geschweige denn mit einem starken Mann kämpfen.«

Aber er hat gekämpft, dachte Julie. Und er hat mich gerettet.

An dem Tag, als sie Singer in Julies Garten bestatteten, fiel ein leichter, warmer Regen auf die kleine Gruppe von Menschen, die sich versammelt hatte, um ihm Lebewohl zu sagen, diesem Hund, der Julie sein Leben lang ein guter Gefährte und zum Schluss ihr Schutzengel gewesen war.

Die ersten Wochen nach Mikes Entlassung aus dem Krankenhaus vergingen wie im Flug. Er wohnte nun mehr oder weniger bei Julie, und sie war dankbar dafür. Er hatte ein Gespür dafür, wann sie in den Arm genommen werden oder wann sie lieber für sich sein wollte.

Julie vermisste Singer schmerzlich. Das Haus schien ihr leer, Essensreste wanderten jetzt in den Müll, nie kam er mehr, um sich an ihre Füße zu kuscheln. Und doch schien es zuweilen so, als wäre Singer noch da. Aus dem Augenwinkel sah Julie manchmal eine Bewegung. Oder sie nahm einen Geruch wahr, der unverkennbar der seine war. Doch wenn sie dann vom Sofa aufstand, um der Sache auf den Grund zu gehen, war der Geruch plötzlich verschwunden. Eines Nachts träumte sie von Jim und Singer. Die beiden gingen zusammen über ein offenes Feld, und sie selbst rannte ihnen nach, um sie einzuholen. Sie rief nach ihnen, woraufhin sie stehen blieben und sich umdrehten. Jim lächelte, und Singer bellte. Julie wäre gern auf sie zugegangen, konnte sich jedoch plötzlich nicht mehr bewegen. Die beiden sahen sie an, beide mit schräg gelegtem Kopf, mit demselben Blick, mit demselben Leuchten hinter sich. Jim legte Singer die Hand auf den Rücken, und Singer bellte noch einmal fröhlich, als wolle er Julie wissen lassen, dass alles seine Ordnung hatte. Doch statt auf sie zuzukommen, machten die beiden wieder kehrt, und Julie blieb nichts anderes übrig, als ihnen nachzusehen. Sie gingen davon, und ihrer beider Umrisse verschmolzen allmählich zu einem.

Beim Aufwachen nahm sie Singers Bild vom Nachttisch und spürte wieder einmal, wie sehr er ihr fehlte. Doch sie musste nicht mehr weinen, wenn sie das Bild ansah. Hinten in den Rahmen hatte sie den Brief von Jim geklemmt, und den zog sie nun hervor.

Während warm die Morgensonne durch das Fenster schien, las sie ihn noch einmal. Lange verweilte ihr Blick beim letzten Abschnitt.

Und mach dir keine Sorgen. Wo ich auch sein mag, ich werde auf dich aufpassen. Ich werde dein Schutzengel sein, Sweetheart. Verlass dich darauf, ich beschütze dich.

Julie hob den Blick. Ihre Augen waren feucht.

Danke Jim, dachte sie, das hast du wirklich getan.

Anmerkung des Verfassers

Die Entstehung eines Romans ist immer eine knifflige Sache. Am Anfang steht oft eine vage Idee, oder, in meinem Fall, ein Thema. Für diesen Roman habe ich das Thema Liebe und Gefahr gewählt. Mit anderen Worten, ich wollte eine Geschichte schreiben, in der sich zwei glaubhafte Figuren ineinander verlieben, jedoch noch Elemente von Spannung und Gefahr hinzufügen, die die Liebenden in eine brenzlige Lage bringen. Ich weiß nicht mehr, wo ich mich gerade aufhielt, als ich beschloss, mich an einer solchen Geschichte zu versuchen, aber ich weiß noch, dass ich mir ausmalte, wie viel Spaß es machen würde, mal eine andere Art von Roman zu schreiben.

Was für ein Irrtum.

Gestatten Sie mir, das anders zu formulieren. Während mir das eigentliche Schreiben in der Tat Freude machte, stellte sich die erforderliche Überarbeitung als die schwierigste in meiner bisherigen Tätigkeit als Autor heraus. Zwischen der ersten und der letzten Fassung wurde der Roman achtmal umfassend überarbeitet, bis meine Lektorin und ich endlich fanden, dass er das gesteckte Ziel erreicht hatte – dass er erstens eine Liebesgeschichte war und zweitens ein spannender Thriller, der den Leser unweigerlich in seinen Bann zieht.

Im Laufe meines Lebens habe ich gewiss einige tausend Thriller gelesen, und obwohl in vielen dieser Bücher Figuren vorkamen, die sich verliebten, ist mir kein einziges erinnerlich, in dem die Spannungselemente der Liebesbeziehung nachgeordnet waren. Das hat einen einfachen Grund – je gruseliger etwas ist, desto mehr dominiert es eine

Geschichte. Die Herausforderung bei *Du bist nie allein* bestand also darin, die richtige Balance zwischen den beiden Elementen zu finden und das entsprechende Erzähltempo zu treffen, damit der Leser nie das eigentliche Romanthema aus den Augen verliert – eine Liebesgeschichte zwischen zwei ganz normalen Menschen, die feststellen, dass sie einem gefährlichen Menschen begegnet sind. Das hört sich zwar leicht an, hat mir aber manch schlaflose Nacht beschert.

Und noch etwas hatte ich immer schon geplant: Einmal eine Geschichte mit einem Hund als Akteur zu schreiben. Geschichten mit Hunden habe ich immer schon besonders geliebt – *Old Yeller* von Fred Gipson, *Where the Red Fern Grows* von Wilson Rawls, *To Dance with the White Dog* von Terry Kay oder *Mein Hund Skip* von Willie Morris, um nur einige zu nennen. So schien es mir reizvoll, im vorliegenden Roman einen Hund auftreten zu lassen. Den vorgenannten Autoren bin ich für ihre Arbeiten und die Stunden der Freude, die ihre Bücher mir beschert haben, tief verpflichtet. Zu nennen ist auch noch eine rührende Erzählung von Cathy Miller in dem Band *Hühnersuppe für die Seele. Für Tierfreunde* (hrsg. von Jack Canfiel, Mark Victor Hansen u. a.) die mich zu dem Prolog von *Du bist nie allein* angeregt hat. Der Autorin wie auch den Herausgebern danke ich nicht zuletzt dafür, mir die eine oder andere Träne entlockt zu haben.

Danksagung

Mein Dank gilt zuallererst, wie könnte es anders sein, Cathy, der Frau, mit der ich nun seit fast vierzehn Jahren verheiratet bin. Du bist der liebste Mensch, den ich kenne, und ich liebe dich mehr, als du dir je vorstellen kannst.

Und natürlich gebührt auch den Kindern Dank. Miles, Ryan, Landon, Lexie und Savannah können einen ganz schön auf Trab halten, aber sie bleiben ein Quell unendlicher Freude. Ohne euch wäre mein Leben unvollständig.

Auch Theresa Parks von Sanford Greenburger Associates gebührt mein Dank. Theresa, du bist meine Agentin und Managerin, aber auch ein Genie, das mir stets ein mitfühlendes Ohr leiht. Dazu bist du eine meiner liebsten Freundinnen. Unglaublich, dass wir schon sieben Romane hinter uns haben, und ich freue mich auf noch viele mehr in der Zukunft.

Jamie Raab, meine Lektorin, ist einfach die beste in ihrem Fach, und dieses Buch bedurfte mehr als jedes davor ihrer geduldigen Begleitung. Jamie, ohne dich hätte ich diesen Roman nicht fertig stellen können, und es ist mir eine Ehre, mit jemandem zusammenzuarbeiten, der so klug ist und liebenswürdig wie du.

Denise DiNovi, die Produzentin von *Message in a Bottle (Weit wie das Meer)* und *A Walk to Remember (Zeit im Wind)*, gehört mittlerweile zu den wichtigsten Menschen in meinem Leben. Denise, vielen Dank, dass Sie mein Leben zum Besseren verändert haben. Ich weiß nicht, wie ich Ihnen das je vergelten soll.

Julie Barer, Agentin bei Sanford Greenburger, war so freundlich, das Manuskript in ihrem Urlaub zu lesen und

Anregungen beizusteuern. Julie, dafür kann ich Ihnen gar nicht genug danken, und ich hoffe, die Hauptfigur gefällt Ihnen.

Auch Howie Sanders und Richard Green, meinen Filmagenten bei UTA, gebührt mein Dank für ihre Arbeit nicht nur an diesem Projekt, sondern an all meinen Romanen. Sie sind einfach die Besten in ihrem Fach.

Scott Schwimer, mein Anwalt in Geschäftsdingen, ist nicht nur fachlich ein Ass, sondern auch ein Freund, der mir meinen Job wesentlich erleichtert. Danke für Ihren zuverlässigen Beistand.

Dave Park, mein Fernsehagent bei UTA, hat mich geduldig durch die Untiefen der Fernsehwelt geleitet und verdient meinen Dank für all die Arbeit im Zusammenhang mit *The Rescue (Das Schweigen des Glücks)*.

Lorenzo De Bonaventura und Courtenay Valenti von Warner Brothers, Lynn Harris von New Line Cinema, Mark Johnson, Hunt Lowry und Ed Gaylord II – die Arbeit mit ihnen allen war sagenhaft, und ich danke ihnen.

Jennifer Romanello, Emi Battaglia, Edna Farley von der PR, Lektor John Aherne und Flag, sie alle haben geholfen, meiner Karriere auf die Sprünge zu helfen. Danke.

Und danke schließlich an Todd Robinson, der mit so viel Fleiß an der Fernsehserie gearbeitet hat. Ich schätze mich glücklich, dass ich mit Ihnen arbeiten durfte.

Der Autor

1. Biografie
2. Leser fragen – Nicholas Sparks antwortet

Das Werk

› Bonusmaterial

© Brad Styron

HEYNE ‹

1. Biografie

Nicholas Sparks, in der Silvesternacht des Jahres 1965 in Nebraska geboren, lebt in North Carolina. Er hatte eine glückliche Kindheit, auch wenn die Familie bis zu seinem neunten Lebensjahr weit unterhalb der Armutsgrenze lebte. Das fiel ihm damals gar nicht auf, meint er. Er war ein guter Schüler und ein guter Leichtathlet, der über ein Sportstipendium studieren konnte.

Das Schreiben war schon immer seine Leidenschaft, doch ehe es auch zu seinem Beruf wurde, versuchte er sich unter anderem als Immobilienmakler, Hausrestaurator und Kellner. Sein Debütroman *Wie ein einziger Tag* wurde zum sensationellen Bestseller. Heute gilt Nicholas Sparks als einer der meistgelesenen Autoren der Welt. Seine Romane eroberten ausnahmslos die internationalen Bestsellerlisten und erscheinen in über 50 Sprachen. Viele seiner Bestseller wurden erfolgreich verfilmt.

Wenn Nicholas Sparks nicht gerade für seinen neuesten Roman recherchiert, widmet er sich vor allem seinen fünf Kindern. Auch Sport ist ihm sehr wichtig. Er besitzt den Schwarzen Gürtel in Taekwondo, läuft und trainiert jeden Tag und leitete mit großem Erfolg ein Jugend-Laufteam. Zudem fördert er Jugendliche durch großzügige Ausbildungsstipendien und hat sogar eine eigene Privatschule gegründet. Die wenige Zeit, die ihm daneben noch bleibt, nutzt er – zum Lesen: Rund 125 Bücher verschlingt der Erfolgsautor im Jahr.

2. Leser fragen – Nicholas Sparks antwortet

Immer wieder ereilen die Helden Ihrer Romane tragische Schicksalsschläge. Halten Sie ein ungetrübtes Glück für unmöglich? Und wie ist es am ehesten möglich, einen derartigen Schlag zu überwinden?
Es gibt Momente puren Glücks, aber niemand geht unversehrt durchs Leben. Das spiegeln meine Romane einfach wider. Es gibt keinen »richtigen« Weg, mit Schicksalsschlägen umzugehen. Ich würde nur sagen, dass jede Gefühlsregung normal ist und man sie als solche versuchen sollte zu akzeptieren. Man kann seine Gefühle nicht beherrschen, letztlich kann man nur sein Verhalten beherrschen.

Ihr Leben mit fünf Kindern muss oft auch anstrengend sein. Wie schaffen Sie es, daneben noch laufend Bestseller zu schreiben?
Sagen wir so: Mein täglicher Zeitplan ist ziemlich voll, aber ich versuche trotzdem, jeden Tag auch die Dinge unterzubringen, auf die es wirklich ankommt. Ich verbringe Zeit mit meinen Kindern, lese, schreibe, treibe Sport und entspanne. Richtige Faulenzertage ohne jede Arbeit sind da nicht drin, aber das macht mir nichts aus.

Woher haben Sie die Ideen zu Ihren Romanen?
Schwer zu sagen. Ganz von selber kommen die Ideen nie. Da meine Romane sich mit universellen Themen und Charakteren beschäftigen, ist es schwierig, eine Geschichte zu erfinden, die unterhaltsam, interessant und originell ist und gleichzeitig noch nie erzählt wurde, weder als Buch noch als Film. Üblicherweise arbeite ich mich durch Hunderte von Ideen und Figuren – ein Prozess, der Monate dauern kann –, bevor ich mich endlich entscheide und mit dem Schreiben beginne.

Was ist der allererste Schritt, wenn Sie einen neuen Roman in Angriff nehmen?
Als Allererstes muss ich ein großes neues Thema finden, das dann alles Weitere prägt: den Schreibstil, die Erzählperspektive, die Figuren, das Setting und die Länge des Buches.

Wie weit kennen Sie eine Geschichte, wenn Sie mit dem Schreiben beginnen? Wissen Sie zum Beispiel das Ende im Voraus?
Wenn ich mich einmal für ein Thema entschieden habe, arbeite ich die Geschichte in Gedanken aus und spiele alle möglichen Ideen durch. Noch vor dem Schreiben kenne ich den Anfang und das Ende der Story ebenso wie die fünf oder sechs wichtigen Ereignisse dazwischen, die Wendepunkte in der Geschichte sind. Wenn diese Dinge feststehen, kann ich loslegen. Die Handlung zwischen diesen fünf bis sechs Höhepunkten entwickle ich dann beim Schreiben.

Arbeiten Sie mit einem Exposé?
Manchmal ja, manchmal nein. *Wie ein einziger Tag* habe ich beispielsweise ohne jede schriftliche Gliederung geschrieben. Für *Weit wie das Meer* hatte ich keinerlei Exposé für die ersten 120 Seiten – aber dafür ein sehr detailliertes für die letzten 120. *Du bist nie allein* entstand auf Basis einer genauen Gliederung, *Ein Tag wie ein Leben* wiederum nur in der zweiten Hälfte. Kurz: Ich handhabe es von Roman zu Roman unterschiedlich.

Verfassen Sie Ihre Romane handschriftlich oder am Computer?
Am Computer.

Stimmt es, dass Ihre Romane auf Ihrem eigenen Leben basieren?
Sie basieren nicht direkt auf meinem Leben, aber sie sind inspiriert von wahren Begebenheiten daraus – zumindest die meisten, allerdings nicht alle. *Das Lächeln der Sterne* beispielsweise ist komplett erfunden.

Was lesen Sie selbst?
Ich lese durchschnittlich 125 Bücher im Jahr, schon seit Jugendzeiten. Darunter kommerzielle Romane ebenso wie ausgewählte moderne Literatur, die »Penguin Classics« – allerdings die unbekannteren, die großen Namen und Bücher habe ich alle schon gelesen –, historische Sachbücher und Biografien.

Wer ist Ihr Lieblingsautor?
Ich lese so viele Bücher, dass es unmöglich ist, mich auf einen Lieblingsautor festzulegen. Aber es gibt nur einen zeitgenössischen Schriftsteller, dessen Werk meiner Meinung nach noch in hundert Jahren gelesen wird: Stephen King. Ich bewundere ihn sehr.

Warum spielen alle Ihre Romane in North Carolina?
Zum einen lebe ich mit meiner Familie in der Gegend, zum anderen sind dort nur wenige andere Romane angesiedelt. Und nicht zuletzt mag ich den Lesern ein Gefühl der Vertrautheit vermitteln, wenn sie ein neues Buch beginnen.

Was würden Sie sich wünschen, dass Leser aus Ihren Romanen mitnehmen?
Generell würde ich sagen: Mein Ziel ist, eine gut lesbare, unterhaltsame und originelle Liebesgeschichte zu schreiben, die ein mitreißendes Ende hat – ein Ende, das richtig große Gefühle hervorruft. Das würde ich gerne bei meinen Lesern erreichen. Stilistisch versuche ich effizient, auf den Punkt und originell zu schreiben, in klarer, unverschwurbelter Sprache.

Das Werk

Wie ein einziger Tag

The Notebook

Nach vierzehn Jahren kehrt Allie an den Ort zurück, an dem sie die schönsten Ferien ihres Lebens verbracht hat: Sie war erst siebzehn, als sie dort Noah begegnete. Die beiden verliebten sich ineinander und waren den Rest des Sommers unzertrennlich. Danach sah Allie ihn nie wieder. Doch kurz vor ihrer Hochzeit beschließt Allie, Noah zu besuchen. Das Wiedersehen ändert ihr Leben auf immer … Gleichnamig verfilmt mit Ryan Gosling, Rachel McAdams und James Garner.

Weit wie das Meer

Message in a Bottle

Seit der Scheidung von ihrem Mann hat die Journalistin Theresa Osborne nicht wieder richtig in den Alltag zurückgefunden. Bis sie eines Tages bei einem Strandspaziergang auf eine Flaschenpost stößt: Der Absender des Briefs, ein gewisser Garrett, beschreibt darin in so anrührenden Worten den Verlust seiner großen Liebe, dass Theresa sofort ergriffen ist. Sie fasst den folgenschweren Entschluss, Garrett aufzuspüren. Verfilmt mit Kevin Costner und Robin Wright unter dem Titel »Message in a Bottle«.

Zeit im Wind

A Walk to Remember

Die beiden Teenager Landon Carter und Jamie Sullivan scheinen keine Gemeinsamkeiten zu haben: Landon gehört zu den beliebtesten Schülern der Highschool, Jamie dagegen gilt als Außenseiterin. Doch das Schicksal führt die beiden beim Schulball zusammen. Beide sind überrascht, wie gut sie sich verstehen. Gemeinsame Proben für das Weihnachtsstück der Schule bringen sie einander noch näher. Aber erst als ein Schicksalsschlag sie für immer zu trennen droht, erkennt Landon, wie viel Jamie ihm wirklich bedeutet. Er kämpft um sie – und um seine zart erwachende Liebe zu ihr.
Verfilmt mit Mandy Moore und Shane West unter dem Titel »Nur mit Dir«.

Das Schweigen des Glücks

The Rescue

Denises Leben dreht sich einzig und allein um ihren vierjährigen Sohn Kyle, der unter einer unbekannten Form des Autismus leidet. Als Kyle nach einem Autounfall in einer dramatischen Aktion vom Feuerwehrmann Taylor gerettet wird, scheint zum ersten Mal ein Fremder Zugang zur Welt der beiden zu bekommen. Doch bevor Denise ihr Glück richtig fassen kann, ziehen neue Wolken am Himmel auf: Irgendetwas hält Taylor davon ab, sich ganz auf Denise und ihre Liebe einzulassen.

Die Suche nach dem verborgenen Glück (zusammen mit Billy Mills)

Wokini: A Lakota Journey to Happiness and Self-Understanding

Die Suche nach dem verborgenen Glück erzählt die Geschichte des Lakota-Jungen David. Zutiefst unglücklich über den Tod seiner älteren Schwester, begibt er sich auf eine Reise, um einen Weisen zu finden, der ihm erklären kann, wie das verlorene Glück zurückzugewinnen ist. David taucht in die Welt der Indianer ein und findet auf ihren uralten Wegen der Meditation und der Träume zu seiner inneren Ruhe.

Weg der Träume

A Bend in the Road

Abgesehen von seinem kleinen Sohn Jonah gibt es wenig Licht im Leben von Miles Ryan, Deputy-Sheriff in einem kleinen Ort in North Carolina. Seine geliebte Frau Missy kam bei einem Verkehrsunfall ums Leben, seit zwei Jahren ist er auf der Suche nach dem flüchtigen Fahrer. Als eine neue Lehrerin in die Schule kommt und Jonahs Klasse übernimmt, stellt sie fest, dass der Junge kaum lesen und schreiben kann. Kurz entschlossen nimmt sie Kontakt mit Jonahs Vater auf. Was dann passiert, hätten sich weder Miles noch Sarah, die selbst eine schwere Enttäuschung hinter sich hat, je träumen lassen: Auf den ersten Blick verlieben sie sich ineinander.

Das Lächeln der Sterne

Nights in Rodanthe

Adrienne ist 42, als ihre Welt aus den Fugen gerät: Ihr Mann verlässt sie wegen einer jüngeren Geliebten. Da bittet eine Freundin sie, für ein paar Tage ihre kleine Pension zu hüten. Nur ein einziger Gast, Paul Flanner, hat sich für das Wochenende angemeldet. Kurz nach seiner Ankunft zieht ein fürchterlicher Sturm auf. Mehrere Tage lang wird das Unwetter Paul und Adrienne in der Pension einsperren, und diese Tage werden ihr Leben für immer verändern …
Gleichnamig verfilmt mit Richard Gere und Diane Lane.

Du bist nie allein

The Guardian

Noch vier Jahre nach dem Tod ihres Mannes trägt Julie schwer an ihrer Trauer. Doch als der attraktive, weltgewandte Richard sie zu umwerben beginnt, zeigt Julie erstmals wieder so etwas wie Interesse am anderen Geschlecht. Richard liest ihr jeden Wunsch von den Lippen ab. Julie ist wie verzaubert – und merkt lange nicht, dass ihr bester Freund Mike ebenfalls in sie verliebt ist. Sie muss sich zwischen den beiden Männern entscheiden. Doch als sie ihre Wahl getroffen hat, schlägt die Leidenschaft eines ihrer Verehrer in Besessenheit um, und Julie gerät in größte Gefahr.

Ein Tag wie ein Leben

The Wedding

Seit fast dreißig Jahren sind Wilson und Jane verheiratet. Nach außen hin scheint alles perfekt. Doch als Wilson ihren 29. Hochzeitstag vergisst, ist Janes Enttäuschung so maßlos, dass Wilson beginnt, an ihrer Ehe zu zweifeln. Empfindet Jane für ihn, den unromantisch veranlagten Anwalt, überhaupt noch etwas? Wilson sucht Rat bei Janes Vater Noah, dessen einzigartige, fünfzig Jahre währende Liebe zu seiner Frau Allie jedem in der Familie als Vorbild gilt. Dank seiner Hilfe versteht Wilson, dass er alles tun muss, um Janes Herz zurückzugewinnen.

Nah und fern (zusammen mit Micah Sparks)

Three Weeks with my Brother

Als Nicholas Sparks und sein Bruder Micah im Januar 2003 eine Weltreise antreten, sind sie voll der Erwartung. Ihre Reise zu den Wundern der Welt gerät gleichzeitig zu einer Reise in die Erinnerung, und ihr Bericht spiegelt auch die bewegende Geschichte ihrer Familie wider, die eine tragische Serie von Schicksalsschlägen verkraften musste. Ein Buch, so dramatisch und anrührend wie Nicholas Sparks' beste Romane.

Die Nähe des Himmels

True Believer

Jeremy Marsh ist ein Wissenschaftsjournalist, der sich auf die Entlarvung angeblich übernatürlicher Phänomene spezialisiert hat. Nun lockt ihn ein neuer Fall nach North Carolina. Entgegen all seiner wohlgeordneten Pläne verliebt er sich gleich Hals über Kopf in Lexie – die Enkelin einer Hellseherin. Lexies Verhalten verstärkt seinen Gefühlstumult nur noch. Sie scheint durchaus etwas für Jeremy zu empfinden, doch dann begegnet sie ihm wieder schroff und abweisend.

Das Wunder eines Augenblicks

At First Sight

Für seine große Liebe ist der New Yorker Journalist Jeremy ins Örtchen Boone Creek gezogen. Alles scheint perfekt – wären da nur nicht die Zweifel, die an Jeremy nagen: Für ihn war es Liebe auf den ersten Blick, aber kennt er Lexie wirklich? Kann er sich ihrer Gefühle auch im grauen Alltag sicher sein? Als er eine anonyme Nachricht erhält, ist ihm, als würde ihm der Boden unter den Füßen weggezogen. Sein ganzes Glück steht mit einem Mal auf dem Spiel.

Das Leuchten der Stille

Dear John

Als John Tyree Savannah begegnet, weiß er, dass er die Frau seines Lebens gefunden hat. Zum ersten Mal hat er ein klares Ziel vor Augen: so schnell wie möglich seinen Militärdienst beenden und dann mit Savannah eine Familie gründen. Aber alles läuft anders als geplant, und immer wieder verzögert sich seine Rückkehr. Dann erhält er einen Brief von Savannah: Sie will nicht mehr länger auf ihn warten – denn sie hat sich in einen anderen verliebt. Doch John kann sie nicht vergessen.
Gleichnamig verfilmt mit Channing Tatum und Amanda Seyfried.

Bis zum letzten Tag

The Choice

Travis Parker lebt in einem Haus mit wunderbarer Aussicht, verbringt traumhafte Wochenenden mit seinen Freunden beim Wassersport oder Grillen und liebt seine Arbeit als Tierarzt. Für eine Frau ist in seinem Leben kein Platz mehr, meint er und scheut jede feste Bindung. Doch dann tritt Gabby Holland in sein Leben, seine neue Nachbarin, zu der er sich sofort hingezogen fühlt. Gegen viele Widerstände gelingt es ihm, sie für sich zu gewinnen. Travis ahnt nicht, dass seine größte Prüfung noch bevorsteht.
Verfilmt mit Benjamin Walker und Teresa Palmer.

Für immer der Deine

The Lucky One

Kann es wirklich so etwas wie einen Glücksbringer geben? Logan Thibault würde so einen Gedanken weit von sich weisen – bis er selbst in höchster Gefahr das Foto einer schönen Frau findet. Er nimmt es an sich und fühlt sich ab diesem Moment auf wunderbare Weise beschützt. Quer durch ganz Amerika sucht er die Frau. Und als er sie schließlich findet, nimmt sein Leben eine ebenso wunderbare wie dramatische Wendung.
Verfilmt unter dem Originaltitel »The Lucky One« mit Zac Efron und Taylor Schilling.

Mit dir an meiner Seite

The Last Song

Ronnie ist entsetzt: Sie soll die gesamten Sommerferien bei ihrem Vater verbringen, der von der Familie getrennt im langweiligen North Carolina lebt. Die 17-Jährige ist wild entschlossen, ihrem Vater das Leben zur Hölle zu machen. Bis der junge Will in ihr Leben tritt, der alles verändert: Zum ersten Mal verliebt Ronnie sich wirklich und wahrhaftig. Die beiden verleben eine wunderbare Zeit. Gleichzeitig nähert Ronnie sich auch wieder ihrem Vater an. Doch dann droht ein schreckliches Geheimnis alles zu zerstören.
Verfilmt mit Miley Cyrus (»Hannah Montana«) und Greg Kinnear.

Wie ein Licht in der Nacht

Safe Haven

Niemand im Küstenort Southport weiß, wer die neue Einwohnerin Katie ist und woher sie kommt. Sie lebt völlig zurückgezogen und vermeidet jeden Kontakt mit anderen. Erst dem jungen Witwer Alex, der zwei kleine Kinder hat, gelingt es langsam, ihr näherzukommen. Doch Katie hütet ein dunkles Geheimnis. Wird sie für die Liebe alles aufs Spiel setzen?
Verfilmt von Lasse Hallström unter dem Originaltitel »Safe Haven« mit Josh Duhamel und Julianne Hough.

Mein Weg zu dir

The Best of Me

Amanda und Dawson sind erst siebzehn, als sie sich unsterblich ineinander verlieben. Doch ihre Familien bekämpfen die Beziehung, und widrige Umstände trennen sie schließlich endgültig. Fünfundzwanzig Jahre später kehren die beiden in ihr Heimatstädtchen zurück. Sie empfinden noch genauso tief füreinander wie damals. Aber beide sind von Schicksalsschlägen gezeichnet, und die Kluft zwischen ihnen scheint größer denn je zu sein …
Verfilmt von Michael Hoffman unter dem Originaltitel »The Best of Me« mit James Marsden und Michelle Monaghan.

Kein Ort ohne dich

The Longest Ride

Der 91-jährige Ira steht nach einem schweren Unfall an der Schwelle des Todes. Nur die Erinnerungen an seine verstorbene Frau Ruth halten ihn am Leben. Währenddessen kämpfen Luke und Sophia, ein junges Paar, um ihre Liebe: Sie sind so verschieden, dass eine gemeinsame Zukunft kaum vorstellbar ist. Können sich die beiden Generationen gegenseitig retten?
Verfilmt mit Britt Robertson, Scott Eastwood und Alan Alda.

Wenn du mich siehst

See Me

Mitten auf einer einsamen nächtlichen Landstraße bleibt Marias Auto liegen. Ein Wagen hält, ein bedrohlich aussehender, muskelbepackter Mann steigt aus – und wechselt ihr freundlich den Reifen. Der vorbestrafte Colin und die zielstrebige Maria scheinen überhaupt nicht zusammenzupassen. Dennoch verlieben sie sich rettungslos ineinander. Aber ihnen droht größte Gefahr, denn ein finsteres Kapitel aus Marias Vergangenheit holt sie ein. Kann ihre Liebe Colin und Maria in der dunkelsten Stunde retten?

Seit du bei mir bist

Two By Two

Mit 34 glaubt Russell auf der absoluten Glücksseite des Lebens zu stehen: Er hat eine umwerfende Frau, eine süße kleine Tochter und beruflichen Erfolg. Aber dann zerbricht sein Traum binnen kürzester Zeit: Er verliert seinen Job, und in seiner Ehe zeigen sich gefährliche Risse. Plötzlich steht er als beinahe alleinerziehender Vater da und fühlt sich vollkommen überfordert. Doch noch größere Herausforderungen warten auf ihn – und mit ihnen die Chance auf ein neues Glück.

Wo wir uns finden

Every Breath

Die 36-jährige Hope steckt in einer tiefen persönlichen Krise. Im idyllischen Strandhaus der Familie hofft sie, ihr Leben wieder in den Griff zu bekommen. Doch dann trifft sie den sympathischen Abenteurer Tru, der alles durcheinanderwirbelt. Für beide ist es Liebe auf den ersten Blick, sie verbringen herrliche romantische Tage miteinander. Aber beide spüren auch den Druck familiärer Verpflichtungen, die ihrer Beziehung entgegenstehen. Und so drohen Hope und Tru sich zu verlieren, bevor sie sich überhaupt richtig gefunden haben ...